El secreto de Pembrooke Park

El secreto de Pembrooke Park

Título original: *The Secret of Pembrooke Park*

© 2014 by Julie Klassen
Originally published in English under the title:
The Secret of Pembrooke Park
by Bethany House Publishers,
a division of Baker Publishing Group,
Grand Rapids, Michigan, 49516, U.S.A.
All rights reserved

© de la traducción: Eva Pérez Muñoz

© de esta edición: Libros de Seda, S.L.
Paseo de Gracia 118, principal
08008 Barcelona
www.librosdeseda.com
www.facebook.com/librosdeseda
@librosdeseda
info@librosdeseda.com

Diseño de cubierta: Mario Arturo
Maquetación: Rasgo Audaz
Imagen de la cubierta: © Jill Hyland/Arcangel Images

Primera edición: septiembre de 2017

Depósito legal: B. 19603-2017
ISBN: 978-84-16550-77-7

Impreso en España – Printed in Spain

Julie Klassen

El secreto de
Pembrooke Park

Libros de
seda

Para mis hermanos, Bud y Dan,
con todo mi amor.

«Pues nada hay oculto que no llegue a descubrirse ni nada secreto que no llegue a saberse y hacerse público.»

Lucas, 8:17

Prólogo

Estaba sentada en la mesa, delante del hombre al que más admiraba y sintiéndome un tanto avergonzada. Cómo me hubiera gustado haberme esmerado un poco más con mi aspecto. Sin embargo, la reunión que había mantenido con el ama de llaves había durado más de lo esperado y apenas me había dejado tiempo para lavarme la cara y hacerme un recogido sencillo. Había pensado llevar puesto mi vestido de noche nuevo —uno de raso de color dorado con un corpiño bordado con rosas rojas—, pero en lugar de eso me había puesto a toda prisa el vestido en tono marfil que solía llevar siempre. Tenía muchos menos botones.

Miré a mi preciosa hermana menor, a la que había peinado y rizado el pelo la doncella de mi madre. Louisa llevaba el collar de esmeraldas que yo tenía pensado ponerme, con la excusa de que a ella le venía como anillo al dedo con su nuevo vestido. «Sabes que la moda no te importa lo más mínimo, Abigail. Así que no armes ningún escándalo. Puedes ponerte el mío de coral. Te queda muy bien con el vestido que siempre llevas.»

Me obligué a recordarme que en realidad no importaba mucho el aspecto que tuviera. Gilbert Scott y yo nos conocíamos desde niños y él me había visto sin una pizca de polvos, con la piel pálida o con granitos y con el pelo suelto, recogido o enredado. Nos habíamos criado como amigos y vecinos desde pequeños, pasando por la difícil etapa de la adolescencia hasta la edad adulta. Hacía mucho tiempo que habíamos dejado atrás aquello de la primera impresión.

No obstante, hoy estábamos en su fiesta de despedida y no volvería a verle en un año, así que quería que se llevara el mejor recuerdo de mí. Y es que, en el fondo de mi corazón, tenía la secreta esperanza de que, quizá, cuando Gilbert regresara de su viaje de estudios, por fin me pidiera que me casara con él.

Durante más de una hora, nuestras dos familias disfrutaron de una comida de varios platos en el salón comedor de los Scott. En la mesa fluyó una conversación amistosa y agradable, pero apenas me di cuenta de lo que comí.

Me volví hacia la hermana de Gilbert.

—¿Cómo va la revista?— pregunté.

—Muy bien, creo. —Susan esbozó una sonrisa y después miró a su hermano—. Bertie, mientras estés fuera deberías escribir una crónica de tus viajes.

—Me parece una idea estupenda, mi amor —dijo el marido de Susan, mostrando su aprobación—. Envíanos algunos bocetos acompañando el texto y lo publicaremos.

Gilbert negó con la cabeza.

—Estaré muy ocupado con los estudios, Edward, pero gracias de todos modos. Susan es la escritora de la familia, no yo.

El padre de Gilbert intervino desde la cabecera de la mesa.

—Pero sí nos escribirás a nosotros, ¿verdad, hijo? Si no, ya sabes lo mucho que me... que se preocupará tu madre.

Los ojos de la señora Scott brillaron, divertidos.

—Por supuesto, querido. Claro que me preocuparé. ¿Acaso tú no?

—Bueno, tal vez un poco... —Hizo un gesto al mayordomo para que le rellenara la copa de vino. Otra vez.

Por encima de mi copa, me encontré con la mirada de Gilbert e intercambiamos una discreta sonrisa.

El señor Scott se dirigió a mi padre.

—Por cierto, Foster, ¿vosotros no invertisteis en ese banco que ha salido hoy en el periódico..., ese que ha tenido problemas?

—Pues... sí, sí, lo hicimos. Mi cuñado es uno de los socios. Pero nos ha asegurado que solo se trata de un pequeño revés y que todo va a ir bien.

Mi padre me miró con cautela y yo me obligué a tranquilizarlo con una sonrisa. Aquel no era ni el lugar ni el momento para hablar de finanzas. Además, no quería empañar de ningún modo la fiesta de despedida de Gilbert.

Después de la comida, los hombres se quedaron fumando y bebiendo oporto y las mujeres nos retiramos a la sala de recepción.

Gilbert, sin embargo, no permaneció con el resto de caballeros, sino que me pidió que lo siguiera a la biblioteca.

Le hice caso, sintiendo cómo los latidos de mi corazón se aceleraban con cada paso.

En cuanto me quedé a solas con mi amigo de la infancia en aquella estancia iluminada por la luz de las velas tuve que recordarme cómo volver a respirar con normalidad. Nos quedamos de pie sobre la alta mesa de la sala, muy cerca el uno del otro, con las cabezas inclinadas para estudiar un dibujo a escala de la fachada de una iglesia de estilo clásico con el que Gilbert había ganado la medalla de plata otorgada por la Real Academia. También le habían premiado con una medalla de oro por el diseño de un ayuntamiento. Y por si fuera poco, gracias a sus logros académicos, además le habían concedido una beca para estudiar arquitectura en Italia. Estaba tan orgullosa de él.

—Al final modifiqué el diseño para crear una fachada más imponente —explicó él—. Añadí un pórtico corintio de seis columnas anchas, inspirado en el Panteón de Roma. ¿Ves la aguja de aquí? La hice para que la parte superior se pareciera a un templo en miniatura...

Hablaba con entusiasmo, pero por una vez no lo escuché. No estaba centrada en el dibujo, sino en el hombre mismo. Aprovechando que tenía la vista clavada en el diseño, me dediqué a estudiar su perfil, a embeberme de sus rasgos. Me fijé en la mandíbula, más definida de lo que recordaba, en aquellos pómulos enmarcados por unas largas y elegantes patillas y sus labios finos, pero tan expresivos cuando hablaba. Se me cruzó por la mente la idea de hacer un retrato de él, aunque no estaba muy convencida de poder hacer justicia a aquel rostro. Olía tan bien. A una mezcla de loción Bay Rum y a menta.

Cuando se movió para señalar un detalle del dibujo, su ancho hombro, vestido con aquel elegante traje de etiqueta, rozó el mío. Percibí el calor de su cuerpo a través de la fina muselina y cerré los ojos para saborear aquella sensación.

—¿Qué te parece?

—¿Mmm? —Abrí los ojos, disgustada conmigo misma por permitir que se percatara de que no lo escuchaba.

—¿La aguja?

En realidad me parecía un tanto excesiva, pero me mordí la lengua. Normalmente solía ofrecer mi opinión o sugerencias cuando me lo pedía, pero ¿quién era yo para criticar un diseño que había ganado una medalla de la Real Academia?

—Muy bonita —murmuré. Fue una observación intrascendente, trivial y femenina. Algo que muy bien podría haber dicho Louisa. Aunque Gilbert, en la euforia del triunfo, pareció no darse cuenta.

Miré por encima del hombro. A través de la puerta abierta de la biblioteca podía ver el salón de los Scott. Allí, Susan deslizó un brazo sobre el de su marido mientras hablaban con mi padre. Mis progenitores llevaban vidas muy diferentes. Mi padre estaba ocupado con su club y las inversiones. Mi madre con sus compromisos sociales, sus obras de caridad y su obsesión por buscarle un marido a Louisa. No, no quería un matrimonio como el de ellos. Quería una vida como la de Susan, trabajando codo con codo con la persona que amaba... Sí, aquello me parecía lo ideal.

Llena de esperanza, me volví hacia Gilbert. Había seguido la dirección de mi mirada hacia su hermana recién casada. Después, nuestros ojos se encontraron brevemente, pero bajó la vista al instante. Me fijé cómo se movió su nuez en la garganta y la forma en que sus dedos juguetearon con una esquina del plano.

Al percibir su nerviosismo se me encogió el corazón. ¿Había llegado el momento? ¿Estaría a punto de proponerme matrimonio?

—Sabes lo mucho que significas para mí, Abby —comenzó—. Y me he dado cuenta de que quizás estés esperando que...

Se detuvo y tragó saliva. ¿Acaso habría adivinado mis atrevidos pensamientos?

—No, no. No espero nada —le aseguré. «Todavía no», añadí para mí.

Él hizo un gesto de asentimiento, aunque rehusó mirarme a los ojos.

—Somos amigos desde hace mucho tiempo, pero tienes que saber que... que durante el año que esté en el extranjero pueden pasar muchas cosas y no creo que ninguno de nosotros deba atarse con ningún tipo de promesa.

—Oh. —Parpadeé, al tiempo que se me hacía un nudo en el estómago. Me dije que tal vez solo estaba protegiéndome, que sin lugar a dudas quería lo mejor para mí. Así que forcé una sonrisa—. Sí, tienes razón, Gilbert. Es lo más sensato.

En ese momento, la madre de Gilbert entró en la biblioteca.

—Sabía que os encontraría aquí —dijo—. Venid conmigo. Estamos sirviendo el café y tu padre necesita beber mucho. —La señora Scott le dio una palmada a su hijo en el brazo—. Está tremendamente orgulloso de ti..., pero muy triste por tu partida.

«Igual que yo», pensé.

Más tarde, cuando la velada llegaba a su fin y mientras mis padres daban las gracias al señor y a la señora Scott por la cena, fui en busca de Gilbert con la esperanza de despedirme de él en privado. En su lugar me lo encontré con mi hermana. En el vestíbulo. Solos.

Con el corazón en un puño, contemplé cómo Louisa le pasaba algo antes de decirle:

—Para que me recuerdes.

Gilbert se lo metió en la cartera y se la guardó sin dejar de mirar su bello rostro ni un solo instante. A continuación, esbozó una sonrisa y apretó la mano de Louisa.

Mareada, me di la vuelta sin esperar a oír su respuesta.

¿Qué le había dado Louisa? ¿Una miniatura? ¿Un ojo de amante?[1] ¿Un anillo con un mechón de su cabello? No había visto que Gilbert se pusiera nada en el dedo, solo en la cartera. Seguro que era algo sin importancia... Nada que indicara un cortejo o futuro compromiso. Además, aunque Louisa hubiera desarrollado un afecto adolescente por nuestro vecino, aquello no implicaba que Gilbert fuera a corresponderla. Sin duda, era demasiado educado como para rechazar su regalo, fuera lo que fuese.

Sin embargo, cuando todos nos reunimos momentos después en la puerta de entrada para despedirnos de Gilbert y desearle lo mejor en su viaje, lo único que pude hacer fue forzar una sonrisa y fingir que no había pasado nada.

Ahí fue cuando Gilbert me tomó de la mano y me miró con la ternura fraternal a la que estaba acostumbrada.

—Abby. Sé que no me olvidarás. Yo tampoco lo haré. Tu padre me ha dado permiso para mantener correspondencia contigo y con tu hermana. ¿Me escribirás?

—Si es lo que deseas.

---

1 N. de la Trad.: Pieza de joyería (anillo, camafeo, brazalete...) que incluye el retrato en miniatura de un ojo de un ser querido y que se popularizó durante la época georgiana.

Me dio un cálido apretón y después se volvió para estrechar la mano de mi padre y besar en la mejilla a mi madre, lo que consiguió que se ruborizara. Cuando llegó el turno de dirigirse a Louisa lo vi vacilar durante un instante. Entonces mi hermana inclinó recatadamente la cabeza y él le correspondió con un gesto similar antes de murmurar: «Señorita Louisa».

Mi hermana lo miró y a través de sus largas pestañas observé un brillo delator en sus ojos que nadie más pareció percibir.

¿En qué momento habían cambiado las cosas entre ellos? Louisa siempre había sido la molesta hermana pequeña, alguien de quien burlarse y a quien evitar. Aquella cuya trenza solo servía para darle algún que otro tirón, no como una prueba de amor.

Había querido con todas mis fuerzas que el año que Gilbert estuviera en el extranjero pasara volando. Ahora ya no lo tenía tan claro.

Ansiaba saber cómo sería la vida después de su regreso: una vida en la que él desempeñería un papel fundamental.

De pronto, el futuro me parecía mucho más incierto.

Capítulo 1

l estuche estaba abierto sobre el escritorio. Las esmeraldas verdes brillaban haciendo contraste con el terciopelo negro del forro. Habían heredado el collar y la pulsera a juego por el lado de la familia Foster. La familia de su madre no tenía piedra preciosa alguna que transmitir. Y pronto ninguna de las dos ramas tendría nada que ofrecer.

Cuando su padre cerró el estuche, Abigail hizo una mueca de dolor, como si acabaran de darle una bofetada.

—Di adiós a las joyas de la familia —señaló su padre—. Supongo que tendré que venderlas con la casa.

De pie, frente al escritorio, Abigail apretó los puños.

—No, papá, las joyas no. Tiene que haber otra forma de...

Casi había pasado un año desde que Gilbert se fuera de Inglaterra. Tiempo durante el cual también había cumplido los veintitrés. Desde luego, había estado de lo más acertada cuando predijo el incierto futuro que le aguardaba en la víspera de su partida.

¿En qué había estado pensando? Que pudiera dirigir una casa grande y al personal a su cargo no significaba que supiera lo más mínimo sobre inversiones. Se consideraba una de esas personas que solía sopesar las cosas con cuidado, investigar los pros y los contras antes de actuar, lo mismo daba que se tratara de la elección de una nueva costurera o de la contratación de una nueva sirvienta. Abigail era la hija sensata y siempre se había enorgullecido de tomar las decisiones más lógicas. Por eso su madre había delegado en ella la mayor parte de las gestiones propias del hogar. Incluso su padre tenía muy en cuenta su opinión antes de hacer nada.

Ahora estaban al borde de la ruina... y todo por su culpa. Hacía poco más de un año que había animado a su padre para que invirtiera en el nuevo banco del tío Vincent. El hermano de su madre era su único tío y siempre le había tenido mucho cariño. Era un hombre encantador, entusiasta y un eterno optimista. Él y sus socios, el señor Austen y el señor Gray, eran propietarios de otros dos bancos y quisieron abrir un tercero. El tío Vincent había pedido a su padre que lo avalara con una importante suma de dinero y este, influenciado por la propia Abigail, había aceptado.

En un primer momento, los bancos fueron todo un éxito. Pero los socios comenzaron a hacer préstamos excesivos y muy arriesgados, llegando incluso a prestarse entre ellos. Con el tiempo, pudieron vender uno de los bancos, pero tuvieron muchas dificultades para mantener a flote los otros dos. El banco nuevo terminó su actividad en noviembre y hacía tan solo una semana que el primer banco había quebrado, lo que obligó a los socios a declararse en bancarrota.

Abigail apenas se lo podía creer. Su tío había estado tan convencido de que los bancos funcionarían que le había contagiado su entusiasmo.

Sentado en su escritorio, su padre hizo a un lado el estuche y deslizó un dedo por el libro de cuentas.

Ella esperó su veredicto con las palmas sudorosas y el corazón latiendo a toda prisa.

—¿Es muy grave? —preguntó, retorciendo las manos.

—Bastante. No estamos en la ruina absoluta, y tú y tu hermana todavía conserváis vuestras dotes. Pero he perdido la mayor parte de mi capital, y con él los intereses.

Se le hizo un nudo en el estómago.

—Una vez más, lo siento, papá. No sabes cuánto —dijo—. Estaba tan segura de que lo del tío Vincent y sus socios sería un éxito...

Su padre se pasó una mano cansada por su apuesto y delgado rostro.

—No debería haberme dejado influenciar por vosotros dos. Ya he visto a tu tío fracasar en el pasado con algunas de sus aventuras empresariales. Pero tú siempre has tenido la cabeza sobre los hombros, Abigail. Creí que podía confiar en tu buen juicio. Y no, con esto no quiero echarte toda la culpa. Yo también soy responsable de esta situación. Y por supuesto, Vincent.

Ver a su padre tan decepcionado y desilusionado —con ella y con la vida— hizo que la culpa y el arrepentimiento la carcomieran por dentro. El tío Vincent responsabilizaba a sus socios y a los préstamos de alto riesgo que habían hecho. Pero al final, con independencia de quién fuera el culpable, el hecho era que Charles Foster había aceptado actuar como garante. Y aunque no era el único que había sufrido un perjuicio económico cuando los bancos se fueron a pique, sí fue el que perdió más dinero.

Su padre negó con la cabeza y torció la boca en una amarga mueca.

—No sé cómo voy a decirle a Louisa que al final tendrá que renunciar a su temporada. A ella y a tu madre les hacía tanta ilusión...

Abigail asintió en silencio. La temporada de Londres era conocida por ser el coto de caza ideal para pescar un marido rico. Esperaba que el entusiasmo de Louisa ante la perspectiva significara que no estaba esperando el regreso de Gilbert Scott. Si su hermana y Gilbert habían llegado a un acuerdo, estaba claro que Louisa se lo había ocultado a su madre, que estaba decidida a proporcionar a su hija una temporada espectacular. A los diecinueve años, Louisa estaba en la cima de su belleza, o eso decía su madre, que no dejaba de insistir en que aquel era el momento perfecto para buscarle un compromiso de lo más ventajoso.

Su padre se recostó sobre la silla y, derrotado, soltó un suspiro.

—Si al menos pudiéramos evitar vender la casa. Pero por mucho que nos guste, es demasiado grande y demasiado cara. Supongo que ese es el precio que hay que pagar por pertenecer a la alta sociedad.

Por no mencionar el alto coste que suponía mantener el estilo de vida propio de la aristocracia de Grosvenor Square, aunque en realidad no poseían ninguna tierra o título nobiliario. Su padre solo era un caballero adinerado que nunca había tenido la necesidad de trabajar. La familia obtenía su renta de los intereses de la herencia y de las sensatas inversiones que habían ido haciendo a lo largo de los años... hasta ahora.

De nuevo, acudió a su mente la sugerencia de Gilbert de que no era conveniente que se ataran con ningún tipo de promesa, así que enderezó los hombros y añadió con determinación:

—Sí, papá. Venderemos la casa, pero no las joyas de la familia. No mientras tengamos otra opción.

Más tarde, su padre pidió a su madre y a Louisa que se reunieran con ellos en el estudio e intentó explicarles la situación. Abigail se dio cuenta de que en ningún momento le echaba la culpa, pero no por ello se sintió menos desconsolada, pues sabía el papel que había desempeñado en todo aquello.

—¿Vender nuestra casa? —protestó Anne Foster en cuanto su padre terminó.

—¿Sabes, mamá? Puede que no sea tan malo después de todo —apuntó Louisa—. Grosvenor Square ya no es tan elegante como antes. He visto algunas casas preciosas en la calle Curzon en las que podríamos vivir perfectamente.

—¿La calle Curzon? —repitió su padre—. Me temo que no será posible, querida.

—Creo que lo más acertado sería vivir en otro lugar —intervino Abigail—. En una ciudad más pequeña, o incluso en el campo; así no nos veríamos obligados a tener un ejército de sirvientes, dar grandes cenas o vestir a la última moda.

—¿Al campo? —Louisa torció su preciosa cara y puso un gesto de desagrado, como si acabara de encontrar un ratón en la sopa—. A menos que estemos hablando de una de esas enormes casas de campo donde se dan mil recepciones, se organizan cacerías de zorros o esas que cuentan con inmensos jardines con laberintos incluidos...

—No, Louisa. Me temo que no. Tiene que ser algo más modesto.

—Oh, ¿por qué nos tiene que pasar esto? —se lamentó su madre—. ¿Qué sucederá ahora con la temporada de Louisa? ¿Y su dote? ¿Nos hemos quedado sin nada? ¿Es que nuestra hija pequeña no va a tener ninguna oportunidad de conseguir un buen matrimonio?

—Yo no he dicho eso. Y Louisa sí tendrá su temporada. —Su padre miró a Abigail con ojos preocupados antes de desviar la mirada—. Conseguiremos el dinero suficiente para que Louisa tenga un guardarropa adecuado y lo que sea que necesite. Confío en que tu tía Bess nos permita quedarnos en su casa unos meses.

—Por supuesto que nos dejará. Aunque... no termino de entenderlo. Creía que habías dicho que no teníamos dinero suficiente.

Su padre volvió a mirarla y continuó explicando la situación.

—Abigail ha tenido la amabilidad de...

Pero ella lo interrumpió.

—He ayudado a papá a encontrar algunas formas de ahorrar. Dinero que habíamos reservado por si venían... tiempos difíciles. Y unas cuantas cosas que podemos vender...

—¡No las esmeraldas de tu padre! —exclamó su madre.

Abigail negó con la cabeza.

—No, las esmeraldas no.

Su madre asintió con firmeza.

—Bien. Louisa también debería tener la oportunidad de llevarlas, como hiciste tú.

Agradeció aliviada que su madre se abstuviera de añadir un «aunque de nada sirvieron» o algo por el estilo.

Forzó una sonrisa y agregó:

—Muy bien, entre todos vamos a sacar dinero de donde sea para que Louisa tenga una temporada inolvidable. La temporada que se merece.

Durante un instante, su madre la miró como si estuviera hablando en otro idioma. Incluso se temió que tratara de pedir más explicaciones sobre de dónde obtendrían ese dinero; puede que hasta sugiriera que usaran su propia dote, ya que a esas alturas ella no la necesitaría. Una cosa era ofrecerla por voluntad propia —como había hecho en privado con su padre— y otra muy distinta que la humillaran dejando entrever que mantener su dote sería desperdiciar los fondos de la familia.

Sin embargo, su madre, que ahora estaba más calmada, se limitó a decir:

—Como debe ser. —Apretó la mano de Louisa—. ¿Ves, querida? Al final sí vas a tener tu temporada. ¿Qué te había dicho? Vas a conocer al joven más apuesto, más rico y con las mejores conexiones. ¡Estoy plenamente convencida!

Y así, la señora Foster y Louisa se marcharon a hablar de vestidos y moda y Abigail empezó a ayudar a su desilusionado y decepcionado padre a encontrar un lugar más asequible para vivir.

Abigail se puso en contacto con un agente inmobiliario y estuvo mirando alguna casa que se adaptase a sus necesidades. Pero no encontró nada que tuviera el espacio suficiente según los criterios de su madre y que se ajustase a su prudente presupuesto. Por eso se vio obligada a rechazar varias propuestas por su elevado precio.

Una tarde, entre un montón de correspondencia relativa a diferentes propiedades, recibió una carta de Gilbert Scott con matasellos de Roma. En cuanto la vio, el corazón le dio un vuelco, como le sucedía siempre que leía su nombre escrito con esa letra tan pulcra típica de él. Durante los meses anteriores, Gilbert había enviado cartas tanto a ella como a su hermana. Leía ensimismada todos los detalles y descripciones sobre sus estudios y la arquitectura de Italia —a veces acompañados de dibujos en los márgenes— y le respondía con diligencia. No tenía ni idea del tipo de misivas que le escribía a su hermana, aunque se temía (y esperaba equivocarse) que eran de un estilo más romántico que las suyas.

Se retiró a su habitación para leer la carta en privado.

Mi querida Abby:

Hola, vieja amiga. ¿Cómo va todo por Londres? Me imagino que estarás muy aburrida sin mí por allí para bromear contigo y llevarte a dar un paseo para ver Saint Paul, la construcción del hospital Bethlehem, alguna conferencia o a cualquier otro sitio. Italia es un país espectacular que seguro que te encantaría, pero no te voy a abrumar con detalles para no arriesgarme a que te pongas celosa y no vuelvas a escribirme.

Has sido muy atenta al responder a todas mis cartas. No sabes cuánto te lo agradezco. Por mucho que disfrute de Italia y de mis estudios, no me avergüenza admitir, ya que me conoces tan bien, que de vez en cuando me siento un poco solo. ¡Cómo me gustaría caminar contigo por la plaza Venecia y enseñarte el foro romano!

Llevo un tiempo sin saber nada de Louisa. Como tú, no tardaba en responderme al comienzo de mi travesía. Pero sus cartas se han ido espaciando cada vez más. Espero que esté bien de salud, lo mismo que tú y tus padres, por supuesto. Tal vez he hecho algo que la haya ofendido. Si es así, no ha sido mi intención en absoluto. Por favor, házselo saber. Si todas las mujeres fueran tan amables y magnánimas como tú...

En tu última carta me preguntabas qué edificio me gustaba más. Me he dado cuenta de que cada día que pasa tengo un nuevo favorito. Lo cual me recuerda que es mejor que empiece a despedirme. Estamos a punto de salir de la basílica de Santa María del Fiore, en Florencia. Quizás acabo de encontrar mi edificio favorito de hoy.

Con todo mi afecto,
Gilbert

Dobló la carta y la apretó contra su pecho durante un instante, imaginándose el apuesto rostro de Gilbert mientras escribía aquella misiva con expresión concienzuda, los dedos manchados de tinta y la punta de la lengua sobresaliendo de entre sus labios, como solía hacer cuando se concentraba en algo. Después, se imaginó a sí misma caminando del brazo de él por las calles de Roma y...

—¿Por qué sonríes? —preguntó Louisa, parada en el umbral de su puerta.

—Por una carta que he recibido de Gilbert.

—¿Y qué te cuenta esta vez? Supongo que más descripciones interminables de columnas y cúpulas.

—Puedes leerla si quieres. —Abigail tendió la carta a su hermana para demostrarle que no tenía nada que ocultar, con la esperanza de que Louisa hiciera lo mismo con ella. Aunque esta nunca había manifestado ningún signo de estar celosa de su hermana mayor.

Louisa rechazó la oferta con un gesto de la mano.

—Tal vez más tarde.

—Se pregunta por qué llevas un tiempo sin escribirle —comentó—. Teme haberte ofendido.

—En absoluto —contestó su hermana con un delicado encogimiento de hombros—. Es que he estado muy ocupada respondiendo invitaciones, ultimando detalles de mi guardarropa y cosas similares. Y ahora que ya ha pasado la Pascua y ha comenzado la temporada... Bueno, imagino que te acordarás de cómo era. Te acuestas de madrugada, te levantas a última hora de la mañana y te pasas toda la tarde atendiendo y haciendo visitas.

Nunca había confesado a Louisa que había sido testigo de su encuentro privado con Gilbert, ni le había preguntado qué era lo que le había dado como regalo de despedida. Tal vez había llegado la hora de hacerlo.

—Louisa, sé que le diste algo a Gilbert antes de que se marchara. ¿Es un secreto o...?

Su hermana parpadeó sorprendida.

—¿Te lo ha contado Gilbert en alguna de sus cartas? Yo... Le di un mechón de pelo. No te importa, ¿verdad? Siempre estás diciendo que Gilbert y tú solo sois amigos.

¿En serio? Tragó saliva.

—Bueno, sí. Buenos amigos.

¿Había pedido Gilbert a su hermana que le diera un mechón? ¿Lo llevaría guardado en un anillo? La mera idea le contrajo el estómago de tal modo que no quiso seguir preguntando. No estaba segura de querer saberlo.

Logró salir del paso con una típica frase de hermana mayor.

—Louisa, es de mala educación dejar pasar mucho tiempo a la hora de responder a una carta. Seguro que al menos puedes enviarle algunas líneas. Aunque solo sea para informarle de que te encuentras bien y de que seguís siendo... ¿amigos?

Su hermana se dejó caer en un sillón. Solo en su presencia olvidaba su habitual preocupación por la elegancia y buenas maneras.

—Está bien. —Entonces la miró con un destello de humor en los ojos y esbozó una de sus sonrisas más encantadoras—. O también podrías hablarle de mí cuando le contestes. Seguro que tu carta estará mañana mismo en correos.

Enseguida empezaron a recibir ofertas de compradores interesados en su casa: la mejor de ellas incluía como condición quedarse con la mayor parte de los muebles. Aunque les tranquilizó bastante recibir una propuesta tan buena, sabían que en cuanto su padre terminara de pagar el aval no les quedaría mucho para gastar en su nuevo hogar. A pesar de sus constantes esfuerzos, Abigail comenzó a perder la esperanza de encontrar una vivienda que cumpliera las expectativas de todos los miembros de la familia.

Entonces, a principios de abril, mientras conversaba con el ama de llaves sobre menús un poco más modestos y otros cambios que ayudasen a ahorrar, un sirviente las interrumpió.

—Señorita, su padre me ha pedido que le diga que quiere que se reúna con él en su despacho.

—¿Ah, sí? Creía que estaba con una visita.

—De hecho, ahora mismo está con él. —Y con una inclinación de cabeza se marchó sin dar más explicaciones.

Abigail despidió al ama de llaves con un agradecimiento y se dirigió al despacho de su padre.

Una vez dentro se lo encontró sentado detrás del escritorio. A un lado, frente a una de las ventanas, había un hombre de pie vestido de negro.

Lo miró con cierta vacilación y dijo:

—¿Has preguntado por mí, padre?

—En realidad ha sido este caballero el que ha pedido que vengas —respondió su padre señalando al hombre.

Se trataba de un varón de unos sesenta años. No muy alto, pero de aspecto distinguido gracias a su levita negra y chaleco gris marengo. El cuello alto de la camisa blanca enmarcaba un rostro de lo más llamativo. Tenía los párpados caídos bajo unas espesas cejas arqueadas tan negras como las alas de un murciélago y dos profundas arrugas en forma de surco que iban desde ambos lados de la nariz recta hasta las comisuras de la boca. Llevaba las mejillas pulcramente afeitadas y un bigote pequeño acompañado de una perilla estilo Van Dyke del mismo color del pelo: negro con un toque plateado por las canas. Pero lo que más le llamó la atención fueron sus ojos. Sagaces y calculadores. Astutos y perceptivos.

Estaba bastante segura de que nunca lo había visto antes. Sin duda lo habría recordado. Entonces, ¿por qué había requerido su presencia?

—¿Nos conocemos de algo, señor? —preguntó.

—No, señorita. No he tenido el placer —respondió sin mostrar ningún signo que evidenciara que le apeteciera conocerla incluso ahora.

Su padre, aunque tarde, decidió hacer las presentaciones.

—Esta es mi hija mayor, la señorita Abigail Foster. Abigail, este es el señor Arbeau. Es abogado.

A Abigail se le hizo un nudo en el estómago. ¿Se habrían agravado los problemas de su padre por culpa de la quiebra del banco del tío Vincent? ¿Estaba a punto de decirles que debían más dinero? Apretó una mano. Ya habían perdido demasiado.

El señor Arbeau hizo una seca reverencia y después volvió a enderezarse cruzando los brazos detrás de la espalda. Toda esa elegancia austera le daba un aire un tanto intimidante.

El abogado clavó la mirada en algún punto por encima de su padre y comenzó a explicar la razón de su presencia.

—Señor Foster, tengo entendido que actualmente está afrontando una crisis financiera y que el hecho de que le ofrecieran una vivienda espaciosa a un precio asequible sería de lo más oportuno, ¿me equivoco?

La expresión de su padre se tornó sombría.

—No me hace ninguna gracia que mis asuntos privados circulen por ahí en boca de extraños, señor Arbeau.

—Entonces le sugiero que no lea los periódicos, señor. —El abogado hizo un gesto con su elegante mano y a Abigail no le pasó desapercibido el anillo de oro que llevaba en el dedo meñique—. Sí, sí. Es usted un hombre orgulloso, lo entiendo. Aunque espero que no demasiado. Al menos no hasta que considere la oferta que estoy a punto de hacerle.

Su padre entrecerró los ojos.

—¿Qué oferta? ¿Supongo que tiene una casa «espaciosa» en alquiler?

—No, yo no. Pero uno de mis clientes sí posee una mansión antigua y me ha dado instrucciones para ofrecérsela en unos términos muy ventajosos.

—¿Y quién es ese cliente? —preguntó su padre.

El señor Arbeau apretó los labios.

—Un pariente lejano suyo que proviene de una familia importante con propiedades en la zona oeste de Berkshire. Eso es todo lo que se me permite decirle.

—Si es un pariente, ¿a qué viene tanto secretismo? —El abogado le sostuvo la mirada, pero no respondió. Su padre miró hacia arriba, concentrado en lo que acababa de decirle—. Ahora que lo pienso, sí tengo algunos antepasados en Berkshire. ¿Puede al menos decirme el nombre o la ubicación de dicha propiedad?

—Pembrooke Park. Escrito con dos oes.

—Ah. —Los ojos de su padre se iluminaron—. Mi abuela por parte materna era una Pembrooke.

El señor Arbeau continuó mirándolo, aunque ni confirmó ni negó la conexión.

—Por favor, entienda que no está heredando dicha propiedad —dijo. De hecho, los herederos más próximos siguen con vida y el testamento está paralizado a la espera de probar algunas cuestiones sucesorias. No obstante, el actual albacea de la herencia vive fuera y quiere que la finca esté ocupada, a ser posible por familiares que sean merecedores de ello.

—Ya veo... —Su padre juntó las yemas de los dedos de ambas manos y Abigail pudo ver cómo su mente empezaba a trabajar, sopesando si debía sentirse halagado o insultado por ser considerado un familiar «merecedor».

—La casa tiene dos plantas principales y cinco dormitorios —continuó el señor Arbeau—. También cuenta con habitaciones para el servicio en el ático, así como cocinas y espacios de trabajo doméstico en el semisótano. A todo esto hay que añadir una iglesia, establos y edificaciones anexas, más casi cuatro hectáreas de zonas verdes, estanques, huertos y jardines que llevan años descuidados.

—Pero una finca tan grande... —interrumpió Abigail—. Me temo que está por encima de nuestras... necesidades.

El abogado sacó una tarjeta de un bolsillo interior en la que había escrita una cifra. A continuación, se la pasó a su padre, que a su vez se la entregó a ella. Abigail la miró y alzó ambas cejas asombrada. Después se dejó llevar por la curiosidad y le dio la vuelta. El dorso era una simple tarjeta de visita grabada con el nombre de «Henri Arbeau, abogado».

—Desde luego, es una oferta inusualmente razonable y muy generosa —reconoció ella—. Pero me temo que no podemos hacer frente a los gastos de personal y mantenimiento de una propiedad de esas dimensiones.

El abogado le lanzó una mirada sagaz y respondió.

—Veo que mi cliente tenía razón al solicitar su presencia en esta reunión, señorita Foster. —Sacó un segundo trozo de papel del bolsillo—. Me han autorizado para contratar y remunerar a un servicio de personal básico, aunque mi comisión no incluye *chefs* franceses o una miríada de lacayos. —Miró la lista que contenía el papel—. Se les proporcionará una cocinera/ama de llaves, un ayudante de cocina, un sirviente y dos criadas. Los asistentes personales, como el ayuda de cámara, la criada de la señora o similares, correrán por su cuenta. Si están de acuerdo.

Abigail abrió la boca para expresar su incredulidad, pero antes de que pudiera decir nada, el señor Arbeau la interrumpió alzando la mano.

—Y ahora, antes de que me agradezcan a mí o a mi cliente tan «generosa» oferta, debo pedirles que moderen sus expectativas y gratitud. La casa lleva dieciocho años tapiada y sin ocupantes.

Abigail lo miró boquiabierta antes de clavar la vista en su padre para observar su reacción. ¿Se habría llevado la misma decepción que ella? ¿Por qué dejaría alguien una casa abandonada durante casi dos decenios? ¿En qué condiciones estaría?

—¿Puedo preguntar por qué ha permanecido vacía tanto tiempo? —quiso saber su padre.

—No me corresponde juzgar las decisiones que mi cliente tomó en el pasado a este respecto. Lo único que puedo decir es que ni mi cliente ni nadie de su familia han podido, o querido, vivir allí.

—¿Y no se ha alquilado hasta ahora?

—No. —El señor Arbeau soltó un suspiro de impaciencia—. Miren, mi cliente sabe que su familia necesita una vivienda y desea satisfacer dicha necesidad. Pueden estar seguros de que se hará todo lo necesario para que sea habitable. Yo mismo les acompañaré para que juzguen con sus propios ojos si pueden vivir en Pembrooke Park haciendo las mejoras pertinentes. Y si están dispuestos a permanecer allí durante al menos doce meses para que la inversión merezca la pena, mi cliente pagará todas las reparaciones, limpieza y cinco miembros del personal a su cargo para garantizar su comodidad.

Abigail se quedó mirando al vacío, intentando hacer un cálculo mental de los considerables gastos que el cliente de aquel abogado estaba dispuesto a afrontar en comparación con la modesta renta que pedía a cambio. Cuando se dio cuenta de la enorme diferencia, parpadeó sorprendida, aunque también sintió una cierta desazón en la base del estómago. Si algo le había enseñado hacer negocios con el tío Vincent era que no había que fiarse de todo aquello que pareciera demasiado bueno para ser verdad. Pero ¿podían permitirse el lujo de dejar pasar una oportunidad así?

Su padre, que o no parecía tan consciente de la naturaleza desconcertante de la oferta o simplemente creía que se la merecía, señaló:

—Supongo que los sirvientes prepararán la casa antes de que lleguemos, ¿verdad?

—Supone usted mal —replicó el señor Arbeau con aspereza—. Mi cliente ha sido especialmente insistente en ese punto. Tanto usted como la señorita Foster tendrán que estar conmigo cuando se proceda a la retirada de los tablones que tapian la casa y la abramos por primera vez desde 1800.

Ahora fue a su padre a quien le tocó abrir la boca asombrado.

—Pero... ¿por qué?

—Porque así lo quiere y lo ha estipulado mi cliente. —Su tono no invitó a hacer más preguntas.

Su padre inclinó la cabeza para sopesar un poco más todo aquello, aunque el ceño fruncido que mostraba era una clara señal de lo perplejo que estaba.

El reloj sobre la repisa de la chimenea marcó la hora.

El abogado consultó su lista una vez más y volvió a doblarla instantes después.

—Hay una posada no muy lejos de la propiedad. Si descubrimos que la casa es inhabitable, podrán dormir en ella hasta un máximo de dos semanas, siempre y cuando vayan a la finca todos los días para supervisar el trabajo de los sirvientes. —Se metió la lista en el bolsillo y agregó con tono condescendiente, casi burlón—: Si están ustedes de acuerdo, por supuesto.

Abigail miró de soslayo a su padre y vio que se estaba poniendo rojo. Temiendo que terminara despidiendo al hombre con una respuesta descortés, se apresuró a decir:

—Vuelvo a repetir que es una oferta muy generosa, señor Arbeau. Y no encuentro objeción alguna en visitar, aunque solo sea una vez, Pembrooke Park. ¿Y tú, papá?

Su progenitor vaciló al observar su expresión de súplica.

—Bueno... sí. Supongo que no.

—¿Está la casa amueblada o tendremos que llevar nuestras cosas? —preguntó Abigail, acordándose de la oferta más alta que habían recibido por su vivienda, supeditada a que dejaran los muebles.

—Sí, completamente amueblada —respondió el señor Arbeau—. Nunca he estado dentro, pero mi cliente me ha asegurado que encontrarán Pembrooke Park con todos los enseres y mobiliario necesarios para vivir, aunque llenos de polvo como se pueden imaginar. —Terminó con un brillo de ironía en la mirada.

Podría ser la oportunidad perfecta para mejorar las finanzas de la familia y recuperar la confianza de su padre.

Con la esperanza de no estar llevando de nuevo a su progenitor por el mal camino, cuadró los hombros y forzó una sonrisa.

—Bueno, no somos de los que nos asustamos por un poco de polvo, ¿verdad, papá?

En cuanto fijaron la fecha para visitar Pembrooke Park, el peculiar señor Arbeau y su sorprendente oferta abandonaron su casa. Y fue entonces cuando Abigail respiró aliviada.

Capítulo 2

Abigail y su padre viajaron con el circunspecto abogado en un cómodo carruaje alquilado para la ocasión. El viaje duró casi todo el día, recorriendo diversas vías de peaje y haciendo paradas regulares para cambiar los caballos y postillones o para comer en alguna posada.

Por fin llegaron al oeste de Berkshire, donde sus montes y bosques dieron paso a las granjas y colinas de caliza típicos de la frontera con Wiltshire. Cruzaron el pueblo de Caldwell, con su preciosa iglesia, su taller textil y el Cisne Negro, la posada que el señor Arbeau había indicado que era la más cercana para dormir hasta que consiguieran que la casa fuera habitable. Minutos más tarde, alcanzaron Easton, una pequeña aldea de tiendas y casas de campo cercana a Pembrooke Park.

Abigail sentía que por momentos se le aceleraba el pulso. «Por favor, Dios, no permitas que la casa sea un desastre total... No cuando he sido yo la que ha convencido a mi padre para que vengamos. No soportaría volver a decepcionarlo.»

Nada más salir de la aldea, tomaron un camino estrecho rodeado de árboles. De pronto, el carruaje se detuvo bruscamente.

—¿Qué diantres...? —exclamó el señor Arbeau, echando chispas por sus ojos negros.

Abigail alzó la barbilla para mirar por la ventana.

En ese momento, el mozo abrió la puerta.

—El camino está bloqueado, señor. Esto es lo más lejos que podemos llegar con este «pequeño».

—¿Cómo que el camino está bloqueado?

—Salga y véalo con sus propios ojos, señor.

El abogado tomó su chistera y se bajó del carruaje, que se tambaleó con su peso. Abigail aceptó la mano que le ofreció el mozo y también se apeó del vehículo, seguida por su padre.

Al instante, se vio rodeada por el exuberante aroma a pino y tierra fértil. Frente a ellos se erguía un puente de piedra sobre un río angosto que estaba bloqueado por grandes barriles llenos de piedras colocados a intervalos de modo que pudieran cruzarlo las personas a pie o a caballo, pero no vehículos de mayor envergadura.

El señor Arbeau maldijo por lo bajo antes de comenzar a discutir la situación con el cochero y el postillón. Abigail, sin embargo, no prestó atención a lo que decían, pues se quedó mirando la casa que había al otro lado del puente: una enorme edificación construida con bloques de piedra de cálidos tonos dorados y grises, con un tejado a dos aguas y empinados gabletes, que daba a un patio central, con establos a un lado y una pequeña iglesia al otro. El conjunto estaba rodeado por un muro bajo de piedra al que se accedía por una verja pasado el puente.

—¿Es eso? ¿Pembrooke Park? —oyó que preguntaba su padre a su lado.

—Sí.

Lo miró para evaluar su reacción, aunque por la expresión que tenía le resultó muy difícil saber qué pensaba.

El señor Arbeau se acercó y les dijo:

—Mi cliente no mencionó nada de ninguna barricada. Deben de haberla erigido estos últimos años sin su conocimiento. —Se estiró los puños—. Venga, vamos. Tendremos que hacer el último tramo a pie.

Y así, armado con su bastón de empuñadura dorada, se puso en marcha con paso decidido. Abigail y su padre se miraron indecisos, pero terminaron siguiéndolo por el puente a través de la barricada.

Al otro lado, atravesaron la verja del muro de piedra y cruzaron el patio mientras oían el crujido de sus pisadas sobre un suelo de grava lleno de maleza por la falta de cuidado.

Ahora que estaba más cerca, Abigail se dio cuenta de que las ventanas de la casa eran de diferentes épocas y estilos. Algunas tenían forma arqueada, otras eran cuadradas y abatibles, incluso había dos preciosos miradores. La puerta principal estaba alojada en un pórtico arqueado que, durante un instante, le pareció una boca abierta bajo unas ventanas que se asemejaban a ojos asustados, pero desechó muy pronto aquella imagen de su mente.

Se fijó en que las puertas dobles estaban cerradas con una cadena y candado. Al ver que el señor Arbeau sacaba del bolsillo una vieja llave atada a una cinta negra, se detuvo junto a su padre.

Cuando el abogado levantó el candado para introducir la llave, un perro apareció de la nada y trotó hacia ellos ladrando ferozmente. Abigail se quedó petrificada y miró a su alrededor en busca de un arma. Estaba incluso dispuesta a usar el bastón del señor Arbeau en caso de que este no lo hiciera, pero el inmenso mastín, que tenía una cabeza de considerables proporciones, se detuvo bruscamente a unos pocos metros, con el cuerpo en tensión y mostrando los dientes, mientras sus potentes ladridos se transformaban en un gruñido amenazador.

El disparo que oyeron a continuación sobresaltó a Abigail de tal modo que se volvió dando un grito.

Su padre estiró un brazo como para protegerla, un gesto conmovedor aunque inútil. El señor Arbeau, por su parte, se dio la vuelta lentamente en la dirección de la que provenía el disparo.

A unos veinte metros, un hombre sostenía un fusil de chispa de doble cañón apuntando al aire, del que aún salía humo por la detonación. Tenía alrededor de cincuenta años, era alto, delgado, pelirrojo y con barba corta. Estaba parado con las piernas abiertas en una actitud que mostraba absoluta seguridad en sí mismo.

Bajó el arma y los señaló con ella.

—La próxima vez no apuntaré por encima de sus cabezas.

Su padre levantó las manos.

El señor Arbeau se limitó a mirarlo con los ojos entrecerrados, sin mostrar un ápice de miedo o sorpresa.

Un segundo hombre más joven entró en escena.

—¡Papá! —exclamó con voz alarmada—. ¡Papá, no! —Debía de tener unos veinticinco años y también era pelirrojo. Miró en su dirección. —Baja el arma, papá. Y haz el favor de llamar a *Brutus*. Estoy seguro de que estas buenas personas no suponen ninguna amenaza. No parece que sean ladrones.

El hombre mayor no le hizo caso y permaneció en la misma postura durante un rato, mirando con dureza al señor Arbeau y a su padre antes de fijarse en ella.

Al final, el hombre más joven lo obligó a bajar el cañón del arma.

—Muy bien. Eso está mejor.

—¿Quiénes son ustedes y qué están haciendo aquí? —inquirió el hombre mayor sin apartar la vista de ellos. Su voz grave tenía un ligero acento escocés. La nariz larga y delgada y los pómulos altos y marcados le daban el aspecto de un asceta o aristócrata, aunque la ropa que llevaba era mucho menos refinada que sus rasgos.

El señor Arbeau bajó del porche de entrada mientras se metía la mano en el bolsillo. Al instante, el hombre volvió a apuntarles con el arma.

—Mi tarjeta —explicó el abogado, extendiendo las manos en señal de súplica—. Me apellido Arbeau y le aseguro que tenemos todo el derecho a estar aquí.

—Eso ya se verá.

El señor Arbeau le ofreció su tarjeta.

—Represento al albacea de la herencia.

El hombre se puso el arma debajo del brazo, tomó la tarjeta y la examinó con el ceño fruncido.

El abogado observó el rostro del hombre con calculado interés.

—Supongo que usted es Mac Chapman.

El hombre levantó la cabeza de inmediato y lo fulminó con la mirada.

—¿Y cómo sabe cómo me llamo si es la primera vez que lo veo en mi vida?

El hombre joven les dedicó una mirada de disculpa antes de esbozar una sonrisa irónica.

—No hay duda de que tu reputación te precede, papá. O al menos lo hará después de esto.

Era obvio que el mayor de los Chapman carecía de cualquier sentido del humor. Alzó la barbilla cubierta por esa mata de pelo rojo en dirección a Abigail y a su padre y preguntó:

—¿Quiénes son estos y qué están haciendo dentro de una propiedad privada?

El señor Arbeau lo miró de soslayo, como si estuviera considerando la mejor forma de desarmar a aquel hombre, tanto en sentido literal como figurado.

—La señorita Foster y su padre han venido desde Londres para ver Pembrooke Park.

Su padre, con las manos aún levantadas, aunque ahora a la altura de la cintura, dio un paso al frente.

—Soy Charles Foster. Mi abuela materna era Mary Catharine Pembrooke, hija de Alexander Pembrooke.

Abigail enrojeció de vergüenza por el comportamiento de su padre. Era la primera vez que le oía mencionar aquellos nombres. Seguro que había estado indagando en el árbol genealógico de la familia después de la primera visita del abogado. Que se mostrara tan orgulloso por estar emparentado con una familia de abolengo a la que apenas conocían hizo que se sintiera incómoda.

Sin embargo, el señor Chapman pareció escuchar las palabras de su padre con sumo interés, mirando hacia el cielo como si estuviera recordando.

—Mary Catharine Pembrooke... —repitió—. Oh, sí. Tuvo que ser la tía abuela de Robert Pembrooke.

—Yo... —Su padre vaciló. Seguro que no tenía ni idea de quién era el tal Robert Pembrooke, igual que ella.

El hombre continuó haciendo memoria.

—Creo que se casó con el señor Fox.

Ahora fue el turno de su padre de levantar la cabeza, sorprendido.

—Exacto. Mi abuelo. ¿Cómo lo sabe?

El hombre más joven palmeó a su padre en el hombro.

—Mi padre fue el administrador de Pembrooke Park durante muchos años. Estuvo muy orgulloso de su trabajo y de la familia que representaba.

—Y por lo visto sigue estándolo. —El señor Arbeau echó hacia atrás los hombros—. Muy bien, si ya hemos terminado con la lección de genealogía, creo que es hora de que entremos. —Se volvió hacia la puerta.

El señor Chapman se puso rígido y volvió a fruncir el ceño.

—¿Entrar? ¿Para qué?

—Para enseñarle la casa al señor y a la señorita Foster. Mi cliente se ha ofrecido a alquilársela durante un año si cumple con su aprobación.

A Abigail no le pasó desapercibida la mirada atónita que intercambiaron padre e hijo. Se notaba que no les hacía ninguna gracia que alguien pudiera mudarse a la casa abandonada.

El señor Arbeau volvió a concentrarse en el candado, luchando por conseguir abrir aquel cacharro oxidado. Pero el señor Chapman entregó el arma a su hijo, se acercó a ellos y sacó un manojo de llaves del bolsillo de su abrigo.

—Déjeme —dijo—. Esa llave que tiene es la de la puerta.

El abogado se hizo a un lado, con los ojos oscuros brillando ofendidos.

—Por supuesto. —Al darse cuenta de que tenía una mancha de óxido en su guante de seda negra, se la limpió con un pañuelo.

El señor Chapman usó una de sus llaves y el candado cedió. Luego lo abrió, lo sacó de la pesada cadena y la pasó por los tiradores de la puerta.

—Como podrán ver, mi padre se ha encargado de mantener el tejado y el exterior en el mejor estado posible durante todos estos años —señaló el hijo.

El señor Arbeau miró al hombre, al perro y al fusil.

—¿Y también fue el que puso el candado y se autoproclamó guardián de la finca? —sugirió enarcando ambas cejas.

—¿Y qué si lo hice? —dijo Chapman, que dejó la cadena a un lado.

—Supongo que también tenemos que agradecerle lo de la barricada del puente.

—Han intentado robar varias veces.

—Me imagino que vándalos y alguna que otra chiquillada, ¿verdad?

—No, señor. Imagina mal. Cazadores de tesoros. Ladrones.

—¿Cazadores de tesoros? —preguntó Abigail bruscamente.

Mac Chapman la miró directamente. Ahora que lo tenía tan cerca se quedó impresionada por aquellos intensos ojos verdes.

—Sí, señorita. Atraídos por viejos rumores sobre un tesoro escondido en la casa. En una habitación secreta. —Sus ojos brillaron—. Tonterías, por supuesto.

—Por supuesto —repitió ella sin mucha convicción.

«¿Un tesoro? ¿Será verdad?»

El señor Chapman insertó una segunda llave en la cerradura de la puerta.

—La casa lleva cerrada dieciocho años, algo que tampoco ha ayudado mucho. —Mientras presionaba el pestillo, empujó con el hombro la madera. La puerta cedió tras una sacudida y terminó abriéndose con un crujido.

—Perfecto, señor Chapman —dijo el abogado—. ¿Quiere hacer los honores y enseñárnosla?

—Solo Mac, por favor. Y no, gracias.

—Me gustaría verla, papá —intervino el hijo—. No entro desde que era un crío.

Mac le lanzó una mirada de reprobación.

—Estoy seguro de que tienes asuntos mucho más importantes que atender.

Los ojos del hijo se encontraron con la mirada acerada de su padre.

—Ah, sí, supongo que sí.

Abigail notó por el rabillo del ojo que algo se movía. Miró por encima del hombro y vio a una mujer joven atravesando la verja acompañada de una niña de unos once o doce años. Ambas caminaron por el patio, pero se detuvieron en cuanto se dieron cuenta de que había gente dentro de la finca.

Mac Chapman se puso rígido.

—Will —dijo en voz baja—, llévate a Leah a casa, por favor. Y a Kitty también.

Algo en el tono de su padre hizo que el hijo levantara la vista de inmediato.

—Está bien.

A continuación, hizo una reverencia, se volvió y se marchó a largas zancadas. Nada más llegar a la altura de las recién llegadas, rodeó los hombros de la preciosa joven con un brazo y agarró la mano de la niña.

¿Serían su mujer y su hija?, pensó Abigail. Fueran quienes fuesen, lo cierto era que el hijo de Mac Chapman logró que se dieran la vuelta con cuidado y las llevó fuera de su vista.

—¿Seguro que no quiere acompañarnos, Mac? —volvió a preguntar el señor Arbeau. —Más que nada para asegurarse de que no robemos nada —agregó con ironía.

Mac miró a través de la puerta abierta hacia el vestíbulo con una expresión cargada de... ¿De qué? ¿Nostalgia? ¿Recuerdos? ¿Arrepentimiento? No lo tenía muy claro.

—No. Esperaré aquí y cerraré cuando se vayan.

En cuanto entraron en el vestíbulo de techo alto, un rancio olor a humedad les dio la bienvenida. Abigail contempló con horror cómo algunas pequeñas criaturas salían despavoridas. La balaustrada de la enorme escalera, así como las esquinas de los retratos colgados de las paredes, estaban llenos de telarañas. Una gruesa capa de polvo cubría las pesadas cortinas de las ventanas y los pliegues del descolorido sofá que había junto a la puerta. Al otro lado de la estancia se erguía un reloj de pie como si fuera un centinela silencioso.

El señor Arbeau se sacó una nota del bolsillo y empezó a leer en voz alta.

—Aquí, en la planta principal, tenemos el vestíbulo, una sala de estar, el comedor, la sala de recepción, el salón y la biblioteca. ¿Empezamos la visita?

Avanzaron por el vestíbulo dando pasos vacilantes y dejando sus huellas sobre el manto de polvo que cubría el suelo. La primera habitación en la que entraron resultó ser la sala de estar, a través de la cual se accedía al comedor, en el que había una mesa inmensa y una araña de cristal, también llena de telarañas. En la mesa se veían los restos de lo que debió de ser un centro de flores con ramas de sauce y... ¿una piña? Era difícil de distinguir, ya que se había secado hasta convertirse en un amasijo marrón de ramitas y cáscaras retorcidas.

Después pasaron a la sala de recepción y Abigail se quedó estupefacta, pues parecía como si los ocupantes de la casa hubieran salido corriendo. En una mesa redonda había un juego de tazas con restos de té seco. Había un libro abierto sobre el brazo del sofá y debajo de una silla volcada se podía ver una labor de costura casi terminada.

¿Qué habría sucedido? ¿Por qué los anteriores ocupantes habían abandonado aquella casa de forma tan apresurada y por qué aquellas habitaciones habían permanecido cerradas durante casi veinte años?

Su padre levantó la silla y Abigail aprovechó para recoger el costurero. Cuando vio los excrementos de ratón del tamaño de semillas que había en su interior hizo un gesto de repulsión.

Su padre fue el que se atrevió a preguntar aquello que ella se moría por saber.

—¿Por qué tuvo que salir a toda prisa la familia que vivía aquí?

Con los brazos detrás de la espalda, el señor Arbeau continuó inspeccionando la habitación.

—No sabría decirle, señor.

«¿No sabría o no querría?», se preguntó Abigail, aunque se mantuvo en silencio.

Pasaron rápidamente por el salón cerrado y la oscura biblioteca con las paredes repletas de estanterías que iban desde el suelo al techo y que estaban llenas de libros abandonados. Después, subieron despacio por la gran escalera y doblaron por el rellano. Entraron en cada uno de los dormitorios. En los dos más grandes encontraron las camas pulcramente hechas, las cortinas sujetas con sus respectivas abrazaderas, armarios con prendas de vestir apolilladas y varios sombreros y gorros colgados de sus perchas. En los otros, las camas estaban sin hacer, las sábanas revueltas y parecía que alguien había abierto las cortinas a toda prisa. En uno de ellos incluso había un tablero con una partida de ajedrez interrumpida, esperando a que alguien hiciese el siguiente movimiento. En otro, se encontraron con una casa de muñecas con miniaturas cuidadosamente ordenadas, un claro reflejo de lo preciada que debía de ser para su propietaria. Abigail se quedó mirando un pequeño y desteñido vestido azul que colgaba de un gancho en la pared.

Volvió a estremecerse. ¿Dónde estaría ahora la niña que lo había llevado hacía dieciocho años?

—¿Qué le pasó a la familia que vivía aquí? —quiso saber.

—No me está permitido decírselo —contestó el señor Arbeau.

Intercambió una mirada confundida con su padre, pero no insistió más. Instantes después, regresaron a la planta principal.

—¿Y bien? —preguntó el señor Arbeau antes de echar un impaciente vistazo a su reloj de bolsillo.

Había que reconocer que bajo toda esa capa de polvo, telarañas y misterio, era una casa hermosa. Vivir en un lugar así sería todo un privilegio... en cuanto estuviera limpio. Miró a su padre, que volvía a inspeccionar el vestíbulo una vez más con expresión seria.

—Necesitará muchísimo trabajo... —dijo por fin.

—Cierto —convino el señor Arbeau—. Pero es un trabajo que usted no hará personalmente. Pediré a Mac Chapman que me recomiende a personal cualificado para tener lista la casa, si es que cuenta con su aprobación por supuesto. —Ahí estaba otra vez ese brillo condescendiente en sus ojos.

Al ver que su padre estaba muy ocupado estudiando los retratos de sus antepasados lejanos, fue ella la que respondió.

—Si Mac está de acuerdo, me parece una idea excelente.

—Entonces, ¿al final se quedarán en la casa durante al menos un año? ¿Y firmarán un acuerdo en este sentido?

Volvió a mirar a su padre. ¿Aceptaría su consejo después de haberle fallado tan estrepitosamente? No estaba muy segura, pero insistió con cuidado.

—Creo que deberíamos aceptar, papá. Si te parece bien.

Charles Foster asintió con la vista clavada en un caballero vestido estilo Tudor.

—Sí, yo también lo creo.

Antes de marcharse, hablaron con Mac Chapman, y este accedió a contratar a una cocinera/ama de llaves de confianza, un sirviente, una ayudante de cocina y dos criadas, tal y como habían acordado.

—Denme unos días para entrevistar candidatos e investigar sus referencias —dijo, mirando con inquietud las ventanas de la planta superior—. No puedo contratar a cualquiera. No para trabajar aquí.

Abigail y su padre le dieron las gracias y le dijeron que lo verían pronto.

Cuando se disponían a despedirse, Mac advirtió a Abigail:

—Ahora que van a quedarse en la casa, seguro que oirá unos cuantos chismes. No les dé mayor importancia.

—¿Chismes? —preguntó ella—. ¿Se refiere a lo del presunto tesoro?

—Sí. —Sus ojos verdes adquirieron un extraño brillo—. A eso y otros rumores mucho peores.

Capítulo 3

C uando regresaron a Londres, le contaron a su madre y a Louisa todos los detalles sobre su nuevo hogar y aceptaron la oferta más alta que habían recibido por su casa. El comprador, recién llegado de las Indias Occidentales, quería entrar a vivir de inmediato, así que a Abigail no le quedó más remedio que ponerse con los preparativos para dejar libre la propiedad.

Excepto algunos objetos de arte, que venderían por separado, y la porcelana y ropa de cama, que llevarían con ellos, el resto se quedaría en la casa. De modo que se dedicó a supervisar el embalaje de los baúles, aunque dejó que fuera su padre el que negociara con el marchante.

Mientras recogía sus cosas del dormitorio que había ocupado la mayor parte de su vida, se sintió nostálgica. Le resultaba extraño dejar atrás el mobiliario y la cama en donde otra persona volvería a dormir muy pronto. Esperaba que el nuevo o la nueva ocupante les tuviera el mismo cariño que ella. Guardó su ropa, separando la que se llevaría con ella para su uso inminente de la que dejaría en el baúl para que se la enviaran después. Luego empacó sus libros favoritos —sobre planos de casas y diseños de paisajismo de Capability Brown— y unas cuantas novelas.

Como el nuevo propietario también quería conservar al personal de la casa, los Foster decidieron que solo se llevarían a Marcel, la doncella personal de su madre, aunque por el momento se quedaría en Londres con su progenitora y Louisa. El ayuda de cámara de su padre se negó a abandonar la capital y solicitó referencias para poder usarlas a la hora de encontrar un nuevo empleo.

En cuanto a los caballos y el carruaje, decidieron venderlos y alquilar una diligencia para el viaje.

Dos semanas después, todo estaba dispuesto para que Abigail y su padre regresaran a Pembrooke Park. Mientras tanto, la señora Foster y Louisa se quedarían en la casa de la tía Bess y se reunirían con ellos en Berkshire en cuanto terminara la temporada.

La noche antes de partir, Abigail terminó de recoger sus pertenencias personales y comprobó si en el equipaje de mano llevaba todo lo que iba a necesitar durante una semana (camisones, muda limpia, artículos de tocador, la novela que estaba leyendo). Cuando se acercó al cajón del escritorio en busca de un cuaderno de dibujo y lápices, vio un rollo de papel. Al abrirlo, el corazón le dio un brinco, pues reconoció los planos de la casa que Gilbert y ella habían diseñado hacía unos años. Recordó que, tras muchas discusiones y revisiones, por fin habían dado con el hogar ideal.

Tal vez para él solo hubiera sido un juego, una especie de práctica, pero para ella fue algo muy real. Se había imaginado viviendo en aquellas habitaciones. Llenando los dormitorios con los hijos de ambos. Comiendo juntos en el salón con aquel ventanal con vistas al jardín en el que Gilbert y ella pasearían tomados del brazo...

Parpadeó para quitarse de la cabeza aquellas imágenes sin sentido y las lágrimas que ya humedecían sus ojos. Dibujaron esos planos cuando apenas eran adolescentes. Lo más probable era que Gilbert ni siquiera se acordara de ellos y seguro que se disgustaría si supiera que todavía los guardaba. Durante un segundo, estuvo tentada de romperlos, pero no pudo hacerlo. Aunque sabía que sería una molestia llevarlos a su nueva casa, volvió a enrollarlos con cuidado y los dejó en el baúl para mantener vivo un sueño al que quizá hubiera sido mejor renunciar de una vez por todas.

Al llegar el día previsto, Abigail y su padre viajaron en diligencia a Pembrooke Park. Allí les esperaban a la entrada los miembros de la plantilla doméstica dispuestos en una fila impecable.

—Buenos días, señorita Foster. Señor Foster —los saludó Mac Chapman, que también había acudido a darles la bienvenida—. Permítanme presentarles a la señora Walsh, su nueva cocinera y ama de llaves.

Una mujer de generosa cintura y aspecto bondadoso inclinó la cabeza.

—Señor. Señorita.

—Esta es Jemima, su ayudante de cocina.

La susodicha, una muchacha delgada, de no más de quince años, rio con timidez antes de hacer una reverencia.

—Y estas son Polly y Molly. Como habrán podido adivinar, son hermanas y serán sus sirvientas.

Ambas les saludaron también con una reverencia y esbozaron sendas sonrisas. Eran muy guapas, de unos dieciocho o diecinueve años. Una con el pelo rubio oscuro; la otra, castaño claro.

Abigail les devolvió la sonrisa.

Mac se volvió en dirección al único hombre que había entre los nuevos empleados.

—Y este es Duncan. Será su sirviente, el encargado de las reparaciones que necesite la propiedad, el cochero y, en general, hombre para todo.

Se fijó en él. Debía de tener casi treinta años, con el pelo castaño claro, hombros anchos y brazos musculosos. Sí, se le veía apto para llevar a cabo cualquier trabajo duro.

El hombre hizo una ligera inclinación pero, a diferencia de sus compañeras, no sonrió.

Su padre se dirigió al anterior administrador y le dijo:

—Gracias, señor Chap...

—Mac —le recordó él.

—Mac, cierto. Bueno, bienvenido todo el mundo.

—Estamos encantados de tenerlos aquí —agregó ella—. ¿Empezamos?

Después de reunirse con Mac y la señora Walsh, decidieron que empezarían por la cocina, la despensa, el comedor y los dormitorios de los sirvientes —para que estos pudieran comer y dormir en la casa— y luego se encargarían de las habitaciones de los Foster. La señora Walsh se quedaría con el espacio destinado al ama de llaves, Duncan con la habitación del antiguo mayordomo del semisótano y las muchachas dormirían en las alcobas del ático.

Los siguientes días, su padre se quedaba la mayor parte del tiempo en la posada del pueblo, pero Abigail solo iba allí a dormir, pues supervisaba a diario el trabajo de los sirvientes entretanto limpiaban y ventilaban la casa habitación por habitación.

Su padre insistió en que escogiera el dormitorio que quisiera: una pequeña recompensa por haberlo acompañado y encargarse de que Pembrooke Park estuviera habitable lo antes posible. Lo cierto era que había sido un detalle por su parte; en realidad fueron las primeras palabras amables que le dirigió desde la catástrofe del banco y ella las aceptó encantada, aunque su escepticismo por naturaleza y pragmatismo le dijeron que solo lo hacía para aligerar la culpa que debía de sentir al permitir que cargara ella sola con todas las labores de limpieza.

Fueran cuales fuesen sus razones, Abigail no eligió ninguna de las habitaciones más grandes, las que suponía habían pertenecido al señor y señora de la casa en el pasado. Tampoco se decantó por la más nueva, que estaba situada en la última ampliación que habían hecho, encima de la sala de recepción, y que tenía una cama elevada con dosel y unas ventanas enormes que la hacían tan soleada.

En su lugar escogió el dormitorio de tamaño más modesto con la casa de muñecas. Desde el primer momento se sintió fascinada por el pequeño alféizar con forma de asiento de la ventana que daba al jardín vallado con vistas al estanque y al río. Y por si esto fuera poco, le cautivaron por completo la encantadora casa de muñecas y el pequeño vestido azul que colgaba de la percha. Tuvo el presentimiento de que aquella estancia escondía muchos secretos y quería guardárlos para sí.

Como quería participar en la limpieza de aquella habitación, ayudó a las sirvientas a quitar las cortinas, ropa de cama y alfombras para lavarlas. Polly fregó las paredes, el suelo y limpió los cristales, pero fue ella quien quitó el polvo de los libros, juguetes y todas y cada una de las miniaturas de la casa de muñecas, volviendo a colocarlas exactamente en el lugar en el que estaban. No sabía muy bien por qué lo hizo. Hubiera sido más fácil guardar todos aquellos juguetes en una caja y limpiar la habitación sin ellos. Era cierto que el señor Arbeau les había dicho que no se deshicieran de nada, pero podía haber pedido a Duncan que los guardara en el ático. Simplemente no pudo.

La casa de muñecas —o «casa de juguete» como a veces había oído que la llamaban— era impresionante. Estaba colocada sobre un mueble bajo para que estuviera elevada sobre el suelo. El exterior era un modelo a escala de Pembrooke Park, con sus ventanas de cristal y tejas diminutas. El interior tenía tres plantas, con un vestíbulo que contaba con una escalera central completa, pasamanos de roble y balaustrada incluida, y se dio cuenta de que lo habían simplificado para que se pudiera acceder a todas las habitaciones principales desde la parte trasera abierta.

Las habitaciones estaban decoradas con todo lujo de detalles, como molduras, puertas con paneles y paredes empapeladas con papel de verdad. Los dormitorios contaban con chimeneas, camas con dosel y palanganeros con vasijas y jarros no más grandes que un dedal. En el comedor, una araña de cristal colgaba sobre una mesa con platos de delicada porcelana del tamaño de un cuarto de penique y minúsculas copas. La sala de estar tenía pequeños cestos de mimbre, un juego de té de plata y libros en miniatura con páginas de verdad. La cocina —en la misma planta que el comedor, aunque en realidad estaba en el semisótano— tenía un diminuto colgador de carne para que se asara al fuego, una chimenea con asador, pequeñas jarras de cobre y moldes para cocinar.

Comprar todas esas miniaturas o pagar para que las hiciera expresamente un artesano tenía que ser un pasatiempo demasiado caro. Supuso que antes de convertirse en la casa de muñecas de una niña había sido la distracción de una mujer con mucho dinero.

Abrió el cajón del mueble sobre el que estaba colocada la casa y encontró una familia de muñecos de trapo con caras de porcelana, vestidos con trajes de hacía décadas. Una madre, un padre y dos hijos; o eso pensó por su atuendo, aunque a uno de ellos le faltaba la cabeza. ¿Dónde estarían las hijas?

Mientras quitaba el polvo al comedor, se quedó admirando la diminuta bandeja de plata con campana que había sobre la mesa. Llevada por la curiosidad, extendió la mano y levantó la tapa. Allí, en la fuente, estaba la cabeza del hijo que faltaba, con el pelo de hilo negro y el relleno sobresaliendo del cuello.

Un escalofrío le recorrió todo el cuerpo. Seguro que se trataba de la travesura de algún pequeño bellaco. No pudo evitar imaginarse lo mucho que se habría enfadado su hermana, fuera quien fuese. Colocó la cabeza en el cajón, al lado del cuerpo, y se prometió que, en cuanto tuviera tiempo, lo arreglaría. Ahora, sin embargo, era hora de volver al trabajo.

Capítulo 4

Al tercer día de estar trabajando en la casa, Abigail se permitió un respiro y salió a tomarse una taza de té al pequeño porche. Como hacía una hermosa mañana de primavera, se relajó inspirando una profunda bocanada de aire fresco. Estaba deseando explorar los jardines y bosques, pero antes tenían que terminar de adecentar toda la vivienda. Los trabajos de limpieza estaban yendo bien. La señora Walsh era una líder tranquila y sensata que dirigía al personal con mano suave y reprimendas alentadoras. «¡Venga, muchachas, sé que podéis hacerlo mucho mejor!», les decía.

Solía reunirse con ella en la sala para hablar sobre el progreso del trabajo, planes y compras. No obstante, desde un primer momento dejó claro que en la cocina mandaba ella y que no le hacía ninguna gracia que la señora de la casa se inmiscuyera en sus quehaceres. Así que, desde que llegara, no había tenido ocasión de toparse mucho con Jemima, la ayudante de cocina.

A las que sí veía a menudo era a Polly y a Molly. Sobre todo a Polly, la hermana mayor, que se ofreció voluntaria para hacer las veces de doncella personal —ayudarla a vestirse y similares— y realizar las tareas propias de una sirvienta de grado superior. Ambas hermanas eran unas jóvenes muy agradables y trabajadoras, hijas de un granjero de la zona, que encontraban incluso los trabajos domésticos más arduos mucho más livianos que los que estaban acostumbradas a realizar en la granja de su padre.

Duncan también trabajó mucho los primeros días; hasta se ofreció a llevar a las muchachas cubos de agua y otras cargas pesadas. De vez en cuando lo pilló mirando a Polly para ver si la joven se percataba de sus esfuerzos. Esperaba no estar ante un romance en ciernes entre miembros de su personal; aunque Polly, casi diez años más joven que Duncan, no demostró a cambio nada más que una educada cortesía, así que, con un poco de suerte, no tendría de qué preocuparse.

Lo que sí descubrió enseguida fue que, a pesar de la amabilidad de su personal, todos se mostraron muy herméticos a la hora de hablar del pasado y de los anteriores ocupantes. Cuando preguntó a la señora Walsh sobre los Pembrooke, la mujer se limitó a mirarla con cautela y negar con la cabeza.

—No, señorita. No vamos a hablar de eso.

—¿Por qué no?

—Porque Mac dice que no puede traernos nada bueno. Es demasiado peligroso.

—¿Peligroso? ¿En qué sentido?

Pero volvió a negar con la cabeza y apretó los labios firmemente.

Cuando lo intentó con Polly, preguntándole qué sabía de los anteriores residentes, la joven se encogió de hombros.

—No mucho, señorita. Era muy pequeña cuando se marcharon.

—Pero algún rumor habrás oído de ellos.

—Sí, señorita. Pero solo eso, rumores. Y no quiero perder mi empleo por cotillear.

Era evidente que Mac les había hecho algún tipo de advertencia cuando los contrató.

De modo que no le quedó otra que dejar a un lado temporalmente sus preguntas y centrarse en la limpieza y organización de la casa, así como en la elaboración de listas con las reparaciones que tenían que hacerse y los suministros que necesitaban para abastecer la despensa.

Y ahora, allí de pie en el porche, mientras se bebía el té a pequeños sorbos, se dedicó a observar la iglesia que había al otro lado del patio, dentro del recinto amurallado de la finca.

Momentos después pasaba Mac, con el perro pisándole los talones, vestido con un largo abrigo Carrick, pantalón de cuero y botas de caña alta. También llevaba una gorra Harris de lana de color marrón verdoso en honor, según había oído, a la ascendencia escocesa de su madre. Del pecho le colgaba la correa de un morral y portaba una caja con instrumental veterinario en una mano y una escopeta en la otra.

En el poco tiempo que llevaba allí se había enterado de que Mac Chapman no solo había sido el anterior administrador y guardián de Pembrooke

Park, sino que también era el actual administrador de Hunts Hall, la propiedad de una distinguida familia al otro lado de Easton.

Al verla en el umbral de la puerta, se quitó la gorra en señal de saludo.

—Señorita.

—Buenos días, Mac. ¿Cómo se presenta el día?

—Oh, voy a probar un nuevo remedio en una vaca enferma y de paso aprovecharé para inspeccionar una acequia que hay por la zona.

—¿Y el arma?

—Por si el remedio no funciona. —Abigail lo miró alarmada—. Solo estoy bromeando, muchacha —la calmó—. Suelo llevar un arma cuando estoy trabajando. Nunca se sabe si un perro salvaje o uno de esos tejones sarnosos van a atacarle a uno o al ganado.

—O un intruso —ironizó ella.

El hombre frunció el ceño.

—No bromee con eso, muchacha. Como tal vez descubra, no es algo que deba tomarse a la ligera.

Abigail decidió cambiar de tema.

—¿Puedo preguntarle por la iglesia, Mac? ¿Ha estado cerrada como la casa?

El señor Chapman se detuvo para seguir la dirección de su mirada.

—Por supuesto que no. Es la iglesia parroquial, junto con la de Caldwell y la capilla de Ham Green. Se ofician misas todos los domingos y los días festivos.

—¿Puedo entrar y echar un vistazo?

—Sí. Siempre está abierta. Le aseguro que el párroco es un buen hombre —informó con una especie de sonrisa.

Qué diferente le parecía ahora del extraño que les había dado aquel desagradable recibimiento no hacía tanto tiempo.

Más tarde, mientras la servidumbre tomaba un almuerzo ligero, Abigail atravesó el camino de grava que iba hacia la iglesia y el cementerio anexo. Cruzó la hierba fresca y pasó a través de la apertura que había en el bajo muro. Después, recorrió con la vista el cementerio, de aspecto bien cuidado, antes de fijarse en la pequeña iglesia. La puerta de entrada estaba protegida por un porche cubierto (supuso que un añadido posterior al edificio original). Encima había una ventana con forma de arco y un campanario cuadrado coronado con un chapitel. Se metió en el porche, empujó la vieja puerta de madera y accedió al frío interior.

A pesar de los grandes ventanales de cada extremo, tardó un poco en acostumbrarse a la tenue iluminación que contrastaba con el soleado día que hacía en el exterior. Enseguida distinguió la celosía de piedra del siglo XV que dividía la capilla de la larga y estrecha nave. Las paredes con paneles y la bóveda de cañón. Las filas de bancos, el comulgatorio y el púlpito con tornavoz: todo de roble. Hasta a Gilbert le hubiera gustado.

En el pasillo central se fijó en una escalera de pie colocada bajo una lámpara de techo de metal. Al verla vacía no pudo evitar preguntarse dónde estaría el trabajador encargado del mantenimiento.

Se acercó a la pared del fondo para estudiar una serie de pinturas antiguas.

De pronto, un hombre salió de la sacristía. Iba vestido con un sencillo chaleco, con la camisa remangada y llevaba una caja debajo del brazo. Se subió a la escalera y empezó a quitar las velas gastadas mientras tarareaba. Era obvio que no se había percatado de su presencia, ya que estaba medio escondida entre las sombras.

Como no quería asustarlo, se aclaró la garganta y murmuró un suave «buenas tardes».

Él la miró.

—¡Oh! Lo siento. No la había visto.

Se dio cuenta de que se trataba del hombre joven que estaba con Mac el día que se conocieron. El que suponía era su hijo, aunque no habían sido presentados formalmente.

Salió despacio hacia el pasillo.

—Sí está buscando más trabajo, tenemos mucho que hacer en Pembrooke Park.

Él se rio por lo bajo y se colocó mejor la caja.

—Me lo imagino, aunque, como puede comprobar, estoy bastante ocupado aquí.

Abigail hizo un gesto de asentimiento.

—¿Se encarga de mantener la iglesia en buen estado igual que su padre hace con la casa?

—En cierto modo.

—Me sorprende que su padre no lo haya contratado formalmente.

Él sonrió.

—Está acostumbrado a asignarme tareas sin pagarme —respondió con afecto—. Ese es uno de los privilegios de ser de la familia. —Quitó otra vela y la guardó en la caja.

Al ver el esfuerzo que estaba haciendo por mantener el equilibrio en la escalera, mientras sujetaba la caja y manipulaba las velas dijo:

—Esa lámpara no me parece de lo más funcional.

Él la miró durante un segundo y después volvió a centrarse en la tarea que se traía entre manos.

—Supongo que no. Unos apliques en la pared serían mucho más fáciles de mantener y reponer. Pero me gusta esta cosa tan poco funcional. Creo que es muy bonita. Fue un regalo que hizo hace mucho tiempo la señora de la casa.

Bajó de la escalera e hizo un gesto hacia las pinturas que había estado contemplando.

—Esa es la mártir Catalina de Alejandría. Aunque tras la Reforma se destruyeron muchas pinturas, las obras de arte de nuestra pequeña iglesia se salvaron. —Dejó la caja en el suelo y se limpió las manos con un pañuelo—. No hemos sido oficialmente presentados, pero si me lo permite, voy a solucionar ese asunto ahora mismo. —Guardó el pañuelo y le hizo una reverencia—. Soy William Chapman. Y según tengo entendido, usted es la señorita Foster.

—Efectivamente. Encantada —dijo con una ligera genuflexión. No sabía si el hijo de un administrador encontraría aquella cortesía fuera de lugar.

En ese momento oyó el sonido de unos pasos y se dio la vuelta. Detrás de ellos venía una mujer con la cabeza inclinada sobre una caja que traía.

—He encontrado más velas —anunció levantando la vista.

Al ver a Abigail se detuvo en seco.

Se trataba de la misma mujer que había visto con la niña el primer día que llegaron a Pembrooke Park. Ahora que la tenía más cerca, supuso que debía de rondar entre los veinticinco y treinta años. Tenía unos preciosos ojos color avellana y el pelo de un tono castaño dorado que compensaba la modestia de su vestido y el bonete sin adornos que llevaba. ¿Sería su esposa?

—Muy bien, Leah —dijo William Chapman—. Esta es nuestra nueva vecina. Su familia y ella son de Londres. Son parientes lejanos de los Pembrooke. Muy lejanos.

—Sí, papá ya me lo ha contado. La señorita Foster, ¿verdad?

—Perdóneme —se disculpó el señor Chapman, volviéndose hacia ella—. Señorita Foster, le presento a la señorita Leah Chapman, mi hermana.

¿Su hermana? Nunca se lo hubiera imaginado.

—Encantada —repitió.

—Mi hermana me ayuda mucho —continuó el señor Chapman.

—¿Se refiere a su... trabajo? —preguntó ella.

—Sí.

—Su padre me dijo que el párroco era un buen hombre.

—¿En serio?

Leah sonrió.

—Nuestro padre no suele ser muy objetivo, pero en este caso tiene toda la razón del mundo.

William miró a su hermana con una sonrisa de oreja a oreja.

—Tú tampoco eres precisamente imparcial.

Abigail tuvo la sensación de estar siendo excluida de una broma que solo entendían ellos, pero continuó:

—En ese caso, estoy deseando conocerlo.

Ambos hermanos se volvieron para mirarla.

—Pero... si ya lo conoce —indicó la señorita Chapman con el ceño ligeramente fruncido—. Mi hermano aquí presente es nuestro vicario. Ha sido recientemente ordenado como nuestro párroco a todos los efectos.

—Oh... —La noticia la dejó desconcertada. Sabía que los vicarios ocupaban el peldaño más bajo de la jerarquía eclesiástica. Eran asistentes eclesiásticos, pero sin ingresos propios.

—Puede que se refiriera al señor Morris, nuestro rector —añadió William con tono amable—. Viene a visitarnos de vez en cuando.

—No lo suficiente —resopló Leah—. Te carga con demasiado trabajo, William. Y te paga muy poco.

Abigail sintió cómo le empezaban a arder las mejillas.

—Lo siento. No me he dado cuenta. Lo he confundido con...

Los ojos de William Chapman despidieron un brillo travieso.

—¿Con un sirviente? ¿Un jardinero? ¿Un sacristán? Sí, suelo asumir todas esas funciones. No me ha ofendido, señorita Foster. Somos una parroquia pequeña. Hago todo aquello que sea necesario.

—Demasiado, si quieres saber mi opinión —intervino su hermana.

—Bueno, por suerte te tengo a ti para echarme una mano. Miedo me da el día en que te cases y me dejes aquí solo.

Leah lo miró un tanto desganada antes de echar un vistazo a Abigail.

—Ya sabes que no hay muchas posibilidades de que eso suceda.

—No, no lo sé en absoluto.

Abigail, que empezaba a sentirse incómoda, agregó:

—Me ha sorprendido bastante encontrar la iglesia abierta y en funcionamiento cuando...

—¿Cuando la casa estaba cerrada a cal y canto? —terminó por ella el señor Chapman—. Mi padre solo se mantenía inflexible en lo de no dejar entrar a nadie en la vivienda. Pero esta es la casa de Dios y está abierta a todo el mundo. Es más, espero que este domingo se una a nosotros.

Abigail esbozó una sonrisa, pero se limitó a responder con un neutral «tal vez».

Al día siguiente, Abigail dejó la posada. Aquella sería la primera noche que pasaría en Pembrooke Park. Su dormitorio estaba limpio y listo para usarse, al igual que la cocina y las alcobas de los sirvientes. La habitación de su padre ya había sido aireada y sería la siguiente en limpiarse, aunque tampoco tenían mucha prisa, ya que había regresado a la ciudad para revisar los últimos detalles de la venta de la casa y firmar la escritura. Se había marchado diciéndole que se quedaba más tranquilo sabiendo que ahora tenía a una doncella y a otros criados pendientes de ella. Abigail se sintió un poco decepcionada, pero trató de conformarse diciéndose a sí misma que aquello demostraba que había recuperado parte de la confianza de su padre.

Polly la ayudó a desvestirse. Después le dio las gracias y la despidió deseándole buenas noches. Algo que anhelaba de todo corazón, ya que siempre había tenido dificultad para conciliar el sueño cuando dormía en un lugar desconocido. Tras soplar la vela que tenía en la mesita de noche, permaneció tumbada en la cama con los ojos abiertos durante lo que le parecieron horas, escuchando cada gemido del viento y cada crujido de la casa. Incluso después de quedarse dormida, se despertó a menudo, sin saber muy bien qué era lo que la había perturbado y sin recordar dónde estaba. Se dijo a sí misma que no estaba sola, que los sirvientes estaban con ella, que no tenía ningún motivo para tener miedo.

Pero no le sirvió de mucho consuelo.

Estaba a punto de volver a quedarse dormida cuando creyó oír algo. Una especie de zumbido que subía y bajaba de volumen, como el murmullo de un arroyo o unas voces distantes. La señora Walsh y Duncan dormían en el semisótano; dudaba que pudiera oír sus voces desde allí. Aunque también podían provenir del ático. Tal vez de la alcoba de las dos hermanas y lo que estaba oyendo era una conversación entre ambas. Pero tampoco podía distinguir una voz en particular, ni siquiera si era de hombre o mujer. De hecho, no estaba del todo segura de que se tratara de una voz. Bien podría tratarse de una ilusión creada por el propio viento, ululando a través de la chimenea.

Se puso a escuchar con detenimiento y entonces oyó un gemido espectral:

—Solo. Sooooolo...

Jadeó y se quedó completamente inmóvil, con todos los sentidos alerta. Pero lo único que oyó fue el viento. Seguro que se había imaginado aquella voz. Claro, eso era lo que llevaba oyendo toda la noche. Solo el viento.

A la mañana siguiente, y dado que no había dormido nada bien, Abigail se quedó en la cama más tiempo de lo habitual. Era domingo, pero decidió no acudir a la iglesia. No estaba preparada para lidiar con todos esos desconocidos y sentir sus miradas pendientes de ella cuando la «recién llegada» entrara en la parroquia. Además, ¿y si en el campo tenían costumbres diferentes? Se sentiría incómoda e insegura si no sabía cómo comportarse. En Londres, su familia solo iba a misa de modo esporádico, si no se habían acostado muy tarde la noche anterior o cuando su madre decidía que tenían que mantener las apariencias, sobre todo si un posible pretendiente era conocido por su especial devoción. Por otro lado, tenía varias cartas que contestar, y después de lo ocupada que había estado para adecentar la casa, ahora por fin tenía un rato libre.

Polly le trajo el desayuno en una bandeja y la ayudó a vestirse antes de marcharse ella misma a la iglesia. Mac había insistido en que dieran al personal el día libre los domingos para que pudieran ir a misa y visitar a sus familias. Algo en lo que Abigail había estado de acuerdo, aunque en ese momento hubiera deseado que su propia familia estuviera allí para no sentirse tan sola.

Después de desayunar, volvió a leer la carta de la hermana de Gilbert que había recibido en la posada el día anterior. Susan le expresaba su pesar porque hubiera tenido que dejar Londres y se mostró preocupada por la situación que estaba atravesando su familia. También añadió una posdata:

Describiste Pembrooke Park como un lugar remoto cercano a la pequeña aldea de Easton y al pueblo de Caldwell. Fíjate qué curioso que Edward y yo ya hemos oído hablar de Caldwell. Uno de los escritores habituales de nuestra revista vive allí. Desde luego, el mundo es un pañuelo.

Abigail se quedó pensativa un rato, preguntándose de quién podría tratarse. Luego sumergió la pluma en el tintero y comenzó a escribir su respuesta, intentando parecer lo más optimista posible sobre el giro que había dado su vida para que su amiga no se preocupara ni sintiera pena por ella. Estaba bien. Todos lo estaban. Le preguntó el nombre del colaborador, en caso de que terminara encontrándose con esa persona.

Pero pronto, antes de darse cuenta, empezó a distraerse. Se levantó y cruzó el pasillo hasta la habitación de su padre. Desde la ventana contempló unos pocos carros y calesas deteniéndose al otro lado del puente. Se dio cuenta de que, a pesar de que Mac al final había estado de acuerdo en eliminar la barricada (una tarea que no agradó precisamente a Duncan), la costumbre de dejar los caballos y carruajes fuera de los límites de la propiedad estaba bien arraigada.

Otras familias llegaban a pie desde la cercana Easton, saludándose unos a los otros cuando atravesaban la verja. Se sobresaltó al oír la campana de la iglesia, en claro contraste con el silencio que reinaba en la casa vacía. Cuando el último de los feligreses entró en la parroquia, Abigail soltó un suspiro y continuó con la carta.

Más tarde, cuando terminó el servicio dominical, volvió a levantarse para ver salir a la congregación. A medida que la pequeña multitud se dispersaba y alejaba por el puente, por fin divisó a la familia Chapman al completo. Allí estaba Mac, una mujer madura que debía de ser su esposa, William, Leah, la niña y un muchacho también pelirrojo. Iban charlando y riendo mientras atravesaban el patio de camino a su casa. El hogar de Mac estaba en algún lugar alejado de los terrenos de la propiedad. Según tenía entendido, William se había mudado hacía poco a la pequeña casa parroquial que había junto a la iglesia, aunque era evidente que le gustaba pasar el tiempo con su familia.

El perro, tan fiero como le pareció la primera vez que lo vio, trotó hacia ellos con la lengua fuera y moviendo la cola. El muchacho alto y pelirrojo, de unos quince años, le arrojó un palo antes de salir corriendo detrás del animal. Su hermana pequeña lo siguió. Mac los reprendió sin mucha convicción mientras su esposa reía y lo agarraba del brazo. Detrás de sus padres, Leah también iba asida al brazo de William. Aquella encantadora imagen de afecto familiar hizo que se le encogiera un poco el corazón. Aunque su familia no era especialmente cariñosa, siempre tuvo la secreta esperanza de que Gilbert y ella lo compensarían con sus propios hijos algún día. Se le humedecieron los ojos y parpadeó para alejar aquel doloroso pensamiento.

Como si percibiera que lo estaba observando, William Chapman miró hacia atrás y alzó la vista hacia la casa. Aunque dudaba de que pudiera verla en la penumbra de la habitación en un día tan soleado, se apartó inmediatamente de la ventana.

Esa misma tarde, mientras se abotonaba una *spencer* para salir a dar un paseo, alguien llamó a la puerta principal. Como los sirvientes aún no habían regresado de su día libre, se apresuró a bajar las escaleras para abrir ella misma, con el sombrero y los guantes en la mano. Durante un segundo, vaciló sobre la conveniencia de abrir a un extraño —o un posible cazador de tesoros— estando sola en la casa, pero en cuanto vio a William Chapman en el umbral, con una cesta, respiró aliviada. Con aquella vestimenta —un abrigo verde a la última moda, un chaleco estampado y una sencilla corbata— no parecía un clérigo.

—Buenas tardes —lo saludó.

Él miró detrás de ella, en dirección al vestíbulo vacío.

—¿Los sirvientes han decidido dejarles? —Un destello de ironía brilló en aquellos ojos azules de aspecto juvenil.

—No —informó ella—. En absoluto. Están disfrutando de su día libre.

—Eso es algo muy generoso de su parte.

—Fue idea de su padre.

—Ah. Sí, también le gusta mucho decir cómo debo organizar mis domingos.

—¿En serio?

—Después de todo, es el sacristán de la parroquia. Así que... —Se encogió de hombros en un gesto de impotencia.

—Pobrecillo —bromeó ella.

Se dio cuenta de que William Chapman era guapo. Tenía el pelo de un tono más oscuro que el de su padre, más caoba que rojizo. Y era casi tan alto como él. Sus rasgos eran agradables a la vista: nariz recta, boca ancha, piel clara...

—No me malinterprete —señaló él, levantando la mano—. Siento el mayor de los respetos por mi padre. Pero a veces puede ser un poco... dominante. No quería que pensara que era la única receptora de sus... sugerencias —sonrió. Un gesto que hizo que se arrugaran las esquinas de sus grandes ojos y que le aparecieran dos pliegues verticales a ambos lados de la boca.

A Abigail aquello le resultó de lo más atractivo.

—Bueno, esto es para usted. Una cesta de bienvenida de parte de mi hermana. —Le pasó una canasta repleta de regalos: toallas de mano bordadas, jabón casero, latas de té y mermelada, una hogaza de pan y un montón de magdalenas.

—¡Dios mío! ¿Lo ha hecho todo ella sola?

—La mayor parte, incluso la cesta, aunque Kitty la ayudó con el jabón, mamá es la panadera de la familia y mi padre es famoso por sus mermeladas.

—No...

—Oh, sí. Su trabajo hace que tenga que supervisar todos los recodos de las fincas que administra y durante sus largos paseos ha ido descubriendo los puntos donde crecen las mejores fresas silvestres, grosellas y moras. Además, lleva mucho tiempo encargándose de los huertos de Pembrooke Park. Espero que no se lo cuente al nuevo inquilino. —Le guiñó un ojo.

—Su secreto está a salvo conmigo. Sobre todo porque me permite disfrutar de sus mermeladas. Pero ¿por qué no ha venido su hermana a traérmela? Me hubiera gustado agradecérselo en persona.

Él hizo una mueca mientras pensaba en una respuesta.

—Leah es un poco... no exactamente tímida, pero sí precavida con los desconocidos.

—Oh. Entiendo. Algo noté cuando observé cómo la alejaba de la zona el primer día que estuvimos aquí. De hecho, cuando lo vi con ella y la niña creí que eran su esposa e hija.

—Ah. —William Chapman cruzó los brazos detrás de la espalda y se balanceó sobre los talones—. No, no estoy casado. No he tenido el privilegio, aunque sí que... —Se detuvo y Abigail creyó ver un destello de dolor en sus ojos antes de que parpadeara y agregara—: Entonces ese día vio a mis dos hermanas. También tengo un hermano. Kitty parece más pequeña, pero en realidad tiene doce años.

—Ajá. —Se quedó parada un instante, incómoda porque no sabía si debía decirle que entrara o no—. Lo invitaría a pasar y a compartir un poco de estas viandas conmigo, pero como estoy sola en la casa...

Él hizo un gesto con la mano para desechar la oferta.

—No, por favor. No tenía intención de sonsacarle una invitación y no se me ocurriría privarla de un solo bocado. Aunque si quiere compartir la mermelada con la señora Walsh, habrá conseguido una amiga de por vida.

Ella le sonrió.

—Entonces lo haré seguro.

Aunque era reacio a separarse de su encantadora nueva vecina, William Chapman sabía que ya había cumplido con su cometido y que ahora tenía que despedirse, de modo que no le quedó más remedio que decir:

—Bueno, veo que va vestida para salir, así que no la molesto más.

—Solo iba a dar un paseo —indicó la señorita Foster—. Llevo aquí metida todo el día y todavía no he tenido tiempo de explorar los terrenos...

La notó vacilar. ¿Sería posible que quisiera que se uniera a ella? Lo dudaba, aunque solo había una manera de descubrirlo.

—Desde luego hace un día estupendo —acordó él—. ¿Le apetece un poco de compañía?

—Me encantaría.

William sonrió.

—Un paseo es justo lo que necesito después de comer el asado de mi madre.

Ella le devolvió la sonrisa visiblemente aliviada.

—Deme un momento para dejar la cesta dentro y recoger mis cosas.

Minutos más tarde, se reunió con él en el patio con los guantes ya puestos y un sombrero de paja protegiéndole la cabeza.

—Usted primero. —William hizo un gesto en dirección al lateral de la casa y fueron caminando hacia allá—. Aparte de la iglesia, lo que más me gusta está por aquí.

La fachada posterior de la casa estaba cubierta por exuberantes enredaderas verdes con flores blancas. El patio trasero tenía una terraza con vistas a un descuidado jardín de rosas, arbustos ornamentales que hacía tiempo que no se habían podado y un estanque lleno de nenúfares.

—Por supuesto que no es tan bonito como antes —reconoció.

—Tal vez, cuando la casa esté lista, pueda prestar un poco más de atención a los jardines.

—A mi madre le encantaría ayudar. Adora los jardines. Y seguro que mi padre no pierde ni un segundo en hacerle un montón de sugerencias al respecto.

Ambos intercambiaron otra sonrisa.

Continuaron caminando por un jardín vallado, un cobertizo y un huerto. William señaló un estanque mucho más grande que el anterior.

—Este es el estanque de peces. Robert Pembrooke se lo dejó en usufructo a mi padre, así como la propiedad de nuestra casa, en su testamento.

—Robert Pembrooke... —repitió la señorita Foster—. ¿Es la persona que vivió aquí antes que nosotros?

—No inmediatamente antes. Falleció hace veinte años.

No se explayó en la respuesta, pues sabía que a su padre no le gustaba que la gente curioseara sobre los anteriores ocupantes de la casa.

La señorita Foster pareció percibir su reticencia y cambió de tema.

—¿Dónde está la casa de su familia?

—Venga. Se la enseñaré.

—No quiero ser una molestia.

—Entonces solo se la enseñaré de lejos. De todos modos es bueno que conozca su ubicación, por si alguna vez necesita algo o tiene algún... problema. —«Dios quiera que no», pensó, a pesar de todas las advertencias de su padre.

Dejaron atrás la cabaña del antiguo guardabosques y continuaron a través del bosque por un deteriorado camino alfombrado de anémonas blancas y verdes. La casa blanca con el tejado de paja se enclavaba en medio de un claro.

Vio cómo la señorita Foster se detenía a mirarla a una distancia prudente.

—¡Qué bonita! —susurró.

Contempló la vivienda de sus padres con cariño.

—Sí, supongo que sí.

Tras unos segundos, preguntó de repente:

—¿Es su familia tan feliz como parece?

La inesperada cuestión lo sorprendió tanto que se detuvo a considerarla unos instantes con los labios apretados.

—Sí, la mayoría de las veces sí. O quizá «satisfecha» sea la mejor palabra. Tenemos nuestras rencillas, como cualquier familia que se precie, pero pobre del que intente hacer daño a algún Chapman. —Trató de sonreír, pero no lo consiguió del todo—. Si por lo menos Leah...

La señorita Foster lo miró, preocupada.

—Si por lo menos Leah, ¿qué?

¿Para qué habría abierto la boca?

—No es mi intención criticarla —se apresuró a aclarar él—. Pero Leah lleva luchando con sus problemas de ansiedad más tiempo del que puedo recordar. Me gustaría poder ayudarla. La Biblia nos dice que no temamos. Y también dice que el amor perfecto expulsa el miedo, pero nada de lo que le diga o ninguna de mis oraciones parecen surtir efecto.

—Amor sin miedo... —murmuró la señorita Foster, reflexionando sobre la idea—. Aunque me temo que no parece muy práctico. Porque cuanto más se ama, más miedo se tiene a perder al ser querido.

La miró con una sonrisa en los labios.

—Sí, tal vez sea poco práctico. Y difícil también. Pero qué gran manera de vivir. —Ladeó la cabeza y se permitió dejar la mirada vagando por su adorable rostro—. Por lo que veo, valora usted el pragmatismo, ¿verdad, señorita Foster?

—Sí —respondió ella enderezándose—. Hablando de lo cual, quizá debería volver a casa y dejar que usted regrese a la suya. Seguro que está cansado después de los servicios dominicales.

—Un poco cansado, sí. Pero nada que no pueda solucionar una breve siesta. —Se volvió y le indicó el camino de vuelta.

Mientras caminaban, la oyó decir con tono vacilante:

—Gracias por no haberme presionado con el asunto de acudir a la iglesia.

—Ni se me ocurriría. —Lo cierto era que le había decepcionado un poco no haberla visto en misa, pero no tenía intención alguna de forzarla a hacer algo que no quisiera. La miró de soslayo y dijo con tono irónico—: Ya vendrá cuando esté preparada. He oído decir que los sermones son bastante... interesantes.

Ella lo miró perpleja. ¿Habría conseguido despertar su interés? Esperaba que sí.

Capítulo 5

Esa noche, Abigail se fue a la cama temprano, cansada por haber dormido tan mal la noche anterior y con la esperanza de que su segunda noche en Pembrooke Park fuera mejor.

Polly la ayudó a desvestirse en medio de una alegre cháchara sobre la iglesia.

—El señor Chapman da unos sermones muy cortos. Pero son ingeniosos. A algunas personas no les gusta mucho, pero a mí sí... —Luego continuó contándole la tarde que ella y su hermana habían pasado con sus padres y hermanos en la granja familiar. También mencionó que Duncan acababa de regresar de visitar a su madre en Ham Green, a unos cuantos kilómetros de allí. Mientras Abigail escuchaba a la pletórica muchacha, se alegró de haber seguido el consejo de Mac y dar a los sirvientes el día libre.

Cuando Polly se marchó, se metió en la cama con un libro que había encontrado en la biblioteca sobre la historia de la familia Pembrooke y de la casa, pero solo fue capaz de leer unas cuantas páginas antes de que empezaran a cerrársele los párpados. Dejó a un lado el libro y sopló la vela de la mesita de noche. Después, permaneció un rato allí tumbada, pensando en la conversación que había mantenido ese día con William Chapman. Habían tocado varios temas: familia y temor, la iglesia...

Envuelta en la oscuridad, escuchó con atención, intentando distinguir cada sonido. En cuanto los identificara todos, no tendría que preocuparse más. ¿Ese rugido? El viento a través de la chimenea. ¿Y el golpeteo? Alguna ventana que vibraba a causa del mismo aire. Se consoló diciéndose a sí misma que terminaría acostumbrándose a todos esos ruidos, se tapó con las sábanas hasta la barbilla y cerró los ojos esperando que la invadiera el sueño.

Entonces oyó algo nuevo. Un crujido, como si alguien estuviera abriendo una puerta. Seguro que se trataba de Polly, que estaría comprobando si habían cerrado las ventanas de la habitación principal después de haberla aireado el día anterior.

El sonido de unas tenues pisadas llegó a sus oídos. ¿En el pasillo de fuera de su habitación? No, sonaban más amortiguadas, como si estuvieran andando sobre una alfombra, no sobre tablones de madera. ¿Vendría de la habitación de al lado? El dormitorio que estaba pegado pared con pared al suyo era el que había elegido para Louisa. ¿Qué estaría haciendo alguien allí si todavía no habían empezado a limpiarlo?

Un chirrido. Esta vez similar al que hacía una silla arrastrándose sobre el suelo. Seguro que se lo estaba imaginando. Lo más probable era que se tratara del crujido normal que hacían todas las casas por la humedad que deformaba las paredes y combaba los suelos. Al fin y al cabo, no eran horas de ponerse a trabajar; además, todavía seguía siendo domingo.

«Duérmete», se dijo a sí misma, volviendo a cerrar los ojos. «No tengas miedo.»

A la mañana siguiente, todavía estaba dormida cuando Polly entró en su dormitorio con agua caliente y una bandeja con el desayuno.

—Oh, Polly, lo siento mucho. Quería estar levantada antes de que llegaras. —Abigail se destapó y corrió hacia el palanganero—. No he dormido bien esta noche. En esta casa se oyen muchos ruidos raros. ¿Tú también los has notado?

—¿Qué clase de ruidos? —preguntó la doncella.

—Oh, ya sabes. Crujidos y chirridos. Aunque anoche, mucho después de que te fueras a dormir, también oí pasos.

—Seguro que se lo imaginó. —Le brillaron los ojos—. O puede que la casa esté encantada, como dicen los niños del pueblo.

—¿Encantada? —repitió Abigail antes de secarse el rostro—. ¿Por quién? ¿Acaso mi padre y yo hemos molestado a algún fantasma de Pembrooke al mudarnos a vivir aquí?

—Bueno, alguien murió aquí hace veinte años. Algunos dicen que se trató de un asesinato. Lo más seguro es que su espíritu continúe en la casa.

—¿Quién murió aquí? —preguntó—. ¿Algún miembro de la familia Pembrooke? —En ese momento recordó que el señor Chapman le había dicho que Robert Pembrooke había fallecido hacía veinte años.

A Polly se le demudó la cara y se puso cada vez más pálida.

—No, señorita. Yo no he mencionado nada de ningún Pembrooke, ¿verdad? Por favor, no le diga a nadie lo contrario. No sé nada de la familia. ¿Cómo iba a saberlo? Me refería a un sirviente. Eso es todo.

Se quedó mirando a la muchacha, un poco sorprendida por su cara de miedo. Para descargar un poco de tensión, intentó bromear con el asunto.

—¿Qué sirviente? ¿Una criada demasiado descarada?

Pero Polly no sonrió.

—No, señorita. El ayuda de cámara de Robert Pembrooke. Walter no sé qué.

Abigail parpadeó desconcertada.

—Está bien, Polly.

La doncella se acercó al armario.

—Esta boca mía terminará matándome algún día. Y espero que usted no quiera ver mi fantasma vagando por la casa todas las noches. Ahora, vamos a vestirla...

Momentos después, cuando Abigail dejó su habitación, se detuvo frente al futuro dormitorio de Louisa. La puerta estaba cerrada, como el día anterior. Quitó el pestillo y la abrió unos centímetros. Al instante reconoció aquel crujido. ¿Sería eso lo que había oído la otra noche?

A primera vista, todo parecía en orden. Pero entonces, a la luz de la mañana que se filtraba a través de las ventanas, vio algo. Frunció el ceño y se inclinó para estudiarlo mejor. Sí, no había duda. Huellas de pisadas sobre el polvo que iban hasta el armario. Desde que llegaron a la casa, ni siquiera se había tomado la molestia de abrirlo, pero por lo visto otra persona lo había hecho. Puso un pie al lado de una de las huellas y se dio cuenta de que era bastante más grande que la suya. De este modo desechó la teoría de que hubiera sido una de las sirvientas comprobando las ventanas.

¿Podría ser Duncan? La idea de tener a un hombre vagando por la alcoba de una dama en mitad de la noche no le hacía ninguna gracia. Aunque tal vez podía haberse ofrecido voluntario para comprobar las ventanas como un favor hacia Polly, a la que siempre parecía querer complacer.

Pero ¿qué le habría llevado a abrir el armario de una habitación vacía a horas tan intempestivas?

Más tarde, ese mismo día, Polly la sorprendió entregándole una carta: la primera que recibía directamente en su nuevo hogar. La misiva iba dirigida a ella, como la persona a cargo de Pembrooke Park. Abigail no reconoció la letra, ni el blasón impreso en el sello de cera. Llevaba un matasellos de Bristol, pero no conocía a nadie que viviera allí. Rompió el sello y desdobló la primera hoja, dejando al descubierto el interior de una segunda página; de notable calidad, por cierto.

En la hoja de fuera había una sola frase: «Creo que es usted la persona adecuada para leer esto».

La página interior era más pequeña. Uno de los bordes era irregular, como si se hubiera arrancando de algún cuaderno.

> *La primera vez que llegué a Pembrooke Park, el silencio sepulcral que reinaba en el lugar y su calma antinatural me pusieron los pelos de punta. Nunca olvidaré el servicio de té dispuesto sobre el mantel de la mesa, como si sus habitantes se hubieran levantando para mirar por la ventana la llegada inesperada de un carruaje y la casa se los hubiera tragado para siempre. Posos de té reseco cubrían el fondo de las tazas. Los panecillos estaban duros y secos. La leche, agria. No solo habían dejado a toda prisa la tetera y tazas, sino también la propiedad.*
>
> *Pregunté al ama de llaves por qué no habían limpiado la casa y me dijo que le habían dicho que lo dejara todo tal y como estaba. Me pregunté si en realidad lo que quería decirme era que de ese modo la policía podría registrar la vivienda en busca de pruebas. Al fin y al cabo, hacía dos semanas que alguien había muerto allí dentro: un accidente, según me dijeron. Pero era obvio que la mujer no se lo creyó en ningún momento.*

Abigail se quedó sin aliento, perpleja ante aquellas palabras, por las similitudes con lo que ella misma había experimentado cuando entró en Pembrooke Park por primera vez. Aunque, que ella supiera, nadie había muerto allí hacía poco. Sin embargo, Polly sí le había comentado que un ayuda de cámara había fallecido hacía veinte años. Volvió a leer la carta. Los tiempos parecían distintos; quien hubiera escrito la carta había entrado en la casa después de que hubiera sido abandonada durante semanas, no años; todo lo demás coincidía con su experiencia de forma espeluznante.

¿Se trataba de la página de un viejo diario, que habían arrancado y se la habían enviado? ¿O más bien pertenecía a un manuscrito de ficción? Pero sobre todo, ¿quién la había escrito y por qué?

Al día siguiente, Abigail vio a Leah Chapman caminando por el puente y salió corriendo a su encuentro.

—¿Puedo dar un paseo con usted, señorita Chapman?

La mujer se puso rígida, pero se relajó a los pocos segundos y contestó con tono educado.

—Por supuesto.

—¿Adónde va?

—A llevar una cesta a la señora DeWitt. Vuelve a estar enferma.

—Gracias por la cesta que me envió el otro día —dijo Abigail—. Aunque me hubiera gustado que me la entregara usted misma. La habría invitado a tomar el té y hubiéramos compartido esas deliciosas magdalenas.

—Las hizo mi madre. Es verdad que están muy buenas —comentó la señorita Chapman, desatendiendo la invitación implícita que acababa de hacerle.

—Estoy segura de que la señora DeWitt también dará buena cuenta de ellas.

—Oh, para ella solo hay caldo y *syllabub*[2]. La pobre no tiene muchos dientes.

—Entiendo. Qué considerado por su parte.

Leah se encogió de hombros.

—No es nada. William sí que es considerado. La visita todas las semanas.

—¿Lleva mucho tiempo viviendo en la casa parroquial?

---

2   N. de la Trad.: Postre frío típico de Inglaterra hecho a base de leche o nata, vino y azúcar.

Leah negó con la cabeza.

—Solo desde que lo ordenaron. Nuestro rector, el señor Morris, es el que tiene el derecho a la vivienda, pero reside en Newbury, en una casa mucho más grande y nueva.

—¿Muy lejos de aquí?

La hermana de William asintió.

—Esa es una de las razones por las que no suele venir a menudo. Mi hermano es el que se encarga de la mayor parte de los servicios religiosos y el que visita a los enfermos. Cuando regresó después de que lo ordenaran, el señor Morris le ofreció el uso de la rectoría. Puede que para aliviar su conciencia por pagarle tan poco. Y sabe que con William la casa se mantendrá mejor que si estuviera vacía.

—Sí. Me lo imagino.

Leah la miró con empatía.

—¿Está Pembrooke Park en muy mal estado?

—Venga y compruébelo usted misma.

—No, gracias.

—No la culpo.

—Oh —exclamó Leah con sus ojos color caramelo abiertos—. ¿Por qué dice eso?

—He oído los rumores.

La mujer se detuvo y la miró con recelo.

—¿Qué rumores?

—Elija el que más le guste: que asesinaron a alguien dentro, que la casa está encantada, por no mencionar a los cazadores de tesoros y ladrones.

—Ah, esos rumores. —Leah asintió y continuó caminando—. ¿Y se los cree?

—No todos. Aunque es cierto que en la casa se oyen ruidos muy raros por la noche. Seguro que también durante el día, pero yo solo los he oído por la noche. —Se obligó a sonreír—. Supongo que no querrá venir a dormir conmigo a la casa hasta que vuelva mi padre.

—Me temo que eso es absolutamente imposible —dijo Leah con los labios apretados.

—Solo era una broma —se defendió Abigail—. Al menos en parte. —Volvió a forzar una sonrisa, atónita por la rotunda negativa de la mujer. Se moría de ganas de contarle lo de la carta que había recibido y en la que aparentemente se confirmaba, al menos, uno de los rumores: que alguien había muerto dentro; pero al ver la expresión cautelosa de Leah, decidió guardar silencio.

Abigail se despidió de la señorita Chapman en la puerta de la casa de la señora DeWitt y regresó sola a Pembrooke Park. Mientras se acercaba, le sorprendió ver a un hombre desaparecer por un lateral de la casa. El corazón le dio un pequeño vuelco. Dividida entre el deseo de meterse corriendo y encerrarse en la casa y ver de quién se trataba, se aproximó sigilosamente a una esquina y echó un vistazo. El hombre estaba de pie, al lado del conducto de la chimenea, mirando hacia las ventanas con las manos detrás de la espalda. ¿Sería uno de esos cazadores de tesoros?

Tragó saliva y se aclaró la garganta.

—¿Puedo ayudarle?

El hombre se dio la vuelta y ella, medio aliviada medio decepcionada, reconoció a William Chapman.

—Ah... Señorita Foster. Buenos días. —La miró con cierto aire de timidez y ella se preguntó si no estaría avergonzando porque lo había sorprendido fisgoneando... o si no sería culpable de algo peor. ¿Seguro que no era un cazador de tesoros buscando una manera de acceder a la vivienda sin ser visto?

—¿Está buscando algo? —Alzó la vista en dirección adonde él había estado mirando.

El señor Chapman se encogió de hombros.

—Solo sentía curiosidad por ver en qué habitación está.

Lo miró con recelo.

—¿Y puedo preguntarle por qué querría saber eso?

¿Estaría allí con la esperanza de verla por la ventana de su dormitorio? ¿Él, todo un clérigo?

—Ya se lo he dicho, simple curiosidad.

—Mi padre insistió en que escogiera la que quisiera.

—¿Y cuál ha sido?

—Incluso aunque se lo diga, no logro imaginarme qué importancia puede tener para usted. A menos que... ¿está más familiarizado con la casa de lo que me ha dado a entender?

—No entro desde niño.

Decidió que había llegado el momento de revelarle sus sospechas.

—He de reconocer que cuando me he acercado a usted venía pensando que se trataba de uno de los cazadores de tesoros sobre los que su padre me advirtió, que estaba buscando una forma de entrar en la casa.

La miró atónito.

—¿En serio? —Soltó una pequeña carcajada—. Señorita Foster, le aseguro que si hubiera querido entrar en Pembrooke Park lo hubiera hecho en cualquier momento.

—Porque su padre tiene la llave.

—No, eso no es lo que he querido decir.

Esperó a que se explicara, pero en lugar de eso vio cómo se pasaba la mano por la mandíbula y decía:

—Le prometo que no irrumpiré en Pembrooke Park con ningún subterfugio, pero si alguna vez quiere enseñármela, estaré encantado de volver a entrar en la casa. Y así veré con mis propios ojos a qué viene tanto alboroto.

—¿Estaría su padre de acuerdo?

—No creo. Pero no veo nada de malo en ello.

Abigail vaciló durante un instante.

—Muy bien.

—Gracias. Aunque ahora me es imposible —informó él—. Tengo que ir a la casa del señor Sinclair a leerle el periódico. ¿Mañana, tal vez?

—Como quiera —acordó ella.

Sin embargo, no pudo evitar preguntarse si no hubiera sido mejor posponerlo hasta que regresara su padre. Y la decencia no era lo que más le preocupaba.

Capítulo 6

A la tarde siguiente, Duncan entró en la biblioteca y anunció a Abigail que tenía visita.

—Will Chapman y su hermana —dijo con una ligera mueca despectiva en los labios.

Abigail se puso de pie.

—Oh, sí, dijo que quería ver la casa. Aunque me sorprende que venga con la señorita Chapman.

—No es la señorita Leah. Es la hermana más pequeña.

—Entiendo. —Supuso que el señor Chapman había traído a la niña como una especie de carabina, aunque no sabía si porque estaba más preocupado por su reputación o por la de ella—. Por favor, dígales que me reuniré con ellos dentro de unos minutos. Quiero enviar esta carta con el correo de hoy.

El sirviente se tensó, pero inmediatamente después dijo:

—Muy bien, señorita.

—¿Dónde los ha dejado esperando? —inquirió antes de sumergir la pluma en el tintero.

—En el vestíbulo. Solo es un vicario, ¿no? No es tan importante, pese a lo que se crean él o su padre.

Le sorprendió la amargura que destilaba su voz, pero antes de poder ofrecerle una réplica adecuada ya se había dado la vuelta y abandonado la habitación. Se dio prisa en terminar la carta, la colocó con el resto de misivas que irían ese día a correos y fue corriendo al vestíbulo.

Allí la esperaban el señor Chapman y Duncan, manteniendo una tensa conversación, con Kitty sentada en el sofá que había a pocos metros, al lado de la puerta, hojeando una revista. Al verla entrar, Duncan se volvió y se fue hacia la escalera de servicio evitando su mirada.

Miró a William Chapman, que tenía las cejas enarcadas a modo de pregunta.

—¿Hay... algún problema?

El vicario le lanzó una mirada de pesar y se acercó a ella para poder hablar sin que los oyera su hermana.

—En realidad, no. A Duncan no le gustó y no le ha hecho mucha gracia tener que esperar aquí conmigo como un sirviente.

—Pero es un sirviente.

—Suyo, sí, pero no mío. De todos modos, no tiene que preocuparse por nada, señorita Foster. Es algo que pertenece al pasado. —Se enderezó—. Muy bien, asunto zanjado. Pues aquí estoy, preparado para mi visita guiada. Me he traído a Kitty. Espero que no le moleste. Me consta que le hace mucha ilusión conocer la casa.

—Por supuesto que no. Su hermana es bienvenida a Pembrooke Park.

Aquellas palabras llamaron la atención de la niña, que miró hacia arriba; momento que aprovechó Abigail para saludarla.

—Hola.

—Kitty, esta es la señorita Foster. —Hizo los honores William—. Señorita Foster. Esta es mi hermana pequeña, Katherine.

La niña arrugó la nariz.

—Pero solo me llama Katherine mamá... y cuando está enfadada. Kitty me gusta más, gracias.

Abigail sonrió.

—Entonces te llamaremos Kitty. Y ahora, ¿qué os gustaría ver primero?

La niña se levantó de inmediato.

—¡Todo! No se imagina cuántas veces me he preguntado cómo sería cada habitación. Llevo toda la vida alrededor de esta casa y nunca he estado dentro.

—Pues verás todas las habitaciones. —Abigail le apretó la mano. Durante un momento tuvo la sensación de estar frente a Louisa a la misma edad de Kitty. Una Louisa que solía mirarla con la misma cara de afecto, confianza e incluso admiración. Se le contrajo un poco el corazón. A veces echaba de menos esos días. La estrecha relación que habían tenido. La echaba de menos a ella.

Abigail ofreció a los dos Chapman la mejor visita guiada que pudo. Usando la información que había encontrado en el libro sobre Pembrooke Park de la biblioteca, les describió con entusiasmo la casa, su estilo y los años aproximados que tenía cada parte añadida, incorporando detalles arquitectónicos que había aprendido de Gilbert.

En el salón, se dio cuenta de que Kitty ya no le prestaba tanta atención, así que interrumpió su monólogo y señaló el antiguo pianoforte, invitándola a que usara el desatendido instrumento. La niña se sentó y tocó algunas notas preliminares.

Ahí fue cuando se percató de la expresión de curiosidad con que la miraba William Chapman.

—Lo siento —se disculpó con él—. Me he dejado llevar.

—De ninguna manera. Solo me ha sorprendido lo mucho que sabe de arquitectura. Es impresionante.

Se encogió de hombros un tanto cohibida por su mirada de admiración.

—No es para tanto. Siempre me ha fascinado el tema.

—¿Puedo preguntar por qué?

—Me crie con un vecino, Gilbert, cuyo padre hizo fortuna en el sector de la construcción. Desde pequeño planeó seguir los pasos de su progenitor y convertirse en arquitecto. Supongo que me contagió su entusiasmo, porque antes de darme cuenta me encontré leyendo sus libros y acompañándolo a ver distintos edificios y obras arquitectónicas.

—Entiendo... —La miró con interés premeditado—. ¿Y dónde, si puede saberse, se encuentra ahora el tal Gilbert?

Ahora fue ella la que lo miró. Mientras sentía cómo el rubor ascendía por su cuello, suplicó en silencio no estar revelando demasiado sus sentimientos; unos sentimientos embarazosos que era mejor mantener ocultos.

—En Italia. Estudiando con una autoridad en la materia.

—Vaya. ¿Y se arrepiente de no estar allí con él?

—¿Yo? ¿Estudiando en Italia? Como bien sabe, las mujeres no hacemos ese tipo de cosas.

—No me refiero a estudiar —aclaró él—. Aunque es una pena que no lo haga. Me refería a si no desearía estar allí con él.

El calor le invadió las mejillas y se vio incapaz de mirar aquellos intensos ojos azules.

—Bueno, yo... —Dudó—. De hecho, creo que ahora es mi hermana la que centra toda su atención. —Cada vez más azorada, se apresuró a añadir—. De todos modos, no sé por qué estamos hablando de esto. Tendríamos que estar conversando sobre Pembrooke Park. —Se volvió hacia

Kitty y se acercó al pianoforte, donde la niña tocaba de memoria una sencilla pieza.

El señor Chapman se unió a ella.

—Lo siento, señorita Foster. No debí hacerle una pregunta tan personal. Me temo que es un defecto profesional.

Sus labios se curvaron en una diminuta sonrisa, pero evitó todo contacto visual con él.

—Comprendo. Y ahora ¿continuamos?

Kitty se levantó y pidió ver su dormitorio.

—William me dijo que le dejaron escoger cualquier habitación. Quiero ver la que ha elegido.

—Muy bien. Aunque espero que no te sientas muy decepcionada. No he elegido la más grande.

—¿No?

Abigail se fijó en los grandes ojos de la pequeña, brillando de emoción. Aunque no le quedaba mucho para convertirse en una mujer, todavía era una niña.

—No, aunque cuando veas lo que hay dentro, seguro que aprobarás mi elección.

Los guio escaleras arriba.

Al llegar a su alcoba, William vaciló.

—Entrad las dos. Yo... mejor espero aquí fuera.

Supuso que seguía preocupándole el decoro. Sin embargo, en cuanto le hizo un gesto a Kitty para que entrara, deseó que las hubiera acompañado, aunque solo fuera para ver la cara de satisfacción de su hermana.

—¡Oh, Dios mío! —Kitty corrió entusiasmada hacia la casa de muñecas—. ¡Fíjate en esto! ¡Es espectacular!

—Sí. Alguien se esmeró mucho en ella y consiguió muchas miniaturas para decorarla.

Kitty se arrodilló frente a las puertas abiertas y la miró por encima del hombro.

—Me imagino que no puedo tocar nada, ¿verdad?

—Puedes tocar todo lo que quieras. Lo único que te pido es que luego lo dejes todo tal y como estaba.

—Se lo prometo.

—En el cajón de abajo tienes las muñecas.

Kitty no perdió un segundo en abrirlo, pero su sonrisa se transformó en un ceño fruncido cuando sacó el muñeco sin cabeza.

—Me lo encontré así —explicó Abigail—. Todavía no he tenido tiempo de arreglarlo.

La pequeña lo dejó a un lado y empezó a jugar con la casa, abriendo puertas y armarios y admirando todos los pequeños utensilios y cuencos de la cocina.

—Tengo una muy parecida a esta —dijo, levantando una cesta de mimbre en miniatura—. Me la hizo Leah por mi cumpleaños.

—Sí, he podido comprobar de primera mano los frutos de su trabajo. Me ha dicho un pajarito que tengo que darte las gracias por el jabón que venía en mi cesta de bienvenida y que olía tan deliciosamente bien.

Kitty se encogió de hombros.

—Solo la ayudé un poco, eso es todo. —Abrió la puerta de un pequeño armario y sacó algo—. Mira, aquí hay otra muñeca.

Vaya. La «hermana» sobre la que se había preguntado el día que limpió su dormitorio al final estaba escondida dentro de un armario. Supuso que se trataba de otra travesura infantil.

Durante unos minutos, contempló con auténtico placer a la niña jugando. Pero entonces se acordó de que su hermano estaba esperándolas en el pasillo, solo.

—Vuelvo enseguida —dijo. Kitty se limitó a responder con un vago asentimiento de cabeza sin dejar de prestar atención a la casa de muñecas.

Entonces Abigail salió al pasillo y fue hacia la galería de la escalera central, pero no encontró a William Chapman. ¿Dónde se habría metido?

Al otro lado de la galería vio una puerta abierta; se trataba de una de las dos habitaciones más grandes de la casa, la que había elegido para su madre. Entró y se encontró al señor Chapman contemplando un retrato que había encima de la chimenea.

—Espero que no le importe —se disculpó él en cuanto la vio en el umbral—. La puerta estaba abierta y llevo esperando mucho tiempo fuera.

Abigail no recordaba que la puerta hubiera estado abierta, pero decidió no insistir en el asunto.

—Kitty se ha emocionado al ver una antigua casa de muñecas.

—Eso lo explica todo. —Cruzó las manos detrás de la espalda y echó un vistazo a toda la habitación. ¿Cree que este era el dormitorio de Robert Pembrooke?

—No lo sé. ¿Por qué lo pregunta?

—Mi padre no deja de hablar de él en todo momento. Robert Pembrooke esto. Robert Pembrooke lo otro. Era el dueño de la finca cuando papá empezó a trabajar aquí.

—Puede ser. Es una de las dos habitaciones más grandes de la parte delantera de la casa. De modo que sí, supongo que sería el dormitorio del propietario. Seguro que su padre nos saca de dudas.

Al mirar a su alrededor y atisbar un cajón abierto, comenzó a sospechar al instante.

—Estáis aquí —señaló Kitty entrando en la alcoba. Miró en dirección al mismo lugar donde estaba mirando su hermano. Se trataba del retrato de un caballero vestido de etiqueta—. ¿Quién es?

—Robert Pembrooke —respondió el señor Chapman—. En la iglesia hay otro retrato de él. La pintura se colgó en su honor, pues él y su familia fueron los primeros benefactores de la parroquia. La señorita Foster y yo tenemos la teoría de que este era su dormitorio cuando vivió aquí.

Kitty hizo un gesto de negación.

—Fijaos en la tapicería de flores o en el color rosa de las cortinas y la ropa de cama. Y ese tocador es el propio de una dama. Creo que estamos en el dormitorio donde dormía la señora de la casa. Le gustaría tener el retrato de su marido a la vista... a no ser que él fuera un hombre muy vano.

—Bien visto, Kitty —dijo William—. Ahora que lo mencionas, es verdad que tiene todo el aspecto de ser la alcoba de una dama. —Miró a Abigail—. ¿Entonces el retrato de ella estará en la otra habitación?

Abigail se detuvo a pensarlo con el ceño fruncido.

—No creo. O al menos no recuerdo haberlo visto.

—¡Vamos a comprobarlo! —exclamó Kitty, volviéndose hacia la puerta y saliendo a toda prisa al pasillo.

—¡Kitty! —la reprendió suavemente William.

Abigail se echó a reír.

—Tranquilo. No pasa nada.

La pequeña aminoró el paso en cuanto llegó a la otra habitación y abrió la puerta casi con reverencia. Abigail y su hermano la siguieron en silencio.

La luz del sol brillaba a través de la ventana mirador y las motas de polvo se arremolinaban en el aire girando en sus rayos oblicuos. Este segundo dormitorio se parecía al primero. La cama, la chimenea y la

74

ventana estaban dispuestas de la misma forma. Lo primero que hicieron los tres fue mirar encima de la chimenea. Efectivamente, allí colgaba el retrato de una dama, pero no el de una mujer joven, como habían esperado, sino el de una señora bastante mayor, con cabello blanco y profundas arrugas en la frente y en las comisuras de la boca. Otro detalle a tener en cuenta era que la pintura no era tan grande como la de Robert Pembrooke; algo curioso teniendo en cuenta la simetría que parecía existir entre las dos alcobas.

—Esa no puede ser su esposa —reflexionó Kitty, claramente decepcionada.

—No, a menos que ambos retratos se pintaran con una diferencia considerable de tiempo; en los primeros años de juventud de él y en la madurez de ella. —sugirió Abigail.

—Ella no vivió tantos años —señaló William.

Sorprendida, Abigail se volvió hacia él.

—¿Qué?

El pastor se encogió de hombros.

—Por ahora todo son suposiciones. Esta mujer podría ser cualquiera.

—Tal vez deberíamos preguntar a su padre —dijo ella.

William vaciló.

—Yo... le aconsejaría no preguntarle más de lo necesario, señorita Foster. No le gusta hablar mucho de la casa ni de la época en que estuvo trabajando aquí.

—Creía que solía hablar mucho de los antiguos ocupantes.

—De Robert Pembrooke sí. Pero... de nadie más.

—¿Por qué no?

—No... No creo que debamos seguir haciendo conjeturas. A mi padre no le gustaría enterarse de que ha sido objeto de una charla ociosa.

Abigail decidió dejarlo estar.

—Muy bien, entonces. ¿Ya han visto suficiente de la casa?

El señor Chapman se mordió el labio antes de decir:

—Si puedo, me gustaría ver las dependencias de los sirvientes en el semisótano, así como las dependencias de trabajo doméstico.

Lo miró con curiosidad.

—¿Se puede saber por qué?

—Era la única zona donde me dejaban estar cuando era pequeño. Me pregunto si habrá cambiado mucho.

Abigail se encogió de hombros.

—Muy bien. Por aquí.

Los condujo escaleras abajo, a través del comedor y el aparador donde se montaban los platos, en dirección hacia la escalera de servicio. Al ser muy empinada, advirtió a Kitty para que tuviera cuidado.

En el semisótano, recorrieron el pasillo principal, con las distintas puertas que llevaban al comedor de la servidumbre, la despensa, la cocina y el lavadero.

En la cocina, la señora Walsh levantó la vista de la mesa y frunció el ceño ante la inesperada visita, pero en cuanto vio a Kitty su expresión se dulcificó.

—Kitty, querida, qué placer tenerte por aquí. Y hablando de placeres, vas a ser la primera en probar mi nueva hornada de galletas de jengibre. Seguro que a la señora de la casa no le importa. —Miró a Abigail con los ojos brillantes de diversión y desafiante.

—Sí, doy fe de ello —aseguró Abigail con una sonrisa de oreja a oreja.

—Por cierto, señorita Foster —continuó la señora Walsh—. Muchas gracias por compartir con nosotros la mermelada de Mac y las magdalenas de Kate. Nos gustaron muchísimo.... Bueno, a casi todos.

—Me alegra oírlo. A mí también me gustaron.

—Qué suerte tienes, patito mío —la señora Walsh le dio un cariñoso pellizco a Kitty en la mejilla—, por tener dos cocineros tan excelentes en la familia.

—No tienen nada que hacer a su lado, señora Walsh —sentenció Kitty con la boca llena de trozos de galleta—. Las de mamá no están ni la mitad de buenas que las suyas.

Abigail miró por encima del hombro para intercambiar una sonrisa con William Chapman, pero no vio a nadie en el umbral donde se encontraba hacía unos instantes. Fue a la puerta y se asomó al pasillo. Para su sorpresa, lo vio intentando abrir una puerta al final del pasillo que según parecía estaba cerrada.

—¿Está buscando algo? —preguntó.

Él alzó la vista y se ruborizó de la cabeza a los pies.

—Solo me preguntaba dónde lleva. Solía jugar al escondite de niño, pero no me acuerdo...

A Abigail se le contrajo el estómago por las sospechas que comenzaba a tener. Primero, cuando estaban arriba, había desaparecido y se había dedicado a abrir puertas, cajones y solo Dios sabía qué más, ¿y ahora lo encontraba hurgando en el semisótano? Enseguida recordó lo que dijo Leah sobre lo poco que le pagaba el rector. ¿Estaría tentado de complementar sus precarios ingresos con la búsqueda de un tesoro?

Sinceramente, esperaba que no. Había empezado a pensar que William Chapman pudiera estar interesado en su persona. Pero quizá solo se preocupaba por la casa y había fingido un acercamiento a ella para ganarse una invitación al interior de la vivienda. Con una punzada en el corazón, se detuvo a reflexionar un momento. Era mucho más plausible creer que estaba interesado en un tesoro que en ella.

Convencida de que tenía razón, permaneció callada mientras los hermanos Chapman salían de la casa, pero entonces el párroco, antes de despedirse, se volvió hacia ella y la sorprendió una vez más.

—Señorita Foster, ya que está sola, ¿le gustaría cenar esta noche con mi familia?

Sin saber muy bien cómo rechazar la oferta, dudó unos segundos.

—Es un poco apresurado, ¿seguro que a su familia no le importa?

—Por supuesto que no. Les encantará. Además, mi madre está más que acostumbrada a que aparezca con invitados a la hora de comer. No se me dan bien los fogones y la cocina de la rectoría es de la Edad de Piedra.

—Eso es verdad —intervino Kitty—. Diga que sí, por favor, señorita Foster.

—Mi madre no ha dejado de darnos la lata a Leah y a mí para que la invitemos a casa —añadió William—. Quiere conocer a nuestra nueva vecina.

Al ver la sonrisa esperanzada de Kitty, no le quedó otra que claudicar.

—En ese caso, aceptaré encantada. Gracias.

—Excelente. ¿Le viene bien sobre las cinco? En esta zona tenemos la costumbre tan pasada de moda de cenar temprano.

—Me viene muy bien. —Sonrió y se enderezó—. Bueno, será mejor que avise a la señora Walsh de que no me prepare hoy la cena.

Los hermanos se despidieron y comenzaron a marcharse. Pero entonces Kitty se volvió una última vez y agregó:

—He oído que la gente de Londres se viste de etiqueta para la cena. Pero no hace falta. En casa vamos muy informales.

Abigail lanzó una mirada interrogante al pastor.

—Kitty tiene razón. Está usted perfecta tal y como va.

Mientras le decía aquello no dejaba de mirarla a los ojos, y aunque sabía que se refería a su vestimenta, no pudo evitar que se le ruborizaran las mejillas.

Eludiendo su mirada, se dirigió a su hermana:

—Gracias, Kitty. Es bueno saberlo.

La pequeña asintió y sonrió.

—Las mujeres debemos mantenernos unidas.

Mientras acompañaba a su hermana de camino a casa, William se sintió feliz de haber invitado a cenar a la señorita Foster. Últimamente pasaba mucho tiempo sola y esperaba poder compensar el comportamiento tan poco educado que había mostrado durante su visita a la casa. Era curioso por naturaleza, pero debería haberse contenido un poco más.

A su lado, Kitty se sacó algo del bolsillo de la pelliza.

—¿Qué es eso? —preguntó él.

—Una cesta. De la casa de muñecas de Pembrooke Park.

Aturdido, William se detuvo en seco.

—¿Te la has llevado?

La pequeña puso los ojos en blanco.

—No la he robado —dijo con tono irónico—. Solo la he tomado prestada. Quiero enseñársela a Leah.

—¿Por qué?

—Porque se parece mucho a las cestas que hace ella, ¿no crees?

Examinó el pequeño objeto, pero no se quedó nada impresionado.

—Pues a mí me parece una simple cesta vieja. ¿Pediste permiso para llevártela?

—Iba a hacerlo cuando os encontré a los dos en la otra habitación, pero entonces empezasteis a hablar de ese retrato y se me olvidó.

—Tienes que devolvérsela a la señorita Foster. Y pedirle perdón. —Acompañó la frase con la mirada más fulminante de exhortación clerical que tenía.

—Por supuesto que lo haré —dijo Kitty haciendo una mueca.

Cuando entraron en la casa, encontraron a su madre y hermana tejiendo en sus sillas habituales de la sala de estar.

Kitty fue corriendo hacia Leah.

—Mira.

Leah sujetó la pequeña cesta en sus dedos.

—¿Es la que te hice?

—No, por eso te la quería enseñar. La encontré en la casa de muñecas de Pembrooke Park. ¿Le diste una a la niña que vivía allí?

Leah frunció el ceño y miró alternativamente a su hermana y a la cesta, pero antes de que pudiera contestar, su padre vino desde la otra habitación con cara de pocos amigos.

—¿Qué estabas haciendo en Pembrooke Park? —inquirió.

—La señorita Foster nos estaba enseñando a William y a mí la casa —contestó la pequeña—. Voy a devolver la cesta... solo quería enseñársela a Leah.

—Papá, estoy segura de que Kitty no tenía mala intención —terció Leah—. Y por supuesto que la devolverá en su siguiente visita.

—No quiero que vuelva a entrar en esa casa.

—Por favor, papá, no te enfades. Yo quería ver el interior. Y también William.

—Os tengo dicho a todos que no quiero que piséis esa casa. Yo...

—Pero no lo entiendo —protestó Kitty—. La que vive allí ahora es la señorita Foster y es muy simpática. Y William piensa igual, porque la ha invitado a cenar con nosotros esta noche.

La involuntaria insinuación de su hermana consiguió que William se ruborizara por completo.

—¿Esta noche? —repitió su madre, antes de arquear las cejas y mirarlo con asombro—. ¿En serio?

La casa de los Chapman estaba situada en medio de un bosque que bordeaba los terrenos de la finca —en el mismo lado del río— y que permitía a Mac proteger la propiedad de los extraños que tenían que cruzar el puente para acceder a la casa a menos que conocieran el camino que atravesaba dicho bosque. Abigail ya había visto de lejos el hogar de los Chapman el día que salió a pasear con el clérigo, pero ahora que la tenía más cerca y con los rayos vespertinos del sol filtrándose a través de las copas de un grupo de tilos, le pareció más encantadora si cabía, como si estuviera contemplando una pintura con una mezcla de suaves dorados, verdes y marfil. Macetas rebosantes de tulipanes y narcisos adornaban las ventanas con sus correspondientes contraventanas verdes. Un muro de piedra rodeaba un huerto y un jardín en el que abundaban plantas de diferentes especies y flores primaverales. Lo único que ensombrecía esa idílica imagen era una caseta en un lateral, cerrada con una valla alta, desde la que el perro ladraba furioso cuando Abigail abrió la verja.

Oyó la voz de Mac Chapman antes de verlo salir por una puerta lateral y reprender a su perro con severidad.

—¡*Brutus*! ¡Para! ¡Tranquilo!

Atraída por el alboroto, una mujer con cofia y delantal apareció a toda prisa en el umbral de la puerta de entrada.

—Lo siento. No se preocupe. Ladra más que muerde. —A continuación, añadió con un guiño—: El perro también.

Aquel gesto, la sonrisa con que lo dijo y el brillo en los ojos azules le dijeron que aquella mujer no podía ser otra que la madre de William Chapman.

—Usted debe de ser la señorita Foster —dijo—. Soy Kate Chapman. Un placer conocerla. ¡Menuda bienvenida! La segunda poco hospitalaria que recibe de nuestra parte. Me sorprende que hayan conseguido persuadirla para que cene con nosotros. Venga adentro, querida. El perro no se calmará hasta que deje de ver a la aterradora desconocida.

Abigail le devolvió la sonrisa. La señora Chapman, que inmediatamente le cayó bien, era una mujer hermosa de unos cincuenta años con el pelo castaño dorado y vivaces ojos azules. Tenía los dientes un poco torcidos, pero junto con sus labios la hacían poseedora de una sonrisa cálida y acogedora. A diferencia de su marido e hija mayor, no mostró la desconfianza del primero ni la prudente cautela de la segunda.

—William debería haberla acompañado, pero lo mandé a por nata fresca a casa de los Wilson. Sí, sé que tendría que haberla preparado antes, pero estaba un poco distraída ante la perspectiva de tener tan eminente invitada.

—En serio... no tenía que hacer nada especial.

La señora Chapman le abrió la puerta.

—¡Por supuesto que sí! Y por favor, haga todo lo posible por notar los trofeos de caza de Mac. En cuanto se ha enterado de que iba a venir a cenar se ha pasado una hora limpiándolos.

—¡Oh! Me siento fatal. Su hijo me aseguró que no les supondría ninguna molestia, que tienen invitados a menudo.

—Puede que exagerara un poco, querida. Seguro que para que no se sintiera incómoda. Y no me malinterprete, llevo mucho tiempo queriendo conocerla.

La agarró del brazo y la condujo por el vestíbulo y el pasillo.

—¡Mary! Por favor, comprueba el pescado. —Miró a Abigail y le explicó—: Tenemos una cocinera, pero solo sabe hacer platos muy sencillos. Estamos intentando prepararle una cena en condiciones, querida, pero no le prometo nada.

—¿Puedo ayudar en algo? No tengo mucha experiencia, pero me encantaría intentarlo.

—Oh, cariño, ahora sí que se ha ganado mi corazón. —Le dio un apretón en el brazo—. Vamos a la cocina.

Siguió a la mujer hasta la parte trasera de la casa, hacia una cocina sumida en el caos con una mesa de trabajo cubierta de harina y cuencos y unos fogones con ollas y cazuelas humeantes.

—Algo huele muy bien por aquí —comentó Abigail.

Leah, que estaba sentada en la mesa pelando guisantes, levantó la vista.

—¡Oh! Señorita Foster. Me temo que vamos un poco retrasados.

—No tiene la menor importancia. Deme algo que pueda hacer.

La señora Chapman descolgó un delantal de un gancho de la pared y se lo ató a Abigail.

—¡Mira qué cintura de avispa! Hubo una época en que yo también la tenía así. —Le guiñó un ojo y colocó un plato de fresas rojas y brillantes sobre la mesa, justo delante de ella—. Si no le supone mucha molestia, puede quitarles las hojas a estas.

—Con mucho gusto.

En ese momento entró Mac Chapman y se quedó petrificado al verla sentada en la mesa de trabajo con su esposa e hija.

—Señorita Foster, si quiere, puede esperar en la sala de estar, mientras termin...

—Me alegra poder ayudar —indicó con una sonrisa.

El hombre la miró, después hizo otro tanto con su mujer y su hija y terminó negando con la cabeza con un brillo de tristeza en los ojos.

—Esto no está bien. Dos jóvenes refinadas trabajando como ayudantes de cocina cuando deberían estar viviendo como auténticas damas.

—Mac... —La señora Chapman la miró de forma elocuente.

—No te preocupes, papá —dijo Leah—. La señorita Foster ha dicho que no le importaba y sabes que a mí no me molesta. No hay ningún otro lugar en el que prefiriera estar.

Cuando Mac abandonó la cocina en busca de más leña para el fuego y la señora Chapman se retiró al fregadero para hablar con la cocinera sobre una salsa para el pescado, Abigail se acercó más a Leah y preguntó en voz baja:

—¿Qué ha querido decir tu padre con esa frase?

La señorita Chapman miró hacia la puerta antes de contestar.

—Mi padre cree que a estas alturas debería de estar casada con un caballero pudiente. —Agachó la cabeza, como si quisiera escapar de su mirada.

Se preguntó por qué no se había casado Leah Chapman. Se fijó en su encantador perfil y en su espeso cabello castaño dorado. Sí, era una mujer lo suficientemente guapa. Pero parecía estar cerca de la treintena, si es que no había llegado ya. ¿Sería demasiado tarde? ¿Estaría destinada a convertirse en una solterona? Tal vez Leah y ella tenían eso en común.

Kitty irrumpió en la cocina, la saludó con entusiasmo y se unió a ellas en la mesa. Después, sin dejar de parlotear alegremente, se hizo con un puñado de vainas de guisantes para ayudar a su hermana. Abigail decidió guardarse para sí misma el resto de preguntas que rondaban por su cabeza.

William corrió hacia la puerta de la cocina mientras se lamentaba de lo mucho que había tardado en lo que aparentemente tenía que haber sido un encargo rápido. Pero el señor Wilson había empezado a hablar y a hablar y...

Se detuvo en el umbral con tal brusquedad que se derramó parte de la nata que llevaba en el cubo. La imagen que tenía ante sus ojos era tan inesperada como maravillosa: Leah riéndose ante algo que su padre acababa de decir y la señorita Foster —sí, la señorita Foster— sentada en la mesa de la cocina como si fuera un miembro más de la familia y con una sonrisa en los labios.

—Lo veo venir —dijo su padre—, en breve las dos os convertiréis en uña y carne y yo voy a tener un problema.

Qué delicia ver a Leah reír; reír de verdad, de esas risas que llegaban a sus ojos. Reír en presencia de alguien que no fuera un familiar directo. ¿Cuándo había sido la última vez que la había visto así?

Su padre lo miró.

—Por fin estás aquí, Will. ¿Has ordeñado la vaca y separado la nata tú mismo?

—Hace una eternidad que te fuiste —añadió Kitty.

Su madre lo miró de arriba abajo.

—Querido, se suponía que tenías que traer nata. No venir cubierto de ella. ¡Cómo traes los zapatos, por Dios! Kitty, ve a por un paño y tú, Jacob, quítale el cubo a tu hermano antes de que se le caiga del todo. Parece haberse quedado mudo de asombro.

William no se había dado cuenta de que tenía a Jacob justo detrás de él, esperando a que cruzara el umbral para poder entrar también a la cocina. Le pasó el cubo a su desgarbado hermano y sonrió con timidez a su invitada.

—Vaya un anfitrión deplorable que soy, señorita Foster. La invito a cenar y luego llego tarde. Aunque veo que la han incorporado al rebaño en mi ausencia.

—Sí. Y de muy buena gana.

—Me alegra oírlo.

—Lávate las manos, Jacob. —Su madre se encargó del cubo—. Y después necesito que montes la nata con un poco de azúcar.

—Que lo haga William —se quejó el muchacho de quince años. Con el pelo rojo, los ojos verdes y el ceño fruncido, era la viva imagen de su padre.

—¡Menudo vago estás hecho! —Le reprendió William con cariño—. Te propongo un trato. Trae dos cuencos y veamos quién de los dos lo consigue antes.

Jacob se enfrentó a su mirada con un brillo desafiante en los ojos.

—¡Hecho! —Se volvió hacia su padre—. ¿Quieres apostar, papá? Yo contra William.

—No, ya sabes que los Chapman no apostamos —repuso Mac con severidad. Pero inmediatamente después guiñó un ojo a Kitty y susurró—: Seis peniques a favor de William.

La pequeña se rio y le estrechó la mano.

—Vaya par... —La señora Chapman soltó un suspiro, aunque terminó trayendo dos cuencos con sus respectivas varillas para batir. A continuación, sirvió la nata a partes iguales y añadió a ojo un puñado de azúcar—. A este paso no cenaremos hasta la medianoche.

William tomó su varilla y se preparó para el desafío.

—Preparados. Listos. ¡Ya!

—Retírese un poco, señorita Foster —le advirtió su madre—, o terminará hecha un desastre.

Su hermano y él comenzaron a batir con ahínco, mirando de vez en cuando a su contrincante para comprobar su proceso antes de hacer una mueca y redoblar sus esfuerzos.

—No quiero que se convierta en mantequilla —informó su madre—. Parad, ya es suficiente.

—¿Quién ha ganado?

Su madre declaró el empate.

—¿Puedo probar un poco? —preguntó Kitty, poniéndole cara de zalamera.

—No puedes: debes. —William extendió la varilla y su hermana sacó la lengua, pero en el último instante cambió de dirección y dejó un trozo de nata en la punta de su pequeña y respingona nariz.

Kitty le siguió el juego y con la yema del dedo se quitó el trozo de nata para llevársela a la boca. Según ella, le había quedado deliciosa.

Tras una copiosa cena, amenizada con una buena dosis de conversación en la mesa, William propuso dar un paseo para estirar las piernas. La señorita Foster se ofreció para ayudar a fregar los platos, pero su madre se negó e insistió en que tanto ella como Leah la acompañaran y dejaran la vajilla sucia al resto; algo que, a juzgar por los gruñidos de queja, no hizo muy feliz a Jacob, aunque sí entusiasmó a Kitty.

Mientras las mujeres recogían sus bonetes y abrigos, William salió a esperarlas para respirar un poco del aire fresco del atardecer, tan agradable después del calor que hacía en la pequeña casa.

Al poco rato, vio aproximarse a un jinete, y el perro comenzó con su tanda de feroces ladridos.

—¡*Brutus*! —gritó William, pero el animal hizo caso omiso.

A medida que el jinete se iba acercando, reconoció a Andrew Morgan. Ver a su viejo amigo hizo que se sintiera pletórico. Hacía poco que el padre de Andrew había heredado Hunts Hall, una propiedad vecina, tras la muerte de su primo. Pero los jóvenes se conocían de mucho antes, pues la familia de Andrew llevaba años visitando Hunts Hall. Y, posteriormente, también habían ido juntos al mismo colegio.

Andrew desmontó y ató las riendas a la verja. El caballo resopló, molesto por los ladridos del perro. En ese momento su padre salió y, para su alivio, calmó a *Brutus* con mucho más éxito del que él había tenido hacía unos instantes.

Andrew se acercó a él ofreciendo la mano.

—William, viejo diablo. Aunque supongo que ahora que eres un hombre de Dios no debería llamarte de esa forma. Me alegro de verte, amigo.

—Igualmente, Andrew. ¿Cómo estás?

—Estupendamente. He disfrutado mucho de mis viajes, pero me alegra estar de regreso.

—Estoy seguro de que tus padres también están encantados de tenerte de nuevo aquí.

—Sí, mi madre quiere más nietos. No habla de otra cosa.

—¿Y vas a contentarla?

Andrew ladeó la cabeza.

—Ah, ya entiendo. Estás deseando que los ricos den el paso para celebrar todos esos matrimonios y bautizos, ¿verdad? —Su amigo sonrió de oreja a oreja—. ¿Y qué me dices de ti? ¿Has hecho algún progreso en esa área?

A William se le borró la sonrisa.

—No. Me... Me temo que no.

Andrew también se puso serio.

—Lo siento, Will. No he tenido mucho tacto. Si te sirve de consuelo, la última vez que vi a Rebekah estaba tan grande como un oso y la mitad de feliz, aunque ya ha dado a luz a un hijo fornido.

—Sí, eso he oído. —Cambió de postura y dijo un tanto incómodo—: Pero te aseguro que eso ya no me causa el más mínimo sufrimiento. Eso sí, sentí mucho lo de su marido.

—¿Seguro?

—Por supuesto.

La puerta se abrió a sus espaldas y salieron Leah y la señorita Foster con sus bonetes y pellizas mientras se ponían los guantes. Una vez más le impactó la belleza de la señorita Foster. El bonete enmarcaba aquel encantador rostro, suavizando sus angulosos rasgos. Los ojos negros contrastaban a la perfección con la pálida y suave piel. A su lado, Andrew Morgan también se había detenido. ¿Se lo había imaginado, o su amigo había contenido la respiración? Se fijó en él y lo vio mirando a ambas damas, ¿o era una en particular la que había captado su atención?

Al ver al recién llegado, Leah se quedó helada, su sonrisa se desvaneció al instante y su rostro se endureció con esa expresión de cautela que siempre mostraba cada vez que se enfrentaba a una persona con la que no estaba muy familiarizada.

—Leah, supongo que te acuerdas de Andrew Morgan, ¿no? —dijo a toda prisa para tranquilizarla. Su hermana había coincidido con Andrew en un par de ocasiones, cuando este había visitado al primo de su padre, aunque llevaban sin verse más de un año.

Leah hizo una reverencia.

—Sí, ¿qué tal se encuentra, señor Morgan?

Andrew respondió con una inclinación de cabeza.

—Muy bien, gracias, señorita Chapman. ¿Y usted? Espero que en perfecto estado de salud.

—Sí, lo estoy. Gracias.

Aquellos saludos tan remilgados lo dejaron estupefacto, sobre todo por parte de su amigo, que siempre solía mostrarse muy sociable. Pero enseguida recordó sus modales y se volvió hacia Abigail.

—Señorita Foster, le presento a mi amigo Andrew Morgan. Señor Morgan, nuestra nueva vecina, la señorita Foster.

—Un placer conocerla, señorita Foster. No es muy común contar con vecinos nuevos en este distrito tan poco frecuentado.

William procedió a explicarle.

—La señorita Foster y su familia han alquilado Pembrooke Park.

Andrew alzó las cejas en señal de sorpresa.

—Había oído que por fin alguien se había animado a vivir en la vieja casa señorial, pero supuse que sería algún empleado de pompas fúnebres o un fantasma, no una dama joven y encantadora como la que tengo delante. Porque está usted viva, ¿verdad?

La señorita Foster sonrió un poco confundida.

—Viva y bien viva, se lo aseguro.

—Excelente. Pues sea bienvenida a nuestro humilde vecindario.

—Los padres de Andrew viven en Hunts Hall —continuó William con las explicaciones—. Al otro lado de Easton. Mi padre es su administrador, pero aquí mi amigo Andrew se ha pasado viajando la mayor parte de los doce meses que hace que se mudaron a la zona.

Abigail hizo un gesto de asentimiento.

—En ese caso, usted también es un recién llegado, señor Morgan.

—Supongo que sí —sonrió Andrew—. He de decir que no podría haber elegido mejor momento para volver a encontrarnos. Dentro de dos semanas, mi madre quiere darme una pequeña fiesta de bienvenida. Será una cena informal, varios familiares, algunos de sus amigos... Me ha dado permiso para invitar a algunos amigos propios. ¿Por qué no vienen los tres? Por favor, acepten la invitación o moriré de aburrimiento.

William se quedó dudando unos segundos antes de mirar a Leah para observar su reacción.

Claramente desconcertada, su hermana apartó la mirada de la expresión ansiosa de Andrew y replicó:

—Seguro que su madre no se refería a que invitara a cualquiera que se cruzara en su camino.

—Pero ustedes no son «cualquiera». William y yo fuimos juntos a Oxford. Usted es su hermana. Y usted...

La señorita Foster lo interrumpió de inmediato.

—Muchas gracias, señor Morgan, pero no se sienta obligado a incluirme solo porque estoy aquí presente. Aunque por supuesto, debe extender la invitación a la señorita Chapman.

—Dejémonos de rechazos y protestas corteses, por favor. Tan pronto como llegue a casa diré a mi madre que les haga llegar las invitaciones oficiales. Mientras tanto, no se les ocurra aceptar cualquier otro compromiso en la misma fecha, ¿entendido? —Agitó el dedo índice en un divertido gesto.

—Oh, sí, por aquí tenemos muchísimos compromisos sociales —bromeó William—. Haremos todo lo posible por incluir tu invitación en nuestras agendas.

Más tarde, después de que Andrew se marchara, William condujo a las damas hacia los jardines. Cuando sugirió que ya iba siendo hora de acompañar a la señorita Foster a su casa, Leah se disculpó y se marchó, dejándolo con el honor de escoltarla solo; algo que no le molestó en absoluto.

Mientras paseaban por los parques de la finca, la señorita Foster comentó:

—Su amigo parece una persona muy agradable.

—Lo es. Y no se me ha pasado por alto que lo ha dejado impresionado.

—¿Yo? Lo dudo. Solo tuvo ojos para Leah.

William la miró sorprendido.

—¿En serio?

—Sí, no sé cómo no se dio cuenta.

—Mmm...

Se quedó pensando unos segundos. Por un lado, le aliviaba saber que su apuesto y acaudalado amigo no había puesto sus miras en la señorita Foster, pero por otro le inquietaba la idea de que pudiera sentirse atraído por su hermana. Sería interesante ver qué sucedía ahora que había regresado Andrew —por lo visto para siempre— con la intención de sentar cabeza y dar a su madre más nietos. Se suponía que todo Easton creía que Leah Chapman, a sus veintiocho años, se había quedado para vestir santos. ¿Pero sería ella capaz de superar su renuencia y permitir que la cortejaran?

Con independencia de lo que sucediera, lo único que no quería era que su hermana sufriera. Sabía de primera mano lo que era una decepción amorosa. Lo habían rechazado y había vivido para contarlo, pero Leah era mucho más sensible y solitaria que él. Ni tampoco tenía una fe tan fuerte como la suya: una fe que había evolucionado hasta adquirir la solidez de una roca y a la que se aferraba cada vez que la vida le daba un revés. Rezaría por ella. Oraría por los dos.

La señorita Foster lo sacó de su ensimismamiento.

—¿Puedo preguntarle por Oxford, señor Chapman? ¿Cómo consiguió...?

—¿Pagarlo? —terminó él con naturalidad—. Es normal que se lo pregunte, teniendo en cuenta los orígenes de mi padre. Incluso de mi madre.

—Lo siento. No quería ofenderlo. Solo era simple curiosidad.

—Es usted una criatura muy curiosa. Me he dado cuenta de que hace muchas preguntas.

—Discúlpeme, yo...

—En este caso, no me importa lo más mínimo. Como sabe, mi padre fue el administrador de Robert Pembrooke y llegó a convertirse prácticamente en su mano derecha; algo que honró a mi padre y de lo que siempre se sintió muy orgulloso. Que un sirviente o administrador se enorgullezca, incluso si es solo un reflejo del honor o rango de la familia a la que sirve, no es nada nuevo. Pero Robert Pembrooke recompensó el leal servicio de mi padre con algo más que palabras. A pesar de que cuando murió no era muy mayor, tenía hecho el testamento. Ya le mencioné que le dejó la casa, las tierras que la circundaban y el usufructo del estanque de peces a mi progenitor, pero también le legó una buena suma de dinero. Mi padre podía haber invertido ese capital y vivir cómodamente de los intereses. Sin embargo, decidió emplearlo en mi educación. Espero que nunca se arrepienta de esa decisión.

—Por supuesto que no lo hará —le aseguró la señorita Foster—. Es obvio que está bastante orgulloso de usted.

William se encogió de hombros.

—No me siento cómodo con el orgullo, señorita Foster.

—Cómo desearía que mi propio padre... —Se detuvo, dejando la frase incompleta.

Miró su angustiado perfil.

—¿Qué desearía?

—No importa —respondió ella, eludiendo su mirada.

Llegaron a la parte delantera de la casa y se quedaron parados en el umbral en un incómodo silencio hasta que algo más allá de la verja, al otro lado del río, llamó la atención de Abigail.

—¿Quién es? —preguntó ella con el ceño fruncido.

Se dio la vuelta para seguir su mirada y vio a una figura con una capa verde con capucha que cruzaba el puente y desaparecía instantes después.

Sintió un extraño nudo en el estómago.

—No lo sé, apenas he visto su silueta.

Pero ese simple vistazo fue suficiente para que se pusiera nervioso. Enseguida recordó aquellas historias de terror que se contaban durante su infancia sobre un hombre encapuchado y sin rostro dispuesto a matar a cualquiera que se interpusiera en su camino.

Capítulo 7

Esa noche, mientras se preparaba para irse a la cama, Abigail volvió a pensar en la cena con los Chapman. Se dio cuenta de que, en algún momento durante la apuesta con la nata y la distendida conversación que había mantenido con William Chapman y su familia, se habían disipado todas las sospechas que tenía sobre él. En realidad le gustaba, al igual que su familia. Y aquello hacía que echara todavía más de menos a la suya.

Se sentó en la cama con su cuaderno de bocetos, dispuesta a dibujar el rostro de William Chapman. Pero le resultó más difícil de lo que imaginaba y al final terminó haciendo un bosquejo de la casa de los Chapman, con sus líneas limpias, las contraventanas y aquel techo de paja que tanto encanto le daba a la vivienda.

En ese mismo momento le vino a la cabeza una frase del señor Chapman: «Señorita Foster, le aseguro que si hubiera querido entrar en Pembrooke Park lo hubiera hecho en cualquier momento». ¿Qué habría querido decir con eso? Seguía sin tener ni idea.

De pronto, se detuvo con el lápiz en el aire. ¿Qué era ese ruido? ¿Pasos fuera de su habitación? «Ya debería estar acostumbrada a que los sirvientes hagan su trabajo», intentó tranquilizarse. En Londres habían tenido muchos más criados encendiendo chimeneas y respondiendo al toque de campanas a todas horas.

Dejó a un lado su material de dibujo y se hizo con una novela que había encontrado en la biblioteca. Estuvo leyendo durante unos minutos, pero la historia sobre un malvado monje que perseguía a una joven dama inocente terminó poniéndole los pelos de punta, así que cerró el libro con gesto decidido, lo dejó sobre la mesita de noche y se inclinó para apagar la vela. Pero justo cuando estaba a punto de hacerlo, cambió de opinión y la dejó encendida. Luego se acurrucó debajo de las mantas y contempló las sombras que iba proyectando la parpadeante llama sobre las paredes. Cómo deseaba que su padre regresara de Londres. Seguro que cuando él estuviera, aquella casa oscura le resultaría mucho menos aterradora.

Cerró los ojos, pero los abrió inmediatamente al oír el chirrido de una puerta abriéndose en algún lugar de la casa. Pensó que se trataba de Polly y se volvió para intentar dormirse.

Entonces oyó un golpe sordo. ¿Alguien llamando a la puerta? ¿A esas horas? Tal vez solo fuera una rama azotando una ventana. O un pájaro carpintero buscando insectos en algún árbol cerca de allí. ¿Hacían eso las aves por la noche? No tenía ni idea. Sí, probablemente sí, decidió antes de volverse a dar la vuelta.

A lo lejos, otro nuevo ruido la alarmó. Como una especie de címbalos, de metal contra metal. Se incorporó con el corazón en la garganta. Una jarra de latón; alguien había tirado una jarra de latón. O le había dado una patada por accidente en la oscuridad.

Pero aquellas excusas no le sirvieron de nada. Sabía que no podría dormirse hasta que supiera exactamente de dónde provenía el ruido. Se desarropó, salió de la cama, se envolvió con un chal y se calzó. Luego tomó la vela, abrió la puerta y escuchó. Silencio. Se dirigió hacia el pasillo de puntillas, evitando fijarse en los muchos ojos que la miraban desde los retratos de los Pembrooke ya fallecidos.

Entonces oyó el débil sonido de unos pasos retirándose a toda prisa antes de bajar por las escaleras.

Con el corazón en un puño, se asomó con cautela por la barandilla. La luz de la vela apenas iluminaba la oscuridad que se desplegaba a sus pies, aunque alcanzó a percibir una figura encapuchada flotando sobre los últimos peldaños. Completamente estupefacta, parpadeó un par de veces. Pero cuando volvió a mirar, las escaleras estaban vacías. Lo más seguro era que se hubiera imaginado aquella espectral aparición.

Temblando de miedo, decidió que no volvería a leer ninguna novela gótica. Sí, definitivamente, lo suyo eran los libros de arquitectura.

Se dio la vuelta, dispuesta a regresar a su habitación, pero en el último momento cambió de opinión y cruzó la galería, moviendo la vela para inspeccionar las puertas cerradas hasta que vio una que estaba abierta. Era la que daba al dormitorio que iba a ser de su madre: el mismo dormitorio en el que encontró el cajón abierto durante la visita de William Chapman.

Abrió un poco más la puerta y levantó la vela. Todos los cajones estaban cerrados... pero sobre el tocador había un joyero abierto, y junto a él, una lámpara de cobre volcada. Con el corazón latiéndole a toda velocidad, se acercó y tocó la mecha. Todavía estaba caliente.

Aterrorizada, corrió hacia las escaleras de la servidumbre. También podía haber llamado tirando del cordón de su habitación, pero las campanas sonaban en el pasillo de los criados y prefería no despertar a la señora Walsh. Además, tampoco quería esperar sola en la oscuridad.

En cuanto llegó a la alcoba del mayordomo, en el semisótano, que ahora usaba Duncan, llamó a la puerta.

Oyó un gruñido, seguido del crujido típico que hacían los resortes de una cama cuando alguien se levanta. A continuación, la puerta se abrió unos centímetros y allí estaba Duncan, con el pelo revuelto y el torso desnudo. Esperaba que llevara alguna prenda debajo, pero no se atrevió a comprobarlo.

—¿Qué sucede? —masculló él.

—Siento molestarlo. Pero me gustaría que comprobara toda la casa y se asegurase de que todas las puertas están cerradas.

—Ya lo he hecho. Como todas las noches.

—Es solo que... Mac me advirtió sobre posibles intrusos y creo que he oído algo. En realidad he visto a alguien y...

—¿Que ha visto qué?

—No estoy segura... Por favor, eche un vistazo a la casa.

El hombre esbozó una sonrisa de suficiencia.

—Ha tenido una pesadilla, ¿verdad? ¿Quiere que le lleve un poco de leche caliente?

—¿Comprobará las puertas o debo despertar a alguien más para que haga su trabajo? —replicó molesta.

Duncan frunció el ceño.

—No hace falta que despierte a toda la casa. No cuando ya me ha despertado a mí.

Ahí fue cuando se dio cuenta de que solo había abierto la puerta una rendija y la actitud tan defensiva que estaba teniendo. Al principio había pensado que se debía a que quería ocultar su desnudez, pero cuanto más tiempo pasaba sin camisa y sin dar muestra alguna de pudor, más dudaba de que esa fuera la verdadera razón.

¡Por todos los santos! ¿Acaso había llevado a alguna mujer de vida alegre a su casa?

Entrecerró los ojos.

—¿Hay alguien dentro con usted?

El hombre se echó hacia atrás con cara de sorpresa. Después, miró por encima de su hombro, como si quisiera comprobarlo por sí mismo, y abrió la puerta de par en par. Abigail vio una cama con las mantas y sábanas revueltas, pero no había nadie más en aquel cuarto.

Duncan levantó un brazo por encima de su cabeza y apoyó el codo en el marco de la puerta; un gesto que hizo que se le marcaran aún más los potentes músculos.

—Me halaga, señorita —comentó con una sonrisa burlona—. Pero no, estoy solo... en esta ocasión.

La ira que había estado conteniendo ahuyentó los últimos atisbos de miedo. Era cien mil veces mejor toparse con un fantasma que con un sirviente descarado que encima se creía irresistible.

Se irguió en toda su altura y dijo:

—No importa. Yo misma comprobaré la casa.

Duncan dejó de sonreír en el acto y bajó el brazo.

—No, señorita, espere. Lo siento. —Su actitud cambió—. No estoy acostumbrado a ver a jóvenes damas llamando a mi puerta por la noche, eso es todo. Solo deme un minuto para ponerme una camisa...

Minutos después revisaron juntos la casa y encontraron todas las puertas cerradas, tal y como Duncan le había dicho. En la planta de arriba le enseñó la lámpara volcada.

—Por fin ha aparecido —dijo él colocándola de pie—. Me preguntaba dónde podía estar. El otro día Polly la tomó prestada del pañol de lámparas. Debió de dejarla aquí.

—Pero... ¿qué hacía en esta habitación?

El sirviente se encogió de hombros.

—Alguna cosa que le hubieran mandado. —Señaló la tela blanca que cubría el tocador—. ¿No le dijo que subiera ese cobertor cuando lo trajo la mujer que se encarga de reparar los encajes?

Cierto. Se había olvidado. Qué tonta.

¿De verdad había notado la mecha caliente o solo había sido producto de su imaginación? Alargó una mano, que ahora ya no le temblaba en absoluto, y volvió a tocarla. Fría como una piedra.

Definitivamente, se habían acabado las novelas góticas para ella.

Al día siguiente, cuando Molly trajo el correo, Abigail lo recogió con avidez, deseando tener noticias de su familia. Sin embargo, lo que encontró fue una segunda carta, también con el matasellos de Bristol, y redactada por la misma mano desconocida. La carta contenía otra página de un diario.

Anoche oí pasos fuera de mi habitación. También oí a alguien abrir la puerta del ropero y hurgar en él. Supuse que se trataba de una criada.

Entonces oí chirriar otra puerta al otro lado del pasillo. Tal vez la de la habitación de invitados. Aunque en este momento no tenemos ningún invitado en casa. De hecho, nadie viene a vernos a este enorme caserón, a diferencia de lo que sucedía cuando residíamos en nuestra pequeña casa de Portsmouth. ¿Por qué entraría una sirvienta en un dormitorio vacío a esas horas de la noche? Y más teniendo en cuenta lo que dicen del ama de llaves, que las hace trabajar de sol a sol. A menos que no se trate de nadie del personal.

¿Sería uno de mis hermanos, para que crea que la casa está encantada? Dudo que ninguno de ellos se arriesgara a desatar la ira de papá y quedarse despierto hasta tan tarde.

¿O tal vez fuera mi propio padre? Me dan escalofríos solo de imaginármelo vagando por la oscuridad y entrando en las habitaciones sin previo aviso. ¿No tenemos suficiente con verlo todo el día recorriendo la casa, abriendo armarios y dando golpes en las paredes como si fuera un pájaro carpintero trastornado?

De repente, alguien abrió la puerta de mi habitación y me quedé congelada. Pero solo era el gato. Se comprende que no debí de cerrarla bien. El gato saltó y se metió conmigo en la cama. Sin embargo, y por primera vez, mi pequeño y suave atigrado no consiguió calmarme.

Creo que esta noche cerraré la puerta con llave.

Con un ligero estremecimiento, Abigail guardó la carta, con la primera, en el cajón de la mesita de noche y se puso una capa para protegerse del frío. Por lo menos, la persona que la había escrito tenía un gato que explicara los ruidos y las puertas abriéndose antes de hacer el ridículo con un sirviente pagado de sí mismo. Le hubiera gustado ser igual de afortunada.

Abandonó el dormitorio, cruzó el pasillo, se dirigió a la habitación destinada a su madre y entró (esta vez de día). Aunque Duncan se había llevado la lámpara, el joyero continuaba abierto en el tocador.

Intrigada, se acercó para inspeccionarlo y hurgó en su contenido. Broches, algunos collares de cuentas y otro de coral. Sacó un prendedor de una maraña de cadenas y abalorios. Era de oro y tenía forma de... ¿una M, quizá? Le dio la vuelta. ¿O era una W? Lo dejó en su sitio y continuó examinando más adornos, todos ellos muy bonitos, pero ninguno de gran valor. Desde luego, no había ningún «tesoro». Aunque a esas alturas alguien ya podía haberse llevado todo lo que fuera valioso sin que ella se enterase. Tal vez debería haber hecho un inventario el primer día que llegó. Ahora ya era demasiado tarde.

El domingo por la mañana, Abigail se detuvo delante de su armario abierto, preguntándose qué debía ponerse para ir a la iglesia, a la que planeaba acudir por primera vez. En Londres, la iglesia a la que iban esporádicamente era inmensa y siempre estaba llena de gente, así que rara vez se percataban de su presencia, sobre todo teniendo en cuenta lo mucho que Louisa tardaba en prepararse, por lo que a menudo llegaban tarde y tenían que sentarse en la última fila o, Dios no quisiera, en la tribuna.

Pero allí, en el Berkshire rural, con la pequeña parroquia situada prácticamente en la puerta de su casa, sabía que no le quedaba otra que asistir. Su presencia o ausencia no pasaría desapercibida para una congregación de ese tamaño. Ni para los Chapman. Supuso que a Leah Chapman le alegraría verla y, aunque ganarse la estima de su vecina parecía un objetivo difícil de lograr, bien merecía la pena intentarlo. Y sí, también tenía que admitir que sentía curiosidad por ver a William Chapman en su papel de pastor.

Algo en la parte inferior del armario llamó su atención. Se inclinó para verlo más cerca y se sorprendió al encontrar una pequeña muñeca escondida en un rincón. Polly no debía de haberla visto cuando ordenó sus cosas. Se encogió de hombros y la colocó en el cajón del mueble de la casa de muñecas junto al resto.

En ese momento entró Polly y la ayudó a ponerse un vestido de muselina estampado con un sencillo manto atado al cuello y un jubón *spencer* corto de color azul. Después, se anudó un recatado bonete debajo de la barbilla, se metió un libro de oraciones bajo el brazo y se puso en marcha. Como había tardado mucho en prepararse, cuando cruzó la verja que daba al cementerio sonó la campana que marcaba el inicio del servicio religioso.

El corazón le latía demasiado rápido para un acontecimiento tan trivial. Sintió cómo le sudaban las manos dentro de los guantes. ¿Dónde tenía que sentarse? ¿Sería demasiado atrevido por su parte si lo hacía en el banco de los Pembrooke? ¿Y si, sin darse cuenta, dejaba a alguien sin su asiento habitual? Seguro que todos los ojos estarían puestos en su persona, pendientes de cada uno de sus movimientos.

Abrió la puerta y se fijó en que todos los fieles ya estaban sentados. Examinó los bancos en busca de algún sitio discreto en el que acomodarse, pero entonces apareció Mac Chapman, con la barba pulcramente recortada y vestido como cualquier elegante caballero londinense con su abrigo negro, chaleco y pantalones del mismo color.

—Qué alegría verla, señorita Foster. Permítame que le indique dónde sentarse.

«Ah, es verdad.» Recordó que William Chapman le había dicho que su padre hacía las veces de sacristán. La acompañó por el pasillo central hasta la primera fila. Como se había temido, sintió todas las miradas sobre ella. Llegaron a un reservado que había a la derecha y Mac le abrió la puerta baja.

—¿Seguro que tengo que sentarme aquí? —susurró ella.

Sus ojos verdes despidieron una extraña nostalgia.

—Los habitantes de Pembrooke Park siempre se han sentado aquí, muchacha. Y aunque no sea usted la que debería estar aquí, es bueno ver que vuelve a estar ocupado. El Señor da y el Señor quita.

Y con esa melancólica bendición, Abigail tomó asiento.

A los pocos segundos se dio cuenta de que, al otro lado del pasillo, Andrew Morgan ocupaba otro lugar de honor en compañía de una pareja mayor.

Unas pocas filas atrás, alguien susurró su nombre.

—¡Señorita Foster!

Se volvió y encontró a Kitty Chapman, deslumbrante con un vestido color marfil y un bonete de paja. La pequeña le sonrió y saludó con entusiasmo hasta que su madre la obligó a bajar la mano y la amonestó en silencio. Luego Kate Chapman le sonrió a modo de disculpa y Abigail le respondió con otra sonrisa. Leah, que estaba al lado de su madre, asintió cortésmente mirándola.

Al mirar hacia arriba y contemplar la lámpara con las velas encendidas para el servicio se preguntó si William Chapman se estaría limpiando el hollín de las manos antes de ponerse la sobrepelliz blanca. La idea casi la hizo sonreír.

Un momento más tarde, por una puerta lateral entraba el susodicho. Ver al irónico y alegre William Chapman vestido de clérigo la dejó un poco aturdida. Con las manos juntas, saludó a su congregación con una sonrisa amable y se dirigió hacia el altar. Durante unos segundos, clavó la vista en ella y Abigail creyó ver un destello de duda en sus ojos claros. En su fuero interno, deseó que no lamentara verla en la iglesia y que tampoco adivinara el verdadero motivo de su asistencia.

Como sacristán, Mac anunció en voz alta:

—Entonemos el salmo cuarenta y siete para la gloria y alabanza de nuestro Señor.

Que un puñado de fieles elevara sus voces en aquella pequeña parroquia en honor de su Creador le resultó conmovedor y edificante. La iglesia de Londres contaba con instrumentos y un coro profesional, pero por extraño que pareciera, la música sonaba mucho más conmovedora cantada por los pacíficos y devotos habitantes de aquella zona rural. La congregación alternó cantos y rezos en diferentes ocasiones. Las melodías de los salmos eran alegres, aunque lo suficientemente reverentes. William Chapman leyó la liturgia y su padre, como sacristán, fue entonando las respuestas al tiempo que todos los feligreses se unían a él en una sola voz.

En un momento dado, el reverendo lanzó a su padre una mirada elocuente. Mac captó la señal, se puso de pie y se dirigió hacia el atril. Una vez allí, se colocó los anteojos sobre la larga y estrecha nariz, deslizó un dedo por la página del libro que ya estaba abierta y leyó con voz profunda:

—Lectura de los dos últimos versículos del primer capítulo de la carta de Santiago. «Si alguien se cree religioso y no refrena su lengua, sino que se engaña a sí mismo, su religiosidad está vacía. La religiosidad auténtica e intachable a los ojos de Dios padre es esta: atender a huérfanos y viudas en su aflicción y mantenerse sin mácula del mundo.»

William Chapman dio las gracias a su padre con una inclinación de cabeza, y a continuación subió las escaleras del púlpito.

—Buenos días tengáis todos —empezó de manera informal, sonriendo a la congregación y mirándolos a la cara. Sin dejar de sonreír, se volvió hacia Abigail—. Y bienvenida, señorita Foster. Estamos encantados de tenerla entre nosotros. Para aquellos que todavía no la conocéis, podéis hacerlo cuando termine el servicio.

Bajó la vista hacia sus notas y se aclaró la garganta antes de comenzar con el sermón.

—Hace poco un hombre me dijo que no estaba interesado en la religión porque las personas religiosas son aburridas, por no mencionar hipócritas, que fingen ser rectos y honrados cuando en el fondo son tan egoístas y pecadores como el que más. Y durante los años que pasé en el colegio de St. John en Oxford oí a muchos compañeros y profesores expresar este mismo punto de vista. Que la gente acude a los servicios dominicales solo para guardar las apariencias y que luego nuestras iglesias se quedan vacías durante la semana y días festivos.

»El mismísimo Jesús se enfrentó a los líderes religiosos de su tiempo, concretamente a los fariseos, que se guiaban más por las tradiciones y las reglas hechas por el hombre que por el amor a Dios y a sus semejantes. Jesús quería estar en comunión con ellos, pero ellos no estaban dispuestos a acudir a Él ni a recibirlo. Solo confiaban en su aparente cumplimiento de las leyes.

»¿Sois religiosos? ¿Lo soy yo mismo? Si ser religioso implica seguir un conjunto de normas y costumbres para impresionar a los demás de modo que podamos parecer rectos y justos, en vez de cultivar una profunda comunión con nuestro Señor, entonces estoy de acuerdo con nuestros detractores. A mí tampoco me interesa esa clase de religión. Y a mi juicio, al Señor tampoco. Jesús ofrece su amor y perdón a todo aquel que realmente lo busca, que cree en Él, y que lo venera. No importa al lado de quién nos sentamos una mañana de domingo. Ni los ingresos que tengamos. Ni nuestros lazos familiares.

Abigail se dejó caer en su banco. ¿Aquel comentario iba dirigido a ella?

—Está esperando que vayas hacia Él —continuó—. Que confíes en su guía y bondad. Que lo escuches, obedezcas y sirvas. ¿Estás escuchando de verdad, dedicando tiempo a leer su palabra y buscando su guía en la oración? ¿Estás sirviéndole a él y a tus iguales, las viudas y los huérfanos que hay entre nosotros? Espero que lo hagas esta semana.

¿Pasaba ella tiempo escuchando, obedeciendo y sirviendo?, se preguntó Abigail. No. O no lo suficiente en todo caso.

—Oremos...

Abigail se quedó estupefacta. Observó al resto de feligreses agachar la cabeza y cerrar los ojos mientras William Chapman los dirigía en la oración, preparándolos para el ofertorio y la comunión. No recordaba haber oído un sermón más corto y directo en toda su vida. Si no, habría prestado mucha más atención. A su alrededor, toda la congregación volvió a unirse en una solemne oración y el sonido de sus voces le llegó al corazón.

William tenía pensado hablar sobre varios versículos de Mateo:23 y Juan:5, pero con la señorita Foster justo enfrente, mirándolo con aquellos penetrantes ojos oscuros, se puso nervioso y se le olvidó. Sus feligreses, sobre todo los mayores, ya le habían recriminado anteriormente la brevedad de sus sermones. Y no le cabía la menor duda de que también lo harían con el de ese domingo.

Una vez finalizado el servicio, caminó por el pasillo hacia la puerta para despedir a su congregación y escuchar sus comentarios. Aunque el título pertenecía oficialmente al rector, la mayoría lo llamaba «pastor William» en señal de respeto y afecto. Pero había una excepción.

—Debo decirle, señor Chapman, que el sermón de hoy ha sido excesivamente corto —empezó la señora Peterman—. ¿Por qué no se molesta en escribir uno más largo? Me pregunto para qué le estamos pagando.

—Usted no le paga nada, señora Peterman —repuso Leah con aspereza, colocándose a su lado—. Y el rector le paga una cantidad minúscula.

La señora Peterman resopló.

—Por lo visto, cada uno recibe lo que se merece.

—Tiene usted razón, señora Peterman —reconoció William—. El sermón de hoy ha sido más breve de lo que pretendía y le pido disculpas. ¿Le preocupa el contenido en sí o solo su duración?

—Tampoco he hecho mucho caso del contenido. Estoy pensando seriamente en escribir al señor Morris para contarle que su vicario no cumple debidamente con sus obligaciones. Tal vez debería dedicar menos tiempo a coquetear con muchachas bonitas desde el púlpito y más a preparar sermones más largos.

—Solo estaba dando la bienvenida a la señorita Foster —se quejó Leah—. En ningún modo estaba coqueteando.

Su madre escogió ese momento para acercarse y, tras lanzarle una mirada cargada de intenciones, tomó el brazo de la mujer mayor y dijo:

—Si lo desea, señora Peterman, me gustaría presentarle a la señorita Foster. Es una joven encantadora.

La señora Peterman volvió a resoplar.

—Creo que por hoy ya ha recibido suficiente atención.

El marido de la mujer por fin se decidió a hablar.

—Y yo creo, querida —dijo el señor Peterman con tranquilidad—, que estás exagerando un poco. Nuestro buen pastor no ha hecho nada indecoroso. —Lo miró con cara de disculpa—. Y en mi caso valoro mucho los sermones cortos. —Le guiñó un ojo.

William hizo un gesto de asentimiento.

—Lo tendré en cuenta, señor.

—No le haga caso —protestó la señora Peterman—. Lo único que salva a sus sermones cortos es que a mi marido no le da tiempo a quedarse dormido y avergonzarme delante de todos.

El anciano rio entre dientes y se llevó a su esposa hacia el cementerio.

William miró a su hermana, que tenía las cejas levantadas. Nunca la había visto dirigirse de forma tan vehemente a nadie.

—Lo siento, William. Pero esa mujer me molesta sobremanera.

—Te entiendo. Y aprecio tu lealtad. Pero recuerda que es una de las ovejas de mi rebaño y que debo amarla y servirla.

—Ya lo sé. Pero no soporto ver cómo te critica. No creo que tenga ni idea de lo mucho que trabajas y de todo lo que haces por tu rebaño, como tú los llamas.

—Al menos tiene el coraje de decirme lo que piensa a la cara.

—¿A diferencia de la mayoría de las ancianas amargadas que solo se quejan y luego te critican por la espalda?

—Efectivamente. —Sonrió de oreja a oreja—. Aunque yo no lo habría expresado de una forma tan... elocuente.

—Detesto que te traten mal —dijo Leah—. Vales el doble que el señor Morris. Si estuviera en mi poder, me aseguraría que ocuparas el lugar del rector.

—Silencio —dijo la señora Chapman con ojos preocupados, tocando la manga de su hija—. Ya es suficiente, querida.

La suave advertencia de su madre hizo que Leah mirara a su alrededor, como si de pronto se hubiera dado cuenta de dónde estaban y de que cualquiera podría oírla.

—Tienes razón. Perdóname. Al igual que los fariseos, debería aprender a refrenar mi lengua.

Después del servicio, Andrew Morgan condujo a sus padres por el pasillo en dirección a Abigail y se los presentó. El señor Morgan era un hombre apuesto, corpulento y con una sonrisa tan amplia como la de su hijo. La señora Morgan era delgada, de rasgos finos y con una mirada perspicaz que enseguida puso a Abigail en guardia.

—Ah, sí, señorita Foster. He oído hablar de usted.

Abigail esbozó una sonrisa vacilante.

—¿En serio?

—Sí. Bueno. Encantada de conocerla. Andrew nos ha pedido que la invitemos a nuestra pequeña cena de bienvenida.

—Su hijo es muy educado, señora Morgan. Pero no se sienta obligada...

—No me siento obligada en absoluto... con respecto a usted. Es un placer invitarla. Tengo entendido que su padre está en Londres, ¿cierto?

—Sí, pero volverá pronto.

—¿Y su madre?

—Se ha quedado en la capital con mi hermana pequeña para ayudarla en su temporada. Están con una tía abuela en Mayfair, pero vendrán con nosotros en cuanto termine.

—¿De modo que Mayfair? Voy a incluir en la invitación a su padre. Dígale que es más que bienvenido.

—Gracias, señora Morgan. Es usted muy amable.

Se dio cuenta de que la mujer estaba impresionada. Por lo visto sabía del prestigio que daba Mayfair, pero no debía de tener ni idea de la situación económica por la que estaba atravesando su padre. De saberlo, su buena opinión —junto con la invitación— se habrían evaporado al instante.

Tras despedirse de los Morgan, salió sola de la iglesia.

—¡Señorita Foster! —la llamó con tono alegre Kate Chapman. Venía caminando del brazo de su hijo—. Estoy tan contenta de que viniera hoy. Nuestro William da unos sermones excelentes, ¿verdad, querida?

—Cierto —admitió ella con total sinceridad, aunque tampoco es que hubiera escuchado muchos a lo largo de su vida.

—Querrás decir cortos, mamá —dijo William de buen humor.

—En mi caso, la brevedad es una virtud —reconoció ella—. Pero además sus palabras han sido muy convincentes y ha ido directo al grano.

—No todo el mundo piensa igual que usted.

—Bueno, señorita Foster —interrumpió la señora Chapman—. Tiene que venir a comer con nosotros. La cocinera nos ha dejado preparado un asado de carne y varias ensaladas, así que esta vez no la pondremos a trabajar.

Durante unos segundos, no supo qué contestar.

—Me encantaría, en serio. Pero la señora Walsh me ha dejado una bandeja con comida y no creo que...

—Puede dejarla para la cena —intervino Leah—. Seguro que a la señora Walsh no le importa.

—En realidad sí le importa —repuso Kate Chapman con el ceño ligeramente fruncido—. Hagamos esto. Venga a comer con nosotros el próximo domingo, así tiene toda una semana para avisar con antelación a la señora Walsh, ¿de acuerdo?

—¿Tiene pensado acudir a misa el domingo que viene? —inquirió Leah.

Lo cierto era que no tenía planeado ir a misa todos los domingos, pero se dio cuenta de que ese día se lo había pasado muy bien.

—Sí —respondió finalmente.

Leah sonrió.

—Me alegra oírlo.

Qué joven y bonita parecía Leah Chapman cuando sonreía. Acudir a misa y ver al hermano de Leah todas las semanas sería un buen precio a pagar a cambio de la aprobación de su hermana y, con un poco de suerte, de su amistad.

Capítulo 8

E l jueves recibió la invitación prometida de la señora Morgan y una tercera carta con matasellos de Bristol, escrita con la misma y ornamentada pluma femenina. Con el pulso acelerado, Abigail sacó la página del diario y se fue a la biblioteca para leerla en privado.

Su retrato ha desaparecido. Qué raro. Creo que nadie más se ha dado cuenta. Tampoco es de extrañar que no lo haya notado antes, ya que, hasta hoy, no me había atrevido a entrar en la habitación de mi padre. Pero ahora está en Londres, haciéndose cargo de no sé qué asuntos relacionados con el testamento de su hermano. Así que he entrado sin miedo.

En la habitación de mi madre, sin embargo, suelo entrar a menudo. Sobre la chimenea hay un retrato de un apuesto caballero vestido de etiqueta. Cuando le pregunté quién era, me dijo que se trataba de Robert Pembrooke y ambas nos quedamos mirándolo.

Era la primera vez que veía el rostro del tío Pembrooke y, teniendo en cuenta que estaba muerto, también sería la única forma en que podría verlo.

—¿Lo conocías? –pregunté.

—Lo vi una vez. Hace unos años —dijo mamá—. El día que tu padre y yo nos casamos.

—Entonces, ¿esta era la habitación de su esposa?

—Sí, eso fue lo que me dijo el ama de llaves.

Mi padre se había quedado con el dormitorio de Robert Pembrooke, pero yo sabía que no lo había hecho guiado por la nostalgia, para sentirse más cerca de su hermano mayor después de tantos años sin verse y tras su reciente fallecimiento. No. Lo había oído quejarse demasiadas veces de la injusticia de ser el segundo hijo como para pensar eso.

Entré de puntillas en el dormitorio de mi padre, suponiendo que vería el retrato de Elizabeth Pembrooke encima de la chimenea, tal y como había visto el de su marido. Pero me equivoqué. Excepto ese detalle, las habitaciones eran muy parecidas, aunque los muebles eran un poco más grandes y la ropa de cama más masculina. ¿Acaso nunca le habían pintado un retrato? ¿O lo habrían retirado por algún motivo en concreto?

Fuera lo que fuese, en su lugar colgaba el de una mujer mayor con profundas arrugas y una cofia: tal vez se trataba de la abuela de alguien.

Pregunté a mi madre si alguna vez había visto a Elizabeth Pembrooke, pero me dijo que no.

—¿Por qué no? ¿Qué pasó entre el tío Pembrooke y papá para que estuvieran tanto tiempo enfadados?

—Supongo que viene de lejos —contestó mamá—. Viejas rivalidades y celos. Pero desconozco los detalles. Nunca me los contó. Y no sé si quiero conocerlos.

En la misma página, se había añadido una posdata con tinta más oscura.

Encontré el retrato de una bella mujer escondido. Creo que puede ser el de Elizabeth Pembrooke. Me pregunto quién lo hizo y por qué.

¿Dónde lo habría encontrado? ¿Y dónde estaría ahora? Mientras volvía a leer aquellas palabras se le pusieron los vellos de punta. El día que William, Kitty y ella habían estado buscando el retrato de la señora Pembrooke y en su lugar encontraron el de la mujer mayor, había tenido la sensación de que alguien los estaba observando. ¿Estaría alguien vigilando sus movimientos y luego enviándole páginas de un diario conectadas con sus propias vivencias?

¿Viviría cerca la persona que había escrito aquello? ¿Lo suficiente como para vigilarla? Pero ¿y el matasellos de Bristol? Negó con la cabeza con un suspiro de impotencia. No entendía nada.

Decidida a conseguir ayuda, fue en busca de Mac Chapman. Lo encontró engrasando sus armas en la leñera.

—Mac, ¿qué puede contarme de los antiguos ocupantes de Pembrooke Park? Y no me refiero a Robert Pembrooke, sino a las personas que vivieron aquí después de su muerte. La familia de su hermano, creo.

Mac la miró con cautela y volvió a centrarse en su tarea.

—¿Qué quiere saber?

—Pues sus nombres, para empezar. Y cuánto tiempo vivieron aquí.

—Tras la muerte de Robert Pembrooke y su familia... —empezó.

—¿Cómo murieron? —interrumpió ella.

Mac dejó escapar un largo y doloroso suspiro.

—La señora Pembrooke y su niñita murieron durante un brote de tifus que causó estragos ese año entre la población. Robert Pembrooke no se recuperó del golpe y falleció al año siguiente. Dos semanas después, su hermano, Clive, se mudó con su familia a Pembrooke Park. Pero solo se quedaron dos años.

—¿Por qué se marcharon tan pronto... y de forma tan repentina?

—No lo sé. Nunca entendí a Clive Pembrooke y no voy a fingir que lamentara verlos partir.

—¿Dónde estaba usted cuando se fueron?

Mac se encogió de hombros como gesto de indiferencia y echó un poco más de aceite en el paño.

—Una mañana me presenté como de costumbre para reunirme con Clive Pembrooke y encontré la casa desierta. El ama de llaves me dijo que la señora había despedido a todo el personal sin previo aviso, pero que les había pagado todo el salario del trimestre completo. Desde entonces, no hemos vuelto a ver a ningún miembro de la familia.

—¿Entonces la señora Pembrooke sabía de antemano que se iban? ¿Por eso despidió a la servidumbre?

Mac se volvió hacia ella para mirarla fijamente con los ojos entrecerrados.

—¿Por qué me hace todas esas preguntas?

—Solo... siento curiosidad.

¿Debería contarle lo de las cartas?

—¿Hay un retrato de Elizabeth Pembrooke en algún lugar? —preguntó en cambio—. He visto el de Robert Pembrooke, pero no el de su mujer.

El hombre frunció el ceño.

—¿Por qué quiere saberlo?

Ahora fue ella la que se encogió de hombros.

—Usted era el administrador, conocía a la familia. ¿Y quién es la mujer mayor que aparece en el retrato que hay en el dormitorio principal?

—La vieja niñera de Robert Pembrooke, creo. Pero vuelvo a insistir, ¿a qué vienen tantas preguntas? ¿Por qué le interesa tanto?

—Es normal que quiera saber qué sucedió en el lugar en el que ahora vivo.

Sus ojos verdes brillaron como el cristal.

—¿Sabe lo que dice Shakespeare sobre la curiosidad, señorita Foster? Ella asintió.

—Que mató al gato.

—Exacto. —Dejó el paño en el suelo—. Mire, señorita Foster, no quiero hablar ni de los Pembrooke ni del pasado. Ni con usted, ni con nadie. Déjelo estar.

Abigail le sostuvo la mirada un instante antes de darse la vuelta para marcharse.

Mac la llamó.

—Señorita Foster... Si Clive Pembrooke aparece algún día en la casa, prométame que me lo contará inmediatamente. Sé que es poco probable, pero tampoco pensé que alguien volvería a vivir en Pembrooke Park después de todo este tiempo y mire.

Aunque le sorprendió aquella petición, hizo un gesto de asentimiento.

—Está bien, se lo prometo.

—Puede que no le dé su nombre real —advirtió él—. Podría presentarse con otro nombre o con un aspecto diferente...

Abigail se quedó desconcertada.

—¿Pero cómo voy a saber quién es? ¿Hay algún retrato de él o tiene alguna característica peculiar que lo distinga?

—Que yo sepa, no hay ninguna imagen de él. Se parecía un poco a su hermano, pero era más bajo y entrado en carnes después de dos años de no hacer nada. Aunque nadie sabe cómo lo habrán tratado estos últimos dieciocho años.

—Eso no me es de gran ayuda.

De pronto, Mac pareció recordar algo y levantó el dedo índice.

—Espere. Siempre llevaba la misma capa larga, creo que de los años que sirvió en la Marina. Tenía una gran capucha, para aguantar en la cubierta lo mejor posible cuando hacía mal tiempo. No creo que después de tantos años la siga usando, pero si algún hombre se presenta en su casa con esa prenda, tenga cuidado.

Abigail se estremeció.

—Lo haré.

En ese momento no podía dejar de pensar en la figura encapuchada que creyó ver en las escaleras. ¿Había sido real o solo se la había imaginado?

A pesar de las advertencias de Mac, Abigail no cejó en su empeño. Con la idea en mente de que tal vez todavía residiera por la zona alguno de los antiguos sirvientes de Pembrooke Park, buscó en la biblioteca con la esperanza de encontrar el viejo libro de contabilidad y registros del personal de la casa, pero no halló nada. «Qué extraño», pensó, a menos que los hubieran guardado en los aposentos del mayordomo o del ama de llaves. Cuando preguntó a la señora Walsh al respecto, esta le aseguró que no tenía ninguna documentación de ese tipo en su poder.

—¿Conocía a alguno de los anteriores criados?

—Todo eso fue mucho antes de que yo llegara —respondió la señora Walsh—. Solo llevo diez años en el área.

Abigail le dio las gracias y fue a la habitación del antiguo mayordomo al otro lado del pasillo. Armándose de valor, llamó con los nudillos enérgicamente. La puerta se abrió. Esperó a que alguien respondiera, pero no tuvo suerte. A través de la rendija, atisbó la cama sin hacer, un jersey verde desteñido entre la ropa de cama y un par de pantalones tirados en una silla. Como señora de la casa, estaba legitimada a inspeccionar la habitación de cualquier sirviente. La cuestión era si se atrevería a hacerlo. Empujó con la mano la puerta y la abrió unos centímetros más.

—¿Otra vez en mi puerta, señorita?

Alarmada, miró por encima del hombro y se encontró con Duncan mirándola con una amplia sonrisa en los labios.

Se enderezó.

—Aquí está. Bien. Estoy buscando los libros de contabilidad de la casa o los registros del personal. Pensé que el anterior mayordomo podría haberlos guardado en su dormitorio.

—¿Y para qué los quiere?

—Simple curiosidad por los antiguos miembros del personal. Para saber si alguno de ellos todavía vive por aquí.

Duncan se cruzó de brazos y se apoyó contra la pared.

—Veamos... Que yo sepa, no muchos. Una de las doncellas se casó y se mudó a otra zona. Otra murió. El antiguo guardabosques también falleció el año pasado...

Recordó algo que Mac le había dicho.

—Mac mencionó a un ama de llaves.

—¿En serio? —Duncan enarcó las cejas—. Me sorprende que lo hiciera.

—¿La conoce?

Él asintió.

—La señora Hayes. Conozco a su sobrina, Eliza Smith.

—¿Y la señora Hayes vive cerca de aquí?

—Sí. En Caldwell. Pero según su sobrina está prácticamente ciega y su mente no es tan aguda como en el pasado. Ahora es Eliza quien la cuida.

A continuación, Duncan le indicó cómo llegar a la casa y se despidió con un «no se olvide de saludar a Eliza de mi parte».

—Lo haré. —Le dio las gracias y fue a su dormitorio a recoger su sombrero y guantes, dispuesta a dar un paseo no precisamente caluroso.

Aunque el día era soleado, el viento era fresco. Al cruzar el puente, una garza sobrevoló el río y se dirigió hacia el bosque, donde los fresnos y los plátanos occidentales más jóvenes estaban en plena floración y echando hojas. Caminó por las inmediaciones de Easton en dirección al vecino Caldwell, disfrutando de la vista de brillantes campanillas entre los árboles.

Una vez en Caldwell, encontró con facilidad la modesta casa y llamó a la puerta. La abrió una mujer con un vestido estampado, manto al cuello y un delantal. Tenía el pelo de un tono cobrizo, ojos azules, una nariz un poco larga y aspecto de ser bastante inteligente. En cuanto a su edad, debía de ser un poco mayor que ella.

—Hola. Soy la señorita Foster —se presentó—. La nueva inquilina de Pembrooke Park. Usted debe de ser Eliza.

—En efecto.

—Duncan le envía saludos.

—¿En serio? —Eliza se ruborizó de la cabeza a los pies y bajó la vista un tanto avergonzada.

Siguiendo la dirección de su mirada, Abigail se fijó en sus manos: unas manos acostumbradas al trabajo duro y manchadas de tinta.

—En realidad he venido a ver a su tía, si es que... puede recibir visitas, por supuesto.

Eliza sonrió; un gesto que transformó sus sencillos rasgos haciéndola mucho más guapa de lo que a simple vista parecía.

—Qué amable por su parte, señorita Foster. Entre, por favor. —Se hizo a un lado y Abigail la siguió hasta el vestíbulo.

—Últimamente mi tía apenas recibe visitas, excepto la del buen señor Chapman.

—¿Se refiere a William Chapman? —preguntó un poco desconcertada.

—No. Su hijo también solía venir, pero ahora es el padre el que ocupa su lugar.

—Oh. —Aquello sí que la pilló por sorpresa—. Y supongo que también la señorita Chapman, ¿verdad?

—No, solo Mac —indicó Eliza—. Viene al menos una vez a la semana. Nos ayuda a mantener la casa en buen estado y trae cosas para mi tía. Si no fuera por él... Es como si todo el mundo se hubiera olvidado de ella.

Abigail se limpió los pies en la alfombra.

—Es usted muy buena por hacerse cargo de ella.

La señorita Smith se encogió de hombros.

—Ella me cuidó cuando era niña. Después de dejar Pembrooke Park, me crio como si fuera su propia hija.

Aunque se percató de que no había mencionado qué le pasó a sus padres, decidió no hacer preguntas.

Sus ojos se posaron sobre el prendedor que sujetaba el paño de lino que Eliza llevaba al cuello. Le recordaba algo que había visto antes...

—Qué broche más bonito —comentó, admirando la letra «E» de oro, o tal vez fuera de cobre.

La mujer se lo tocó de forma inconsciente.

—Gracias, fue un regalo. Me he olvidado de que lo llevaba. Espere aquí un momento, voy a ver si mi tía se ha despertado ya de su siesta. —Entró en la habitación contigua.

Mientras aguardaba, echó un vistazo al vestíbulo, deteniéndose en un bonete y en un sombrero con velo que colgaban de un perchero junto a la puerta. Luego miró a través de otra puerta que estaba abierta y vio una pequeña cocina en donde una olla cocía a fuego lento sobre la estufa, emitiendo por toda la casa un aroma delicioso. Encima de la mesa había un papel, una pluma, tinta y lo que parecía ser un montón de revistas.

En ese momento apareció Eliza.

—Está despierta. —Vaciló un segundo antes de añadir—: Debo advertirle, señorita, que ya no tiene tan buena memoria como antes. O quizá sea su mente, que está empezando a fallarle. No se crea todo lo que pueda decirle. Ni tampoco se ofenda.

Abigail asintió y siguió a la mujer hasta una sala que estaba en penumbra.

—¿Tía? Aquí hay alguien que ha venido a verte. La señorita Foster. Ahora vive en Pembrooke Park y quiere conocerte. —Eliza abrió las contraventanas, para alivio de Abigail.

Con la nueva iluminación pudo ver a una mujer menuda de pelo blanco, sentada encorvada en un sillón y sujetando unas agujas de tejer con manos nudosas. En cuanto oyó a su sobrina alzó la cabeza con la mirada desenfocada.

—¿Pembrooke Park? Esa casa lleva años vacía.

Abigail dio un paso al frente.

—Mi familia y yo acabamos de mudarnos.

—¿Vives allí? No eres ella, ¿verdad?

Abigail dudó.

—¿No soy quién, señora Hayes?

—La niña que vivía allí.

—No. Solo llevo un mes en Pembrooke Park.

—¿Y tampoco eres una Pembrooke?

Eliza le lanzó una mirada de disculpa.

—No, tía, recuerda que te he dicho que es la señorita Foster.

—Bien, señorita Foster —dijo la anciana con aspereza—. ¿Y sabe ella que está viviendo en su casa?

Abigail parpadeó sorprendida.

—¿Si lo sabe quién, señora Hayes?

—Discúlpenos, señorita Foster —intervino Eliza—. Ha pasado mucho tiempo y apenas nos acordamos de todos los detalles.

—Yo me acuerdo perfectamente bien —masculló su tía—. La señorita Pembrooke. La hija, por supuesto.

Supuso que se refería a la hija de Clive.

—No la conozco —dijo con suavidad—. ¿Sabe dónde vive ahora, señora Hayes?

—¿Dónde vive quién?

Eliza la miró avergonzada.

—La señorita Pembrooke —respondió Abigail, armándose de paciencia.

—No tengo la menor idea. Me dijo que cerrara la casa y que no mirara atrás. Y eso fue lo que hice. También me dijo que, a diferencia de la mujer de Lot, ella tampoco miraría atrás. Sucediera lo que sucediese.

Abigail frunció el ceño e intentó seguir el curso de los pensamientos de la anciana.

—Querrá decir la señora Pembrooke.

—No, la señorita Elizabeth. La otra.

—¿Está hablando de la esposa de Clive Pembrooke?

La mujer se estremeció y se santiguó.

—No pronuncie su nombre, señorita. No si valora en algo su vida.

—Tranquila, tía —la calmó Eliza. Después la miró—. Si me disculpa un momento, señorita Foster, tengo que ir a comprobar cómo está la sopa. También prepararé un poco de té.

En cuanto Eliza se marchó, la señora Hayes chasqueó la lengua y dijo:

—Pobre Eliza. Viviendo en esta casa diminuta... cuidándome como si fuera una criada. —Suspiró—. Qué injusta es la vida.

—Creo que es feliz haciéndolo —comentó ella—. Me ha dicho que se encargó de ella después de dejar Pembrooke Park.

La señora Hayes asintió con expresión distante.

—Sí. Aquellos sí que fueron días oscuros...

Al ver que se quedó sin decir nada durante varios minutos decidió romper el silencio.

—Señora Hayes, ¿por qué se marchó la familia de Clive Pembrooke? ¿Los vio partir?

La anciana negó con la cabeza con vehemencia.

—Estaba en la cama. Ocupada con mis propios asuntos. No vi nada. No oí nada. Dormí toda la noche a pierna suelta.

En ese momento se acordó de la frase de *Hamlet* «me parece que la dama promete demasiado», pero se limitó a decir:

—Entiendo. Así que usted estaba en la casa, pero cuando se levantó a la mañana siguiente, ¿se habían ido? ¿Toda la familia?

La señora Hayes asintió.

—Me dio pena que la señora se fuera. Siempre fue tan buena conmigo...

—¿Planeó su marcha durante mucho tiempo? Mac me dijo que les pagó a todos el salario del trimestre completo.

Volvió a asentir.

—Creo que le dada miedo lo que él pudiera hacernos cuando descubriera que su familia lo había abandonado. Ese día estaba cazando. Pero llegó a casa temprano y supongo que se dio cuenta de lo que estaban tramando. E intentó pararlo. Pobre señor Harold.

—¿Señor Harold? —repitió Abigail—. ¿Qué le pasó?

—No lo sé. Yo no vi nada.

—Señora Hayes, ¿qué cree que sucedió esa noche?

—Creo que él encontró la maleta de la señora. Lista para salir. Y el bolso con todo el dinero que había ahorrado. Eso o que uno de los muchachos la traicionó. No la niña. La niña no era de las que hablaban demasiado.

—¿Y qué hizo Clive Pembrooke cuando se enteró de que planeaban dejarlo?

—No lo sé exactamente. Puede que oyera un disparo esa noche. O solo fue un rayo. Por la mañana, cuando todo el mundo se había ido, encontré sangre en el suelo del vestíbulo.

Abigail se quedó sin aliento.

—¿Sangre? ¿De quién?

—No estoy segura. Tal vez lo vi, o quizá solo fue un sueño.

—¿Me está diciendo que Clive Pembrooke disparó a alguien? —preguntó horrorizada—. ¿Alguien de su propia familia?

—Yo no he dicho eso. No lo ha podido oír de mi boca. Por la mañana, todo el mundo se había ido. ¡Todos! Vi la sangre, sí. Pero no había ningún cadáver. Así que tuve que soñarlo, ¿verdad? —Elevó el tono—. ¡No se lo diga a nadie, señorita! ¡Ni una palabra! No queremos que el señor Clive regrese y se cobre venganza, ¿no?

Abigail tragó saliva y negó con la cabeza. Miró en dirección a la puerta que daba a la cocina para comprobar la reacción de Eliza, pero en lugar de preparar el té la vio sentada a la mesa escribiendo algo.

Tratando de no alterar más a la señora Hayes, preguntó en un susurro:

—¿Se llevaron el carruaje? ¿Y los caballos?

—Sí, el coche y los caballos tampoco estaban. Ni *Black Jack*.

—Pero se fueron sin sus pertenencias.

—Oh, sí, la señora y los niños se llevaron una maleta cada uno. Pero en el dormitorio de Clive Pembrooke no faltaba ni una sola cosa. Incluso pedí a Tom que lo comprobara él mismo para ver si estaba de acuerdo conmigo.

—¿Tom? ¿Quién es Tom?

—Tom Green. El lacayo. Todo el mundo lo conoce —la anciana frunció el ceño—. ¿Cómo dice que se llamaba usted?

Eliza entró con una bandeja y la señora Hayes centró toda su atención en el té y un panecillo tostado. Abigail decidió no presionarla más y la conversación giró en torno a temas más generales, como el tiempo o la vida de la parroquia. Cuando Eliza le ofreció más té, se dio cuenta de que ya no llevaba el broche.

—Ya no tiene el broche. Espero que no lo haya perdido.

Eliza agachó la cabeza.

—No, solo me lo he quitado para que no se cayera en la sopa.

—¿Qué? ¿Quién se ha caído? —preguntó la señora Hayes—. Me dijo que Walter sufrió una caída de consecuencias fatales pero yo sé lo que le pasó de verdad. Lo empujaron.

¿Walter? ¿No se llamaba así el ayuda de cámara que murió en Pembrooke Park? Intentó recordar lo que le había dicho Polly.

—Tranquila, tía. La señorita Foster solo estaba hablando de mi broche.

La señora Hayes asintió sobre su taza de té.

—Ah. Una «E» de Eliza. Es verdad.

Más tarde, de camino a casa, Abigail hizo un repaso mental de todo lo que se había enterado a través de las cartas, junto con la información que había obtenido de Duncan, Polly, Mac y la señora Hayes. ¿Dónde estaría ahora la familia de Clive Pembrooke? Todo apuntaba a que la autora de las cartas era su hija. La «señorita Pembrooke» que había mencionado la señora Hayes. Recordó a Eliza inclinada sobre la hoja, con la pluma en la mano. Debería haberle preguntado qué era lo que estaba escribiendo.

Una vez en Pembrooke Park, decidió escribir su propia misiva. Fue a la biblioteca, se hizo con unos cuantos papeles, pluma y tinta y escribió una carta al abogado.

> *Estimado señor Arbeau:*
> *Me gustaría preguntarle por el nombre de su cliente, el albacea de Pembrooke Park al que hizo referencia. También me gustaría que*

me proporcionara una dirección para poder escribirle. O para ser más exactos, para poder responder a sus cartas. Ya ve, señor Arbeau: alguien me está enviando cartas. Alguien que vivió aquí en el pasado y que sin duda es una mujer. He deducido que esa persona tiene que ser la señorita Pembrooke, aunque también puedo equivocarme. En cualquier caso, ¿podría, por favor, darme el nombre y la dirección de su cliente? O si lo prefiere, pregúntele directamente si puedo contactar con ella.

Gracias por su ayuda en este asunto.

Atentamente,
Señorita Abigail Foster

Molly llamó a la puerta de la biblioteca y le trajo el correo del día: una carta de su madre. Abigail la despidió dándole las gracias, abrió la misiva y procedió a leerla.

Querida Abigail:
Espero que cuando recibas esta carta te encuentres tanto en buen estado de salud como de ánimo y bien instalada en Pembrooke Park. Tu padre me ha dado buena cuenta de todos tus esfuerzos, aunque también me ha dicho que ha sido mejor que no estuviéramos allí para ver el estado tan descuidado en el que se encontraba la casa. Sé que harás lo posible para que todo esté en perfectas condiciones cuando termine la temporada.

Hablando de la temporada: tu hermana ha causado una impresión inmejorable, te lo aseguro. Varios caballeros de buena familia han expresado su interés hacia ella. Louisa está disfrutando muchísimo; si estuvieras aquí, te sentirías tremendamente orgullosa de ella. Te manda todo su amor, al igual que tu querida tía Bess, que se está comportando como una anfitriona excelente durante nuestra estancia aquí.

Tu padre me ha pedido que te diga que tiene la intención de regresar allí a finales de este mes, pero que si, por cualquier razón, lo necesitas antes, que le escribas y se lo hagas saber. Confía en que los miembros del personal y el antiguo administrador tan protector del que nos habló se estén encargando de ti como es debido. Le he asegurado que eres más que capaz de cuidarte por ti misma y que, con las sirvientas de por medio, no hay razón para preocuparnos por el decoro. Fíjate que aquí, en Londres, Louisa se aventura a pasear por Hyde Park con una sola doncella como escolta, ¡pero tú allí cuentas con cinco criados! No obstante, si te encuentras incómoda sin tu padre, comunícanoslo de inmediato.

Antes de que se me olvide, quería comentarte que Gilbert Scott ha regresado de Italia y está trabajando para un arquitecto muy reputado de Londres. Con este brillante y prometedor futuro que tiene por delante está llamando la atención de muchas damas, incluida nuestra Louisa. Ha venido a vernos un par de veces y te envía saludos. Todavía tengo la esperanza de que tu hermana consiga un marido con título, aunque podría hacer una peor alianza.

A Abigail se le aceleró el corazón. Gilbert... de nuevo en Inglaterra. Cómo le habría gustado estar en Londres para poder verlo. Extrañaba la compañía de su viejo amigo, quería saberlo todo sobre sus viajes y que le enseñara sus últimos diseños y planos. Anhelaba la forma que tenía de sonreírle... Pero ¿por qué se hacía ilusiones? Si Gilbert había puesto los ojos en su preciosa hermana, de ahora en adelante solo le brindaría sonrisas a Louisa. Recordó las cartas que le había escrito en donde le preguntaba por qué su hermana no respondía a sus misivas. Había albergado la esperanza de que el aparente interés de Louisa en Gilbert Scott se hubiera desvanecido. Sin embargo, ahora que había regresado con un «futuro brillante y prometedor» que lo era más que nunca, sabía que esa esperanza sería en vano.

Soltó un suspiro y se hizo con otra hoja de papel. Hizo caso omiso de la sensación de soledad que la invadió y procedió a escribir a sus padres para asegurarles que se encontraba perfectamente bien.

Al finalizar el servicio del domingo, la congregación esperó hasta que el pastor y los que ocupaban los primeros bancos salieran para colocarse detrás de ellos. Así que Abigail fue la primera en saludar a William Chapman en la puerta antes de abandonar la iglesia. Mientras caminaba hacia la casa, vio una figura moverse en el cementerio. Al darse cuenta de que se trataba de Eliza Smith se quedó sorprendida. La mujer se apartó de una de las tumbas y se dirigió hacia ella. La esperó mientras contemplaba el precioso bonete y el vestido azul que llevaba, junto con el broche que asomaba prendido en el chal.

Cuando Eliza alzó la vista la miró un tanto asombrada.

—¿Ya ha terminado el servicio?

—Sí, hoy hemos tenido otro sermón corto. —Abigail se preguntó por qué Eliza y su tía, a las que por lo visto Mac Chapman les tenía tanto afecto, no habían acudido a misa—. ¿Cómo está su tía? —preguntó cortésmente.

—Igual que siempre. Ya no la traigo a la iglesia. Uno nunca sabe lo que va a salir de su boca y si va a terminar interrumpiendo la misa.

—Vaya. Es una lástima... para ambas.

Eliza se encogió de hombros.

—No me importa. Suelo venir por mi cuenta de vez en cuando. Me siento en la última fila y salgo antes. Pero hoy tenía otro destino en mente.

Abigail supuso que estaba allí para visitar la tumba de sus padres, aunque no lo dijo en voz alta.

Eliza miró en dirección a Pembrooke Park, y con la vista clavada en las ventanas preguntó:

—¿En qué habitación se ha instalado, señorita Foster?

—Estoy en un pequeño dormitorio del ala oeste.

—Ah. La de la casa de muñecas. La antigua habitación de la señorita Eleanor.

Abigail se quedó pensativa unos segundos. Nunca había oído ese nombre antes. Debía de ser el de la señorita Pembrooke que la señora Hayes mencionó.

—Mmm, sí, o eso creo. —Se preguntó por qué Eliza estaba tan familiarizada con la habitación—. Por sus palabras deduzco que conoce la casa, ¿verdad?

—Oh, yo... —Eliza agachó la cabeza. De pronto, se la veía cohibida—. Bueno, he estado dentro en algunas ocasiones. Mi madre murió cuando la tía todavía trabajaba allí, así que cuando nuestra vecina no podía cuidarme solía quedarme con mi tía en el semisótano.

—Entiendo. Me imagino que, después de la muerte de su madre, las cosas no fueron precisamente fáciles.

—Sí, y con mi padre también fallecido... —A la mujer se le empañaron los ojos—. Los días más felices de mi infancia fueron los que pasé jugando allí. En una ocasión subí a hurtadillas para ver las otras plantas, pero me resbalé y me caí. El señor Pembrooke en persona me ayudó y me dio unas palmaditas en la cabeza. En lugar de reprenderme, me dio un dulce.

—¿Qué señor Pembrooke? —preguntó, aunque dudaba mucho de la bondad del infame Clive.

—Robert Pembrooke, por supuesto. —Eliza dejó escapar un prolongado suspiro y se enderezó—. Bueno, si me disculpa. —Se dio la vuelta para marcharse.

—¿Me permite acompañarla un rato? —preguntó Abigail. Sabía que le quedaban un par de horas para su comida con los Chapman—. Después de estar sentada en ese banco tan duro, me gustaría estirar un poco las piernas.

—Cómo no.

Las dos jóvenes hicieron juntas el camino hasta Easton, en dirección a Caldwell. A Abigail le sentó de maravilla la cálida brisa de mayo. Los setos estaban salpicados de flores de espino y dos currucas se perseguían la una a la otra por las ramas sin dejar de cantar. Los prados que se veían a lo lejos eran de color amarillo con miles de prímulas y el aire olía a manzanos en flor.

Abigail aspiró una profunda bocanada de aire.

—La primavera se siente mucho más aquí que en Londres —contempló—. ¿Ha estado alguna vez en la capital?

—No, todavía no —repuso la mujer con nostalgia—. Quizás algún día.

—Me imagino lo difícil que tiene que ser hacer una escapada con una tía que necesita a una persona que la cuide.

—Sí, lo es.

Cuando pasaron al lado de una taberna en Easton, Duncan salió a su encuentro, pero se detuvo en seco en cuanto la vio.

—Señorita Foster.

—Hola.

—He visto a la señorita Eliza y me preguntaba si querría dar un paseo conmigo hasta Ham Green.

Miró a Eliza y percibió el rubor de placer que invadió a la joven y que tanto se esforzó por ocultar.

—Entonces los dejo solos —dijo con una sonrisa—. Les deseo a ambos un buen día. Y salude a su tía de mi parte.

—Eso haré, señorita Foster. Gracias.

Después de despedirse continuó caminando un rato hasta que decidió darse la vuelta y regresar. Mientras paseaba por la carretera rodeada de árboles recordó la primera vez que su padre y ella se detuvieron frente a la antigua barricada en el carruaje del señor Arbeau. Ahora podía cruzar el puente sin ningún obstáculo que se lo impidiera mientras admiraba las caléndulas y cardaminas plateadas que crecían a la orilla del río.

Miró al frente y se sorprendió al encontrar a dos niños corriendo por el cementerio. A continuación vio que abrían la puerta de la iglesia y oyó un murmullo de voces procedentes del interior que se amortiguaron cuando volvió a cerrarse. ¿Estarían celebrando un servicio especial del que no había sido informada?

Dispuesta a averiguarlo, fue directa hacia el cementerio. Una vez allí se fijó en la tumba en la que Eliza había estado antes. Sí, tenía que ser esa, pues había flores frescas sobre la lápida. Con los ojos entrecerrados, leyó el nombre esculpido, pero no se trataba del «Smith» que esperaba encontrar, sino de la tumba de Robert Pembrooke.

Seguro que se había confundido y aquel no era el lugar donde creía haber visto a Eliza. Parpadeó un par de veces para salir de su asombro y continuó andando hasta la puerta de la iglesia. Luego la abrió con mucho cuidado y atravesó la entrada de puntillas para no perturbar el silencio del sagrado lugar con los tacones de las botas.

En el interior vio a William Chapman sentado entre varios muchachos y muchachas con las cabezas inclinadas sobre sus pizarras. Leah también estaba sentada entre un grupo de niños más pequeños que estaban leyendo unos libros. Como si hubiera percibido su presencia, William la miró, esbozando una sonrisa. A Abigail se le enterneció el corazón.

—Disculpadme un minuto —dijo a los niños—. Colin, te quedas de encargado.

El muchacho mayor asintió y William se acercó para unirse a ella en la parte trasera de la iglesia.

—Lo siento —susurró ella—. No quería interrumpirles.

—No pasa nada.

—He visto a unos niños entrar en el recinto y me he preguntado qué irían a hacer. Debe de pensar que soy una vecina de lo más entrometida. ¿Les está enseñando las Sagradas Escrituras o...?

—Les enseñamos a leer, escribir, matemáticas y sí, también el catecismo.

—¿No van a la escuela?

—Esta pequeña clase que montamos los domingos es la única educación que estos muchachos van a recibir.

—¿Por qué?

—Porque la mayoría, o tiene que ayudar a sus padres en el campo tan pronto como pueden, o empiezan de aprendices cuando cumplen más o menos trece años o, en el caso de las niñas, las ponen a servir. Para muchos de ellos, el domingo es el único día libre que tienen para aprender.

Abigail miró a la señorita Chapman.

—¿Y Leah también les enseña?

—Sí, se le da muy bien, sobre todo los niños más pequeños.

—¿Siempre han tenido aquí una escuela?

—No, es un proyecto que hemos comenzado hace poco.

En ese momento, un joven alzó la mano; William se disculpó y fue a responder a su pregunta. Leah se acercó a ella y la saludó.

—Hola, señorita Foster.

—Señorita Chapman, su hermano y usted demuestran ser muy buenas personas al enseñar a todos estos niños.

Leah se encogió de hombros ante el elogio.

—Disfruto mucho haciéndolo.

—Me imagino que sus padres contribuyen con algo, ¿o es completamente gratis?

Leah negó con la cabeza.

—Sé que en algunas escuelas cobran uno o dos peniques para sufragar los costes de los libros y pizarras, pero William insistió en que no recibiéramos nada. Él es el que se encarga de comprar todo lo que necesitamos con su modesta paga.

—Estoy segura de que si la gente conociera el trabajo que hacen aquí, muchos estarían encantados de ayudarles.

—Probablemente tenga razón, pero William es orgulloso y detesta pedir nada a nadie.

William escogió ese momento para regresar y oyó perfectamente las palabras de su hermana.

—Me tienes en demasiada estima. Claro que he pedido donaciones para libros y material, y de hecho algo he recibido, pero muchos no están a favor de la educación de los pobres. Dicen que es inútil, o incluso peligrosa... que podrían volverse demasiado insolentes con sus superiores.

—Y me imagino que no está de acuerdo, ¿verdad?

Él asintió.

—Creo que todo el mundo merece tener los suficientes conocimientos de matemáticas como para poder llevar sus propias cuentas y enterarse de cuándo les están intentando engañar. Saber leer un periódico y mantenerse al tanto de lo que sucede en el mundo. Saber escribir una carta a alguien querido. Y leer el mensaje de amor más grande de todos: las Sagradas Escrituras. —Se sonrojó—. Discúlpeme, no era mi intención pronunciar un segundo sermón.

—No pasa nada —señaló Abigail—. Admiro su pasión. Y el esfuerzo que pone en lo que hace.

William sonrió.

—Acepto su admiración, aunque me vendría mucho mejor su ayuda.

—¿Mi ayuda? —preguntó ella, enarcando ambas cejas—. Dígame qué puedo hacer.

—Buena idea, Will —dijo Leah—. Puede echarme una mano con los niños más pequeños, señorita Foster. Por ejemplo, Martha. Viene desde hace poco. Ninguno de sus padres sabe leer, así que va un poco retrasada con respecto a los demás.

—No tengo ni idea de cómo enseñar...

—Solo escúchela leer en voz alta, y si ve que se traba, ayúdela a pronunciar las palabras que le den problemas.

—Muy bien —dijo ella.

Se sentó con la niña durante media hora e hizo lo que Leah le había sugerido. Durante un momento, tuvo la impresión de haber regresado a aquellos días de su infancia en los que se sentaba con una Louisa de tres o cuatro años y la ayudaba a leer un cuento.

Se sintió tan cómoda, que el tiempo se le pasó volando, y antes de darse cuenta, el señor Chapman anunció que la clase había terminado. A su alrededor, los niños cerraron los libros y se levantaron para apilar sus pizarras.

—Muy bien, ahora entonaremos el himno de cierre. —Los niños se reunieron en torno a Leah y esta les indicó el nombre de la canción—: *Señor, acepta nuestra humilde canción.*

Todos abrieron sus pequeñas bocas y empezaron a cantar.

Señor, acepta nuestra humilde canción.
Por el poder y la gloria, por siempre, Señor.
Te damos las gracias, Señor.
Oh, Señor, oh, Señor.

Mientras entonaban la melodía, Abigail reprimió una mueca. Sí, la canción era de lo más humilde.

—¿Cantamos otra? —sugirió Leah en cuanto terminaron.

En esta ocasión la señorita Chapman anunció el título de una canción que sí se sabía, así que decidió unirse a ellos:

Gloria, gloria eterna
a aquel que llevó la cruz
y que con su muerte redimió nuestras almas.
Alabadlo por siempre,
porque nos redimió eternamente.

William se volvió hacia ella y se la quedó mirando.

—Dios mío, señorita Foster. ¡Tiene una voz preciosa!

Abigail se sonrojó avergonzada. No había tenido intención alguna de sobresalir o cantar por encima de nadie.

—Gracias. Lo siento. Continúen, por favor.

—No se disculpe, señorita Foster —se rio Leah—. Tiene un don. ¿Qué le parece si a partir de ahora dirige a los niños a la hora de cantar?

Abigail vaciló un instante.

—No quiero usurpar el puesto de nadie.

—No se preocupe por eso —dijo Leah—. Le aseguro que aquí nos sobra trabajo. Es más, me estaría haciendo un favor.

—Nos estaría haciendo un favor a ambos —puntualizó William.

El brillo de aprobación que vio en sus ojos despertó extrañas sensaciones en su interior.

—En ese caso, será todo un placer —declaró después de esbozar una tímida sonrisa.

William y Leah recordaron la invitación de su madre y le pidieron que los acompañara a casa, a lo que Abigail aceptó encantada. Disfrutó enormemente de aquella sencilla comida de domingo consistente en embutidos, empanadas, ensalada y un delicioso bizcocho de postre. También le gustó conversar con Leah, la complicidad y discusiones entre los hermanos, el sentido del humor un tanto brusco de Mac y la risa contagiosa de la señora Chapman. Y tampoco fue inmune a las miradas de admiración que recibió de William Chapman.

Tras la comida, Leah tocó unos cuantos himnos en su viejo clavicémbalo y los Chapman al completo se pusieron a cantar. Intentó imaginarse a su propia familia haciendo algo tan sencillo y a la vez respetuoso y no pudo.

Antes de marcharse, invitó a Kitty a volver a Pembrooke Park para jugar con la casa de muñecas, pensando que a sus padres no les importaría. La niña aceptó encantada. Los padres no tanto.

—Estoy seguro de que a la señorita Foster no le apetece tenerte alborotando a su alrededor, desordenando su habitación y tocando sus cosas —dijo Mac.

—De verdad que no me importa —le aseguró ella—. Además, en realidad no son mis cosas. Y es una pena que nadie disfrute de esos juguetes. Si pueden prescindir unas horas de ella, me encantaría que viniera conmigo.

—Si eso es lo que quiere, está bien —dijo Kate—. Pero no abuses de su generosidad, Kitty. Y asegúrate de dejarlo todo en su sitio antes de marcharte.

—Sí, mamá.

Al ver que William se quedaba con su padre para discutir ciertos asuntos relativos a la iglesia, se sintió un poco decepcionada al saber que no la acompañaría a casa. Sin embargo, sonrió y agradeció a la familia su hospitalidad, feliz por contar con, por lo menos, la compañía de la hermana más pequeña.

Cuando Abigail y Kitty llegaron a casa subieron juntas a su dormitorio. Allí, la niña se sacó una diminuta cesta del bolsillo y se la dio.

—La tomé prestada la última vez que estuve aquí para enseñársela a Leah —informó un tanto avergonzada—. No debí hacerlo sin preguntar primero, así que quería pedirle perdón.

Abigail le dio un cálido apretón de manos.

—Te perdono. Gracias por contármelo. —Hizo un gesto hacia la casa de muñecas—. Venga, ¿a que estás esperando?

—Si tiene algo que hacer, no hace falta que se quede conmigo.

—Estoy libre. Como le dije a tu madre, me encanta que hayas venido conmigo. Esta casa está muy vacía y silenciosa. —«Excepto por la noche», pensó—. Creo que voy a escribir una carta a mi madre justo aquí, en mi tocador. Por cierto —recordó—, encontré otra muñeca en el fondo del armario. Tiene que estar en el cajón.

La niña fue corriendo al mueble, se arrodilló y desapareció detrás de la casa de muñecas.

—Me encantan todos estos muebles en miniatura —dijo—. Las pequeñas madejas de lana, los platitos, cuencos y cestas.

—A mí también. —Se sentó delante del tocador y abrió el tintero—. Sobre todos los libros diminutos con páginas de verdad.

—¿Dónde? Ah, ya los veo. En la salita. Este más grueso y negro creo que se supone que es una Biblia, pero las páginas están en blanco. ¡Mira! Alguien escribió algo.

Abigail se levantó y se acercó a la niña.

—¿Dónde? No recuerdo haber visto nada.

—Aquí, en las dos últimas páginas. Estaban un poco pegadas, seguro que por la tinta.

Kitty sostenía un pequeño libro negro que mantenía abierto con el pulgar. Abigail se hizo con él y leyó lo que había escrito. ¿Qué era lo que esperaba encontrar? ¿Un mensaje secreto? ¿Una pista que le dijera dónde estaba el tesoro, si es que existía? Pero ¿cómo podía ser tan ingenua? Menos mal que Kitty no podía leerle el pensamiento. Se suponía que ella era la adulta y, sin embargo, se sentía como una adolescente atolondrada, entusiasmada ante la perspectiva de hallar el mapa de un tesoro escondido.

Pero no encontró ningún mapa o mensaje. Al menos no algo que se pudiera descifrar al instante. Ni siquiera palabras completas. Tan solo letras sin sentido.

Gen 4 O + ch Num + 10

—Parece algo similar a un código, ¿verdad? —preguntó la niña—. ¿O solo son garabatos?

—No lo sé.

—«Gen» y «Num» podrían significar Génesis y Números. Los libros de la Biblia —sugirió Kitty mirando el libro.

—Tienes razón —acordó Abigail con una sonrisa—. Se nota que eres hermana de un clérigo.

Kitty miró más de cerca el libro.

—Génesis y Números 10... ¿Pero y este símbolo? Es el signo «+» o una «t»?

—Creo que es el signo de la suma.

—Entonces sería Números más diez. ¿Diez libros después?

—Estamos intentando descifrar algo que seguramente no signifique nada —señaló Abigail—. Tal vez algún niño quiso escribir en estas páginas en miniatura para que se pareciera más a un libro de verdad, pero le sorprendieron con las manos en la masa y se detuvo antes de terminar.

La hermana de William frunció el ceño.

—Pero entonces eligió escribir unas palabras muy raras.

Tenía que darle la razón.

—Cierto, me pregunto por qué él o ella escribieron este texto en particular y justo al final del libro. Incluso yo sé que el Génesis es el principio de la Biblia, no el final.

—Puede que se trate de un mensaje secreto. —A Kitty le brillaron los ojos por la emoción—. Sobre un tesoro escondido...

Abigail la miró.

—¿Tú también has oído rumores al respecto?

—Por supuesto. —La niña miró alrededor del dormitorio—. ¿Tiene una Biblia?

—No —reconoció ella un poco avergonzada. Tenía una maravillosa edición en cuero del Nuevo Testamento y los Salmos y un libro de oraciones, pero apenas había leído el Antiguo Testamento.

—¿Ha visto la Biblia de la familia Pembrooke en algún sitio? Tal vez encontremos alguna pista oculta entre sus páginas.

—Buena idea.

Un golpe de nudillos en la puerta abierta las sobresaltó. Abigail alzó la vista y se encontró con William Chapman, con la cabeza hacia un lado para evitar mirar su dormitorio. ¿Tendría miedo de encontrarla vestida con su ropa de cama?

—¿Kitty? Papá me ha pedido que te recuerde que no te quedes hasta muy tarde. Esta noche tienes que cuidar de los gemelos de la señora Wilson.

La niña hizo caso omiso de lo que acababa de decirle su hermano y fue directa al grano.

—William seguro que lo sabe. ¿William, Génesis 4 y Números más 10 tiene algún significado para ti?

Abigail fue hacia la puerta y la abrió del todo, saludando al pastor con una sonrisa en los labios.

—Me temo que estamos intentando resolver un misterio. Aunque no me cabe la menor duda de que se trata de un juego.

—Espero que no le importe que haya entrado sin anunciarme —se excusó él—. Pero la puerta estaba abierta y como sabía que los sirvientes tenían el día libre...

—William, ¿qué dice el capítulo cuatro del Génesis? —insistió Kitty.

Frunció los labios pensativo.

—Creo que habla de Caín y Abel y sus descendientes. ¿Por qué?

La pequeña le puso el libro delante de sus narices. William se lo quitó con tranquilidad y lo colocó de forma que pudiera leerlo mejor.

—Génesis 4 —comenzó con los ojos entrecerrados—. «0 + ch» ¿Podría ser ocho? Tal vez Génesis 4:8.

—¡Oh! Ni se me había ocurrido. ¡Pero qué listo eres, William! —exclamó Kitty entusiasmada.

Abigail no podía estar más de acuerdo, aunque se abstuvo de manifestarlo en voz alta.

—«Números + 10» —continuó—. ¿Diez libros después? Eso sería... —murmuró para sí, contando mentalmente—. Las II Crónicas. ¿O tal vez significa añadir diez capítulos al capítulo o versículo? Cuatro más diez sería Números 14. Y ocho más diez daría dieciocho.

—¿Y eso es...? —inquirió Kitty.

—No tengo ni la más remota idea. ¿Tiene una Biblia a mano, señorita Foster?

—Me temo que no con el Antiguo Testamento.

—Entonces me alegro de que se le haya presentado esta oportunidad para despertar su interés en abrir y ver lo que hay en ese libro.

—¿Incluso aunque se trate solo de un juego y nuestra búsqueda no nos lleve a ningún sitio?

—Puede que vayamos a abrir el libro al azar, pero uno nunca sabe qué tipo de tesoros se puede encontrar —repuso él con gentileza. Abigail alzó la cabeza al instante. Los ojos azules de William despidieron un extraño brillo—. Aunque no creo que sea del tipo de tesoros que tiene en mente.

—Venga —dijo ella—. Si tan interesados están, vayamos a la biblioteca. Allí seguro que hay una Biblia, tal vez la que perteneció a la familia Pembrooke.

Bajaron juntos y miraron en el escritorio y entre los estantes de la biblioteca, pero no encontraron la Biblia familiar. «Qué lástima», pensó Abigail. Le hubiera gustado ver los nacimientos, matrimonios y defunciones que solían registrarse en las primeras páginas.

El señor Chapman se ofreció a ir corriendo hasta la rectoría y traer la suya. Regresó unos pocos minutos después con un ejemplar bastante manoseado.

Después, abrió el volumen e indagó entre las páginas iniciales.

—Aquí está. Veamos si lo recuerdo bien. Génesis 4:8: «Caín dijo a su hermano Abel: "Vamos al campo". Y, cuando estaban en el campo, Caín atacó a su hermano Abel y lo mató.»

Kitty frunció el ceño.

—Tal vez ese no sea el versículo correcto.

—O puede que sí... —murmuró él.

Abigail se preguntó qué era lo que había querido decir con eso.

—¿Y el de los Números? —preguntó la niña.

El señor Chapman pasó el Génesis, el Éxodo y el Levítico y leyó por encima el capítulo 18, aunque no pareció llamarle la atención. Entonces fue al capítulo 14.

—El versículo 8 habla de la tierra que mana leche y miel... —murmuró. Luego procedió a leer el 18 en voz alta—: «El Señor es lento a la ira y rico en piedad, perdona la culpa y el delito, pero no lo deja impune, castiga la culpa de los padres en los hijos, hasta la tercera y cuarta generación».

—Me gusta la primera parte, pero no la segunda —dijo Kitty,

—¿En serio Dios hace eso? —quiso saber ella—. ¿Castiga la culpa de los padres sobre los hijos que están por venir? No me parece muy justo.

El señor Chapman se tomó aquella pregunta muy en serio.

—No creo que los hijos sean culpables de los pecados de sus padres. Pero todos conocemos a personas que sufren por la negligencia o la conducta abusiva o de otro tipo de sus progenitores. Y muchas veces los hijos siguen los mismos pasos que los padres. —Se encogió de hombros—. Nos guste o no, el pecado siempre tiene consecuencias. Por eso Dios nos advierte con cariño en contra de él. Por suerte, el Señor es misericordioso y está dispuesto a perdonar si se lo pedimos de corazón. Aunque eso no borra las consecuencias naturales de nuestros actos. Causa y efecto.

Abigail pensó en su propio padre. Puede que la hubiera perdonado —y esperaba que también lo hiciera algún día con el tío Vincent—, pero aquello no eliminaba las consecuencias que él y toda su familia estaban sufriendo. Cómo le gustaría enmendar ese error antes de que afectara a su hermana y a ella misma, por no mencionar a los hijos y a los hijos de sus hijos. ¿Qué herencia podría dejar su padre a ellas o a futuras generaciones?

Kitty volvió a fruncir el ceño.

—Otro versículo deprimente. Y por ahora no veo ninguna prueba que nos pueda decir si hay alguna habitación secreta o un tesoro escondido.

—Me temo que tienes razón —acordó Abigail. Intercambió una sonrisa triste con la niña—. Siento que nuestro descubrimiento al final no haya resultado tan emocionante.

—Puede que no se trate de una pista sobre una habitación secreta —apuntó William—, pero eso no significa que no contenga algún tipo de mensaje.

Un escalofrío premonitorio la recorrió de la cabeza a los pies.

—O una advertencia.

Esa noche, Abigail se tumbó en la cama con un lápiz y su cuaderno de dibujo, algo que solía hacer a menudo. Se puso a escribir cosas sin sentido. Signos de sumar, números, letras del alfabeto. Cuando empezó a dibujar la letra «E» del broche de Eliza, le dio la vuelta y de pronto, recordó dónde había visto un prendedor muy parecido. ¿Se lo habría llevado Duncan del joyero del tocador de la señora Pembrooke para dárselo a su novia? La idea le provocó un nudo en el estómago. Esos pasos que había oído durante la noche, la lámpara volcada, Duncan, que no quería que entrara en su habitación... Todo empezó a tomar forma en su cabeza y llegó a la desagradable conclusión de que el sirviente había robado el broche. Esperaba estar equivocada. Iría a comprobar el joyero y si no lo veía... Bueno, entonces hablaría con Mac. Él le diría lo que tenía que hacer.

Por la mañana fue al dormitorio de la señora Pembrooke y abrió el joyero, preparada para lo peor. Pero ahí estaba el broche. Y no solo eso, sino que no tenía una «M» o una «W», como inicialmente pensó. Se trataba de una elegante «E», igual que la que llevaba Eliza. Por lo visto, el diseño debía de ser más común de lo que creía. Se sintió tremendamente culpable. Había juzgado mal a Duncan y haría todo lo posible por mostrarse más amable con él en el futuro.

Más tarde, ese mismo día, recibió dos cartas. La primera era la escueta y clara respuesta del señor Arbeau.

Señorita Foster:
Aunque he recibido su carta, no puedo satisfacer su solicitud. Tengo instrucciones de no revelar el nombre de mi cliente hasta que me ordene lo contrario. He contactado con mi cliente para comunicarle su petición, pero la ha rechazado. Ni confirma ni niega tener conocimiento de las cartas que mencionó. No es mi intención jugar a las adivinanzas con usted, señorita Foster. Pero si le ayuda en algo, y sin que sirva de precedente, puedo decirle que no tengo ningún cliente que responda al nombre de «señorita Pembrooke».

Atentamente,
Henri Arbeau

La segunda carta venía escrita con el puño y letra femeninos que empezaba a resultarle tan familiar. Pero en esta ocasión, habían incluido un recorte de periódico en el sobre. Primero leyó la nota manuscrita, dirigida a ella personalmente.

Señorita Foster:
Si alguien con el apellido Pembrooke se presenta en la casa y le pide entrar o refugio, le ruego que se niegue, a pesar del nombre, de los derechos que pueda esgrimir e incluso aunque afirme que es el propietario de la finca. Por mi bien y por su propio bienestar y el de su familia, manténgase firme y dígale que vuelva por donde ha venido. Si esa persona quiere saber con qué autoridad lo rechaza, remítale al abogado que le ha alquilado la casa. Se le paga muy bien para lidiar con este tipo de dificultades.

Se trataba de un aviso un poco diferente al que Mac le había dado, pero que en el fondo contenía la misma advertencia. Después de aquello, en la nota aparecía un espacio en blanco, seguido de otra línea.

Por si todavía no se ha enterado de toda la historia de su nueva vivienda, he creído conveniente enviarle este adjunto.

Abigail extrajo el recorte de periódico, en el que alguien había escrito a mano en una esquina con tinta descolorida: «4 mayo 1798».

Caballero asesinado en Queen Square.
Robert Pembrooke, de Pembrooke Park, Easton, Berkshire, fue mortalmente herido en su casa de Londres el pasado viernes. El violento allanamiento y la falta de una billetera indican que todo fue obra de ladrones. El señor Pembrooke recibió una fatal puñalada y una doncella encontró su cadáver a la mañana siguiente. Las autoridades también están buscando a su ayuda de cámara, Walter Kelly, en paradero desconocido desde la víspera de los hechos, para interrogarlo.

¿Apuñalado? Dios bendito. Mac no le había dicho nada de ningún apuñalamiento. Se le revolvió el estómago. No pudo evitar imaginarse cómo habría reaccionado si unos ladrones hubieran irrumpido en su casa de Londres y asesinado a su padre cuando este les hubiera descubierto *in fraganti*. Qué horror. Si todo lo que Mac le contaba era cierto, Robert Pembrooke había sido un auténtico caballero. Qué tragedia perder la vida de ese modo.

Según el recorte, las autoridades querían interrogar al ayuda de cámara. ¿Habrían sospechado de él? La señora Hayes había hablado de la caída de Walter en Pembrooke Park. Estaba claro que el informe de su muerte nunca llegó a Londres, si es que llegó a hacerse.

¿Se dio a la fuga el ayuda de cámara después de cometer el crimen? De ser así, ¿por qué volvería a Pembrooke Park? ¿O solo había ido a informar del fallecimiento del señor y había terminado encontrando su propia muerte?

Volvió a preguntarse por qué la señorita Pembrooke —a pesar de lo que le había dicho el señor Arbeau en la carta, estaba convencida de que

131

no podía tratarse de otra persona— le estaba escribiendo, enviándole información del pasado y previniéndole sobre el futuro. ¡Señor! Y si Clive Pembrooke no se había molestado en presentarse en Pembrooke Park durante dieciocho años, seguro que no iba a hacerlo ahora, precisamente durante el primer mes de su estancia allí. Sería demasiada coincidencia para ser creíble. A menos que el hecho de que la casa volviera a estar habitada hubiera despertado la amenaza latente.

¿De dónde le habría venido esa idea tan absurda? Sacudió la cabeza para desechar aquel pensamiento. Sí, aquello no era propio de su carácter pragmático. Mejor sería que se pusiera a organizar la despensa, ordenar sus pertenencias... o hacer cualquier otra cosa.

Capítulo 9

Por fin había llegado el día de la fiesta de bienvenida de Andrew Morgan. Abigail se dio cuenta de que llevaba esperando ese acontecimiento más de lo que se imaginaba. No en vano iba a ser su primera cita social con sus nuevos vecinos, aparte de las comidas que había compartido con los Chapman. Como tenía intención de llevar un bonito vestido de noche, le pidió a Polly que la ayudara a vestirse y que le arreglara el pelo con algo un poco más sofisticado que su habitual y rápido recogido.

Andrew Morgan era un hombre atractivo y divertido que, no le cabía duda, sería un anfitrión encantador. Pero lo que de verdad deseaba era pasar una velada con William Chapman. Y también quería ver a Leah Chapman en un entorno diferente, vestida de forma elegante y siendo el objeto de las atenciones del señor Morgan, si sus suposiciones eran ciertas. Sí, estaba segura de que al señor Morgan le fascinaba la señorita Chapman. ¿No sería maravilloso que los dos se enamoraran y terminaran casándose? Quería ver feliz a Leah Chapman, algo que sin duda también anhelaba su familia.

Fiel a su palabra, la señora Morgan había incluido al señor Charles Foster en la invitación, pero su padre todavía no había regresado de Londres.

Hacia media mañana había recibido una nota de él en la que le ofrecía sus disculpas porque tenía que quedarse más tiempo en la capital del que inicialmente había pensado: algo relacionado con sus abogados y la quiebra del tío Vincent. «Pobre papá», pensó para sí mientras soltaba un suspiro después de leer sus palabras y percibir la frustración tácita que subyacía en ellas.

Envió a Duncan a Hunts Hall con un mensaje dirigido a la señora Morgan modificando su anterior respuesta y expresando las disculpas de su padre, pero confirmando su participación en el evento.

William Chapman le había dicho que él y Leah pasarían a recogerla en su calesa a las seis de la tarde para que fueran los tres juntos a Hunts Hall.

Empezó a prepararse con mucha antelación. Polly y Duncan subieron varios cubos de agua caliente para que pudiera darse un baño como Dios manda en una bañera en su habitación, en lugar de la rápida rutina de aseo que solía realizar dentro de una tina para no cargarles con trabajo extra. Se bañó y lavó el pelo y Polly la ayudó a enjuagarse con una jarra caliente de agua limpia que había reservado a tal efecto.

Después, la criada la ayudó a apretarse el corsé sobre su camisa interior antes de ponerle el vestido. Aunque no era tan suntuoso como para acudir a un baile, sí era uno de los vestidos más elegantes que tenía: de muselina de gasa blanca con finas rayas azules, dobladillo festoneado y corpiño cruzado. Polly le rizó el pelo y se lo recogió en un moño alto dejando varios bucles sobre el cuello. Lamentó no tener las joyas de la familia a mano, pues le hubieran quedado muy bien con ese vestido y el escote en pico, aunque al final se puso un collar de cuentas azules.

—Está usted muy guapa, señorita —señaló Polly.

—Gracias, Polly. Si es cierto eso que dices, el mérito es todo tuyo.

Se puso unos guantes largos, metió un pañuelo en el pequeño bolso de mano que llevaba atado a la muñeca, tomó un chal de cachemira por si al volver a casa hacía más frío y bajó las escaleras cinco minutos antes de la hora señalada.

Se sentía un poco rara esperando allí sola y atendiendo eventos sin su familia presente. Esperaba que su padre no desaprobara su decisión de acudir a un festejo sin ellos. Seguramente no. Se preguntó cuándo terminaría con sus asuntos y podría volver a reunirse con ella.

Miró por las ventanas del vestíbulo y vio llegar el viejo caballo de los Chapman tirando de la calesa familiar. Como administrador de fincas, Mac podía disfrutar de un elegante alazán y dejar al resto de la familia usar el otro caballo. Aunque el pequeño carruaje abierto en principio podía parecer un poco estrecho para que cupieran tres personas, Leah le había asegurado que toda la familia solía viajar en él, a pesar de que dos de ellos tuvieran que sentarse en la parte de atrás y Mac montara a su lado.

Cuando se inclinó un poco hacia delante para tener una mejor visión, frunció el ceño. Tal y como se esperaba, William Chapman llevaba las riendas, pero no vio a nadie a su lado. Dejó caer la cortina mientras se imaginaba lo peor. ¿Se habría puesto enferma Leah? ¿William solo venía a decirle que al final no iban a la cena?

Duncan cruzó el camino de entrada a una velocidad inusual para sostener las riendas al tiempo que el señor Chapman se apeaba con destreza del vehículo. ¿Se lo estaba imaginando, o a Duncan también lo decepcionó ver que solo iba el pastor en la calesa? Por supuesto, ella le había informado de pasada que esperaba a ambos hermanos, sobre todo para hacer hincapié en que estaban guardando en todo el momento el decoro.

En el exterior, los dos hombres intercambiaron unas breves palabras antes de que William se dirigiera a la puerta de entrada. Sabía que debería haber esperado a que uno de los sirvientes le hiciera entrar, pero estaba demasiado ansiosa por saber por qué Leah no lo acompañaba, así que abrió ella misma en cuanto oyó el primer golpe de nudillos.

Al verla, William se echó hacia atrás sorprendido.

—¿Qué ha pasado? —se apresuró a preguntar ella—. ¿Dónde está Leah?

Durante un momento, el pastor se la quedó mirando. Sus ojos claros vagaron por su rostro, su pelo, su vestido. Después se quitó el sombrero despacio.

—Está usted preciosa, señorita Foster.

Abigail bajó la cabeza, disfrutando unos segundos de aquel cumplido, antes de volver a preguntar:

—¿Se encuentra bien Leah?

William hizo una mueca.

—Me temo que mi hermana no va a venir. Dice que no se encuentra bien para acudir a ninguna fiesta.

—Oh, no. ¿Qué le pasa?

—Apostaría a que se trata de una crisis nerviosa por un temor ilógico. Me consta que de verdad se siente mal, pero no sabría decir si a consecuencia de una enfermedad real o por un ataque de ansiedad. Sin embargo, me ha pedido encarecidamente que vayamos usted y yo para no decepcionar al señor Morgan.

—Él se sentirá igualmente decepcionado por su ausencia.

—Sí. Y también me he dado cuenta de que... puede que no se sienta cómoda yendo solo conmigo.

Abigail titubeó. Era consciente de que Duncan los estaba observando desde el camino de entrada y de que Molly también estaba en el vestíbulo, detrás de ella.

Al final decidió enderezarse y decir en voz alta y tranquila:

—Siento que su hermana no pueda acompañarnos. Pero es perfectamente apropiado viajar en un carruaje abierto para acudir a una fiesta celebrada por personas respetables. —Entonces se acordó de algo y bajó el tono—. Aunque estoy pensando solamente en mí misma. ¿Y usted? Entiendo que tal vez prefiera evitar que vayamos solos a la cena.

—Señorita Foster, llevo toda la semana esperando esta cena, y no por los Morgan o la comida que nos espera allí. Ni tampoco por disfrutar de la compañía de mi hermana, a la que dicho sea de paso adoro.

La tácita implicación que conllevaba el comentario hizo que se le enrojecieran las mejillas. Se quedaron unos segundos en silencio, mientras él clavaba aquellos ojos increíblemente azules en los suyos.

Al final fue ella la primera en apartar la mirada.

—Bien, si no le supone ningún problema...

—Sé que puede ocasionar algún chisme que otro. Pero estoy dispuesto a enfrentarme a ellos si usted también lo hace.

—Entonces me encantaría ir a la cena. Por el bien del señor Morgan.

Él enarcó sus cejas caoba.

—¿Solo por el bien del señor Morgan? —Abigail volvió a bajar la cabeza—. Es usted aún más guapa cuando se ruboriza, señorita Foster.

Evitó cruzarse con el pícaro brillo de su mirada y pasó por su lado.

—¿Nos vamos?

Al señor Chapman no le costó adelantarla con sus grandes zancadas, así que llegó primero a la calesa y le ofreció la mano. Con una mirada furtiva a su hermoso rostro, Abigail colocó su mano enguantada de blanco sobre la de él, de negro, y le permitió ayudarla a subir al vehículo. A continuación vio cómo se dirigía al otro lado del vehículo y ascendía a él de un solo y fluido movimiento antes de aceptar las riendas que le tendía Duncan.

Abigail miró al sirviente con una sonrisa en los labios.

—Por favor, Duncan, ¿podría encargarse de cerrar? Vamos a cenar a Hunts Hall y no sé a qué hora volveré.

—Muy bien, señorita.

—¡En marcha! —gritó el señor Chapman guiando al caballo hacia la verja.

Cruzaron el puente, siguieron por la estrecha carretera arbolada que llevaba a Easton y entraron en la carretera de Caldwell. El sol descendía por el horizonte y sus rayos dorados se filtraban a través de los árboles. Pasaron al lado de pintorescas casas de campo y fincas bien cuidadas separadas por muros de piedra y setos en flor. Los pájaros piaban y un perro ladró a lo lejos.

—¡Qué tarde más hermosa! —comentó ella para romper el silencio.

Sintió la mirada de él clavada en su perfil.

—Sí, muy hermosa.

Instantes después cruzaron una puerta de hierro forjado y continuaron por un largo camino de entrada curvo. Al final se erigía una imponente casa señorial, no tan grande como Pembrooke Park, pero igual de elegante, con setos de diferentes formas y jardines flanqueando la fachada.

Frente a ellos, un carruaje negro, conducido por un cochero muy digno, dejaba a sus ocupantes en la entrada antes de dirigirse a la parte trasera de la casa. «Va a ser una cena con augusta compañía», pensó, recordándose a sí misma que no debía sentirse intimidada. O por lo menos no mostrarlo.

Cuando la calesa de los Chapman llegó a la entrada circular, un sirviente vestido con librea y peluca empolvada salió de la casa y se acercó a ellos con solemnidad, extendiendo una mano para ayudarla. Al otro lado apareció un mozo que se encargó de conducir al caballo y a la calesa al establo de detrás de la casa.

Mientras se dirigían a la entrada principal, el señor Chapman le dijo en voz baja:

—Siento no haber podido traerla en un carruaje más elegante.

—No lo sienta. No le doy importancia a ese tipo de cosas.

—¿Nerviosa? —preguntó, ofreciéndole el brazo.

—Sí —admitió—. ¿Y usted?

—En absoluto. Aunque lo habría estado si Leah hubiera venido. Nervioso por ella. Pero creo que usted, señorita Foster, es capaz de manejar cualquier situación.

Ella arqueó ambas cejas.

—Ya veremos.

A William le encantaba sentir la mano de la señorita Foster sobre su brazo. Sin lugar a dudas, su presencia dulcificaría la tibia recepción que anticipaba de la señora Morgan. No estaba precisamente ansioso por sentirse como un extraño entre el resto de invitados, la mayoría pertenecientes a las más altas esferas. Durante sus años en Oxford se acostumbró a sufrir ese tipo de desaires, pero eso no implicaba que le resultara agradable que lo miraran por encima del hombro por sus orígenes humildes.

El señor y la señora Morgan estaban en el vestíbulo recibiendo a sus invitados. A su lado había otras tres mujeres hablando entre sí en voz baja.

La señora Morgan se acercó a recibirlo de forma educada, aunque con frialdad.

—Ah, señor Chapman. Bienvenido.

Al oír su nombre, una de las tres mujeres se volvió hacia él con la boca abierta por la sorpresa y, si no se equivocaba, expresión de alarma. ¿Sabía que era un clérigo y temía por su presencia? ¿Creía que iba a estropearle la diversión? Le constaba que algunas personas pensaban de ese modo.

La mujer era bastante guapa, con el pelo oscuro y de unos treinta años o un poco más. Sus acompañantes eran una mujer más madura de alrededor de cuarenta años y otra más joven de unos veinte: tal vez madre e hija.

Apartó la vista de la invitada con cara de sorpresa y dijo a su anfitriona:

—Y esta es la señorita Foster.

—Sí, nos conocimos en la iglesia. Es una lástima que su padre no haya podido venir.

—Sí —convino la señorita Foster—. Gracias por entenderlo.

La señora Morgan se volvió hacia las tres mujeres.

—Señoras, si me lo permiten, quiero presentarles a unas personas.

Las mujeres se volvieron hacia ellos.

—El señor Chapman es nuestro vicario y fue al colegio con Andrew —comenzó la señora Morgan—. Y la señorita Foster es nueva en la zona. Pero ya saben lo bondadoso que es mi hijo y la invitó a venir.

—Qué amable por su parte —dijo la mujer más joven.

La señora Morgan señaló primero a la mujer de pelo oscuro.

—Esta es la señora Webb, la viuda de mi difunto hermano. A su lado está mi querida amiga, la señora Padgett, y su encantadora hija, la señorita Padgett, que han venido desde Winchester para estar con nosotros esta noche.

—Habríamos viajado desde más lejos con tal de dar la bienvenida a Andrew —señaló la señorita Padgett.

—Pero qué encantadora eres —sonrió la señora Morgan antes de dirigirse a Abigail—. Señorita Foster, usted es de Londres, ¿verdad?

—Sí, nacida y criada allí.

—La señorita Foster está viviendo sola en Pembrooke Park —informó el señor Morgan—, una mansión que lleva dieciocho años abandonada. Lo que la convierte en una joven única.

—¿Y... su familia está...? —dejó caer la señorita Padgett.

—Mi padre ha estado aquí conmigo hace poco, pero tuvo que ausentarse para ir a la capital por asuntos de negocios. Volverá enseguida. Y mi madre y mi hermana se unirán a nosotros cuando termine la temporada.

La señorita Padgett y su madre asintieron y escucharon con atención a la señorita Foster, pero William se dio cuenta de que la cuñada de la señora Morgan seguía mirándolo furtivamente. No iba de luto, por lo que dedujo que no había enviudado hacía poco. ¿La estaría incomodando de algún modo? Esperaba no estar causando el efecto contrario en ella. Era un poco mayor para él y además había acudido a la cena con la señorita Foster... No, seguro que estaba equivocado. Se volvió hacia ella y le sostuvo la mirada.

Entonces ella lo miró con un brillo desafiante en sus ojos azul grisáceos.

—El señor Chapman, ¿verdad?

—En efecto.

—Perdóneme por mirarlo de ese modo. Es que... me recuerda tanto a alguien.

—¿No nos habremos visto antes, señora Webb?

La mujer vaciló unos segundos con los labios entreabiertos.

—No... No lo creo. —Después se dirigió a Abigail y le tendió la mano—. Un placer conocerla, señorita Foster. ¿Qué tal está llevando vivir por aquí? ¿Echa de menos Londres?

Le supuso un alivio que la perspicaz mirada de aquella mujer se centrara en su acompañante.

—En realidad no la extraño tanto como me hubiera imaginado —respondió la señorita Foster—. Aunque sí echo muchísimo de menos a mi familia.

La señora Webb esbozó una sonrisa.

—¿Y qué le parece vivir en un lugar tan formidable como Pembrooke Park?

—Oh, es toda una experiencia. Es una casa antigua magnífica.

—¿Después de llevar abandonada tantos años?

—Sí, reconozco que al principio ha sido un poco difícil. Había polvo por todas partes. Pero tenemos un personal excelente y poco a poco lo hemos ido adecentando todo.

—Me alegra oírlo. ¿No se ha producido ningún daño o robo considerable?

—Nada más allá del desgaste habitual que podría esperarse. Además, el padre del señor Chapman se encargó de cuidar la finca y protegerla de posibles saqueadores y vándalos. Incluso reparó el tejado él mismo, en su tiempo libre.

—¿Ah, sí? —La señora Webb alzó sus delgadas cejas, claramente impresionada.

Al oír aquello, la señora Morgan decidió intervenir.

—Bueno, al fin y al cabo es el antiguo administrador de Pembrooke Park, y las viejas costumbres nunca mueren.

La señora Webb hizo caso omiso al comentario.

—Eso demuestra una gran generosidad por parte de su padre, señor Chapman.

La señorita Foster lo miró con timidez.

—Cierto.

Agradeció en silencio que la señorita Foster omitiera cómo su padre los recibió a punta de pistola la primera vez que se vieron.

—Foster... —La señora Morgan se quedó pensando—. Espero que su padre no esté involucrado en esa quiebra bancaria tan horrible. —Arrugó la nariz como señal de disgusto.

—Pues... —titubeó la señorita Foster.

La señora Webb no la dejó terminar.

—No, recuerdo que eran otros nombres. Austen, Gray y Vincent, creo. —La señorita Foster abrió la boca para responder, pero titubeó—. Hace unos pocos años estuve pensando en invertir en el primer banco, eran unos hombres encantadores, plenamente convencidos de que tendrían éxito, pero al final el señor Webb me persuadió de lo contrario.

La señora Morgan asintió.

—Típico de Nicholas. Tenía muy buena cabeza para los negocios y siempre tomaba excelentes decisiones.

—Excepto a la hora de elegir esposa, ¿verdad, querida hermana? —ironizó la señora Webb, dejando entrever a todo el mundo que la señora Morgan no había aprobado el matrimonio de su hermano.

Aunque la señorita Foster ya no era el centro de atención, no le pasó desapercibido que ahora se la notaba distraída y con la mirada evasiva. Supuso que estaría relacionado con el asunto del banco, así que agradeció en silencio que la tía de Andrew desviara la conversación como lo hizo.

—¿Cuánto tiempo hace que falleció el señor Webb? —preguntó amablemente. No recordaba haber oído nada sobre su muerte, lo que también era comprensible, ya que los Webb no vivían por la zona.

—Dos años. Por eso ya no voy de luto. Nunca me ha gustado el negro.

—Ni a mí —bromeó él. Lo más habitual era que los clérigos vistieran de negro, aunque él prefería evitarlo.

La mujer lo miró con ojos divertidos antes de echarse a reír abiertamente.

—No le veo la gracia, la verdad—comentó la señora Morgan con desdén.

—Olive —dijo la señora Webb—, sé buena y deja que me siente con el señor Chapman y la señorita Foster. Creo que voy a disfrutar mucho de su compañía.

—Pero... eres una de nuestros invitadas de honor, hermana. Pensaba sentarte a la derecha del señor Morgan.

—Oh, puedo hablar con él mañana. Hazme ese favor.

—Está bien —capituló la señora Morgan con un suspiro.

Andrew, al que habían acorralado varios hombres agrupándose en torno a las licoreras, consiguió separarse de ellos y se acercó sonriendo.

—Will, qué alegría verte. Y usted, señorita Foster, gracias por venir. —Miró a su alrededor—. Pero ¿dónde está la señorita Chapman?

William se disculpó en su nombre.

A Andrew se le borró la sonrisa.

—Lo lamento. Esperaba volver a verla... Verlos a todos, por supuesto. ¿Le dirás que la echamos de menos, viejo amigo?

—Por supuesto.

—No intentes sentarte entre el señor Chapman y la señorita Foster —se rio la señora Webb—. Ya los he reclamado como compañeros de mesa.

Andrew volvió a sonreír.

—Ya sabía yo que se te daba muy bien juzgar a la gente, tía Webb.

—Claro que sí —intervino la señora Morgan—. Dígale a la señorita Chapman que esperamos que se recupere cuanto antes. —Entonces se volvió bruscamente hacia Abigail e inquirió—: ¿Y cuántos años tiene su hermana, señorita Foster?

—Diecinueve.

—Ah, sí, la edad perfecta para disfrutar de la temporada. La señorita Padgett tuvo mucho éxito el año pasado. ¿Verdad, querida? Y la señorita Padgett aún no ha cumplido los veinte. Tan joven y llena de vida. Yo me casé a los dieciocho. Es preferible que la mujer se case a una edad temprana, ¿no te parece, hermana?

La señora Webb se encogió de hombros.

—Yo era muy joven cuando me casé con Nicholas, pero Dios no tuvo a bien bendecirnos con ningún hijo.

—Yo ya tenía tres hijos a la edad de la señorita Foster. ¿Y usted, señora Padgett?

La susodicha se sonrojó y protestó, alegando que la anfitriona no conseguiría que admitiera su edad mediante subterfugios.

Mientras tanto, la señora Webb se acercó un poco más a William y le susurró:

—¿A qué viene el comportamiento de mi cuñada? ¿Es que Andrew está interesado en alguna mujer mayor y no me he enterado?

Él dejó escapar un suspiro.

—Andrew invitó a mi hermana a venir esta noche, pero eso no implica que le tenga ningún afecto especial.

—Ah. ¿Y cuántos años tiene su hermana?

—Veintiocho.

—Pues si a eso le llamamos ser viejo hoy en día —señaló, enarcando una oscura ceja—, yo debo de ser una anciana, porque soy incluso mayor. Su hermana ha demostrado ser de lo más prudente al quedarse en casa y evitar este espectáculo. Aunque no me gusta que nadie se acobarde ante mi cuñada. No si Andrew de verdad siente afecto por ella.

—Le repito que no me atrevo a aventurar quién es la destinataria de sus afectos.

—Sí, sí, señor Chapman. —Le dio una palmadita en el brazo—. Es usted todo discreción, no se preocupe.

El mayordomo anunció que la cena estaba servida y los invitados comenzaron a alinearse según su rango, a excepción de la señora Webb, que rompiendo con el protocolo, esperó a entrar en el comedor con los compañeros que ella misma había elegido. William se dio cuenta de que Andrew iba acompañando a la señorita Padgett. Él ofreció un brazo a la señora Webb, que lo aceptó con un guiño de complicidad, y el otro a la señorita Foster.

Todos entraron en el comedor, iluminado con candelabros. La larga mesa estaba decorada con centros de frutas y flores. Lacayos con libreas y pelucas los esperaban de pie, aguardando poner el segundo, tercer y cuarto plato en una mesa llena de cubiertos de plata, bandejas con campana y una enorme sopera.

William retiró la silla para que la señora Webb pudiera sentarse, pero se le adelantó un sirviente antes de poder hacer lo mismo con la señorita Foster. En cuanto tomó asiento, se sintió afortunado por encontrarse entre dos mujeres encantadoras, inteligentes, que sabían mantener una buena conversación y, lo más importante, apreciaban su sentido del humor.

Abigail estaba disfrutando de la compañía del señor Chapman y la señora Webb tanto como de la comida. El primer plato consistió en una sopa de verduras con salmón relleno, seguido de un pato a la naranja con guisantes, lengua de buey estofada, ensalada de remolacha y pepino y tartaletas de fresa. Los platos se fueron sirviendo y dieron buena cuenta de ellos durante más de una hora. A su alrededor oyó fragmentos de conversaciones, la mayoría sobre temas banales, como el tiempo, los esponsales de principios de temporada, próximas partidas de caza, carreras y recepciones.

En un momento dado, la señora Morgan, varios asientos más allá, se inclinó y se dirigió directamente a ella:

—Señorita Foster, ¿por qué no está usted en Londres, disfrutando de la temporada con su hermana?

No le pasó desapercibido la forma en que la miró el señor Chapman, como si estuviera esperando su respuesta.

—Yo ya tuve mi temporada. Dos, para ser exactos. Ahora le toca a Louisa.

—¿Y le gustó su temporada?

Se encogió de hombros.

—Lo suficiente, supongo.

—Pero ¿no recibió ninguna propuesta matrimonial?

—Mmm... —Se detuvo un momento un poco avergonzada—. Es evidente que no.

—¡Mamá! —la reprendió su hijo con suavidad—. No interrogues a nuestros invitados. Además, se supone que todos deberíais estar adulándome y preguntándome por mi estancia en el extranjero y las aventuras vividas.

—¿Viviste muchas aventuras? —inquirió la señora Webb, siguiéndole el juego.

—Sírveme otra copa de este excelente clarete y te contaré historias que harán que vuestras orejas echen humo.

—Soy toda oídos —dijo la señora Webb levantando su copa.

—Andrew... —le advirtió su madre.

—Venga, querida, deja que el muchacho hable —la instó el señor Morgan—. A fin de cuentas, esa es la razón por la que hemos dado esta cena.

Andrew cumplió felizmente con su condena y Abigail le agradeció en silencio que acudiera en su rescate.

Más tarde, cuando la cena estaba terminando y los invitados charlaban tranquilamente en grupos de dos y tres en la larga mesa, por fin empezó a relajarse un poco.

La señora Webb se volvió hacia William y preguntó:

—Espero que no crea que le estoy sometiendo a ningún interrogatorio, señor Chapman. Pero me gustaría saber un poco más de su familia. ¿Viven todos... cerca?

—Sí. Mi madre y mi padre residen no muy lejos de Pembrooke Park. Ahora mismo mi padre es el administrador del señor Morgan, eso explica por qué su cuñada desaprueba la elección de invitados de su hijo.

—Ah —murmuró evasiva.

—Tengo dos hermanas, Leah y Kitty —continuó William—. Y un hermano, Jacob.

—¿Y son todos pelirrojos como usted?

—¿Pelirrojos? Yo no iría tan lejos. —Sonaba casi ofendido, por lo que Abigail reprimió una sonrisa—. No tengo el pelo tan pelirrojo como mi padre o hermano —explicó—. Y las muchachas lo tienen castaño, como nuestra madre.

—Entiendo. ¿Y todos gozan de buena salud?

—Sí, gracias a Dios.

—Me alegro.

—¿Y su familia, señora Webb? —preguntó ella—. ¿Tiene hermanos o hermanas?

—Siempre quise tener una hermana —respondió—. Ustedes tienen esa suerte, yo nunca la tuve.

—Si quiere, le puedo prestar una —bromeó William.

—Dudo que sus padres lo aprobaran —sonrió la viuda.

—¿Puedo permitirme preguntarle dónde vive, señora Webb? —quiso saber Abigail—. Espero que no muy lejos de su familia.

—He vivido en varios sitios, porque el señor Webb trabajó muchos años en la Compañía de las Indias Orientales. Así que no, no cerca de Easton. De hecho, hace mucho tiempo que no vivo aquí.

—En ese caso, ha sido muy generoso de su parte acudir a la fiesta de bienvenida de Andrew.

—Estoy muy contenta de haber venido. Andrew es un muchacho encantador y mi marido le tenía mucho afecto.

Entonces la señora Webb la miró fijamente.

—Espero que todo haya estado... tranquilo... desde su llegada a Pembrooke Park. ¿No ha tenido ningún problema?

—Oh, sí. Todo muy tranquilo. Casi siempre.

—¿Casi siempre? ¿A qué se refiere?

—Bueno, ya sabe cómo son las casas antiguas. Crujen, chirrían y hacen todo tipo de ruidos extraños. Me he enterado de que los niños del pueblo dicen que el lugar está encantado, pero no he encontrado ninguna prueba de ello.

—Me alegra oírlo. ¿No ha sucedido nada... preocupante... desde que está allí? ¿Ningún visitante no deseado?

Abigail recordó las huellas en el polvo, la lámpara volcada y la figura de la capa.

—No he visto ningún fantasma, se lo aseguro, señora Webb. Y todo lo que he oído han sido sonidos propios de una casa antigua a la que los años y el abandono han pasado factura, nada más. —«Y espero que siga siendo así», añadió para sí misma.

La luz de las velas se reflejó en los ojos azul grisáceos de la señora Webb.

—No tiene que preocuparse de los fantasmas, señorita Foster, sino de las personas que están vivas.

Cuando terminó la reunión, Abigail regresó a casa en la calesa del señor Chapman. Era muy consciente de que estaba viajando sola con un hombre:

un hombre al que cada vez encontraba más atractivo. Aunque, ¿lo hubiera visto igual de atractivo si Gilbert no la hubiera decepcionado de ese modo?

Era tarde, pero la luna resplandecía, por lo que pudo contemplar perfectamente el perfil del pastor. Se fijó en su nariz recta, su pálida mejilla, las ondas castañas que caían sobre su oreja y su larga patilla pulcramente recortada.

En ese momento, tal vez presintiendo que lo estaba mirando, William Chapman se volvió hacia ella.

—¿Se ha divertido?

—Sí —respondió ella—. ¿Y usted?

—Sí. Más de lo que me hubiera atrevido esperar.

No estaba muy segura de lo que quería decir, pero deseó que sus ojos volvieran a centrarse en la carretera para continuar observándolo.

William encaminó las riendas hacia Easton, y al atravesar la silenciosa aldea obligó al caballo a ir un poco más lento. La luz de las velas parpadeaba en la taberna y en las ventanas de algunas casas; por lo demás, la calle estaba tranquila, las tiendas cerradas y todo el mundo dormía.

Al salir de la aldea, puso el caballo a trote. De pronto, una rueda pasó sobre un bache profundo y la calesa se tambaleó. Abigail perdió el equilibrio y se dio contra el brazo de él. Sin pensárselo, William tomó las riendas con una sola mano y deslizó un brazo por sus hombros para estabilizarla.

—¿Todo bien?

Abigail tragó saliva, plenamente consciente de aquel cálido brazo rodeándola, de la firme presión de su cuerpo contra su costado y de lo mucho que le gustaba todo aquello.

—Sí, sí.

Cuando él dejó de abrazarla se puso a temblar, no sabía muy bien si por el frío de la noche o por dejar de estar tan cerca de él.

—Está helada —observó él. Detuvo el caballo en medio de la carretera, ató las riendas, rebuscó debajo del asiento y sacó una manta de lana doblada.

—Estoy bien, de verdad —insistió ella—. Tengo un chal.

—No, no está bien. Está tiritando. ¡Las mujeres y sus finas muselinas! No entiendo cómo no se mueren congeladas.

La envolvió con la manta y le cubrió los hombros, permitiendo que sus manos se detuvieran un poco más en ese punto.

—¿Mejor?

—Sí, pero ahora me siento culpable de que sea usted el que termine muriéndose de frío.

—Pues siéntese más cerca de mí y no me daré cuenta de nada más.

Alzó la mirada al instante y se fijó en su leve sonrisa y el brillo travieso de sus ojos. Sentados tan cerca el uno del otro como estaban, sus rostros casi se tocaban. Su aliento era cálido, con aroma a canela, o tal vez a la colonia que llevaba. Fuera lo que fuese, era picante y viril, lo que hacía que tuviera aún más ganas de apoyarse en él.

El caballo golpeó impaciente el suelo con la pezuña; sin duda, estaba deseando volver al establo y alimentarse.

Aunque no se acercó más a él a propósito, el vaivén de la calesa los fue aproximando cada vez más hasta que sus hombros llegaron a tocarse, y ocasionalmente también las rodillas. Abigail no intentó separarse ni mantener una distancia apropiada. No quería que se helase de frío, se dijo a sí misma, aunque sabía que era la excusa típica de colegiala que Louisa habría usado para justificar su flirteo con algún caballero, pero no le importó lo más mínimo. Sí, era de noche, estaban solos y además hacía frío. Le gustaba ese hombre, pero confiaba lo suficiente en él como para saber que no se aprovecharía de la situación. Al menos no de forma inapropiada.

Cuando llegaron a Pembrooke Park, el señor Chapman ató las riendas y se bajó de la calesa. Después la rodeó y, al llegar a su altura, en vez de ofrecerle una sola mano, extendió ambos brazos. Ella arqueó las cejas y lo miró desconcertada.

—¿Me permite? —pidió él en un susurro.

Sus manos enguantadas le rozaron la cintura. Por supuesto que podría haberla ayudado a bajar con una sola mano, pero decidió apretar los labios y asentir en silencio. Luego él la tomó por la cintura y la bajó al suelo sin ninguna dificultad.

Durante un momento, dejó que sus manos descansaran sobre ella.

—Tiene una cintura muy estrecha.

Y él tenía unas manos grandes, fuertes y seguras. Tragó saliva nerviosa. Se sentía un tanto incómoda allí de pie, tan cerca de él, pero no tenía ninguna prisa por alejarse.

A su espalda, oyó que se abría la puerta de entrada, y William la soltó inmediatamente. Miró por encima del hombro y vio a Duncan, parado en el umbral de la puerta con una lámpara en la mano.

Con una sonrisa apesadumbrada, el señor Chapman le ofreció un brazo. Abigail posó la mano enguantada sobre la manga y la metió en el hueco que formaba el codo. Luego caminaron juntos hacia la casa.

—Llegan muy tarde —observó Duncan con los ojos entrecerrados. ¿Los estaba mirando con sospecha o con reproche?

—La cena ha durado más de lo previsto —informó el señor Chapman, saliendo en su defensa.

—No me había dado cuenta de que era tan tarde —agregó Abigail—. Gracias por esperarme despierto.

—Me sorprende que un clérigo vea prudente salir tan tarde. Y sin ninguna carabina. Si mal no recuerdo, alguien me reprendió una vez por tener a una dama en la calle después de oscurecer.

«Hombre insolente», pensó ella, aunque no sabía si se sentía más molesta que ansiosa por saber a qué se refería Duncan con aquel comentario.

—Aquello era completamente diferente a esto, como bien recordará —replicó el señor Chapman—. La dama en cuestión estaba fuera sin el consentimiento de sus padres.

—Pues como la señorita Foster —refutó Duncan—. O eso creo.

El señor Chapman se enfrentó a la mirada desafiante del sirviente.

—Su preocupación por la señorita Foster resulta conmovedora, Duncan. Asegúrese de mostrarle el mismo respeto.

Consciente de la tensión entre ambos hombres, visible en las mandíbulas apretadas y posturas rígidas, se soltó del brazo del señor Chapman y dijo con dulzura:

—Es tarde. Será mejor que me vaya. Gracias de nuevo por esta encantadora velada, señor Chapman. Dé recuerdos a su hermana.

Capítulo 10

A la mañana siguiente, Abigail se quedó un rato más en la cama, pensando en la cena de la noche anterior y en el viaje de vuelta con el señor Chapman. «El señor William Chapman...» Le gustaba su nombre.

Lo que no le gustó en absoluto fue la recepción que les prodigó Duncan. La desaprobación teñida de sarcasmo que mostró echó a perder una noche que le había resultado encantadora. ¿Habría cometido un error pasando tanto tiempo sola en compañía de un clérigo? Esperaba que no.

Entonces recordó otros momentos que tampoco fueron tan idílicos, como cuando la señora Morgan le preguntó delante de todos si sus temporadas habían terminado con alguna propuesta de matrimonio. O después, cuando la señora Webb le hizo aquel comentario de que no tenía que preocuparse de los fantasmas, sino de los vivos. ¿Se estaría refiriendo a los cazadores de tesoros, o a alguna persona en particular?

Se levantó, se puso un chal y fue hacia el futuro dormitorio de su madre. Una vez allí, se puso delante de la ventana y se quedó mirando en dirección a la iglesia. El día grisáceo parecía tan ambivalente como ella se sentía en ese momento: ni hacía sol, ni llovía. Una fina niebla flotaba en el aire como una cortina de muselina gris. El cristal de la ventana estaba empañado, y lo que había más allá era tan difícil de ver como su futuro.

Intentó aferrarse a la sensación de felicidad que experimentó en el viaje en calesa de la noche anterior, pero la quietud y el silencio de la casa se apoderaron de ella y la sumieron en la melancolía. Echaba de menos a su familia... y a Gilbert.

Algo captó su atención. Una figura más allá de la pared baja del cementerio. Limpió un círculo en el cristal para ver mejor. ¿Sería otra vez Eliza

Smith? Quien quiera que fuese, llevaba una capa azul oscuro y un sombrero con un tupido velo cubriéndole el rostro. La figura inclinó la cabeza.

Tal vez no se tratara de Eliza. Quizá solo fuera una viuda visitando la tumba de su recién fallecido marido. O una madre llorando a su hijo. Preguntaría al señor Chapman si alguna familia de la congregación había sufrido una pérdida hacía poco.

Sea como fuere, ver aquella figura solitaria en medio del brumoso cementerio consiguió que se hundiera aún más en la pena.

Días después, Abigail recibió dos cartas. La primera era de su madre.

> *Querida Abigail:*
> *Tu padre lamenta que el asunto de la bancarrota le haya obligado a permanecer en Londres tanto tiempo, bastante más de lo que tenía pensado. Esperamos que, como es normal en ti, te encuentres bien, pero por favor, si en cualquier momento te sientes decaída o necesitas algo, no dudes en avisarnos. Debo admitir que la presencia de tu padre está siendo un bálsamo para nosotras. Las cosas no están yendo tan bien como la última vez que te escribí y su compañía siempre es un consuelo.*
>
> *Por desgracia, los detalles de la crisis del banco se han hecho públicos y están empezando a eclipsar la temporada de Louisa; de lo contrario, no tengo ninguna duda de que la presentación en sociedad de tu hermana habría sido todo un éxito. En este sentido, algunos de los mejores partidos no le están haciendo caso cuando, de no ser por este escándalo, estarían reclamando su atención. A pesar de estas circunstancias, de las que por supuesto Louisa no tiene ningún control, algunos caballeros siguen visitándola. Sus padres, sin embargo, no comparten su entusiasmo. Aparte de estos pocos contratiempos, y alguna que otra observación o comentario malicioso, tu hermana parece no darse cuenta y sigue tan despreocupada y alegre como siempre.*
>
> *Gilbert Scott continúa causando una impresión inmejorable allá por donde va. Es reconfortante saber que su estima por nosotros no ha variado aun conociendo nuestro cambio de circunstancias.*

A Abigail se le hizo añicos el corazón, y cualquier pensamiento sobre William Chapman se evaporó al instante. Gilbert... cómo lo echaba de menos. Y por lo visto seguiría así un tiempo. Soltó un suspiro y dejó la carta a un lado.

Con la esperanza de encontrar algo que la distrajera del rumbo que estaba tomando su mente, abrió la segunda misiva. Otra página arrancada de un diario.

La habitación secreta. Por lo visto, su ubicación se ha perdido a través de las distintas generaciones de Pembrooke y renovaciones de la casa. ¿Seguirá existiendo? O mejor dicho, ¿alguna vez existió? Mi padre está convencido de que sí. Pero ¿a qué viene esa repentina determinación de encontrarla ahora, cuando lleva desde niño viviendo en esta casa? ¿Acaso tiene alguna razón de peso para creer que allí se ha podido esconder recientemente algún objeto de gran valor?

Los sirvientes dicen no saber nada. El administrador se burla ante la idea de que haya un tesoro escondido. Pero nada de eso disuade a mi padre, que busca incansablemente. Indaga. Golpea las paredes. Saca todos los libros de las estanterías que van desde el techo al suelo. Mira detrás de los retratos y hasta en los conductos de las chimeneas. Reniega, maldice y continúa buscando. A veces, la frustración le lleva a beber hasta la embriaguez y durante unos días ceja en su empeño. Pero luego llega una nueva factura, o se encapricha de algún pura sangre y vuelve a empezar con su frenética búsqueda.

Hace unos días descubrió unos cuantos planos de la casa y los estudió minuciosamente durante horas. Después, los escondió de la vista de los sirvientes y de mis propios hermanos, no queriendo dar ninguna idea de lo que hacía. En realidad no confía en nadie.

A mí, sin embargo, no me los ocultó. Creo que piensa que una simple muchacha como yo no es capaz de encontrar algo con lo que él no ha tenido suerte. No me considera una amenaza. De hecho, tengo la sensación de que apenas sabe que existo.

Así que esperé hasta que se marchó de la casa y examiné yo misma esos planos. Reconozco que no entendí nada. No conseguí descifrar qué líneas fijas o discontinuas se corresponden con las paredes

151

originales o con las nuevas o cuáles son puertas o ventanas. Since-
ramente, no sé ni qué planos llegaron a ejecutarse, porque tengo la
impresión de que en los cajones de la mesa de mapas de la biblioteca
hay más planos de la casa que mapas reales.

No obstante, hubo algo que me llamó la atención. Un detalle
en dichos planos que no se corresponde con algo que he visto en la
casa. O tal vez no estoy pensando en la casa real, sino en la repro-
ducción en miniatura. Creo que mañana voy a comparar la casa
de muñecas con los planos a ver si encuentro algo...

A Abigail se le erizaron los pelos de la nuca de la emoción. Tal vez ella pudiera averiguar algo de los planos de la casa que a la escritora del diario se le
pasara por alto. No perdía nada por intentarlo. Todo lo contrario: seguro
que la búsqueda terminaba resultándole interesante.

Bajó a la biblioteca, abrió los postigos de las ventanas y fue hacia la
gran mesa de mapas que había en el centro de la estancia. Fue extrayendo
los cajones en orden, empezando por la parte superior izquierda y con-
tinuando hacia abajo. Encontró viejos mapas del mundo, de las Indias
Occidentales, Europa, Inglaterra, Londres, Berkshire, la parroquia y las
tierras señoriales.

Por fin vio un montón de planos antiguos de construcción de color
amarillento por el paso del tiempo. ¿Cuál de ellos sería el más reciente?
¿Se habrían terminado ejecutando, o los habrían obviado en favor de
la visión de otro arquitecto? Los extendió sobre la mesa y les echó un
rápido vistazo en busca de fechas. Encontró uno marcado con números
romanos del siglo XVII. Mostraba una antigua sala central con secciones
laterales para los establos, una verja y una casa para el guardés que ya no
existía. De hecho, alguien había escrito «destruido» sobre ella. Lo más
probable era que se hubiera quemado.

Continuó estudiando planos hasta que encontró uno que parecía
más reciente. No tenía fecha, pero las letras en mayúsculas eran más
modernas y la tinta menos descolorida que las otras. En él se mostraba
un nuevo anexo en el patio trasero de la casa que incluía una sala de
recepción en la planta baja y un dormitorio en la de arriba. Ese plano, o
al menos uno muy similar, sí se había terminado ejecutando, porque la
habitación de encima de la sala de recepción era la que tenía reservada
para Louisa. Sin embargo, había otros detalles de los que estaba menos

segura. Qué lástima que Gilbert no estuviera allí para ayudarle a entender todo lo que estaba viendo.

Se hizo con un lápiz y un cuaderno de dibujo, se puso un bonete, un chal y unos guantes y salió a la calle, a la templada tarde de mayo. Se acercó lentamente a la fachada principal de la casa, lo inspeccionó todo, tomó nota de los miradores, el techo a dos aguas y los tiros de las chimeneas. Empezó a dirigirse hacia un lateral, pero se detuvo al oír el sonido de los cascos de un caballo al trote.

Se volvió y vio a un elegante caballero cruzando el puente sobre un caballo tordo. Enseguida reconoció a Andrew Morgan, que levantó una mano para saludar y condujo su montura en su dirección.

—Hola, señorita Foster.

—Señor Morgan. Un placer volver a verle.

—He venido para entregar nuevas invitaciones. ¿Cree que esta vez tendré más suerte?

Adivinando que se refería a Leah Chapman, respondió:

—No lo sé, pero la esperanza es lo último que se pierde.

—¡Exacto! Y eso es precisamente lo que estoy haciendo. Por cierto, ¿cómo se encuentra la señorita Chapman? ¿Ha podido verla?

—Sí. Y parece bastante... recuperada.

—Excelente. Estaba a punto de hacerles una visita. En medio de la euforia por el éxito de la pequeña cena de bienvenida que me dio, mi madre ha decidido superarse a sí misma y celebrar un baile de disfraces en Hunts Hall, tal y como solíamos hacer en casa. Por supuesto que usted está invitada. Espero que venga.

—Gracias. ¿Cuándo será?

—El 10 de junio. Mi madre también tiene pensado invitar a algunos amigos de Londres. —Entonces, imitando el tono de su progenitora, agregó con exagerada arrogancia—: Será el evento social del año en Easton.

—O de la década, por cómo suena —señaló Abigail.

—Le voy a contar lo que ha dicho. Así le daré material sobre el que chismorrear con todos sus allegados.

Abigail sonrió de oreja a oreja.

—Que tenga un buen día, señorita Foster —se despidió Andrew Morgan, quitándose el sombrero.

—Adiós, señor Morgan.

Antes de que pudiera continuar con la inspección del exterior de la casa, el estruendo de un carruaje y caballos atravesó el puente. Por Dios. Por lo visto aquel era el día de recibir visitas. Esperó cerca de la puerta mientras la diligencia de color amarillo cruzaba el camino de entrada y se detenía bruscamente a la entrada de la casa.

Vio que un mozo se apeaba del vehículo, abría la puerta y se hacía a un lado para que saliera su padre. ¡Su padre! Por fin había vuelto. Sintió unas ganas de llorar inusitadas. Entonces se percató de que hasta ese momento no se había dado cuenta de lo sola que se encontraba. Parpadeó para evitar las lágrimas, esbozó una sonrisa y se acercó para saludarlo.

—Hola, papá. Bienvenido.

Teniendo en cuenta la brecha que se había abierto entre ellos, sobre todo después de haber pasado las últimas semanas lidiando con los tediosos procedimientos de una quiebra que podían haber evitado, no sabía si su padre le daría un cálido recibimiento o no. Pero al final lo vio esbozar una sonrisa cansada y le dio un beso en la mejilla antes de decir:

—Abigail. Me alegra mucho verte con tan buen aspecto. He estado muy preocupado por ti..., aquí tan sola.

Se le encogió el corazón.

—Como puedes ver, papá, estoy perfectamente.

—¿No te has sentido demasiado sola sin nosotros?

—Yo..., no, me las he arreglado bien. Aunque por supuesto que estoy muy feliz de que hayas vuelto.

—Bien. Muy bien.

—Vamos dentro, papá. Pediré que nos hagan un té.

—Te confieso que después de un viaje como este me bebería una tetera entera y me comería media hogaza de pan yo solo.

—También puedo pedir que te sirvan eso. —Lo agarró del brazo y juntos entraron en la casa. De pronto, Pembrooke Park se parecía más a un hogar.

Su inspección de la vivienda y de los planos podía esperar.

William estaba sentado, tomando el té con su madre y hermana en la casa de su familia, cuando Andrew se personó para invitarlos a un baile de disfraces. Su hermana recibió la propuesta con fría reserva y lo único que dijo fue que tenía que pensárselo. En ese momento no quiso presionarla para no ponerla en una situación incómoda delante de su amigo, aunque no se le pasó por alto la mirada de preocupación de su madre.

En cuanto Andrew se marchó, Kate Chapman reprendió a su hija con suavidad:

—Por lo menos podrías haber dado las gracias al señor Morgan por la invitación.

—Pero no me apetece ir —repuso Leah.

A su madre se le demudó el rostro.

—Cariño, en tu vida ha habido muy poca diversión... y una compañía muy limitada.

—A propósito —dijo Leah, aunque añadió al instante—: Y también por preferencia.

—¿Por preferencia de quién? —preguntó él—. ¿Tuya o de papá?

—William... —Su madre frunció el ceño.

—No lo he dicho con ánimo de ofender a nadie, mamá. Pero Leah ya no es una niña. No entiendo por qué papá la sigue protegiendo de ese modo.

Justo en ese momento, su padre entró en casa y se quitó el sombrero. Después se detuvo en el umbral de la puerta y los miró a los tres, que debían de tener la palabra «culpa» escrita en la cara.

—¿Qué sucede?

—Mac —empezó su madre con mucho tacto—. El señor Morgan ha venido para invitar a Leah y a William a un baile que darán en Hunts Hall. ¿A que es una idea maravillosa? ¿No sería estupendo que nuestra Leah, que nunca ha tenido oportunidad de acudir a un acontecimiento social de esa magnitud, pudiera ir?

—No quiero ir —se apresuró a aclarar Leah—. No pasa nada.

—Pero Leah —insistió su madre—, tienes que ir. Todas las jóvenes deberían acudir a un baile... al menos una vez en la vida.

Su padre dejó el sombrero en el aparador.

—No quiere ir, Kate. ¿Por qué tenemos que obligarla?

—¿Por qué no quieres ir, Leah? —inquirió él—. ¿De qué tienes miedo?

Su hermana no negó la acusación implícita, sino que se limitó a agachar la cabeza y retorcer las manos.

—Deja a tu hermana en paz, Will. No lo entiendes....

—No. Ni nunca he entendido por qué la sobreproteges de esa forma.

Los ojos de su padre brillaron desafiantes.

—Cierto. No lo entiendes. Así que mantente al margen.

—Mac... —susurró su madre.

Desde luego, le había sorprendido la agria reprimenda de su padre. En silencio, suplicó a Dios que le diera la sensatez necesaria, respiró hondo y volvió a intentarlo.

—Los Morgan son una familia perfectamente respetable.

—No lo dudo —admitió su padre—, pero no tenemos ni idea del tipo de gente que asistirá a esa... «velada» —escupió la palabra como si se hubiera quemado la lengua.

—Estoy seguro de que solo invitarán a otras personas honorables. ¿Qué es lo que de verdad te preocupa?

—No pasa nada —repitió Leah—. Además, no tengo ningún vestido apropiado que ponerme y no quiero hacer el ridículo.

—Pero si te encanta bailar, Leah —insistió él—. Y casi nunca tenemos oportunidad de hacerlo, a excepción de las reuniones familiares que celebramos en Navidad. Recuerdo que aprendiste a hacerlo en la escuela. Y me obligaste a bailar contigo todos los bailes que conocías.

—Eso fue hace mucho tiempo.

—Tal vez la señorita Foster pueda darnos algunas clases y ponernos al día. Sin duda, conocerá los bailes de moda. Y seguro que a Andrew Morgan también le encantará ayudarnos —sugirió con una sonrisa traviesa, pero Leah no se la devolvió—. Y si en algún momento hacemos el ridículo porque giramos a la izquierda cuando se suponía que teníamos que hacerlo a la derecha, recuerda que llevaremos máscaras y que nadie sabrá quiénes somos.

—¿Máscaras? —preguntó su padre.

—Sí, es un baile de disfraces.

—¿De veras? —Su padre se mordió el labio pensativo—. ¿Y estarás a su lado en todo momento?

—Claro —convino él—. Me aseguraré de que ningún hombre se le acerque o le insinúe algo inapropiado, si eso es lo que te preocupa.

Leah se ruborizó por completo.

—A mi edad no creo que eso sea lo que más deba preocuparnos.

Su padre la miró.

—Tal vez tengan razón, querida. Quizá haya llegado el momento de divertirse, de empezar a vivir.

Su hermana alzó las manos aturdida.

—¿Y qué se supone que he estado haciendo hasta ahora?

—Esperar. —Su padre la miró, pero no dijo nada más.

Leah suspiró y anunció que quería estar a solas un rato, meditando sobre todo lo que su familia acababa de decirle.

El domingo siguiente, después de finalizar las clases de la iglesia y de que Abigail cantara con los niños dos himnos, se quedó ayudando a Leah a recoger y ordenarlo todo.

Tras añadir una pizarra más al montón que ya llevaba en brazos, preguntó en voz baja:

—¿Entonces va a ir al baile?

—No lo sé. Le dije a mi familia que me lo pensaría. Pero no conozco los bailes de moda y tampoco tengo un vestido apropiado... —Concluyó la frase con un encogimiento de hombros.

—La invitación solo dice que hay que llevar una máscara. Así que creo que podemos ir vestidas como a cualquier baile normal, pero con el rostro cubierto. Estaría encantada de dejarle uno de mis vestidos. Y también podría enseñarle los bailes que más se han llevado estos últimos años, aunque no soy profesora de danza.

—William sugirió que estaría dispuesta a hacerlo. Pero no me atrevería a pedirle algo así...

—No me lo está pidiendo: yo me estoy ofreciendo. Y tengo varios vestidos de fiesta. No son de este año, pero seguro que encontramos uno a su medida. No creo que tengamos una talla muy distinta. Si no acepta, me sentiré ofendida.

—Seguro que son preciosos, pero...

—Por favor. Venga y al menos écheles un vistazo, ¿de acuerdo?

—¿Ir a Pembrooke Park?

—No hay ningún fantasma, se lo prometo. Y mi padre ya ha vuelto, de modo que no estaremos solas. Si lo prefiere, también puedo llevarle unos cuantos vestidos a su casa.

—No, no me sentiría bien permitiéndole hacer tal cosa. —Leah levantó la barbilla con gesto decidido—. Iré yo. —Se mordió el labio—. ¿Puedo llevar a alguien de mi familia?

—Por supuesto. Traiga a Kitty. Iba a invitarla de todos modos.

—Muy bien. Pues allí estaremos.

Quedaron en verse a la tarde siguiente. A medida que se acercaba la hora, Abigail empezó a estar pendiente de la puerta. Cuando oyó que llamaban, fue corriendo a recibir a sus visitantes. Al bajar por las escaleras, vio a Duncan abriendo a las hermanas Chapman. A pesar de la distancia a la que se encontraba, notó la postura tensa del sirviente.

Durante un segundo, se quedó parado sin decir una palabra y sin invitarlas a entrar.

Observó a Leah bajar la cabeza y murmurar un avergonzado «hola».

Kitty, sin embargo, no mostró tanta reticencia.

—Hemos venido a ver a la señorita Foster —anunció la niña—. Nos ha invitado ella.

Abigail cruzó el vestíbulo.

—En efecto. Bienvenidas. Os estaba esperando.

Duncan se dio la vuelta completamente rígido y se marchó. En cuanto lo vio desaparecer, lanzó a Leah una mirada inquisitiva, pero esta se limitó a encogerse de hombros y esbozar una sonrisa de disculpa.

Decidió que un día de esos se enteraría de qué pasaba entre Duncan y los Chapman. Aunque no sería en esa ocasión, cuando por fin Leah había aceptado hacerle su primera visita.

—Venga, entrad —las instó Abigail.

Kitty no se lo pensó dos veces y accedió con entusiasmo, pero Leah se quedó parada en el umbral, examinando el vestíbulo de arriba abajo con cautela. Su padre abandonó la biblioteca unos instantes para saludar a las invitadas antes de volver a sumergirse en sus libros y periódicos.

—¿Quiere ver primero la casa o pasamos directamente a los vestidos? —le preguntó.

Los ojos de Leah fueron de un retrato a otro.

—Hay tanto que ver...

—¿Ha estado antes aquí?

—Hace años. Con mi padre.

—Ah. Cuando trabajaba aquí.

Leah asintió distraída.

—Qué extraño me resulta volver a cruzar esta puerta. Después de todo este tiempo...

—Sí, me lo puedo imaginar.

Kitty agarró el brazo de su hermana.

—¡Venga, Leah! Vamos arriba.

Leah resistió el tirón de su hermana y se quedó mirando con los ojos como platos el tramo de escaleras que iba hasta el primer rellano.

¿Por qué estaba tan nerviosa? ¿Se trataría de algo más que simples rumores? ¿Tuvo una mala experiencia con alguno de los anteriores ocupantes? ¿Acaso alguno de los hermanos Pembrooke se había mostrado cruel con la hija del administrador?

Leah terminó por capitular y permitió que su hermana la guiara escaleras arriba. Mientras subían, miró a Abigail, que las seguía, con ojos tristes.

—Lo siento. Tal vez hubiera sido mejor venir sola.

—No se preocupe. Creo que sé adónde se dirige.

Peldaño a peldaño, Leah no dejaba de mirarlo todo, contemplando los retratos enmarcados, los tapices y los paneles de madera tallada. Ella iba detrás de las hermanas con una extraña sensación de orgullo, a pesar de que solo era una inquilina, por la capacidad que tenía aquella casa de asombrar a todo aquel que entraba a verla.

Al final de las escaleras, Leah se detuvo delante de una mesa de cristal llena de marcos con retratos en miniatura y figuritas, pero Kitty volvió a tirar de ella. Abigail sabía cuál era el objetivo de la pequeña: la casa de muñecas.

Al acercarse a su dormitorio, Leah vaciló de nuevo y se quedó en la puerta.

—Venga, Leah. Quiero que veas la casa de muñecas —insistió Kitty.

—Está bien —quiso tranquilizarla Abigail.

Leah sonrió de forma poco convincente y permitió que su hermana la llevara dentro. Abigail entró detrás.

La niña fue directamente a la casa de muñecas y se arrodilló delante de ella. Leah la siguió más despacio, y fue girando lentamente para fijarse en la cama con dosel, el pequeño alféizar de la ventana con forma de asiento, el armario... Extendió una mano para tocar las cortinas y la suave superficie de roble del tocador.

—Es precioso, ¿verdad? —preguntó ella en voz baja.

—Sí —murmuró Leah—. Tiene un dormitorio adorable.

—No es mío —respondió ella con un gesto de indiferencia—. Pero estoy encantada de poder usarlo durante un tiempo.

—Yo también.

Leah volvió a sonreír, esta vez de verdad, y Abigail sintió que su pecho se hinchaba de alegría. Puede que terminaran convirtiéndose en buenas amigas.

—Ven y mira —la instó Kitty. Su hermana se acercó hasta colocarse al lado de la pequeña—. ¿No es increíble?

—Desde luego.

—¿Alguna vez has visto algo tan bonito?

—Hace años que no.

Aquella respuesta despertó su curiosidad. ¿Habría jugado Leah con la niña de la casa? Al fin y al cabo, habían sido vecinas.

Se dio la vuelta para abrir el baúl que había ordenado traer a Duncan con anterioridad y lo abrió. Sin embargo, Leah no se movió de donde estaba durante unos minutos, pendiente de cómo su hermana jugaba embelesada con la casa.

Se acercó y vio que la pequeña subía una muñeca por las escaleras y la acostaba en una cama con dosel. Se fijó en el perfil de Leah esperando ver una sonrisa indulgente en sus labios. En cambio, se sorprendió al comprobar que sus ojos estaban llenos de lágrimas. Pero aquello solo duró un instante, pues la joven debió de percatarse de que la estaba observando y se secó los ojos al instante.

—Estoy bien. Es solo que... me gusta verla tan feliz.

Abigail le apretó la mano.

—Kitty es más que bienvenida a esta casa y puede venir a jugar cuando le plazca.

Leah parpadeó un par de veces para deshacerse de las lágrimas restantes. Después la miró y sonrió.

—Es usted muy amable. Obviamente, mi hermana está encantada.

—Venga, vamos a ver los vestidos. Aunque me temo que nunca he sido la más espectacular del baile. Espero no decepcionarla.

—Seguro que no.

Abigail quitó una capa protectora y empezó a sacar los vestidos del baúl y colocarlos sobre la cama. Alisó con la mano un elegante traje de muselina de un tono blanco crudo con un corpiño bordado y mangas de encaje transparente. La falda tenía un dobladillo un poco más corto de lo normal para permitir libertad de movimientos a la hora de bailar.

—He pensado que este iría muy bien con su tono de piel, pero puede probarse todos los que quiera.

—Es precioso —susurró Leah.

—¿Quiere probárselo? Así podemos ver cómo le queda. Todavía hay tiempo para hacer los arreglos que sean necesarios.

—Muy bien. Si me echa una mano. —El rostro de la mayor de los Chapman se iluminó con una sonrisa de puro gozo infantil.

Abigail lo hizo encantada. Después de desabrochar la parte posterior del vestido de día de Leah, le ayudó a ponerse el de baile y se lo ató en la parte superior de la espalda.

Leah se miró el escote y se lo tapó al instante con una mano.

—Es algo bajo, ¿no cree? Me siento un poco...

—En absoluto. Se lleva mucho en los trajes de noche, aunque si lo prefiere podemos disimularlo metiéndole un poco de encaje. —Le dio la vuelta, para que se mirara en el espejo de cuerpo entero que había en un rincón—. Le sienta de maravilla.

Leah se contempló en el espejo, incapaz de contener la sonrisa que dibujaron sus labios.

—Tiene razón, el vestido es precioso.

—Estás guapísima, Leah —comentó Kitty asombrada. Por fin algo más aparte de la casa de muñecas había conseguido llamar su atención—. Pareces una duquesa.

—Me siento como si lo fuera —reconoció, agarrando la falda con ambas manos y balanceándose ligeramente de un lado a otro.

Abigail sonrió.

—¿Entonces se lo pondrá?

—Pero es suyo.

—Yo ya tuve el placer de disfrutarlo. Espero que no le importe que me lo haya puesto antes.

—Por supuesto que no. No tengo ninguna máscara, pero estoy segura de que puedo hacerme una...

Abigail hurgó una vez más en el baúl.

—Tengo algunas de los bailes de disfraces a los que acudí en las últimas temporadas. —Sacó tres de ellas—. Si quiere llevarse alguna de estas...

—Perfecto —dijo Leah, escogiendo la más grande—. Muchas gracias. Pero y usted... ¿qué se va a poner?

—Creo que llevaré esta máscara —informó, mostrando una más pequeña de estilo oriental adornada con cuentas de cristal—. Y este vestido. —Dejó a un lado la máscara y sacó un vestido de muselina a rayas de varios tonos de blanco, con un escote bajo y cuadrado, un cinturón verde bajo el pecho y con mangas de farol con unos lazos del mismo tono verde—. ¿Qué le parece?

—También precioso. ¿Cuándo fue la última vez que se lo puso?

Se quedó pensando unos segundos.

—En el baile de mayo que dieron los Albright. —Recordó con un pequeño suspiro que esa noche había bailado con Gilbert—. Y que quede entre nosotras, pero en ese momento pensé que sería mi último baile.

—¿Su último baile, señorita Foster? ¿Y yo qué? Soy varios años mayor que usted.

Abigail ladeó la cabeza y lanzó una mirada traviesa a su nueva amiga.

—Creo que sus días de baile no acaban más que de empezar.

Más tarde, cuando salieron de su dormitorio, con Leah llevando el vestido doblado bajo el brazo, Kitty hizo un gesto hacia el otro lado del pasillo.

—Creemos que esa era la habitación del señor Pembrooke. —La pequeña señaló a la derecha—. Y esa la de su mujer.

Durante unos instantes, los ojos de Leah se detuvieron sobre las puertas cerradas.

—¿Le importa si echo un vistazo?

—De ninguna manera. Adelante.

Siguió a las hermanas Chapman mientras cruzaban el pasillo. Leah abrió lentamente la puerta y accedió al dormitorio que creían había pertenecido a la señora Pembrooke y al resto de sus predecesoras.

Con las manos detrás de la espalda, Abigail hizo lo mismo y examinó la estancia una vez más.

—Esta será la alcoba de mi madre cuando venga de Londres.

—Sí —convino Leah en voz baja—. Es perfecta para la señora de la casa.

Leah pasó la mano por la ropa de cama original, ahora limpia, y luego acarició el encaje recientemente reparado que cubría el tocador antes de tocar los artículos que allí había: frascos de perfume, espejo de mano, cepillos...

—No me puedo creer que todo esto siga aquí —murmuró.

—Lo sé. Es increíble que se marcharan sin apenas llevarse nada.

Leah se volvió hacia el retrato que había sobre la repisa de la chimenea, el del apuesto caballero vestido de etiqueta.

—Su hermano cree que se trata de Robert Pembrooke. Por lo visto hay otro retrato de él en la iglesia. Aunque no le hemos preguntado a su padre para que nos lo confirme.

Leah hizo un gesto de asentimiento.

—Sí, William tiene razón. Es él.

—¿Lo conoció? —quiso saber ella.

—Sí. Aunque de eso hace mucho tiempo.

—El otro retrato se ha perdido —informó Kitty.

Leah dejó de mirar el retrato y prestó atención a su hermana.

—¿Perdona?

—El retrato de la señora, el que acompaña a este. Ven y mira.

La mayor de las Chapman negó con la cabeza.

—No, Kitty. Esa es ahora la habitación del señor Foster.

—Oh, no le importará —aseguró Abigail.

Kitty salió al pasillo y se dirigió al otro dormitorio principal. Abrió la puerta y entró haciendo un gesto con el brazo.

—¿Ves?

Leah miró la ropa de cama masculina, los sólidos muebles de caoba, el escritorio y la silla de cuero acolchado cerca de la ventana. Se fue acercando poco a poco, tocó el papel secante que había sobre la mesa y apoyó una mano sobre el brazo de la silla. Después de unos segundos, se volvió y miró con interés por encima de la repisa de la chimenea.

—Está claro que se colgó más tarde —insistió Kitty—. Debería ser más grande, como el del otro dormitorio. Y desde luego, no me creo que esta sea la esposa del señor Pembrooke.

—No —reconoció Leah—. Supongo que es normal que la nueva familia quisiera colocar sus propios retratos. De hecho, me sorprende que el de Robert Pembrooke siga todavía en la otra habitación.

—Me pregunto dónde pondrían el de la mujer de Robert —dijo Abigail pensativa.

—Pero que ese otro retrato exista ¿es una mera suposición, o alguien le ha hablado de él? —inquirió Leah.

Como no quería mencionar lo de las cartas, se limitó a encogerse de hombros.

—Solo es una suposición.

—Más bien es un misterio —sentenció Kitty.

Leah negó despacio con la cabeza.

—No creo, Kitty. Que alguien nuevo se mude a esta casa y no quiera que la mujer de otro o uno de sus ancestros lo esté mirando mientras duerme no me parece ningún misterio.

Kitty volvió a señalar el retrato con una mano.

—¿Y quién querría que viera a esta vieja cacatúa?

—Kitty... —la reprendió suavemente su hermana—. Ese comentario no ha sido nada agradable.

—Mac me dijo que podría tratarse de la antigua niñera de Robert Pembrooke —comentó ella—. ¿Le suena de algo?

Leah hizo otro gesto de negación.

—Que yo recuerde, no la he visto en mi vida.

Abigail se quedó examinando el retrato un rato.

—Hay que reconocer que es una mujer de aspecto serio y con una edad considerable —señaló de forma diplomática—. Solo hay que fijarse en todo ese crespón negro.

—Y en esos ojos —añadió Kitty con un estremecimiento.

—Parad las dos —protestó Leah—. Como sigáis así solo vais a conseguir tener pesadillas. —Miró por última vez el retrato y admitió—: Y que yo también las tenga.

Una vez que solucionaron el asunto de los vestidos, el siguiente punto a tratar era el baile. Cuando habló con William Chapman sobre las clases para ponerse al día que él mismo había sugerido, este comentó que también podían pedir ayuda a Andrew Morgan, que aceptó encantado la propuesta. Acordaron fijar la clase para el sábado. La señora Chapman se ofreció a acompañarlos con el pianoforte de Pembrooke Park. Abigail también invitó a su padre a unirse a ellos, pero declinó la oferta.

A la hora señalada, Abigail y Leah entraron juntas en el salón.

El señor Chapman y el señor Morgan se pusieron de pie al unísono. Se fijó en que el señor Chapman estudió el rostro de su hermana con cuidado, mientras que el señor Morgan se inclinó para saludarlas expectante y seguro de sí mismo.

—¿Empezamos? —propuso Abigail—. Como somos cuatro, ¿qué les parece si bailamos una cuadrilla escocesa?

La señora Chapman, que ya estaba sentada al pianoforte, tocó algunas notas de prueba. El viejo instrumento estaba desafinado, pero serviría para su propósito.

Ambos caballeros se colocaron en el centro del salón, y Leah se quedó al lado de su madre.

Abigail y el señor Morgan hicieron una demostración con los primeros pasos bajo la atenta mirada de los hermanos Chapman. Entonces, para que en cada pareja hubiera un bailarín con experiencia, Abigail sugirió que el señor Morgan bailara con la señorita Chapman y ella con su hermano.

Leah cruzó la estancia un tanto reacia para unirse a ellos en el centro. Una vez juntos, hicieron una primera prueba sin música. Se fijó en cómo el señor Morgan susurraba suavemente a Leah, o le hacía un gesto o le daba la vuelta en la dirección correcta cuando se le olvidaba un paso. Antes de darse cuenta, los hermanos Chapman dominaban todas las figuras de la cuadrilla.

Tuvo que reconocer que aquella «clase» también le había servido como recordatorio, ya que hacía casi un año que no bailaba.

—Muy bien, señora Chapman, creo que estamos listos para hacerlo con música. —La madre de Leah asintió y ella se dirigió al resto—: La primera vez repetiré los pasos en voz alta para recordarlos. Si se les olvida qué hacer, fíjense en el señor Morgan.

La señora Chapman empezó a tocar los alegres compases del comienzo y Abigail dijo:

—Preparados y... cado uno con su pareja.

Leah y el señor Morgan iniciaron el paso de ida y vuelta que la señorita Chapman ejecutó con ágil elegancia. Se parecía más a una joven debutante que a una mujer cercana a la treintena. Andrew Morgan bailaba con una habilidad innata, mirando a su pareja con sumo interés.

Cuando Leah levantó la mirada y encontró al señor Morgan mirándola tan de cerca, agachó la cabeza, pero no con la suficiente rapidez como para que a Abigail le pasara desapercibida la sonrisa que iluminó su ahora ruborizado rostro.

¿Podría un hombre como Andrew Morgan —el primogénito y heredero de Hunts Hall— estar interesado en la hija de un administrador? Esperaba de corazón que sí. Rezó en silencio porque sus intenciones fueran honorables y que fueran más allá del afecto que se le podía tener a la hermana de un amigo.

El señor Chapman, por su parte, también demostró bastante habilidad para bailar. Mientras bailaban juntos paso a paso, sus manos y costados se rozaban de vez en cuando. Abigail lo miró con modestia, tal y como dictaba la etiqueta. A cambio, él le sonrió con calidez. Cuando llegó el momento de unir sus manos, sintió sus largos dedos envolviendo los suyos y el calor que ambos generaron al tocarse la envolvió por completo.

Y ahí fue consciente de lo mucho que había echado de menos bailar, sobre todo con una pareja tan atenta y apuesta como William Chapman. Se había olvidado del placer de dar vueltas con las manos unidas, o de brincar en medio de una fila llena de caras amigas, sonriendo a hombres y mujeres por igual. Había extrañado la buena compañía, la alegría y la buena música. Puede que todavía no estuviera preparada para renunciar a todo aquello.

Volvió a mirar a Leah, que parecía estar disfrutando tanto como ella. En ese momento le entraron unas ganas enormes de decirle a su nueva amiga: «¿Lo ve? Está en Pembrooke Park y no está pasando nada malo.» Pero se limitó a mirarla a los ojos e intercambiar una sonrisa con ella.

William Chapman estaba disfrutando de la clase de baile más de lo que se había imaginado. Apenas podía apartar los ojos de la señorita Foster, de la gracia con que movía su esbelta figura en ese vestido que tanto le favorecía, del rubor de felicidad que teñía sus mejillas, de los rizos oscuros que rebotaban en sus sienes.

Saboreó la sensación de aquellas manos pequeñas dentro de las suyas mientras giraban una y otra vez, de su encantador perfil varios centímetros por debajo del suyo. Tenía una piel sedosa y brillante y unas cejas que formaban un arco perfecto sobre sus adorables ojos marrones. Y cuando ella alzó la vista y le sonrió, sintió una opresión en el pecho y respondió con un gesto similar, aunque un tanto tembloroso.

Estar tan cerca de ella y oler el aroma a agua de rosas y a primavera que desprendía su pelo hizo que anhelara depositar uno y mil besos en sus mejillas. Aunque saber que su madre estaba con ellos en la misma habitación le ayudó a contener el impulso.

Se recordó que aquella joven era miembro de su congregación, su «rebaño», como le gustaba llamarlo. Pero en ese instante deseaba que fuera mucho más que eso.

Continuaron aprendiendo nuevos bailes populares y otra cuadrilla y decidieron finalizar la sesión con la danza que solía cerrar la mayoría de este tipo de encuentros, el *Boulanger*. Cuando sonó el último acorde, todo el mundo aplaudió a su madre, que los felicitó con una sonrisa:

—Muy bien, los cuatro lo habéis hecho estupendamente. —Miró el reloj de pie y se levantó al instante—. Santo Dios, será mejor que me vaya a casa ahora mismo a ver cómo va la cena o tomaremos huevos y arenques fríos. —Sin dejar de sonreír, recogió su chal.

—Muchas gracias por haber tocado para nosotros —dijo la señorita Foster—. He disfrutado cada minuto de esta clase. —Morgan y él se apresuraron a mostrar su acuerdo. Incluso Leah asintió con timidez—. ¿Puedo sugerir una sesión más antes del baile?

Todos estuvieron más que conformes y fijaron un nuevo día y hora para continuar.

William se marchó un poco más tarde, satisfecho de haber comprobado que no había perdido ninguno de los conocimientos adquiridos durante sus años en Oxford. También estaba contento por ver a Leah más relajada y divirtiéndose. Lo que no tenía tan claro era lo que sentía por el obvio interés que su amigo estaba mostrando por su hermana, aunque lo único que pudo hacer al respecto fue volver a rezar para que Leah no terminara sufriendo.

Capítulo 11

Willliam estaba en la sacristía, mirando hacia la nave con el corazón en un puño. ¿Acaso no iba a ir nadie? ¿Tendría que leer las oraciones anuales en honor del cumpleaños del rey frente a una iglesia vacía? El monarca, ahora enfermo, todavía gozaba de la popularidad de los ciudadanos —bastante más que su hijo, el príncipe regente—, pero esa misma regencia, al igual que el tiempo que acompañaba al día, se habían encargado de ensombrecer el aniversario de Jorge III.

Normalmente, solía contar con al menos su familia para asistir a las oraciones entre semana, pero su madre y hermana estaban pasando el día con su abuela, que había sufrido una caída. Y a su padre lo habían llamado de madrugada para que ayudara a reparar una cerca a un arrendatario antes de que todo el ganado se escapara. Al no tener la ayuda del sacristán, se fue hacia el porche de entrada para tocar él mismo la campana y regresó a la sacristía.

Con aire resignado, se puso la sobrepelliz blanca, dispuesto a cumplir con su deber, con o sin su rebaño.

Volvió a entrar en la iglesia vacía y se acercó al atril suspirando.

En ese momento, la puerta se abrió de golpe y una figura entró a toda prisa, deslizándose por las baldosas mojadas. Bajo el paraguas, que todavía goteaba, vio unas botas de media caña y el dobladillo empapado de una falda. Entonces la figura cerró el paraguas y pudo verle el rostro.

La alegría se apoderó de él. Era la señorita Foster.

Pero su alivio muy pronto se mezcló con una sensación de vergüenza. Ahora ella sería testigo de su fracaso a la hora de atraer a los feligreses.

La señorita Foster miró a su alrededor con cara de perplejidad.

—¿Me he equivocado de hora?

—No. Iba a empezar ahora mismo.

—Siento llegar tarde —se disculpó, mientras sacudía las gotas que aún permanecían en el paraguas—. Pensé que, si esperaba, dejaría de llover con tanta fuerza, pero ha pasado justo lo contrario. Estoy segura de que este diluvio es lo que ha hecho que la gente se quede en su casa.

«Qué amable de su parte.»

—Gracias por desafiar al tiempo, señorita Foster.

Ella se encogió de hombros, claramente incómoda ante el cumplido.

—No ha sido muy difícil. Quitando a usted, soy la que más cerca vive de la iglesia. —Vaciló unos instantes—. En cuanto a mi padre... me temo que no es muy practicante. Espero que no se ofenda por ello.

—Por supuesto que no. ¿No quiere tomar asiento?

—Oh, sí, claro. Discúlpeme, le estoy retrasando. —Dejó el paraguas y se dirigió hacia la primera fila. Los tacones resonaron por toda la nave.

Al llegar al lugar reservado para los Pembrooke, se enderezó el bonete y se sentó. A William le pareció encantadora con esos rizos húmedos enmarcándole el rostro reluciente por las gotas de lluvia.

Se aclaró la garganta y comenzó.

—Nos hemos reunido hoy para honrar a nuestro venerado soberano, el rey Jorge III, y para rezar por su pronta recuperación y porque el Señor proteja su frágil estado de salud.

Miró hacia la oración oficial que tenía pensado leer, pero se quedó dudando. Entonces volvió a alzar la vista.

Y allí estaba la señorita Foster, sentada con las manos en el regazo y escuchando atentamente.

—Me siento un poco estúpido aquí arriba, fingiendo que estoy hablando ante una multitud —reconoció.

La señorita Foster miró hacia los lados con cara de sorpresa, como si estuviera asegurándose de que estaba hablando con ella.

—Pues a mí no me parece estúpido en absoluto.

Salió del atril y se acercó a ella.

—Ya que solo estamos nosotros dos, ¿le importaría si hiciésemos esto de una manera menos formal?

—Claro que no.

—¿Me permite? —preguntó, llevando la mano hacia la puerta baja del reservado.

—Por supuesto —respondió ella. Aunque a William no se le pasó por alto la forma en que se movió su esbelta garganta al tragar saliva.

—¿Rezamos un poco?

La señorita Foster asintió y cerró los ojos con solemnidad. Durante unos segundos, se quedó allí sentado, aprovechando que ella no lo veía, para disfrutar de lo cerca que la tenía y contemplar sus largas y oscuras pestañas, su adorable nariz respingona y sus delicados y rosados labios, hasta que por fin se aclaró la garganta y decidió cerrar también los ojos. No era que necesitara hacer ese gesto para entrar en comunión con el Señor, sino porque, de lo contrario, no lo conseguiría con esa deliciosa distracción femenina.

—Señor todopoderoso, te rogamos por nuestro rey Jorge, como nos pediste rogar por los líderes que has designado para conducirnos. A ti, que todo lo curas, te pedimos que sanes su cuerpo y mente y restaures su salud. Te rogamos también por su hijo, el príncipe regente, que gobierna en su nombre, y te suplicamos que lo guíes para que siga tu camino divino.

»Padre, te damos las gracias por ser nuestro eterno y perfecto rey, soberano para siempre, por amarnos, perdonarnos y adoptarnos como tus hijos. Aunque en realidad somos seres indignos de ti, tú nos ves como príncipes, hijos del rey, a través del sacrificio que hizo tu propio hijo, Jesús, nuestro salvador y redentor, y en su nombre también te lo rogamos. Amén.

—Amén —repitió ella.

Permanecieron sentados en silencio durante unos minutos. William, con la vista clavada al frente, sabía que tenía que separarse de ella, pero no quería.

—¿Esto es lo que tenía pensado decir? —preguntó ella en voz baja.

Se encogió de hombros.

—He dicho lo que me ha dictado mi corazón. Pero si prefiere que lea la oración oficial, estaré encantado de...

—No es necesario. Se lo he preguntado por simple curiosidad. Me gusta que no sea tan formal en cuanto a oraciones y sermones se refiere. Que sea menos riguroso.

—¿Menos riguroso? —repitió él con una sonrisa—. Ahora está hablando igual que los feligreses que me amonestan para que me esfuerce por compensar las deficiencias de mi oratoria.

Notó que ella lo miraba y se preguntó cómo lo vería.

—Apenas puedo concebir una profesión más difícil que la suya —dijo finalmente la señorita Foster—. Hay mucha gente imposible de complacer, pero usted siempre tiene que mostrarse educado, reaccionar con paciencia cristiana y fingir que le preocupa hasta la más insignificante de sus quejas.

—Espero estar haciendo algo más que fingir preocupación.

—Claro que hace mucho más. Veo cómo se preocupa por sus feligreses. De palabra y de hecho. Tiene mi más sincera admiración. Al igual que su hermana.

Volvió a mirarla, sorprendido por el elogio. Con el corazón inundado de felicidad, se puso derecho en el banco de madera. La señorita Foster tenía la vista clavada en el altar; no hubo ninguna mirada tímida o insinuante por su parte. Estaba claro que no se había dado cuenta del inmenso cumplido que le había hecho ni del efecto que había producido en él.

El aire que corría por la iglesia hizo parpadear la llama de la vela del atril. La lluvia golpeaba el tejado y, en la distancia, sonó un trueno. Su estómago también decidió entrar en escena y emitió un gruñido, lo que hizo que se ruborizara de vergüenza. Se armó de valor y la miró de soslayo.

—¿Tiene hambre? —preguntó ella con una sonrisa de oreja a oreja.

—Mucha.

La rectoría estaba a escasos metros de la puerta de la sacristía, así que se moría de ganas de invitarla a comer algo, pero sabía que no debía. No sería decoroso que estuvieran los dos solos en su casa.

Ella pareció leerle el pensamiento, porque en ese momento dijo:

—¿Le gustaría acompañarme a Pembrooke Park y tomar el té juntos? ¿Cree que sería apropiado, ya que mi padre también está allí? —agregó—. Supongo que tiene que ser muy cuidadoso al respecto.

«Sí, extremadamente cuidadoso», pensó él. «Dios y la señora Peterman tienen ojos por todas partes.»

—Le propongo otra cosa. Para celebrar la ocasión, tenía preparada un poco de sidra para después del servicio. ¿Le apetece que traiga dos vasos?

—Si lo desea...

Se puso de pie.

—Vuelvo enseguida.

Se metió en la sacristía, cambió la sobrepelliz por su abrigo y sombrero y corrió por el camino embarrado que conducía a la rectoría. Unos minutos más tarde, estaba de nuevo en la iglesia con una cesta.

La señorita Foster lo estaba esperando en la sacristía.

—¡Está empapado!

—No tanto —le aseguró antes de entregarle la cesta para quitarse el abrigo y el sombrero.

—Podría haberse llevado mi paraguas.

—¿Y me lo ofrece ahora? —bromeó él. Sacó una silla y la colocó frente al pequeño escritorio y la silla que había contra la pared. Por enésima vez, lamentó no tener nada para calentar la habitación: una chimenea o una simple estufa hubieran bastado.

Sirvió dos vasos de sidra y abrió la tapa de una lata de galletas que su madre le había traído el día anterior. Después, dio un vaso a la señorita Foster y se quedó con el otro.

—¿Beberá conmigo por la salud del rey Jorge?

—Por supuesto. —Ella alzó su vaso a modo de brindis y ambos tomaron un sorbo.

Le ofreció la lata.

La señorita Foster miró las galletas sorprendida.

—No me diga que las ha hecho usted.

—¿Por quién me toma? ¿Por alguien productivo? —volvió a bromear—. No, mi madre es la repostera oficial de la familia.

La señorita Foster mordió una galleta.

—Y muy buena, por cierto.

Pero William ya no estaba pensando en galletas ni en sidra. Antes de darse cuenta estaba mirando embobado aquella boca tan tentadora y los dientes blancos y perfectos masticando el dulce. Tragó saliva.

La sacristía era muy pequeña, y al estar sentados tan cerca el uno del otro, con las rodillas a escasos centímetros, pudo oler el aroma floral y femenino de ella. Se fijó en un trozo de miga que tenía en el labio inferior y observó fascinado cómo la lamía con la punta de la lengua. La punzada de deseo que sintió en ese momento lo obligó a tomar una profunda y temblorosa bocanada de aire. «Tranquilo, pastor. Tranquilo.»

—Señorita Foster —dijo con voz ronca y no muy centrado—. Me alegro mucho de que haya venido.

—¿A la iglesia? —preguntó ella.

—A Pembrooke.

Ella esbozó una sonrisa.

—Yo también.

El tiempo lluvioso persistió. Desde la ventana de la sala de estar, Abigail contempló la iglesia y recordó con ternura el rato que había compartido con el señor Chapman. Había vuelto a verlo durante la segunda clase de baile, que según su opinión había sido incluso mejor que la primera. Le había gustado mucho ver a Leah tan relajada y disfrutando de la compañía del señor Morgan.

A través del cristal repleto de gotas de lluvia, un movimiento captó su atención. Se trataba otra vez de la mujer con la capa azul oscuro y el sombrero con velo, caminando por el cementerio con algo amarillo en las manos. ¿Sería Eliza Smith? Recordó haber visto un sombrero con velo colgando de un perchero cuando fue a visitar a la señora Hayes, aunque no era tan grande y tupido como este. Además, algo en el porte de la mujer le dijo que pertenecía a una familia acomodada y de buena crianza.

Molly entró con café recién hecho y el periódico.

—Molly, ¿sabes quién puede ser esa persona que hay en el cementerio?

La sirvienta se acercó para ponerse a su lado en la ventana y echó un vistazo.

—No, señorita. No recuerdo haber visto nunca a una mujer con un velo.

Abigail le dio las gracias antes de que se marchara. Después tomó asiento, bebió un sorbo de café y leyó algunos titulares, pero enseguida volvió a centrar su atención en el cementerio. Antes de darse cuenta, estaba en el armario del vestíbulo poniéndose un manto con capucha y unos guantes y saliendo a la calle. Pero en cuanto cruzó el camino de entrada, se dio cuenta de que la mujer ya se había ido.

Decidió entrar en el cementerio de todos modos y fue hacia el punto donde creía que la desconocida se había detenido; si no se equivocaba, muy cerca del lugar donde había visto a Eliza Smith hacía no mucho tiempo. No vio ninguna tumba reciente, cruces de madera provisionales o hierba que estuviera creciendo. Por el aspecto que tenía la parcela de tumbas que tenía delante llevaba así unas cuantas décadas. Se acercó al trío de lápidas y leyó los nombres: «Robert Pembrooke», «Elizabeth Pembrooke» y «Eleanor Pembrooke, amada hija». Alrededor había otras tantas con más Pembrooke de generaciones anteriores. Supuso que no era tan sorprendente que la tumba del propietario tan querido de una de las fincas más importantes de la zona recibiera la visita no de una, sino de dos mujeres, con varias semanas de diferencia. Aunque en esta ocasión habían depositado las flores —un ramo de narcisos— en la lápida de Eleanor Pembrooke en vez de en la de Robert.

Se fijó en las fechas de defunción. Robert Pembrooke había muerto hacía veinte años, tal y como le dijo el señor Chapman. Aunque ahora sabía por el recorte de prensa que había sido asesinado. Su mujer e hija fallecieron unos pocos días antes del año anterior a su muerte. De tifus, según Mac. Sintió una enorme pena por el señor Pembrooke. ¡Qué triste debió de ser perder a su esposa e hija al mismo tiempo y de esa forma! Era imposible que hubiera sido feliz en su último año de vida. Y luego morir de esa manera tan violenta...

Se quedó allí parada un rato más, echando de menos a su madre y hermana. Después regresó a casa. Pronto bajaría su padre a desayunar y quería estar allí para darle los buenos días.

Tres días más tarde, recibió otra carta. Cuando leyó la primera línea se le erizaron los pelos de la nuca y experimentó esa sensación de vértigo que a veces tenía cuando creía que la observaban. Se fijó en la fecha de la carta: se la habían enviado el día posterior a su visita al cementerio. Desde luego, era todo un misterio que recibiera esa página en particular cuando hacía tan poco tiempo que había estado delante de esas mismas tumbas.

Hoy he visitado sus tumbas. Robert Pembrooke, Elizabeth Pembrooke y Eleanor Pembrooke, así como las de mis abuelos y bisabuelos. Aunque en realidad no he sentido ninguna conexión con ellos. Solo culpa. No me veo con el derecho a reclamar mi parentesco con estas personas ni a vivir en su casa.

He puesto flores en la tumba de Eleanor. A fin de cuentas, ahora estoy ocupando su dormitorio, durmiendo en su cama con dosel, jugando con su casa de muñecas... Ella y su madre murieron durante una epidemia que asoló la zona el año pasado. Era más pequeña que yo, pero me hubiera gustado conocerla.

A mi padre le interesaba mucho ver las fechas de nacimiento y defunción de la esposa y también la descendencia de su hermano, así que estuvo buscando la Biblia de la familia, pero no logró dar con ella. Al final fue a hablar con el rector para que le enseñara los archivos parroquiales, alegando su deseo de poder llorarles y poner fin a su duelo. Sin embargo, yo sé la verdadera razón por la que

lo ha hecho. Quería ver con sus propios ojos que toda la familia de su hermano había muerto. Aunque no quería que tuviera éxito, encontró la prueba que estaba buscando.

Reconozco que a veces me pregunto quién acabó con la vida de Robert Pembrooke. Dicen que lo asesinó un ladrón anónimo, pero cuando escucho las peroratas de mi padre y las difamaciones que dice de su hermano, no puedo evitar cuestionarme si, después de todo, ese ladrón no tendrá un nombre. Un nombre que conozco demasiado bien.

Volvió a leer el último párrafo con el corazón a punto de salírsele por la garganta. ¿De verdad estaba insinuando lo que creía? Recordó la advertencia que Mac le había hecho sobre Clive Pembrooke.

Tal vez eso era precisamente lo que quería decir la carta.

Cuando William salió de ver al convaleciente señor Ford, pensó que también podría hacerle una visita a la señora Hayes. Hacía tiempo que no se pasaba por su casa, aunque sabía que su padre solía hacerlo. Echó una mirada al grisáceo cielo y esperó a que se contuviera un poco antes de descargar toda la lluvia que seguro portaba.

Al acercarse a la casa le sorprendió ver a su padre dejando caer un buen puñado de troncos al lado de la puerta.

—Papá. Podría haberme encargado yo de eso. O Jacob.

—No me importa.

—Estaba a punto de hacerle una visita. ¿Cómo se encuentra?

—Físicamente, igual. Aunque cada vez está perdiendo más la cabeza. —Su padre se secó la sudorosa frente con un pañuelo—. Ya te he dicho, Will, que creo que es mejor que dejes que sea yo el que atienda a la señora Hayes.

—¿Por qué?

Su padre se encogió de hombros.

—Porque somos viejos amigos y trabajamos juntos en Pembrooke Park. A menos que... —Miró hacia la casa y bajó la voz—. ¿Es que en realidad quieres ver a Eliza?

—No especialmente.

Eliza era una mujer bonita y agradable a la que conocía desde que eran niños. De hecho, uno de los primeros recuerdos que tenía de ella era jugando al escondite en el semisótano de Pembrooke Park. Hubo una época en que se planteó cortejarla, pero eso fue antes de que Rebekah lo volviera loco y le rompiera el corazón. Antes de la señorita Foster...

—Bien —continuó su padre—. No quieres alentar con ninguna esperanza a una joven como Eliza ni causar a nadie la impresión de que la estás cortejando.

—¿Qué quieres decir con eso de «una joven como Eliza»? —preguntó él—. ¿Una huérfana?

—No, no me refería a eso —respondió su padre con una mueca—. Da igual. Es solo que prefiero encargarme yo mismo de ella y su tía. ¿Entendido?

—Muy bien, papá. Son todas para ti.

De camino a casa, su suerte se acabó y se vio sorprendido por una fuerte lluvia. Abrió el paraguas y se preparó para una caminata pasada por agua. Al cabo de un rato, se detuvo en seco al ver a Abigail Foster acurrucada bajo una morera al lado de la granja de los Miller.

—¿Señorita Foster? —Salió de la carretera y saltó por encima de un charco. A medida que se acercaba se dio cuenta de que la lluvia había rizado los mechones de pelo que le enmarcaban el rostro y le daban un aspecto desdichado, pero a la vez adorable. Sus ojos se vieron irremediablemente atraídos hacia aquella boca que hoy lucía un inusual tono malva. Se quedó fascinado por aquel púrpura que tanto contrastaba con la palidez de su piel. Era incapaz de apartar la mirada de esa zona de su anatomía. ¡Lo que hubiera dado por poder besarla en ese mismo instante! Pero en su lugar preguntó—: ¿Se encuentra bien?

Ella asintió.

—Salí a dar un paseo sin prestar mucha atención al cielo. Aunque me temo que este árbol no me ofrece mucha protección, pero he podido resguardarme un poco.

—Y también le ha ofrecido un refrigerio.

—Oh, sí. —Bajó la cabeza y ocultó los dedos manchados detrás de la espalda—. He comido unas cuantas moras. Bueno, más que unas cuantas. Estoy helada y mojada, pero al menos no tengo hambre—. Se miró una de las manos manchadas—. Vaya, no quería ensuciarme los guantes. Se quitará, ¿verdad?

—Con el tiempo.

—Debo parecerle ridícula.

—Todo lo contrario. Me parece adorable. He de confesar que nunca he comido moras, pero en usted parecen deliciosas. —¡Señor!, ¿de verdad había dicho aquello en voz alta? Le ardieron las orejas. Justo lo que necesitaba: llamar más la atención sobre esa parte tan prominente de su cuerpo. Trató de recomponerse—. ¿Quiere compartir mi paraguas, señorita Foster? Detestaría que terminara muriéndose de frío aquí sola. Recuerde que esta noche tenemos un baile.

—Muchas gracias.

Ella dio un paso al frente y él colocó el paraguas de forma que protegiera a ambos.

—¿Y qué está haciendo usted en medio de toda esta lluvia? —quiso saber ella.

—He ido a ver al señor Ford. El pobre se está recuperando de una apoplejía.

—Vaya, lo siento.

—Gracias a Dios, parece que poco a poco va mejorando.

—¿Y hace todas sus visitas con independencia del tiempo que haga?

—Cuando es necesario, sí. Mi paraguas de confianza y yo vamos donde haga falta con valentía. —Terminó la frase con una sonrisa, pues quería que el comentario se entendiera como una broma y no como que se estuviera jactando de nada.

—Es usted muy amable, señor Chapman. Una buena persona.

—Amable, puede, pero solo Dios es realmente bueno. Soy muy consciente de mis defectos como para permitir que crea que soy un santo.

Una ráfaga de viento hizo que la lluvia cayera desde un ángulo distinto, mojando el cuello de la señorita Foster, que se estremeció por la sensación de frío.

—Espere. —Colocó el paraguas directamente sobre su cabeza.

—Pero se va a empapar —protestó ella—. Acérquese más a mí.

William obedeció encantado.

Sabía que debería haberse limitado a prestarle el paraguas o llevarla directamente a casa, pero estaba disfrutando demasiado de su compañía como para elegir la solución más práctica. La lluvia caía a su alrededor como una cortina, difuminando el paisaje que les rodeaba.

—Parece como si estuviéramos solos en el mundo —comentó ella—. Bajo una pequeña bóveda.

—Sí —reconoció él. Seguía sin poder dejar de mirar aquellos labios manchados de mora.

—En realidad me gusta la lluvia —continuó ella, mirando a través del prado—. Cómo consigue que los colores de las hojas y las flores sean más exuberantes. Me gusta su olor. Hace que te vuelvas más reflexivo y a la vez más vivo...

—Por Dios, señorita Foster. Eso que acaba de decir ha sido muy poético. Y eso que se considera una persona pragmática.

—Lo soy. Normalmente.

—Entonces me alegro de estar aquí presente y haber compartido este momento especial con usted. —Le sostuvo la mirada durante unos segundos antes de seguir—: ¿Sabe que siempre he pensado que las moras eran comida de pájaros?

—¿Nunca las ha probado?

Hizo un gesto de negación.

—Entonces debemos ponerle remedio ya mismo. —Alzó un brazo y arrancó una mora del árbol.

—Oh, no. —William levantó su último par de guantes limpios como gesto defensivo.

—Déjeme a mí. Ya tengo las manos sucias.

¿Quién podría resistirse a una oferta así? Permitió que le diera la baya, saboreando la sensación de intimidad que le produjeron aquellos delicados dedos al tocar sus labios.

—¿Y bien? —preguntó ella expectante.

Masticó, concentrándose seriamente en la tarea que se traía entre manos.

—No lo tengo muy claro. Es un poco amarga... y crujiente. Tiene la consistencia de una semilla.

—Eso es por las pepitas. Pero no debería ser amarga. He debido de darle una que no estaba lo suficiente madura. —Buscó en el árbol hasta que encontró una baya de un intenso púrpura—. Sí, pruebe esta. Estará deliciosa, se lo prometo.

Se comió la baya. Entonces, incapaz de resistirse por más tiempo, agarró su mano y se llevó los dedos teñidos de púrpura para darles un lento y prolongado beso.

A pesar del jadeo de sorpresa que la oyó soltar, no la vio contrariada.

—Tiene toda la razón —susurró él tras un instante—. Es deliciosa.

—¿Quiere más? —inquirió ella con voz ronca.

Se perdió en aquellos ojos marrones, abiertos por el asombro, tan inocentes y seductores a la vez. Bajó la vista hacia sus labios rojos. Oh, sí, claro que quería más. Sabía que aquellos labios le gustarían mucho más que sus dedos.

Pero en vez de eso, se aclaró la garganta—. Nunca creí que las moras pudieran ser tan tentadoras, aunque por ahora se las dejo a usted y a los pájaros.

Se percató de que estaba empezando a temblar de nuevo.

—Tome mi abrigo, por favor...

—No puedo aceptarlo.

—Sosténgamelo un momento —le dijo, pasándole el paraguas. Cuando se quitó el largo gabán, sintió el frío hasta en los mismísimos huesos, y eso que llevaba una prenda de lana. A continuación, la envolvió con él, disfrutando de que le sirviera de excusa para tocarle los hombros durante unos segundos.

—No quiero arrastrarlo por el barro —dijo con tono lastimero, mirándose los tobillos.

Era unos cuantos centímetros más baja que él, pero el dobladillo no llegaba a tocar el suelo.

—No lo hará —aseguró él.

—Pero no quiero que se resfríe. Llevo aquí el tiempo suficiente para darme cuenta de todas las personas que dependen de usted. Nunca me perdonaría que por mi culpa se pusiera enfermo.

«Un pequeño precio que pagar por ver una de sus sonrisas», pensó él.

Al ver la admiración que brillaba en sus ojos, sintió que su pecho se hinchaba de satisfacción. Su mano decidió actuar por cuenta propia y le acarició la mejilla.

—Será mejor que tenga cuidado con sus palabras o se me subirán a la cabeza y no habrá quien quiera vivir conmigo.

«¿Vivir conmigo?» ¿De dónde habría salido eso?

Ella agachó la cabeza y se rio nerviosa, pero no le pasó desapercibido el rubor que tiñó sus mejillas.

—Solo estaba bromeando, señorita Foster.

—Sí, ya me he percatado de lo mucho que le gusta burlarse de mí.

—Sé que no es muy amable por mi parte. —Tragó saliva—. Pero si nos quedamos aquí solos mucho más tiempo, puede que me vea tentado a hacer algo más que burlarme de usted.

Ella alzó la mirada al instante. Se quedó intrigado por lo que había visto debajo de esas pestañas. ¿Qué había sido? ¿Alarma, miedo... esperanza?

Se aclaró la garganta y agregó:

—Vamos, señorita Foster. Parece que la lluvia ha amainado un poco. Permítame que la acompañe a casa antes de que pierda la cabeza.

«O el corazón.»

De nuevo oyó esa risa nerviosa.

—No me puedo imaginar al respetable clérigo haciendo nada impropio.

—Su confianza en mí es encomiable, señorita Foster. Y sí, desde luego que está a salvo conmigo. Pero aunque soy un clérigo, sigo siendo un hombre. Y usted, como espero que sepa, es una joven muy atractiva.

Ella se sonrojó de la cabeza a los pies y apartó la mirada.

William esbozó una enorme sonrisa.

—Jamás volveré a ver una mora sin pensar en usted. —Le ofreció un brazo—. Vamos.

Con una temblorosa sonrisa, la señorita Foster tomó el brazo que le ofrecía y dejó que la acompañara a su casa.

Al llegar, Molly la estaba esperando en la puerta, por lo que Abigail se preguntó dónde estaría Duncan.

—Por fin ha llegado, señorita Foster. Tiene una visita. Su padre me ha pedido que le dijera que se una a ellos en la sala de recepción lo antes posible.

Aquello le recordó al día en que el señor Arbeau se presentó en su casa de Londres. ¿Sería otra vez él?

—¿De quién se trata?

—De un señor Pembrooke, señorita —contestó la sirvienta en voz baja y con los ojos abiertos y llenos de expectación.

El pulso se le aceleró. Tenía la sensación de que estaba a punto de recibir la visita de un fantasma o de un hombre recién salido del mundo de los muertos. «Pero qué tonta eres», se reprendió a sí misma. Pues claro que no se trataba de Robert Pembrooke. Y con un poco de suerte tampoco de su hermano, del que nada sabían desde hacía tanto tiempo. Seguro que se trataba de algún pariente lejano.

Se enfrentó a la mirada curiosa de la doncella con toda la compostura que fue capaz de reunir.

—¿El señor Pembrooke? —repitió. Necesitaba que le confirmara el nombre. La criada asintió con expresión agobiada—. Muy bien, Molly. —Volvió a acordarse de la advertencia de Mac y de la petición que le había hecho la autora de las cartas sobre que nunca dejara entrar en la casa a nadie con el apellido Pembrooke. Pero esa persona se había presentado en su ausencia. ¿Sería demasiado tarde?

Molly la ayudó a quitarse las prendas mojadas y le trajo un paño húmedo para que se limpiara las manos y la cara. Luego se fue hacia el espejo de la entrada y se arregló el cabello.

De pronto, se abrió la puerta de la sala de recepción y su padre apareció con el semblante rojo y azorado.

—¡Abigail! ¡Gracias a Dios que ya estás aquí! —Cerró la puerta—. No te lo vas a creer, pero ha venido a vernos un tal señor Pembrooke. Temo que sea el legítimo propietario de la mansión y que haya venido para decirnos que quiere que se la devolvamos.

A Abigail se le cayó el alma a los pies. «¡Oh, no...!» ¿De verdad estaba allí para pedirles que se marcharan cuando apenas acababan de mudarse? Después de todo el esfuerzo que habían hecho para adecentar la casa, ¿serían otros los que disfrutarían de los beneficios de su trabajo? Pero si era el dueño de Pembrooke Park y había pagado con su dinero a la servidumbre y todas las reparaciones, ¿quiénes eran ellos para quejarse? ¿Tendrían que volver a buscar un nuevo techo bajo el que vivir? Si tenían que mudarse a una casita de campo o a una pequeña vivienda en la ciudad después de vivir en la magnífica Pembrooke Park, les iba a suponer una difícil vuelta a la realidad.

—¿Te ha contado por qué está aquí? —susurró.

—No, y si te soy sincero, tampoco se lo he preguntado. En realidad no le he dado tiempo a hablar. Lo acompañé hasta la sala de recepción, pedí que nos trajeran té, le dije a la doncella que te buscara y me marché en cuanto tuve la oportunidad con la excusa de ver si te habían encontrado. Lo he dejado solo con la bandeja de té servida. ¡Seguro que son sus tazas!

—Cálmate, papá. Recuerda que nos ofrecieron la vivienda y nos preguntaron si queríamos quedarnos al menos un año. Puede que no sea el cliente del señor Arbeau. ¿Quién es exactamente?

—Creo que dijo que se llamaba Miles.

El nombre no le sonaba de nada. Al menos no era Clive Pembrooke, el hermano de Robert sobre el que le había advertido Mac.

—Está bien, no lo tengamos más tiempo esperando o va a pensar que somos unos maleducados.

—Cierto. —Su padre abrió la puerta y la acompañó al interior.

Al verla entrar, el caballero que estaba sentado a la mesa de té se levantó al instante. Debía de tener unos treinta años. De estatura media, iba impecablemente vestido. Tenía el pelo castaño con algunos mechones que le caían por la frente y unas patillas perfectamente definidas que le

182

realzaban los pómulos. Los ojos eran oscuros, enmarcados por unas largas pestañas. En realidad era guapo, aunque daba la impresión de ser un poco dandi con aquel monóculo que le colgaba de una cinta sujeta al chaleco y el bastón de mano que llevaba.

—Señor Pembrooke, le presento a mi hija, la señorita Foster.

—Encantado, señorita Foster, encantado. —La saludó con una perfecta y distinguida inclinación de cabeza.

Abigail le correspondió con una reverencia.

—Un placer, señor Pembrooke. Siéntese, por favor.

Él colocó una silla a su lado.

—Espero que tome el té con nosotros.

—Gracias —señaló ella antes de sentarse en el asiento que le había ofrecido el señor Pembrooke, que se colocó a su lado. Su padre decidió situarse frente a ellos—. ¿Le sirvo un poco?

—Si gusta —asintió el señor Pembrooke—. Las damas siempre parecen servirlo con una elegancia impecable.

—Ahora que ha puesto el listón tan alto, señor Pembrooke, me temo que terminaré derramándolo.

—Lo dudo, pero si lo hace, será nuestro pequeño secreto. —El hombre sonrió, revelando un pequeño espacio entre los incisivos que le dio un aspecto juvenil que la desarmó por completo.

Terminó de servir el té, pasó el plato de galletas a cada uno y fue directa al grano.

—Es el primer Pembrooke que tenemos el honor de recibir en casa. ¿Es a usted a quien debemos agradecer la oportunidad de ocupar esta magnífica vivienda?

—No, no. Hace poco que he regresado del extranjero.

—Oh... Entiendo —vaciló ella—. Entonces, ¿me permite preguntarle por su relación con la familia? Mi padre es un gran aficionado a la genealogía, pero debo confesar que yo no estoy tan familiarizada con la rama Pembrooke de mi parte paterna.

—Pero ¿estamos emparentados? ¡Qué maravilla! —exclamó con una sonrisa radiante—. Me encanta saber que esta vieja casa vuelve a estar ocupada por alguien de la familia. Ya era hora.

Intercambió una rápida mirada con su padre. Poco a poco sintió cómo su ansiedad iba disminuyendo, como lo haría el aire de un globo desinflándose.

El señor Pembrooke bebió un sorbo de té con el dedo meñique levantado. A continuación, dejó la taza en el plato con modales impecables.

—Discúlpeme. Me preguntaba por mi familia, ¿verdad? Mis padres eran Clive y Hester Pembrooke. Mi padre nació y se crio en esta misma casa. Después, durante mi infancia, también vivimos aquí una temporada. No he vuelto a pisar Pembrooke Park desde entonces.

«¿Y por qué ha decidido volver precisamente ahora?», pero en vez de decirlo en voz alta, inquirió con amabilidad:

—¿Y dónde, si puede saberse, viven ahora sus padres?

—En la eternidad, señorita Foster. Al menos mi madre, que en paz descanse. Nos dejó el año pasado.

—Lo siento mucho.

—Sí, yo también. Sobre todo, después de pasar tanto tiempo en el extranjero. La guerra y todas esas cosas, ya me entiende. —Miró a su alrededor—. Aunque, ahora que he regresado, me gustaría volver a ver la casa de mi infancia. Espero que no les importe.

—Por supuesto que no. —Abigail sopesó lo siguiente que iba a decirle. Al final, se decidió a expresarlo en voz alta, aunque lo hizo de una forma un tanto vacilante—. Me sorprende que el señor Arbeau no nos haya escrito para ponernos al tanto de su visita.

—¿El señor Arbeau? ¿Quién es? —preguntó con curiosidad.

—Oh. Yo... supuse que lo conocía. Lo siento. Es el abogado que, en nombre del propietario de Pembrooke Park, dispuso todo para que pudiéramos quedarnos a vivir aquí. Creí que...

—¿Propietario? —inquirió un poco preocupado.

—Ah. Bueno, ahora que lo pienso, no se refirió a él expresamente como propietario, creo que lo llamó albacea de la herencia.

—Oh, sí. —Alzó la barbilla—. Se refiere a Harry. Sí, sí. Como he dicho anteriormente, ya era hora. Ninguno de nosotros ha querido vivir nunca aquí. Pero sería una lástima que la casa quedara abandonada.

—Estoy de acuerdo. —Sintió desvanecerse el resto de su ansiedad. Miles Pembrooke, con su simpatía y trato amable, había conseguido que se sintieran cómodos con su presencia. Suponía que el tal Harry era su hermano, pero no quiso preguntarle. Ya había sido lo suficientemente indiscreta para ser el primer encuentro que mantenían.

—¿Y dice que ha estado en el extranjero, señor Pembrooke? —interpeló su padre, cruzando las piernas—. ¿Puedo saber dónde?

—Claro que puede saberlo. En Gibraltar. ¿Lo conoce?

—No. Pero sí que he oído hablar de él.

—Es un lugar el doble de bonito de lo que dicen y también el doble de peligroso.

A continuación, el señor Pembrooke dedicó un cuarto de hora a entretenerlos con unas cuantas historias de sus aventuras en Gibraltar.

Cuando terminó, su padre se apresuró a decir:

—Tiene que cenar con nosotros, señor Pembrooke. ¿Cuánto tiempo tiene pensado quedarse por la zona?

—Todavía no lo he decidido.

—Muy bien. Entonces quédese aquí con nosotros.

Miles Pembrooke alzó una mano.

—No, no, por favor. No he venido aquí con la intención de que me invitaran. Solo quería volver a ver la vieja casa.

—Bueno, ya es demasiado tarde para emprender ningún viaje. Por lo menos, pase aquí la noche. Hace poco que los sirvientes han terminado de adecentar la habitación de invitados, así que está preparada para ser ocupada, ¿verdad, Abigail?

Abigail dudó un instante. Volvió a acordarse de la advertencia de la carta: «Si alguien con el apellido Pembrooke se presenta en la casa y le pide entrar o refugio, le ruego que se niegue...». Pero aquel hombre le caía bien y aunque no estaba muy segura de querer que se quedara en la casa con ellos, tampoco podía rechazarlo de forma educada. Además, lo más probable era que esa finca todavía perteneciera a su familia. Incluso puede que llegara a ser suya algún día. Se puso de pie.

—Sí. Deme solo unos minutos para ver que todo está en orden.

—Son ustedes muy amables. Diría que demasiado amables. Pero no quiero causarles ninguna molestia.

—No hay ningún problema —señaló su padre—. Al fin y al cabo, somos familia.

Miles Pembrooke les ofreció aquella encantadora sonrisa que lo hacía parecer tan joven.

—Cierto. Qué alegría me ha dado. Muy bien, entonces. Acepto su oferta. Y se la agradezco enormemente.

En ese momento recordó el baile de disfraces que tenía esa noche, un baile al que no podía invitarlo, pues no dependía de ella. Qué embarazoso.

—Me temo, señor Pembrooke, que esta noche tengo un compromiso previo. No quiero dejarlo y ser descortés con usted, pero...

—No se lo piense dos veces, señorita Foster. Vaya y diviértase. Estaré perfectamente aquí por mi cuenta. Tal vez me dedique a ver cómo está todo... Mi antigua habitación, ese tipo de cosas, si no le importa, claro está.

—Por supuesto que no. Considérese en su casa —dijo ella. Esperaba no terminar arrepintiéndose de sus palabras.

Su padre decidió intervenir.

—Yo no tengo intención de salir a ningún sitio, señor Pembr...

El hombre interrumpió cordialmente.

—Miles, por favor.

—Muy bien... Miles.

Se dio cuenta de que su padre no le había propuesto que lo llamara por su nombre de pila, aunque también era cierto que era mayor que su invitado.

—Me invitaron también —continuó su progenitor—, pero como todavía no conozco a la familia, decliné. Cuando Abigail empezó a tratar con ellos yo estaba en Londres, atendiendo unos asuntos de negocios. Se trata de los Morgan, quizá los conozca.

—No tengo el placer, que yo recuerde.

—Son nuevos en la zona —explicó ella—. El señor Morgan heredó Hunts Hall de su primo.

—El nombre de Hunt sí me suena.

—Entonces usted y yo cenaremos juntos —dijo su padre—. Si le apetece, por supuesto.

—Desde luego. Estoy ansioso. Y también estoy deseando tener la oportunidad de conocer un poco más a su adorable hija. ¿Tal vez mañana?

Abigail sonrió.

—Desde luego, señor Pembrooke. Mientras tanto, háganos saber si necesita algo.

—Lo haré. Gracias. Ha sido muy generosa conmigo. Estoy en deuda con usted. —Hizo una inclinación de cabeza.

Abigail se excusó para informar a la señora Walsh de que tenían un invitado y pedir a Polly que pusiera sábanas limpias en la habitación de invitados y subiera agua caliente. Pero mientras daba esas instrucciones, no pudo evitar preguntarse si haber permitido que Miles Pembrooke se quedara en la casa no terminaría trayéndole problemas.

Capítulo 12

Abigail se vistió para el baile con ayuda de la doncella. Se ató las medias de seda a las rodillas y se puso la camisa y enaguas. Polly le ciñó el corsé por encima de la camisa, la ayudó a ponerse el vestido y le ató los cordones que había en la parte posterior con los botones decorativos de perlas. Después le onduló el pelo con unas tenacillas calientes, se lo recogió en un moño alto y dejó algunos rizos sueltos para que le enmarcaran el rostro. Terminó el peinado entremetiendo en el pelo algunas pequeñas rosas blancas que hacían juego con el vestido de muselina brillante.

Mientras la criada daba los últimos retoques a su peinado, se empolvó la nariz y se puso un toque de rubor rosa en las mejillas y los labios. A continuación, se perfumó el cuello y muñecas con agua de rosas y por último se puso unos guantes largos de cuero blanco. Polly la ayudó a atarse las cintas por encima de los codos.

—Va a ser usted la más bonita del baile —le aseguró la doncella.

—Lo dudo, pero eres muy amable. —Antes de salir se miró una última vez en el espejo. Tenía que reconocer que estaba guapa. Y sin Louisa eclipsándola, tenía la sensación de que podría defenderse frente a la señorita Padgett de Winchester.

Recogió el retículo, la máscara y un colorido chal y bajó las escaleras. Cuando llegó al vestíbulo, le sorprendió encontrarse con su padre, que la estaba esperando sentado en el sofá. Al verla, se levantó con los ojos muy abiertos.

—Estás preciosa, querida.

El cumplido sonó un poco forzado, quizá por los pocos que le había prodigado debido a la tibia relación que mantenían tras la quiebra, pero le gustó oírlo.

—Gracias, papá.

Tal vez aquello era una muestra de los favores de que gozaba su hermana: que la gente estuviera dispuesta a perdonártelo todo solo por tu belleza. Le resultaba bastante raro, la verdad. Raro y desalentador a la vez. ¿Acaso solo la tratarían bien cuando se esforzara por mejorar su aspecto? Estaba un poco harta.

—Seguro que el señor Pembrooke bajará pronto a cenar, pero quería despedirme de ti.

La ayudó a ponerse el chal y le dio un ligero apretón en los hombros.

—Pásalo bien, Abigail. ¿Vas a ir en el carruaje del señor Morgan?

—Sí. Con los Chapman. Llegarán en cualquier momento.

—Es todo un detalle por parte del señor Morgan haberte enviado el carruaje. ¿Hay algo que debería saber? ¿Debo esperar una visita de él pronto?

Se quedó un poco confundida con aquella pregunta, pero en cuanto vio el brillo en los ojos de su padre cayó en la cuenta.

—¡Oh, no, papá! El señor Morgan no está interesado en mí. No de ese modo. De hecho, creo que se siente atraído por la señorita Chapman y que es amable conmigo porque soy su amiga.

Su progenitor frunció el ceño, contrariado.

—Pero tú eres una dama, querida. La hija de un caballero. No sé si me gusta que te veas reducida al mismo nivel que la hija de Mac Chapman...

—No digas eso, papá. La señorita Chapman tiene toda la distinción de una dama.

—Bueno —repuso él irguiendo los hombros—, pero no te desmerezcas ante ella. Puede que ahora nuestras circunstancias no sean las más propicias, pero eres una Foster y estás emparentada con los Pembrooke. Recuérdalo y haz que nos sintamos orgullosos de ti.

La pretenciosa vanidad de su padre la incomodó sobremanera. ¿Por qué tenían que considerarse más que nadie? Sintió el impulso de decirle que la gente de la zona ya había vinculado el apellido Foster al escándalo bancario para que se le bajaran un poco los humos. Pero se detuvo al verlo. Y es que allí, bajo la luz del atardecer filtrándose por las ventanas, su padre, de pronto, le pareció mucho mayor que los cincuenta años que tenía. Tal vez la vida ya le había dado suficientes golpes.

El sonido de las ruedas de un carruaje y el tintineo de los arneses anunciaron la llegada del carruaje de los Morgan.

Su padre abrió la puerta y ella le dio las buenas noches. Un mozo con librea saltó de la parte trasera del carruaje para abrir la puerta y bajar el estribo. Los hermanos Chapman ya estaban dentro.

—Está muy guapa, señorita Foster —dijo Leah.

—Sí, lo está —reconoció el señor Chapman con un brillo especial en los ojos.

—Igual que usted —convino ella, admirando el pelo rizado de la hija del administrador y lo bien que le quedaba el vestido que le había dejado.

—¿A cuál de los dos se refiere? —bromeó William.

—A ambos.

Él esbozó una amplia sonrisa.

—Perdóneme, señorita Foster. No era mi intención que me dedicara ningún cumplido.

—Sí lo era. Además, ¿qué tiene de malo? —se rio ella—. Es un placer verle vestido tan elegante y no de negro o con sobrepelliz.

—¿Cree que voy elegante? —preguntó él—. Eso es porque nunca me vio con mi atuendo de la universidad. La hubiera dejado impresionada. —Le guiñó un ojo.

Lo cierto era que estaba muy atractivo con esa levita oscura, el chaleco a rayas, el pañuelo de cuello, los pantalones y las medias blancas que marcaban sus musculosas pantorrillas. Estaba claro que no solo se dedicaba a escribir sermones.

En ese momento notó la expresión nerviosa de Leah y le dio un apretón de manos para tranquilizarla.

—¿Se encuentra bien?

—Lo estaré —replicó la señorita Chapman con una valerosa sonrisa.

Llegaron a Hunts Hall, iluminada con antorchas por el camino y con lámparas de vela brillando en las ventanas.

—Es hora de ponernos las máscaras —recordó Abigail, que sacó la suya—. Aunque es probable que no tengamos que usarlas toda la noche.

—A mí no me importaría —señaló Leah mientras se ataba la suya.

William las imitó y se colocó un sencillo antifaz de seda negra con aberturas para los ojos.

El mozo las ayudó a descender del carruaje y William las escoltó hasta la puerta. En el interior, los lacayos recogieron sus chales. Al ser un baile de disfraces, el mayordomo no anunció sus nombres. Aunque en realidad las máscaras no ocultaban la identidad de los presentes.

Sabía que reconocería a Andrew Morgan con su pelo oscuro y rizado y su complexión atlética en cuanto lo viera. Y no había forma posible de ocultar el cabello castaño de William Chapman, además de que el tono negro del antifaz solo resaltaba más el inconfundible azul de sus ojos.

Leah, sin embargo, mucho más elegante que con su sobria vestimenta habitual y con el pelo rizado en un perfecto recogido alto, parecía otra. Y con la máscara que había elegido, que le cubría desde la frente hasta la boca, apenas se la reconocía.

Andrew identificó inmediatamente a William, pues no perdió ni un segundo en acercarse a saludarlos.

—¿Quiénes son estas misteriosas damas? —bromeó—. ¿Y cómo ha conseguido un pelirrojo tan normal y corriente como tú venir acompañado de tan bellas féminas? No es justo. —Miró a Leah con ternura—. Señorita, sea usted quien sea, ¿me haría el honor de tomar mi brazo? —Le ofreció la extremidad con un brillo travieso en los ojos.

Leah aceptó con una tenue sonrisa, aunque a Abigail no le pasó desapercibido el temblor de sus manos y cómo miró nerviosa a su alrededor a través de la máscara.

—¿Cree que estará bien? —susurró, después de que Andrew y Leah se alejaran.

—Eso espero —contestó el señor Chapman, aunque parecía preocupado.

Durante los siguientes minutos se dedicaron a recorrer tranquilamente el vestíbulo. William fue saludando a los invitados que reconocía e hizo las oportunas presentaciones.

En el interior del salón, los músicos empezaron a tocar un minué.

—No soy muy dado a los minués, señorita F..., hermosa dama. Pero si le apetece bailar, estaré encantado de ser su pareja.

—No me importa esperar.

—En ese caso, ¿me haría el honor de acompañarme en el siguiente baile?

—Por supuesto.

—Tengo que presentar mis respetos al señor y la señora Morgan —informó, inclinándose hacia ella—. Si es que consigo encontrarlos. Pero estaré aquí a tiempo para reclamar mi baile.

Abigail hizo un gesto de asentimiento y se dirigió al salón. Se fijó en el modesto número de personas que habían abierto el baile. ¿Estarían el señor y la señora Morgan entre ellos? Lo dudaba. Pero sí vio a Andrew Morgan bailando el desfasado minué con una pareja que no era Leah Chapman. ¿Ya la había abandonado? Su madre debía de haber insistido en que abriera el baile con otra joven. Teniendo en cuenta los rizos rubios de la dama, el vestido escotado con excesivo vuelo y la diminuta máscara que llevaba, no más ancha que un par de anteojos, supo que se trataba de la señorita Padgett.

Intentó buscar a Leah con la mirada, pero al no verla en el salón decidió indagar en el vestíbulo, la sala de juegos y el comedor, donde unos sirvientes estaban ocupados preparando un bufé repleto de platos para la cena de medianoche.

Preguntó al lacayo dónde se hallaba el tocador de mujeres y allí se encontró a Leah, mirándose con la máscara en un espejo de cuerpo entero. En cuanto se dio cuenta de su presencia se llevó la mano al cabello.

—Solo estaba arreglándome un poco el pelo —dijo. Pero Abigail volvió a percatarse del temblor de sus manos.

—¿Le ha pasado algo? —preguntó en voz baja, acercándose a ella.

Leah negó con la cabeza.

—En realidad, nada. La señora Morgan tenía todo el derecho a pedirle a su hijo que abriera el baile con la dama que ella quisiera. Que no era yo, por supuesto.

Abigail le dio un apretón de manos.

—Venga, vamos con el resto —la instó—. Estoy convencida de que Andrew querrá bailar con usted en cuanto cumpla con sus obligaciones.

Leah forzó una sonrisa.

—Vaya usted. Estaré allí dentro de dos minutos, se lo prometo.

—Muy bien. Pero si no aparece, volveré y la sacaré de aquí aunque sea a la fuerza. —Le guiñó un ojo, volvió a darle un apretón de manos y se marchó.

Mientras atravesaba el pasillo, justo antes de regresar al salón, le llamó la atención el perfil de un hombre. Se detuvo para estudiarlo con más atención y sintió cómo se la paraba el corazón.

—¿Gilbert...? —Lo hubiera reconocido en cualquier lugar del mundo, con máscara o no.

Él se volvió para ver quién lo llamaba y la vio abrir los ojos por la sorpresa.

—¡Abby! No sabía que conocías a los Morgan.

—Lo mismo digo.

Su amigo de la infancia se acercó. Aunque no era un hombre especialmente alto, se le veía magnífico con su elegante levita, chaleco y pañuelo al cuello.

—Conocí hace poco al señor Morgan en Londres. Ha contratado los servicios del arquitecto para el que estoy trabajando para que diseñe una ampliación en Hunts Hall y nos ha invitado a pasar unos días. Nos comentó que iban a dar una pequeña fiesta.

—Entiendo. Me alegra comprobar que has regresado sano y salvo de Italia.

—Sí, gracias. Ha sido una experiencia única, pero estoy encantado de estar de nuevo en Inglaterra. —A pesar de la máscara, Abigail se dio cuenta de la intensidad con que la miraba—. Y debo decir que me alivia enormemente verte tan bien. Temía que la mudanza te resultara complicada.

—Hemos trabajado mucho, pero también he disfrutado un montón. Es una casa antigua maravillosa. Ya que vas a estar aquí unos días, deberías pasarte a verla. De hecho, me acordé de ti la semana pasada. Me hubiera gustado que estuvieras para ayudarme con unos viejos planos que encontré. —De pronto, se percató de la impresión que debía de estar causándole—. Lo siento, me estoy yendo por las ramas. Seguro que estás muy ocupado...

—Estaré más que gustoso de ver tu nuevo hogar, Abby —se apresuró a tranquilizarla—. De hecho, no me lo perdería por nada del mundo. Susan nunca me perdonaría haber estado aquí e irme sin hacer una visita a nuestros antiguos vecinos.

—Susan... —El recuerdo de su hermana y mejor amiga hizo que se le encogiera el corazón—. ¿Cómo se encuentra?

—La última vez que la vi, estaba perfectamente. ¿Y tu padre? Espero que goce de buena salud.

—Sí. Le encantará verte.

Gilbert extendió la mano, le levantó suavemente la máscara y se la colocó en la frente. Se estremeció al sentir sus cálidos dedos sobre el rostro. Vio cómo la miraba, deteniéndose en su cara, sus ojos, su boca y su pelo.

—Es increíble lo bien que se te ve —susurró él con una sonrisa—. Te he echado de menos, Abby.

Lo único que fue capaz de hacer ante aquella mirada de adoración fue bajar la vista.

—Gracias —murmuró ella. Tras unos segundos de incómodo silencio, preguntó con tono informal—: ¿Y cómo estaba Louisa la última vez que la viste?

Ahora le tocó a él apartar la mirada.

—Bueno... bien. Estaba muy animada en el baile de los Albright. Seguro que te acuerdas cuando bailamos juntos en una de sus fiestas hace años.

—Sí —consiguió decir con voz entrecortada.

—Louisa lo sintió mucho —continuó él—, pero cuando llegué ya tenía todos los bailes comprometidos, excepto la *Boulanger* final. Se notaba que era muy popular y que recibía la admiración de muchos de los caballeros presentes, aunque no de sus madres. Pero se alegró de verme. Me ofreció un montón de disculpas por no haberme escrito más a menudo. Entiendo que habéis debido de estar muy ocupadas con el asunto de la mudanza.

—Ah... —murmuró sin querer decir mucho. En realidad Louisa apenas había hecho nada. No obstante, al final añadió con tono amable—: Louisa es joven y toda la atención que ha recibido durante la temporada se le ha debido de subir a la cabeza. Estoy segura de que cuando la novedad se acabe y reciba menos invitaciones, volverá a poner los pies en la tierra y se acordará de sus... amigos.

Gilbert negó lentamente con la cabeza.

—Sí, espero que vuelva a poner los pies en la tierra, como bien dices. Y cuanto antes, mejor para ella. Pero yo... Bueno, no importa. Me alegro mucho de volver a verte. Yo...

En ese momento apareció William Chapman.

—Aquí está, señorita Foster. He venido a reclamar el baile que me prometió. —Entonces se dio cuenta de la presencia de Gilbert y vaciló—. Pero si tiene otros asuntos pendientes...

—Señor Chapman, permítame presentarle al señor Scott, un viejo amigo de Londres. Señor Scott, este es el señor Chapman, nuestro vicario y vecino.

—¿Qué tal, señor Chapman?

—Bien, ¿y usted? —Se estrecharon las manos—. Un placer conocer a cualquier amigo de los Foster. —William la miró con curiosidad, enarcando una ceja.

—No tenía ni idea de que el señor Scott estuviera aquí esta noche.

—Espero que haya sido una agradable sorpresa —comentó Gilbert.

—Por supuesto.

El señor Chapman sonrió.

—Bueno, si quiere quedarse charlando con su viejo amigo la libero de su compromiso y los dejo a solas.

—De ningún modo, señor Chapman —le aseguró ella—. Estoy deseando bailar con usted. Gilbert, si nos disculpas.

Su amigo hizo una inclinación de cabeza.

—Desde luego. ¿Querrás bailar conmigo más adelante?

—Si lo deseas.

El señor Chapman le ofreció el brazo, pero fue muy consciente de la sutil rigidez en su porte.

Segundos después, la miró preocupado y le preguntó:

—¿Se encuentra bien?

—Sí... eso creo. Verlo aquí me ha dejado un poco conmocionada.

—¿Es el arquitecto que decidió prestarle más atención a su hermana que a usted?

Abigail cerró los ojos.

—Desearía no haberle contado nada.

Él puso su mano libre sobre la suya.

—Cualquier hombre que la deje escapar por otra mujer no es digno de usted, señorita Foster.

—Nunca ha visto a mi hermana.

«Y ojalá nunca lo hiciera», añadió para sí misma.

El apretó los labios.

—Cuando los he visto a los dos juntos, el señor Scott estaba tan embelesado con usted que he estado a punto de desafiarlo a un duelo.

Abigail sonrió.

—Lo que ha visto ha sido un profundo afecto entre dos viejos amigos. Eso es todo.

William se la quedó mirando con ojos compasivos.

—No está siendo muy convincente. ¿Está segura de que quiere bailar?

—Absolutamente segura.

—¿Quiere que haga de admirador apasionado para ponerlo celoso? —Sintió cómo se le enrojecían las mejillas, algo de lo que también tuvo que percatarse el señor Chapman porque se detuvo en seco—. Lo siento, señorita Foster. He sido tremendamente arrogante. ¿La he pillado muy de sorpresa?

—Un poco sí, la verdad. No es algo que se le oiga decir todos los días a un clérigo. Reconozco que la idea no carece de encanto, pero nunca se me ocurriría utilizarlo de ese modo.

—Le aseguro, señorita Foster, que no tendría que fingir mucho.

Alzó la vista y vio la sinceridad en sus ojos azules. El corazón le dio un vuelco.

—Gracias, señor Chapman. Es muy amable de su parte restaurar de ese modo mi ego herido.

—Es un placer.

Los músicos terminaron su apertura y las parejas se prepararon para bailar la siguiente pieza. Las damas se colocaron frente a los caballeros en dos largas filas. Al otro lado del salón, se fijó en que habían emparejado a Gilbert con Adah Morgan, la hermana más joven de Andrew. Volvió a centrar su atención en William. Por desgracia, se había dado cuenta de adónde miraba, pero le sonrió animadamente y tomó su mano en cuanto comenzó el baile.

Juntos avanzaron bailando por sus respectivas filas. Mientras esperaban a que les llegara el turno de encabezar la danza, vio a una mujer impresionante con un elegante vestido negro mirándolos. No llevaba máscara en su bello rostro, y para ser alguien que iba de luto, le pareció demasiado seductora. Sin duda, era una viuda muy joven, tal vez de su misma edad o incluso con menos años.

—¿Quién es esa mujer de negro? —preguntó.

—¿Perdón? —William se volvió para ver a quién se refería y dio un traspié.

—No deja de observarnos —agregó ella—. Y como no la conozco, he asumido que es a usted al que está mirando.

—Es Rebek... mmm... la señora Garwood.

Al verlo titubear, le lanzó una mirada penetrante. El brillo divertido de sus ojos había sido sustituido por una estoica resignación.

—Es la hermana mayor de Andrew. Recientemente casada y aún más recientemente viuda.

—¿Tan joven? —jadeó ella.

—Sí. Fue una muerte completamente inesperada. No creí que fuera a asistir esta noche. Como todavía está de luto...

—Entiendo —murmuró ella.

Pero entonces volvió a mirarla y pensó: «Oh, desde luego que lo entiendo».

Cuando terminaron de bailar, el señor Chapman se excusó y, como hermano diligente, fue a pedirle a Leah la siguiente pieza, un gesto que le llegó al corazón. Ella, por su parte, se acercó a la mesa donde servían el ponche y aceptó el vaso que le tendió un sirviente. Después, buscó un lugar apartado donde apoyarse en la pared para recuperar el aliento.

Al poco rato una mujer se acercó a ella y vio por el rabillo del ojo que le miró el peinado y la máscara.

—Supongo que es usted la señorita Foster, ¿verdad?

Se volvió hacia la dama, de unos treinta años, con vestido azul pavo real y sin máscara alguna. En cuanto vio sus finas cejas oscuras, los ojos azul grisáceos y la nariz afilada, supo quién era.

—Sí. Me alegro de volver a verla, señora Webb.

La mujer hizo un gesto de asentimiento.

—Mi cuñada está bastante dolida, porque han sido pocos los invitados que se han dejado llevar por el espíritu de la mascarada.

—¿Y dónde está su máscara? —preguntó Abigail.

—Oh, yo aborrezco el disimulo de toda especie —repuso la señora Webb enarcando una ceja.

Abigail sonrió.

—Ah. Eso es de *Orgullo y prejuicio*. Es una frase que el señor Darcy le dice a Elizabeth Bennet.

La mujer volvió a asentir.

—Estoy impresionada, aunque no sorprendida. Ya la había reconocido como una alma gemela. —Alzó una mano—. Mire a su alrededor. La mayoría de los invitados ya se han quitado la máscara. Excepto la mujer que está bailando con su señor Chapman. ¿Quién es? ¿La conoce?

Abigail se volvió y vio a William Chapman bailando una cuadrilla con Leah, que, efectivamente, todavía llevaba la máscara puesta.

—Es Leah Chapman, su hermana.

—Ah, la vil «mujer mayor» que la señora Morgan quiere que Andrew rechace en favor de la joven señorita Padgett.

—Sí. Por desgracia.

La tía de Andrew la taladró con su aguda mirada.

—¿Se lleva bien con la señorita Chapman?

—Bastante bien, aunque es una persona muy reservada. Aun así, puedo asegurarle sin ningún género de duda que es una mujer refinada, con mucho talento y de buen carácter.

—Sí, sí. Pero ¿no tiene nada más interesante que decir de ella? ¿Proporciona buena compañía, es capaz de reírse de sí misma o de mantener una conversación ingeniosa? ¿Tiene algo de inteligencia en esa cabecita tan preciosa?

—Sí, definitivamente sí. Todo lo que ha comentado —contestó Abigail—. Y se ha leído *Orgullo y prejuicio* tres veces, *Sentido y sensibilidad* dos y *Mansfield Park* solo una.

Los ojos de la señora Webb brillaron con ironía.

—Eso es un punto a su favor. Está claro que sabe cómo juzgar el carácter de las personas, señorita Foster, y teniendo en cuenta la alta estima en que la tiene, voy a hablarle bien de ella a los Morgan.

—Me encantaría presentársela, si quiere. Así podrá opinar usted misma.

—Quizás en otra ocasión. Pero primero, dígame, ¿ese magnífico concepto que tiene de ella se extiende también a su hermano? ¿Están ustedes...? —Dejó la pregunta en el aire, pero la ceja levantada y el tono con que lo dijo hizo patente su intención.

A Abigail le ardieron las mejillas.

—Oh, yo... No. Acabamos de conocernos.

—Pero usted lo admira —sugirió la señora Webb con ojos brillantes.

—Bueno, sí, supongo que sí. Aunque... eso no significa... No me está cortejando.

—Una pena. —La señora Webb se volvió para mirar al señor Chapman una vez más—. Me gustaría verlo feliz. Mi cuñada ya se encargó de aplastar sus esperanzas en el pasado.

—¿Ah, sí? ¿Cómo?

—La oí hablar con una de sus amigas hace unos años, jactándose de haber puesto fin al cortejo entre el señor Chapman y su hija Rebekah. Olive estaba muy feliz porque su hija mayor al final eligiera casarse con el acaudalado señor Garwood. Y ahora que ha fallecido, teme que ese humilde clérigo vuelva a poner sus miras en la joven viuda rica. Que conste que son sus palabras, no las mías.

De pronto sintió unas náuseas terribles.

—¿Y cree que la señora Garwood recibiría con buenos ojos sus atenciones?

—No puedo decir que tenga mucha relación con mi sobrina mayor, ya que vivimos muy lejos la una de la otra. Aunque sí que creo que el afecto que sintió en el pasado por el señor Chapman fue sincero, pero acaba de perder hace poco a su marido, así que... —Se encogió de hombros—. El tiempo lo dirá.

—Sí —murmuró ella—. Supongo que tiene razón.

La señora Webb la miró detenidamente.

—¿Y cómo ha ido todo por Pembrooke Park desde la última vez que nos vimos?

—Muy bien. Mi padre ya ha regresado de Londres. Reconozco que me siento mucho más a gusto con él allí. Y además tenemos un invitado.

—Vaya.

—Sí, acaba de llegar hoy mismo, sin previo aviso. También vivió allí.

La señora Webb abrió los ojos atónita.

—Santo Dios. ¿Y quién es?

—Miles Pembrooke, el hijo de los anteriores ocupantes.

—¿Miles... Pembrooke? —Parpadeó—. Me deja usted sorprendida.

—Lo mismo nos pasó a nosotros. Temíamos que hubiera venido para reclamar la casa y cancelar nuestro arrendamiento.

La señora Webb miró su vaso vacío.

—Creía que todos los miembros de esa familia habían abandonado la zona hacía años.

—Yo también. Pero acaba de volver del extranjero y dijo que quería ver su antiguo hogar. Mi padre lo ha invitado a quedarse.

La tía de Andrew volvió a alzar las cejas.

—¿En serio? Qué... generoso por parte de su padre. Invitar a un completo extraño a quedarse. Y con una hija soltera bajo el mismo techo.

Abigail se encogió de hombros.

—Bueno, en realidad es familia. Aunque solo somos parientes lejanos.

—¿Y eso no le... preocupa?

Abigail tomó una profunda bocanada de aire.

—Confieso que no me ha dado tiempo a pensarlo. Aunque que haya venido justo cuando la casa vuelve a estar habitada después de tantos años... Pero parece inofensivo. Es encantador y muy amable, en serio.

—Tenga cuidado, señorita Foster. A veces, las apariencias engañan.

Abigail la miró fijamente, aturdida por su tono sombrío.

En ese momento, Gilbert se acercó a ellas y la saludó con una inclinación.

—Señorita Foster, creo que ha llegado mi turno de bailar con usted.

Abigail apartó la mirada del rostro preocupado de la señora Webb y se centró en el sonriente Gilbert.

—Oh, sí. —Levantó una mano y procedió a las presentaciones—. Señor Scott, ¿conoce a la señora Webb, la tía de Andrew Morgan?

—No tengo el placer. ¿Qué tal está?

—Muy bien, gracias. —La señora Webb se puso derecha y recuperó su habitual frialdad—. Les dejo que disfruten del baile.

Gilbert y ella se unieron a la fila de parejas mientras que la mujer que la encabezaba pedía una danza popular.

—¿Lo estás pasando bien, Abby? —preguntó su amigo.

—Sí. ¿Y tú?

—Espero que no te haya molestado encontrarme aquí.

—Sorprendida sí, pero no molesta.

—Bien. Parece que has hecho muchas amistades desde que vives aquí.

—Sí, en ese aspecto he sido afortunada.

—Al señor Chapman se le ve muy pendiente de ti.

Evitó la mirada inquisitiva de Gilbert.

—No sé de qué me hablas.

—Oh, venga. Incluso una persona tan poco intuitiva como yo puede ver inmediatamente lo interesado que está en tu persona. Estaría celoso si... Bueno, no tengo derecho a estarlo.

—¿Tú celoso? —Se rio con ironía—. No digas tonterías. No te he visto celoso en mi vida. Hablemos de otra cosa. Me he dado cuenta de lo solicitado que has estado esta noche.

—Solo porque hay muchas damas en busca de pareja y la señora Morgan está decidida a remediarlo.

—No sé. Es una mujer muy exigente y si te ha concedido el honor de bailar con su hija más joven es porque algo habrás hecho para ganarte su estima.

—No es «su» estima lo que me preocupa. —La miró con seriedad—. ¿Está todo bien entre nosotros, Abby? Me llevé una buena reprimenda de Susan después de mi cena de despedida. Me acusó de ser un egoísta insensible. Eres muy importante para mí y espero que sigamos siendo... ¿amigos?

—Por supuesto, Gilbert. Ahora cállate y continuemos con el baile.

Después de bailar con su hermana, William se ofreció a traer un poco de ponche, pero cuando regresó con dos vasos, Leah se había marchado del lugar donde la había dejado minutos antes. La buscó por el salón, pero no consiguió encontrarla, así que salió al vestíbulo, donde por fin la vio en un tranquilo rincón, todavía con la máscara.

—¿Qué estás haciendo aquí, Leah? Vuelve con los demás.

Ella negó con la cabeza.

—Necesito unos minutos a solas. Hay demasiada gente mirándome. No sé si porque están tratando de averiguar quién soy o porque no entienden por qué han invitado a un baile como este a Leah Chapman. Lo cierto es que... no debería haber venido.

—Leah, eres demasiado suspicaz. Te imaginas que te están mirando y criticando cuando en realidad solo están contemplando a una mujer hermosa y sintiendo curiosidad por saber quién es. Pero inmediatamente después se olvidan y vuelven a centrarse en sus cosas: su vaso vacío, las deudas pendientes, si tienen gota... Te prometo que no están pensando en ti.

Vio cómo su hermana se esforzaba por no reír, pero al final cayó en la tentación.

—¿Te fijaste en cómo me saludó la señora Morgan? Ni diciéndolo en voz alta hubiera sido más palpable su desaprobación. ¿Por qué nos ha invitado Andrew? ¿Por qué exponernos a tal mortificación?

William le agarró la mano.

—No creo que a Andrew le importe tanto la buena cuna o el título como a otros. Estoy convencido de que no tenía intención de contrariarte o hacerte daño. Solo quería pasar un poco de tiempo en tu compañía.

Leah asintió y le dedicó una mirada comprensiva.

—Perdóname, William. Aquí estoy yo, sintiendo pena por mí misma, mientras que tú... —Se estremeció—. ¿Te está resultando muy difícil volver a ver a Rebekah?

—No mucho. —Hizo una mueca. No quería hablar sobre ese doloroso capítulo del pasado—. Venga, vamos a divertirnos y a mostrar a todo el mundo lo fuertes que somos los Chapman.

Leah esbozó una sonrisa temblorosa a modo de respuesta. Pero entonces vio cómo se quedaba quieta, mirando fijamente al otro lado del pasillo, a través de la puerta abierta.

—Esa mujer... Creo que la conozco.

William se volvió, siguiendo la dirección de la mirada de su hermana, y vio a la señora Webb charlando con el padre de Andrew, ambos sin máscara.

—Es una de las tías de Andrew. La conocimos en la cena de bienvenida que le dieron. Aunque teniendo en cuenta que no estuviste, me sorprende que la conozcas.

Su hermana continuó mirando a la mujer con el ceño fruncido.

—No estoy segura, pero tiene algo que me resulta... familiar.

—¿Vamos y te la presento?

—No —dijo su hermana negando rotundamente con la cabeza.

—Sabes que puedes quitarte la máscara, ¿verdad? —señaló él con suavidad—. Ya lo ha hecho casi todo el mundo.

—Cierto, pero me encuentro más cómoda así. Y tampoco vamos a quedarnos mucho más, ¿no? Voy a ver si la señorita Foster está preparada para irnos cuando termine de bailar con su amigo.

Después de su baile, Gilbert la acompañó a un lado del salón y se excusó para hablar con el señor Morgan padre.

Leah se acercó a escondidas y susurró.

—Señorita Foster, ¿está preparada para que nos marchemos pronto?

Abigail la miró con sorpresa y preocupación.

—Sí... si es lo que quiere. Pero ¿por qué? ¿Ha pasado algo?

—Nada, solo...

—¡Señorita Chapman! ¡Por fin la encuentro! —exclamó Andrew Morgan, aproximándose—. Dígame que no llego demasiado tarde para pedirle un baile. He estado tremendamente ocupado toda la noche con mis deberes como anfitrión, pero por fin soy libre. ¿Bailará conmigo, por favor?

—Pero... —Leah vaciló y miró a Abigail en busca de ayuda—. Creo que ya nos vamos, ¿verdad, señorita Foster?

Al ver la expresión abatida del señor Morgan, se apresuró a decir:

—Sí. Aunque puedo esperar a otra pieza si tiene comprometido un baile. De hecho, me encantará verla bailar y comprobar los frutos de nuestras pequeñas lecciones en Pembrooke Park.

Gilbert regresó a su lado.

—No se te ocurra quedarte aquí, señorita Abby. Si ningún otro caballero ha sido lo suficientemente inteligente como para correr a pedirte otro baile, entonces insisto en que vuelvas a ser mi pareja.

Abigail echó un rápido vistazo a su alrededor y vio a William Chapman metido de lleno en una conversación con la hermana viuda de Andrew, pero justo en ese momento apareció la señora Morgan seguida de la joven señorita Padgett y se la ofreció al clérigo como compañera de baile. A continuación, tomó a su hija del brazo y se la llevó de allí.

Volvió a mirar a Gilbert.

—Está bien —aceptó.

El señor Morgan dio una palmada a Gilbert en la espalda.

—Bien hecho, Scott. Supe que me gustaría desde el primer momento en que lo vi.

Oyeron anunciar que la siguiente pieza sería *Oranges and Lemons,* una conocida cuadrilla de cuatro parejas. Gilbert le ofreció su brazo y la condujo hasta la zona de baile. A su alrededor, las parejas empezaron a colocarse. A Abigail y a Gilbert les tocó con Andrew Morgan y Leah, William Chapman y la señorita Padgett y otra pareja más que no conocía.

Cuando la música comenzó, Gilbert se acercó y la tomó de la mano. Las otras parejas hicieron lo mismo. Le gustó sentir la mano enguantada de su amigo sobre la suya, volver a ver su familiar sonrisa, la forma tan cómplice como se miraban sin sentirse incómodos. Mientras bailaban y reían con los demás, sintió que regresaba la antigua camaradería que siempre habían compartido y que tanto había echado de menos. Sí, había añorado a Gilbert Scott.

Las parejas dieron los oportunos pasos adelante y atrás dos veces y se soltaron de las manos. Después, se inclinaron hacia sus respectivos compañeros e hicieron otro tanto con el compañero que tenían al lado. Los hombres se agarraron las manos e hicieron un corro en el centro antes de regresar con sus parejas. Luego las mujeres los imitaron.

—Ha escogido usted una pareja encantadora, señor Chapman —le dijo ella cuando la danza los unió.

William asintió.

—Cierto. —Sostuvo su mano unos segundos más de lo que requería el paso y la miró a los ojos—. Aunque no tan bonita como la primera.

Repitieron el mismo patrón en la dirección opuesta. Cuando por fin Gilbert volvió a reclamar su mano comentó:

—Se me había olvidado lo buena bailarina que eres.

No pudo evitar mirar al señor Chapman.

—Eso es porque últimamente he estado practicando un poco.

Gilbert sonrió.

—Se nota.

De vez en cuando miraba furtivamente a Andrew Morgan y a Leah mientras bailaban. A él se le veía incapaz de apartar los ojos de ella, con máscara o sin ella. Leah, por su parte, intentaba reprimir en vano la sonrisa que iluminaba su hermoso rostro. Nunca la había visto tan feliz.

Antes de dar por finalizada la velada y marcharse, Gilbert le preguntó a qué hora podía visitarla al día siguiente. Quedaron en verse a las dos, aunque Abigail le dijo que tenía toda la tarde libre.

Luego su amigo se inclinó sobre su mano y la miró con unos ojos brillantes que reflejaron tanta calidez y ternura que a Abigail se le derritió el corazón. Hacía tanto tiempo que no la miraba así.

«No seas tonta. Solo se está comportando como un amigo», se dijo a sí misma. Al fin y al cabo era la única persona que Gilbert conocía allí. Pues claro que quería verla, ambos se encontraban cómodos juntos. Tenían un pasado en común. Sus familias se conocían desde hacía mucho tiempo.

Y aunque su parte pragmática no dejaba de repetirle eso mismo una y otra vez, su necio corazón se aceleró un poco.

William se quedó al lado de la señorita Foster mientras esperaban a que llegara el carruaje de los Morgan para llevarlos de vuelta a casa. Su hermana estaba a unos pocos metros de distancia, hablando con Andrew. En realidad ya se habían despedido de él y de sus padres, pero su amigo insistió en acompañar a Leah fuera, claramente reacio a dejarla ir.

Sintió los ojos de la señorita Foster clavados en su perfil antes de que le preguntara en voz baja:

—¿Ha sido muy difícil? ¿Con la presencia de la hermana de Andrew?

La miró sorprendido.

—Espero que no le importe —continuó ella—, pero la señora Webb mencionó que la había cortejado en el pasado.

—Ah. —Alzó la barbilla en un gesto de comprensión—. En realidad no ha sido tan malo como me imaginaba. Y reconozco que tenerla a usted a mi lado me ha supuesto un gran consuelo.

La señorita Foster alzó la mirada hacia él al instante.

Preocupado por lo que acababa de decir, se apresuró a añadir:

—Lo siento. No quería presuponer nada sobre nuestra... amistad. Pero aunque me crea un perfecto idiota, el hecho de que Rebekah Garwood me viera disfrutando con una mujer hermosa como usted alivió cualquier dolor que pudiera haber sentido. Por no hablar que cortó de raíz cualquier hipótesis sobre que tuviera la intención de volver a conquistarla ahora que es viuda.

La señorita Foster apretó los labios.

—Entonces, ¿de verdad no quiere tener otra oportunidad con ella?

La miró, aturdido por su audacia. Después, respiró hondo y alzó la vista hacia el cielo nocturno mientras consideraba la respuesta.

—No. Ahora ya no.

Observó su rostro. ¿Le creería? ¿Se sentiría aliviada? Se planteó hacerle la misma pregunta. La había visto con el señor Scott. Había contemplado la forma en que el arquitecto la miraba, la actitud posesiva que mostró con ella mientras la acompañaba por el salón. La familiaridad con la que le sostenía la mano y le sonreía mientras bailaban y se reían juntos.

Aquello le había creado un malestar que no dudó en identificar como lo que realmente era: celos. Unos celos mucho más intensos que los que sintió cuando Rebekah rompió con él en favor del señor Garwood. No le gustaba aquella sensación, una sensación que consideraba indigna pero, que Dios lo ayudara, no podía evitar.

Cuando llegó el carruaje, un mozo abrió la puerta y ofreció una mano a las damas para ayudarlas a subir. A continuación, accedió él y, tras vacilar un segundo, se sentó al lado de su hermana. Andrew se quedó de pie al lado de la ventana y se despidió de ellos por última vez.

Miró a Leah y vio la sonrisa de satisfacción en sus labios. Ojalá le durase mucho tiempo, aunque lo dudaba.

A medida que el vehículo se alejaba, algo captó su atención. Miró con más detenimiento, y entre la multitud de carruajes y caballos vio una figura con una capa verde larga similar a la que llevaban los oficiales de la marina en cubierta durante las tormentas. ¿Por qué iría alguien tan abrigado y con capucha con el buen tiempo que hacía esa noche, si no era para ocultar su identidad? ¿Se trataría de la misma persona que la señorita Foster y él vieron cruzando el puente cerca de Pembrooke Park?

Se le aceleró el pulso. Miró con preocupación a su hermana, con el temor de que también la hubiera visto, pero respiró aliviado al comprobar que estaba mirando distraída por la ventana opuesta, con la misma sonrisa soñadora de antes. Como no tenía la más mínima intención de llamar su atención sobre algo que seguramente la aterrorizaría, decidió no abrir la boca.

Tal vez se había equivocado. Al fin y al cabo, acababan de salir de un baile de máscaras. Quizá la capa era parte del disfraz de un caballero. Sí, esperaba que solo fuera eso. Aun así, se lo diría cuanto antes a su padre. Solo por si acaso.

Capítulo 13

Aunque estaba cansada por haberse acostado tan tarde la noche anterior, luchó contra las ganas de seguir durmiendo y se despertó una hora más tarde de lo habitual. Tiró de la cuerda conectada a la campana para llamar a Polly, ya que estaba claro que la joven había tenido el detalle de no molestarla y ni siquiera había entrado de puntillas para abrir las contraventanas. Abigail se acercó al palanganero, resignada a lavarse la cara con el agua fría de la noche anterior, pero se sorprendió gratamente al encontrársela caliente. Polly había conseguido acceder sin despertarla. No solo era competente, sino también muy considerada.

Mientras esperaba a que regresara, se aseó y empezó a cepillarse el pelo, que tras la noche anterior era una masa de rizos con el doble de su volumen habitual. Recordó las ansiosas preguntas que Polly le hizo mientras la ayudaba a desvestirse después del baile. La doncella había querido conocer cada detalle y ella intentó cumplir sus expectativas lo mejor que pudo, contándole que se lo había pasado muy bien y que todo el mundo había admirado su peinado. Polly la había escuchado con un gesto radiante.

La muchacha entró minutos después.

—Se ha levantado muy pronto, señorita. Después de todo lo que le sucedió anoche, creí que se quedaría durmiendo hasta el mediodía.

—Tenemos un invitado. Pensé que lo mejor era levantarme y mostrar la hospitalidad debida.

—Él y su padre ya están tomando el desayuno, así que no hay ninguna prisa. La señora Walsh está hecha un manojo de nervios por poder cocinar para un auténtico Pembrooke, y a Duncan, como se puede imaginar, no le ha hecho mucha gracia tener que atender a otra persona más.

—Sí, me lo imagino perfectamente. —De hecho, su padre era la única persona a la que Duncan no parecía importarle servir. Siempre se mostraba presto a cumplir sus órdenes, por eso su progenitor lo tenía en tan alta estima.

—¿Qué tal va su ampolla? —preguntó Polly.

Se miró el dedo meñique del pie. La noche anterior había bailado demasiado, más de lo que lo había hecho en todo un año, y el calzado había terminado rozándole.

—Oh, bien, bien.

—Es un pequeño precio a pagar por ser la reina del baile.

Sí, un pequeño precio y también una mínima molestia que bien valía la pena. Le había encantado estar tan solicitada como pareja de baile. Una nueva experiencia.

Polly se acercó al armario.

—Le saco el vestido beis de diario y la cofia, señorita.

—Mmm, no. Estaba pensando en el vestido de paseo azul.

La doncella se volvió sorprendida.

—¿Va a volver a salir?

—No, pero esta tarde espero una visita.

—¿De uno de los caballeros con los que bailó anoche? ¡Qué romántico! Le volveré a hacer un recogido alto.

—Solo se trata de un viejo amigo de Londres.

—¿Un amigo? —preguntó la joven con un brillo travieso en la mirada.

—No veas ninguna historia de amor donde solo hay amistad. —Aunque se lo dijo a Polly, se recordó a sí misma en silencio que más le valía seguir su propio consejo.

Veinte minutos después, cuando bajó a desayunar, se encontró con su padre y el señor Pembrooke sentados en el comedor, conversando y saboreando sus respectivos cafés.

—Buenos días, Abigail —dijo su padre, que había sido el primero en verla.

Miles Pembrooke se levantó al instante.

—Buenos días, señorita Foster. Un placer volver a verla.

Lo saludó con una inclinación de cabeza.

—Buenos días, señor Pembrooke. Espero que haya dormido bien.

—Se podría decir que sí, aunque los fantasmas no han dejado de hacer ruido toda la noche.

Abigail se detuvo en seco.

—¿Fantasmas?

El señor Pembrooke se echó a reír.

—Solo en mi cabeza, se lo aseguro. No se asuste. Estar de nuevo aquí me ha traído muchos recuerdos.

Se sirvió una taza de té y una tostada del aparador y después se sentó a su lado.

Miles bebió un sorbo y la miró divertido por encima del borde de su taza.

—No me diga que la he asustado, señorita Foster. No me ha parecido la clase de mujer que cree en espíritus e historias góticas.

—Yo... no lo hago. Pero esta antigua casa hace muchos ruidos que podrían confundirse con visitantes nocturnos de cualquier índole. De todos modos, espero que haya podido conciliar el sueño.

—La primera noche en una cama nueva siempre es difícil. Seguro que esta noche duermo mejor.

Abigail lanzó una mirada interrogante a su padre.

Miles debió de percibir su sorpresa, porque se apresuró a explicar:

—El señor Foster ha tenido la gentileza de invitarme a quedarme un poco más. Espero que no le importe.

—Oh... Por supuesto que no —balbuceó ella, pero la sospecha se instaló en su cerebro y le contrajo el estómago.

Dio un mordisco a la tostada y aprovechó la ocasión para calmarse y pensar en su siguiente pregunta.

—¿Tiene... planeado hacer algo en concreto durante su estancia aquí? ¿Algún viejo conocido al que le gustaría ver?

En ese momento, Molly llamó suavemente con los nudillos en la puerta abierta y entró inclinándose en una reverencia.

—Señorita, caballeros, disculpen mi intromisión, pero un mensajero de Hunts Hall ha dejado esto para el señor Pembrooke. Está fuera, esperando una respuesta.

—¿Para mí? —preguntó Miles sorprendido. Tomó la nota que le ofreció la sirvienta y la leyó. Sus oscuras cejas se elevaron—. Me invitan a ir a Hunts Hall tan pronto como me sea posible. —Miró a Abigail—. Debió de mencionar mi presencia a sus anfitriones.

—No recuerdo haberle dicho nada a los Morgan, aunque tampoco se lo puedo asegurar. Espero que no le haya ocasionado ningún problema.

—En absoluto.

—No sabía que conocía tanto a los Morgan.

—Ni yo. —Esbozó una sonrisa y se puso de pie—. Si me disculpan, dejaré mi caballo en el establo e iré directamente con el mensajero. Así podré presentarles mis respetos sin demora.

Abigail lo observó marchar un tanto desconcertada. Pero su asombro aumentó aún más cuando se dio cuenta de que cojeaba y usaba el bastón para apoyarse y no como el adorno de un dandi como en un principio pensó.

—Me dijo que era por una herida de guerra —le aclaró su padre, que por lo visto se había dado cuenta de dónde miraba.

—Ah.

—¿Te lo pasaste bien anoche?

—Sí, papá. Gracias. ¿A que no adivinas a quién me encontré? —preguntó—. A Gilbert Scott —dijo al verlo levantar las cejas interrogante.

Su padre abrió la boca perplejo.

—¡No me digas!

Entonces procedió a explicarle la relación que Gilbert había entablado con los Morgan gracias al arquitecto para el que ahora trabajaba.

Su padre asintió interesado.

—Espero que lo hayas invitado a hacernos una visita.

—Sí. Parecía ansioso por volver a verte y conocer nuestra nueva casa.

—Entiendo que más lo último que lo primero, pero ¿quién podría culparlo? Me sorprende que no haya venido más gente a pedirnos que le enseñemos esta maravilla.

Abigail hizo un gesto de asentimiento y logró esbozar una débil sonrisa. Sin embargo, era incapaz de quitarse de la cabeza a Miles Pembrooke. Le preocupaba más su recién descubierto pariente que cualquier extraño que quisiera ver la casa.

Diez minutos antes de que dieran las dos, Abigail estaba en la sala de recepción. Anteriormente había dicho a la señora Walsh que seguramente le pediría que le sirvieran el té. No quería dar la impresión de estar nerviosa por la visita de Gilbert, pero sabía que no sería educado pedir un dulce horneado sin haber informado previamente al ama de llaves.

Se alisó la falda y se puso a leer un libro, la biografía del arquitecto Christopher Wren, aunque le resultó muy difícil concentrarse.

Tenía las palmas de las manos húmedas. Estaba alterada y nerviosa y parecía haber perdido su serenidad habitual.

«No seas tonta», se dijo a sí misma. Solo se trataba de Gilbert, el vecino de al lado que había conocido cuando era gordito y torpe, con sus granos y su cambio de voz. Con el que había jugado, discutido, estudiado y del que se había... enamorado. Empezó a sudar de nuevo.

Dieron las dos. Y las dos y media. Y las tres. Se le cayó el alma a los pies y se le hizo un nudo en el estómago. Tantos nervios para nada. Se había puesto un vestido bonito y Polly le había arreglado el pelo... para nada.

—¿Todavía no se sabe nada de Gilbert? —preguntó su padre, que entró en la sala.

Hizo un gesto de negación, sorprendida por las lágrimas que se amontonaban en sus ojos y que amenazaban con derramarse de un momento a otro. Parpadeó para alejarlas y respondió con la mayor naturalidad que pudo:

—Debí de entenderle mal. O los Morgan tenían otros planes para él hoy.

—Lo último, sin duda. Seguro que viene en cuanto pueda. Estaré en la biblioteca. Avísame cuando esté aquí.

Abigail asintió y pasó una página del libro que estaba leyendo.

Unos minutos después, Molly asomó la cabeza y echó un vistazo al interior. Lo más probable era que viniera de parte de la señora Walsh para saber cuánto tiempo tenía que mantener el agua caliente.

—Creo que al final no hará falta el té. —Se puso de pie—. Por favor, preséntale mis disculpas a la señora Walsh y dile que mi padre y yo estaremos encantados de cenar lo que sea que nos haya preparado para hoy.

—Muy bien, señorita.

Abandonó la sala inquieta, sin saber si cambiarse o no de ropa. Al final decidió que no. Se había puesto un vestido de paseo, así que eso sería lo que haría. Tomó su bonete y guantes y salió en dirección a los jardines. Se detuvo frente al viejo cobertizo y encontró unas tijeras de podar y una cesta: elementos ideales para recoger algunas flores. Al final, sin embargo, se puso a quitar las malas hierbas de una hilera de lirios. Le había pedido a Duncan que lo hiciera, pero no le habría dado tiempo. Quizá había llegado la hora de preguntar a Mac que les recomendara algún jardinero o al menos algún mozo que ayudara con las tareas externas de la casa. Luego hizo otro tanto con un parterre y empezó a sentirse un poco mejor. Con cada manojo de malas hierbas que arrancaba se iba disipando la frustración que la carcomía por dentro.

Ojalá pudiera deshacerse de todas sus preocupaciones y decepciones con la misma facilidad.

Cuando comenzó a notarse cansada, devolvió las herramientas al cobertizo y regresó a la casa. Al girar por un lateral en dirección a la parte delantera vio a Gilbert atravesando el camino de entrada a pie y con las manos en alto en actitud suplicante.

—Abby, perdóname. Sé que llego tarde. El señor Morgan convocó a todos los hombres para un torneo de tiro y, teniendo en cuenta que soy un invitado y que encima estoy con mi patrón, fui incapaz de negarme. El torneo ha durado más de lo previsto, pero como recuerdo que comentaste que tenías la tarde libre, decidí venir de todos modos. ¿Ha sido muy impertinente por mi parte?

—Sabes que siempre serás bienvenido a nuestra casa, Gilbert. A mi padre le hará mucha ilusión verte.

—¿Y a ti?

—También, por supuesto.

Al verlo sonreír se quedó embelesada unos segundos, pero se recuperó al instante y se irguió.

—¿Y quién ganó el torneo?

—Un joven señor no sé qué. No me acuerdo. Pero entonces el señor Morgan llamó a su administrador y venció a nuestro campeón sin ningún esfuerzo.

—¿A Mac Chapman?

—Sí, eso es.

—Me sorprende que el señor Morgan llevara a Mac al torneo.

—Creo que en el fondo quería dar una lección a ese joven presuntuoso. Eso, o está tremendamente orgulloso de su administrador.

—También fue el administrador de Pembrooke Park —informó ella—. Lo conozco bastante bien. Es el padre de nuestro vicario.

—Ah, el pelirrojo de anoche. Tendría que haberme dado cuenta. —Sonrió con picardía—. La competencia local.

Abigail fue plenamente consciente de que ya no estaban hablando del torneo. ¿De verdad estaba Gilbert coqueteando con ella?

En ese momento, un molesto mechón de pelo le cayó sobre el rostro. Se lo apartó con la mano enguantada.

Al ver cómo Gilbert le sonreía con indulgencia y extendía la mano para acariciarle la mejilla se quedó sin aliento.

Entonces Gilbert alzó el guante de ante y le mostró la mancha de tierra que tenía.

—Cuéntame, hermosa dama, ¿cómo te las has apañado para ensuciarte así la cara?

—Oh... Me he entretenido un rato trabajando en el jardín. —Inclinó la cabeza y se limpió la mejilla. Después lo miró con cautela—. ¿Mejor?

—Más que mejor. Perfecta.

Le ardió el rostro. No estaba acostumbrada a que Gilbert le hiciera ningún cumplido. Debía de haberlos aprendido en Italia, así que no le dio ninguna importancia. Al fin y al cabo, ¿no eran los italianos conocidos por coquetear con cualquier mujer que se cruzara en su camino?

Hizo un gesto hacia la casa.

—Y bueno, ¿qué te parece?

—Preciosa.

Algo en su tono de voz hizo que lo mirara. Los ojos de Gilbert seguían posados en ella.

Ya había tenido suficiente.

—Como bien sabes, estoy hablando de la casa, Bertie. —Usó su antiguo apodo con la esperanza de eliminar la inusual tensión que había entre ellos.

Su amigo dejó de mirarla y alzó la vista hacia la casa, deteniéndose en los gabletes, arcos y elaborados miradores.

Entonces dejó escapar un prolongado silbido de admiración.

—¿En serio vives aquí?

Ella asintió.

—Sí. Es magnífica, ¿verdad?

Poco a poco fueron rodeando la casa. Al doblar una esquina, Gilbert se detuvo y señaló.

—Esa torre parece un depósito de agua. ¿Tenéis agua corriente en las plantas superiores?

—No. Solo en la cocina del semisótano.

—Mmm... Es evidente que la planta principal se remonta al siglo xv. Pero me da la impresión de que eso de ahí es un anexo posterior.

—¿Para construir una escalera de servicio tal vez?

—Un poco estrecho para eso. —Volvió a mirar hacia arriba—. Pero si sirve como depósito es evidente que ya no se usa. Se comprende que salía mucho más barato que los sirvientes llevaran el agua en vez de mantener el sistema.

Fueron a la parte trasera de la casa.

—Otro añadido posterior —apuntó Gilbert, señalando la estructura de dos plantas que ocupaba parte del patio trasero.

—Sí, es la sala de recepción de la planta baja y un dormitorio precioso y un vestidor en la de arriba.

—¿Tu habitación?

Abigail negó con la cabeza.

—Pensé que le encantaría a Louisa.

Gilbert no dijo nada, pero se quedó mirando las ventanas de dicha alcoba.

Por un lado de la casa apareció su padre caminando hacia ellos con la mano extendida y una sonrisa en su delgado y apuesto rostro.

—¡Gilbert! Qué alegría verte, mi querido muchacho.

—Señor Foster. El placer es mío.

Ambos se estrecharon las manos.

—Te he visto por la ventana —informó su padre—. Espero que no te importe, pero estaba deseando saludarte.

—De ningún modo, señor.

—Ahora mismo íbamos a verte —dijo Abigail, rezando para que los sirvientes no se hubieran comido toda la tarta que había preparado la señora Walsh.

Minutos después, los tres tomaban una taza de té y un trozo de tarta en el espacioso y soleado salón, mientras su padre bombardeaba a Gilbert con preguntas sobre su familia y su nuevo empleo.

—¿Cuánto tiempo puedes quedarte?

El arquitecto miró el reloj sobre la repisa de la chimenea.

—Tengo que regresar a tiempo para cambiarme para la cena.

Eso no les dejaba mucho margen, pensó Abigail. Sonrió a Gilbert y fue directa al grano.

—Antes de que te vayas, ¿me dejas enseñarte los planos que te mencioné?

Gilbert la miró con complicidad y se puso de pie.

—Claro.

Se despidieron de su padre y salieron del salón.

—¿Te puedo contar un secreto? —preguntó ella cuando cruzaron el vestíbulo.

—Por supuesto —respondió él sin dejar de mirarla.

Lo condujo hasta la biblioteca y se acercó a la mesa de los mapas. Entonces oyó a sus espaldas que echaban el cerrojo y se quedó estupefacta.

Se volvió y se percató de que era el mismo Gilbert el que había cerrado la puerta y que ahora se acercaba a ella con una pequeña sonrisa en los labios.

Abigail se humedeció los labios secos y apartó la mirada. A continuación, sacó los planos del cajón y los extendió sobre la mesa con manos temblorosas.

—¿De verdad querías enseñarme los planos de la casa? —preguntó él con un tono ligeramente sorprendido.

Ella lo miró confundida.

—Sí... claro. —Al darse cuenta de lo que pasaba se sintió tremendamente avergonzada—. ¿Creías que era un truco para quedarme a solas contigo? Por Dios, Gilbert, has pasado demasiado tiempo en Italia.

El soltó un suspiro divertido.

—No puedes culpar a un hombre por tener esperanza...

Se volvió bruscamente, pero él le tocó el brazo.

—Abby... —dijo con voz contrita.

Intentó suavizar la voz y se enfrentó a él.

—Deberías saber que mi madre me escribió y mencionó que, desde que volviste, has estado visitando a Louisa.

—Ah... —Por fin tuvo la decencia de parecer avergonzado.

Abigail tomó una profunda bocanada de aire y volvió a centrarse en los planos.

—Sí, quería conocer tu opinión sobre estos planos. Existen rumores sobre la existencia de una habitación secreta en algún lugar de Pembrooke Park. Si son ciertos, me gustaría encontrarla.

—¿Una habitación secreta? —repitió él con las cejas enarcadas.

—Sí, se supone que esconde un tesoro o algo por el estilo, aunque el antiguo administrador me dice que son rumores sin sentido alguno. Aun así, me gustaría dar con ella.

—¿Tienes algo más, aparte de los rumores?

—Sí. He estado recibiendo unas cartas de alguien que vivió aquí y en una de ellas mencionaba que estuvo estudiando los planos en busca de pistas. —Como lo veía claramente escéptico sobre el asunto, decidió no mencionar la casa de muñecas.

—¿Y esa persona llegó a encontrar la habitación?

—No me lo ha dicho. Todavía. —Al ver la mirada vacilante que le lanzó se apresuró a añadir—: Solo échales un vistazo, Gilbert, y dime qué ves.

—Está bien —suspiró él. ¿Estaba molesto o decepcionado?

Empezó a hacer un estudio previo de los planos hasta que frunció el ceño y se inclinó un poco más.

—¿Puedo tener más luz?

—Por supuesto. —Abigail descorrió las cortinas y abrió todas las contraventanas.

Gilbert se acercó a mirarlos mejor.

—Estos parecen ser los planos de una renovación. ¿Tendrías los planos originales?

—No sé si los originales. Estos son los más antiguos. De antes de que se añadiera el ala oeste.

Extendió un nuevo lote al lado de los otros. Gilbert se puso inmediatamente a compararlos.

—Sí, ¿ves? En algún momento se añadió la torre de esa esquina. Probablemente a mediados del siglo xviii, cuando muchos propietarios quisieron modernizar sus antiguas casas agregando tanques de agua. Un tanque en el techo recogía el agua de lluvia y la hacía descender por la torre a través de una serie de tuberías controladas por palancas. Más tarde se añadió otra ala delante de la torre. —La miró con ojos expectantes—. Tal vez ha llegado la hora de que me enseñes la casa por dentro.

Satisfacción. Ahí estaba el Gilbert lleno de curiosidad que tanto conocía.

Salieron de la biblioteca. En el vestíbulo, su amigo adoptó su papel de arquitecto y empezó a explicarle.

—Esta era la estancia original, que se abrió en varias plantas para permitir que el humo de las fogatas se disipara sin problemas antes de que se construyeran las chimeneas. La escalera es posterior, igual que la galería de arriba.

Pasaron a la sala de estar y al comedor. Gilbert miró a su alrededor, se acercó a un rincón de la habitación y presionó con la mano sobre un panel de revestimiento de madera que se abrió al instante.

A Abigail se le aceleró el corazón y se acercó corriendo.

—¿La has encontrado?

—Solo he encontrado el elevador que conecta la cocina de abajo con el comedor.

—Vaya. No me había dado cuenta de que existía hasta ahora —comentó roja de vergüenza.

—Los criados suben las bandejas con esta polea y tienen listo el desayuno en el aparador antes de que tu preciosa cabecita se levante de la almohada.

Oírle mencionar su almohada hizo que tuviera la impresión de estar compartiendo con él una extraña intimidad. «Qué tonta eres», se reprendió en silencio. Anda que no habían tenido guerras de almohadas cuando eran pequeños.

Vio que se iba hacia el otro extremo del comedor, hacia una puerta estrecha que había al lado de una alacena empotrada.

—Después de ver los planos más antiguos, hubiera pensado que la escalera de servicio estaría en este lado de la estancia. —Abrió la puerta, que solo reveló un armario para guardar ropa del hogar.

—¿Qué hay encima del comedor?

Abigail se detuvo a pensarlo.

—Creo que mi habitación. ¿Quieres subir a verla?

—Si no te importa.

—Claro que no.

Lo condujo escaleras arriba por la galería y pasaron de largo por el dormitorio destinado a Louisa. Se suponía que también debía enseñárselo, pero decidió no hacerlo. Cuando estaban fuera, se había fijado en cómo había mirado hacia las ventanas y no tenía la intención de ayudarlo a imaginarse a su hermana en su alcoba o en cualquier otro lugar.

—¿Hay algún armario para guardar ropa y útiles de limpieza en esta planta? —preguntó él.

—No que yo sepa.

Fueron a su habitación. Antes de dejarlo entrar, abrió la puerta y se aseguró de no haber dejado ninguna prenda interior a la vista. Ahora, con Gilbert detrás de ella, vio la habitación con otros ojos. De pronto, las cortinas y ropa de cama rosa y la casa de muñecas le parecieron demasiado infantiles.

Su amigo vaciló un instante en el umbral.

—¿Puedo entrar?

—Por supuesto —susurró.

Se sintió un poco cohibida al tener a un hombre en su dormitorio, incluso aunque el hombre en cuestión fuera un amigo de la infancia. Por eso se quedó en la puerta. En ese momento, Polly pasó por delante con los brazos cargados con sábanas y abrió los ojos atónita al ver a un caballero entrando en la alcoba de su señora. Abigail forzó una sonrisa y dijo en voz baja:

—No pasa nada.

Gilbert se paseó despacio por la habitación hasta pararse delante de la casa de muñecas.

—Alguien se ha tomado muchas molestias en hacer esto. Mi patrón construyó un modelo a escala de su casa de Londres para su hija y le costó lo suyo. —A continuación, se dirigió hacia su armario empotrado y preguntó—: ¿Puedo?

—Sí.

Abrió la puerta y golpeó los paneles de madera, retirando y empujando los diferentes estantes y cajones interiores. Luego, se fue hacia el otro armario de roble sin empotrar que había al lado y también indagó en su interior.

—No hay paneles móviles ni fondos falsos.

—Cierto, yo tampoco encontré nada raro.

—¿Y dices que el comedor está aquí debajo?

—Sí.

—Así que el elevador de la cocina está en esta misma pared un nivel por debajo.

—Exacto.

Gilbert terminó negando con la cabeza y dijo:

—Como profesional, diría que la «habitación secreta» era este armario empotrado. En algún momento tuvo que ser un cuarto pequeño para guardar útiles de limpieza o incluso un inodoro, pero retiraron las tuberías. Tal vez la puerta no fuera como ahora, sino un panel como el que hay para ocultar el elevador.

—Ah... —Abigail se tragó su decepción—. Debería haberme imaginado que había una explicación lógica para los rumores. —Soltó un suspiro.

Gilbert sonrió con indulgencia y le dio un golpecito en la barbilla.

—Espero que no estés muy contrariada.

—No. —Se obligó a sonreír—. También hay un ático con un trastero y alcobas para los sirvientes, si quieres podemos ir a verlo, pero...

—¿Qué hora es? —Miró a su alrededor en busca de un reloj. Al no encontrar ninguno terminó recurriendo al suyo de bolsillo—. Será mejor que me vaya o la señora Morgan me pondrá mala cara cuando llegue.

—¡Qué horror! —bromeó ella.

—Antes de que se me olvide —dijo él, llevándose la mano al bolsillo—. Susan te envía el nombre que le pediste. Dice que te escribirá una carta como Dios manda cuando impriman la siguiente edición. —Sacó un trozo de papel y se lo pasó—. Creo que me dijo que es de uno de los escritores de su revista.

—Mmm... —Abigail leyó el nombre, pero no lo reconoció: «E.P. Brooks.»—. Dale las gracias de mi parte.

Bajaron juntos las escaleras y se dirigieron a la puerta principal.

—Gracias por venir —dijo ella.

—Más vale tarde que nunca.

—Sí, desde luego. Espero que disfrutes del resto de tu estancia en Hunts Hall.

—No sé cuánto tiempo libre tendré, pero si vuelvo a tener un rato, ¿puedo volver a visitarte?

—Por supuesto. Como te dije antes, siempre eres bienvenido a nuestra casa.

—Gracias, Abby. —Entonces tomó con suavidad sus dedos, se inclinó y, por primera vez en su vida, que ella recordara, le dio un prolongado beso en el dorso de la mano.

Un beso que quedó grabado en su piel incluso después de verlo cruzar el puente y desaparecer de su vista.

Durante prácticamente una hora después de que Gilbert se fuera, Abigail anduvo por la casa haciendo varias tareas en un estado de feliz ensimismamiento, pensando que lo mejor era renunciar a su búsqueda. Si su amigo tenía razón, no había ninguna habitación secreta, excepto tal vez su propio armario empotrado. Sin embargo, la idea no terminaba de convencerla del todo. Puede que Gilbert se equivocara. A pesar de su educación, experiencia y viajes realizados, no tenía por qué saberlo todo.

Por absurdo o no que pareciera, volvió a ponerse el bonete y un par de guantes limpios y salió a la calle. De nuevo rodeó la casa despacio, fijándose en las líneas del tejado, las ventanas y la torre que Gilbert había señalado, de unos dos metros cuadrados. Y fue en dicha torre donde vio un detalle que le llamó la atención. Allí, a unos seis metros por encima de ella, no había ninguna ventana pero sí... ¿Qué era eso? Parecía como si las piedras de una sección rectangular fueran ligeramente más claras que el resto. Como si en el pasado hubiera habido una ventana pero la hubieran tapiado.

Puede que si la torre hubiera empezado siendo una escalera de servicio y luego se hubiera convertido en un tanque o armario ya no le encontraran utilidad a la ventana original y decidieran cerrarla. Sí, aquello era una explicación perfectamente válida, ¿verdad?

—¿Qué se supone que estamos mirando?

Se sobresaltó al oír la pregunta y se dio la vuelta, sorprendiéndose al ver a William Chapman parado detrás de ella, con las manos a la espalda y mirando hacia arriba tal y como ella había estado haciendo hacía escasos segundos.

—Menudo susto me ha dado, señor Chapman.

—Discúlpeme, no era mi intención.

Señaló por encima de sus cabezas.

—¿Ve esa sección de piedras un poco más claras? ¿Ahí arriba, en la segunda planta?

Él siguió la dirección de su dedo.

—Sí. Da la sensación de que allí hubo una ventana.

—Eso mismo he pensado yo.

—Pero tampoco encierra mucho misterio —indicó él encogiendo los hombros—. Muchos propietarios han ido cubriendo con ladrillos o de otra forma todas aquellas ventanas que consideraban innecesarias para evitar los impuestos exorbitantes del vidrio.

Sí, aquello tenía su lógica. Se sintió un poco estúpida por no haberlo pensado antes. Lo más seguro era que algún dueño o administrador anterior, en un afán por ahorrar, hubiera ordenado tapiarla. ¿Habrían cerrado más ventanas? No tenía sentido tapar solo una ventana por motivos tributarios. Miró más arriba, intentando buscar alguna prueba de la existencia de otras ventanas. Luego en la planta inferior, pero tampoco encontró nada.

De pronto, oyeron una calesa acercándose por el camino de entrada. Miró y vio a Miles Pembrooke, que volvía de Hunts Hall sentado al lado del cochero. Cuando el vehículo se detuvo, Miles descendió con cuidado y una pierna se le dobló un poco antes de enderezarse. Después, se despidió del cochero dándole las gracias y se volvió hacia la puerta. Al verlos de pie, en un lateral de la casa, se quitó el sombrero y se dirigió cojeando hacia ellos con la ayuda de su bastón.

—Es Miles Pembrooke —informó a William Chapman—. ¿Lo conoce?

El vicario se puso tenso, pero no dijo nada.

—Hola, señorita Foster —gritó Miles mientras se acercaba—. Ese bonete le sienta fenomenal.

—Gracias, señor Pembrooke. ¿Le ha gustado su visita a Hunts Hall?

—Ha sido de lo más... esclarecedora. —Miles miró con interés a William, pero como este permaneció callado, la miró expectante.

—Lo siento —se disculpó ella—. Pensé que tal vez se conocieran. Miles Pembrooke, permítame presentarle a William Chapman.

—Will Chapman... —repitió Miles. Le ofreció la mano, pero el clérigo continuó mirándolo impasible—. No me lo puedo creer. —Sacudió la cabeza con asombro—. La última vez que te vi no eras más que un pilluelo pelirrojo. ¿Qué tendrías, cuatro o cinco años? Ibas corriendo de un lado a otro como una cría de zorro. Claro que yo también era un muchacho.

—¿Qué le trae por aquí, señor Pembrooke? —preguntó William con un tono severo y entrecortado que nunca antes le había oído.

Miles vaciló un segundo antes de acercarse un poco más a ella.

—Quería volver a ver la casa. Y mis buenos amigos los Foster, que también han resultado ser parientes lejanos, han tenido la amabilidad de invitarme, ¿verdad, señorita Foster? —preguntó con una sonrisa radiante.

Al ver la mirada de reproche que le lanzó el señor Chapman, se sintió incómoda y absurdamente culpable.

—Sí, mi padre siempre es muy amable —murmuró.

—Hoy he visto a su padre, señor Chapman —continuó Miles—. Aunque solo desde lejos. Ha logrado quitar el corcho a una botella a cincuenta metros de distancia de un solo disparo. Recuerdo muy bien a Mac y el miedo que me daba cuando era pequeño. Aunque no tanto como... —Se detuvo—. Espero que goce de buena salud.

—Sí.

—Salúdelo de mi parte.

—Le aseguro que le haré saber de inmediato que está usted aquí.

William se cruzó de brazos y miró alternativamente a ambos, como si esperara que el señor Pembrooke se excusara y los dejara solos de nuevo.

Pero Miles se mantuvo firme. Miró al señor Chapman y luego a ella, analizando la situación.

—Señorita Foster —dijo por fin—, tengo entendido que no lleva mucho tiempo por la zona, así que hace poco que conoce a nuestro antiguo administrador y a su familia, ¿verdad?

—Sí. Son unos vecinos excelentes. Y quizá no lo sepa todavía, pero el señor Chapman también es nuestro vicario.

—¿Will Chapman? ¿Un hombre de Dios? Increíble. —Un brillo divertido cruzó su mirada—. Pero si no es lo bastante mayor.

—Se equivoca. Tengo casi veinticinco años. Me he ordenado hace poco.

—Asombroso. Bueno, bien hecho.

Ninguno de los dos hizo ningún amago de marcharse. Miles miró a su alrededor.

—¿Y qué han encontrado tan interesante aquí fuera?

El señor Chapman la miró, esperando que fuera ella la que respondiera, pero por alguna razón desconocida no quería que Miles Pembrooke se enterara de lo de la ventana tapiada.

Al final fue William el que empezó a responder.

—La señorita Foster se ha dado cuenta de que...

—De que las clemátides son muy abundantes este año —lo interrumpió ella—. ¿No lo ha notado? Me encantan las plantas trepadoras en el exterior de las casas.

Ambos hombres la miraron aturdidos.

Miles fue el primero en asentir cortésmente.

—Sí, dan una imagen encantadora.

Se quedó pensativa un momento. No quería mencionar lo de la habitación secreta, pero por si acaso Miles Pembrooke tuviera algo que decirle sobre la torre, dijo con tono vacilante:

—Estábamos hablando sobre las renovaciones de la casa que se han podido hacer en el pasado. ¿Sabe usted algo de esto, señor Pembrooke?

Miles frunció los labios y se encogió de hombros.

—Puede preguntarme lo que quiera, señorita Pembrooke. Estoy a su completa disposición, pero recuerde que viví aquí cuando tenía de diez a doce años. Una edad en la que uno no se fija en paredes y enredaderas.

—Tiene razón. No importa. ¿Vamos dentro? Supongo que mi padre ya se estará cambiando para la cena. ¿Le apetece cenar con nosotros, señor Chapman? Sabe que usted siempre es bienvenido.

—Gracias, señorita Foster —respondió William después de volver a mirar con desconfianza al señor Pembrooke—. Me encantaría, pero mejor lo dejamos para otra ocasión.

—Muy bien.

—Y ahora les deseo que pasen un buen día. —Hizo una breve inclinación en dirección a Abigail y luego se dio la vuelta y se marchó, no en dirección a la iglesia y a la rectoría, sino a la casa de sus padres.

—Me cuesta creer que Will Chapman haya crecido tanto —comentó Miles mientras lo veía alejarse—. Casi me siento viejo.

Abigail tenía los ojos clavados en la espalda del señor Chapman, pero se dio cuenta perfectamente de cuándo Miles Pembrooke dejó de mirar al vicario y se centró en ella.

Lo miró y vio un destello de diversión en sus ojos marrones.

—Se supone que ahora es cuando me dice que no soy en absoluto mayor, señorita Foster.

—Usted no es viejo, señor Pembrooke —le siguió el juego—. ¿Cuántos años tiene... treinta?

Él se llevó una mano al pecho.

—Me hiere profundamente, señorita —dijo con tono melodramático—. No cumplo los treinta hasta dentro de dos meses.

—Entonces le pido perdón —se disculpó imitando su mismo tono serio.

—Y la perdonaré... con dos condiciones.

—Vaya.

—Dígame lo apuesto que soy y acepte cantar para mí después de la cena.

—¡Señor Pembrooke! —medio protestó ella.

Miles bajó la cabeza e hizo un puchero.

—¿No piensa que soy apuesto?

—Sí, como bien sabe, es usted apuesto. Y lo sería aún más si no mendigara cumplidos.

—*Touché*. ¿Cantará para mí? He oído que tiene una voz deliciosa.

—¿Quién le ha dicho tal cosa? —Dudaba que William o Leah hubieran revelado esa información a un desconocido.

—Unos muchachos que me he encontrado por el camino. Me preguntaron quién era y dónde vivía. Cuando les conté que estaba como invitado en Pembrooke Park dijeron: «Ahí es donde vive la dama que canta como los ángeles».

—Le aseguro que exageraron.

—Permítame que lo juzgue por mí mismo. —Le ofreció el brazo—. ¿Entramos?

William encontró a su padre limpiando sus armas después del torneo de tiro en el que había participado.

—Papá, ¿te has enterado ya de la noticia? Miles Pembrooke ha regresado. Está en la mansión como invitado de los Foster.

Su padre se quedó completamente rígido y lo miró con los ojos entrecerrados.

—Imposible.

—Es verdad. Acabo de verlo. De hecho, me ha dicho que hoy te ha visto en Hunts Hall, pero de lejos, mientras disparabas.

—¿En serio? Pues mejor que no lo viera yo. Aunque no creo que lo hubiera reconocido después de tantos años.

—Tiene el pelo oscuro y viste como un dandi. Pero ahora cojea y va con un bastón.

—¿Un bastón? Pero si no tiene más de, ¿cuántos?, ¿treinta años?

—Más o menos. Debe de ser por una lesión o algo parecido.

—¿Lo sabe Leah?

—No por mi boca. He preferido contártelo a ti primero.

—Bien. No digas nada todavía. Antes tenemos que saber a qué ha venido y dónde ha estado todos estos años. ¿Dónde está el resto de su familia?

—Dice que ha venido solo para volver a ver la casa. Pero no le he preguntado por sus planes o el paradero de su familia.

—Deberías haberlo hecho.

—Entonces tal vez deberías hacerle una visita.

Su padre se puso de pie.

—Eso es precisamente lo que voy a hacer.

William lo agarró del brazo.

—Sé que tienes motivos para odiar a Clive Pembrooke. Pero recuerda que se trata de su hijo, que solo era un niño cuando sucedió todo aquello.

—Lo sé. Pero también soy de los que cree que de tal palo, tal astilla.

Tras la cena, Miles y Abigail se retiraron a la sala. Su padre les dijo que iría con ellos después de fumarse su pipa solo, como siempre hacía, ya que a su familia no le gustaba el olor del tabaco. Unos minutos más tarde, Molly les trajo el café. Mientras colocaba la bandeja, se acercó a su oído y le susurró que Mac Chapman estaba esperando en el vestíbulo.

La noticia la sorprendió, pero le dijo a la sirvienta que lo invitara a la sala.

Instantes después, Mac apareció en el umbral de la puerta. Se quitó el sombrero, aunque se dejó puesto el abrigo Carrick.

—Si no le importa, me gustaría hablar un momento con el señor Pembrooke.

—Yo... —Miró a Miles preocupada—. ¿No le importa?

—Por... Por supuesto que no —respondió Miles. Después se dirigió a Mac—. ¿Puede quedarse la señorita Foster?

—Tal vez no quiera que oiga nuestra conversación.

—La señorita Foster puede oír cualquier cosa que vayamos a hablar. Me gustaría que se quedara.

—Si eso es lo que quiere.

Abigail volvió a sentarse, dividida entre el deseo de salir de allí y la curiosidad por saber más.

Mac se quedó de pie.

—¿Por qué está usted aquí, señor Pembrooke?

La postura beligerante que había adoptado y el brillo en su mirada le recordaron al primer día que lo conoció, portando el arma y dispuesto a disparar a cualquier intruso con tal de proteger a su amado Pembrooke Park.

Miles parecía un poco nervioso, pero ¿quién no lo estaría siendo el blanco de esa fulminante mirada de ojos verdes?

—Yo... quería volver a ver Pembrooke Park. Nada más.

—¿Por qué no me lo creo?

—No tengo ni idea. —El señor Pembrooke frunció el ceño—. Mire, señor Chapman, no sé qué he podido hacer para molestarle, pero...

—¿No lo sabe? Entonces solo era un niño, pero ahora ya es un hombre. Seguro que ha oído el rumor sobre su padre y la muerte de Robert Pembrooke.

—Sí. Y siento decirle que probablemente sea cierto.

Otra vez ese brillo en sus ojos.

—¿Está reconociendo que mató a su propio hermano?

Miles alzó una mano.

—Nunca lo oí admitirlo, pero por mucho que me avergüence decirlo, sí creo que lo hizo.

Abigail se acordó del verso del Génesis al que hacía referencia la Biblia en miniatura: «Caín atacó a su hermano Abel y lo mató.»

Mac apretó la mandíbula.

—¿Y dónde se encuentra ahora? ¿Lo ha enviado para echar un vistazo a la vieja casa y de paso también a nosotros?

—¡No, por Dios! No he visto a mi padre desde que dejamos Pembrooke Park hace dieciocho años.

—Creíamos que se habían ido todos juntos.

Miles hizo un gesto de negación con la cabeza.

—Mi madre, mi hermano, mi hermana y yo, sí. Mi padre... se quedó atrás.

—¿Sigue vivo?

—En realidad... No lo sé. Como le he dicho, llevo todos estos años sin saber nada de él. Mi madre creía que había muerto, pero una parte de mí teme que todavía siga con vida.

—¿Teme? —preguntó Abigail.

Miles la miró.

—Si hubiera conocido a mi padre, no me habría hecho esa pregunta.

—Cierto —concordó Mac—. ¿Y el resto de su familia?

—Mi hermano murió poco después de que abandonáramos la casa y mi madre falleció el año pasado. Solo quedamos mi hermana y yo.

—Pero si me dijo que Harry era el albacea de la herencia —intervino ella—. Supuse que se refería a su hermano. ¿Cómo es posible, si está muerto?

Miles se volvió para mirarla con las cejas enarcadas.

—¡Oh, no! Harri es mi hermana. Se llama Harriet.

—Entiendo... —Se sentía un poco tonta. Pero entonces se dio cuenta de que era la primera vez que oía el nombre del albacea, o de la albacea, en ese caso. Harriet Pembrooke, la persona que le estaba enviando las páginas del diario.

—¿Puedo preguntarle cuánto tiempo tiene pensado quedarse? —quiso saber Mac.

—Todavía no lo he decidido. El señor Foster ha tenido la gentileza de invitarme todo el tiempo que quiera.

—¿De veras? —Mac lanzó una mirada acusadora a Abigail antes de volver a centrarse en Miles—. ¿Tiene intención de quedarse a cargo de Pembrooke Park?

—¿Quién, yo? Dios no lo quiera. Además, todavía hay algunas dudas sin resolver sobre la sucesión.

—¿Algún problema con el testamento? —aventuró Mac.

—Tendría que preguntárselo a mi hermana, pero el testamento estaba más que claro en ese aspecto. Pembrooke Park era para el primer descendiente de Robert Pembrooke, ya fuera varón o hembra, como debe usted saber.

Mac asintió.

—Sí, lo sé.

—Como toda su familia murió, mi padre tenía que ser el siguiente en la línea sucesoria. Pero al estar desaparecido todo se quedó paralizado y Harri se niega a continuar con el procedimiento. No quiere la casa, pero tampoco quiere que la herede yo. Lo que me viene perfecto, porque no tengo el más mínimo interés en volver a venir aquí, excepto como visita, por supuesto —agregó con una enorme sonrisa dirigida a ella—. Una visita de lo más placentera, tengo que decir.

—¿Por qué no? —preguntó Mac, claramente escéptico.

—Porque, como habrán podido adivinar, esta casa nos trae malos recuerdos. Aunque he de reconocer que mi estancia con estos anfitriones tan encantadores los ha atenuado un poco. Podría acostumbrarme a vivir en un lugar tan elegante con tan agradable compañía. —Volvió a sonreírla y la miró con un cálido brillo de posesión en los ojos que hizo que se sintiera un tanto incómoda.

—Yo no se lo aconsejaría —indicó Mac.

—¿Ah, sí? ¿Y por qué no?

Ambos se miraron de manera desafiante.

—Será mejor que siga su camino y deje a esta buena gente en paz.

—¿En paz? —Miles la miró y preguntó en tono amable—: ¿Acaso estoy perturbándoles de algún modo, señorita Foster? —Se llevó una mano al pecho en un gesto suplicante—. De ser así, le ruego que me lo diga y me marcharé de inmediato.

Mac lo miró con los ojos entrecerrados.

—Le estaré observando.

—Mac, me siento halagado por tanta atención —sonrió Miles.

En ese momento entró su padre y se detuvo en seco al encontrarse con Mac Chapman.

—Oh, no me di cuenta de que...

—Ya me iba. —Mac se fue hacia la puerta, pero antes de marcharse se dio la vuelta y les dijo—: Confío en que su invitado siga muy pronto mi ejemplo.

Tras presenciar la conversación entre Mac y Miles, Abigail no podía dejar de dar vueltas a un pequeño detalle que permanecía en los oscuros límites de su memoria. ¿Por qué permitía la hermana de Miles que la herencia continuara yacente? ¿Y por qué le había advertido de que no dejara entrar a nadie que se apellidara Pembrooke? ¿Quería Harriet Pembrooke el tesoro para ella? Recordó el segundo versículo de la Biblia en miniatura, el de los Números, aquel que decía que el Señor castigaba la culpa de los padres en los hijos, hasta la tercera y cuarta generación. ¿Tendría algo que ver con todo aquello?

Después de que Polly la ayudara a ponerse el camisón, se sentó en el borde de la cama y sacó el fajo de cartas y páginas del diario que tenía. Mientras leía la última que había recibido, una parte le llamó la atención: «Un detalle en dichos planos que no se corresponde con algo que he visto en la casa. O tal vez no estoy pensando en la casa real, sino en la reproducción en miniatura.»

Sí, aquel era el detalle del que se había olvidado. ¿Habría pasado por alto alguna pista en la casa de muñecas sobre la habitación secreta? Cruzó la habitación y contempló el modelo a escala de Pembrooke Park.

Miró en los dormitorios de los señores de la casa. Tenían sus chimeneas a juego, como en la vivienda a tamaño real, pero encima no había retrato alguno. Al lado de cada habitación principal había dos alcobas más pequeñas, en lugar de detrás, a través de la galería, como en la realidad, pero esa era una diferencia lógica para que todas las habitaciones de la casa de muñecas fueran accesibles desde un mismo lado.

Se quedó arrodillada, mirando cada recodo hasta que le dolieron las rodillas. Abrió todas las puertas diminutas, buscó en el cajón que había debajo del candelabro. Nada. Se fijó hasta en la mancha de negro que había pintada en la pared de la cocina, encima de la chimenea, que le daba un efecto aún más realista. Por lo demás, no notó nada que no hubiera visto antes. De repente, vio su imagen reflejada en el espejo y se quedó petrificada.

¿Qué estaba haciendo? Era una mujer de veintitrés años, no una niña pequeña. Y una persona pragmática, no alguien soñador u obsesionado con algo. Cerró los ojos y escuchó con atención, pero no oyó nada. La casa estaba inusualmente tranquila. Ningún murmullo de voces. Ningún paso. ¿Cuándo había sido la última vez que había oído algo? Por lo visto Duncan, o quien quiera que fuera, hacía tiempo que había cesado en su búsqueda.

Ya era hora de que ella también lo hiciera.

Apagó la vela de un soplido y se metió en la cama. A partir del día siguiente, dejaría a un lado la búsqueda del tesoro y encontraría una manera más útil de pasar el tiempo. Había sido una estúpida por considerar siquiera la idea. Y mucho más por albergar esperanzas.

¿Querría Gilbert que la mujer con la que se casara aportara una dote considerable al matrimonio? Acababa de empezar su carrera profesional y pasarían muchos años antes de que alcanzara el éxito financiero. Incluso un humilde clérigo como William Chapman desearía una esposa rica, o al menos una con algo de dote. Soltó un suspiro. No había nada que hacer. Ella no tenía dote, la mayor parte del capital de su padre se había esfumado y ningún tesoro iba a aparecer de la nada para reemplazarlo.

A la tarde siguiente recibió otra carta; y eso que había temido que la anterior fuera la última que le llegara. Estaba tan impaciente por leerla que la abrió en el mismo vestíbulo. Se trataba de otra página de un diario.

Qué raro se me hace sacar beneficio de la desgracia de otros. Vivir en la casa de unos parientes a los que nunca he conocido ni conoceré. Mi padre dice que estoy siendo ridícula.

«Esta es la casa de tus abuelos, la casa en la que me crie. Tengo todo el derecho del mundo a estar aquí. Igual que tú.»

Pero si es la casa de mis abuelos, ¿por qué nunca los he visto? ¿Por qué no vinimos a visitarlos en Pascua, Navidad o durante las vacaciones estivales?

Por lo visto, mi padre se peleó con ellos cuando era joven y tuvo que enrolarse en la Marina para ganarse la vida, como siempre nos cuenta con orgullo y amargura. Ahora, sin embargo, parece decidido a actuar como un terrateniente, vistiendo trajes elegantes y comprando los caballos más rápidos. Quiere ganarse a toda costa la admiración de nuestros vecinos y cada día se enfada más al ver que encargarse de la propiedad de su hermano no le está proporcionando el respeto que cree que se merece.

Tuve una tía y una prima que murieron de tifus. Mi prima era una muchacha como yo, a la que le gustaban los vestidos bonitos y jugar con la casa de muñecas de mi habitación... Su habitación.

Mis tíos Pembrooke. Eleanor. Siento que estoy empezando a conocerlos un poco gracias a todo lo que dejaron atrás. Una ropa preciosa y muy bien cuidada. Jardines espectaculares y muy admirados. Un bello pianoforte bien usado.

Eran personas practicantes, o al menos creyentes. Hay una Biblia de la familia escondida, y un libro de oraciones desgastado en el banco de los Pembrooke en la iglesia, aunque apenas asistimos.

Querían mucho a la niña. Más bien la adoraban, si la ropa de bebé que guardaron con tanto cuidado significa lo que creo que significa. Diría que hasta la mimaban sobremanera si la casa de muñecas era suya y no un juguete de nuestra abuela.

Y creo que la niña sabía dónde estaba la habitación secreta. La encontró y guardó el secreto. Como yo.

«Ahí está», pensó triunfal. La autora de las cartas había descubierto dónde estaba la habitación secreta, a menos que quisiera engañarla y reírse de ella. Pero ¿por qué haría eso? Un momento... ¿Y si quería que ella le hiciera el trabajo, que encontrara el tesoro por ella? Pero si de verdad conocía la existencia de la habitación, ¿por qué dar pistas sobre su paradero a una desconocida?

Gilbert le había dicho que lo más probable era que la habitación secreta fuera su armario empotrado. Aunque también podía estar equivocado. Al fin y al cabo, no había leído las páginas del diario. Tal vez debería enseñárselas, pero quería guardárselas para sí misma, como si fuera su misterio particular.

Fue a la biblioteca, decidida a echar otro vistazo a los planos.

Capítulo 14

Durante los días siguientes, Abigail intentó estudiar con más detenimiento los planos y buscar en la casa tan pronto como tuviera oportunidad, pero su investigación se vio frustrada por la presencia de su invitado. Miles Pembrooke parecía estar muy interesado en todo lo que hacía y a menudo le preguntaba si podía acompañarla cuando salía a caminar o incluso cuando simplemente se sentaba un rato en la biblioteca, con la excusa de que podía hacerle compañía mientras leía, escribía cartas o hiciera lo que tuviera que hacer.

Y con Miles pendiente de ella todo el tiempo, sentía que no podía —o no debía— sacar los planos y repasarlos. Así que al final terminó avanzando enormemente en la lectura de la novela que se traía entre manos, que se titulaba *Persuasión*. Al ritmo que iba podría prestársela a Leah en pocos días.

Una tarde, mientras se preparaba para lo que esperaba fuera un paseo en solitario, llegó el correo. En cuanto vio la carta con la letra que tanto conocía, se le aceleró el pulso, pero Miles apareció de la nada antes de que pudiera abrirla y la metió corriendo debajo de una carta que les había enviado el abogado de su padre.

Miles le lanzó una mirada divertida. Seguro que se había dado cuenta de su vano intento por ocultar la misiva.

—¿Con que una carta? —preguntó—. ¿Y de quién, si puede saberse?

—Yo... —No supo muy bien qué hacer. Creía que las cartas se las estaba enviado la hermana de Miles. Así que, si se la enseñaba y este reconocía la letra, podría confirmarle si estaba o no en lo cierto y habría resuelto el misterio. Entonces, ¿por qué era tan reacia a mostrársela?

Al final alzó la barbilla y dijo:

—Perdóneme, señor Pembrooke, pero creo que no es de su incumbencia.

—¡Ya entiendo! Se trata de una carta de amor, ¿verdad? Estoy totalmente hundida.

—No, no es ninguna carta de amor.

—Entonces, ¿por qué se ha puesto roja y está intentando ocultármela?

—¡Por su persistencia, señor! —se quejó ella.

—¿Es del señor Scott? ¿O del buen clérigo?

—De ninguno de los dos. Y esta es mi última palabra al respecto. No obstante, si quiere la nueva *Quaterly Review*[3], estoy segura de que a mi padre no le importará que la lea de cabo a rabo.

Miles extendió la mano y le acarició la barbilla con el pulgar mientras le sonreía con indulgencia.

—Es usted adorable cuando se enfada, señorita Foster. ¿Se lo han dicho alguna vez?

—No.

—¡Ah! Entonces me llevo ese honor. Si no soy el primero en su estima, al menos soy el primero en algo.

Dispuesta a renunciar a su paseo, se excusó y se marchó con la carta escaleras arriba. Una vez en su dormitorio, echó con cuidado el cerrojo a la puerta antes de abrirla.

La carta comenzaba con dos líneas escritas con una tinta más marcada que el resto.

Me he enterado de que tiene un invitado que se apellida Pembrooke. ¿Por qué no ha tenido en cuenta mi advertencia?

A continuación, seguía una larga carta escrita con la letra a la que ya estaba acostumbrada. Pero en esta ocasión no se trataba de la página de un diario, como la mayor parte de las misivas anteriores, sino que parecía que la habían escrito hacía poco.

La primera vez que la vi, llevábamos viviendo en Pembrooke Park poco más de un año. Estaba de pie en el jardín de las rosas, mirando a la casa con los ojos atormentados. Yo estaba en la ventana de

---

3 N. de la Trad.: Revista literaria y política fundada en marzo de 1809 por la conocida editorial londinense John Murray.

mi dormitorio, contemplando el cielo gris y dudando si salir o no a cabalgar, no fuera a terminar empapada. Montar a caballo era lo único que me divertía un poco, aparte de leer novelas. No tenía amigas. Ni una. Apenas nos habíamos mudado de Easton cuando me di cuenta de que nuestros vecinos nos despreciaban. Me daba la sensación de que nos temían. ¿Por qué, si casi no nos conocían? Me parecía tremendamente injusto.

Ninguna familia permitía que sus hijas aceptaran mis invitaciones. Ni tampoco sus hijos pasaban tiempo con mis hermanos. Aunque ellos, por lo menos, podían jugar juntos. Yo, sin embargo, no tenía a nadie. Quizá por eso me percaté de su presencia. Se trataba de una niña un poco más pequeña que yo, parada cerca de la casa, medio escondida detrás de la pérgola de rosas. Me pregunté si se ocultaba como una travesura o porque tenía miedo de ser descubierta. ¿Creería que la echaríamos sin más, sin darse cuenta de que al menos yo, en vista de las pocas visitas que teníamos en Pembrooke Park, la recibiría con los brazos abiertos?

Pensaba que había visto a casi todas las niñas del pueblo, por lo menos desde lejos, en la iglesia o en los días de mercado. Pero a ella nunca me la había encontrado. Tenía el cabello dorado asomando por su bonete, y llevaba un elegante bolero sobre el vestido. No parecía pobre, pero tampoco era alguien «de nuestra posición», como solía decir mi madre. Así era como intentaba consolarme, diciéndome que era mejor que ninguna muchacha de mi edad viniera a verme, porque no quería que pasara mucho tiempo en compañía de campesinos analfabetos, no cuando había comenzado a ir por el buen camino para convertirme en una dama. Reconozco que todo aquello me cansaba un poco. Más cuando el año anterior habíamos vivido en un par de habitaciones deterioradas en Portsmouth y habíamos usado ropa de segunda mano. Claro que eso fue antes de que mi padre recibiera su preciado dinero y sacara provecho del contenido de la caja fuerte de su hermano.

La primera vez que vi a la niña de ojos atormentados no hice nada. Cuando volví a notar su presencia, días más tarde, levanté la mano, esperando que me viera. Pero no se dio cuenta. Así que abrí la ventana para saludarla, pero el sonido del pestillo la asustó y salió corriendo como si fuera una liebre perseguida por un zorro.

Pasados unos días, al ver que no volvía, fui a buscarla. Al final la encontré en una especie de escondite que se había hecho entre el cobertizo y el jardín vallado que no podía verse desde la casa. Para un observador cualquiera, aquellos tablones, ladrillos, frascos de vidrio de colores y un camastro cubierto con una vieja enagua podían parecer un extraño montón de basura, pero enseguida me di cuenta de lo que era aquello: una cabaña.

Como no quería que volviera a escaparse, decidí no correr el riesgo de presentarme directamente, así que me marché y volví un poco más tarde con unas flores que metí en uno de los tarros y una nota en la que le decía que no quería hacerle daño y le preguntaba si podíamos jugar juntas al día siguiente. En la firma puse: «Tu amiga secreta».

Tenía miedo de que se fuera tan pronto como descubriera la nota y supiera que alguien había estado en su escondite. Sin embargo, cuando regresé a la tarde siguiente estaba allí parada, observando cómo me acercaba, mirándome con una solemnidad que la hacía parecer mayor de lo que era.

—¿Por qué quieres jugar conmigo? —me preguntó.

Decidí decirle la verdad.

—Porque no tengo a nadie más.

—¿Prometes no decírselo a nadie?

—Te lo prometo —asentí—. Será nuestro secreto.

—Muy bien. —Ladeó la cabeza, pensativa—. Puedes llamarme Lizzie. ¿Y tú eres...?

—Jane. —Le di mi segundo nombre porque tenía miedo de que se negara a estar conmigo si sabía quién era yo en realidad.

Y así comenzó nuestra amistad secreta. Nos vimos todas las tardes que hizo buen tiempo, que fueron la mayoría de aquel verano. Representábamos pequeñas obras de teatro que escribía yo misma, jugábamos a las casitas, inventando familias, situaciones y vidas mucho más atrayentes o interesantes que la mía y probablemente la suya.

Nunca le pregunté por su familia, porque no quería que ella me preguntara lo mismo. No quería hablar, ni siquiera pensar en mi verdadera familia. Sobre todo en mi padre. Solo quería escapar durante una hora o dos en compañía de mi nueva amiga, sumergidas en nuestro mundo imaginario.

Con el tiempo supe quién era su familia y su verdadero nombre. Supongo que ella también se enteró del mío. Pero nunca hablamos de ello, porque hacerlo hubiera supuesto romper el hechizo y poner fin a nuestro mundo particular. A nuestra amistad.

De todas formas, todo acabó demasiado pronto. Mi hermano pequeño nos vio juntas y ella tuvo miedo de que su familia se enterara. Me dejó una nota detrás de uno de los ladrillos sueltos del muro del jardín en la que daba por finalizada nuestra amistad de la misma manera que empezó. Muy apropiado, me dije más tarde, aunque en ese momento solo pensé en lo injusta que era la vida.

Abigail sintió una tristeza infinita cuando terminó de leer la carta. Se preguntó qué habría sido de esas niñas, si se habrían vuelto a ver. Si Harriet Pembrooke, o «Jane», habría hecho otra amiga. ¿Y Lizzie, la muchacha del pueblo? ¿Se habría casado y sería madre de una niña con su propia cabaña en algún lugar cercano? ¿O seguiría sola?

Daba igual, lo único que deseaba era que fueran felices allá donde estuvieran. Aunque no sabía muy bien por qué, pero después de leer la carta, lo dudaba. Volvió a preguntarse si sería prudente enseñarle a Miles las cartas. ¿Por qué tenía tantas dudas? Por lo menos, podía preguntarle por su hermana.

Lo encontró en la biblioteca, mirando las ilustraciones de moda de un ejemplar de la revista que Susan y Edward Lloyd publicaban.

—¿Puedo acompañarle?

—¡Por supuesto! —exclamó él radiante—. Mire esta pareja de aquí, tan elegantes con la nueva moda de primavera. Podríamos ser usted y yo. Somos tan sociables como guapos. ¿Y qué me dice de este vestido de paseo con el sombrero? Creo que le quedaría de fábula.

Lo miró con fingido interés.

—Nunca me han gustado las plumas de avestruz, pero ese bicornio le quedaría muy bien —señaló, ganándose una sonrisa.

Se sentó con la novela que estaba leyendo y Miles continuó con la revista. El tictac del reloj nunca había sonado tan fuerte.

Tras unos minutos en los que simuló estar leyendo dijo con tono indiferente:

—Miles, ¿puedo preguntarle por su hermana?

—¿Qué quiere saber de ella? —contestó él, todavía leyendo la revista.

—Para empezar, ¿dónde vive?

Él la miró.

—Creo que a caballo entre Londres y Bristol. Eso cuando no está viajando.

Abigail se acordó de los matasellos de Bristol de las cartas que estaba recibiendo.

—¿Y cómo le va? ¿Se mantienen en contacto?

Miles se encogió de hombros.

—No mucho. Solo la he visto dos veces desde que he regresado a Inglaterra.

Al notarlo incómodo, decidió cambiar de tema.

—Me quedé muy sorprendida cuando le dijo a Mac que su hermano había muerto. No creo que nadie de aquí lo sepa. Supongo que a nadie se le ocurrió informar a la parroquia del suceso.

Miles asintió distraídamente.

—Lógico, solo vivimos aquí dos años.

Tragó saliva y preguntó con cautela:

—¿Puedo preguntarle cómo murió?

—Claro que puede hacerlo. Puede preguntarme cómo... y por qué. Yo mismo me lo he estado preguntando durante años. Y todavía lo hago.

Esperó a que continuara. De nuevo el tictac se hizo insoportable. Pero se quedó callado, allí sentado, limpiándose una mancha invisible de los pantalones.

—Estuve hablando con la señora Hayes —dijo ella con suavidad—. Era el ama de llaves de Pembrooke Park. Ahora la pobre está ciega. Me contó que vio sangre en el vestíbulo después de que su familia se marchara.

—¿Sangre? —repitió Miles—. ¡Qué cosas! —Alzó la barbilla—. He de decirle, señorita Foster, que creo que ha leído demasiadas novelas góticas. Mi querido hermano estaba vivo cuando salimos de aquí. Y ahora descansa en un cementerio en Bristol, cerca de la familia de mi madre.

—¿Y... su padre?

—Sinceramente, no lo sé. Nunca supimos nada más de él y espero no volver a verlo jamás. —Se puso de pie bruscamente—. Y ahora, si me disculpa, me encuentro un poco cansado. Me gustaría descansar un poco antes de la cena.

—Por supuesto. Siento haberlo molestado. No he debido ser tan curiosa.

Entonces Miles se detuvo al lado de la silla donde estaba sentada y bajó la mano. Sin saber cuál era su intención, levantó la suya con indecisión. Él le dio un afectuoso apretón.

—No me molesta, señorita Foster —susurró, esbozando una triste sonrisa—. Usted es un bálsamo para mi alma.

A la tarde siguiente, Abigail estaba de pie en la iglesia, ayudando a William Chapman a reponer las velas gastadas de la lámpara.

—¿Puedo contarle algo? —preguntó mientras le pasaba una vela.

El pastor cambió de postura en la escalera.

—Por supuesto.

—Todavía no se lo he contado a nadie, no sé muy bien por qué. Y eso que lleva sucediendo hace algún tiempo.

Él inclinó la cabeza para mirarla. Sus ojos brillaron con una cierta precaución.

—¿De qué se trata?

—He recibido varias cartas.

—¿Cartas? —inquirió con cautela—. ¿De un caballero?

—No. O eso creo. Son anónimas.

—¿De un admirador secreto?

—Por supuesto que no. De alguien que vivió aquí.

Se puso tenso.

—¿Del señor Pembrooke?

—No. Creo que de su hermana, Harriet. Sobre los años que vivió en la mansión.

—¿Y por qué no las ha firmado con su nombre?

—No lo sé. Pero por lo que escribe, no tenía muy buena imagen de su padre. Quizás el anonimato le proporciona el coraje necesario para revelar sus secretos.

—¿Qué tipo de secretos?

—Por lo visto tenía mucho miedo de su padre. También ha escrito sobre la amistad que hizo con una niña del pueblo.

—¿En serio? ¿Con quién?

—Alguien llamada Lizzie.

—Lizzie es un nombre muy común. ¿No sabe el apellido?

Abigail hizo un gesto de negación.

—Y Harriet tampoco le reveló su verdadero nombre a la niña por temor a que no quisiera juntarse con ella. Por lo que cuenta, me da la impresión de que todo el mundo excluyó a los Pembrooke durante el tiempo que estuvieron aquí.

—Sí, es cierto.

—Me pregunto qué habrá sido de las dos niñas —continuó ella—. Según mis cálculos, ahora deberían tener unos treinta años, más o menos. ¿Conoce a alguna Lizzie de esa edad?

William se detuvo a pensarlo.

—El nombre de pila de la señora Matthews es Elizabeth. Creo que tiene treinta y pocos. Es la mujer que tiene cinco hijos, ¿sabe de quién le hablo?

—Ah, sí.

—Y la sobrina de la señora Hayes se llama Eliza. No recuerdo a nadie que la llamara Lizzie, pero podría ser... Aunque solo tiene veinticinco.

Abigail se acordó de Eliza, la mujer que cuidaba de su tía que antaño trabajó y vivió en Pembrooke Park. Durante su visita a la casa de la señora Hayes, la vio escribir algo y también la había sorprendido en el cementerio, cerca de las tumbas de los Pembrooke...

William se subió a la escalera y comentó:

—Podría preguntarle a Leah. Tal vez recuerde si había alguna otra muchacha con ese nombre.

—Gracias. O podría preguntárselo yo misma la próxima vez que la vea. ¿Conocía su hermana a Harriet Pembrooke?

—No creo. Cuando los Pembrooke vivieron aquí, ella estaba interna en un colegio. Estuvo un año.

—Bueno, no pierdo nada por intentarlo.

William le lanzó una mirada elocuente.

—Me olvido de que todavía no conoce muy bien a mi hermana. No le gusta mucho hablar de sí misma. O del pasado. O de los Pembrooke.

Abigail asintió, recordando la reticencia de Leah a entrar en Pembrooke Park. ¿Habría tenido una mala experiencia en la casa? ¿Y si alguno de los Pembrooke la había tratado mal? No podía imaginarse al adorable Miles haciendo algo así. Además, en esa época solo era un niño. Y Harriet había estado desesperada por tener una amiga.

¿El hermano mayor, tal vez? ¿O el mismísimo Clive Pembrooke? Sintió un escalofrío por todo el cuerpo. Esperaba estar equivocada.

Capítulo 15

Al día siguiente, Gilbert le envió una nota en la que le comunicaba que había regresado a Londres. Al final no había vuelto a visitarla. ¿No podía, por lo menos, haber pasado a despedirse? Se enderezó y fue a informar de la noticia a su padre con fingida indiferencia.

Tras cumplir su objetivo, dejó a su padre y a Miles jugando una partida de *backgammon* y se fue al jardín, donde reanudó su labor de limpiar las malas hierbas. Necesitaba aclarar sus ideas, pensar y evitar a Miles durante un rato. Lástima que el señor Pembrooke no fuera a poner de su parte en lo último.

El día era soleado y templado y su única compañía era alguna que otra abeja y un par de currucas que revoloteaban alrededor de un serbal cuyas flores blancas caían por el muro del jardín.

Después de un rato, apareció Kitty Chapman, que se unió a ella alegremente.

Abigail se detuvo y sonrió a la niña:

—Gracias, Kitty. Me encantaría pagarte algo como recompensa por las molestias que te estás tomando.

—No pasa nada. De todos modos, necesitaba salir de mi casa un rato. Will y mi padre se han puesto a discutir.

—Vaya. Lo siento.

La menor de los Chapman se encogió de hombros, pero al instante se le iluminó el rostro como si acabara de ocurrírsele una idea estupenda.

—Aunque me gustaría llevarme algunas flores, si no le importa.

—Por supuesto que no. Las que quieras.

Estuvieron arrancando malas hierbas durante un rato. Luego Abigail fue al cobertizo a por unas tijeras de podar. Allí se quedó mirando con tristeza el tranquilo rincón que había entre la estructura y el jardín, pensando en los momentos que las dos amigas secretas debieron de compartir. Durante un instante, cerró los ojos y se las imaginó juntas; casi podía oír sus voces infantiles leyendo alguna obra. Respiró hondo y se deleitó con el delicioso aroma a tomillo y madreselva que impregnaba el aire. Abrió los ojos y se sorprendió al encontrar dos mariposas sobre su manga rosa, una de color blanco y otra naranja. Eran tan diferentes, pero tan parecidas a la vez. De algún modo, aquella visión la calmó. Entonces, ambas alzaron el vuelo en direcciones opuestas.

Regresó con Kitty, le pasó las tijeras y vio que la pequeña escogía margaritas, lirios amarillos y rosas salvajes.

—¿A quién le vas a regalar las flores, Kitty?

—A mi abuela. Ha venido a pasar unos días con nosotros.

—¿Ah, sí?

La niña asintió y añadió un poco de follaje verde a su improvisado ramo.

—Se ha vuelto a caer y mi madre está un poco preocupada. La abuela dice que no ha sido nada y que quiere volver a su casa tan pronto como sea posible, pero... Bueno, ya veremos...

—Es todo un detalle por tu parte llevarle flores.

—He pensado que podían animarla. Solo tenemos tres dormitorios, yo comparto uno con Leah. Así que la hemos puesto en la habitación de Jacob y a él le hemos colocado una pequeña cama en el porche trasero. William se ofreció a llevárselo a la rectoría, pero papá quiere que se quede en casa. He pensado que las flores quedarían muy bonitas en la habitación de mi hermano. Y con un poco de suerte también ocultarán su olor a pies —dijo con una sonrisa burlona antes de guiñarle un ojo. Aquella expresión le recordó mucho a William y a sus sonrisas irónicas y pícaros guiños.

—Detesto que tengáis que estar tan apretados cuando en Pembrooke Park tenemos tantos dormitorios, aunque supongo que tu padre no estará de acuerdo con que Jacob o tú os quedéis a dormir con nosotros mientras tu abuela se recupera, ¿verdad?

Kitty negó con la cabeza y la miró con un brillo travieso en los ojos.

—Supone bien.

Cuando terminaron de arreglar el jardín, Kitty la miró y preguntó:

—¿Por qué no viene a mi casa, señorita Foster? A mi abuela le encantará conocerla.

—Y a mí a ella. Pero... ¿qué pasa con la discusión de tu padre y hermano?

—Oh, seguro que ya han hecho las paces. —Kitty se puso la mano en la frente para protegerse los ojos—. De hecho, mire por dónde va Will.

Abigail miró por encima del hombro y vio al señor Chapman saliendo del bosque y dirigiéndose a la rectoría. Le sorprendió que no se parara a saludarla. Seguro que no se había dado cuenta de que estaban en el jardín.

—¿Lo ve? —sonrió la niña—. Todo despejado.

Pero primero invitó a la pequeña a que la acompañara al semisótano, donde buscaron un tarro de cristal para colocar las flores. Después, preguntaron a la señora Walsh si podía prepararles algo como regalo de bienvenida. Cuando le explicaron para quién era, la cocinera aceptó encantada, pues era amiga desde hacía muchos años de la señora Reynolds y les dio un poco de estofado de liebre y un pastel de ciruelas.

Cargadas con los regalos, Abigail y Kitty fueron a casa de los Chapman. La señora Reynolds estaba cómodamente instalada en la pequeña alcoba con la pierna vendada elevada sobre un cojín. La encantadora anciana se parecía mucho a Kate Chapman y aceptó las flores y los manjares con una sonrisa de agradecimiento. Abigail estuvo hablando con ella unos minutos antes de excusarse y desearle una pronta recuperación.

Cuando salió del dormitorio, Leah estaba esperándola fuera y parecía feliz de volver a verla.

—¿Por qué no se queda unos minutos más y hablamos un poco? —la invitó, ofreciéndole un vaso de limonada.

—Me encantaría. Gracias.

Como hacía tan buen día, y teniendo en cuenta que en ese momento la casa estaba repleta de gente, decidieron sentarse en un banco que había en el jardín delantero de la casa. Estuvieron charlando durante un rato de todo un poco: la llegada de la abuela de Leah, las clases que darían el siguiente domingo, el tiempo tan fantástico que estaba haciendo...

Hasta que Abigail decidió cambiar de tema.

—¿Se ha enterado ya de que tenemos un invitado en casa?

—Sí, me lo ha dicho mi padre.

—Kitty me ha contado que su padre y su hermano han estado discutiendo —informó con cautela—. Espero que la disputa no haya sido por eso.

—No. No... directamente. —Leah eludió su mirada—. ¿Y qué tal le va con él allí?

—Supongo que bien —respondió ella—. En realidad Miles es muy agradable. Aunque no sé cuánto tiempo tiene pensado quedarse. —Se dio cuenta de que Leah no se sentía muy cómoda con aquella conversación, porque la vio apretando con demasiada fuerza el vaso—. Pero no hablemos más de esto —se apresuró a decir—. Hace varios días que no la veo, ¿por qué no me cuenta lo que ha estado haciendo durante este tiempo? ¿Alguna noticia de Andrew Morgan?

El bello rostro de Leah se demudó al instante. Por lo visto, el nuevo tema que había escogido era igual de peliagudo que el anterior.

—No creo que vuelva a ver al señor Morgan —respondió Leah con rotundidad, con la vista clavada en el horizonte.

—¿Por qué dice eso? Estoy segura de siente una profunda admiración por usted.

Leah asintió ligeramente.

—La admiración es una cosa. Pero es demasiado honorable para hacer nada al respecto. ¿Sabe? Oí a su madre reprenderle por haberme invitado al baile. Parece que William, como clérigo y antiguo compañero de estudios de su hijo, es lo suficientemente respetable, pero sus padres no pueden obviar el hecho de que mi madre trabajó como sirvienta. Y que mi padre sea su actual administrador tampoco lo deja en muy buen puesto en su escala social.

—Pero seguro que Andrew puede hacerles cambiar de parecer.

Leah hizo un gesto de negación.

—Señorita Foster, soy mayor que usted y por lo tanto un poco más consciente de cómo funciona el mundo, así que no se ofenda si no estoy de acuerdo con lo que ha dicho. Cuando una mujer se casa con un hombre también lo hace con su familia, tanto en lo bueno como en lo malo. Así es como debe ser. No me gustaría tener como esposo a un hombre que tiene que alejarse de su familia para poder estar conmigo, ni tampoco a alguien que haga que me separe de la mía para contentar a la suya. Además, está claro que sus padres quieren que se case con otra. Ya conoce a la señorita Padgett. Es una dama joven y rica. Con independencia de mi humilde procedencia, sé que nunca he tenido la más mínima oportunidad con él.

Abigail sintió una punzada en el corazón. Le dio un cariñoso apretón de mano para demostrarle que la entendía más de lo que podía imaginarse. Se quedaron sentadas en silencio hasta que Leah agregó:

—Los Morgan son relativamente nuevos por aquí. Solo visitaron la zona unas pocas veces antes de heredar Hunts Hall. No saben... No podemos esperar que entiendan...

—¿Que entiendan qué? —preguntó Abigail al ver que no terminaba la frase.

—Lo... Lo mucho que la gente respeta a Mac Chapman y...

En ese momento Kitty salió corriendo de la casa con un trozo de papel en la mano que agitaba sobre la cabeza como si fuera una bandera.

—Jacob tiene una carta de amor. Jacob tiene una carta de amor... —canturreó.

Jacob apareció detrás de ella, moviendo los brazos con furia.

—¡Dame eso ahora mismo! ¡Es mío!

Leah la miró con ironía.

—...y lo refinada que es en realidad mi familia.

El domingo por la mañana, mientras estaban desayunando, Abigail observaba a su padre, que cortaba ensimismado las salchichas en rodajas. Luego miró a Miles, que se encontraba al otro lado de la mesa.

—Señor Pembrooke —empezó—. Su... Supongo que no querrá venir con nosotros a misa, ¿verdad?

Miles abrió la boca, volvió a cerrarla y esbozó una cálida sonrisa.

—Gracias por invitarme, señorita Foster, aunque lo haya hecho de esa forma tan ambigua.

—No quise decir...

Levantó una mano para interrumpirla.

—Lo entiendo. Y no se preocupe, no me siento ofendido. De todos modos, tampoco tenía intención de ir. No me veo con fuerzas para enfrentarme a él.

Su padre decidió intervenir.

—¿Se refiere a enfrentarse a Mac Chapman? Venga, Miles. Espero que no le importe, pero mi hija me ha mencionado lo de los rumores que han corrido todos estos años sobre su padre. Me imagino que la mayor parte son tonterías sin sentido. Lo que no puede permitir es que unos cuantos chismosos de mente estrecha le impidan vivir su vida e ir adonde le plazca. —Dejó caer el tenedor y el cuchillo haciendo un ruido metálico.

—Es usted muy amable, señor Foster. Pero no me quedo en casa para evitar a Mac o a alguien en particular. Me refería a que no me atrevo a enfrentarme a Dios —explicó con aparente buen humor—. Al fin y al cabo, es su casa. Y no creo que sea precisamente bienvenido en ella, si sabe a lo que me refiero. No pertenezco a ese lugar.

—Por supuesto que pertenece. —A Abigail se le encogió el corazón al ver la vulnerabilidad de su rostro, a pesar de la expresión divertida con que pretendía enmascararla—. La iglesia es de todos. Igual que Dios. ¿No comió el mismísimo Jesús con pecadores y publicanos?

—Me halaga usted, señorita Foster.

—No quería decir que...

—Cielos, qué fácil es gastarle una broma. —Le dio una ligera palmada en el brazo—. Ahora en serio. Agradezco su consideración y tendré en cuenta sus palabras. Pero por ahora prefiero quedarme aquí. No quiero interrumpir las oraciones de todas esas buenas almas y usted sabe que mi presencia lo haría. No creo que pudiera pasar desapercibido entre, ¿cuántos?, ¿dos docenas de feligreses?

—Más o menos —reconoció ella.

—¿Lo ve? La esperaré aquí. Y... que sepa que no me importaría si desea incluirme en sus oraciones.

—Lo haré —le aseguró con seriedad.

En cuanto terminó la clase dominical, Abigail tomó a Leah del brazo con la intención de acompañarla a casa y así poder mantener una conversación con ella por el camino.

—Si está decidida a no volver a ver a Andrew Morgan, me gustaría que conociera a Miles. Sé que no le gusta relacionarse con desconocidos, pero en realidad él no lo es. Es pariente lejano de mi padre y un antiguo vecino suyo. Y sí, es un Pembrooke, pero también un hombre muy amable... y bastante apuesto.

—Señorita Foster, no creo que... —protestó Leah.

Abigail alzó la vista y se detuvo sorprendida al ver a Miles Pembrooke.

—Ah, mire, está ahí mismo. Venga, déjeme que se lo presente.

Tiró de ella, pero la señorita Chapman se había quedado petrificada y le resultó imposible moverla.

Al verlas, Miles Pembrooke sonrió y se acercó a ellas. Se fijó en que su cojera era mucho menos pronunciada. Tal vez se esforzaba más en ocultarla cuando conocía a alguien nuevo, sobre todo si se trataba de una bella dama como Leah.

—Justo estábamos hablando de usted —comentó. Se volvió hacia su amiga—. Señorita Leah Chapman, me gustaría presentarle al señor Miles Pembrooke.

No pudo evitar observar la reacción de Miles. Cómo abrió los ojos ligeramente, o la forma en que se suavizó su expresión cuando recorrió las delicadas facciones de Leah, sus grandes y hermosos ojos y su pelo del color de la miel. Ladeó la cabeza, mirándola con evidente admiración y... algo más. ¿Era curiosidad o acaso reconocimiento?

Miles la saludó con una elegante inclinación de cabeza.

—Un placer, señorita Chapman.

Leah, que se había quedado mirándolo, hizo una rígida reverencia sin apartar la vista de su cara. Esperaba que se debiera a que se había quedado tan obnubilada con su apuesto rostro y educada cortesía como a él le había pasado con ella.

—¿Señor... Pembrooke? —repitió Leah con un tono un tanto estridente.

—Sí, Miles —aclaró él volviendo a ladear la cabeza, pero esta vez en la dirección opuesta—. Creo que ya nos conocemos, señorita Chapman. De cuando éramos pequeños. Aunque no me hago ilusiones de que se acuerde.

—¿En serio? —preguntó Leah casi con timidez.

—Sí. Creo que poco después de que regresara a casa del colegio en el que estuvo. Por supuesto, han pasado muchos años. Yo era un niño muy travieso, así que seguro que le resultaba un incordio. Al menos eso era lo que siempre pensaba mi hermana.

—Ah, sí. Puede. Bueno. Aunque, como bien ha dicho, de eso hace mucho tiempo. —Leah intentó soltarse de Abigail, pero ella la sostuvo con más fuerza. Entonces, la señorita Chapman tragó saliva y continuó—: Y... ¿qué está haciendo aquí, señor Pembrooke?

—Quería volver a ver mi antiguo hogar, eso es todo.

—¿Y dónde está el resto de su familia?

—Mi madre falleció el año pasado, Dios la tenga en su gloria. Y mi hermano murió poco después de que nos marchásemos de aquí.

—Yo... —A pesar de la habitual cortesía de Leah, parecía como si las palabras se le hubieran quedado atascadas en la garganta—... lo siento mucho.

—¿De verdad? ¿O se alegra de que haya menos Pembrooke en este mundo? —La sonrisa que esbozó Miles no llegó a sus ojos.

A Leah se le desencajó la mandíbula.

—Por supuesto que no me alegro...

—¿Sabe? —continuó Miles—. Somos una familia en extinción. Mi hermano murió joven. Mi hermana no ha tenido hijos. Y yo todavía no he sido bendecido con una esposa que me enseñe lo que es el amor, como tanto tiempo he deseado. ¿Y usted, señorita Chapman? ¿Puedo albergar la esperanza de que aún no esté comprometida?

Leah palideció.

—No, no lo estoy, ni tampoco tengo intención de estarlo, sobre todo... —Dejó sin terminar la frase.

Miles la miró dolido.

—¿Sobre todo con un hombre como yo?

—Eso no es lo que quería decir. Pero no, nunca me comprometería con un Pembrooke. No se ofenda.

Miles esbozó una sonrisa melancólica, pero no dijo nada.

—¿Y su hermana? ¿Está bien? —preguntó la mayor de los Chapman tras aclararse la garganta.

—Sí. La última vez que la vi lo estaba.

—¿Se va a quedar mucho tiempo por la zona?

—Todavía no lo he decidido.

Abigail decidió intervenir.

—Qué interesante que se conocieran de pequeños. ¿Ve a la señorita Chapman muy cambiada, señor Pembrooke?

Miles sonrió.

—Bueno, recuerde que por aquel entonces solo era un niño de once o doce años y no me fijaba mucho en las muchachas. Pero puedo afirmar sin equivocarme que la señorita Chapman se ha convertido en una mujer extraordinariamente bella.

Leah apartó la vista, claramente desconcertada por la mirada de admiración que él le dirigió.

En ese momento, William Chapman se acercó. Al principio vaciló al ver a los tres hablando, pero en cuanto se dio cuenta de quiénes eran apretó el paso con expresión furiosa.

—¡Leah! ¿Qué estás haciendo? Ven conmigo. ¡Ahora!

Leah miró a su hermano con asombro.

—¿William?

—Vamos. —La agarró del brazo y se volvió hacia Abigail.

—Si nos disculpa, señorita Foster —escupió con una mirada helada.

—¿Qué sucede, señor Chapman? ¿Qué he hecho?

Pero William ya se había dado la vuelta bruscamente hacia Miles.

—Aléjese de mi hermana, señor Pembrooke. ¿Entendido?

Miles abrió la boca aturdido. Después, miró a Abigail y ambos intercambiaron una mirada de estupefacción, a juego con sus expresiones heridas.

Abigail sujetó rápidamente la manga del señor Pembrooke para que no se moviera de allí y salió detrás de William y Leah, que se habían marchado prácticamente corriendo.

Logró alcanzarlos cuando estaban a punto de entrar en casa de sus padres.

—Señor Chapman, espere.

William empujó a su hermana para que entrara y se volvió hacia ella.

—¿En qué estaba pensando? ¿Por qué se lo ha presentado a mi hermana? Si hubiera sido mi padre el que los hubiera visto... No sé lo que habría pasado.

—Pero ¿por qué? No lo entiendo.

—Efectivamente, no lo entiende. Y será mejor que no se meta en asuntos que no le conciernen.

Se le llenaron los ojos de lágrimas. Nunca se habría imaginado que William Chapman pudiera hablarle en un tono tan cortante. O que la mirara con tal ira en los ojos cuando siempre la había tratado con tanta cordialidad... e incluso admiración. Pero esos ojos ahora solo reflejaban resentimiento y decepción. ¿Pensaba que había traicionado a su amigo Andrew? ¿O era porque en realidad albergaba un sinfín de prejuicios contra Miles? Aunque los rumores sobre Clive Pembrooke fueran ciertos, le sorprendió que culpara al hijo por los pecados del padre. Sobre todo porque, cuando supuestamente sucedió todo aquello, Miles solo era un niño. Quizá William Chapman no era tan compasivo como creía.

Aun así, pensar que había perdido su admiración y la amistad de Leah fue como si le clavaran un cuchillo en el corazón. Con los ojos anegados de lágrimas, se dio la vuelta para evitar que la viera llorar y regresó sola a Pembrooke Park.

Miles la estaba esperando en el vestíbulo.

—Querida señorita Foster, ¿se encuentra bien? Parece bastante apesadumbrada. Espero que el señor Chapman no sea el causante de tal estado.

—Y yo espero que no le haya ofendido su rudeza. No sé cómo explicarlo. Normalmente es un hombre muy agradable y educado. Nunca lo he visto tratar a nadie de esa forma.

Miles estudió su rostro con aire calculador y cara de desilusión.

—Oh, querida. Está claro que admira mucho a ese hombre. Siento que hayan discutido por mi culpa. —Parecía sinceramente apesadumbrado, pero dudaba de que aquello fuera a quitarle el sueño—. Esperaba que todos estos años hubieran eliminado los viejos prejuicios. Por lo menos contra mí y contra mi hermana. Soy el primero que me he expuesto a ello al dar a conocer mi presencia. Harri es muy reacia a hacerlo. Todavía recuerda muy bien cómo nos rechazaron cuando vivíamos aquí. Como le dije, no guardo rencor hacia nadie. Mi padre era como era. ¿Pero ahora? ¿Después de todo este tiempo? No me apetece decirle a mi hermana que tenía razón al indicar que no era conveniente anunciarse a bombo y platillo.

En cuanto la señorita Foster se dio la vuelta y se marchó, William cerró la verja, echó el pestillo y se volvió para encontrarse con Leah.

—¿Crees que ha sido sensato actuar de ese modo? —preguntó disgustada.

—¿Sensato? —repitió él—. ¿Te encuentro manteniendo una conversación a solas con Miles Pembrooke y me preguntas si yo he sido sensato?

—No era una conversación a solas. Si recuerdas, también estaba la señorita Foster. Pues claro que lo recuerdas, teniendo en cuenta cómo has herido sus sentimientos.

Alejó de su mente la imagen de ella mirándolo con los ojos muy abiertos y llenos de dolor.

—¿Por qué has hablado siquiera con él después de... todo?

—Por pura cortesía. La señorita Foster nos presentó.

Apretó la mandíbula y miró al cielo para reprimir una maldición.

—¿Por qué estás tan enfadado? Recuerda que, a diferencia de ti, ella no conoce la historia de nuestra familia... y mucho menos de lo que tú mismo acabas de enterarte hace poco. Has sido muy duro con ella. Con ambos.

William negó con la cabeza, todavía tenía los nervios a flor de piel.

—No pensé. Solo reaccioné. Lo único que tenía en mente era protegerte. Evitar que te hiciera ningún daño.

—¿Piensas en serio que Miles Pembrooke podría hacerme daño? Ni antes ni ahora. ¿No te das cuenta de que con tu reacción exagerada has atraído su atención sobre mi persona, haciendo que mi intento por parecer normal y educada fuera en vano? ¿No crees que ahora estará preguntándose muchas cosas? ¿Que estará cuestionándose mi pasado con su familia?

—Espero que no. —Cerró los ojos y rezó en silencio.

—Sé que es duro para ti —continuó Leah—. Pero llevo años, más bien toda la vida, haciéndome a la idea. Aprendiendo a ocultar mis sentimientos. —Le tocó suavemente el brazo—. Lo entiendo, William. Y espero que la señorita Foster también lo haga. Algún día.

Capítulo 16

Durante los días siguientes, la familia Chapman al completo pareció hacer todo lo posible por evitar a Abigail y a Pembrooke Park en general. Ni siquiera Kitty se dejó caer por allí, y por supuesto tampoco hubo ninguna invitación para cenar después del servicio que se ofreció a mitad de semana para pedir por la salud del rector, el señor Morris, que esos días estaba sufriendo una fiebre preocupante. Durante dicho servicio, William y Mac eludieron mirarla, y Leah se marchó en cuanto terminó, sin detenerse a hablar con ella. Abigail empezó a temer que hubiera perdido la amistad incipiente de Leah y la admiración de su hermano para siempre.

Esa noche, a pesar de ser las once pasadas, estaba dando vueltas en la cama, incapaz de conciliar el sueño, así que decidió levantarse y caminar un rato por su habitación. Tras unos minutos, cruzó la galería y se dirigió hacia el dormitorio vacío de su madre. Desde las ventanas que daban a la iglesia podía ver la rectoría. Se fijó en que la luz de una vela iluminaba una de las ventanas.

Por lo visto, el señor Chapman también estaba despierto a esas horas. ¿Acaso tampoco podía dormir? «Oh, Dios, ayúdame a terminar con esta situación tan tensa, por favor.»

Sabiendo que no lograría dormir a menos que hiciera algo, decidió arriesgarse. Regresó a su habitación, se puso unas medias, unos zapatos y una bata y se cubrió con un chal. Después, se hizo con un candil y volvió a salir a la galería de puntillas. Al no ver ninguna luz bajo la puerta de su padre, decidió no molestarlo y bajó en silencio las escaleras.

Los sirvientes debían de estar dormidos desde hacía tiempo. Aun así, continuó caminando de puntillas. Fue al vestíbulo, abrió la puerta con cuidado, salió y cerró la puerta con el mayor sigilo posible. El frío aire nocturno traspasó su camisón de muselina e hizo que se estremeciera, de modo que intentó arroparse un poco más con el chal mientras caminaba por el borde del camino de entrada para evitar la grava. Cuando llegó al cementerio, iluminado por la luz de la luna, evitó mirar cualquier tumba o las ramas de sauce que se sacudían en un triste lamento por los muertos.

Volvió a estremecerse, aunque esta vez no solo de frío.

Cuando llegó a la casa parroquial, se tomó unos segundos para recuperar la compostura. El corazón le latía desaforado, justificando el esfuerzo que le había llevado la caminata. Tomó una profunda bocanada de aire y llamó suavemente con los nudillos. En dos ocasiones.

Segundos después, oyó el sonido de pasos acercándose seguidos del clic de la cerradura. Entonces la puerta se abrió y apareció William Chapman, vestido con pantalones y con la camisa abierta a la altura del cuello. Iba despeinado y con los ojos cansados; unos ojos que se abrieron sorprendidos en cuanto la reconoció.

—Señor Chapman, perdóneme por presentarme en su puerta a una hora tan intempestiva, pero vi que había luz en su ventana. Espero no haberle despertado.

—No, no estaba dormido. —Hizo un gesto en dirección al escritorio de dentro, donde había una vela encendida y una Biblia abierta al lado de un papel y una pluma.

—No podía dormir —confesó ella—. Me siento muy mal. No quise molestar ni a Leah ni a usted. Fue un acto impulsivo, no lo pensé. Ni tampoco me di cuenta de la fuerte aversión que sienten hacia los Pembrooke. ¿Podrán perdonarme?

—Señorita Foster... —Se detuvo para abrir un poco más la puerta—. Por favor, entre un momento para resguardarse del frío.

Esperaba no estar metiéndolo en ningún problema o arruinar su propia reputación, pero tenía tanto frío y estaba tan disgustada que en lo que menos pensó fue en el decoro.

Además, se dio cuenta de que tampoco la había invitado a pasar más allá del umbral de la puerta y que la había dejado abierta para que no diera lugar a ningún equívoco.

William volvió a señalar el escritorio y continuó:

—En realidad soy yo el que debo disculparme. Justo le estaba escribiendo una carta. Por eso, cuando la he visto en mi puerta, durante un segundo he creído que me había quedado dormido a mitad de la carta y estaba soñando.

Ella negó con la cabeza.

—Nunca debería haberme metido donde no me llamaban. No sé en qué estaba pensando al presentar al señor Pembrooke a su hermana y ejercer de casamentera cuando no tengo la más mínima experiencia en lo que al cortejo se refiere.

—Cierto. No le veo ningún futuro como casamentera. Ni a usted ni a nadie, para ser sincero. No obstante, no debí tratarla con tanta dureza. Reaccioné de forma exagerada y lo lamento.

—Conozco los rumores que circulan sobre Clive Pembrooke —susurró ella—. Sé que muchos creen que pudo matar a su hermano Robert y la alta estima que le tenía su padre. Que Mac reaccionara con esa vehemencia no me sorprendió. Pero...

—Pero yo, que soy un clérigo, ¿qué hago culpando al hijo de los pecados de su padre?

De nuevo se acordó del versículo de los Números de la Biblia.

—Sí. Al fin y al cabo, su familia no le ha hecho nada a la suya.

—Me temo que no es tan simple, señorita Foster.

—Si Miles hizo algo, ya sea de niño o desde que ha vuelto, estoy segura de que intentará enmendarlo con todos los medios a su alcance.

—No está en su poder hacerlo.

—No... No lo entiendo.

William se frotó el rostro con una mano. Se le veía cansado.

—Sé que no lo entiende. Y de nuevo le pido disculpas. Hay mucho más detrás de todo esto, pero no me compete a mí contárselo. Solo le pido que me crea cuando le digo que tenemos razones para que no nos gusten ni confiemos en nuestros antiguos vecinos. Le aseguro que intentar fomentar una relación entre Miles Pembrooke y mi hermana no traerá nada bueno.

Abigail volvió a negar con la cabeza.

—Tenga la certeza de que no volverá a ocurrir. He aprendido la lección. Solo espero que Leah termine perdonándome. Y usted también.

—Yo ya lo he hecho. Y también espero ser digno de su perdón.

—Por supuesto.

—Y pensar que llevo sentado más de una hora, tratando de escribir una disculpa que solo ha tardado cinco minutos en aceptar —señaló él medio sonriendo.

Ella también consiguió esbozar una sonrisa temblorosa.

Entonces recordó algo.

—Sé que se ofreció a preguntarle a Leah si conocía a alguien que se llamara Lizzie, pero ahora ya no importa. Yo...

—De hecho, señorita Foster, creo que es mejor dejar a mi hermana al margen de todas esas preguntas, ¿no le parece?

Lamentó al instante haber mencionado el asunto al percibir su tono defensivo.

—Muy bien.

—¿Qué es eso? —preguntó él de repente, mirando por encima de su hombro.

—¿El qué? —Se volvió para seguir la dirección de su mirada.

—Esa luz que hay en la ventana.

Al ver que en una de las ventanas del piso superior de la mansión parpadeaba la luz de una vela, se quedó sin aliento.

—Es el dormitorio de mi madre, pero ahora mismo no está ocupado.

¿Quién estaría allí? La vela estaba parcialmente protegida, por lo que no iluminaba a quien la estaba portando; algo que tal vez estuviera haciendo a propósito.

—Lo más probable es que sea Duncan. O alguna de las sirvientas —supuso en voz alta.

—¿A esta hora? —William frunció el ceño—. ¿Por casualidad cerró la puerta con llave cuando se marchó?

—No. No caí en la cuenta. Solo tenía pensado estar fuera unos minutos.

El clérigo apretó la mandíbula.

—Tal vez debería ir a despertar a mi padre.

—¿A su padre con arma incluida? No creo que sea necesario. Ni sensato. Puede que mi padre se haya levantado y esté dando una vuelta por la casa.

—¿Buscándola?

—No creo. —Se sintió un poco culpable. Esperaba que no. No quería preocuparlo, pero tampoco quería que se enterara de que había salido de su casa en plena noche para hablar con un hombre.

—Vamos a ver quién es. —William descolgó su abrigo de la percha y se lo puso—. No quiero que entre sola en la casa, no vaya a ser que se haya colado algún intruso.

La agarró de la mano y, como había hecho ella cuando fue a la rectoría, la condujo por el borde del camino de entrada para no pisar la grava. Cuando llegaron a la entrada de adoquines, abrió la puerta, escuchó con atención y entró primero, parapetándola detrás de su cuerpo. La planta baja estaba a oscuras y en completo silencio.

—Vamos —susurró él, guiándola por el vestíbulo hasta la escalera principal.

Le gustaba sentir aquella enorme y cálida mano sobre la suya. Se le aceleró el corazón, no solo por lo cerca que estaba de él en ese momento, sino por la sensación de peligro que impregnaba el ambiente.

—Por aquí —murmuró cuando subieron las escaleras, señalando el dormitorio de su madre. Sabía que no era nada decoroso seguir agarrada a su mano, pero no hizo nada por soltarse.

La puerta de la habitación de su madre estaba entreabierta. ¿La dejó así cuando entró para mirar por la ventana?

Le hizo un gesto a William para que permaneciera en silencio y ambos se detuvieron para volver a escuchar con atención. Desde el interior les llegó un golpeteo. El clérigo se puso una vez más delante de ella para protegerla y empujó despacio la puerta para que se abriera lo suficiente para permitirles entrar.

Y allí, bajo la tenue iluminación de la vela, se encontraron con Miles Pembrooke, candelabro en mano, con la oreja pegada a la pared de madera y golpeando con su bastón sobre los paneles. ¿Acaso esperaba oír algún sonido hueco que le indicara que allí se escondía una habitación secreta?

—¿Está buscando algo? —preguntó William con tono tranquilo, pero retumbó como un disparo en la silenciosa habitación.

Miles dio un salto asustado y Abigail apretó con fuerza la mano del clérigo.

Durante un instante, el hijo de Clive Pembrooke se quedó completamente inmóvil, como un ladrón descubierto en flagrante delito, aunque se recobró inmediatamente y esbozó una sonrisa.

—Me han dado un susto de muerte.

—¿Qué está haciendo en el dormitorio de mi madre, señor Pembrooke?

—Querrá decir la habitación de «mi» madre, señorita Foster. O al menos lo era. Estaba buscando algunos recuerdos. Tenía la esperanza de que tal vez se hubiera dejado algo aquí.

—¿A estas horas de la noche?

—Sí, me he despertado y me he dado cuenta de lo mucho que la echaba de menos. ¿Y usted, señorita Foster? Me sorprende verla levantada tan tarde y nada menos que en compañía de nuestro buen pastor.

Miró a William, y luego apartó la vista y se soltó por fin de su mano. No se le ocurría ninguna respuesta convincente.

—La señorita Foster no le debe ninguna explicación, señor Pembrooke —dijo el señor Chapman—. Y le aseguro que usted no estaba buscando ningún recuerdo. ¿Un tesoro tal vez?

—Bueno, si quiere saberlo, la respuesta es sí. No podía dejar de pensar en lo obsesionado que estaba mi padre con la existencia de un tesoro escondido en algún lugar de la casa. Tonterías sin sentido, sin lugar a dudas.

—Efectivamente.

—Señor Pembrooke —dijo ella—, si en el futuro hay algo que desea ver en la casa o quiere visitar la habitación de su madre, solo tiene que pedirlo. Hasta que mi madre se instale en ella, por supuesto.

—Por supuesto.

—Seguro que el señor Pembrooke no tiene intención de quedarse tanto tiempo —contempló William, lanzando a Miles una mirada desafiante—. ¿Verdad?

—Ah, bueno, todavía no lo he decidido, aunque reconozco que estoy deseando conocer al resto de la familia de la señorita Foster. Somos parientes después de todo.

—Muy lejanos —puntualizó el clérigo con una sonrisa forzada.

—Pero más cercanos de lo que usted nunca será.

—¿Eso cree?

—Sí.

Durante un momento ambos se miraron con intensidad, con las mandíbulas apretadas y actitud retadora.

Tal era la tensión que se respiraba que Abigail se vio obligada a intervenir.

—Muy bien, caballeros. Es muy tarde y creo que ha llegado la hora de cesar con las hostilidades e irnos a la cama, ¿no creen?

—Estoy de acuerdo —dijo Miles, arrastrando los pies hacia la puerta. Se dio cuenta de que su cojera era menos perceptible de lo habitual.

William y ella lo siguieron hasta la galería.

El pastor esperó hasta que se cerró la puerta de la habitación de invitados. Entonces se volvió hacia ella una vez más.

—¿Seguro que estará bien? Odio dejarla aquí sola con él.

—Le aseguro que el señor Pembrooke es inofensivo. Puede que sea un ladrón, pero no un asesino. Además, el dormitorio de mi padre está ahí mismo.

—Aun así, prométame que echará el cerrojo de la puerta de su habitación, esta noche y todas las que ese hombre permanezca en esta casa.

Como estaban a oscuras no pudo ver con claridad sus ojos, pero por el tono solemne de su voz parecía verdaderamente preocupado.

—De acuerdo. Lo haré.

Ahora que el señor Chapman la había perdonado, sabía que por fin podría conciliar el sueño. Aunque una puerta con el cerrojo echado tampoco le vendría mal.

Al día siguiente, Abigail fue a casa de los Chapman con la esperanza de reconciliarse con Leah. Cuando vio salir a la mayor de los hermanos Chapman por la puerta, se preparó mentalmente para el caso de que no quisiera hablar con ella.

—He venido a pedirle disculpas, señorita Chapman —empezó—. Espero que me perdone. De haber sabido la profunda enemistad que había entre usted y el señor Pembrooke no les habría presentado. No era mi intención molestarla.

Leah soltó un suspiro.

—Sé que lo hizo de buena fe, señorita Foster. Venga, vamos a dar un paseo, ¿le apetece?

Ambas salieron a caminar por el bosque, pero Abigail no se atrevió a agarrarse del brazo de Leah.

—No sabía que conocía al señor Pembrooke.

Leah se encogió de hombros.

—Cuando Clive Pembrooke se mudó con su familia a Pembrooke Park estaba interna en un colegio. Pero seguían aquí cuando regresé, aunque solo se quedaron un año más.

—¿Y ahí fue cuando conoció a Miles?

—No que yo recuerde. Era solo un niño. Y mi padre nos prohibió terminantemente cualquier contacto con los Pembrooke. Desconfiaba... no, más bien odiaba a Clive Pembrooke, y esa animadversión se extendió a su mujer y a sus hijos. No me dejaba poner un pie en Pembrooke Park, ni siquiera en los jardines, y eso que es la propiedad adyacente a la nuestra.

—¿Seguro que se vieron en la iglesia o en el pueblo?

La señorita Chapman volvió a encogerse de hombros.

—Los Pembrooke no solían ir mucho a misa. Y cuando lo hacían, se colocaban en el reservado de la primera fila, entraban cuando todos estábamos sentados y se marchaban antes que el resto. Cuando regresé del colegio, todo el mundo los temía o los odiaba. Los padres me daban igual, supongo que se lo merecían. Y a los muchachos Pembrooke parecía no importarles, ya que se tenían el uno al otro.

—¿Y la niña? —quiso saber ella—. Seguro que la conoció.

Leah hizo un categórico gesto de negación con la cabeza.

—Nunca conocí oficialmente a Harriet Pembrooke. Pero la vi de lejos. Y eso bastó para que sintiera mucha lástima por ella. A menudo me pregunto dónde estará ahora y si es feliz.

«Sí, yo también», pensó Abigail.

—Cuando se fueron —continuó Leah—, todo el mundo respiró tranquilo. Y ahora que Miles ha regresado, ha reavivado los viejos temores. —Soltó otro suspiro y se quedó mirando pensativa al horizonte.

Abigail tomó una profunda bocanada de aire y preguntó en voz baja:

—¿Alguno de los Pembrooke le hizo algún tipo de daño?

Leah la miró con preocupación y luego apartó la vista.

—¿A mí? ¿Cómo iban a poder hacerme daño?

Abigail se mordió el labio.

—No lo sé. Pero vuelvo a pedirle disculpas.

—Sé que lo siente. Y la perdono. —Leah consiguió esbozar una sonrisa y la tomó del brazo—. Ahora, sigamos con el paseo.

Cuando volvió a casa, fue hacia el aparador en busca de una taza de té y a medio camino se detuvo en seco al encontrarse con Duncan y Molly de pie, muy cerca el uno del otro y con las cabezas inclinadas y tocándose.

—¿Qué está pasando aquí? —preguntó con un tono más acerado del que quería.

Molly se irguió al instante y se volvió con la cara completamente roja.

—Yo... Lo siento, señorita. Solo estábamos hablando. Se lo prometo.

Duncan alzó la cabeza despacio y la miró con una sonrisa torcida en los labios.

—Estaba enseñando a Molly un libro de lo más interesante —explicó el sirviente, que le mostró un libro fino y desgastado que tenía en la mano.

La muchacha le lanzó una mirada suplicante.

—Es verdad, señorita. Eso es todo.

—Gracias, Molly. Continúa con tu trabajo, por favor —ordenó ella.

La criada bajó la cabeza y abandonó la estancia a toda prisa.

—Es un viejo ejemplar de las *Listas de la Marina Real* de Steel. Seguro que también le resulta interesante. Revela mucho sobre su invitado: un hombre que hace pasar su cojera por una herida de guerra para ganarse la simpatía de las mujeres.

Abigail frunció el ceño.

—Le aseguro que el señor Pembrooke no finge ninguna cojera.

—Fingir, exagerar, no soy quién para juzgarlo. Funciona, ¿verdad? Parece inofensivo, el pobre héroe de guerra desvalido... y lo invitan a quedarse como si fuera un cachorro herido. —Negó con la cabeza—. Lo más probable es que termine matándonos a todos mientras dormimos.

—Duncan. No me está gustando nada su actitud, ni sus chismes.

—No es ningún chisme, señorita. Sé que no tiene buena opinión sobre mí, pero tiene que creerme. He estado investigando. Y mire aquí, en la página setenta y dos. Sirvió en el *Red Phoenix*. ¿Sabe usted algo del *Phoenix,* señorita?

Ella negó con la cabeza.

Los ojos de Duncan brillaron.

—Es uno de los pocos barcos que salió de la guerra sin sufrir un solo rasguño.

Se le hizo un nudo en el estómago.

—Tal vez lo hirieron durante una escaramuza en tierra firme o en un entrenamiento.

—Si eso le ayuda a dormir por la noche, señorita. —La voz de Duncan rezumaba sarcasmo por los cuatro costados—. No seré yo el que desacredite a un «héroe de guerra».

Poco después, esa misma tarde, Abigail recibió por correo una nueva edición de la revista *Lloyd* y se fue a la sala de estar a leerla mientras bebía una taza de té. La revista traía nuevos artículos, diseños de moda, poesías y relatos. Era suscriptora de la revista sobre todo por lealtad a Susan Lloyd y porque se sentía más cerca de su amiga cuando reconocía su pluma en algún editorial o noticia de sociedad, aunque la mayoría de los artículos y relatos los escribían otros colaboradores.

Tras echar un vistazo a las imágenes de moda, leyó por encima el índice.

El nombre de uno de los escritores llamó su atención de inmediato. Al leerlo tan rápido creyó ver «Pembrooke», pero cuando lo releyó con más atención se dio cuenta de que ponía «E.P. Brooks».

«Ah, el escritor de la zona...»

Fue hacia la página indicada y se fijó en el título del relato: «Asesinato en Dreadmoore Manor». La historia trataba sobre una joven, hija de un conde, que era secuestrada después del asesinato de su padre y se criaba como una humilde sirvienta con unos parientes maquiavélicos. Sin ninguna protección, la pobre muchacha tuvo que valérselas por sí sola cuando un canalla se presentó en su puerta. ¿Descubriría alguien su verdadera identidad y la rescatarían a tiempo?

El relato le recordó a la historia de Cenicienta de una ópera francesa, *Cendrillon,* que había visto en Londres. La joven heroína era increíblemente bondadosa y generosa a pesar de todas las adversidades. El villano era un ser malvado con bigote y con una risotada maníaca que daba más risa que miedo. Aunque no era una experta, le gustó la forma de escribir del autor, a pesar de sus defectos.

Volvió a leer el nombre del escritor, E.P. Brooks, o más bien su seudónimo; Susan le había explicado que la mayoría de las autoras firmaban sus escritos con otro nombre.

En ese momento se acordó de los dedos manchados de tinta de Eliza y de las revistas que había visto en su cocina. ¿Podría ser...?

Abigail decidió hacer otra visita a la señora Hayes y a Eliza. Cuando llegó, la mujer mayor estaba durmiendo una siesta en una silla de la sala de estar, pero Eliza la invitó a la cocina mientras esperaban a que se calentara el agua.

—Se despierta ella sola cuando oye el silbido de la tetera.

Eliza se puso a preparar la bandeja de té y Abigail aprovechó para deambular por la cocina como si nada. Cuando llegó a la mesa, reconoció la última edición de la revista *Lloyd* que había sobre el tablero y decidió jugar sus cartas.

—Yo también la leo.

—¿En serio? Pensaba que era la única suscrita de la zona.

—No. De hecho, la editora es amiga mía —agregó con cuidado, pendiente de su reacción.

Durante un instante, la mano de Eliza se detuvo sobre el azucarero.

—Oh, qué interesante —respondió tras unos segundos.

—Sí, a ella le encanta su trabajo. ¿Le gusta... la revista?

—Sí, cuando tengo tiempo para leerla.

Se sentía un poco decepcionada al ver que Eliza no estaba aprovechando la oportunidad que le estaba brindando, pero decidió no presionarla. Además, siempre cabía la posibilidad de que se hubiera equivocado.

Eliza tomó la bandeja.

—Venga, señorita Foster. Vayamos con mi tía y disfrutemos de su visita.

La antigua ama de llaves alzó la vista expectante en cuanto las oyó entrar por la puerta.

—¿Otra visita? ¿Ha vuelto a venir el señor Miles?

—No, tía, es la señorita Foster.

—Oh... qué lástima. —La alegría de la mujer se disipó y se concentró en el té.

—El señor Pembrooke vino hace unos días —le explicó Eliza.

—¿Ah, sí? —preguntó sorprendida.

—Sí —dijo la señora Hayes con su taza de té ya en la mano—. Y cómo me gustó tenerlo aquí. Es tan encantador, tan educado... Un auténtico caballero, no como su padre. Pero nunca me ha oído decir esto. —Dirigió sus ojos ciegos hacia la puerta, como si Clive Pembrooke en persona pudiera entrar de un momento a otro.

Eliza le pasó un plato.

—Toma, tía, cómete una galleta.

La señora Hayes se hizo con una y continuó:

—Y fue tan atento con mi Eliza.

—Solo fue amable, tía —insistió Eliza, que le llenó de nuevo la taza.

La mujer negó con la cabeza.

—Puede que esté ciega, pero incluso yo pude ver que estaba interesado en ti.

Eliza miró a Abigail con angustia en los ojos y movió la cabeza en silencio para mostrar su desacuerdo.

Abigail entendió el gesto tácito y cambió de tema.

—Señorita Smith, me comentó que su tía la crio. ¿Puedo preguntarle por sus padres, si eso no le trae muchos recuerdos dolorosos? —Se llevó la taza a los labios.

—Dolorosos no, aunque tal vez sea un asunto un poco embarazoso para oídos delicados.

Aquello la pilló desprevenida.

—¿De verdad? ¿Y eso?

—Mi madre servía como doncella en Pembrooke Park hasta que se quedó embarazada.

—Vaya. —Abigail bebió un sorbo de té que bajó ardiendo por su garganta y le puso los ojos llorosos—. Entiendo...

Eliza miró a la señora Hayes.

—Y no solemos hablar de mi padre, ¿verdad, tía?

—Tu padre era un buen hombre —sentenció la señora Hayes—. La dejó quedarse en Pembrooke Park más de lo que cualquier amo le hubiera permitido.

Abigail abrió los ojos asombrada. «Dios mío.» ¿Acababa de insinuar que Robert Pembrooke era el padre de Eliza? ¿O... Mac? ¿Por eso la visitaba tanto? ¿Para echarles una mano con la casa? No, era imposible. Tuvo que recordarse a sí misma que la señora Hayes no estaba bien de la cabeza.

La antigua ama de llaves tomó un sonoro sorbo y se volvió hacia ella.

—¿Sabe, señorita Foster, que Robert Pembrooke tuvo más de una hija?

—No tenía ni idea. Nunca había oído ese rumor.

—Tía —advirtió Eliza, mirando con preocupación a Abigail—. Ya sabes que no hablamos de eso.

La señora Hayes bebió otro sorbo y dejó la taza en la mesa dando un golpe.

—La señorita Foster está viviendo en Pembrooke Park. ¡No es justo! No cuando otra joven se lo merece mucho más. E de Eliza. E de Eleanor...

¿Era Eliza una Pembrooke? Tenía la pregunta en la punta de la lengua pero se la tragó junto con otro sorbo de té y la bilis que le estaba produciendo aquel descubrimiento.

Eliza esbozó una sonrisa tensa.

—No le haga caso, señorita Foster. Dios sabe que yo tampoco lo hago la mayoría de los días.

Abigail también forzó una sonrisa.

—¿Perdió a su madre muy joven?

—Sí. Solo tenía cinco años.

—Lo siento.

Eliza se encogió de hombros.

—Apenas la recuerdo. Ni a mi padre. Aunque mi tía me dice que murió acordándose de mí.

Volvió a pensar en el pseudónimo del autor: E.P. Brooks. ¿Podría tratarse de un juego de palabras con E. Pembrooke? Tal vez ni la tía ni la sobrina estaban muy cuerdas.

De pronto, sintió la urgente necesidad de salir de allí. Agradeció a ambas el té y se marchó a toda prisa, con el estómago revuelto por el mal trago pasado y la conversación tan incómoda que habían mantenido.

Cuando se acercó al puente que llevaba a casa, a su lado pasó un carruaje negro a tal velocidad que tuvo que echarse a un lado de la carretera para que no la atropellara. Había visto antes ese vehículo, pero no recordaba dónde. Además, las ventanas llevaban unas tupidas cortinas que le impidieron ver al ocupante u ocupantes.

Siguió caminando hasta que percibió un olor a acre en el ambiente. Se detuvo para olfatearlo mejor. ¿Estaría alguien quemando rastrojos? Terminó de cruzar el puente y miró en dirección a la mansión. Un cuervo graznó. Alzó la vista y lo vio salir volando, pero también se percató de algo más. El corazón le dio un vuelco. Una columna de humo se elevaba hacia el cielo desde... ¿la iglesia? No, detrás. ¡Desde la casa parroquial!

Se quedó petrificada durante un instante, con la mente hecha un torbellino. «William.» Miró alrededor y no vio a nadie a quien pedir ayuda. Entonces se subió la falda y salió corriendo por la verja en dirección a la iglesia y a la rectoría.

Las llamas salían por la ventana trasera. Dio un empujón a la puerta y miró dentro. Allí estaba William, tratando de apagar un fuego que empezaba a devorar las cortinas.

—¡Toque la campana! —gritó él en cuanto la vio.

¿Por qué no se le había ocurrido antes? Corrió a través del cementerio, saltando sobre algunas herramientas de jardinería que había en el suelo y una regadera, y fue hacia la entrada de la iglesia. Con las manos temblando, intentó alcanzar la cuerda que estaba enrollada en la pared, fuera del alcance de los niños, pero estaba tan alta que tuvo que ponerse de puntillas para hacerse con ella. En cuanto le fue posible comenzó a tirar de ella con todas sus fuerzas varias veces. El sonido metálico llenó el ambiente con la misma solemnidad que cuando se llamaba al servicio. Después, regresó a toda prisa a la rectoría, pero se detuvo un instante para recoger la regadera. Sabía que un pequeño recipiente de agua no serviría de mucho contra unas llamas que se extendían por momentos, pero fue lo único en lo que pudo pensar.

Vio a Duncan salir por la entrada principal de Pembrooke.

—¿Qué sucede? —gritó el sirviente.

—¡Fuego! —chilló ella en respuesta, señalando la columna de humo.

Duncan abrió la boca asombrado y se metió en la casa sin perder tiempo. Esperaba que el sirviente supiera qué hacer en una emergencia como aquella.

Lo primero que vio nada más entrar en la casa parroquial fue el fuego extendiéndose desde la cortina hasta el hombro y brazo de William Chapman.

—¡William, cuidado! ¡Se está quemando!

El rugido del fuego era tan alto que él pareció no oírla, así que se acercó y vertió sobre su hombro toda el agua que había en la regadera. No se puede decir que diera en el blanco, porque la mitad del líquido cayó sobre la parte posterior de su cabeza y cuello. Aun así, consiguió apagar las llamas del brazo.

William se volvió hacia ella, aturdido.

—Tenía el brazo en llamas —le explicó—. ¿Qué más quiere que haga?

—Avise a todo el mundo que pueda y formen una cuadrilla para combatir el fuego. Y sobre todo, rece.

Parpadeó un par de veces. No tenía experiencia ni con lo primero ni mucho menos con lo segundo, pero se apresuró a cumplir sus órdenes.

Para su alivio, nada más salir se encontró con Mac —el fuerte y competente Mac— dirigiendo a todo el mundo a voz en grito y formando una línea humana hasta el río, que por suerte estaba bastante cerca, ya que rodeaba la mayor parte de la finca. Vio a Duncan, Molly, Polly, Jacob, Leah, la señora Chapman e incluso Kitty venir corriendo desde su casa, los establos y el cobertizo cargados con cubos y distintos recipientes. Otros muchos llegaban desde el puente, provenientes de la cercana Easton, y comenzaron a ocupar huecos en la improvisada línea. Reconoció a varios de los muchachos mayores de la escuela dominical, así como a los señores Peterman, Wilson y Matthews y otros feligreses que conocía de vista, aunque no se sabía sus nombres.

Le escocían los ojos por el humo y por la conmovedora imagen de toda una comunidad luchando unida con todas sus fuerzas como la leal familia que eran.

Sin perder ni un segundo más, fue hacia la fila.

Tardaron media hora en apagar el fuego. La mayor parte de la pared trasera y dos habitaciones estaban prácticamente destruidas.

—El incendio se inició en la cocina, ¿verdad? —preguntó alguien.

—Eso es lo que pasa cuando dejas que un soltero tenga su propia cocina —bromeó otra voz.

—Nunca hay que dejar un fogón sin vigilancia —dijo la señora Peterman, meneando un dedo en dirección a William—. Si hubiera estado casado, su esposa hubiera mostrado un poco más de sentido común.

—No se preocupe, pastor —añadió su marido—. Le ayudaremos a arreglarlo todo.

«¿Arreglar?», pensó Abigail con incredulidad. Aquel desastre requería mucho más que un simple arreglo.

William permaneció en silencio, sin confirmar ni negar aquellas teorías. Simplemente se quedó de pie, con las manos en las caderas, mirando fijamente a la casa parroquial en ruinas, con la mandíbula apretada y el pelo y la cara llenos de hollín.

Los feligreses comenzaron a regresar a sus casas. La señora Chapman y Leah les agradecieron la ayuda cual anfitriones despidiéndose de sus invitados en una fiesta. O en un funeral.

—El fuego no se ha producido por un fogón —dijo por fin William cuando solo quedaban Mac y ella a su lado.

—¿No? —preguntó Mac—. ¿Entonces qué crees que ha pasado, Will? ¿Alguna chispa que haya saltado desde la estufa?

—¿Hasta mi cama? —espetó William—. No creo.

—¿En tu cama? Pensaba que se había iniciado en la cocina.

El clérigo negó con la cabeza. Tenía los labios apretados y sus ojos se movían pensativos.

—¿Se te cayó una vela?

—No, papá.

—¿Me estás diciendo que no crees que haya sido un accidente?

—Baja la voz, pero sí. Alguien lo ha provocado.

—No puedes saberlo.

—¿Te refieres a si puedo demostrarlo? No. Pero lo sé. Aquí —dijo, llevándose una mano al pecho.

—Pero ¿quién sería capaz de hacer algo así? ¿Y por qué?

Abigail decidió intervenir.

—No sé si debería mencionarlo o no, pero cuando regresaba a casa por el puente vi cruzar un carruaje negro antes de divisar el humo.

—¿De quién era ese carruaje?

—No lo sé, pero seguro que no hay muchos vehículos tan elegantes por las inmediaciones.

William negó con la cabeza.

—No creo que tengamos que buscar a nuestro sospechoso mucho más allá de Pembrooke Park.

—¿Se refiere a Duncan? —preguntó ella. Había visto con sus propios ojos la antipatía que el sirviente sentía hacia los Chapman.

William volvió a hacer un gesto de negación.

—No se estará refiriendo a Miles, ¿verdad? No lo veo capaz de tal cosa.

—Está claro que anoche estaba bastante enfadado conmigo. Puede que hasta celoso.

—¿Qué pasó anoche? —preguntó Mac con los ojos entrecerrados.

—Ya te lo contaré después, papá. —La miró—. ¿Sabe dónde se encuentra ahora mismo el señor Pembrooke?

Como si lo hubiera convocado con sus palabras, en ese momento su padre llegó corriendo, seguido de un renqueante Miles Pembrooke que venía apoyándose en su bastón.

—Molly acaba de entrar en casa y nos lo ha contado —dijo su padre—. ¿Están todos bien?

—¿No oíste la campana, papá? ¿Ni viste el humo?

—Estábamos jugando una partida de ajedrez en la sala de recepción. Como está en la parte trasera, no nos hemos enterado de nada. Sí oímos las campanas, pero pensábamos que se debían a algún servicio extraordinario del que no teníamos noticia.

William intercambió una mirada con su padre. ¿Se arrepentiría de haberlo juzgado erróneamente o todavía seguía sospechando de él?

—¡Por todos los santos, señor Chapman! —exclamó Miles con una mueca—. Su hombro tiene muy mal aspecto.

—¿Mmm? —William dobló el cuello para mirárselo.

Mac frunció el ceño al ver la herida que sobresalía de la camisa destrozada y quemada de su hijo. Parecía como si un gato salvaje hubiera arañado con saña el hombro de William. Puede que hasta ese momento no hubiera sido consciente del dolor que debía sentir por lo concentrado que había estado en apagar el fuego, pero de repente, tanto él como los demás solo parecían tener ojos para la herida. El clérigo se balanceó ligeramente, mareado.

—Siéntate aquí, muchacho —dijo su padre, que lo condujo hasta una de las sillas de la cocina que habían conseguido salvar de las llamas.

William se desplomó sobre ella.

—Ahora mismo voy a buscar al médico —se ofreció Miles, sorprendiéndolos a todos—. Alguien tiene que verle esa quemadura.

—Señor Pembrooke, no creo que...

—No se preocupe. No puedo correr con esta pierna, pero le aseguro que nadie me gana a caballo. —Se volvió y se marchó cojeando en dirección a los establos—. ¿El médico sigue siendo el señor Brown?

—Sí —gritó Mac—. Y vive en la misma casa verde.

Fiel a su palabra, instantes después vieron a Miles Pembrooke cruzar el puente a galope.

Tras la marcha de Miles, Charles Foster miró a William y le dijo con tono amable:

—Venga, hijo. Vamos a llevarte a casa. No te puedes quedar aquí con todo este humo. El médico te examinará allí.

Antes de darse cuenta, William estaba tumbado en un sofá de terciopelo en la sala de estar de Pembrooke Park que el ama de llaves había cubierto con una sábana limpia, cosa que no le molestó, teniendo en cuenta que estaba cubierto de hollín de la cabeza a los pies.

Qué extraño le resultaba estar allí, rodeado de sus padres y los Foster.

El señor Brown fue, lo examinó y le curó las quemaduras en privado, y colocó una oreja en su pecho para escuchar el corazón y los pulmones. Después pidió a los demás que entraran.

—Vendré mañana para comprobar las vendas y volver a aplicarle el ungüento —anunció—. Te recomiendo reposo y beber mucho líquido. Ah, y aire fresco, así que no te acerques a la rectoría.

—Pero al menos tengo que tapiar las ventanas rotas y cubrir el agujero de la pared.

—No, muchacho, no te preocupes por eso —dijo su padre—. Deja que me ocupe yo.

—Tiene razón. Haz caso a tu padre —le reprendió el señor Brown—. No intentes volver todavía. No con todo ese hollín y humo en el aire. Es muy malo para los pulmones. —Miró a Mac—. Intentad que no haga muchos esfuerzos, aunque solo sea unos días.

—Lo ataré si hace falta.

—No se preocupe, señor Brown, se quedará en nuestra casa y allí lo cuidaremos —agregó su madre.

—Pero si no hay sitio —dijo él—. No con la abuela allí.

—Mi suegra se ha venido a vivir con nosotros hasta que se recupere de una caída —explicó su padre—. Pero ya nos apañaremos.

William negó con la cabeza.

—No quiero quitarle a nadie su cama.

—Su hijo se quedará con nosotros, Mac —dijo el señor Foster—. Tenemos habitaciones de sobra. Y usted y su familia podrán entrar y salir cuando les plazca, y el señor Brown, por supuesto, hasta que se recupere y reparen la casa parroquial.

—No podemos aceptarlo. Pero muchas gracias por la oferta.

—¿Cómo que no? Vamos, Mac, será un placer. Es lo menos que podemos hacer por nuestro párroco y vecino.

—Es usted muy amable, pero...

—Puede quedarse en alguna de las habitaciones vacías de arriba o incluso en esta misma habitación, si lo prefiere, así no tendrá que subir y bajar escaleras.

—No soy un inválido —objetó William—. Pero he de admitir que la idea me resulta de lo más tentadora. Desde esta estancia, en la parte delantera de la casa, puedo echarle un ojo a la rectoría. Si el incendio ha sido obra de algún vándalo, veré enseguida si regresa.

Miró a la señorita Foster para comprobar su reacción y después se dirigió al señor Foster:

—Le agradezco enormemente su oferta. Y espero que en unos pocos días se disipe la mayor parte del humo y se hagan las reparaciones necesarias para poder regresar a la rectoría.

—Eso es ser demasiado optimista, Will —dijo su padre—. Creo que todavía no eres consciente de la magnitud del daño.

—Puede quedarse todo el tiempo que quiera —señaló el señor Foster—. No nos supone ninguna molestia, ¿verdad, querida?

Se fijó en la señorita Foster, que mantenía una expresión impasible y las manos pulcramente dobladas sobre su regazo.

—En absoluto, papá.

Abigail salió de la estancia con su padre y dejaron al señor Chapman descansando mientras Mac se iba a recoger los enseres necesarios para su hijo.

—Has sido muy amable, papá —dijo ella cuando nadie podía oírlos.

—¿Sabes? Me ha gustado mucho hacerlo. En un primer momento me ha sorprendido la oleada de... protección que he experimentado. Supongo que esto es lo que se siente siendo el propietario de una heredad como esta, el afecto paternal que uno tiene por los inquilinos y los vecinos. Una mezcla de condescendencia y benevolencia. Sí, podría acostumbrarme a ser el señor de Pembrooke Park.

Aquellas palabras la alarmaron.

—Ten cuidado, no te habitúes a ello, papá. Recuerda lo que dijo el señor Arbeau. No has heredado la finca. Solo eres un arrendatario.

—Por ahora, sí. Pero en cuanto se resuelva el asunto del testamento... ¿quién sabe?

—Pues me imagino que lo sabrá Miles Pembrooke. O tal vez su hermana.

Su padre soltó un suspiro.

—Tienes razón. Aun así, no me cuesta nada verme aquí. Haciendo... esto. Siempre.

Ella le tocó el brazo con afecto.

—Disfrutemos de todo lo que nos ofrece este lugar el tiempo que estemos aquí, papá. Pero intenta no encariñarte mucho con Pembrooke Park, ¿de acuerdo? Lamentaría mucho que te llevaras otra decepción.

Él le dio una palmadita en la mano.

—Esa es mi Abigail. Siempre tan pragmática.

Le costó mantener su valiente sonrisa.

—Sí, esa soy yo. Pero no quiero estropearte la alegría, papá, y estoy de acuerdo contigo, serías un gran señor de Pembrooke Park, como bien has dicho. De hecho, me he sentido tremendamente orgullosa cuando has invitado a quedarse al señor Chapman.

Él la miró de soslayo.

—Sí, pensé que te alegraría.

Lo miró sorprendida, pero se sintió aliviada al darse cuenta de que su rostro no reflejaba ninguna censura; todo lo contrario, tenía un brillo de complicidad en los ojos. Intentó fingir indiferencia, como si no entendiera lo que quería decirle, pero no pudo reprimir una tenue sonrisa.

Una sonrisa que se hizo más amplia en cuanto se acordó de Miles Pembrooke. Seguro que no le hacía ninguna gracia enterarse de que ya no iba ser su único invitado.

Capítulo 17

Entusiasmada, aunque también con timidez, Abigail supervisó los preparativos para que William Chapman se instalase en la sala de estar de Pembrooke Park: una estancia informal con grandes ventanas donde la familia podía reunirse para leer, entretenerse con algún juego de mesa o coser.

Mac fue a la casa parroquial y trajo una maleta con la ropa de su hijo menos afectada por el humo, y su madre y hermanas se llevaron el resto a su casa para lavarla. Mientras tanto, Abigail y los sirvientes acondicionaron el sofá con ropa de cama y trajeron un camastro más pequeño del ático para Mac, que quiso quedarse al lado de su hijo, por lo menos la primera noche, para asegurarse de que se encontraba bien y atenderlo en todo lo que necesitara para no causar más molestias de las necesarias a los Foster.

Aquello solucionó el dilema que había tenido a Abigail preocupada las últimas horas sobre quién ayudaría a asear y vestir a William, pues con el brazo en ese estado no podría hacerlo solo. Con Mac allí no tendría que pedírselo a Duncan, al que no le habría hecho muy feliz ocuparse del clérigo.

La señora Walsh, sin embargo, estaba encantada de tener a un Chapman bajo el mismo techo y se fue inmediatamente a la cocina para prepararle una selección de sopas saludables y jaleas, como si William estuviera enfermo en vez de herido. Cuando Kate Chapman se ofreció a traer comida para su hijo se negó categóricamente:

—No hay nada que me alegre más que cocinar para nuestro párroco. No irás a negarme ese placer, ¿verdad?

Esa noche, la señora Walsh en persona trajo la bandeja, dispuesta a mimar al clérigo todo lo posible y más. William se lo agradeció con afecto, pero también dijo:

—Solo esta noche. No puedo dejar que me consienta mucho tiempo. No estoy totalmente inválido, señora Walsh, aunque agradezco todas las molestias que se está tomando por mí.

—¿Y qué otra cosa iba a hacer? —dijo ella guiñando un ojo. A continuación le advirtió de que no estaría contenta hasta que se comiera el último bocado de todo lo que le había traído.

También se ofreció para traerle otra bandeja a Mac, pero este se negó cortésmente, aunque con firmeza.

—Cenaré en casa. No quiero que mi mujer se ponga celosa —bromeó—. O nuestra cocinera. —Pero el brillo de recelo que vio en sus ojos hizo se preguntara si no estaba eludiendo cenar en Pembrooke Park por otros motivos ocultos.

Abigail comió en el salón, como hacía todas las noches, con su padre y el señor Pembrooke. Cuando su progenitor mencionó que William Chapman se iba a quedar con ellos hasta que se recuperara, le sorprendió la reacción de aparente conformidad de Miles.

—Tiene usted un corazón de oro, señor Foster —dijo—. Reconozco que estoy muy orgulloso de estar emparentado con usted. Primero, me invita a pasar unos días bajo su techo y ahora hace lo mismo con nuestro pobre párroco. Su generosidad no conoce límites.

—Bueno, yo no iría tan lejos —comentó su padre con tono irónico, aunque el brillo en sus ojos le dijo que estaba encantado con la adulación de su huésped.

Miles la miró con una sonrisa de complicidad.

—Y también ha sido muy sensato ponerlo en la planta baja, lejos de los dormitorios de la familia. Un clérigo nunca es lo suficientemente precavido. Jamás debe jugar con su reputación.

Se preguntó si aquella pulla iba dirigida a ella. Su padre no había mostrado ningún reparo a la hora de poner a Miles Pembrooke en la misma planta que ellos. Aunque también era cierto que lo consideraba parte de la familia y, por tanto, inofensivo.

Esperaba que no se equivocara.

Después de la cena, Abigail se armó de valor y se recordó a sí misma que era perfectamente aceptable que un anfitrión comprobara cómo se encontraba su invitado convaleciente. La puerta de la sala de estar estaba entreabierta, por lo que se sintió más cómoda a la hora de acercarse y golpear suavemente con los nudillos.

—Adelante —dijo el señor Chapman.

Abrió la puerta del todo, pero se quedó en el umbral. William estaba tumbado en el sofá, arropado y con el brazo apoyado en un cojín. Le habían lavado el pelo, las manos y la cara.

—Solo he venido a ver si tiene todo lo que necesita.

—Sí. Muchas gracias.

Miró en la habitación.

—¿Y su padre? Creí que se quedaría con usted esta noche.

—Sí, pero ha insistido en acercarse a casa del señor Brown a por un poco de láudano. Volverá enseguida.

—¿Le duele mucho? —preguntó ella con una mueca de simpatía.

—He tenido mejores días.

—De... Debería irme ya. Si hay algo que pueda hacer por usted...

—Quédese y hable conmigo hasta que regrese mi padre. No será mucho tiempo y su compañía me proporcionará una agradable distracción.

—Por supuesto, si es lo que desea. —Dejó la puerta abierta, cruzó la habitación y se sentó frente al sofá.

Ahora que lo tenía más cerca, se dio cuenta de lo tensas que tenía la mandíbula y la boca, como si estuviera apretando los dientes para soportar mejor el dolor.

—¿Cómo se ha tomado la noticia el señor Pembrooke? —preguntó él.

—La verdad es que ha felicitado a mi padre por su generosidad.

William se rio por lo bajo.

—Lamento haberlo acusado injustamente. Y espero que se sienta... cómoda conmigo aquí.

—No sé si esa es la palabra que emplearía, pero estoy completamente de acuerdo con la decisión de mi padre de pedirle que se quedara.

—Mmm —murmuró él, pensativo. La estudió con una mirada calculadora.

Permanecieron en silencio unos segundos, pero como sabía que él quería olvidarse del dolor, continuó hablando:

—Miles ha sido muy amable al ir en busca del médico.

—Cierto. Aunque puede que también un poco corto de miras.

—¿Y eso?

—El señor Brown me contó algo muy interesante sobre el señor Pembrooke mientras atendía mis heridas. Y sí, es cierto que estaba bastante distraído por el dolor, pero estoy seguro de que lo oí perfectamente. ¿No le dijo Miles que su cojera era producto de una herida de guerra?

—Sí, creo que mencionó algo de eso. Aunque tal vez lo dijo como una broma para restarle importancia al asunto.

—O quizá para evitar preguntas incómodas.

Abigail frunció el ceño y recordó las dudas que también le había manifestado Duncan al respecto.

—¿Por qué? ¿Qué le contó el señor Brown?

—Me dijo que se acordaba de Miles de pequeño, cuando vivió aquí con su familia. Que un día lo llamaron para que le examinara la pierna; por lo visto, se la rompió al caerse por las escaleras.

—No... —jadeó ella. Se le encogió el corazón al pensar en un pobre niño rodando por los muchos escalones que tenía la escalera central.

William hizo un gesto de asentimiento.

—También insinuó que la familia no lo llamó inmediatamente. Y que cuando llegó, no le pudo curar la pierna como le hubiera gustado. El señor Brown les sugirió que llevaran al muchacho al hospital de Bath, pero por lo poco que sabe, nunca lo hicieron. Ha dicho que le ha dado mucha lástima ver a Miles cojeando después de tantos años y que le hubiera gustado hacer más por él.

Abigail se mordió el labio mientras asimilaba toda aquella información.

—Por favor, no le cuente esto a nadie —dijo finalmente—. Me gustaría hablar antes con el señor Pembrooke.

—No lo haré —prometió William. Extendió el brazo sano y le apretó la mano—. Es usted una mujer muy compasiva, Abigail Foster.

«O una estúpida», pensó ella, aunque no dijo nada.

Abigail dejó al señor Chapman y fue a buscar a Miles a la sala de recepción para tomar un café. Se lo encontró de pie frente a la ventana, contemplando el crepúsculo y jugueteando con una cucharilla en la mano. Su padre, como siempre, se había quedado en el comedor, fumando a solas.

Sin más preámbulos, se sentó delante de él y comenzó:

—Tengo entendido que llamaron al señor Brown para que le atendiera cuando era pequeño.

Miles cerró los ojos; las largas pestañas proyectaron sombra sobre la parte alta de sus mejillas.

—Vaya —murmuró. Esbozó una sonrisa triste y continuó jugando con la cuchara—. Y supongo que también sabe que me rompí la pierna por un accidente que tuve.

—Sí. Una caída por las escaleras. Aunque tal vez volvieron a herirlo en la guerra...

Esperó, viendo las distintas emociones que pasaron por los ojos marrón dorado del hombre.

La miró y volvió a apartar la vista.

—Me caí, sí. Miles el torpe. Pero con tantos hombres heridos durante la guerra, me resultó más fácil decir que era por una lesión sufrida en batalla. Mejor ser un honorable veterano, herido por defender una noble causa, que un inválido desde la infancia: una criatura digna de lástima o a quien ridiculizar.

Sintió tanta pena por él que deseó no haber abierto la boca.

Miles se encogió de hombros.

—No soy un farsante —continuó—. Sí serví en la Marina, para intentar seguir los pasos de mi padre. Como una forma de hacer frente a todas las decepciones que había tenido conmigo. Me vendé la pierna y oculté la cojera lo mejor que pude. Funcionó durante un tiempo. No era el marino más fuerte, pero era listo y fui ascendiendo. Al final, sin embargo, no tuve el coraje necesario para luchar. Mi padre siempre dijo que era demasiado blando. Y tenía razón. —Torció la boca—. Hasta ahora.

—Entiendo, Miles —dijo ella—. Y no le culpo.

La miró.

—¿Y me perdonará por no haber sido completamente sincero con usted?

—Sí.

Miles extendió una mano y le tocó con un dedo la barbilla.

—Qué buena persona es usted, querida prima. Si todo el mundo fuera la mitad de comprensivo...

Un poco más tarde, esa misma noche, William y su padre estaban juntos en la sala de estar de Pembrooke Park. En cuanto el láudano empezó a hacer efecto, el dolor se hizo más llevadero.

Mac se fijó en los elegantes muebles y antiguos retratos que colgaban de las paredes.

—Qué raro me resulta estar aquí —murmuró— y que uno de mis hijos se quede a dormir en esta casa. Nunca me lo habría imaginado.

William miró el perfil meditabundo de su padre.

—Pero no soy el primero de tus hijos que duerme aquí, ¿verdad? —Al ver que su padre apartaba la mirada y se quedaba callado preguntó con un tono más suave—. ¿Me lo habrías contado alguna vez si no te hubieras visto obligado por el regreso de Miles Pembrooke?

Su padre se encogió de hombros.

—Eras tan pequeño cuando pasó. Uno no le confía un secreto tan importante como ese a un niño de cuatro años. Después, cuando todo parecía olvidado, nos pareció arriesgado sacar a colación el pasado y volver a abrir las viejas heridas. Daba la impresión de que Leah también quería olvidarlo, fingir que nunca había pasado. Y supuse que así lo llevaríamos mejor. Creí que no hablar de ello era lo más sensato y, por supuesto, lo más seguro.

William miró al hombre mayor y se preguntó si habría algo más que no supiera de su familia. Algo del pasado.

—Hay tantas cosas que quiero preguntarte... —empezó, pero tuvo que cerrar los ojos para aclarar sus pensamientos, embotados por el láudano—. ¿Estabas aquí esa noche?

—Sí. —Su padre sacudió lentamente la cabeza y desvió la mirada hacia la puerta y el vestíbulo.

—Enséñame dónde ocurrió —pidió William, desarropándose.

—No —protestó su padre—. No después del día que has tenido. Quédate tumbado.

—Ya no me encuentro tan mal. El láudano ha surtido efecto. —Bajó las piernas por un lado del sofá y empezó a ponerse de pie.

Su padre se acercó corriendo y lo agarró del brazo para ayudarlo.

—Está bien. Pero solo será un momento.

Salieron al vestíbulo. Su padre recorrió con la mirada la estancia hasta la escalera central.

—Ahí. —Con la mano libre, señaló la puerta de entrada y las escaleras—. El ayuda de cámara, Walter Kelly, vino corriendo a anunciar la muerte de Robert Pembrooke. El asesinato, más bien. Y poco después, él mismo perdió la vida justo aquí. —Ahora señaló la parte inferior de las escaleras.

—¿Fue un accidente, una caída, como siempre nos habéis dicho? —preguntó William—. ¿O lo empujaron?

Su padre hizo una mueca.

—Él y Clive Pembrooke discutieron en lo alto de las escaleras. Creo que Clive debió de propinarle un golpe mortal, tal vez con la culata de su arma o con algún otro objeto, y después lo tiró por las escaleras para que pareciera un accidente.

—¿No viste lo que pasó?

Su padre negó con la cabeza.

—No, pero lo oí.

William lo miró, inquieto por el sobrecogedor brillo que vio en los ojos de su progenitor. Después examinó el vestíbulo, de dos plantas, en busca de un posible escondite, pero solo había un armario recibidor.

—¿Dónde estabas?

Mac se quedó callado un segundo, con expresión distante, pero al final susurró:

—En la habitación secreta.

Abigail estaba a punto de soplar la vela que tenía en la mesita de noche cuando oyó a alguien llamando a la puerta de entrada de abajo. Se puso la bata y salió del dormitorio, colocándose su largo pelo sobre un hombro. ¿Quién llamaría a estas horas? Esperaba que el señor Chapman estuviera bien.

Bajó las escaleras y se encontró con Mac frente a la puerta, que estaba abierta, y hablando en voz baja con un adolescente. Después hizo un gesto de asentimiento y cerró la puerta.

—¿Va todo bien? —preguntó preocupada.

El padre de William se volvió e hizo una mueca.

—Nada importante, señorita Foster. El sabueso favorito del señor Morgan se ha perdido. Y como es como un segundo hijo para el hombre y yo soy su administrador...

Abigail negó con la cabeza con un gesto de incredulidad.

—No me diga que le ha pedido que salga a buscar al animal... ¿A estas horas?

—Eso me temo. William está profundamente dormido, si no, no me iría. Creo que seguirá así toda la noche, sobre todo después de la fuerte dosis de láudano que le ha dado el doctor Brown. Aun así, no me hace ninguna gracia dejarlo solo, si se despierta...

—Pediré a mi padre que lo vigile. O a Duncan.

—Gracias, señorita Foster. No moleste a su padre, Duncan puede encargarse, creo que solo estaré fuera un par de horas. —Sacó su abrigo del armario del vestíbulo.

Abigail dudó un momento.

—Tengo curiosidad, Mac. ¿Por qué contrató a Duncan? No se ofenda, pero está claro que no le gusta trabajar aquí. Si no tratara a mi padre tan bien, seguramente ya lo habría despedido.

Mac se mordió el labio.

—Me lo temía. Para él es un trago amargo verse como sirviente. Por favor, tenga paciencia con él, muchacha.

Abigail estudió su expresión sincera.

—Muy bien.

—Gracias. —Agarró su sombrero y se volvió hacia la puerta—. Bueno, me voy. Con un poco de suerte, ya habrá aparecido el perro.

—Eso espero. Pero no se preocupe, cuidaremos de su hijo hasta que vuelva.

—Muchas gracias, señorita Foster.

Abigail fue al semisótano en busca de Duncan, pero encontró su dormitorio vacío. ¿Dónde estaría a esas horas? ¿Bebiendo en la taberna? ¿Viendo a Eliza?

La señora Walsh debió de oírla llamar con los nudillos a la puerta del sirviente, porque asomó la cabeza al pasillo desde su habitación. Llevaba el pelo recogido en rizos sujetos con papel. Le preguntó si sabía dónde estaba Duncan, pero el ama de llaves dijo que creía que estaba en la cama y se sorprendió al enterarse de que no había nadie en su habitación.

Decidió pedirle prestados papel y tinta y dejó una nota a Duncan, pidiéndole que fuera a comprobar cómo estaba el señor Chapman cuando regresara y que le llevara agua fresca por la mañana. La nota también serviría para que el hombre se diera cuenta de que estaba al tanto de su ausencia nocturna y que no le había complacido en absoluto.

Soltó un suspiro. Sabía que no le quedaba más remedio que subir las escaleras y pedirle a su padre que se hiciera cargo de William. Recordó el comentario de Miles sobre la reputación y supuso que no sería apropiado que fuera ella la que lo cuidara. Cruzó el vestíbulo y se detuvo en el umbral de la sala de estar, solo para asegurarse de que William Chapman seguía dormido. De ser así, dejaría que su padre descansara otro poco más. Tal vez Duncan regresara pronto y así se ahorraría despertar a su progenitor. Dudaba que en su «condescendencia de señor de la casa» entrara eso de despertarse en mitad de la noche para acudir al lecho de un invitado convaleciente.

Pegó una oreja a la puerta cerrada, pero un quejido rompió el silencio que esperaba encontrar. Se le aceleró el corazón y se le hizo un nudo en el estómago. Se olvidó de todo lo relacionado con la decencia, abrió la puerta y asomó la cabeza.

Mac había dejado una vela encendida sobre una mesa lateral e iluminaba la silueta del clérigo sobre la improvisada cama. Al ver que estaba tapado y vestido con ropa de noche, abrió un poco más la puerta y entró de puntillas.

Volvió a oír el quejido.

Se acercó con cuidado. William tenía los ojos cerrados, pero el rostro distorsionado con una mueca de dolor y ansiedad.

—Nooo —gimoteó—. Leah...

Se sorprendió al oírlo llamar a su hermana. Debía de estar teniendo una pesadilla.

Se inclinó sobre él.

—¿Señor Chapman? —susurró—. ¿William? —Al ver que no respondía le tocó el brazo—. Tranquilo, no pasa nada. Es solo un sueño.

Decían que el láudano podía producir pesadillas horribles, incluso alucinaciones. Esperaba que el médico no le hubiera prescrito una dosis muy elevada.

—Tranquilo —repitió, sacudiéndole el brazo con suavidad.

Poco a poco, abrió los ojos, somnoliento, y la miró aturdido.

—Estaba teniendo una pesadilla —murmuró, arrodillándose—. Solo he venido a despertarlo. ¿Se encuentra bien?

—¿Leah? —preguntó él, mirando hacia la puerta.

—Está sana y salva en su casa. Seguro que durmiendo. Usted, por el contrario, se encuentra en Pembrooke Park, ¿lo recuerda?

—Leah también estaba aquí —susurró con expresión alarmada—. Está escondida en la habitación secreta. Él venía a por ella.

«¿Leah, en la habitación secreta?», pensó. «¿Y con alguien yendo a por ella?» Pero ¿qué tipo de sueño había tenido?

—Solo ha sido una pesadilla —repitió.

—¿De verdad? Parecía tan real. —Soltó un suspiro—. Qué alivio.

Su expresión se relajó y lo vio tomar una profunda bocanada de aire.

—¿Mejor ahora? —inquirió ella—. ¿Le duele?

William alzó una comisura del labio en una sonrisa de medio lado.

—El dolor es algo que veo como muy... lejano. Me siento... bien. —Le recorrió el rostro con la mirada—. Abigail Foster junto a mi cama... —Sus ojos brillaron—. ¿Cómo no iba a sentirme bien? De hecho tengo mucho... calor.

Su mano encontró la de ella y entrelazó sus largos dedos con los suyos más cortos.

—Como la mermelada antes de cuajar. Tengo los huesos como un flan. Su piel es tan suave. —William bajó la vista hasta su pálida muñeca, la contempló como si fuera lo más bonito que hubiera visto en la vida y se la acarició con un dedo.

Una caricia que envió un escalofrío por todo su brazo.

Suponía que ahora ya sabía cómo se comportaba William Chapman en estado de embriaguez, y teniendo en cuenta que nunca bebía ni una gota de alcohol, eso sería lo más cerca que lo vería divagando. Esperaba que no se sintiera muy avergonzado cuando el láudano dejara de surtir efecto. Puede que al día siguiente ni siquiera recordara aquella conversación.

—Nunca la he visto con el pelo suelto —dijo con voz pastosa. Alzó la otra mano y capturó la punta de uno de sus rizos para acariciarlo con la yema de los dedos.

Abigail bajó la cabeza un tanto cohibida, aunque nunca había sido tan consciente de su feminidad como en ese momento. Su larga melena le caía a ambos lados de la cara y sobre los hombros como un velo.

—Lo siento. Ya me había preparado para irme a la cama.

—No lo sienta. Tiene un pelo muy bonito. Es usted preciosa.

—Gracias —susurró, incapaz de encontrarse con su ferviente mirada.

William continuó sosteniéndole la mano y ella siguió permitiéndoselo. Volvió a ver el aturdimiento en sus ojos a consecuencia del láudano.

—Abigail Foster en mi habitación, de noche. Debo de estar soñando —murmuró lánguidamente.

Levantó la mano y depositó un lento y suave beso en cada yema de sus dedos.

—Moras... Al final me he dado cuenta de que me encantan... —Esbozó una sonrisa traviesa.

—Lo veo muy complacido consigo mismo —observó ella.

—Claro que lo estoy. Está usted conmigo, así que me siento como si estuviera en la cima del mundo..., aunque a la vez un poco ajeno a él.

Abigail se zafó de su mano con suavidad.

—Creo que se encuentra lo bastante bien como para que pueda irme. De hecho, demasiado bien para quedarme. —Se puso de pie.

William volvió la cabeza hacia la puerta y frunció el ceño.

—¿Quién anda ahí?

Se dio la vuelta, asustada, pero no vio nada.

—¿Quién anda ahí? —repitió él.

—No veo a nadie. Seguro que lo que cree haber visto era solo una sombra.

«Con ayuda del láudano», agrego para sí.

El párroco hizo un gesto de negación.

—He visto a alguien; alguien con una capa larga con capucha.

Abigail fue hacia la puerta con el corazón a punto de salírsele del pecho, no solo por la anterior caricia de William, sino por el miedo que tenía por lo que acababa de decirle. Si de verdad había visto a alguien, solo podía tratarse de Duncan, que por fin respondía a su llamada. O tal vez su padre. O incluso Miles Pembrooke. Aunque esperaba que no fuera este último. Seguro que no le hacía muy feliz encontrársela en una habitación a solas con William Chapman, convaleciente o no.

Pero no vio a nadie en el vestíbulo. Por lo menos a simple vista, porque la luz de la luna se filtraba por las ventanas, proyectando un montón de sombras y oscuros recovecos.

Volvió al lado de William.

—No he visto nada.

Pero el clérigo ya se había quedado dormido.

¿Habría habido alguien? ¿Alguien con una capa con capucha? Se le pusieron los vellos de punta solo de pensarlo.

Un poco más tarde, Abigail se despertó sobresaltada y se encontró a Mac, inclinado sobre ella y sacudiéndole con suavidad un hombro.

Debía de haberse quedado dormida en la silla. Miró corriendo a William.

—¿Está bien? —Comprobó con alivio que seguía dormido plácidamente.

—Ya estoy aquí —dijo Mac—. Vuelva a la cama, señorita Foster.

Se levantó. Le dolía el cuello por la postura en la que había dormitado. Se lo masajeó un poco.

—¿Encontró al sabueso? —murmuró.

—Al final sí. Y por supuesto, estaba en el lugar donde menos me imaginaba. En el barranco de la Serpiente. Sigo sin entender lo que estaba haciendo allí. —Mac soltó un suspiro y se desabrochó el abrigo Garrick.

Hora de marcharse.

—Bien. Buenas noches —susurró mientras se dirigía a la puerta.

—Gracias por quedarse aquí con él. No tenía por qué hacerlo.

—No importa.

—Creí que se lo iba a pedir a Duncan...

—No lo encontré. Ha debido de salir.

—¿Salir? ¿Adónde?

—No lo sé, pero se lo preguntaré por la mañana. Es tarde. Duerma un poco.

El hombre se pasó una mano cansada por el rostro.

—Si le digo la verdad, estoy que me caigo de sueño.

A la mañana siguiente, cuando Polly llegó para ayudarla a vestirse, Abigail preguntó:

—¿Sabes si por algún casual Duncan leyó mi nota?

—Sí, señorita. La leyó.

Algo en el tono de la doncella le dijo que el sirviente tampoco estaba muy complacido con el asunto.

Cuando bajó las escaleras para desayunar, decidió pasarse primero por la sala de estar. Llamó a la puerta con los nudillos, convencida de que William ya estaría vestido gracias a la reticente ayuda de Duncan, o a la de Mac.

Esperaba que fuera este último quien le respondiera, pero en su lugar oyó un apagado «adelante» y abrió la puerta con vacilación.

William Chapman estaba sentado en un taburete, cerca del escritorio, ahora transformado en un palanganero improvisado, respirando con dificultad. Gracias a Dios, llevaba puestos unos pantalones y una camisa. Tenía un brazo dentro de la levita y a duras penas estaba intentando meter el brazo lesionado.

—¿Dónde está su padre? —preguntó ella.

—Se marchó justo cuando Duncan vino con el agua. Ha ido a casa a cambiarse; por lo visto tenía una reunión a primera hora en Hunts Hall. Supongo que pensó que me ayudaría Duncan.

—Yo también. Le pediré que venga.

El señor Chapman cesó el forcejeo.

—Me trajo agua y me ayudó a afeitarme, pero como tenía que cumplir con sus otras obligaciones le dije que podía vestirme yo solo.

Abigail le lanzó una mirada irónica.

—Ya veo.

«Sí», pensó. No le cabía duda de que el sirviente había enumerado sus «copiosas y urgentes» obligaciones como si fueran un calvario.

—No lo culpo —reconoció William—. Si le digo la verdad, me sorprendió que lo hiciera. Ya sabe que no le caigo muy bien.

—Sí, eso he notado. ¿Va decirme por qué?

—Dejémoslo en que quiso cortejar a Leah, pero tanto mi padre como yo lo desalentamos.

—Entiendo. Lo que me asombra es que su padre lo recomendara para trabajar aquí.

—Oh, mi padre no es de los que guardan rencor. —Al darse cuenta de que lo estaba mirando de forma elocuente se apresuró a añadir—: Tiene razón, sí lo es. Pero en este caso, el pecado de Duncan es de esos que el común de los hombres entendemos. Solo quería cortejar a una bella mujer que estaba fuera de su alcance.

Percibió un brillo de dolor en la mirada. ¿O era de anhelo? Esperó que no se estuviera acordando de la hermana de Andrew Morgan.

—Entiendo. —Se volvió hacia el pequeño camastro supletorio que habían traído para Mac y se dio cuenta de que continuaba pulcramente hecho—. Tengo la sensación de que su pobre padre no ha dormido mucho esta noche. ¿Le ha contado que después de que se quedara dormido lo llamaron para que fuera a buscar al perro del señor Morgan?

—No, no me ha mencionado nada.

—Pues sí. Hablé con él antes de que se marchara —explicó ella—. Y mientras estaba fuera, como no encontré a Duncan por ninguna parte, me encargué de vigilarlo.

—¿En serio? —Se quedó pensativo—. Anoche tuve un sueño de lo más extraño...

—Sí, lo sé —dijo ella lentamente.

William la miró alarmado.

—¡Oh, no!

Abigail se acercó a él.

—Déjeme ayudarle. —Le colocó la levita y le ayudó a meter el brazo que faltaba con cuidado de que no se le quitaran las vendas.

—Gracias. ¿Ha... Hablé en sueños? A veces lo hago, según dice Jacob.

—No estoy segura de si fue por el sueño o por el láudano.

—¿Tan malo fue? No estoy seguro de si quiero saber lo que dije.

Ella entrecerró los ojos y lo miró divertida.

—No es tanto lo que dijo, sino lo que hizo.

William la miró asombrado, pero por el brillo de sus ojos se notaba que se estaba divirtiendo.

—Veo que le gusta tomarme el pelo... o atormentarme, para ser más exactos. Espero no haberme puesto en ridículo o avergonzarla de alguna manera.

—No se preocupe. ¿Le echo una mano con el pañuelo de cuello? Solía ayudar a mi padre.

—Si quiere. No sé si podré apañármelas con un solo brazo, pero puedo no ponérmelo o esperar a que venga mi padre.

—No me importa hacerlo, si usted no tiene inconveniente. Levantó la larga banda de lino del respaldo de la silla y rodeó con ella el cuello del clérigo una vez y luego una segunda, ajustándola aunque sin apretar demasiado.

—¿Quiere estrangularme?

—Creo que no —respondió ella con una sonrisa antes de empezar a hacerle un nudo sencillo.

William estaba sentado y ella se había colocado cerca de sus rodillas, por lo que su cabeza le llegaba a los hombros. Al principio se sintió un poco cohibida realizando aquella pequeña tarea doméstica, pero el brillo de admiración que vio en sus ojos le infundió confianza.

—¿Sabe? —dijo él con una sonrisa—. Por mucho que me entristezca que se haya quemado la rectoría, no lamento en absoluto haber terminado aquí, en su compañía. Supongo que de todo lo malo siempre se puede sacar algo bueno. Dios es experto en eso.

Aquellas palabras y la proximidad que mantenían hicieron que sintiera una extraña calidez en su interior y un cosquilleo en el estómago. Mientras terminaba de fijar el nudo, le rozó la barbilla con los dedos. Los mismos dedos que él había besado la noche anterior. Se preguntó cómo reaccionaría si ella se inclinaba y le daba un beso en su recién afeitada barbilla... o en los labios, si se atrevía. Se le aceleró el corazón de solo pensarlo. ¿Y qué haría ella si él la atraía hasta su regazo, la abrazaba y la besaba con pasión? ¿Le daría una bofetada por su atrevimiento? ¿Le reprendería en el acto o enviaría a su padre para hacerlo? Dudaba que hiciera nada de eso. No cuando una parte de ella estaba deseando que él actuara exactamente de esa forma.

Nerviosa, cambió de tema.

—¿Se acuerda de la pesadilla que tuvo anoche? Gimoteaba en sueños. Tuve que despertarlo.

Él la miró con los ojos entrecerrados, pensativo.

—Creo que no.

—Llamaba a Leah. Estaba muy asustado por ella.

Su mirada perdida le dijo que empezaba a recordar.

—Oh, sí...

—Dijo algo sobre que su hermana estaba en la habitación secreta y que alguien venía a por ella.

William se quedó inmóvil y la miró con la boca abierta.

—¿Ah, sí?

Sin dejar de observar su reacción, asintió con la cabeza.

Él se rio sin mucha convicción.

—Qué sueño más... raro.

—¿Usted cree?

Durante unos segundos se miraron el uno al otro sin decir nada. Cuando William por fin se animó a abrir la boca para responder, oyeron unos pasos a sus espaldas.

Abigail se separó de él al instante y dijo con un tono excesivamente alegre:

—Ya está. Así es como se hace un nudo.

Miró por encima de su hombro con aire de culpabilidad y se le contrajo el estómago.

En el umbral de la puerta se encontraba Miles Pembrooke mirándolos con curiosidad.

—¿Quién se ha escondido en la habitación secreta?

—El señor Chapman tuvo una pesadilla —se apresuró a explicar ella—. Eso es todo.

—¿Una pesadilla? —repitió Miles, moviendo la cabeza de un lado a otro—. Pues a mí me parece un sueño hecho realidad.

Al día siguiente, William abandonó su condición de inválido y se reunió con los Foster en el comedor para la cena. «Esto va a ser de lo más interesante», pensó. Y tal vez una especie de prueba para su paciencia y tacto, ya que tenía a Miles Pembrooke sentado enfrente y a Duncan sirviéndoles la cena con las dos doncellas. Esperaba que las muchachas evitaran que el hombre escupiera a escondidas en su sopa. O algo peor.

Alejó aquellos pensamientos de su mente y preguntó al señor Foster cómo había sido su infancia. Mientras este empezaba a hablar, aprovechó la ocasión y pidió que le contara cómo había sido la señorita Foster de niña. Entonces, su padre se emocionó y empezó a relatar cómo, cuando tenía seis años, empezó a organizar el cuarto infantil, o a clasificar sus delantales por días de la semana y a tener a toda la familia a raya.

La señorita Foster agachó la cabeza con las mejillas ruborizadas.

—Papá... —protestó en voz baja.

Pero a él le dio la impresión de que ella estaba disfrutando por el orgullo que veía en los ojos de su padre y el tono tan cariñoso que usaba cuando hablaba de ella. ¿Quién no lo haría?

Miró al otro lado de la mesa y se fijó en Miles. ¿Había estado Clive Pembrooke orgulloso de él, o se había burlado de su hijo con afecto? En el fondo dudaba de que Miles hubiera conocido el amor o la aprobación de su padre. Sintió una profunda lástima por el hombre y decidió esforzarse un poco más con él.

Dispuesto a evitar el tema de la familia, preguntó a Miles sobre sus viajes. Este enseguida se puso a hablar de sus anécdotas en Gibraltar y todos los presentes hicieron caso omiso del resoplido que soltó Duncan desde el aparador donde se servían los platos.

Después de un rato, decidió que ya iba siendo hora de intentar despertar el interés del señor Pembrooke en Dios, la única e incondicional fuente de amor que cualquier corazón humano debería anhelar, animándolo a ir a misa.

—Debería venir con nosotros el domingo, señor Pembrooke —dijo—. Mi sermón tratará sobre su tema favorito.

—¿Mi tema favorito? —Miles enarcó ambas cejas—. ¿Y cuál es? ¿La señorita Foster, tal vez? —Chasqueó la lengua—. No creo que sus feligreses lo aprueben.

—No.

—¿Entonces cuál cree usted que es mi tema favorito?

William respondió a la mirada desafiante del hombre con una cálida sonrisa.

—Los tesoros.

Capítulo 18

El domingo, William iba vestido de negro, el nuevo vendaje que llevaba era menos voluminoso y tenía más movilidad en el brazo, pues el dolor había disminuido considerablemente y sin ayuda del láudano. Su padre, que tras pasar las dos primeras noches velándolo y después de asegurarse de que podía arreglárselas por sí mismo había decidido volver a dormir en su casa, había llegado a Pembrooke Park con su habitual traje negro y chaleco gris que, según decía, le iba mejor a su posición de sacristán.

—¿Estás listo? —preguntó su progenitor.

—Eso creo.

—No te preocupes, hijo. Los feligreses saben que no has estado en condiciones de escribir un sermón y no esperan demasiado de ti esta mañana.

—Algunos piensan que nunca doy demasiado de mí —bromeó él.

—Bueno, no se puede complacer a todo el mundo.

—Como si no lo supiera —sonrió—. Y probablemente habría más quejas si la gente no respetara tanto a mi feroz padre escocés.

Su progenitor también sonrió.

—Ojalá la señora Peterman me respetara tanto.

Cuando la campana de la iglesia llamó al servicio, todos empezaron a ocupar los bancos y reservados. Había mucha más gente de lo normal. William se sorprendió al ver a Miles Pembrooke, sentado con la señorita Foster y su padre, lo que hizo que se sintiera inspirado al instante por la oportunidad que se le presentaba. La presencia del hijo de Clive Pembrooke suscitó innumerables miradas curiosas y susurros entre los asistentes.

Su padre anunció el inicio del servicio, tal vez con un tono más áspero de lo normal, y todo el mundo se quedó callado.

De pie, cerca de la mesa de comunión, cubierta con un lienzo blanco, William rezó el padrenuestro y luego continuó con la colecta y lecturas.

—Y ahora proclamemos nuestra fe todos juntos...

Todos se pusieron de pie y comenzaron a recitar el credo niceno, la oración compartida por los creyentes de todo el mundo.

—Creo en un solo Dios, padre todopoderoso, creador del cielo y de la tierra, de todo lo visible y lo invisible; y en un solo señor Jesucristo, hijo único de Dios...

Cuando llegó el momento de dar la bienvenida y formular los anuncios pertinentes antes del sermón, recorrió con la vista toda la nave, mirando con calma y sonriendo a todos y cada uno de los feligreses.

—Qué alegría ver a tanta gente esta mañana, aunque soy consciente de que la mayoría habéis venido más por curiosidad, para ver el alcance de los daños a la casa parroquial, y de paso al pastor, que por mis habilidades oratorias.

Oyó algunas risas a lo largo de la nave. La señora Peterman, sin embargo, lo miraba completamente erguida con su habitual expresión seria.

—Cualquiera que sea la razón por la que habéis venido, como acabo de deciros, me alegro. —Miró a Miles Pembrooke y continuó—: De nuevo, mi más sincero agradecimiento a todos los que vinieron a ayudarnos. Mi madre os invita a casa después del servicio para tomar un té o una sidra y para probar sus famosas galletas como muestra de nuestra gratitud.

El anuncio fue recibido con murmullos de aprobación. Cuando la iglesia volvió a estar en silencio, prosiguió:

—Es bueno estar todos juntos, como una comunidad unida, después de un incidente como el que ha ocurrido. Cuando surgen los problemas, también es el momento propicio para acercarnos más a Dios en lo personal y hacer un balance de lo que hay en nuestros corazones y en nuestras vidas. —Miró de nuevo a Miles—. Con esta idea en mente, voy a tomarme la licencia de desviarme del texto previsto para esta mañana. Espero que me perdonéis.

La señora Peterman puso los ojos en blanco.

William rogó a Dios en silencio que le ayudara a escoger las palabras adecuadas y empezó:

—¿Qué haríais si vuestro hogar se quemara hasta los cimientos? Algo que ya ha sucedido. ¿Quién ha podido olvidar el incendio de los Wilson hace cinco años y lo mucho que perdieron? ¿Y si os quedarais sin todas vuestras posesiones más valiosas por un incendio, un robo o una crisis financiera?

Se dio cuenta de que el señor Foster se movió un tanto incómodo.

—¿Son vuestras posesiones más preciadas a prueba de fuego? ¿Están a salvo para siempre? ¿Dedicáis todo vuestro tiempo a conseguir más y más?

Su padre procedió a leer una parte del capítulo seis del Evangelio según San Mateo:

—«No acumuléis tesoros en la tierra donde la polilla y la carcoma los roen y donde los ladrones abren boquetes y los roban.»

William miró a la congregación.

—Y yo añadiría: donde el fuego los destruye.

Volvió a mirar a Miles Pembrooke. Esperaba no estar usando el sermón como una excusa para vapulear al hombre de forma indirecta. El señor Pembrooke era un cazador de tesoros, tuviera o no algo que ver con el incendio. «Señor, ayúdame a contener mi mente y mi lengua.»

—Algunos nos pasamos la vida esforzándonos por acumular posesiones o riquezas, por ahorrar para cuando vengan tiempos peores o ante un futuro incierto. Y si nuestros ingresos son modestos, dedicamos toda nuestra energía pensando dónde obtendremos nuestra próxima comida.

»No me malinterpretéis. Los que sois esposos y padres tenéis razones de peso para ser previsores y cuidar de vuestras familias. Y os felicito por ello. Pero hay una gran diferencia entre proveer a vuestros seres queridos y acumular tesoros. El anhelo de riqueza. O buscar algún tesoro ficticio en algún lugar «ahí fuera» para intentar ser feliz. Pero todos sabemos que los tesoros terrenales nunca satisfarán los deseos más profundos de nuestra alma, ¿verdad? Seguro que ahora mismo el señor Matthews está pensando «No, pastor, pero me sería de mucha ayuda para alimentar a los cinco fornidos hijos que tengo».

Volvió a oír risas, incluida la del propio herrero.

—Y sí, unos ingresos adecuados hacen la vida mucho más fácil. O eso he oído. —Esbozó una amplia sonrisa—. Aunque a menudo la necesidad nos acerca más a Dios de lo que lo hará nunca la plenitud.

Llegado a ese punto, vaciló. ¿Debería hablar de ello? ¿Afrontar directamente el problema? Respiró hondo y se lanzó:

—A lo largo de la historia, los cuentos y leyendas han incluido el señuelo de un tesoro, ya sea en forma de cofres de oro de piratas o la gallina de los huevos de oro. Incluso en la zona existen rumores que hablan de la existencia de un tesoro escondido aquí mismo.

La señorita Foster parpadeó asombrada y los ojos del señor Pembrooke brillaron con irritada diversión. Los feligreses intercambiaron miradas inquietas a lo largo de la iglesia.

—¿Podéis imaginaros lo que se puede llegar a desperdiciar una vida dedicada a la búsqueda de un tesoro que no existe? ¿U ocultar un tesoro solo para ver cómo los ladrones intentan robarlo? ¿O, finalmente, encontrar un tesoro que llevas años buscando solo para hallarlo destrozado y lleno de herrumbre? ¿Sin ningún tipo de valor?

Miles Pembrooke frunció el ceño.

—¿En qué estáis invirtiendo vuestro tiempo, atenciones, amor y talento? —preguntó—. ¿En cuestiones materiales o espirituales? ¿Dónde residen vuestros afectos? ¿Qué es lo que vuestro corazón quiere conseguir por encima de todo?

Hizo un gesto de asentimiento hacia su padre, que continuó leyendo:

—«Acumulad tesoros en el cielo, donde no hay polilla ni carcoma que los roen, ni ladrones que abren boquetes y roban. Porque donde está tu tesoro, allí estará tu corazón.»

—Cuando descubrí que la casa parroquial estaba en llamas, mi cama, mis pertenencias, mis libros... por supuesto que intenté apagar el fuego. Y precisamente porque la rectoría no solo me pertenece a mí, sino a toda la parroquia, lo intenté con más fuerza que si hubiera sido mía. Pero puedo deciros con total honestidad que durante esos angustiosos minutos no pensé en mis cosas. Estaba pensado en lo que me es más querido. En la seguridad de los que me estaban ayudando. En el dolor que sentiría mi familia si moría o resultaba herido. Y en la pérdida que todos sufriríamos si las llamas alcanzaban la iglesia.

»Y no, no me alegro de que mi abrigo verde favorito se haya quemado o mi uniforme universitario esté destrozado. Sin duda estáis hartos de verme vestido de negro. —Volvió a sonreír—. Pero no estoy hundido. Porque la rectoría no era mi verdadero tesoro. Mi fe, mi alma, mi mayor tesoro no reside entre esas cuatro paredes, o en mi maleta, ni en ninguna otra posesión... Reside única y exclusivamente en Dios. —Recorrió con la mirada una vez más a todos los feligreses—. Y rezo para que a vosotros os suceda lo mismo.

Abigail dejó escapar un prolongado suspiro y aflojó las manos, aliviada al comprobar que el incómodo sermón había terminado. El señor Chapman comenzó el ofertorio y Mac recogió las limosnas para los pobres. A continuación, comenzó la comunión, y se dio cuenta de que Miles no se acercó a recibir el pan y el vino. ¿No se consideraba digno de ello? ¿No lo eran todos ellos?

Cuando terminó el servicio, la gente no permaneció tanto tiempo en la iglesia como de costumbre. Se comprende que estaban ansiosos por ir a casa de los Chapman y ser los primeros en degustar el té, la sidra y las galletas.

—Vayan sin mí —dijo Miles—. Yo me vuelvo a casa. Creo que ya he causado bastante revuelo por un día. He cumplido con mi trabajo. —Guiñó un ojo—. Y en el día del Señor, nada más y nada menos.

—¿Sabes, querida? —comentó su padre—. Ahora mismo no me apetece ponerme a charlar con toda la congregación.

—No hace falta —señaló ella—. Nos iremos todos a casa. Aunque es posible que tengamos que esperar a la cena, porque no se me ocurriría pedir a la señora Walsh ni al resto de sirvientes que renunciaran a ese placer.

En ese momento, el señor Morgan padre se acercó a saludar a su progenitor y Miles y ella lo esperaron separados de la bulliciosa multitud que salía de la iglesia. Le alegró ver a varias personas deteniéndose a felicitar a William Chapman por su sermón mientras le estrechaban la mano afectuosamente. Como era de esperar, la señora Peterman también se paró para dar su opinión y, por la expresión de su rostro, no estaba precisamente contenta. «Pobre William.»

—Me temo que nuestro amigo el señor Chapman no ha seguido su verdadera vocación. Debería haber sido uno de esos misioneros itinerantes de John Wesley. No creerá que el sermón iba dirigido a alguien en particular, ¿verdad?

Notó el brillo en sus ojos y respondió:

—Tal vez. Aunque en realidad creo que contenía un mensaje para todos nosotros.

—No para usted, señorita Foster. Estoy convencido de que nunca ha ido detrás de ningún tesoro.

Miró con disimulo a su padre, y al ver que seguía conversando con el señor Morgan admitió en voz baja:

—Bueno, sí me lo he planteado.

Miles alzó ambas cejas.

—¡Me encanta! Nada mejor que un poco de competencia sana.

Abigail se encogió de hombros.

—Aunque en mi caso no tiene ningún sentido que lo busque, ya que no podría reclamarlo. Tendría que entregar todo lo que encontrara dentro de la finca.

—Veo que no sabe nada de la recompensa.

Lo miró. No podía creerse que estuvieran manteniendo esa conversación después del sermón del señor Chapman.

Miles procedió a explicarle:

—Mi padre estaba tan convencido de que había un tesoro de gran valor, seguramente toda una habitación entera, que ofreció una recompensa de su propio bolsillo. Sin duda esperaba que algún criado renuente recordara de pronto la ubicación del posible tesoro. Dicha recompensa nunca fue retirada y todavía sigue depositada ante notario, esperando a que alguien la reclame.

Abigail trató de asimilar la información. Desde luego, aquello daba una nueva perspectiva a la situación. Puede que todavía hubiera esperanza para las finanzas de los Foster... y para su dote.

Miles se inclinó hacia ella y le susurró una cantidad. La recompensa era considerable. No reemplazaría todo el dinero que su padre había perdido, pero sí les compensaría de algún modo. Y sí, también serviría para su dote. No como para atraer a cualquier cazador de fortunas, pero sí como para endulzar sus encantos frente a un hombre que ya la tuviera en alta estima y quisiera convencer a cualquier padre reacio.

Miles Pembrooke se apoyó sobre el bastón y miró hacia la casa.

—A veces no me puedo creer que esté otra vez aquí... —murmuró.

Al darse cuenta de que el hombre debía de estar cansado por estar tanto tiempo de pie dijo:

—Venga, señor Pembrooke. Podemos irnos ya. Mi padre vendrá con nosotros cuando termine.

Miles se enderezó.

—Como desee, querida prima —dijo él, ofreciéndole el brazo.

Pensando que podría necesitar más apoyo que ella, lo aceptó.

Mientras regresaban tranquilamente a la casa, Miles comentó:

—Con el tesoro y la recompensa tendría suficiente. Si lo encuentro, en lo que a mí respecta, pueden quedarse con la casa. Lo cierto es que la vendería si fuera mía. Pero si fuera rico, dejaría que vivieran aquí en unos términos ridículamente generosos.

Le apretó el brazo y la miró de soslayo.

—No me malinterprete —continuó—. Harriet me ha explicado por qué decidió invertir los ingresos que se obtienen de la finca en la propia casa, pagando a los sirvientes, las reparaciones necesarias y el mantenimiento, para que no tuvieran que hacerlo ustedes. Me ha asegurado que es una buena inversión, pues de otro modo, la vivienda se habría ido deteriorando hasta el punto de perder todo su valor, ya sea para heredar o para vender.

Entraron en la casa y se dirigieron a la sala de recepción para esperar a su padre y a que la cena estuviera lista. Miles se instaló en un sillón mullido mientras ella se sentaba a su lado en una silla y se alisaba la falda.

—Así que, ya ve, me alegra mucho de que esté aquí, señorita Foster. Tal vez pueda visitarla de vez en cuando. O quizá le gustaría venirse conmigo cuando me vaya... —La miró con la ceja enarcada y expresión expectante.

—¡Señor Pembrooke!

—Sé que soy mayor que usted, pero no puede negar que también soy joven de espíritu.

—Cierto, no puedo negarlo.

—Y usted parece mayor de lo que es.

Abigail resopló airada.

Él le puso una fría mano sobre el hombro y se apresuró a aclarar:

—Tranquila. No me refiero al aspecto físico. Por supuesto que no. Es usted encantadora, como ya sabe. Pero creo que su espíritu tiene más edad que su cuerpo. O al menos es muy madura para los años que tiene.

—No puedo negar que es algo que siempre me han dicho.

—¿Lo ve? Somos perfectos el uno para el otro.

Estaba tomándole el pelo, ¿verdad? Abigail negó lentamente con la cabeza, mirando a aquel hombre con una mezcla de diversión, cariño... y desconfianza.

Después de toda una jornada de preparar un sermón, demasiado té y mucha charla, seguida de una clase dominical llena de niños que se habían atiborrado de dulces, William por fin regresó a Pembrooke Park. En ese momento, lo único que quería hacer era acostarse y dormir. A pesar de lo que ponía en las sagradas escrituras y el mandato de Dios de tomarse el domingo como día de descanso, para él era el día más agotador de la semana.

La señorita Foster y su padre no habían ido a casa de sus padres después del servicio, pero tampoco Miles Pembrooke, así que no se podía quejar. En cambio, había disfrutado de una larga conversación con su amigo Andrew Morgan, que no dejó de insistir en que lo veía muy cansado y que debía tomarse unas vacaciones, como si pudiera permitirse ese lujo. Aun así, disfrutó contemplando la posibilidad.

Se quitó el pañuelo del cuello y se dejó caer en el sofá de la sala de estar. Apenas había cerrado los ojos cuando Kitty entró en la estancia, aparentemente para visitarlo, aunque supuso que su verdadera intención era ver a la señorita Foster y poder jugar un rato con la casa de muñecas. Tras echar un vistazo a su dormitorio temporal, su hermana pequeña empezó a hablar:

—Dick Peabody y Tommy Matthews se han peleado hoy a puñetazo limpio al salir de la escuela.

—¿En serio? —preguntó preocupado—. ¿Por qué?

—Porque Dick decía que te estabas metiendo con Miles Pembrooke en tu sermón. Que ambos sois enemigos jurados. Pero Tommy se burló de él porque no tenía ni idea y aseguró que tú y el señor Pembrooke sois amigos.

—¿Ah, sí? —Aquello le sorprendió todavía más que la pelea—. ¿Y en base a qué?

—Ha dicho que jugáis al ajedrez y cosas de esas.

—¿Al ajedrez? El señor Pembrooke y yo nunca hemos jugado al ajedrez.

Kitty hizo una mueca.

—Qué raro. Tommy dice que vio al señor Pembrooke llamar a tu puerta y que llevaba una caja. Y que cuando le preguntó qué era lo que había dentro, el señor Pembrooke dijo que era un ajedrez y que había ido a verte para jugar la partida de la revancha. O algo parecido.

William frunció el ceño pensativo.

—No debió de ser en casa, porque el señor Pembrooke nunca ha ido a la rectoría. —«¿O sí?» La sospecha volvió a tomar forma en su mente—. ¿Sabes cuándo fue eso?

Kitty se encogió de hombros.

—Tommy no lo dijo. Suele pasar por la zona a menudo con esa caña de pescar que tiene. Puede haber sido cualquier día.

Pero William supuso que el muchacho sabía perfectamente el día que había sido. Entonces recordó que Miles y el señor Foster habían jugado al ajedrez «ese día», así que, después de todo, Miles podía estar diciendo la verdad. «Que Dios me perdone», pensó, avergonzado por los pensamientos tan poco caritativos que estaba teniendo. Puede que Miles hubiera ido a la casa parroquial en busca de un oponente para una partida amistosa. Aunque en el fondo no creía que una partida fuera la revancha que el señor Pembrooke tenía en mente. Pero si Miles estuvo ocupado tanto tiempo con el señor Foster, ¿cómo pudo provocar el incendio? Esperaba que la antipatía y desconfianza que sentía por aquel hombre no le estuvieran nublando el juicio.

Pero ¿qué había realmente en esa caja?

Se frotó los ojos. Necesitaba tomarse un descanso de Pembrooke Park y sus habitantes; tanto de los que no le gustaban como de los que le gustaban demasiado para su propio bien. Tomó una decisión. Aceptaría la oferta que le había hecho su amigo Andrew de ir a pasar unos días a su casa de Londres.

El lunes, Abigail, molesta porque Duncan todavía no hubiera reemplazado la lámpara defectuosa del pasillo de la primera planta, como le había dicho que hiciera en repetidas ocasiones, decidió bajar ella misma al pañol de lámparas. Mientras caminaba por el oscuro pasillo del semisótano encontró la puerta del pañol ligeramente abierta y oyó un rasguño y un tintineo de cobre contra cobre en su interior. «Bien», pensó, «por fin me ha hecho caso.»

Abrió la puerta del todo, con el nombre del sirviente en la punta de la lengua.

—¿Duncan...?

Miles se dio la vuelta desde el mostrador trasero. Su expresión avergonzada rápidamente se transformó en una de fingida inocencia.

—¡Vaya... señor Pembrooke! —exclamó ella—. No esperaba encontrarlo aquí.

—Me lo imagino —sonrió él—. Siento haberla asustado. No soy Duncan, pero igualmente soy su fiel sirviente para todo lo que desee. —Hizo una pequeña reverencia y se limpió las manos manchadas de hollín en un paño—. Ahora mismo incluso tengo todo el aspecto, así que si necesita algo, solo tiene que pedirlo.

—Oh, yo... Gracias. Solo he venido a buscar una lámpara.

—Igual que yo. Estaba planeando subir al ático y quería una buena lámpara para iluminarme.

Su rostro debió de adoptar una expresión de sorpresa y disconformidad, porque Miles se llevó inmediatamente la mano al pecho.

—Mi querida señorita Foster, tenía la impresión, basándome en lo que usted y su maravilloso padre me han dicho, de que era libre de ir y venir por esta casa a mi antojo. De considerarme «como en mi casa», de forma temporal por supuesto. Pero si estoy en un error, no tiene más que decírmelo y de ahora en adelante no saldré de mi habitación.

—No, por supuesto que no tiene que quedarse en su habitación, señor Pembrooke.

—Quizá le gustaría acompañarme al ático, señorita Foster. A menos que... ¿le asustan los fantasmas? Tal vez tiemble de miedo, pero no se preocupe, yo estaré a su lado para ofrecerle mi brazo y calmarla —sonrió él.

—No me dan miedo los fantasmas, señor Pembrooke.

—Vaya por Dios. Es una lástima cuando las damas se muestran valientes y pragmáticas. Nos privan a los caballeros de la oportunidad de rescatarlas de cortinas ondulantes y figuras envueltas en sábanas. —Cambió de posición el bastón—. Entonces tal vez podría prestarme su coraje, señorita Foster. Voy a tener que actuar con total osadía con usted allí presente.

—¿Por qué el ático?

—De pequeños, mis hermanos y yo solíamos divertirnos allí arriba. Sobre todo cuando llovía y no podíamos salir. Representábamos alguna que otra pantomima y jugábamos al escondite. Lo recuerdo como un espacio enorme lleno de montones de maletas, cajas de sombreros y baúles de todo tipo y tamaño. Aunque puede que al ser solo un niño lo magnificara todo y ahora me lleve una decepción.

—No hace falta que le acompañe, señor Pembrooke.

—Me gustaría disfrutar de su compañía, en serio. Y es solo Miles, ¿se acuerda?

Abigail ladeó la cabeza.

—Dígame, Miles, ¿tiene alguna razón para pensar que el legendario tesoro puede estar oculto en el ático?

—No, ninguna en particular.

—Tengo curiosidad. Si no lo encontró durante los dos años que vivió aquí, ¿por qué piensa que puede encontrarlo ahora?

—Porque en aquel entonces era un crío y carecía de la motivación adecuada. Además, podría hacerle la misma pregunta. Si lleva buscándolo en vano durante varias semanas, ¿por qué no reconoce que podría venirle bien mi ayuda? Seguro que mi pasado en esta casa puede ofrecerle algunas ventajas. Es usted una mujer inteligente, lo sé, pero tengo la historia de mi lado. ¿Por qué no trabajamos codo con codo? ¿Unir fuerzas? Formaríamos un equipo excelente.

—No sé...

—Mire, si sale bien, yo me quedaré con el tesoro y usted recibirá la recompensa. Justo, ¿verdad? Porque, como seguro que ya sabe, ni usted ni su padre heredarán nunca Pembrooke Park o sus tesoros.

Abigail se preguntó si Miles tenía derecho a reclamar cualquier objeto de valor que encontraran en la casa. ¿Se apropiaría indebidamente de lo que hallaran si ella «toleraba» su búsqueda?

—Tengo entendido que, como su padre sigue en paradero desconocido, los tribunales todavía están decidiendo quién es el legítimo heredero —repuso ella—. ¿Y si encuentra el tesoro pero al final fallan en favor de otra persona? ¿Promete no fugarse con los objetos de valor que pudiéramos descubrir?

—Sí, lo prometo —dijo. Aunque Abigail tuvo la sensación de que lo hizo más para tranquilizarla que otra cosa—. Aunque entonces, ¿qué gano yo? —Miles miró al techo como si estuviera pensando. A los pocos segundos chasqueó los dedos—. Ya lo tengo. Si encontramos el tesoro y al final le corresponde a otra persona, entonces compartiré con usted la recompensa.

Abigail consideró la idea.

—¿A partes iguales?

—Por supuesto. ¿Qué me dice? ¿Tenemos un trato?

El señor Pembrooke extendió la mano como si fuera todo un hombre de negocios, pero ella vaciló. No hacían daño a nadie, ¿no? El cincuenta por ciento de nada seguía siendo nada y probablemente eso sería todo lo que obtendrían por sus esfuerzos. Pero si lo conseguían...

Tuvo la tentación de aceptar, pero su sexto sentido terminó echándola para atrás. Aunque veía perfectamente lógica su propuesta, ¿por qué tenía la sensación de que si aceptaba estaría pactando con el diablo?

—¿Sabe qué, señor Pembrooke? Tal vez no sea tan buena idea después de todo.

Él enarcó una cena y la miró con un brillo desafiante en los ojos.

—¿Le ha salido la vena codiciosa, señorita Foster?

—En absoluto. Solo un tonto aceptaría un acuerdo con un hombre que apenas conoce y sobre un tesoro que seguramente ni exista.

Miles bajó la mano.

—Es usted todo pragmatismo, señorita Foster. Acaba de echar a perder toda mi diversión. —Soltó un melodramático suspiro—. Y yo que pensaba que seríamos buenos amigos...

El martes recibió otra carta, pero esta no llevaba ningún matasellos y la trajo directamente Kitty Chapman, diciendo que se había encontrado con una mujer en el cementerio que le había pedido que se la entregara a la señorita Foster.

—¿Llevaba esa mujer un velo? —preguntó Abigail.

—¡Sí! ¿Cómo lo ha sabido?

«Entonces está cerca», pensó. ¿Confirmaba aquello que Harriet Pembrooke era la mujer del velo que había visto en el cementerio? Desdobló la página del diario y empezó a leerla en el mismo vestíbulo.

Por fin la encontré. La habitación secreta. Ha estado ahí todo este tiempo, tan cerca. Y justo a tiempo. Sus ataques de ira son cada vez peores. Y durante el peor de ellos, me escondí dentro a esperar que pasara la tormenta. Pero ahora me corroe la culpa. Debería haber revelado a mis hermanos dónde estaba. Pero como soy una egoísta, no lo hice. Y ahora le ha hecho mucho daño. Y yo soy responsable, al menos en parte. Tenía que haberle protegido. Todavía puedo oír el rugido de mi padre y el terrible grito de mi hermano. El ruido que hizo al caer por las escaleras. El chillido de mi madre.

Cuando lo vi al final de las escaleras, hecho una maraña de miembros sobre el suelo y con la pierna doblada en un ángulo antinatural, tuve la sensación de que me estallaría el corazón.

Papá se negó a llamar al médico hasta que todos prometiéramos decir que había sido un accidente. Mi hermano estuvo quejándose toda la noche hasta el punto de que creí que me volvería loca de oírlo. Al día siguiente, mamá, completamente desesperada, cedió y nos pidió que mintiéramos. Odió hacerlo, de la misma forma que odió a mi padre por obligarla a hacerlo. Al final llamaron al médico. Cuando vino, se sorprendió por el mal estado en que se encontraba la pierna de mi hermano y nos preguntó cuándo y cómo sucedió.

Mi padre miró a mi madre y dijo con tono desafiante:

—Sí, querida, cuéntale como sucedió.

—Se cayó por las escaleras —respondió ella entre dientes, pálida y llena de resentimiento—. Ha sido un accidente horrible.

—¿Por qué no me avisaron de inmediato? —preguntó el señor Brown.

Esta vez, mamá se negó a responder y lanzó a su marido una mirada llena de odio.

—Oh —repuso él como si nada—, no creímos que el golpe fuera tan grave como para requerir la atención de un médico.

La mirada del señor Brown fue de la pierna de mi hermano hacia mi padre, al que miró como si hubiera perdido la cabeza. Tal vez ese era el caso.

El médico colocó los huesos lo mejor que pudo pero sugirió a mi padre que llevara a mi hermano al hospital. Papa se negó. Creo que tenía miedo de lo que podríamos hacer en su ausencia. O que cuando volviera se encontrara con que lo habíamos abandonado.

A Abigail se le contrajo el estómago. Se acordó de lo que él médico le había contado hacía poco al señor Chapman, su propio relato del «accidente». Pobre Miles. ¿De verdad lo había empujado su padre?

En ese momento vio venir a Miles cojeando por el vestíbulo, vestido con traje de montar y apoyándose en el bastón. Al pensar en el verdadero motivo de su discapacidad se le volvió a encoger el corazón.

—Miles, ¿puedo preguntarle sobre...? —Dudó. ¿De verdad quería preguntarle por su padre?

—¿Sobre qué, señorita Foster? Puede preguntarme lo que quiera.

No tuvo el coraje suficiente.

—Sobre su hermana, Harriet.

Él apretó los labios.

—No puedo contarle mucho. Como ya le dije, solo la he visto dos veces en los últimos doce años. Recuerde que dejé el país siendo todavía muy joven y ella también se fue a vivir a otro lugar. Ambos estábamos deseando dejar atrás el pasado.

—¿Se casó?

Ahora fue Miles el que vaciló.

—Ella no querría que hablara de sus asuntos privados, señorita Foster. Debe disculparme, pero aunque no estemos muy unidos, soy su hermano y debo serle leal.

—Por supuesto.

—Pero sí le diré que no ha sido afortunada en el amor... Y mejor lo dejamos ahí.

—Vaya, lo lamento.

—Yo tampoco he tenido mucha suerte en el amor en el pasado. Aunque espero que eso esté a punto de cambiar, ¿no es así, señorita Foster?

«¿Debo tomármelo como una indirecta?», se preguntó Abigail un tanto incómoda.

—Sí, eso espero. Por su bien.

Se acordó de la mujer del velo.

—¿Sabe si su hermana ha vuelto a venir por aquí?

Miles volvió a dudar.

—Creo que... sí. Pero no mucho. Le repito que no estoy muy al tanto de sus idas y venidas.

—Me imagino que, como albacea, habrá tenido que venir a ver cómo estaba la finca.

Él se encogió de hombros.

—Creo que todo eso lo ha dejado en manos del abogado.

Abigail asintió y Miles continuó cruzando el vestíbulo. Volvió a preguntarse qué era lo que atraía a esa mujer hacia el cementerio y por qué le escribía aquellas cartas; si es que ambas eran la misma persona, claro estaba.

—Miles —lo llamó de nuevo. Esperó a que se volviera antes de preguntar—. No se cayó por las escaleras, ¿verdad?

—Oh, pero claro que sí. Ya se lo conté —respondió él con una sonrisa.

—Me refiero a que... no fue un accidente. Lo empujaron.

Su anterior sonrisa se desvaneció al instante y la miró. Se fijó en que se le ensancharon un poco las fosas nasales y apretó con más fuerza la empuñadura del bastón, pero le respondió con una voz extrañamente dulce.

—¿Quién... se lo ha contado?

Abigail tragó saliva. No quería revelar su fuente.

—Usted no fue el único al que su padre empujó.

—Ajá. —Se le escapó una pequeña risita quebrada—. Solo el más joven.

A ella se le llenaron los ojos de lágrimas.

—Lo siento, Miles. De veras que lo siento.

Su boca, todo su rostro, se contrajo en una mueca de disgusto.

—No quiero su compasión, señorita Foster. Es lo último que quiero que sienta por mí.

Al día siguiente, Abigail estaba sentada en el alféizar de la ventana de su dormitorio, mirando absorta la hierba de la parte trasera de la casa y los jardines. Estaba aburrida y se sentía muy sola. William Chapman se había ido a pasar unos días a Londres con su amigo Andrew Morgan y la casa y el vecindario parecían muy vacíos sin él.

De pronto, vio algo que le llamó la atención e hizo que se le acelerara el corazón. Se irguió y pegó la nariz al cristal. Allí estaba la mujer del velo. Otra vez. ¿Qué estaba haciendo en el jardín, detrás del cobertizo? Como si se hubiera dado cuenta de que la estaba observando, la mujer empezó a alejarse.

Recuperó el ánimo al instante. Aquella era la oportunidad que había estado esperando para poner a prueba su teoría sobre la identidad de la mujer. Fue corriendo a calzarse, pero se tropezó con la alfombra y estuvo a punto de caerse. Después, salió al pasillo y se precipitó hacia las escaleras. En ese momento, Duncan subía con dos cubos de agua —su padre debía de haberle pedido que le preparara un baño— así que tuvo que esperar en el rellano superior hasta que el sirviente pasara con su pesada carga. Cuando terminó, bajó las escaleras a toda prisa y cruzó el vestíbulo, rezando para que la mujer no se hubiera ido.

Abrió rauda la puerta, que golpeó con fuerza la pared.

En el camino de entrada vio a dos mujeres conversando. La mujer del velo y... ¿Leah Chapman?

Ambas se volvieron al unísono al oír el golpe de la puerta. La mujer del velo se dio la vuelta y se marchó hacia el carruaje que esperaba fuera de la verja.

Abigail corrió detrás de ella, pero cuando llegó a la altura de Leah, esta la agarró del brazo y le susurró entre dientes:

—Abigail, no.

La mujer del velo le dijo algo al cochero, pero lo único que llegó a oír fue la última palabra: «¡Deprisa!». Impotente, vio que subía al vehículo sin la ayuda de nadie. Después el cochero hizo restallar el látigo y urgió a los caballos a ponerse en marcha.

—¿Quién era? —preguntó por fin.

Leah parecía agitada.

—No lo sé. La vi al salir del cementerio. —La hermana de William se estremeció—. Me resultó muy raro hablar con una mujer que iba escondida tras un tupido velo.

Abigail contempló al vehículo cruzar el puente. Si corría lo suficientemente rápido, tal vez podía alcanzarlo antes de que los caballos aceleraran, pero ¿qué haría entonces? ¿Subirse en marcha y exigir que la dejara entrar? No era ningún bandolero.

—¿No la ha reconocido?

Leah se encogió de hombros.

—Creo que no. Solo he podido verle los ojos y la boca cuando hablaba. Pero lo que más me ha llamado la atención ha sido su voz. Me resultaba extraña y familiar a la vez. Me ha preguntado quién ha puesto flores en la tumba de Robert Pembrooke.

—¿Y qué le ha dicho?

—No le he dicho... nada. No sabía si debía hacerlo o no. Sé que Eliza Smith suele venir y dejar algún ramo de vez en cuando.

—Sí... —Recordó haberla visto cerca de la tumba de los Pembrooke aquel día—. ¿Sabe? Creo que Eliza Smith piensa que Robert Pembrooke podría ser su padre.

Leah frunció el ceño.

—¿Se lo ha dicho ella?

—No directamente, pero el otro día su tía hizo una alusión en ese sentido. Al igual que Eliza.

Leah hizo una mueca.

—Mi padre me dijo que la señora Hayes está perdiendo la cabeza con los años y que habla de parentescos que nunca existieron. Estaba convencido de que Eliza tenía el suficiente discernimiento como para saber a lo que hay que darle o no credibilidad, pero por lo visto no es el caso. —Soltó un suspiro—. Déjemelo a mí, señorita Foster. Hablaré con mi padre. Él sabrá cómo proceder.

—¿Y la mujer del velo...? ¿Tiene idea de quién puede ser?

Leah negó con la cabeza.

—Me recuerda a alguien, pero no consigo saber a quién.

Pero Abigail sí sabía seguro quién podía ser.

Después de hablar unos minutos más con Leah, regresó a casa. En un impulso impropio de ella, decidió escribir su propia carta anónima. Se fue a la biblioteca, se sentó delante del escritorio, sacó una cuartilla y se paró a pensar.

Metió la pluma en el tintero y, recordando que Harriet Pembrooke no había usado su nombre real cuando tuvo el mismo impulso, escribió:

Querida Jane:
Me gustaría hablar contigo. ¿Podemos vernos aquí en persona?

No firmó la nota.

Tampoco sugirió un día ni una hora específicos. A continuación, salió de la casa y metió la nota en el ladrillo suelto del muro del jardín sin saber cuándo o si llegarían a encontrarla.

Capítulo 19

Un día de la semana siguiente, Abigail estaba sentada en la biblioteca, lápiz en mano. Delante tenía su cuaderno de dibujo, libros de arquitectura abiertos por doquier, así como los planos de renovación de Pembrooke Park para que le sirvieran de inspiración.

—Buenos días, señorita Foster.

Sobresaltada, alzó la vista y se encontró cara a cara con William Chapman. No lo había oído entrar.

—¡Ha vuelto, señor Chapman! —Se puso de pie de inmediato—. ¿Qué tal lo ha pasado?

—Estar en Londres unos días me ha supuesto un agradable cambio de aires, pero me alegro de estar de nuevo en casa.

—Yo también. Le he... El sermón del señor Morris fue el doble de largo que los suyos.

Él esbozó una amplia sonrisa a modo de respuesta. Después se fijó en el cuaderno de dibujo.

—¿Qué está haciendo?

—Oh, nada. Solo estaba dibujando un boceto.

—Por lo poco que he visto, parece algún tipo de construcción. Me alegra ver que no ha perdido el interés por la arquitectura.

Ahora fue ella la que sonrió con timidez.

—¿Es un plano para una casa? —inquirió él—. ¿O...?

—Sí justo eso. Solo estaba pasando el tiempo. —Se aclaró la garganta y preguntó—: ¿Cómo va la reforma de la rectoría?

—Bien, supongo, aunque mi padre cree que deberíamos tirar toda la pared frontal y levantar una nueva. De todos modos, la ventana se ha combado y ya no protege bien contra las ráfagas de viento, además de que deja pasar el agua cuando la lluvia viene del sur. Mi padre dice que deberíamos aprovechar los daños que causó el incendió para meternos de lleno con otras reformas que necesitaba la casa.

—Estoy de acuerdo con él —se apresuró a indicar ella—. ¿No le gustaría tener un porche de entrada o una pequeña terraza que protegiera la sala de estar del mal tiempo cuando la puerta de entrada esté abierta? O tal vez podría poner un despacho, con un dormitorio adicional encima...

William enarcó una ceja y le lanzó una mirada interrogante.

—¿Era esto lo que estaba dibujando? ¿La rectoría?

Ella agachó la cabeza en un intento por ocultar el rubor que tiñó sus mejillas.

—Como le he dicho, solo estaba pasando el tiempo.

—Déjeme ver —dijo él, tendiendo la mano.

—No, todavía queda mucho para que sea un dibujo como es debido y lo pueda enseñar. Solo hago bocetos por diversión.

Él la miró con una afectuosa sonrisa que le iluminó el rostro.

—Me conmueve su interés, señorita Foster. Y si la casa fuera de mi propiedad, le prometo que confiaría ciegamente en su juicio y aceptaría entusiasmado todas sus propuestas. Pero tal y como están las cosas, ahora mismo necesito la aprobación del rector, que seguramente también requiera la autorización del albacea de la herencia o fideicomisarios. Dudo que accedan o financien algo más que las reparaciones estrictamente necesarias. —Ladeó la cabeza y volvió a mirarla con un cálido brillo en los ojos, deteniéndose unos segundos en su rostro—. Aunque tengo que reconocer que me atrae bastante la idea de ampliar la casa parroquial con más habitaciones. Si tuviera alguien con quien compartirlas...

Dividida entre el placer y la vergüenza que aquellas palabras provocaron en su interior, supo que debía de tener las mejillas ardiendo y muy pronto se vio incapaz de sostener su ardiente mirada.

William se acercó un poco más a ella.

—Señorita Foster... Abigail... ¿Puedo llamarla Abigail?

—Yo...

—¡Abby! —la llamó su padre, irrumpiendo en la biblioteca mientras agitaba una carta en el aire. Al ver al párroco se detuvo en seco—. Oh, lo siento, señor Chapman. No sabía que estaba aquí.

—No se preocupe, señor —dijo William, dando un paso atrás.

—Estábamos hablando de las reparaciones de la rectoría —explicó ella—. ¿Sucede algo?

—He recibido una carta de tu madre. Ella y Louisa vendrán a principios de la semana que viene. ¿A que es fantástico?

«¿Louisa viene ya?» Se le hizo un nudo en el estómago.

—Pero es mucho antes de lo que esperábamos. ¿Va todo bien?

—Sí, sí. Creo que se han cansado de tanto baile y visitas. Y tu madre me ha dejado caer que la tía Bess también está agotada —informó su padre con una sonrisa de oreja a oreja.

Abigail asintió.

—Sí, la tía es un encanto, pero entiendo que debe ser difícil hacer de anfitriona durante tanto tiempo... —Miró a William—. Por favor, no se dé por aludido, señor Chapman. No me refería a usted, ya que lleva poco tiempo con nosotros.

—Y espero que no se alargue mucho más.

—No hay ninguna prisa. —Miró a su padre—. ¿Cuándo tienen previsto llegar?

—Si consiguen alquilar un carruaje decente, el lunes. Si no, el martes.

Había llegado la hora de empezar a proteger su corazón. Se enderezó y anunció:

—Bueno, me temo que tengo que encargarme de un montón de preparativos. Gracias por avisarme con tanta antelación, papá. Ahora, si me disculpa, señor Chapman...

—Por supuesto. —William la miró con los ojos entrecerrados y expresión preocupada—. Está... ¿Va todo bien?

—Por supuesto —contestó con una sonrisa radiante.

Pero lo único que quería hacer era salir de allí lo antes posible.

William estaba inquieto. Era su primera noche en la rectoría después de haber pasado unos días en Londres y otras cuantas noches en Pembrooke Park. Vivir bajo el mismo techo que Abigail Foster le había hecho estar al tanto de todos sus movimientos. De modo que sabía dónde podía encontrarse en varios momentos del día o cuándo solía bajar las escaleras por la mañana. La perspectiva de compartir las distintas comidas con ella hacía que las esperara ansioso, aunque también tuviera que soportar la presencia de Miles Pembrooke; algo que bien valía la pena con tal de estar con ella.

Ahora, sin embargo, con el techo y las paredes reparados —aunque de forma temporal— volvía a vivir solo y sentía en cada poro de su piel el vacío, la soledad de aquel lugar, como nunca antes había experimentado. En Londres la había echado de menos; en la rectoría, todavía más. Lo que era ridículo, pues solo tenía que cruzar el camino de entrada a Pembrooke Park para verla. Aun así, añoraba estar cerca de ella.

Caminó durante unos minutos de un lado a otro por su diminuta sala de estar, pero al final se dio por vencido y se quitó la levita, la camisa, los zapatos y las medias. Estaba decidido. Saldría a nadar en plena noche. En verano, solía ir al río de vez en cuando, aunque desde que la mansión estaba ocupada, le había dado más reparo hacerlo. «¿Por qué no?», pensó. Era de noche, pero todavía hacía calor y había luna llena. El señor Brown le había levantado la prohibición de bañarse, las quemaduras del brazo ya se habían curado y el hombro iba cada vez mejor.

Tomó una toalla desgastada y salió con sigilo de la casa parroquial. Pembrooke Park estaba en silencio. Todas las ventanas estaban a oscuras. Nadie lo descubriría.

Encontró su lugar preferido, donde la orilla se inclinaba gradualmente hasta tocar el agua, se metió en el río y se zambulló de un salto por debajo de la corriente. «Ahh...» El agua fría le sentó de maravilla a su piel, al hombro, a todas las partes de su cuerpo. Le invadió una profunda paz y, durante un momento, se olvidó de sus problemas, las sospechas y cierta vecina suya.

Abigail se detuvo en seco y se quedó petrificada. ¿Estaba teniendo una alucinación? Allí, debajo de un árbol a la orilla del río, se cernía una silueta blanca fantasmagórica. El corazón se le subió a la garganta. Era incapaz de gritar. La figura no parecía humana. No llevaba ningún abrigo o botas oscuras que contrastaran con su palidez.

«Los fantasmas no existen», se dijo para infundirse de coraje.

Aun así, se quedó allí parada, incapaz de correr, con todos los músculos de su cuerpo rígidos, esperando a que el espectro volara hacia ella y...

—¿Señorita Foster? —preguntó una voz. Una voz que no era en absoluto de ultratumba y que reconoció enseguida. Sin embargo, el alivio que sintió no le duró mucho, pues rápidamente fue consciente de la situación.

—¿Está desn... vestido? —inquirió con voz aguda. Era incapaz de pronunciar la palabra «desnudo».

—Mmm... no mucho. No esperaba encontrarme con nadie. Pero no tema, llevo calzas.

—Oh, si es así, de acuerdo.

Estuvo a punto de dejar escapar una risa nerviosa. Como si unas simples calzas ajustadas, que se ceñían a la parte baja de sus muslos y del mismo tono pálido de su piel, fueran la moda de los caballeros de esa temporada.

William salió de debajo del árbol y la luz de la luna lo iluminó un poco más. Intentó no mirar, pero la tentación era demasiado grande y terminó sucumbiendo. Al no tener hermanos, era la primera vez que veía a un hombre sin camisa y medio desnudo. Y ahora que Louisa iba a desplegar sus encantos en la zona, puede que fuera la última.

Cuando empezó a acercarse lentamente a ella, se le secó la boca. Tenía los hombros más anchos de lo que se había imaginado —incluso sin la ayuda de una levita hecha a medida con hombreras— que se curvaban en una musculosa protuberancia por encima de unos brazos también fuertes, de cintura estrecha, pecho definido y un abdomen plano y viril. Se alegró de que la oscuridad ocultara el rubor de su rostro.

En anteriores ocasiones, y gracias a los pantalones ajustados de la época, ya había notado sus piernas, delgadas aunque bien formadas. Pero nunca había visto las formas y contornos de la parte superior de su cuerpo. Debía de haber pasado mucho tiempo ayudando a su padre en el campo, o remando, o montando a caballo... O tal vez cargando grandes pilas de madera o jugando a la pelota con sus amigos durante horas y horas.

Su piel todavía mojada brillaba bajo la luz de la luna. Tragó saliva y lo miró a la cara. Algunos mechones húmedos le caían por la frente. Lo vio levantar los brazos y se dio cuenta de que tenía una pequeña toalla en las manos con la que se frotó el rostro y el pelo. El movimiento hizo que se le marcaran aún más los bíceps y los músculos del pecho y abdomen. Tenía una piel tan pálida... ¿La tendrían igual todos los pelirrojos?

—Tal vez podría... mmm... envolverse con la toalla.

William ladeó la cabeza y la miró divertido.

—Me temo que es demasiado pequeña para ocultar nada. Lo siento. —Esbozó una amplia sonrisa. No parecía sentirlo en absoluto—. ¿Qué la ha traído aquí a estas horas de la noche, señorita Foster?

—No podía dormir. —«Y ahora no podré hacerlo nunca más.»

—Yo tampoco. —Se pasó una mano por el pelo, apartándose los mechones de la frente. Se le veía diferente con el cabello hacia atrás en vez de con sus habituales ondas enmarcándole el rostro. Era muy guapo.

Se acercó aún más y a ella se le aceleró tanto el pulso que tuvo que tomar una profunda bocanada de aire. El rubor que cubría su rostro empezó a descender por el cuello.

—¿Suele nadar tan tarde? —preguntó para relajar un poco la tensión del momento.

—Cuando era más joven, sí. Pero hace tiempo que no lo hacía. Pensé que hoy era un buen día para darme el último baño antes de que lleguen más damas a la mansión y aumenten las posibilidades de ser descubierto. Le prometo que no es mi intención herir la sensibilidad de ninguna fémina. —La miró fijamente—. ¿La he ofendido?

Abigail se mordió los labios resecos.

—No.

—Bueno, gracias a Dios que llevaba calzas.

—Sí. Gracias a Dios. ¿Qué tal el hombro?

—Mucho mejor. —Echó el hombro hacia delante y estiró el cuello para mirarlo por sí mismo—. ¿Ve?

Los ojos de Abigail se deslizaron sobre las cicatrices de la quemadura antes de volver a descender a sus brazos y pecho. Estaba tan cerca de ella que si estiraba la mano podría tocarlo.

—¿Qué aspecto tiene? —preguntó él con la vista clavada en la herida.

—Se ve... perfecto —murmuró ella, admirando el resto de su cuerpo.

—Eso me recuerda... —empezó él, apartando los ojos de la lesión y mirándola de nuevo a la cara.

Descubierta *in fraganti*, Abigail apartó la vista al instante de su torso y lo miró a los ojos. ¿Se habría dado cuenta? Hasta las puntas de las orejas se le pusieron rojas de solo pensarlo.

—... que gracias a lo rápido que actuó mis quemaduras no fueron más graves —continuó él—. Nunca le he dado las gracias por tirarme toda esa agua a tiempo.

—Prométame que no planea demostrarme su gratitud mojándome ahora...

—Hace unos años, puede que lo hubiera hecho. O la hubiera alzado en brazos y fingido que iba a tirarla al río. Pero cuando la miro ahora mismo, le aseguro que ese no es el primer impulso que me viene a la cabeza.

—¿No? —dijo ella sin aliento—. Me... alegro.

—Yo no me alegraría tanto si estuviera en su lugar...

Sus ojos se encontraron. Él la estaba mirando con tanta intensidad, con tal pasión, que estuvo a punto de estallarle el corazón.

Se sobresaltó al sentir el roce de su mano. Aquellos largos dedos le rodearon la muñeca como un suave brazalete, enviando un hormigueo a través de la delicada piel de su muñeca como si le estuviera acariciando con una pluma. Después, lo vio inclinar la cabeza como si fuera a rezar y le dio un cálido beso en el dorso de la mano.

—Gracias, Abigail Foster.

Sintió cómo se le desbocaba el corazón. Tenía las rodillas hechas un flan. Sí, le había besado la mano antes, pero esta vez no era el láudano el que dictaba sus acciones.

Sin soltarle la mano, William alzó la cabeza y estudió su rostro. Entonces, como si quisiera evaluar su reacción, despacio, muy despacio, acercó su cara a la de ella.

A Abigail casi se le olvidó respirar mientras notaba cómo su cálido aliento mecía los mechones sueltos que le caían por las sienes.

—Siempre estaré en deuda con usted.

Se quedó inmóvil, concentrándose única y exclusivamente en su boca. Él bajó los labios y depósito un beso —un cálido y delicioso beso— en su mejilla y lo único que pudo hacer fue cerrar los ojos para saborear la sensación. Cuando abrió los párpados, él se había separado unos centímetros y le miraba la boca. Clavó los ojos en los suyos. ¿Cómo sería si la besaba en la boca? ¿Sentir esos labios sobre los suyos? ¿Ser besada por un hombre? Volvió a morderse el labio.

William seguía sin quitarle los ojos de encima, pero entonces soltó un prolongado suspiro y dio un paso atrás. Abigail respiró hondo y de nuevo le miró al hombro herido. Sí, aquello era mucho más seguro.

Alzó la mano. William la observó moverse con expresión indecisa.

Le tocó el hombro suavemente, como una caricia.

—¿Le duele?

—No... exactamente —respondió él con voz ronca.

—Me alegra mucho comprobar que se está curando.

Retiró la mano, pero él volvió a capturarla y se la llevó al corazón.

Él le sostuvo la mirada y murmuró:

—Sí, creo que sí.

Abigail había regresado a casa ensimismada. Sin embargo, a la mañana siguiente, con la luz del día y sin la mágica visión de un hombre medio desnudo bañado por el resplandor de la luna, recobró el buen juicio. ¿En qué diantres había estado pensando? ¿Cómo se había atrevido a tocarlo... y él a permitírselo? ¿Por qué había dejado que le tomara la mano y la besara en la mejilla? Se suponía que tenía que estar protegiendo su corazón, preparándose para sufrir una decepción.

Soltó un bufido, después un suspiro y al final decidió que tendría que esforzarse mucho más.

Capítulo 20

Miles fue a visitar a su hermana unos días, aunque Abigail sospechaba que el verdadero motivo de su ausencia era que quería dejar que los Foster se reencontraran tranquilamente sin tener un invitado del que preocuparse. Le pareció todo un detalle por su parte, aunque tenía la certeza de que regresaría pronto.

El lunes estaba de pie al lado de su padre contemplando la llegada del carruaje que habían alquilado su madre y hermana. El postillón tiró de las riendas de los caballos y el vehículo se detuvo suavemente frente a la fachada de la mansión. De pronto, se sintió extrañamente nerviosa. Su padre seguía cerca de ella, con las manos detrás de la espalda y balanceándose sobre los talones con una expresión llena de expectación. Estaba claro que ansiaba impresionarlas con su nuevo hogar. Ojalá no se llevara una decepción.

El mozo abrió la puerta, bajó el estribo del carruaje y alzó una mano para ayudar primero a su madre y después a Louisa. Ambas iban muy elegantes, con trajes de viaje como dictaba la moda y bonetes a juego. Incluso la doncella, que fue la última en descender, iba vestida de forma exquisita. De repente, se sintió fuera de lugar con su sencillo vestido estampado de muselina.

—¡Queridos! —Su madre avanzó hacia ellos con los brazos abiertos.

Su padre se adelantó lo suficiente para salir del arco de la entrada y besar a su mujer en la mejilla. Entonces, la señora Foster se volvió hacia su hija y, con una dulce sonrisa, la abrazó con afecto. Abigail se olvidó al instante de cualquier resentimiento que hubiera podido tener contra ella por pensar que prefería a su hermana. Es más, enseguida se le llenaron los ojos de lágrimas. Hasta ese momento no se había dado cuenta de lo mucho que había echado de menos a su madre.

Louisa se acercó despacio y Abigail volvió a sorprenderse de lo hermosa que era. Ambas tenían el mismo pelo oscuro, pero mientras que ella tenía unos sencillos ojos marrones, los de Louisa eran de un bello tono azul. Además, también tenía las mejillas más llenas y los labios y el pecho más generosos que ella.

Vio a su hermana echar la cabeza hacia atrás para disfrutar de la imponente fachada de la casa.

—Es muy grande —dijo.

—¿A que sí? —sonrió su padre con orgullo—. Y espera a que veas las habitaciones y los muebles. Abigail y yo estamos deseando oírte tocar el pianoforte.

Louisa aceptó el beso de su padre y después se volvió hacia ella.

—Abby, me alegro de verte. No sabes lo mucho que te he echado de menos.

—¿En serio? Me sorprende que con tanto acontecimiento social hayas tenido tiempo.

—Cierto. Pero los domingos o los días de lluvia, cuando me quedaba atrapada entre aquellas cuatro paredes con la tía Bess me acordaba mucho de ti. He tenido una temporada de vértigo. —Louisa la agarró del brazo y juntas siguieron a sus padres.

—Ya me lo imagino, pero por lo que me ha contado mamá en sus cartas, supongo que te lo habrás pasado bien.

—Oh, sí. Ha sido maravilloso. Todo un éxito.

Sin embargo, no mencionó ninguna propuesta matrimonial, que era lo que la mayor parte de la sociedad consideraba como el mayor logro de una temporada. Decidió no preguntar: ya tendrían tiempo para hablar de todos los detalles.

Su padre las miró por encima del hombro y sonrió.

—No os retraséis, queridas. El personal está deseando conocer a tu madre y hermana.

—Me sorprende que no los hayas colocado en fila a la entrada para recibirnos —comentó Louisa.

La sonrisa de su padre se borró un escaso segundo.

—Queríamos ser los primeros en daros la bienvenida y estar un rato a solas los cuatro. Pero no te preocupes, que han estado todos muy ocupados con los preparativos de vuestra llegada.

—No esperéis un milagro —agregó Abigail nerviosa—. Al fin al cabo, es una vivienda que tiene muchos años y llevaba mucho tiempo abandonada.

—Pero Abigail y los sirvientes se han esforzado mucho para dejarlo todo como Dios manda —insistió su padre—. Venid y vedlo con vuestros propios ojos. —Sostuvo la puerta abierta para que entraran.

Tanto su madre como Louisa contemplaron satisfechas el vestíbulo de techos altos con su enorme escalera, las lámparas de araña y los retratos de sus antepasados. Su padre las condujo por las estancias de la planta baja, mostrándoselo todo con grandes gestos y el pecho henchido de orgullo, como si hubiera diseñado y construido la vivienda con sus propias manos... o como si fuera el auténtico señor del lugar.

Abigail, por el contrario, empezó a darse cuenta de pequeños detalles a los que no había dado importancia cuando había puesto a punto las habitaciones pero que ahora le parecían defectos enormes, como las telarañas que colgaban del candelabro del salón y en un rincón de la moldura del techo, la tapicería desgastada del sofá de la sala de recepción, las ventanas deslucidas de la biblioteca y el olor a humedad y cuero seco de los libros... ¿Por qué se le había pasado por alto, no solo a ella, sino también a las criadas, ese tipo de cosas?

Molly, a la que seguramente habían encargado hacer de centinela, avisó a la señora Walsh, y cuando los Foster llegaron de nuevo al vestíbulo, allí estaban esperándolos todos. El ama de llaves iba con un austero vestido negro, las doncellas y la ayudante de cocina con sus mejores ropas y delantales y Duncan con un abrigo negro y un pañuelo impecables y peinado hacia atrás (era la primera vez que lo veía sin el cabello revuelto).

Una vez hechas las presentaciones, su padre las condujo escaleras arriba y dejó que la doncella y el personal de Pembrooke Park se ocuparan de descargar las maletas, baúles y cajas de sombreros.

Louisa le preguntó en un susurro:

—¿Estos son los únicos sirvientes que tenemos? ¿Para un lugar tan grande como este?

—Sí —respondió ella también en voz baja—. Aunque ahora que estáis aquí también tenemos a Marcel.

—Pero en Londres teníamos mucho más personal y nuestra casa era bastante más pequeña que esta.

—Sí, bueno, tendremos que conformarnos con esto. Y tú también lo harás.

—Abigail ha escogido personalmente vuestros dormitorios —anunció su padre mientras caminaban por la galería de la planta de arriba—. Así que dejaré que sea ella quien haga los honores.

Esperaba que su madre y hermana aprobaran su elección.

—Mamá, este es el dormitorio de la señora de la casa y va a juego con el que ahora tiene papá, que está al otro lado de las escaleras. Tu vestidor está por allí...

Su madre entró y contempló entusiasmada la habitación: las flores frescas sobre la pulida mesa lateral y el tocador cubierto de encaje, los rayos de sol que entraban a través de la ventana mirador, las cortinas de doseles con el estampado floral y la reluciente y suave alfombra...

—Me encanta, Abigail. Muchas gracias.

Entonces corrió a enseñarles la habitación de invitados donde estaba alojado Miles y les explicó que regresaría en unos días. Su madre y hermana ya sabían de la existencia de su huésped por las cartas que habían intercambiado y estaban deseando conocerlo. Sobre todo Louisa.

Después fueron al dormitorio que había escogido para su hermana.

—Creo que te gustará tu alcoba, Louisa. Está en una ampliación de la casa, encima de la sala de recepción, y tiene unas vistas preciosas del jardín trasero y de los estanques que hay más allá.

Louisa inspeccionó la estancia y miró por las ventanas.

—Creo que es una de las habitaciones más grandes de la casa —agregó su padre con tono amable.

—¿Más grande que la tuya, Abby? —preguntó su hermana con una ceja enarcada.

—Sí. Yo elegí la más antigua y pequeña.

—¿Por qué?

—Porque me gustó. Era de la hija de los anteriores propietarios y todavía tiene sus libros y una casa de muñecas. Ven conmigo y te la enseño.

Las llevó de nuevo por la galería hasta su alcoba, rezando porque Louisa no quisiera intercambiarla. Después de tanto tiempo allí ya la consideraba «su» habitación.

—¡Mira qué casa de muñecas! —exclamó su madre nada más entrar—. Es preciosa. Se parece mucho a Pembrooke Park, ¿verdad?

—Sí —admitió ella, pero en ese momento estaba mirando de reojo a su hermana para evaluar su reacción mientras esta contemplaba la pequeña cama con dosel y el mobiliario y cortinas infantiles.

Menos mal que no esperaba que Louisa le diera las gracias por haberle dejado la habitación más espaciosa y con mejor luz natural de la casa, porque si no se habría sentido decepcionada. Su hermana apenas dijo nada, satisfecha por haberse quedado con el mejor dormitorio, algo que Abigail agradeció. Cuando oyó su débil intento por alabar las vistas y el alféizar con forma de asiento de la ventana, sonrió.

—Bueno —dijo después de un rato—. ¿Os apetece un té? Seguro que estáis deseando comer algo después del viaje.

Todos los miembros de la familia aplaudieron la oferta, así que abandonaron su cuarto y bajaron las escaleras. En cuanto llegaron a la planta principal, Abigail se sorprendió al ver a William Chapman saliendo de la sala de estar con unos cuantos libros en las manos.

«Oh, no. Todavía no...»

—Disculpen mi intromisión —se excusó avergonzado en cuanto los vio—, pero me he acordado de que me dejé algunos libros y he venido a recogerlos.

—No es ninguna intromisión —dijo su padre con una sonrisa—. Ha llegado justo a tiempo para ser el primero en conocer a mi esposa y a mi hija pequeña. —Se volvió hacia ellas—. Mi adorada señora Foster, tengo el placer de presentarte al señor William Chapman, nuestro vicario.

Su madre inclinó la cabeza a modo de saludo.

—Encantada, señor Chapman.

William hizo una reverencia.

—El placer es mío, señora Foster. Creo que hablo en nombre de toda la parroquia al darles la bienvenida. Estábamos deseando conocerlas.

—Es usted muy amable. Gracias. —Su madre se hizo a un lado y dejó ver a Louisa, que bajaba las escaleras detrás de ella—. Y esta es nuestra hija pequeña, la señorita Louisa Foster.

Su hermana hizo una encantadora reverencia y sonrió con dulzura al pastor.

Abigail contuvo la respiración. Tenía todos los músculos tensos. Miró a William para estudiar su expresión como si fuera una mera espectadora a punto de presenciar el choque frontal de dos carruajes.

Aquellos labios que a menudo se arqueaban en una medio sonrisa irónica, se separaron perplejos. Lo vio abrir los ojos y enarcar las cejas. Después, miró a la propia Abigail, luego a sus padres, parpadeó y por fin recuperó el habla.

—Señorita... Louisa. Estoy... encantado de conocerla. Por fin.

A Abigail se le partió el corazón y se le hizo tal nudo en el estómago que tuvo la impresión de que terminaría vomitando de un momento a otro. La sonrisa de su hermana se hizo aún más grande y sus ojos brillaron de manera cómplice. Estaba acostumbrada a que los hombres se quedaran mudos de asombro cuando la veían por primera vez.

—¿No nos han presentado antes, señor Chapman? —preguntó.

—No. No... no he tenido ese placer.

—Vaya, su rostro me resulta familiar, así que creí... He debido equivocarme.

Abigail cerró los ojos y pidió a Dios que le diera fuerzas para recobrar la compostura... y ya de paso que William saliera de allí cuanto antes.

Pero perdió cualquier esperanza cuando oyó a su padre.

—Estábamos a punto de tomar el té, señor Chapman. ¿Le apetece unirse a nosotros?

Él los miró, visiblemente inseguro.

—Yo... se lo agradezco mucho, pero no. Tengo unos asuntos parroquiales que requieren urgentemente mi atención. Lo dejamos mejor para otro momento.

—Por supuesto.

—Sí, estoy segura de que está muy ocupado —intervino ella, aliviada—. No queremos retrasarle más.

William la miró. En sus ojos azules había una mezcla de confusión y culpa. O quizá solo se lo estaba imaginando y simplemente se había encandilado con Louisa y le avergonzaba haber reaccionado de ese modo. O puede que ya se estuviera arrepintiendo de las cálidas palabras y caricias que había dispensado a la sencilla hermana mayor de aquella belleza.

Capítulo 21

ómo era posible que estando su madre y su hermana en Pembrooke Park la casa pareciera más vacía que antes? Y por si fuera poco, también se sentía más sola, ahora que William y Miles se habían ido y tenía que compartir a su padre con otras dos personas que lo mantenían de lo más ocupado enseñándoles los alrededores o escuchando tocar a Louisa el pianoforte o las interminables diatribas de su esposa sobre las invitaciones que habían recibido, los caballeros que conocieron y los bailes y conciertos a los que asistieron.

Tenía pensado esperar por lo menos una semana antes de comprobar si había recibido una respuesta a la nota que había escondido en el ladrillo suelto del muro del jardín. Pero dos días después de la llegada de Louisa y su madre, como estaba un poco nerviosa y necesitaba tomarse un respiro de todas las charlas sobre Londres, no lo pudo evitar y fue a echar un vistazo. Se acercó a la zona y fingió que solo estaba dando un paseo por los jardines sin ningún objetivo en concreto. Se dijo a sí misma que era una tontería avergonzarse de nada, como si pensara que alguien vigilaba sus movimientos. Aun así, sintió un extraño hormigueo en la nuca. «Es por la brisa», pensó. «A nadie le importa lo que haga o deje de hacer.»

Rodeó el cobertizo y simuló que se interesaba por una vid trepadora. Tenía que haber llevado una cesta y unas tijeras de podar para hacer más plausible el ardid. La próxima vez lo haría. Miró los tablones y ladrillos, pero todo parecía seguir como lo había dejado. Después buscó detrás del ladrillo suelto y se dio cuenta de que la nota todavía estaba allí. Se dio por vencida y regresó a la casa, armándose de valor para más Mozart y más horas llenas de historias sobre las conquistas de su hermana.

Al día siguiente, volvió al jardín, y también al otro, pero la nota seguía allí. Miles también regresó a Pembrooke Park y con su encanto y halagos constantes se ganó enseguida el afecto de su madre y Louisa. En ese momento estaban los tres instalados en el dormitorio de su progenitora, hablando por enésima vez de la temporada y riéndose juntos sobre algunas de las propuestas de moda de la nueva edición de *The Lady's Monthly Museum* que Miles les había dejado.

Abigail se puso un bolero, el bonete y los guantes y decidió dar un paseo sola. Sin embargo, cuando atravesaba el camino de entrada vio a Gilbert Scott cruzando el puente a pie.

Con el corazón henchido de alegría levantó una mano y lo saludó.

—¡Gilbert!

—¡Abby! —respondió él con una sonrisa mientras apretaba el paso para unirse a ella.

—No sabía que habías vuelto.

—He venido a pasar unos días para supervisar la ampliación de Hunts Hall. Pasado mañana comienzan las excavaciones para poner los cimientos, así que veré con mis propios ojos cómo se hacen realidad mi diseño y mis planos. Esto es muy distinto a estar en la escuela de arquitectura y recibir premios por dibujos que se quedan en el papel. Aquí veré cómo algo que ha salido de mi cabeza termina construyéndose y permanecerá para siempre. O al menos, unos cuantos años, si he hecho bien mi trabajo.

—Qué emocionante. Me alegro mucho por ti, Gilbert.

—¿Te acuerdas? Esto es de lo que hablábamos cuando éramos pequeños. Lo que siempre soñábamos.

Abigail asintió y se quedaron mirando el uno al otro durante un buen rato.

Entonces Gilbert la agarró de una mano.

—Abby, ven a ver el inicio de las excavaciones. Me gustaría que estuvieras allí. La señora Morgan incluso ha planeado un pícnic.

Con el corazón lleno de gozo, agachó la cabeza para ocultar el rubor que tiñó sus mejillas.

—Me encantaría ir. Pero antes de aceptar tengo que contarte que...

—¡Gilbert!

Su amigo volvió la cabeza y ella hizo lo mismo. En la ventana del dormitorio de su madre estaba Louisa, saludándolo con entusiasmo y con una sonrisa tan grande que incluso podía verse desde allí.

—... que Louisa está aquí —terminó Abigail con una sonrisa melancólica.

¿Lo sabría Gilbert ya? ¿Por eso los había visitado?

—Ya veo —murmuró él con una expresión que no fue capaz de descifrar. Aunque si le hacía ilusión, lo había disimulado muy bien—. No tenía ni idea de que tu madre y tu hermana vendrían tan pronto. Creía que se quedarían en Londres hasta finales de mes.

—Nosotros pensábamos lo mismo. Por lo visto cambiaron de planes. O la tía Bess se cansó antes de tiempo.

—Ah. —Gilbert asintió como si por fin lo entendiera todo. Lo que no era de extrañar, pues había coincidido con su tía en varias ocasiones.

—No te preocupes, si quieres invitarla a ella en vez de a mí lo entenderé perfectamente. No me importa —dijo con suavidad.

Gilbert hizo una mueca.

—Sabes tan bien como yo que a Louisa nunca le ha interesado la arquitectura.

¿De verdad prefería su compañía, en esa ocasión al menos, o simplemente era demasiado educado como para declinar la invitación?

—Tienes razón —reconoció ella—, pero sí que ha mostrado interés en «cierto» arquitecto.

Ahora fue él el que agachó la cabeza y se rio por lo bajo.

—*Touché*.

Louisa salió por la puerta delantera de la casa y ambos se volvieron hacia ella, pero antes de que los alcanzara, Abigail susurró:

—¿Quieres que os deje a solas?

—No, quédate. Por favor.

Louisa se unió a ellos con su habitual sonrisa.

—Buenos días tenga usted, señor Scott —dijo, parodiando un tono formal—. ¡Qué feliz coincidencia verle por aquí! —Sus ojos brillaron de alegría, como si acabara de recibir un enorme cumplido... o como si ambos compartieran un secreto.

Esperaba que la sorpresa de Gilbert al descubrir que su hermana estaba en Pembrooke Park no hubiera sido fingida.

—No es ninguna coincidencia —señaló él—. La firma para la que trabajo está llevando un proyecto cerca de aquí y he venido a supervisar el trabajo.

—¿Tan lejos de Londres? —preguntó Louisa con una ceja enarcada y una pícara sonrisa en los labios—. ¿Qué estáis construyendo? ¿Un gallinero? ¿Un establo?

—Qué graciosa. No, un ala nueva en una mansión antigua llamada Hunts Hall.

—¿Hunts Hall? —repitió su hermana. Ya no sonreía—. He oído hablar de ella...

—Sí, me lo imagino —repuso él secamente—. Es la casa donde viven Andrew Morgan y su familia.

Abigail se sintió obligada a añadir:

—Gilbert me acaba de invitar para ver el comienzo de las excavaciones. Si quieres venir con nosotros...

—Estoy seguro de que Louisa no dejará pasar la más mínima oportunidad para ver a Andrew Morgan... y la casa que algún día heredará.

Su hermana alzó la barbilla.

—Estás muy equivocado. No tengo ningún interés en ver ni al hombre ni a la casa. —Esbozó una sonrisa trivial—. Pero si vosotros queréis ir...

En ese momento vio a Leah Chapman entrar por la verja y dirigirse a la iglesia con una cesta de flores en la mano. La saludó con la mano y la llamó para que se acercara y hacer las oportunas presentaciones.

Louisa agradeció a la señorita Chapman los regalos de bienvenida que les había enviado, pero Leah quitó importancia al asunto y dijo que todo había sido obra de su madre. Cuando se excusó para continuar su camino hacia la iglesia con las flores que llevaba para el altar, Louisa le preguntó si podía acompañarla. «Seguro que quiere volver a ver a William Chapman», pensó Abigail, sintiendo náuseas.

En cuanto su hermana y Leah se alejaron, se volvió hacia Gilbert.

—¿Te quedas un rato y entras? A mis padres les encantará verte.

—Y a mí a ellos. Te diría que esa es la razón de mi visita, pero lo cierto es que he venido a verte solo a ti.

Lo miró con atención. ¿Era otro de sus halagos aprendidos en Italia o estaba siendo sincero?

Gilbert le sostuvo la mirada con total seriedad.

—Mira, Abby. Es verdad que cuando regresé de Italia fui a ver a Louisa un par de veces. Es una muchacha preciosa, no lo niego. Pero más allá de eso, es... Bueno, dejémoslo en que no es como tú, Abby. Tú eres bella por dentro y por fuera. Louisa es muy joven y todavía no sabe quién es ni lo que quiere. Antes de verte en Hunts Hall ya había decidido no seguir visitándola. Y ahora que te tengo aquí de nuevo, sé que fue la decisión correcta.

A Abigail se le derritió el corazón y sintió un extraño cosquilleo en el estómago. Su parte pragmática, sin embargo, no dejaba de susurrarle: «¿Pero qué pasa con Louisa? ¿Y con William Chapman?» ¿Por qué se sintió tan desgarrada cuando vio la expresión del pastor la primera vez que puso los ojos en su preciosa hermana?

Esa misma tarde, Leah Chapman fue a buscar a Abigail y le pidió que dieran un paseo para charlar un rato. Era una encantadora y suave tarde de verano. Las ranas croaban a lo largo del río, una paloma arrullaba en la distancia y el olor a rosas impregnaba el cálido aire. Anduvieron tranquilamente tomadas del brazo por el puente y el camino arbolado.

Leah fue la que empezó con la conversación:

—Dígame, señorita Foster. En cuanto a Gilbert Scott... ¿Hay algo entre ustedes? Los vi bailar juntos en Hunts Hall y ahora que ha vuelto... Me he dado cuenta de cómo la mira.

Abigail desechó la idea como si de una abeja se tratara por miedo a que se acercara y terminara picándola.

—Ha venido para supervisar la ampliación de Hunts Hall, no solo para verme. Gilbert y yo somos viejos amigos. Crecimos juntos, puerta con puerta.

—¿Solo amigos?

Se sintió extrañamente irritada.

—Disculpe, señorita Chapman, pero me sorprende que quiera que le cuente mi historia cuando usted apenas comparte nada conmigo. Se ha mostrado muy reservada sobre Duncan, su pasado, sus miedos... sobre casi todo. ¿Y ahora espera que le hable de mis intimidades con todo lujo de detalles?

—Tiene razón, señorita Foster. Le ruego que me perdone. —Leah se dio la vuelta, pero ella la agarró del brazo.

—No se vaya. Solo quería decirle que... si voy a contarle todos mis secretos, ¿no podría por lo menos revelarme uno de los suyos? —Esbozó una amplia sonrisa para rebajar un poco la tensión del momento.

—Tengo secretos, sí. Pero esos secretos también afectan a toda mi familia y mi padre podría disgustarse si se enterara de que he estado hablando del pasado.

Vaya. O Leah escondía unos secretos terribles o tenía una tendencia al dramatismo exacerbada.

—Quiero que sepas que puedes confiar en mí, Leah. Así que empezaré yo. —Soltó un suspiro—. Sí, hace mucho tiempo que tenía la esperanza de que Gilbert y yo termináramos casándonos algún día. Lo admiro y vi su potencial bastante antes de que le otorgaran premios académicos u obtuviera un buen empleo con un reputado arquitecto. Y también creo que él me tiene en alta estima. Sé que no soy especialmente bonita, pero en los ojos de Gilbert siempre he visto un afecto y admiración sinceros. Mis temporadas en Londres no fueron ningún éxito, en parte porque no soy una gran belleza, pero supongo que también tuvo que ver el hecho de que no puse mucho empeño, porque prefería a Gilbert antes que a cualquier otro hombre de los que conocí.

Respiró hondo y continuó:

—No creo que fuera yo la única que albergaba esos sentimientos. Nunca abordamos directamente el asunto del matrimonio, pero sí que hablamos del futuro y siempre nos veíamos juntos. Incluso... Pensará que es una tontería, pero durante años dibujamos muchos planos de casas y discutimos qué diseño y estilo nos gustaba más. Hasta llegamos a diseñar nuestra casa ideal. —Sintió que se le enrojecían las orejas, pero siguió—: Le dimos una y mil vueltas al tamaño y distribución de las habitaciones, cómo hacer un dormitorio de invitados cómodo pero no tanto para que nuestras familias no se quisieran ir de allí nunca.

Leah se rio por lo bajo.

—Hablamos de cuántas habitaciones necesitaríamos para nuestros hijos. —Volvió a ponerse roja—. Incluso cuando Gilbert se transformó en un adolescente torpe, o cuando pensaba que era un terco y un orgulloso por no ver que algunas de mis ideas eran mejores que las suyas... Incluso ahí, lo admiraba. Lo consideré mío mucho antes de que atrajera la atención de nadie. Y pensé que el sentimiento era mutuo.

Otro suspiro.

—Pero el año pasado, antes de que se marchara a Italia, me dijo que no debíamos atarnos con ningún tipo de promesas. «Atar», esa fue la palabra que usó.

Leah hizo una mueca.

—Tal vez pensó que no era justo para usted comprometerse oficialmente antes de dejar el país. Por si enfermaba... o sucedía cualquier otra cosa.

Abigail asintió.

—Sí, algo de eso me dio a entender. Y yo quise creerlo. Pero poco después, esa misma noche, lo vi manteniendo una conversación privada con mi hermana. Ella le dio algo que él aceptó encantado. Más tarde me enteré que se trataba de un mechón de pelo.

—Pero eso no tiene por qué significar nada —dijo Leah mientras se daban la vuelta para regresar por donde habían venido—. No sabe si fue él el que le pidió el mechón o si lo llevó en un anillo.

—Cierto.

—Entonces tal vez no quiso rechazarlo para no parecer descortés.

—Eso es lo que traté de decirme a mí misma. Aunque si hubiera visto cómo la miró... —Hizo un gesto de negación con la cabeza—. Antes de eso siempre pensé que la veía como la típica hermana pequeña un poco molesta. Que no se daba cuenta de que se iba haciendo mayor y que cada año que pasaba era más y más guapa. Pero al final no fue inmune a sus encantos.

Leah le dio un apretón de manos.

—Lo siento mucho, señorita Foster.

—Pero eso no es lo peor de todo. Cuando Gilbert regresó a Londres, empezó a hacerse muy conocido y lo invitaron a algunas de las recepciones y bailes a los que también asistió mi hermana. Por lo visto, él la pretendió. Mi madre me mencionó en alguna de sus cartas que Louisa también se fijó en él. Incluso la visitó varias veces.

—Oh... —Estaba claro que Leah se había quedado sin habla.

Volvió a negar con la cabeza.

—Pero ahora no sé qué pensar. Hoy me ha dicho que ha venido a verme. A mí específicamente. Que ya había decidido no volver a visitar a Louisa. Sí, parece interesado en mí, pero no puedo evitar preguntarme si no es porque está molesto con ella.

—¿Por qué iba a estar molesto?

—Louisa conoció a varios caballeros durante la temporada; hombres con dinero y de buena familia. Estoy convencida de que mi madre la animó a sopesar todas sus opciones y a no precipitarse a la hora de decidirse por uno u otro. Supongo que a Gilbert eso no debió de gustarle demasiado. Creo que Louisa lo ve como una especie de «última opción» en caso de que no consiga un compromiso más ventajoso.

—Estoy convencida de que no cree que, dado el pasado que han compartido juntos, Gilbert Scott solo esté interesado en usted porque su hermana lo haya rechazado.

—Espero que no. Pero sí sé que Louisa es mucho más bonita y encantadora que yo. Eso es lo que piensan todos los hombres, ni... —Se tragó las palabras «ni su hermano es inmune a ella». Le resultaba demasiado duro decirlo en voz alta, sobre todo a su hermana. En lugar de eso dijo—: Aun así, siempre me ha hecho feliz saber que Gilbert Scott me admiraba.

—Pobre William —murmuró Leah.

Abigail la miró de soslayo. Leah no sabía que su hermano estaba siguiendo los pasos de Gilbert y que ya había sucumbido a los encantos de Louisa.

—Y ahora... —Abigail se irguió todo lo alta que era—.... se acabó de hablar de mí. Su turno.

—Muy bien —dijo Leah—. No hay mucho que contar sobre Duncan, pero le voy a revelar algo mucho más importante de mi pasado. —Se detuvo un instante para organizar sus pensamientos y continuó—: Cuando regresé del año que estuve interna en un colegio, encontré un sitio en el límite de Pembrooke Park al que me gustaba ir a jugar. Estaba en el jardín, detrás del cobertizo, oculto por los árboles en un lado y por el muro en el otro. —Hizo un gesto hacia el claro que tendían delante—. Venga, se lo enseñaré.

«Ah...», pensó Abigail. Empezaba a comprenderlo todo.

Juntas pasaron la antigua cabaña del guardabosques y los terrenos adyacentes a la propiedad y terminaron en el jardín. Se detuvieron justo detrás del cobertizo, donde se amontonaba un revoltijo de tablones de madera.

—En aquel entonces también había algunos muebles abandonados e incluso un espejo viejo —explicó Leah—. Una gata tuvo una camada de gatitos debajo de un pequeño refugio que construí con tablas y durante todo ese verano los fui domesticando uno a uno. Venía todas las tardes, cuando hacía buen tiempo y mi madre no me necesitaba en casa. Me quedaba jugando horas y horas. Un día me imaginaba que era una casa, al día siguiente que era un barco surcando los mares conmigo al timón y los gatitos como tripulación. Otras veces era una escuela, otras la iglesia. Jugaba a los papás y a las mamás, a los piratas... Era una distracción para una muchacha solitaria con mucha imaginación.

»Pero un día, cuando llegué a lo que consideraba mi zona de juegos, me llevé una enorme sorpresa al ver que alguien había puesto flores frescas en mi tarro verde favorito. Sabía que William no lo había hecho, y me daba miedo que alguno de los muchachos Pembrooke hubiera descubierto mi lugar secreto. Pero las flores estaban muy bien colocadas. Eché un vistazo a mi alrededor y me di cuenta de otros cambios, como que alguien había hecho una mesa con una tabla y dos bloques de piedra y también había puesto un ramo sobre ella. Tenía que tratarse de otra niña. Me sentí molesta y esperanzada a la vez. En el colegio me había acostumbrado a la compañía de otras niñas y echaba de menos tener una amiga.

»Entonces encontré una carta para mí que alguien había firmado como «tu amiga secreta» y en la que me preguntaba si podíamos jugar juntas. De pronto, me sentí cohibida en un lugar en el que me había estado divirtiendo sin ningún problema el día anterior.

»Al día siguiente, volví... igual que ella. Dijo que la llamara Jane. Supongo que pensó que no querría tener nada que ver con ella si sabía que en realidad era Harriet Pembrooke.

—Pero si me dijo que no la conocía —comentó Abigail.

—No. Le dije que nunca conocí oficialmente a Harriet Pembrooke, y no lo hice. Pero sí que pasé muchas horas jugando con una muchacha llamada Jane. Tampoco le dije mi verdadero nombre en ningún momento. No quería que mi padre se enterara de que me entretenía con la hija de Clive Pembrooke cuando me lo tenía terminantemente prohibido.

—¿Cree que llegó a saber quién era usted en realidad?

—¿Quién era yo en realidad? No, no creo.

Abigail movió la cabeza asombrada. Había encontrado a la niña del pueblo. Ahora solo tenía que averiguar dónde estaba Jane.

—Más tarde empezamos a dejarnos notas secretas en la pared —dijo Leah, señalando un punto en el muro. Entonces sus ojos brillaron curiosos y fue hacia allí.

Abigail sintió un nudo en el estómago y se le aceleró el pulso. ¿Cómo reaccionaría Leah si encontraba la nota para Jane? Le decepcionaría darse cuenta de que Abigail ya conocía esa historia de otra fuente y se sentiría traicionada?

—No creo que deba... —tartamudeó—. Primero me gustaría contarle que...

Leah se inclinó y extrajo el ladrillo de su lugar, revelando el recoveco donde Abigail había escondido la nota.

Pero la nota ya no estaba.

Leah volvió a colocar el ladrillo.

—Qué tontería pensar que... Bueno, me he dejado llevar por los viejos tiempos.

Soltó todo el aire que había estado conteniendo en los pulmones. El corazón todavía le latía demasiado rápido, pero ahora por un motivo diferente.

Antes de que se separaran dijo:

—Tengo pensado ir a ver el comienzo de las excavaciones de la ampliación de Hunts Hall. ¿Le apetece venir conmigo?

Leah le lanzó una mirada perspicaz.

—¿Otra vez haciendo de casamentera, Abigail?

—Me ha descubierto —se disculpó, pero fue incapaz de reprimir la sonrisa que dibujaron sus labios cuando oyó a Leah Chapman usar su nombre de pila.

Capítulo 22

l día siguiente, Abigail regresó sola al rincón oculto del jardín. Todo parecía igual que antes. Entonces se dio cuenta de algo que hizo que contuviera la respiración. Había una margarita amarilla en una botella de vidrio que había encima de un tablón. Con el corazón latiéndole a toda velocidad, se acercó al muro del jardín. Con las manos sudorosas dentro de los guantes, sacó el ladrillo, esperando encontrar una respuesta a su nota. Nada. El hueco estaba vacío. Se le cayó el alma a los pies. Qué tonta había sido.

De pronto, oyó unos pasos y se dio la vuelta a toda prisa. Allí, a un lado del cobertizo, la estaba esperando la mujer del velo. Se le volvió a acelerar el pulso. ¿Iba a conocer por fin a Harriet Pembrooke?

La mujer alzó las manos, también enguantadas, y levantó el velo lentamente. Sin embargo, el rostro que fue revelando poco a poco no le era desconocido.

Se trataba de la señora Webb, la tía viuda de Andrew Morgan.

Abigail se llevó una mano al pecho.

—Menudo susto me ha dado.

—¿No soy quien esperaba? —preguntó la viuda, enarcando una ceja.

—No.

La mujer frunció el ceño.

—Bueno, yo tampoco la esperaba a usted, así que supongo que estamos en paz. No obstante, reconozco que llegué a pensar que había sido usted la que escribió la nota. Al fin y al cabo, le he enviado varias cartas anónimas y ese giro inesperado hubiera sido lo más justo.

—¿Es usted la autora de las cartas?

—Sí. ¿Quién creía que se las mandaba? ¿Jane?

—Creía que era Harriet Pembrooke.

—Pues aquí la tiene, en carne y hueso. —La señora Webb extendió ambas manos y la miró con una sonrisa irónica en sus finos labios—. Pensé que, siendo tan inteligente como es, se habría dado cuenta hace mucho tiempo. Y no me cabe la menor duda de que también se imagina a quién esperaba encontrarme aquí hoy.

Abigail asintió.

—Siento decepcionarla, pero no le he contado lo de las cartas que me ha escrito. Ni del encuentro que le sugerí en la nota. Primero quería verla a solas. —Estaba muy confundida—. Sigo sin entenderlo. ¿Por qué nadie ha mencionado que su apellido de soltera era Pembrooke?

Harriet miró hacia la casa antes de volver a hablar.

—Cuando nos marchamos de aquí, mi madre decidió que era mejor que no siguiéramos usando el apellido Pembrooke. Temía que mi padre nos persiguiera hasta los confines de la Tierra, así que volvió a usar su apellido de soltera: Thomas. Yo hice lo mismo. —Hizo un gesto hacia el jardín—. Venga. Vamos a dar un paseo.

Ambas se pusieron a caminar disfrutando de la relativa intimidad que les proporcionaba el jardín. Abigail no prestó atención alguna a las plantas y flores que fueron dejando atrás, pues su mente era un torbellino de dudas y preguntas.

—Cuando tenía veinte años —continuó Harriet—, me casé con Nicholas Webb y me sentí muy feliz de dejar atrás todos los vínculos que me unían a Pembrooke Park. —Se detuvo a mirarla—. Esa es la ventaja no reconocida del matrimonio, señorita Foster. Te proporciona un nuevo apellido, un nuevo comienzo, una forma de dejar atrás la persona que una vez fuiste.

—Espero que su matrimonio le reportara mucho más que eso.

Harriet volvió a enarcar la ceja.

—¿Se refiere al amor? No. Pero tampoco esperaba amor. Aunque sí recibí una nueva identidad. La gente ya no me conocía por el nombre de Harriet Pembrooke. No me juzgaba por lo que hice o hizo mi padre. Aquella Harriet dejó de existir. Gracias a Dios y gracias al señor Webb. Nadie más me veía como aquella muchacha desesperada y torpe, la hija de un asesino. Salvo Miles. —Se encogió de hombros—. Y a pesar de que Nicholas era mucho mayor que yo, me trató muy bien. Me dio una seguridad financiera, una forma de olvidarme de Pembrooke Park para siempre. Por fin se había terminado... o eso creí. —Exhaló un prolongado suspiro—. Uno podría pensar que era lo único que necesitaba para ser feliz.

—Pero no lo fue —dijo Abigail con gentileza. No era una pregunta, porque la respuesta estaba más que clara en la palidez del rostro de la mujer.

Harriet negó con la cabeza.

—Nicholas murió y me sentí perdida, desvinculada de todo. Mi nueva identidad se resquebrajó. Comencé a tener pesadillas con el pasado. Con los días que pasé aquí. Me carcomía la culpa por lo que mi padre hizo... —Volvió a mirar la casa y se estremeció—. Era incapaz de encontrar un poco de paz. Pensé que si podía enmendar de alguna forma la fechoría de mi padre... Pagar el precio que él nunca pagó, al menos que yo sepa. Porque en el fondo temo que si no lo hago, al final seré castigada por los pecados de mi padre, porque nunca confesé lo que sabía, porque guardé su secreto todos estos años. Sí, hubo rumores. Sospechas. Pero nunca llegaron a más. Teníamos demasiado miedo como para abrir la boca.

—Entonces, ¿es verdad? ¿Mató su padre a Robert Pembrooke? —La vio tan angustiada que no sabía si había hecho bien en preguntarle aquello.

—Claro que lo hizo. —Sus ojos brillaron—. Y ahora no me diga que le sorprende, porque entonces creeré que ha sido un error depositar mi confianza en usted... y mi diario.

—No quería creerme los rumores. No dar nada por hecho.

—¿Por qué no? Todo el mundo lo hizo, y con razón. No importa lo que Miles le haya dicho, ni él ni yo tenemos ningún derecho sobre esa propiedad. No después de lo que hizo. Siempre he pensado, o al menos deseado, que hubiera algún pariente más digno de ello.

»Cuando encontré la Biblia de la familia, creí que tal vez ese rumor también fuera cierto. Pero no encontré ningún otro familiar cercano a Robert Pembrooke, así que busqué a parientes más lejanos y di con su padre. He de confesar que existe otra razón más por la que quería que la casa volviera a estar ocupada. Creí que así disminuiría la obsesión de Miles. Sé que le dijo que solo había regresado para ver su antiguo hogar. Me dio la misma excusa. Y, aunque tengo mis dudas, no se imagina lo mucho que quiero creerle. Pero necesito que sea sincera conmigo y me diga si le ha visto buscar algo en la casa.

—Sí.

Harriet hizo una mueca de dolor.

—Tal y como me temía. ¿Y en la casa parroquial?

Abigail la miró aturdida.

—¿La casa parroquial? ¿Qué tiene que ver con esto? —Se quedó sin aliento—. Oh...

—Espero equivocarme —dijo Harriet muy seria. Segundos después, extrajo una carta sellada de su retículo—. Iba a enviarle esto cuando volviera a Bristol, pero supongo que ya podemos olvidarnos del anonimato. Todavía puede leerla.

Le tendió la carta. Abigail extendió la mano para hacerse con ella. Durante un instante, ambas sostuvieron el papel sellado.

—¿Puedo preguntarle por qué empezó a escribirme cartas?

Harriet se encogió de hombros y dijo como si nada:

—¿Por qué escribe cualquiera? Para contar algo y darse a conocer. Había llegado la hora de abrir la puerta, de dejar que todos esos oscuros secretos salieran a la luz. —Dicho eso, se dio la vuelta y empezó a alejarse.

—Pero ¿qué pasa con la habitación secreta? ¿No me va a decir dónde está?

Harriet se volvió de nuevo.

—Si se lo digo, ¿dónde estaría la gracia? Usted es una mujer inteligente. Encontrará mucho más satisfactorio, incluso me atrevo a decir gratificante, descubrirla por sus propios medios.

Abigail pensó en seguirla para tratar de convencerla, pero la curiosidad que sintió por la carta que acababa de entregarle —tal vez la última de todas—, la mantuvo donde estaba. Quitó el sello, desdobló el papel y la leyó.

>*¿Ha notado la mancha negra que hay en la pared de la cocina de la casa de muñecas? Tal vez piense que quien la construyó la pintó de forma deliberada, para darle un toque de realismo. Pero no.*
>
>*Una tarde entré en mi dormitorio y vi la casa de muñecas rodeada de humo. Como se puede imaginar, me puse a gritar y me*

acerqué corriendo a ver qué pasaba. Para mi asombro me encontré con un fuego real ardiendo en la chimenea en miniatura. Supe desde el primer momento quién era el culpable y, tan pronto como apagué el fuego con el agua que había en la jarra de mi palanganero, fui a pedirle explicaciones. Dijo que lo hizo porque quería saber si la chimenea funcionaba de verdad. Pero yo sabía el auténtico motivo. Lo hizo por crueldad. Para ser como nuestro padre.

Mi madre fue a regañarlo, pero delante de ella lo negó todo y culpó a nuestro hermano. Ella se ablandó con las lágrimas de su hijo favorito y se creyó todo lo que adujo en su defensa. Al final, Harold asumió la culpa, como siempre, y se ganó una bofetada y tener que irse a la cama temprano y sin cenar. Me estremezco de pensar qué habría ocurrido con mi padre en casa. Menos mal que en ese momento estaba en Londres, en algún club de caballeros que lo había aceptado por llevar el apellido Pembrooke. No sé si se habría echado a reír o le habría dado una paliza a Harold. Era un hombre imprevisible.

Teniendo en cuenta la levedad del castigo y que mi madre ya había tomado partido, no insistí en el asunto. Aunque tal vez debería haberlo hecho. Miles había aprendido desde muy pequeño a salir indemne de cualquier situación y a manipular las cosas a su antojo. Solo había sufrido de primera mano la ira de nuestro padre en una ocasión. Algo que, he de admitir, nunca me pasó. Mi padre no me tocó en la vida. Y también me siento culpable por eso. Por haber sufrido tan poco cuando el resto de la familia había soportado tanto.

Terminó de leer la carta y sintió un intenso escalofrío por todo el cuerpo. La dobló y abandonó el jardín. ¿Significaría aquella intrascendente travesura infantil, por peligrosa que fuera, que Miles había tenido algo que ver con el incendio de la rectoría? No podía ser. Aun así, creyó que lo mejor que podía hacer era pasarse por la casa parroquial y hablar con el señor Chapman.

Pero cuando estaba doblando una esquina de la casa lo vio cerca del cementerio, al lado de Louisa, hablando con ella muy seriamente. Con el corazón roto en mil pedazos, quiso salir corriendo de allí, pero golpeó sin querer una piedra con el pie y esta salió rodando por la grava.

William miró al oír el ruido y se detuvo a media frase con el rostro completamente rojo. A Abigail se le contrajo el estómago y se dio la vuelta para entrar en la casa. De pronto, la idea de volver a Gilbert le resultó más atractiva que nunca.

William corrió tras ella.

—¿Señorita Foster? ¿Necesita algo?

Se paró en la puerta. Se sentía avergonzada y cohibida.

—Yo... no.

—Oh. Me ha dado la impresión de que quería hablar conmigo.

—Yo... —Vaciló. Era incapaz de pensar—. No es nada. No importa.

Él le tocó el brazo.

—No, dígame por favor.

Decidió no traicionar la confianza de Harriet y no contar nada de lo que le había revelado sobre Miles.

—Solo... Solo quería preguntarle qué diría a alguien que quiere enmendar las malas acciones de su familia. Pagar por los pecados de su padre.

Alzó las cejas sorprendido y la miró preocupado. ¿Pensaría que se estaba refiriendo a ella misma?

¿No lo estaba haciendo en el fondo?

William respiró hondo y alzó la vista pensativo.

—Le diría que... aunque estoy de acuerdo en que es bueno que intentemos enmendar todo lo malo que podamos, nunca podremos pagar por los pecados de otros, por no hablar de los nuestros. Porque eso ya se ha hecho. El hijo de Dios ya pagó el precio de nuestros pecados, de los de su padre y los del mío, para siempre. Si se lo pide de corazón y confía en él con su vida, él redimirá su pasado, su futuro y le proporcionará la paz que necesita.

Aquellas palabras le produjeron un enorme pesar. Teniendo en cuenta lo mucho que anhelaba ser perdonada por el papel que había desempeñado en la ruina de su padre, no podía ni imaginarse la intensidad con la que Harriet Pembrooke querría también ese mismo perdón.

Lo miró con admiración.

—Sabias palabras.

Él se encogió de hombros.

—Gracias. Pero recuerde que nadie es perfecto. Tengo mis propios pecados y errores por los que pedir perdón.

Louisa se acercó a ellos con una sonrisa crispada.

—Señor Chapman, aquí tiene sus guantes. Se los ha dejado en el cementerio después de nuestra... conversación privada.

No logró descifrar el brillo en la mirada de su hermana. ¿Estaba coqueteando o enfadada? Supuso que estaba molesta con ella por haber interrumpido su encuentro con el pastor.

Cuando William Chapman habló de sus errores ¿se estaba refiriendo al tiempo pasado con Louisa? ¿O a los momentos compartidos con ella?

Como Louisa y Leah declinaron su oferta de acompañarla, Abigail decidió ir sola a Hunts Hall. Consciente de que tenía un largo paseo por delante, a la mañana siguiente salió pronto de casa, feliz porque el día hubiera amanecido tan cálido y soleado. Apenas había cruzado el camino de entrada cuando vio a Mac Chapman pasar por la puerta con su calesa.

—Leah me dijo que iba a Hunts Hall esta mañana.

—Cierto.

—Suba, si quiere.

—Gracias.

El hombre se encogió de hombros.

—Iba para allá de todos modos.

Puede que fuera verdad, pero ella sabía perfectamente que si hubiera tenido la intención de ir solo lo habría hecho a caballo y no se habría tomado la molestia de sacar la calesa. Así que, aunque le encantó el detalle, como sabía que Mac no se sentía cómodo con las muestras de agradecimiento, no dijo nada más.

Permanecieron en un tranquilo silencio varios minutos, hasta que Mac decidió preguntar de forma escueta:

—¿Ha regresado ya Miles Pembrooke?

—Sí.

Apretó la mandíbula, pero no dijo nada más.

—¿Qué recuerda sobre él y sus hermanos? —quiso saber ella.

Mac se quedó callado unos segundos, con la vista al frente. Abigail pensó que no le respondería, pero al final la sorprendió.

—El hijo mayor, Harold, era impulsivo y tenía muy mal genio, como su padre —empezó Mac—. Aunque tengo que admitir que hizo todo lo que pudo para proteger a su madre. A Miles era más difícil calarlo. Era encantador, aunque también un manipulador nato. Sabía cuándo podía enfadarse y cuándo poner la mejor de sus sonrisas para salirse con la suya. —Negó con la cabeza—. También es cierto que solo era un crío y que todavía no tenía una personalidad formada. Es posible que haya cambiado... o que haya ido a peor. —Se encogió de hombros—. Ojalá lo supiera...

—¿Y la niña?

Mac asintió pensativo.

—Harriet. —Se mordió el labio, como si estuviera buscando la mejor manera de responder—. Era una muchacha muy tranquila. Y también estaba muy sola. Es difícil ser la hija del señor del lugar cuando todas las demás muchachas de la zona son hijas de agricultores o comerciantes. Y más si toda la gente de alrededor está en contra de tu familia. Cuando Leah regresó del internado, le prohibí cualquier contacto con esa muchacha. Tal vez piense que fui demasiado severo, pero sabía que una amistad como esa no solo no podría traer nada bueno, sino que haría mucho daño.

«Pobre Harriet.» Leah por lo menos tenía a su familia y un padre que la adoraba.

Volvió a pensar en Eliza, pero no sabía cómo traer a colación el asunto tan delicado de su paternidad. Con un poco de suerte, Leah se habría acordado de hacerlo.

Al llegar al camino de entrada de Hunts Hall vio a Harriet Webb a lo lejos, protegida con una sombrilla, dando un paseo por el jardín delantero. Al verla llegar con Mac, se volvió abruptamente y se alejó en dirección opuesta. ¿Quería evitar toparse con ella... o con Mac?

Cuando Mac se fue con el resto de los hombres, salió a buscarla.

—Buenos días, señora Webb.

La mujer inclinó la cabeza a modo de saludo.

—Señorita Foster. —La vio dudar—. Creía que vendría acompañada de la señorita Chapman.

—La invité, pero declinó la oferta.

—Ah.

—Aunque sí me reveló cierto secreto. Me llevó al jardín de Pembrooke Park y me habló de una amiga con la que solía encontrarse a escondidas allí.

Los ojos de Harriet brillaron esperanzados.

—¿De verdad?

—Creo que podría plantearse volver a reunirse con usted, pero no se lo he sugerido. Ya me reprendió por intentar hacer de casamentera; dudo que tuviera más éxito a la hora de reencontrar a viejas amigas.

Harriet asintió.

—¿Y la carta que le di? —preguntó.

De pronto, el día ya no le parecía tan soleado. Vio una nube irregular que estropeaba lo que habría podido ser un cielo azul perfecto.

—La leí, por supuesto, aunque espero que se equivoque en lo que parece que quiere dar a entender.

—Yo también.

A lo lejos, en la zona de obra delimitada, vio a Gilbert estrechar la mano al señor Morgan y pasarle una pala para que extrajera las primeras paladas de arena. Lo saludó con la mano y él le respondió con una sonrisa. Durante un instante, sus miradas se encontraron y expresaron con los ojos todo aquello que no se atrevían a decir en voz alta. Decepciones del pasado. Sus sueños. Las disculpas. Sus esperanzas para el futuro.

—No vamos a seguir hablando del pasado —dijo por fin—. Los nuevos comienzos son siempre tan emocionantes. Están tan llenos de promesas.

—Si usted lo dice —dijo Harriet.

Al otro lado, un grupo de espectadores aplaudió cortésmente. A continuación, todos se dirigieron hacia las mantas y las mesas improvisadas hechas con tablones y cubiertas con elegantes manteles, donde les esperaba una copiosa comida campestre.

Harriet y ella, sin embargo, se quedaron donde estaban, aisladas del ruido de la obra: el sonido metálico de los picos, el ruido de las palas al hundirse al cavar y el tintineo de los aperos de las mulas, transportando montones de tierra.

Sintió la mirada fija de la señora Webb y se volvió para observarla.

La hermana de Miles la estaba mirando con los labios apretados.

—Ese sombrero tan pequeño que lleva puede ser muy elegante —dijo con sequedad— pero la protege muy poco del sol. Ande, venga aquí—. Se acercó y colocó la sombrilla de forma que también le cubriera la cabeza.

Aquella brusca preocupación por su bienestar le recordó a la también hosca consideración que Mac había tenido con ella esa misma mañana y le llegó a lo más hondo. Además, estar de pie, bajo la sombrilla de Harriet, la transportó al idílico momento que había compartido bajo el paraguas de William y...

En ese momento le vino a la cabeza la última conversación que había mantenido con el pastor.

—He estado pensando en lo que me dijo sobre el matrimonio. Cómo había supuesto un nuevo comienzo para usted. Que la gente dejó de juzgarla por lo que hizo su padre porque tenía una nueva identidad.

—Sí —acordó Harriet con cautela.

—Pero también reconoció que eso no fue suficiente. Que todavía no era feliz, que el pasado seguía acechándola, que aún se sentía culpable y que le daba miedo el futuro.

—Sí, ¿y?

El corazón estaba a punto de salírsele del pecho. Jamás le había hablado así a nadie, pero ahora se sentía obligada a hacerlo.

—Quiere enmendar las malas acciones de su familia. Pero el señor Chapman dice que nunca podremos pagar por los pecados de los demás... y menos aún por los nuestros. Porque eso ya lo hizo alguien, para siempre.

Cómo le hubiera gustado que William estuviera allí. Seguro que lo habría dicho mucho mejor que ella.

—Dios es misericordioso y está a dispuesto a perdonarnos —continuó—. Nos da una nueva identidad con Cristo. Esa es la segunda oportunidad que tanto desea.

Se detuvo y negó con la cabeza.

—Lo siento. Sé que no me estoy expresando muy bien. Y tampoco quiero darle la impresión de que soy la perfecta cristiana; nada más lejos de la realidad. Pero veo lo infeliz que es usted. Lo mucho que anhela alcanzar la paz. Y ese es el único tesoro que sé cómo encontrar. —Se preparó para el rechazo y apretó la mano de la mujer.

Harriet Pembrooke la miró sorprendida. Durante un momento permitió que le sostuviera la mano, rígida como el frío mármol, pero después se soltó con cuidado.

—Gracias, señorita Foster —dijo sin emoción alguna—. Sé que tiene buenas intenciones. No soy una persona de iglesia, pero sé que algunas cosas son demasiado terribles como para ser superadas por sutilezas religiosas.

Abigail gimió por dentro. Estaba cometiendo un error en vez de ayudarla.

—No estoy hablando de religión —insistió—. Y no es ninguna «sutileza» que el hijo de Dios muriera de una forma tan cruel para pagar por nuestros pecados. Estoy hablando del perdón, de la liberación. De encontrar una nueva vida de verdad, vaya o no vaya a la iglesia.

—De nuevo, le agradezco su preocupación. Y ahora, si me disculpa...

La señora Webb levantó la sombrilla, se dio la vuelta y desapareció dentro de la casa sin ni siquiera unirse al resto del grupo o disfrutar del pícnic.

Sintiéndose tremendamente culpable, dejó escapar un suspiro.

Entonces vio a Andrew Morgan haciéndole un gesto para que se acercara a ellos. Obedeció, aunque con un profundo pesar en el corazón. Se sentía fatal por haber arruinado el día a Harriet. Aunque el suyo tampoco fue mejor: apenas comió y lo poco que probó le supo a serrín, aunque hizo un esfuerzo por sonreír a Gilbert cada vez que la miraba.

Cuando el evento empezó a decaer, le sorprendió volver a encontrarse con la señora Webb a su lado.

—¿Podría hacerme el favor de entregar esta carta a la señorita Chapman?

Abigail titubeó un instante.

—Pero... ¿de parte de quién le digo que es?

—La he firmado como Jane, pero puede decirle quién soy... aunque eso conlleve que no acepte mi solicitud de reunirme con ella, sobre todo si su padre se entera. Si quiere, puede leerla antes y proceder como mejor le parezca.

Con eso, se dio la vuelta y se retiró al interior de la casa una vez más.

Abigail guardó la misiva en el bolsillo de la pelliza para leerla después. Justo en ese momento llegó Mac y le preguntó si estaba lista para volver a casa.

Un rato más tarde llegó al vestíbulo de Pembrooke Park. Dejó a un lado el sombrero y los guantes, sacó la carta y la desdobló:

Querida Lizzie:
Tal vez te haya sorprendido recibir una carta mía después de tantos años, pero espero que no sea una sorpresa desagradable.

He pensado en ti a menudo, y siempre he deseado que estuvieras bien y fueras feliz. Te he imaginado con tus propios hijos, quizá jugando en nuestro escondite secreto. Ahora que he tenido

la oportunidad de visitar Easton reconozco que me ha preocupa-
do descubrir que todavía no te has casado y que, si me permites
decirlo, eres una persona asustadiza, con miedo hasta de su pro-
pia sombra. ¿O puede que de la sombra de otra persona?

Cuando eras pequeña y nos veíamos, seguramente sabías mi
verdadero nombre y dónde vivía. Quiero darte las gracias por no
tenerlo en cuenta y ser mi amiga cuando nadie más lo era. Las ho-
ras que compartimos entre el cobertizo y el muro del jardín fueron
las más felices que pasé en Pembrooke Park. Es más: son los únicos
recuerdos alegres que tengo de esos años.

No me gusta verte tan intranquila y oír la manera tan horri-
ble en que te habla la señora Morgan. Tienes un buen corazón y te
mereces algo mejor. Si hay algo que pueda hacer por ti, cualquier
cosa, por favor, no dudes en hacérmelo saber. La señorita Foster te
dirá cómo encontrarme.

Con afecto,
Jane

Abigail fue a ver a Leah después de cenar y le pidió hablar con ella a solas. Cuando se sentaron en un banco del jardín, le entregó la carta y aguardó en silencio mientras la leía.

Nada más terminar, Leah alzó la vista con los ojos empañados de lágrimas.

—Por favor, no les digas nada a mis padres. Sobre todo a papá. Me prohibió cualquier contacto con ella.

—Pero ¿qué importancia puede tener después de tantos años?

—Sí importa. Tienes que creerme.

—Muy bien. ¿Quieres volver a verla?

—No lo sé. Supongo que has hablado con ella. ¿Qué aspecto tiene?

—Tú también has hablado con ella. ¿Te acuerdas de la mujer del velo?

Leah alzó las cejas.

—¿Era ella? Ya decía yo que su voz me sonaba.

—Y puede que también la conozcas. Me consta que William sí. Ahora es la señora Webb, la tía política de Andrew Morgan.

—¡Así que era ella! —Leah se quedó con la mirada perdida en el horizonte—. La tía de Andrew... Solo la vi de lejos. En el baile le comenté a William que me resultaba familiar, pero nunca me imaginé que pudiera ser Jane.

—Sí. Se casó muy joven con Nicholas Webb. Por aquel entonces, ella y su madre usaban el apellido de soltera de esta última.

—Eso explica por qué nunca supimos de ningún matrimonio con algún miembro de la familia Pembrooke.

—Efectivamente. Deseaba desvincularse por completo de este lugar y del apellido Pembrooke.

A Leah se le ensombreció el rostro.

—Qué triste. Cortar todos los lazos con tu familia. Con tu casa. Con tu nombre... —Sus ojos expresaron el dolor que le producía todo aquello.

—Harriet dijo que le hizo muy feliz cambiar de apellido. Que fue como tener una segunda oportunidad. Un nuevo comienzo.

—Como volver a nacer...—murmuró Leah con la mirada todavía distante. Parecía estar muy lejos de allí.

Abigail se quedó callada, no quería presionar a Leah o meterle prisa para que tomara una decisión. Se sentía cómoda allí con ella en silencio, feliz de que su amistad se hiciera cada vez más fuerte.

—Me reuniré con ella —dijo finalmente Leah—. Pero solo si me acompañas.

Capítulo 23

Los padres de Abigail invitaron a Gilbert a cenar a Pembrooke Park para celebrar su primer gran proyecto arquitectónico, pero decidieron que fuera una fiesta privada a la que solo acudieran la familia y viejos amigos, es decir, ellos mismos, Miles y Gilbert. Louisa, sin embargo, se tomó la libertad de invitar a William Chapman.

—Al fin y al cabo es nuestro pastor y vecino más cercano —se justificó—, y está muy solo en esa desamparada y medio derruida rectoría de aquí al lado.

—Ha sido todo un detalle que demuestra lo buena vecina que eres —comentó su padre, aprobando el gesto.

Su madre parecía menos convencida: tal vez le preocupaba que su preciosa hija desarrollara un afecto inapropiado por un clérigo con escasos ingresos. Abigail, por su parte, también tenía sentimientos contradictorios sobre su presencia en esa cena.

A última hora, Miles decidió no acudir con la excusa de que así serían pares. Su padre intentó convencerlo de lo contrario.

—No lo haga por eso. El número de asistentes es lo de menos. Es una cena informal.

Miles le dio las gracias, pero dijo que quería volver a ver a su hermana, que estaba de visita por la zona. ¿Le hablaría Harriet de los encuentros que había tenido con ella? Algo en su interior le dijo que no.

La cena fue muy agradable, con bromas y risas incluidas. Brindaron no solo por el éxito de Gilbert, sino por los viejos y nuevos amigos.

Después de cenar, el señor Foster encendió su pipa y los demás se retiraron a la sala de recepción para tomar un café.

—Abby —dijo Gilbert en un momento determinado—, he estado dándole vueltas a esos planos de ampliaciones que me enseñaste. ¿Podrías mostrármelos de nuevo?

Lo miró y supo en el acto que tenía algo en mente.

—Sí, por supuesto.

Mientras se alejaban, miró por encima del hombro y se dio cuenta de que Louisa apenas se había percatado de su partida, pero William se detuvo con aire vacilante en el umbral de la puerta y los vio irse con cara de resignación antes de que su hermana le tirara del brazo para que volviera a entrar. No le cabía la menor duda de que Louisa lograría arrancar una sonrisa a su melancólica expresión.

Cuando entraron en la biblioteca, se acercó a la mesa de los mapas y abrió uno de los cajones. Aunque Gilbert no estuviera interesado en ver ningún plano, por lo menos tendrían una excusa por si alguien pasaba por delante de la puerta abierta y los veía juntos. Además, el gesto también le sirvió para calmar los nervios.

Gilbert se detuvo detrás de ella y le tocó el brazo.

—Abby, querida... —empezó en un tono bajo y cálido que hizo que le temblaran las manos—. Me gustaría hablar contigo. Yo...

—¿Cuál querías ver?—espetó ella, sacando el primer juego de planos que tuvo a mano.

—Abby, en realidad no quería... —Se interrumpió de repente—. ¿Qué es eso? —Gilbert recogió un dibujo que había debajo de los planos.

Echó un vistazo y lo reconoció en cuanto lo vio. Las ideas que había tenido para reformar la casa parroquial.

—¿Se lo has enseñado al señor Chapman? —preguntó él con el ceño fruncido.

—No... no del todo. Me vio haciendo un esbozo, pero le dije que no estaba listo para enseñárselo a nadie.

Gilbert le lanzó una mirada cautelosa.

—¿Por qué... estás dibujando planos para la rectoría del señor Chapman? —preguntó despacio.

—Porque sufrió un incendio, ¿por qué si no? Y ya me conoces. No pude resistirme al desafío.

Apartó la mirada y se mordió el labio como si necesitara tiempo para pensar en todo aquello.

Entonces volvió a mirarla.

—¿Sabes lo que pensaría yo si dibujaras un plano para mi futura casa? —dijo muy serio.

Por lo visto se había olvidado de los planos que diseñaron juntos. Enmascaró el dolor que aquello le produjo usando un tono trivial.

—Es solo un boceto de una aficionada.

Avergonzada, intentó quitarle el dibujo de la mano, pero él lo sujetó con más fuerza.

—No. Pensaría que quieres vivir allí conmigo. Que estás diseñando cuatro habitaciones acogedoras: una para compartir conmigo y las otras tres, tal vez, para nuestros futuros hijos. Espero que seas el tipo de mujer a la que le gusta dormir en la misma alcoba que su marido, en vez de tener dormitorios separados.

Abigail se ruborizó intensamente.

—No creo que llegue a tales conclusiones por un simple dibujo —murmuró entonces.

Gilbert la miró con intensidad.

—He estado buscando los planos que hicimos juntos hace años, pero no los encuentro por ninguna parte. Creo que mi madre debió de hacer limpieza entre mis cosas mientras estuve fuera, o debí de perderlos, o...

—Los tengo yo. Arriba, en mi habitación.

Él se detuvo; en sus ojos hubo un brillo de esperanza.

—Debería haberlo sabido. —Dejó caer el dibujo y la tomó de la mano—. No quiero que hagas ningún plano de su casa, Abby. Quiero que compartas la mía. Sé que he sido un estúpido en lo que a ti concierne. Y también con respecto a Louisa. Estaba ciego. Susan tenía razón. Pero ahora lo veo con claridad y sé que eres la mujer con la que anhelo compartir mi vida.

Lo miró fijamente. El corazón le latía como si fuera un pájaro batiendo las alas que no sabía si quedarse en el nido o abandonarlo y volar lejos de él.

—Gilbert, yo... —Le fallaron las palabras. Su cabeza era un barco navegando por extrañas aguas bravías con olas demasiado altas.

Gilbert se hizo con su otra mano y le apretó ambas.

—Seguro que tú también lo ves, Abby. Nos hemos criado juntos. Tenemos intereses comunes. Somos amigos desde siempre y nos entendemos a la perfección. Todo eso no es producto de la casualidad. Obedece a una razón. —Le soltó las manos y la abrazó, atrayéndola más hacia así—.

Sé que deberíamos esperar un poco para empezar a cortejarte; dejar pasar un tiempo desde mi última visita a Louisa. Por favor, dime que no es demasiado tarde. Dime que no he estropeado lo nuestro sin remedio.

Abigail vaciló. No sabía si relajarse entre los brazos de su amigo, rodearlo con los suyos como si acabara de recuperar a un amante perdido o zafarse de él y salir corriendo.

Captó un movimiento por encima del hombro de Gilbert. Alzó la vista y vio a William Chapman detenerse bruscamente en el umbral de la biblioteca. Su expresión sombría la desgarró por dentro. Pero antes de que le diera tiempo a reaccionar, él se dio la vuelta y se marchó sin mediar palabra.

William se dio la vuelta completamente desesperanzado y se alejó de allí. Se había quedado de piedra al encontrarse con Abigail entre los brazos del señor Scott. Pero ¿de qué se sorprendía? Sabía que llevaba años enamorada de aquel arquitecto. Solo era cuestión de tiempo. Cualquier hombre que no se percatara de la valía de la señorita Foster, de su carácter, su bondadoso corazón, su belleza... era porque estaba ciego. Y por lo visto, el señor Scott por fin lo había comprendido, confirmando sus peores temores.

Regresó a la sala de recepción profundamente resignado. De repente, se sentía exhausto, como si llevara días sin dormir. ¿Qué podía hacer? Con el señor Morris planeando usar todo su poder para que la parroquia pasara a manos de su sobrino cuando él se retirara o muriera, nunca sería capaz de mantener a una esposa; no si permanecía en Easton, cerca de su familia. Al menos no una esposa como Abigail Foster, que esperaría —que se merecía— un cierto nivel de vida. Era inútil persistir, igual que lo era continuar allí.

Se dirigió a la señora Foster, le dio las gracias y se excusó por tener que dejarlos tan temprano. No quería estar presente si al abrazo le seguía un anuncio de compromiso. No estaba preparado para ver a Abigail entrando en la sala del brazo de Gilbert Scott, radiante de amor por otro hombre. Además, tampoco se sentía cómodo en compañía de la coqueta Louisa. Ni siquiera el renovado interés de Rebekah le proporcionaba consuelo alguno.

Sabía que, con la ayuda de Dios, algún día se sentiría feliz por Abigail Foster, pero desde luego no sería esa noche.

El resto de la noche, Abigail no pudo olvidarse de la cara que puso William Chapman en el umbral de la puerta de la biblioteca. ¿Qué había visto en realidad en su rostro? ¿Censura por un abrazo indiscreto? ¿Decepción? ¿Resignación? ¿Cómo podía saber con exactitud lo que él sentía, si ni siquiera entendía sus propios sentimientos?

Gilbert le había preguntado si podía cortejarla, pero ella había pospuesto su respuesta alegando que tenía que pensárselo. ¿Cómo reaccionaría William Chapman si aceptaba? ¿Y cómo se lo tomaría Gilbert cuando le contara que no tenía dote? No había tenido el coraje suficiente de confesárselo. Quizá por temor a que retirara la propuesta. Quizá por miedo a que la mantuviera.

Con esos antecedentes, no era de extrañar que al día siguiente, cuando fue con Leah a ver a Harriet Webb, estuviera hecha un mar de dudas. Leah había sugerido que el encuentro tuviera lugar en casa de su abuela, ya que era un sitio discreto y neutral y porque la mujer todavía estaba recuperándose en casa de los Chapman. Abigail envió una nota a Hunts Hall para la señora Webb en la que señalaba la hora y el lugar de la reunión.

Media hora antes de lo previsto, Abigail y Leah llegaron a casa de la madre de la señora Chapman.

Leah, que estaba bastante nerviosa, se dedicó a ordenar la sala de estar y puso derecha una manta que había doblada sobre el sofá. Después de mirar a su alrededor confesó:

—Nunca olvidaré la primera noche que pasé aquí. Nunca me ha gustado este lugar desde...

—¿En serio? —preguntó sorprendida—. Pero si es una casita encantadora. Y tu abuela parece una mujer muy agradable.

Leah por fin se sentó.

—Oh, sí, lo es. Es perfecta. En realidad no llegué a conocer al resto de mis abuelos. —Hizo una mueca—. Es solo que... no me gusta su casa.

La señora Webb llegó sola a la hora estipulada. Abigail fue la encargada de abrirle la puerta.

Leah se puso de pie con una postura tensa y juntó las manos sobre su estómago.

—¿Quería verme, señora Webb?

Harriet la miró aturdida.

—Qué formal. Y qué extraño me resulta oír mi nombre de casada en tus labios. ¿No te acuerdas de mí, tu vieja amiga del cobertizo?

—Sí, la recuerdo... Jane.

El destello de una sonrisa transformó el cansado rostro de la señora Webb de tal modo que, durante unos segundos, recuperó su juventud y belleza.

—Eso está mejor. Gracias, Lizzie —sonrió con ironía—. Tú y yo hemos tenido varios nombres a lo largo de nuestra vida.

Leah alzó la vista de inmediato y miró a Harriet con cautela.

—¿Qué quiere decir con eso?

Harriet hizo una mueca.

—Solo que igual que a ti te han conocido como Leah Chapman y Lizzie, yo he tenido incluso más nombres: Harriet Pembrooke, Jane, señorita Thomas y señora Webb.

Leah la examinó con ojos entrecerrados, como si estuviera determinando si decía la verdad o si su respuesta escondía un doble significado.

—¿Por qué? —preguntó Harriet con las cejas enarcadas—. ¿A qué crees que me refería?

Pero Leah respondió con otra pregunta.

—¿Puedo preguntarle, señora Webb, si me ha buscado por su propia voluntad? ¿O ha sido a expensas de su padre? ¿Y por qué ahora, después de tantos años?

Eran demasiadas preguntas seguidas, pensó Abigail, pero permaneció en silencio.

Harriet ladeó la cabeza y estudió la cara de Leah.

—Sé que tu padre está muy resentido con el mío, pero ¿de qué tienes tanto miedo? —dijo en voz baja.

Leah alzó la barbilla.

—No ha respondido a mis preguntas.

—Hace dieciocho años que no veo a mi padre, señorita Chapman —dijo Harriet, adoptando el mismo tono formal que hasta ese momento había usado Leah—. Y nunca he actuado como su marioneta, ni en este asunto ni en ningún otro. Creemos que está muerto. Incluso me atrevería a decir que lo deseamos fervientemente.

—¿Por qué creen que está muerto? —inquirió Leah.

Al igual que Leah, Harriet también frunció el ceño.

—¿Por qué quiere saberlo?

—Quiero tener una constancia total de que ese hombre ya no está entre nosotros, que no volverá un día y...

—¿Y qué? —la instó Harriet—. Sí, creo que probablemente mató a su hermano, igual que al ayuda de cámara, para poder poner sus manos en Pembrooke Park. Pero aunque estuviera vivo, ¿qué daño podría hacerle?

Leah volvió a responder con otra pregunta.

—Si su padre llegó tan lejos para conseguir Pembrooke Park, ¿por qué se marchó de manera tan brusca? ¿Y por qué permanecer tan lejos todos estos años?

A Harriet se le endureció la expresión.

—Por eso mismo creemos que debe de estar muerto, aunque no nos ha llegado ningún informe oficial de su muerte. O puede que esté vivo pero tema que exista alguna prueba de sus crímenes y haya huido del país para evitar la horca.

—¡Ojalá pudiéramos tener constancia de que está muerto y bien muerto! —exclamó Leah con tono quejumbroso. Entonces pareció darse cuenta de que acababa de decir aquello frente a la hija del hombre al que tanto deseaba la muerte, así que agachó la cabeza con timidez—. Perdóneme, he sido muy insensible.

Tanto la señora Webb como ella se quedaron mirando con asombro la cara de sufrimiento de la señorita Chapman. ¿Por qué se lo tomaba de una forma tan personal?

Leah tragó saliva.

—Siento la pérdida de su madre y hermano —continuó.

—Sí. Ahora solo quedamos Miles y yo. Y usted sabe perfectamente que no quiero hacerle ningún daño.

—¿Y Miles? —preguntó Leah.

—¿Por qué querría hacerle nada mi hermano?

Leah se encogió de hombros para intentar parecer indiferente.

—¿No le resulta... sospechoso que volviera a Pembrooke Park justo después de que se reabriera la casa y hubiera otras personas viviendo en ella?

—Sí —reconoció Harriet—. Es algo que también me preocupa, pero solo porque temo que siga los pasos de nuestro padre y continúe su alocada búsqueda del supuesto tesoro. ¿Por qué cree que Miles le haría daño?

Si apenas la recuerda de cuando vivimos aquí. De hecho, me comentó que no tenía ni idea de por qué lo encuentra tan repugnante.

Leah volvió a agachar la cabeza avergonzada.

—No lo encuentro repugnante. Siento haber dado esa impresión. Pero mi padre y yo pensamos que su regreso es bastante sospechoso y tememos que esté aquí por orden de su padre.

—Atribuye a Miles demasiado mérito. Si está aquí es porque precisamente quiere estar aquí, porque cree que sacará algo de provecho.

Ahora fue Abigail la que frunció el ceño.

—¿Le contó todo eso cuando fue a verla anoche?

Harriet volvió a levantar las cejas.

—¿Anoche? Llevo sin ver a Miles una semana o más.

Su desconcierto aumentó todavía más.

—Por lo visto debió de cambiar de planes. En cualquier caso, me aseguró que ni él ni usted tenían ninguna intención de reclamar Pembrooke Park ni de volver a vivir allí.

Harriet asintió.

—No creo que Miles quiera vivir allí. Pero estoy segura de que le encantaría encontrar el supuesto tesoro, esté donde esté, y llevárselo con él si pudiera.

—Pero usted sabe dónde está la habitación secreta, ¿verdad? —dijo ella.

—¿Sabe dónde está? —inquirió Leah asombrada.

Harriet asintió de nuevo.

—Sí.

—¿Y Miles?

En esta ocasión hizo un gesto de negación.

—Nunca se lo conté a nadie. Era mi secreto. —Subió un hombro—. Aunque no era la única persona que sabía dónde estaba. Lo tuve claro desde el mismo momento en que la encontré y me di cuenta de que alguien había estado allí poco antes que yo.

—¿Qué quiere decir? —preguntó Leah.

—Tenga en cuenta que descubrí la habitación secreta hace casi veinte años, así que no recuerdo todos los detalles. Pero la primera vez que entré, no encontré una gruesa capa de polvo ni muchas telarañas. Estaba limpia y ordenada, era como una especie de trastero o guarida.

—¿Y qué había dentro? —quiso saber ella.

Harriet la miró con un brillo de sarcasmo en los ojos.

—¿No me diga que comparte la misma fascinación que mi hermano por el tesoro?

—Solo tengo curiosidad.

—Recuerdo algunos estantes y un revoltijo de cajas. Una silla pequeña y varios retratos. Uno de ellos era de una mujer muy guapa, aunque no consigo acordarme de su cara. Lo que sí recuerdo es que me pregunté si se trataba de mi tía Pembrooke, ya fallecida.

«El retrato que faltaba...», pensó Abigail.

—¿Y no había ningún tesoro? —preguntó entonces.

Se ganó otra mirada sardónica por parte de la señora Webb.

—No sé si es conveniente seguir alimentando su interés, señorita Foster. No necesito tener dos Miles. Si no recuerdo mal, sobre todo había papeles. Cajas de ropa usada de bebé y otras cosas. Pero había unas cuantas joyas. Joyas de la familia, supongo.

—¿Están todavía allí? —jadeó Leah—. ¿Como qué?

—Un collar y unos pendientes... —Indagó en su memoria—. Y algunas otras piezas, pero he olvidado qué exactamente. De todos modos, tuve mucho cuidado de entrar en la habitación secreta solamente cuando no había nadie para no revelar su ubicación. No quería que mi padre, o incluso Mac Chapman...

—¿No quería que Mac Chapman qué? —preguntó una arisca voz masculina.

Se dio la vuelta y se encontró con el mismísimo padre de Leah fulminando con la mirada a Harriet. Después miró a Abigail, a la tímida Leah y terminó centrándose de nuevo en la antigua señorita Pembrooke.

—Harriet Pembrooke —murmuró casi sin aliento. Sus cejas rojas se fruncieron de tal forma que prácticamente parecieron una sola.

Durante un instante, nadie dijo nada. La tensión en el ambiente podía cortarse con un cuchillo.

—Debería haber llamado antes de entrar, señor —le reprendió Harriet.

—¿Por qué? ¿Qué tiene que ocultar? Además, esta casa en la que parece sentirse tan cómoda es la casa de mi suegra. Aunque su familia es experta en usurpar viviendas ajenas, ¿verdad?

—Papá, para —intervino Leah—. Fui yo la que invitó a la señora Webb.

—¿Así que ahora es la señora Webb? —Miró a su hija—. ¿Por qué hiciste eso?

—Porque quería preguntarle por su padre.

—¿Y qué te dijo?

—Que cree que está muerto, pero no tiene la certeza. Y que sabe dónde está la habitación secreta.

—¿Ah sí? —Alzó las cejas estupefacto—. ¿Y se llevó algo de allí?

Harriet soportó la mirada verde y cargada de sospecha de Mac retribuyéndole con otra fría como el acero.

—¿Algo como, digamos, cartas personales, o joyas o la Biblia de la familia Pembrooke? No.

—¿No nos va a decir dónde está? —preguntó Abigail con impaciencia— ¿O enseñárnosla?

Harriet negó con la cabeza.

—Ya se lo dije. Puede encontrarla usted misma, señorita Foster. Sé que puede y así podrá reclamar la recompensa. —Volvió a mirar a Mac, está vez con un brillo de complicidad en los ojos, y lo señaló con el dedo. A continuación, canturreó—: Y no se le ocurra ayudarla.

Capítulo 24

Motivada por el desafío de Harriet y la mención de la recompensa, Abigail fue a la biblioteca para volver a consultar los planos. Mientras los examinaba, le llamó la atención algo que vio en la parte posterior de uno de ellos. Alguien había dibujado en el reverso de la sección de la torre una especie de... ¿escalera? Sí, parecían escalones estrechos y empinados. Quizás, en un momento dado, se pensó en añadir una escalera a la torre sin usar para que los sirvientes tuvieran acceso directo a sus dormitorios. Pero por los trazos rápidos y descuidados del boceto solo se trató de una idea que seguramente nunca se llevó a cabo.

Llevó los planos a su habitación y los extendió en el suelo, orientándolos en la misma dirección que el dormitorio. Gilbert había llegado a la conclusión de que la torre de agua había terminado convirtiéndose en un armario empotrado encima del elevador de la cocina. Negó con la cabeza. La torre de agua tendría que estar cerca de su armario. Pero ¿dónde, exactamente? No lo tenía del todo claro.

Se arrodilló frente a la casa de muñecas. Kitty había encontrado una muñeca en el diminuto armario, pero no en el empotrado, sino en el que estaba sin empotrar. ¿Habría algo más escondido en su interior? ¿Algo que a ambas se les hubiera pasado por alto? Abrió las puertas del armario en miniatura, aunque a la tenue luz del atardecer le resultó muy difícil ver nada. Intentó extraer el armario de la casa de muñecas, pero estaba anclado a la pared. Se detuvo a pensar un instante. Trató de mover la cama y la cómoda y no tuvo ningún problema. ¿Habrían pegado a propósito el armario a la pared o lo habrían colocado cuando todavía estaba húmeda la pintura, haciendo que quedara pegado allí?

Se fijó en el armario sin empotrar que había contra la pared de su dormitorio, se incorporó y miró detrás, algo difícil dado el pequeño espacio que había, aunque se percató de la ausencia de correas o pernos de anclaje.

Se retiró unos pasos y continuó observando la pared donde se apoyaba el armario. Estaba situado en una sección de alrededor de un metro veinte que había entre la ventana alta y la puerta del armario empotrado, con ribetes del mismo roble que este y revestida con un papel pintado con pimpollos de rosa. Si el dibujo era exacto, la torre de agua tendría que estar justo al otro lado de esa misma pared.

Se acercó a la ventana, la abrió y asomó la cabeza. Vio una pared de unos dos metros y medio que sobresalía en ángulo recto. Si se trataba de un tanque que se había usado en el pasado para recoger agua de lluvia, era bastante improbable que se pudiera acceder desde su dormitorio.

Aunque ¿y si detrás del armario sin empotrar había algo que valiera la pena ocultar? Una niña como Harriet no lo hubiera podido mover sola. ¿Le habría pedido ayuda a Mac o a otro sirviente y después dejó una pista, si es que se trataba de eso, en la casa de muñecas? Solo había una forma de averiguarlo.

Pero ¿quién podría ayudarla ahora a mover el armario?

¿Duncan, que creía que había estado rebuscando en la casa la noche antes de que Miles llegara? No.

¿Y Miles, que le había sugerido que unieran fuerzas? Tampoco. Harriet nunca le perdonaría que hiciera algo para avivar el interés de su hermano.

Gilbert todavía estaba en la zona, supervisando las obras de Hunts Hall. Su amigo aceptaría encantado, aunque no perdería la oportunidad de reírse un poco de ella por su imaginación desbordada, o hasta puede que se ofendiera por cuestionar su opinión respecto del emplazamiento de la torre de agua. Además, todavía no estaba preparada para darle una respuesta.

Pensó en su padre, pero no era precisamente un hombre fornido. Mac Chapman, en cambio, sí. ¿A qué se había referido la señora Webb cuando le dijo que ahora no se le ocurriera ayudarla? No obstante, aunque el antiguo administrador de Pembrooke Park conociera la ubicación de la habitación secreta, eso no significaba que estuviera dispuesto a echarle una mano.

O... Jacob Chapman. Podría ser, aunque solo tenía quince años. Sin embargo, era casi tan alto como su hermano y lo suficientemente fuerte como para ayudar a William a cortar leña para su familia. Sí, él y William podrían mover sin ningún problema el armario. La cuestión era si podría confiarles el motivo de por qué quería hacerlo y si se avergonzaría luego si al final se equivocaba.

¿Tenía que compartir el premio con quien la ayudara a encontrar el tesoro? De ser así, desde luego que no le importaba repartirlo con William Chapman. Necesitaba el dinero y no podía imaginarse a nadie que se lo mereciera más que él.

Al día siguiente fue a buscar al pastor y se lo encontró en la iglesia comprobando el nivel de agua de la pila bautismal.

—Señor Chapman, ¿podría pedirles a Jacob y a usted que me ayudasen con una cosa?

Se volvió hacia ella con las cejas caoba arqueadas por la sorpresa.

—Por supuesto.

En su gesto de asombro creyó ver la pregunta tácita de «¿por qué no se lo pide al señor Scott?», pero aquello sería darse demasiada importancia.

—Me temo que es un favor poco glamuroso —explicó—. Necesito dos hombres fuertes para que me ayuden a mover una cosa.

De nuevo parecía a punto de preguntarle algo, pero antes de que pudiera decirlo en voz alta, se apresuró a responderle:

—Espero que no se ofenda, pero no quiero pedírselo a Duncan. No termino de fiarme de él.

—Muy bien. ¿De qué se trata?

—¿Pueden venir su hermano y usted esta tarde, a la hora que mejor les venga? Cuando estén allí les diré lo que es.

William se quedó pensativo un segundo.

—Tengo un bautizo, pero puedo ir después. Llevaré a Jacob conmigo.

—Gracias. Le pediré a la señora Walsh que prepare un café como premio a sus esfuerzos.

El clérigo elevó una comisura de la boca en una medio sonrisa.

—¿O podría prepararnos usted misma una tarta?

Abigail le devolvió la sonrisa mientras hacía un gesto de negación con la cabeza.

—Oh, no. Le aseguro que es mejor que no le haga una tarta.

La puerta se abrió y entró la señora Garwood, la hermana viuda de Andrew Morgan, con su hijo en brazos. Cuando vio a Abigail vaciló, pero enseguida la saludó con cortesía. Después forcejeó con su bolso, intentando abrirlo para sacar el dinero correspondiente al bautizo y William se ofreció de inmediato para sostener a la criatura.

Al ver la naturalidad con la que tenía al niño en brazos y lo cómodo que se sentía con ello notó un pinchazo en el corazón. Allí estaba la mujer que había amado en el pasado y que ahora no tenía un padre para su hijo. ¿Se ofrecería también para ocupar ese puesto? ¿Se casaría con Rebekah, la mujer de la que estuvo enamorado y de la que quizá todavía lo estaba?

De pronto, aquello le parecía mucho más probable que un matrimonio entre él y Louisa. A pesar del coqueteo que se traía su hermana y de lo mucho que parecía gustarle, sabía que no se casaría con un pastor pobre. Pero Rebekah Garwood, una joven y rica viuda... La mera idea le dolía demasiado.

«¿A qué viene tanto sufrimiento?», se reprendió a sí misma. «Gilbert quiere cortejarme, cosa que siempre he deseado. ¿Qué me pasa? Dios, no me digas que este es uno de esos casos de querer lo que uno no puede tener. No soy tan tonta, ¿verdad?»

Antes de que los hermanos Chapman llegaran esa tarde, Abigail movió sola el tocador. Primero colocó dos patas sobre una fina alfombra de jarapa, luego las otras dos, y cuando tuvo el mueble encima del tapiz pudo deslizarlo por el suelo de madera sin rayarlo y sin hacer ruido con relativa facilidad. Lo colocó al lado de la chimenea para dejar espacio a William y Jacob para mover el pesado armario. ¿Era necesario revelar la razón por la que quería que la ayudaran? Odiaba mentir, sobre todo a un clérigo, pero ¿podía confiar su secreto a un adolescente como Jacob?

No estaba segura.

Por lo menos, no tenía que contárselo a su familia. Su padre se había llevado a Louisa y a su madre a dar una vuelta para ver los progresos de la nueva ala de Hunts Hall así como las tierras de alrededor. Y Miles había salido esa mañana temprano con su caballo y todavía no había regresado. Volvió a preguntarse dónde habría ido la noche que dijo que iba a visitar a su hermana. Pero cualquiera que fuera su destino, la ausencia de ese día era más que oportuna.

Polly llamó a la puerta y asomó la cabeza.

—El señor Chapman, su hermano y su hermana han venido a verla.

—Oh. ¿Qué hermana?

—La pequeña. Kitty. Los he dejado esperando en la sala de recepción, señorita.

—Gracias, Polly. —Que Kitty hubiera decidido acompañar a sus hermanos en el fondo era una ventaja. De lo contrario, seguro que la doncella se hubiera preguntado cómo una dama como ella invitaba a dos caballeros a su dormitorio—. ¿Y, Polly? —la llamó. Esperó hasta que la muchacha se volvió—. Que no te sorprenda si los tres suben aquí un rato. Seguro que Kitty querrá jugar con la casa de muñecas y el señor Chapman y yo podemos hablar perfectamente de nuestros asuntos mientras la pequeña se divierte.

—Oh... —vaciló la doncella con el ceño fruncido—. Entiendo. Como quiera, señorita. ¿Puedo...?

—Descansa un rato, Polly. Tómate un té, si quieres. Ya me encargo yo de recibir personalmente a los Chapman.

—Muy bien, señorita. Gracias.

En cuanto se marchó, se miró una última vez en el espejo y bajó corriendo las escaleras hasta la sala de recepción.

William, que estaba de pie al lado de la ventana, se volvió en cuanto la oyó entrar.

—Kitty se enteró de que veníamos aquí y suplicó acompañarnos —explicó—. Espero que no le moleste.

—En absoluto. Supongo que está deseando volver a ver la casa de muñecas. De hecho, ¿por qué no vamos todos arriba?

—No hace... —empezó, pero se detuvo al instante. Después, tras estudiar su rostro, dijo—: Como desee.

—Espero que no me haya invitado para jugar con una casa de muñecas, señorita Foster —dijo el pelirrojo Jacob—. Si mis amigos se enteran, me lo estarán recordando toda la vida.

—No te preocupes, Jacob. Tengo pensada otra cosa para ti. Aunque cuando veas de lo que se trata, desearás una tarea tan fácil como ordenar los muebles de una casa de muñecas.

Mientras los guiaba escaleras arriba, se sintió inexplicablemente nerviosa. ¿Se lo contarían a su padre? Puede que Mac se enfadara al enterarse de que estaba desbaratando estancias que él consideraba como una especie de santuario de Robert Pembrooke y su familia. O puede que se rieran de su ingenuidad, por creerse la historia de la existencia de un tesoro y una habitación secreta. «Pero no es solo una historia», se recordó. «Harriet Pembrooke estuvo dentro de esa habitación. Y puede que Mac también.»

Abrió la puerta de su dormitorio y los dejó pasar. Kitty entró la primera como una exhalación, tirando de la manga de Jacob.

—Corre, ven, Jacob. Aunque seas un muchacho te vas a quedar con la boca abierta.

William titubeó en el umbral y la miró enarcando ambas cejas en señal de pregunta.

Abigail echó un vistazo al pasillo para asegurarse de que estaban solos.

—Por favor, no se ría de mí, pero me gustaría que entre Jacob y usted movieran el armario a la pared de allí.

William se encogió de hombros y frunció el labio inferior.

—No hay problema. ¿Está redecorando la estancia? —Sus ojos brillaron con interés.

—Algo parecido —respondió con vaguedad.

Miró el enorme mueble.

—Este es un trabajo para por lo menos dos hombres. Ahora entiendo por qué me pidió que trajera a Jacob.

Al darse cuenta de que no iba a presionarla para que le explicara el verdadero motivo, dijo en voz baja:

—¿Cree que podrán hacerlo?

Él volvió a mirarla fingiéndose ofendido.

—Acaba de herir mi orgullo masculino, señorita Foster. Los Chapman somos los más fuertes de la región.

—Lo sé. Por eso se lo he pedido.

—¿En serio?

Bajó la vista antes de volver a levantarla.

—Reconozco que no ha sido la única razón. ¿Puedo contarle el resto después? —Se inclinó y bajó aún más la voz—. ¿Cuando estemos solos?

Sus ojos emitieron un brillo especial al oír el tono tan íntimo que había usado.

—Esperaré ansioso.

Aquello le dio esperanzas. Puede que al final no estuviera enamorado de Louisa... o de Rebekah Garwood.

William cruzó el dormitorio e hizo un gesto a su hermano.

—Jacob, la señorita Foster quiere que movamos este armario hasta la pared de allí. Está reorganizando su alcoba. Es lo que hacen las mujeres. Venga, muéstrame esos músculos que tienes...

Abigail entró en su habitación y cerró la puerta con cuidado.

Sin embargo, cuando terminaron de mover el armario, no encontraron nada en la pared donde había estado que pareciera sospechoso o revistiera algún interés. Lo único que había era un gruesa capa de polvo gris que quedaba fuera del alcance del plumero de la doncella. Por lo demás, parecía otra pared más del dormitorio. Ningún panel disimulando una puerta, ningún hueco, ninguna «X» marcando que allí hubiera algo escondido...

Se sintió profundamente decepcionada, pero forzó una sonrisa y agradeció a los Chapman su esfuerzo.

—Sabía que los dos son muy fuertes y las personas idóneas para esta tarea. Ahora, si no les importa, les pediría que no mencionen nada de esto. No quiero que nadie piense que me considero propietaria de la casa para hacer y deshacer a mi antojo ni nada por el estilo.

William la buscó con la mirada, pero no intentó sonsacarle ninguna explicación.

Jacob se encogió de hombros.

—¿Dónde está la tarta que me prometieron? —dijo.

—Jacob... —le reprendió suavemente William.

—No, no —intercedió ella—. Jacob tiene razón. Les prometí una tarta y eso es lo que tendrán. La señora Walsh no ha permitido que la ayudara a hornearlo, pero sí me ha dejado glasearlo. Ha sido mi primera vez, así que sean indulgentes, por favor.

Regresaron a la sala de recepción, donde les esperaban el té y una tarta que parecía un poco veteada. Por suerte, tenía mucho mejor sabor que aspecto.

Jacob tomó dos grandes bocados, como si su boca fuera la puerta de un granero y metiera dos grandes horquillas llenas de heno. Después miró el reloj de pie.

—¿Va bien de hora? —preguntó.

—Creo que sí.

—Si me disculpa. —Se puso de pie—. Es decir, si ya no necesita mi ayuda con cualquier otra cosa...

—Por supuesto que te disculpo. Lo has hecho estupendamente.

El muchacho se volvió hacia su hermano.

—Prometí a Fred y a Colin que iría con ellos a jugar un partido a las cuatro. —Miró a Abigail—. William era el mejor jugador de fútbol del condado antes de marcharse y convertirse en pastor.

—Yo no diría tanto —objetó el susodicho.

—Lo eras —insistió Kitty antes de dejar el tenedor en el plato—. ¿Puedo irme con él?

Jacob frunció el ceño.

—Solo si prometes no mirar embobada a Collin. Todos sabemos que te gusta.

Kitty se encogió de hombros.

—¿Y?

—Está bien —asintió William—, pero portaos bien. Jacob, vigila a tu hermana. Y volved a casa a las cinco.

Jacob agarró su gorra del aparador y salió de la sala. Kitty dio las gracias a Abigail y siguió a su hermano. Segundos después, oyeron la puerta de entrada cerrarse de golpe.

William dejó la taza en el platillo y la miró expectante.

Ella tomó un sorbo de té y apartó la mirada.

—¿Y bien? Espero que confíe en mí, señorita Foster.

—Y lo hago, pero... ahora me siento un poco tonta. —Se fijó en la puerta y, al ver que no había nadie, continuó—: Estudié unos planos antiguos de la casa y tenía mis razones para creer que la habitación secreta podría estar detrás del armario.

—Me imaginé que sería algo de eso —dijo él con delicadeza—. Lo siento, señorita Foster. A veces la vida está llena de decepciones. —Parecía que sabía de primera mano de lo que hablaba—. Señorita Foster, yo...

De repente, Miles Pembrooke apareció en el umbral de la puerta abierta y escrutó el interior de la sala. Los miró con curiosidad, aunque su sonrisa vaciló un poco al darse cuenta de que estaban solos.

—Hola.

—Hola, Miles —saludó ella con una sonrisa radiante, esperando disipar la incomodidad del momento—. Qué pena que no viniera hace unos instantes. Habría podido saludar a Kitty y a Jacob Chapman. Acaban de irse. Venga y siéntese son nosotros.

Miles dejó a un lado el sombrero y los guantes y se acercó a la mesa de té.

—¿Y dónde está el resto de su familia?

—Han salido a dar una vuelta. Mi padre quería enseñar a mamá y a Louisa el progreso de la ampliación de Hunts Hall y los terrenos de alrededor. Como ya los he visto, decidí quedarme en casa.

—Ah, entiendo. Qué suerte ha tenido con la oportuna visita del señor Chapman para hacerle compañía y que no se sintiera tan sola.

—La verdad es que sí. ¿Y qué ha estado haciendo todo el día? Si me permite preguntarlo.

Sus ojos brillaron.

—Se lo diré si usted también me cuenta lo que ha hecho.

William se puso tenso.

Decidió hacer caso omiso de la sugerencia implícita de que había podido estar haciendo algo indecoroso.

—¿Ha disfrutado del paseo a caballo? —preguntó.

—Sí, y de paso he hecho otra visita a nuestra antigua ama de llaves.

«¡Ah!» ¿Así que fue a ella a quien fue a ver en vez de a su hermana?

—Seguro que han compartido un rato de lo más agradable.

—Sí, ha sido muy... interesante. La señora Hayes me ha dicho que si terminaba casándome con mi prima por fin se haría justicia. —Miles sonrió con malicia—. ¿Sabe a qué puede referirse, «querida prima»?

«O a quién», pensó ella acordándose de Eliza. Miró a William y, al ver que estaba apretando la mandíbula, añadió a toda prisa:

—No debe tener muy en cuenta todo lo que dice la señora Hayes, señor Pembrooke. Por lo visto, su cabeza ya no es lo que era.

Miles asintió.

—Sí, bueno, pasa en las mejores familias.

William se puso de pie.

—Gracias por el té y la deliciosa tarta, señorita Foster. El glaseado estaba perfecto. Si le parece, podemos continuar con nuestra conversación en otro momento.

—Sí, por supuesto.

—¿Conversación sobre qué? ¿Sobre oraciones? —preguntó Miles—. No quiero interrumpirles.

—No lo ha hecho, señor Pembrooke —indicó William—. Ya me iba.

Esa noche, durante la cena, Abigail escuchó distraídamente a su madre y a su hermana mientras le contaban todo lo que habían visto y a todas las personas que habían conocido esa tarde durante su visita a Hunts Hall. Después, se fue a la cama temprano y el resto de la familia se retiró a la sala de recepción a tomar un café. Polly la ayudó a desvestirse y, cuando se dio la vuelta para dejar la pelliza en el armario, se detuvo en seco al ver la nueva ubicación del mueble.

—¿Cuándo lo ha cambiado? —preguntó con el ceño fruncido.

—Esta tarde. Quería dar un nuevo aire a la habitación. Los hermanos Chapman me ayudaron mientras Kitty jugaba con la casa de muñecas. Cuando nos vayamos lo volveré a dejar en su lugar.

—No se preocupe. Puede mover los muebles a su antojo. Esta es ahora su casa, al menos por ahora. Mañana vendré y limpiaré el suelo y la pared. Me da que esta zona no ha visto la luz de sol o una fregona en años.

—Gracias, Polly. Pero puedo hacerlo yo misma. No quiero darte más trabajo.

—No me importa. ¿Necesita algo antes de que me vaya?

—No, gracias.

—Se retira temprano esta noche. ¿Se encuentra bien?

—Sí, perfectamente. Solo estoy un poco cansada.

Polly cerró las contraventanas y se dio la vuelta para marcharse.

—Entonces la veo mañana, señorita.

—Buenas noches.

Cuando la doncella abandonó el dormitorio, Abigail se quedó tumbada en la cama, oyendo cómo sus pasos se iban desvaneciendo poco a poco y estudiando atentamente la pared ahora al descubierto. Una pared normal y corriente, todo había que decirlo.

A pesar de que no había dejado de repetirse que se estaba convirtiendo en alguien mucho peor que Miles y Duncan juntos, se levantó, tomó la lámpara de la mesita de noche, la colocó sobre el tocador y volvió a inspeccionar la pared.

Presionó la palma de la mano contra la sección de metro veinte y a continuación la golpeó con los nudillos; el sonido resonó extrañamente fuerte en la silenciosa estancia. ¡Qué raro le resultó sentirse cohibida en su propio dormitorio! ¿Había sonado a hueco? Volvió a golpear y luego dio otro golpe en otra sección de la pared para comparar. Ambos sonidos eran diferentes. Podía deberse a la diferencia de estructura, porque una era una pared exterior y la otra interior o porque una tenía ventana y la otra no. Recorrió los bordes con los dedos y se los llenó de polvo. Entonces levantó la lámpara y la sostuvo cerca de la moldura de madera. ¿Qué era esa pequeña ranura? ¿Una simple junta donde el papel de la pared se unía a la moldura, o algo más?

Se le empezó a acelerar el corazón. Sabía que algunas mansiones antiguas tenían puertas para el servicio que llevaban a una escalera interna para permitir que el personal accediera a sus alcobas sin molestar. Y a menudo, esas puertas se ocultaban para no estropear la decoración de la habitación en la que estaban. Por ejemplo, empapelándolas igual que las paredes de la estancia de modo que nadie se diera cuenta de su existencia hasta que se abrían. Empujó contra la hendidura que había a lo largo de la moldura de madera y... la sintió retroceder, como si hubiera accionado un pestillo de resorte. Contuvo el aliento y miró atrás para asegurarse de que la puerta de su dormitorio seguía cerrada. A continuación, volvió a empujar. La sección de metro veinte de pared se abrió hacia ella. Al instante, una ráfaga de aire frío y húmedo penetró en sus fosas nasales.

¡La había encontrado! O al menos había descubierto algo.

Volvió a mirar sobre su hombro y al final decidió acercarse a la puerta de su habitación y cerrarla con llave.

Se detuvo un momento para calzarse y ponerse la bata y, con las manos temblando, regresó a la puerta oculta. ¿Qué habría dentro? ¿De verdad se escondería un tesoro que mereciera tanto la pena como para desperdiciar tantas vidas?

En el momento en que volvió a tocar con los dedos la puerta oculta, alguien llamó con un golpe seco a la puerta de su habitación. Ahogó un grito de sorpresa y se llevó la mano al corazón.

—¿Quién es? —dijo en voz alta y tensa. Cerró la puerta oculta de inmediato y se aseguró de que volvía a hacerse invisible en medio de la pared.

Le respondió una voz de varón amortiguada. No parecía la voz de su padre, pero Miles no se atrevería a visitarla en su dormitorio a esas horas de la noche, ¿verdad?

Guiada por el instinto, colocó una silla frente a la puerta oculta, haciendo el menor ruido posible, aunque no pudo evitar un pequeño chirrido. Retrocedió unos pasos y quedó más o menos conforme, pues le pareció que la silla ayudaba a que la pared quedara menos visible.

—¡Ya voy! Estoy atándome la bata... —Corrió hacia la puerta. Como hacía rato que llevaba la bata puesta, pidió perdón en silencio por la mentira que acababa de decir.

Abrió la puerta una rendija. Efectivamente, Miles estaba allí, de pie, aguardando expectante.

—¿Qué sucede, señor Pembrooke?

Al verla con ropa de cama alzó las cejas sorprendido.

—Le ruego que me disculpe, no creí que ya estuviera lista para irse a dormir. Todavía es muy pronto.

Tenía razón. Puede que su visita no fuera tan descarada después de todo.

—Espero que no esté enferma —añadió él.

—Solo estoy... cansada.

—Está muy colorada. —Le tocó la frente con la mano—. ¿Seguro que no tiene fiebre? —Con ese gesto Miles consiguió que la puerta se abriera un poco más y a Abigail no le pasó desapercibido cómo empezó a registrar la habitación con la mirada.

—No, estoy bien. Gracias. —Se separó medio paso de su mano—. ¿Quería algo?

Miles clavó la vista en el armario.

—Veo que ha estado haciendo algunos cambios.

Se quedó pensativa un instante.

—¿Y cómo lo sabe? No recuerdo que haya estado nunca en mi habitación.

—Su padre me enseñó toda la casa la primera noche que les visité, cuando usted estaba en el baile.

—Ah. Menuda memoria tiene. Solo he movido un par de cosas para hacer la estancia más cómoda. Espero que no le haya molestado.

—En absoluto. ¿Por qué iba a hacerlo? —Ahora se fijó en la pared donde antes había estado el armario—. ¿Ha encontrado algo de interés?

—¿Perdone?

—A veces algunos tesoros largo tiempo perdidos reaparecen cuando se mueven cosas que no se han tocado durante décadas.

—Sí. He encontrado un montón de polvo, señor Pembrooke. Eso es todo.

Lo que era cierto. Por lo menos hasta ese momento.

—Venga, señorita Abigail. Le he pedido que me llame Miles. A fin de cuentas, somos familia.

Otra vez con eso.

—Trataré de recordarlo, Miles.

—Eso está mejor. —Estiró la mano y le pellizcó la nariz con una sonrisa afectuosa que reveló el espacio entre sus incisivos.

—Supongo que no debo pedirle que me deje entrar, ¿verdad? —Hizo un puchero—. Aunque me consta que unos cuantos Chapman han pasado aquí mismo la tarde.

—¿Y quién se lo ha contado?

Él se encogió de hombros.

—No recuerdo exactamente quién me lo mencionó. Si Duncan... o puede que Polly.

—Kitty está embelesada con la casa de muñecas. Sus hermanos vinieron a hacernos compañía.

—¿Y de paso le ayudaron a mover los muebles?

—Mientras estuvieron aquí, sí. —«Estupendo», pensó. Duncan y Miles ya lo sabían—. Pero fue a plena luz del día —agregó—. Muy diferente a su presencia a estas horas de la noche. Y solo.

—¿Porque soy un hombre?

—Bueno... sí, supongo.

—Me alegro de que sea consciente de este hecho. —Sus labios volvieron a curvarse en una leve sonrisa—. Después de todo, no somos parientes tan cercanos.

Oyó unos pasos acercarse al dormitorio. Instantes después, aparecía Louisa.

—Oh, señor Pembrooke.

Miles se alejó de la puerta.

—Otra prima encantadora. ¡Qué maravilla! He venido a ver cómo estaba su hermana. Como se ha retirado tan temprano, temí que pudiera estar indispuesta.

—Sí, yo también lo he pensado. —Louisa la miró.

Abigail detectó un brillo en los ojos de su hermana que hacía años que no veía. Esa antigua complicidad que compartían de pequeñas cuando se encubrían la una a la otra en presencia de sus padres. En un primer momento, y teniendo en cuenta que Miles Pembrooke estaba delante de su puerta, de noche y con ella en camisón y bata, le alarmó que Louisa creyera que estaba teniendo una aventura. Pero eso no fue lo que su mirada le dijo. Lo que vio en sus ojos fue que entendía perfectamente la situación.

—Discúlpeme, señor Pembrooke —continuó Louisa—. Pero me gustaría hablar con mi hermana a solas. Una charla de mujeres, ya me entiende.

Él asintió amablemente.

—Oh, sí, sí, claro que lo entiendo. Bueno, en realidad no, en absoluto. Pero me iré de todos modos. Buenas noches, queridas. —Hizo una inclinación de cabeza y se marchó por el pasillo.

Abigail suspiró aliviada e hizo pasar a su hermana antes de cerrar la puerta.

—Gracias.

—¿Te encuentras bien, Abby? Durante la cena te he notado muy distraída. Dudo que hayas oído la mitad de lo que te hemos contado. Si casi ni has reaccionado cuando te he dicho que conocimos a los Morgan y me encontré con Gilbert cuando pasamos por Hunts Hall.

—Lo siento. Estaba... preocupada.

—Espero que no tenga nada que ver con nuestro «querido primo».

—No.

Louisa dio una palmada a la cama.

—Bien. Bueno, te he ayudado a deshacerte de ese hombre, así que ahora tienes que recompensarme escuchándome.

—De acuerdo. —Se subió a la cama y Louisa se sentó a su lado.

—Cuando papá sugirió que hiciéramos una visita a Hunts Hall no me apeteció mucho —empezó su hermana—. ¿Sabes?, conocí a Andrew Morgan en Londres hace unas semanas. Y bueno, si te soy sincera, fue bastante desagradable conmigo. Sé que no estoy siendo muy buena vecina, pero es la verdad.

—¿En serio? Me sorprende muchísimo —señaló ella—. Nos hemos visto en contadas ocasiones, pero me parece un hombre muy amable y educado.

—Sí, bueno. Pero ahora que he visto su casa estoy dispuesta a perdonarlo. —Louisa le guiñó un ojo—. ¡No te escandalices tanto! Solo estaba bromeando. He de decir que cuando papá me presentó formalmente como su hija y tu hermana, su actitud hacia mí cambió considerablemente. Tal vez lo de Londres fue un simple... malentendido. O ahora que sabe quién soy... quiero decir, que sabe que somos vecinos, se siente mortificado por la forma en que me trató.

—¿A qué te refieres? ¿Qué fue lo que hizo?

Su hermana se encogió de hombros.

—Pues que parece decidido a hacer borrón y cuenta nueva. Y creo que yo haré lo mismo. Le voy a otorgar el beneficio de la duda.

Abigail la miró con ojos entrecerrados. Intuía que no se lo estaba contando todo. Su hermana debía de haber hecho algo para propiciar aquel «malentendido», si es que lo era, para mostrarse tan reacia a compartirlo con ella.

—Gilbert también fue más educado. Me quedé de piedra al ver la frialdad con la que se comportó conmigo la primera vez que me vio aquí.

—¿Qué sucedió entre vosotros dos? —preguntó ella con suavidad.

—Oh... bueno. Creo que debió de sentirse un poco menospreciado cuando regresó de Italia. ¿Pero qué podía hacer yo? Tenía a tantos caballeros que querían bailar conmigo y visitarme... No podía pasarme todo el tiempo con Gilbert, por mucho que fuera un amigo de la familia.

—¿Un amigo de la familia? —preguntó—. ¿Estás segura de que no era algo más? —La memoria de su hermana podía ser muy selectiva cuando le convenía.

Louisa bajó la mirada y tiró de un hilo suelto de su vestido.

—Llegué a pensarlo antes de que se marchara a Italia. Por eso le di un mechón de mi cabello. Al parecer, estaba equivocada.

—Le das un mechón de pelo y luego no te molestas en concederle un baile o permitirle que te visite, ¿y te preguntas por qué se mostró tan frío contigo?

—Oh, ya me perdonará. Los hombres siempre lo hacen. Mira Andrew Morgan.

Se le hizo un nudo en el estómago.

—Louisa, creo que deberías saber que el señor Morgan siente debilidad por otra persona —dijo con cautela.

—¿Ah, sí? ¿Por quién?

Creyó más prudente no mencionar a la señorita Chapman. Sabía lo mucho que le gustaban a su hermana los desafíos y no quería dar a Louisa ninguna razón para que le desagradara Leah.

—Solo... ten cuidado, Louisa. Los hombres no son juguetes.

Su hermana sonrió con coquetería.

—¿No? ¿Entonces por qué me divierto tanto jugando con ellos?

—¡Louisa! ¿Te das cuenta de lo desvergonzada que pareces hablando así?

—No seas tan mojigata —la reprendió Louisa con un ligero codazo—. Solo estoy tomándote un poco el pelo. No estoy hablando de ningún hombre... ni de tu pastor—. Sus ojos brillaron con interés—. Porque es tu pastor, ¿verdad?

¿Acaso su hermana pequeña no había notado el interés que había despertado en el señor Chapman?

Le ardieron las mejillas.

—No, no lo es. —¿Quería que lo fuera? ¿Después de ver cómo había reaccionado al ver a su hermana? ¿Y sobre todo ahora con Gilbert allí, buscándola y confesándole lo ciego que había estado?

Se quedaron hablando un buen rato. Abigail sintió que su corazón se ablandaba de nuevo por su hermana. Cuando Louisa comenzó a bostezar y decidió irse a la cama, era muy tarde y también estaba cansada. Decidió no volver a abrir la puerta oculta esa noche para no arriesgarse a que alguien la oyera y levantar ninguna sospecha. Podía imaginarse a Miles pegado a la puerta del pasillo escuchando todos sus movimientos.

Apagó la vela y se acomodó en la cama. Enseguida la oscuridad y el cansancio hicieron mella en ella. Sabía que muy pronto sucumbiría al sueño. Pero entonces, oyó algo.

La casa solía hacer muchos ruidos, pero era la primera vez que oía algo como aquello. Era un chirrido prolongado y quejumbroso. Con el corazón a punto de salírsele del pecho, clavó la vista en la puerta oculta. Estaba abierta.

Se quedó mirando fijamente. No podía moverse, ni siquiera podía gritar. De repente apareció una mano pálida y fantasmagórica que agarró el borde y empezó a abrir la puerta poco a poco. Allí en la cámara oscura y cavernosa había un hombre vestido con una larga capa y el rostro oculto por una capucha.

Abrió la boca en un grito silencioso.

Entonces el hombre dio un paso al frente y la luz de la luna reveló por fin lo que había debajo de la capucha. Una calavera con las cuencas vacías.

Se despertó sobresaltada, jadeante, con los ojos abiertos como platos. Se incorporó y se apoyó contra el cabecero, mirando con desesperación la puerta de entrada a la cripta, pero lo único que encontró fue una pared empapelada con pimpollos de rosa. Nada más.

Con un profundo suspiro de alivio, y un tanto disgustada consigo misma, se dejó caer sobre la almohada. Pero pasó bastante tiempo antes de que los brazos de Morfeo volvieran a reclamarla.

Capítulo 25

A la mañana siguiente, cuando se despertó, se olvidó de todo durante unos segundos... hasta que sus ojos volaron a la pared vacía y se le aceleró el corazón por la emoción. Salió de la cama a toda prisa, abrió las contraventanas y empezó a vestirse.

Polly llegó instantes después para ayudarla. Tenía un brillo especial en los ojos.

—Debe saber, señorita, que el pastor está en la sala de estar, esperando para verla. Me ha dicho que no la molestara hasta que estuviera lista para bajar, que no quiere meterle prisa. —Movió la cabeza de un lado a otro—. Nunca he conocido a un caballero que visitara a una dama tan temprano.

Se le disparó el pulso. ¿Estaba allí? ¿Acaso le había leído la mente?

—Me alegro de que me lo hayas contado. Entonces me pondré el vestido rosa, tiene menos botones.

—Muy bien, señorita. Aunque ha dicho que no se dé prisa.

—Lo sé, pero no me gusta hacer esperar a un clérigo.

—¿Y de peinado, señorita?

Al recordar cómo le acarició el pelo la noche del incendio, cuando estaba convaleciente en la habitación que le prepararon, tuvo la tentación de dejárselo suelto, pero al final recapacitó.

—Un moño sencillo, por favor.

En cuanto terminó, bajó corriendo las escaleras, aunque aminoró el paso a medida que se acercaba a la sala de estar. Nada más entrar, William levantó la vista del periódico que estaba leyendo, se puso de pie y dejó a un lado el diario.

—Buenos días, señor Chapman. Espero no haberlo hecho esperar demasiado.

—En absoluto. Disculpe la hora tan temprana. Hoy tengo un día bastante complicado, lleno de citas y compromisos, así que este era el único momento que podía venir. Le confieso que la curiosidad me ha estado atormentando toda la noche. No he dejado de pensar que se nos escapa algo. No me cuesta reconocerle que apenas he podido conciliar el sueño.

—Me ha pasado lo mismo. —Bajó el tono de voz—. Incluso he soñado que la puerta se abría y de ella salía un... esqueleto. —Se estremeció de solo pensarlo.

—¿Qué puerta? —preguntó con las cejas en alto.

Abigail miró por encima de su hombro y se acercó un poco más a él.

—Encontré una hendidura en la moldura y un pestillo de resorte antes de irme a la cama.

William abrió los ojos asombrado.

—¿Y miró a ver qué había dentro?

—No, no llegué a entrar. Primero me interrumpieron y luego no tuve el valor suficiente para hacerlo. En realidad... no quiero ir sola.

Se obligó a mirarlo a los ojos y, durante un instante, ninguno de los dos dijo nada. Entonces volvió a echar un vistazo al vestíbulo vacío.

—Nadie de mi familia se ha levantado todavía.

—He visto al señor Pembrooke desde la ventana de la rectoría saliendo de la casa para su paseo a caballo matutino —añadió él.

—Qué lástima que no tengamos a Kitty para usarla como excusa —comentó ella con un mohín.

Él hizo un gesto de asentimiento.

—O como carabina.

—Así que... ahora no sería muy conveniente que me acompañara arriba.

William volvió a asentir.

—Tiene usted razón.

La estaba mirando de forma tan solemne, tan metido en su papel de clérigo, que no pudo evitar sonreír. Al verla, sus ojos azules brillaron y le contestó con otra sonrisa.

Un par de minutos más tarde, Abigail subía las escaleras y atravesaba la galería de puntillas. William la seguía de cerca, en absoluto silencio. Sintió un cosquilleo de felicidad en el estómago. Parecían dos chiquillos escondiéndose para idear alguna travesura. Se acordó de Gilbert y su infancia con él y sintió una punzada de culpabilidad, pero enseguida la desechó.

Tomó la lámpara que todavía ardía en el pasillo en penumbra y lo dejó entrar en su dormitorio antes de hacer lo mismo y cerrar la puerta.

Confiaba en William Chapman al cien por cien. Lo mismo que su padre, o eso creía. Pero eso no significaba que fuera a aprobar que los dos estuvieran en su cuarto a solas. En cuanto a lo de cerrar con llave la puerta con un hombre dentro... No se atrevía a hacerlo. En cambio, apoyó un taburete contra ella para que por lo menos les diera tiempo a reaccionar si alguien entraba.

Cruzó la habitación con el corazón a más velocidad de lo normal. Sin embargo, no estaba tan ansiosa como la noche anterior, cuando estaba a punto de abrir la puerta oculta por primera vez. Tener a William a su lado la reconfortaba. A pesar de la decepción que se había llevado al verlo reaccionar de ese modo cuando conoció a Louisa, se alegraba de contar con su presencia en ese momento.

Le pasó la lámpara y deslizó la mano por la hendidura. Miró a William una vez más para infundirse de valor, respiró hondo y presionó en el mismo punto que la noche anterior, accionando el pestillo de resorte.

Una ráfaga de aire rancio y con olor a humedad volvió a darle la bienvenida. La puerta se abrió con un chirrido que le recordó demasiado a la pesadilla que había tenido. Suspiró aliviada al comprobar que no había esqueleto alguno.

—Cielo santo —murmuró el señor Chapman.

Esperaba encontrarse con una habitación completamente oscura, pero se sorprendió al ver un haz de luz filtrándose por una pequeña ventana. Creía que todas las ventanas de la torre habían sido tapiadas: por lo visto, se equivocaba. En cuanto echó un vistazo a través del cristal sucio lo entendió todo. La ventana daba a otra pared exterior a unos pocos metros de distancia que no era visible desde el jardín. Ningún recaudador de impuestos o ningún curioso en busca de una habitación secreta habría podido percatarse de su presencia.

Una vez dentro, cerraron la puerta. Entonces Abigail miró a su alrededor. Se trataba de un espacio cuadrado. Unos cuantos tubos gruesos llenos de telarañas recorrían una de las paredes. En otras dos había unos estantes desde el suelo hasta la mitad de altura llenos de cajas polvorientas y pilas de papeles atados. En el suelo había una vieja alfombra. No había ninguna escalera, aunque tampoco había esperado una, ya que nunca encontró ningún plano oficial en el que se viera una escalera en la antigua torre de agua.

En un rincón había varios cuadros apoyados contra la pared. Se dio la vuelta y vio que habían colgado un gran retrato en la parte posterior de la puerta. Alzó la mirada; la luz del sol iluminaba la imagen.

Ahogó un grito de sorpresa.

A su espalda, William se volvió para ver qué había llamado su atención y también se quedó sin aliento.

Se trataba del retrato de una mujer vestida con el atuendo formal de hacía unas décadas y con un collar de rubíes en la garganta. Tenía el pelo castaño dorado, ojos grandes y bondadosos y un bello rostro que transmitía serenidad... y que le resultaba increíblemente familiar.

Sí, aquel era el rostro de Leah Chapman.

—¿Pero qué...? —Fue incapaz de terminar la frase de lo impactada que estaba.

—Dios bendito... —murmuró William a su lado—. Es Leah.

Lo miró con la boca abierta.

—¿Cómo es posible? Es obvio que lo pintaron hace años. Pero sí... —Volvió a mirar el retrato—. Esa mujer es igual que ella.

—Lógico —susurró él—. Es su madre.

De nuevo lo miró desconcertada.

—¿Qué?

William asintió con la cabeza sin apartar los ojos del retrato. Estaba tan asombrado como ella.

—Es Elizabeth Pembrooke, la verdadera madre de Leah.

Continuó mirándolo pasmada. Tenía la mente demasiado ocupada como para pensar en una respuesta adecuada, sumida en un torbellino de impresiones y retazos de conversaciones mantenidas con Mac, William, e incluso con la propia Leah, sobre Robert Pembrooke y su familia supuestamente muerta.

Recordó el retrato de Robert Pembrooke en el dormitorio de la señora de la casa. Estaba claro que la imagen que tenía delante era su pareja, pintada en el mismo período de tiempo, con el mismo estilo y seguramente de la mano del mismo artista. ¿Lo habría escondido el propio Robert para no tener que contemplar a diario el doloroso recordatorio de la pérdida de sus seres queridos, o habría sido otra persona después de su muerte?

Pensó en las tumbas del cementerio y se acordó de las flores que vio en la lápida que llevaba inscrito «Eleanor Pembrooke, amada hija».

—Pero... todos me dijeron que la hija de Robert Pembrooke estaba muerta.

—Yo también lo creía. Era demasiado pequeño para ser plenamente consciente de todo lo que pasó tras la muerte de Robert Pembrooke. Yo mismo me he enterado de la verdad hace poco.

—Pero... ¿Por qué? ¿Cómo?

—Antes de decirle nada más, tengo que pedirle que guarde el secreto. A pesar de lo mucho que detesto el engaño, no soy yo el que tiene que revelar la verdad al mundo. Sobre todo hasta que estemos completamente seguros de que haya cesado definitivamente cualquier peligro en el que mi hermana pudiera estar.

De repente, oyeron el sonido de un portazo en algún lugar cercano. Abigail se sobresaltó y se agarró corriendo al brazo de William, que la tranquilizó tocándole el hombro y la instó a que no hiciera ningún ruido.

Instantes después alguien llamó a la puerta de su dormitorio. Lo miró horrorizada. ¿Qué podían hacer? ¿Continuar allí dentro? Tuvo la tentación de hacer eso mismo, pero ¿y si Miles, Duncan o quienquiera que fuera, decidían ponerse a buscar en la habitación? Odiaba la idea de que les sorprendieran como a dos ratas acorraladas. Aunque tampoco quería abrir la puerta de su cuarto y que la vieran con William Chapman a solas.

—Quédese aquí —susurró—. Iré a ver quién es.

En cuanto lo vio asentir, salió de la habitación secreta y cerró la puerta oculta con cuidado. Después, tomó una profunda bocanada de aire, cruzó el dormitorio, se limpió el sudor de las manos en la falda, retiró el taburete, puso la mejor de sus sonrisas y abrió la puerta.

Miles Pembrooke estaba al otro lado, con su ropa de montar y los guantes y el bastón en una mano.

—Pensé que había salido a dar un paseo a caballo —dijo—. Ha vuelto muy pronto.

—Vi unos cuantos nubarrones en el horizonte, y como no quería que me sorprendiera ninguna tormenta, regresé a toda prisa.

Abigail miró por la ventana. El día era claro, una ligera brisa mecía las ramas de los árboles y el sol brillaba a través de las hojas.

—Pues a mí me parece que hace un día perfecto.

—A veces las apariencias engañan, señorita Foster. De hecho, cuando salí a cabalgar, me pareció ver al señor Chapman venir hacia aquí. —Recorrió la habitación con la mirada—. ¿No está con usted?

Ella miró a su alrededor.

—Como puede observar, estoy sola. Aunque estuvo aquí antes.

—Ah. Siento haberme perdido su grata compañía.

—¿En serio? Estoy segura de que estará encantado de recibirlo si se pasa por la rectoría más tarde. Aunque dijo que tenía un día lleno de citas y compromisos. —«¡Citas!» Seguro que ya llegaba tarde. Tenía que deshacerse de Miles Pembrooke y sacar al señor Chapman de la casa sin que nadie se diera cuenta.

En se momento, su hermana apareció en el pasillo, tan guapa y lozana como siempre con uno de sus vestidos de día nuevos.

—Buenos días.

Miles se dio la vuelta, hizo una reverencia y esbozó una sonrisa.

—Señorita Louisa, luce usted encantadora esta mañana.

—Gracias. —Miró a uno y a otro y sonrió ligeramente—. ¿Vuelvo a pillarlo en la puerta de mi hermana, señor Pembrooke? Confieso que no me hace mucha gracia.

—Sí, bueno... el dormitorio de Abigail es muy... popular.

Louisa frunció el ceño.

—Ahora mismo iba a desayunar. ¿Queréis venir conmigo o ya habéis comido algo? —dijo con tono amable a pesar de todo.

Miles sonrió.

—Me encantaría ir con usted, señorita Louisa. ¿Puedo llamarla Louisa...?

Agradeció a Dios la habilidad de su hermana para manipular a los hombres y la miró con una sonrisa de complicidad. Cerró la puerta de su dormitorio y los siguió hasta la galería, pero cuando empezaron a bajar las escaleras les dijo:

—Id sin mí. Acabo de acordarme de que tengo que terminar de hacer una cosa.

Cuando los vio desaparecer, regresó a su habitación. Tenía los nervios de punta y no dejaba de pensar cómo se las arreglaría para sacar al señor Chapman de su cuarto ahora que su familia empezaba a despertarse y sobre todo después de haber mentido al señor Pembrooke diciéndole que ya se había ido.

Abrió la puerta secreta sin hacer ningún ruido, ansiosa por recibir cualquier sugerencia por parte del pastor para salir airosos de esa situación.

Pero la habitación secreta estaba vacía.

Desconcertada y sintiéndose un poco tonta, miró en el interior del armario y debajo de su cama solo para asegurarse, pero no. Era obvio que se había ido.

«Gracias al cielo», suspiró aliviada. El pastor era más rápido de lo que nunca se hubiera imaginado. Debía de haber salido a hurtadillas de la habitación sin que se diera cuenta cuando Miles y Louisa bajaron las escaleras. Esperaba que supiera cómo llegar al semisótano y abandonar la casa por la entrada del servicio. Y también esperaba que no le diera un susto a Polly o se ganara una reprimenda de la señora Walsh por atreverse a entrar en sus dominios. Pero no, el ama de llaves lo adoraba y sin duda lo ayudaría a escapar o, por lo menos, fingiría no verlo marcharse.

Capítulo 26

Con el fin de evitar que Miles siguiera sospechando de ella, decidió desayunar con él y con su hermana, tal y como les había prometido. Durante la comida, Miles estuvo pendiente de ella en todo momento, así que hizo todo lo posible por participar en la conversación como si nada raro hubiera sucedido. Su padre también se unió a ellos y los dos hombres estuvieron charlando durante un buen rato. Al final, Abigail pudo excusarse y salir de allí.

Regresó a la habitación secreta y cerró la puerta. De camino al estante más cercano, tropezó con una punta de la alfombra que estaba doblada hacia arriba. Se agachó para enderezarla y empezó a inspeccionar más de cerca todo lo que se apilaba en las estanterías. Había cajas de sombreros, que esperaba no contuvieran precisamente sombreros, montones de papeles y algo que parecía un joyero. Se sentía como una intrusa allí dentro. Casi como una ladrona. Daba igual que fuera la actual inquilina de la mansión: lo que había allí no le pertenecía.

Mientras meditaba sobre si seguir allí o no, oyó cómo la puerta oculta se abría de un crujido. Con el corazón en la garganta, sofocó un grito y se dio la vuelta.

En el umbral estaba Leah Chapman.

—¡Leah! Menudo susto me has dado. Entra y cierra la puerta. ¿Te ha contado William lo que encontramos?

Evitando mirarla, Leah hizo un gesto de asentimiento.

Abigail estudió su rostro.

—Pero... —empezó con cautela—... tú ya sabías dónde estaba la habitación secreta, ¿verdad?

Vio cómo respiraba profundamente antes de mirarla directamente a los ojos y responder:

—Sí. Jugaba aquí de pequeña. Mi primer padre me dijo dónde estaba y me ayudó a transformar un trastero olvidado en un escondite secreto. Que yo sepa, él y yo éramos los únicos que conocíamos su existencia.

—¿Y Mac?

Leah echó un vistazo a su alrededor.

—No supo nada hasta que se la enseñé. Nos escondimos aquí la noche en que...

Al ver que se detenía, quiso darle un pequeño empujón.

—La noche en que el ayuda de cámara regresó para informar de que habían matado a tu pad... a Robert Pembrooke.

Leah volvió a asentir y se volvió para contemplar el retrato que había al dorso de la puerta. Se quedó inmóvil, cautivada, con la boca abierta. Entonces, se acercó un poco más.

Ahora que las veía juntas, se percató de las diferencias entre ambos rostros. Aun así, el parecido era asombroso.

—Mamá... —susurró Leah.

Por primera vez tuvo la absoluta certeza de que la mujer que tenía delante y que conocía con el nombre de Leah Chapman —la hija de Mac y Kate, la hermana de William— era en realidad Eleanor Pembrooke.

Intentó pronunciar su nombre.

—Eleanor...

Leah se volvió al instante y la miró fijamente, aunque instantes después se dio cuenta de que tenía la mirada perdida.

—Hace años que nadie me llama así. No parece que alguna vez fuera mi nombre. —Se fijó en los estantes, la pequeña ventana y luego señaló la silla de tamaño infantil y los cojines del suelo—. La de horas que pasé aquí, leyendo y jugando con mis muñecas... —Cerró los ojos—. Si todos los momentos que viví en esta casa fueran tan felices...

—¿Puedes contarme qué pasó esa noche?

Leah se encogió de hombros.

—Puedo intentarlo. Solo tenía ocho años, aunque recuerdo algunas cosas con todo lujo de detalles. Otras, sin embargo, he tenido que pedirle ayuda a Mac en los últimos años para que rellene los espacios en blanco que tengo, y lo ha hecho de muy mala gana. Aun así, él podría contártelo todo mucho mejor que yo.

—Pero Mac no me lo dirá, ¿verdad?

Volvió a encogerse de hombros.

—Seguramente no. —Miró al techo, como si intentara ordenar sus pensamientos, y empezó.

—Mi padre estaba en Londres. Como mi madre había fallecido, decidió vender la casa que teníamos en la capital y se llevó a varios sirvientes para que le ayudaran a embalarlo todo. Tenía intención de cerrar Pembrooke Park durante unas semanas y dio vacaciones a otros sirvientes. Se suponía que yo lo acompañaría, pero en el último momento me resfrié.

»Mi padre pidió a Mac que fuera a por el médico y este, después de examinarme, dijo que no corría ningún peligro, pero que era mejor que no me moviera. Supliqué a mi padre que me llevara con él, pero tras la pérdida tan reciente de mi madre y el bebé por la epidemia, insistió en que me quedara en casa, ya que no quería correr ningún riesgo con mi salud. Ya era demasiado mayor para tener una niñera y mi institutriz se había marchado hacía poco, de modo que me dejó al cuidado del administrador y del ama de llaves.

»Pap... Mac reconoció después que mi resfriado fue una providencia divina, pues si hubiera estado con mi padre habría sufrido su mismo destino. En el informe oficial pusieron que lo habían matado unos ladrones, pero cuando las autoridades dieron la noticia de su muerte nosotros ya sabíamos la verdad.

Se detuvo un instante para tomar aire y continuó:

—La hermana de la señora Hayes se había puesto enferma, así que esa noche Mac y yo nos quedamos solos en la mansión: yo durmiendo en la cama y él en algún lugar del semisótano. Entonces el ayuda de cámara de mi padre regresó de forma inesperada al romper el alba.

La escena que le estaba describiendo Leah cobró vida en su cerebro como si estuviera asistiendo a una representación teatral.

La puerta se abrió como si fuera un disparo. Al oírla, la pequeña Eleanor se bajó de la cama, corrió al rellano y se agazapó detrás de la barandilla de la escalera para ver qué sucedía. El ayuda de cámara de su padre cruzó el vestíbulo con la cara lívida, casi verde. Llevaba el pañuelo de cuello y el chaleco manchados, y las botas, normalmente impecables, llenas de barro. ¿Habría venido galopando desde Londres?

Entre los barrotes vio al administrador correr hacia él con el ceño fruncido. —Por todos los santos, Walter, ¿qué pasa? ¿Dónde está el señor?

—¡Ya viene! —gritó Walter—. ¡Ya viene!

—¿Quién viene? ¿El señor?

—¡No! Su hermano. ¡El señor ha muerto! —Al ayuda de cámara se le quebró la voz—. Mira... lee esto. Lo escribió antes de... —No pudo terminar.

Mac le quitó la nota y la leyó. Se le demudó el rostro y se la metió en un bolsillo.

—Recogeré sus cosas.

—¡No! No hay tiempo. No podemos estar aquí cuando llegue. Ninguno de nosotros. Pero sobre todo ella.

—Solo necesito unos minutos... —Mac empezó a subir las escaleras.

Como no quería que la descubrieran espiando, Eleanor se marchó a toda velocidad a su dormitorio.

—Haz lo que tengas que hacer, ¡pero date prisa! —exclamó Walter.

El administrador entró en su dormitorio y se agachó frente a ella.

—Tu padre ha muerto, muchacha. Lo siento, y también siento tener que decírtelo de esta forma tan brusca, pero no podemos perder ni un minuto.

Sintió una intensa opresión en el pecho y los ojos se le llenaron de lágrimas.

—No, papá también no.

—Me temo que sí.

Walter se coló en su habitación respirando con dificultad, con los brazos extendidos como una gallina intentando proteger a sus polluelos.

—Deprisa. Tomad unas pocas cosas y salid de aquí ya.

Pero al poco de que Mac se pusiera de pie, la puerta de entrada de la planta principal volvió a abrirse de golpe.

El ayuda de cámara los miró con una expresión de absoluto terror.

—No. Ya está aquí. —Salió de la habitación muy despacio—. Escóndela. Haré lo que pueda para distraerlo. —Tragó saliva, la nuez le subió y bajó convulsivamente a lo largo de su cuello delgado.

Mac asintió muy serio.

—Eres un buen hombre, Walter. —Se volvió hacia ella—. Tenemos que escondernos, pequeña.

—¿De quién? —preguntó ella con los ojos muy abiertos.

El administrador hizo una mueca.

—De tu tío. Eres el último obstáculo que se interpone entre él y Pembrooke Park. Si nos encuentra, no dudará en matarnos a ambos.

Le dio un vuelco el corazón. Su familia... Todos muertos. ¿Ella sería la siguiente? De pronto, le entraron unas ganas enormes de vomitar. Pero al final se recompuso y alzó la barbilla, dispuesta a comportarse como a sus padres les hubiera gustado. Como la pequeña señora de la mansión, como la llamaba su padre después de la muerte de su madre.

Desde la planta principal le llegó una voz que nunca había oído.

—¡Hola! ¿Hay alguien?

Se estremeció. ¿De verdad era el tío que jamás había visto..., un hombre que no dudaría en matarla?

Solo conocía un sitio donde esconderse. Pero ¿estaría su tío al tanto de la existencia de la habitación secreta? Tal vez sí, ya que él también se había criado en Pembrooke Park.

Agarró la enorme y sudorosa mano del administrador, se acercó a la pared, presionó el pestillo invisible y abrió la puerta oculta. Al instante oyó el jadeo de sorpresa que Mac soltó a su espalda. Sin soltarlo de la mano, lo llevó dentro y cerró la puerta casi por completo. Después se quedaron juntos, escuchando a través de la rendija. Olía a polvo, a sudor y a miedo. Rezó en silencio para no estornudar y revelar su escondite. Durante unos segundos, lo único que oyó fue el sonido de la respiración de Mac en la oscuridad.

A través de la estrecha rendija podía ver su dormitorio y una parte del pasillo tenuemente iluminado por candelabros de pared. Pero no divisó a nadie más.

Volvió a oír la voz de su tío, esta vez desde las escaleras.

—Ah... Ahí estás.

—No vi... nada, señor —dijo Walter con voz tensa y un poco más aguda de lo normal. Supuse que estaría en el rellano de arriba.

—Pues yo creo que sí —manifestó el otro hombre con tono grave y amenazador.

Oyó unos pasos pesados subiendo por las escaleras de madera.

—¿A quién se lo has contado? —preguntó el hombre.

El ayuda de cámara elevó el tono en señal de protesta.

—A nadie, señor. Aquí no hay nadie a quien contárselo. La señora y su hija murieron y la casa está cerrada.

—¿Están todos muertos?

—Sí. Fallecieron el año pasado, durante el brote de tifus.

—Qué oportuno. Pero entonces... ¿por qué has venido desde Londres como alma que lleva el diablo?

Por la proximidad con la que sonaba su voz, supuso que el hombre había llegado al rellano superior y estaba al lado de Walter.

—Yo...

—¿Qué te dijo mi hermano? ¿Cuál fue su última petición? Más te vale contármelo, si valoras tu vida.

Silencio, seguido del eco de un arma amartillándose.

—Última oportunidad...

—Él... —Walter sonaba aterrorizado—. Él quería que... que... escondiera su tesoro.

—¡Ah! ¿Y dónde está ese tesoro?

—No lo sé, señor, se lo juro por mi vida. No fue capaz de decírmelo.

—Por desgracia para ti, te creo.

—¡No! —gritó Walter.

Fue un grito espantoso, seguido de un horrible martillazo de metal contra hueso. Después oyó un golpe seco, seguido de otra serie de golpes de la misma índole, como si una rama se hubiera quedado enganchada a los ejes de la rueda de un carro. Pum, pum, pum, pum. Walter debía de estar cayéndose por las escaleras. Quería salir corriendo y ayudar, pero al mismo tiempo deseaba con todas sus fuerzas permanecer oculta para siempre. Mac le apretó la mano con fuerza, como si tuviera los mismos sentimientos contradictorios.

Los pesados pasos no descendieron las escaleras, sino que accedieron a la galería. Después oyeron abrirse una puerta, luego otra, luego la de al lado de su habitación. Se sobresaltó con cada sonido, cada vez más alto, cada vez más cerca. Con las manos temblando, cerró del todo la puerta oculta y se puso a rezar. «Por favor, Dios mío, que no sepa nada de esta habitación...»

¿De verdad era capaz de matarla? ¿De matarlos a ambos? Estaba claro que el hombre que había a su lado así lo creía. Se vio invadida por una mezcla de miedo, ira e incredulidad. Solo podía hacer una cosa.

«Padre nuestro que estás en los cielos», rezó. «¡Líbranos del mal!»

Nunca le había asustado la oscuridad, pero siempre había tenido miedo a estar sola. Entonces se dio cuenta de que, si sobrevivía a esa noche, eso sería precisamente lo que pasaría.

Leah soltó un suspiro y se sentó en los cojines del suelo.

En el escenario mental de Abigail las luces se apagaron, pero supo que tardaría mucho en olvidarse de aquella horrible historia.

La hermana de William continuó con un tono más ligero.

—Al final, mi tío no nos encontró. Cuando se marchó, volvimos a entrar en mi habitación. Mac consiguió reunir algunas de mis cosas, me llevó a casa de la abuela y me ocultó allí hasta que pudo decidir qué hacer conmigo. Fue a ver al ama de llaves. Por lo visto, ella y otros sirvientes estuvieron de acuerdo en decir que había muerto con mi madre para ocultar mi identidad y protegerme de mi tío.

Otro suspiro.

—Mis padres adoptivos se han pasado toda la vida advirtiéndome de que me mantuviera alejada de Pembrooke Park. Que no revelara mi verdadero nombre e identidad a nadie. Ni siquiera a William. Y cuando todo el mundo se marchó de Pembrooke Park y quedó abandonado, tampoco pude sentirme a salvo. Mi padre siempre me recordaba que mi tío o sus descendientes podían aparecer en cualquier momento. —Hizo un gesto de negación con la cabeza—. William me dice que confíe en que Dios me protegerá eternamente, aunque su reino no sea de este mundo. Pero tengo que reconocer que es este mundo el que más me preocupa. —Logró esbozar una débil sonrisa.

Abigail tenía la cabeza tan llena de preguntas que terminó escogiendo una al azar:

—¿De dónde viene «Leah»?

—¿De dónde vienen todos los nombres cariñosos de las familias? Mi padre, mi primer padre, me llamaba Ellie, un diminutivo de Eleanor. Cuando me vine a vivir con los Chapman, el pequeño William lo redujo aún más y empezó a llamarme Lie, que al final terminó convirtiéndose en Leah. —Se encogió de hombros—. Papá creyó que era mejor que usara ese otro nombre para mantener oculta mi identidad hasta que el peligro pasara. Papá... así es como veo ahora a Mac.

—Lógico, después de tantos años...

—Sí. Mac Chapman ha asumido el papel de padre mucho más tiempo y en muchos más aspectos de lo que nunca hizo Robert Pembrooke. No me malinterpretes, quería a mi padre y a mi madre y sus muertes me dejaron desolada. Pero mi padre, como muchos caballeros, solía ausentarse a menudo. Viajaba a Londres por asuntos de negocios o por placer, o se iba a montar o a cazar. No pasaba mucho tiempo conmigo. Mac es un hombre inmejorable y ha sido un padre excelente, aunque un poco sobreprotector. Si te soy sincera, no recuerdo muy bien a mi padre. —Miró de nuevo el retrato—. Y mucho menos a mi madre. Aunque estábamos muy unidas, murió un año antes que mi padre. Es la primera vez que veo su imagen en veinte años.

—William me dijo que descubrió la verdad hace poco. Por mi parte, no te preocupes, que mis labios están sellados.

Leah asintió.

—William era muy pequeño cuando sucedió todo. Demasiado pequeño como para confiarle un secreto tan importante. Mac y Kate me enviaron a un colegio justo antes de que mi tío y su familia vinieran a vivir a Pembrooke Park, para dar más consistencia a la historia de que Eleanor había muerto durante la misma epidemia que mató a mi madre.

—Pero la lápida del cementerio lleva tu nombre.

Asintió de nuevo.

—Mi hermana recién nacida murió unos pocos días antes que mi madre. Se necesita mucho tiempo para cortar y tallar una lápida, sobre todo ese año en el que se enterró a tanta gente a causa de la epidemia. Mac dejó que la gente creyera que enterraron al bebé en la misma tumba que a mi madre, como solía hacerse en el caso de los recién nacidos. Recuerdo que mi madr... que Kate estaba en contra, pero papá insistió en que grabaran la lápida con mi nombre. Dijo que siempre podríamos reemplazarla. Rectificarla cuando el peligro pasara y pudiera reclamar mi legítimo nombre y todo lo que me corresponde como hija y heredera de Robert Pembrooke.

Abigail movió la cabeza.

—Seguro que nos odiaste por ocupar tu casa...

—¡En absoluto! Te equivocas, Abigail. Me daba mucha pena que la casa que perteneció a mi familia estuviera vacía y se fuera deteriorando poco a poco, a pesar de los esfuerzos de mi padre por conservar el tejado y evitar que los vándalos se cebasen con ella. Me encanta que hayas venido.

Y también me alegro de que hayas destapado todo esto. Era solo cuestión de tiempo que terminara explotándonos en plena cara.

Negó con la cabeza como si intentara apartar esa imagen de su mente y continuó:

—Estoy satisfecha con lo que tengo, Abigail. En serio. A veces me gustaría que mi madre no tuviera que trabajar tanto o que los Chapman pudieran vivir aquí, en Pembrooke Park, en una casa espaciosa y elegante, en vez de en una vieja casa de campo tan pequeña. Pero ellos nunca querrían venirse aquí. Y creo que a mí tampoco me gustaría, aunque fuera mía y no corriera ningún peligro. No me tengas ninguna lástima, te lo ruego. Yo no me quejo de lo que tengo. —Sonrió, mostrando unos hoyuelos encantadores en las comisuras de la boca—. No mucho, en todo caso.

—Pero seguro que hay personas que saben, o se imaginan, quién eres en realidad.

—Por supuesto. Al fin y al cabo, Mac y Kate Chapman habían anunciado el nacimiento de su primer hijo cuatro años antes. Pero cuando regresé del colegio un año después, le contaron a todo aquel que preguntó que era la hija huérfana de unos parientes del norte y que a partir de ese momento se encargarían de mí y me criarían como si fuera suya. William creció convencido de que esa historia era cierta... más o menos. No creo que mi hermano haya mentido jamás directamente sobre este asunto, aunque sí que se ha callado muchas cosas. Algunos vecinos saben que soy una Pembrooke, pero como el hombre que todos creían que había matado a mi padre se vino a vivir aquí, estuvieron de acuerdo en guardar el secreto.

»Durante todos estos años, Mac ha estado pendiente de que ningún vecino se fuera de la lengua o contara demasiado si se emborrachaba o perdía la cabeza... Gracias a Dios, sus peores temores nunca se han hecho realidad. Por lo menos hasta ahora.

Abigail pensó en la señora Hayes. ¿Sería ese el motivo de sus visitas y atenciones hacia ella?

Leah miró la puerta oculta.

—A mi padre no le va a hacer mucha gracia cuando se entere de que conoces mi verdadera identidad. Pero William y yo estamos de acuerdo en contárselo. Tiene todo el derecho del mundo a saberlo.

Abigail asintió, aunque sintió un nudo en el estómago ante la perspectiva de sufrir la ira de Mac.

—William ha ido a caballo a Hunts Hall para decírselo, si es que lo encuentra en la finca. Creo que esperaré a revisar todo lo que hay aquí hasta que me acompañe. O al menos hasta que sepa que estoy aquí contigo. —Leah soltó un suspiro de incredulidad ante la idea.

—Entiendo. —Abigail la llevó de nuevo a su dormitorio y cerró con cuidado la puerta oculta. Se dio cuenta de que ahora veía aquella estancia desde una nueva perspectiva—. Qué raro se me hace saber que esta es tu habitación...

—Fue mi habitación. Hace veinte años.

—Por eso lloraste cuando viste a Kitty jugar con la casa de muñecas. Porque era tuya.

—Si te digo la verdad, no sé muy bien por qué lloré.

Abigail movió la cabeza divertida.

—Tienes muchas y buenas razones para elegir —dijo con dulzura.

—Quizá. Pero prefiero no pensar en ellas. Ahora, ¿te importa mucho si vuelvo más tarde, después de que hable con mi padre?

—Por supuesto que no. Puedes venir cuando te plazca. Eres más que bienvenida. De hecho, esta es tu casa, tu habitación.

—Shh... Suficiente.

—Como quieras. Por ahora. —Se acercó a la mesita de noche y abrió el cajón—. Mientras tanto, tal vez te apetezca leer esto. —Le pasó el paquete de cartas y páginas de diario que había recibido de Harriet Pembrooke.

Leah las miró, y al ver que iban dirigidas a la propia Abigail, enarcó una ceja.

—Tu amiga «Jane» lleva escribiéndome unas semanas. Y estoy convencida de que le gustaría que las leyeras.

A la mañana siguiente, a primera hora, Duncan llamó a su puerta y anunció que la señorita Chapman había venido a verla. Como todavía no estaba lista del todo, Abigail abrió la puerta solo una rendija y dijo al sirviente que la hiciera subir a su dormitorio.

Unos minutos más tarde dejaba entrar a Leah y cerraba la puerta para quedarse a solas.

—Pensaba que Mac vendría contigo.

—Y viene. Llegará en cualquier momento. Decidió entrar por la puerta de servicio, pero insistió en que yo accediera por la entrada principal como hacen las damas. Seguro que se ha entretenido en la cocina con la señora Walsh.

—Creía que vendríais anoche.

—Estuvimos a punto, pero al final pensamos que una visita nocturna sería más difícil de explicar a tu familia.

—Ah.

—Espero que no hayamos venido demasiado pronto.

—No. Dame solo un minuto.

Se sentó delante del tocador y empezó a desenredar su larga melena. Como suponía que los Chapman irían temprano esa mañana y quería estar sola lo antes posible, le había dicho a Polly que no la necesitaba y que ella misma se encargaría de vestirse. Cuando terminó de peinarse se recogió el pelo en un moño alto, lo sujetó con una mano y buscó horquillas con la otra.

Leah se puso detrás de ella.

—Deja que te ayude.

La hermana de William se hizo con varias horquillas y se las colocó eficazmente alrededor del moño.

Un ligero rasguño en la puerta las puso alerta. Leah fue a abrir e hizo un gesto a Mac para que entrara. A continuación, regresó al tocador y le fijó la última horquilla.

—Se suponía que serías una dama, querida, no una doncella —dijo el hombre en voz baja y llena de pesar.

—Papá... he sido yo la que se ha ofrecido a ayudar. ¿Cuántas veces te he dicho que no me importa realizar este tipo de tareas?

Abigail se puso de pie, se tocó el pelo un tanto avergonzada y se preparó para enfrentarse a la mirada de Mac. Para su alivio, no vio ni un atisbo de enfado, solo cautela y preocupación.

—¿Cuántas salchichas de la señora Walsh te has comido? —preguntó Leah divertida.

—Solo dos.

—Ah, esta vez has sido más comedido.

—Le he dicho que la señorita Foster mencionó que tenía un problema con la puerta y que iba a echarle un vistazo. Me he encontrado con Duncan al subir y le he contado lo mismo.

Abigail asintió.

—Bien pensado.

Esperaba que, a diferencia de Miles, no sospechara nada sobre aquellas visitas.

En esta ocasión decidió cerrar la puerta de su dormitorio con llave e hizo un gesto a Leah y a Mac para que entraran en la habitación secreta en cuanto estuvieran listos. Ambos dejaron la puerta oculta entreabierta para ella, pero se quedó fuera. A pesar de la inmensa curiosidad que sentía, no quiso inmiscuirse en lo que sin duda era un asunto privado.

Durante unos minutos, la habitación secreta estuvo sumida en un profundo silencio... hasta que oyó la voz de Mac, ronca y áspera por la solemnidad del momento.

—Te pareces muchísimo a ella. Mucho más que cuando colgué el retrato aquí. Hice bien en esconderlo.

Abigail observaba la escena desde la puerta entreabierta. Sabía que no debía hacerlo, pero se vio incapaz de apartar la mirada.

—¿Lo sacaste de la habitación de mi padre y lo colgaste aquí? —preguntó Leah.

Mac asintió.

—Temía que el parecido terminara delatándote.

—Me alegro de volver a verla.

Mac miró a su hija.

—Siento haberte ocultado el retrato de tu madre. Siento que te hayan sido negadas tantas cosas que legítimamente te pertenecían.

—Lo sé, papá. —Le dio un apretón en la mano.

Ahora más tranquilo, Mac volvió a mirar el retrato.

—No sabía si Clive llegó a ver a Elizabeth Pembrooke. Los dos hermanos estuvieron distanciados durante muchos años, pero tuve miedo de que, si la conoció, se acordara de ella por su extraordinaria belleza. Por eso te mandé interna a un colegio durante un año. Para que los posibles recuerdos que tuviera de ella se disiparan. Los de Clive... y también los de nuestros vecinos.

Abigail pronunció las palabras antes de poder detenerlas.

—Fue muy valiente de su parte... ocultar a la hija de Robert Pembrooke delante de las narices de su hermano.

Mac abrió un poco más la puerta.

—¿Valiente? ¿Ocultar algo? —Negó con la cabeza con un gesto de desdén hacia sí mismo—. No lo creo. Y tampoco puedo atribuirme el mérito por la idea. Nunca se me hubiera ocurrido sacarla de Pembrooke Park, enviarla fuera y después criarla como mi propia hija en nuestra pequeña casa si no me lo hubiera pedido Robert Pembrooke.

Abigail frunció el ceño y entró en la habitación secreta.

—¿A qué se refiere?

Mac se volvió hacia las estanterías.

—La dejé aquí mismo. La nota que envió con el ayuda de cámara. Que Dios los tenga en su gloria. —Agarró una lata de cigarros del estante más bajo, sopló para quitarle el polvo y lo llevó hacia la repisa de la pequeña ventana. Allí, abrió la tapa y debajo de una pila de facturas y recibos sacó un pequeño cuaderno con el título de *Cuentas domésticas*—. La metí dentro de este cuaderno porque sabía que a Clive Pembrooke no le interesaban estos asuntos y que, aunque hubiera descubierto esta habitación, nunca lo habría abierto.

Del cuaderno extrajo un trozo de papel, lo desdobló y se lo pasó a Leah.

—La escribió tu padre justo antes de morir.

Leah la leyó con las manos temblando y los ojos llenos de lágrimas. Cuando terminó se la entregó a Abigail.

—¿Seguro que quieres que la lea? —preguntó ella.

Leah asintió y se sacó un pañuelo de la manga.

La nota estaba escrita con letra apresurada e irregular. Y sospechó que la mancha marrón oscuro de una de las esquinas era la propia sangre de Robert Pembrooke.

> *Mac: protege a Eleanor o la matará.*
> *Déjale que se quede con la casa, con todo lo que quiera, pero oculta mi tesoro.*
>
> *R. Pembrooke*

> *Ellie: te quiero más que a mi vida. Nunca lo olvides.*
>
> *Papá*

—Cómo me hubiera gustado que el señor Pembrooke identificara a su asesino —dijo Mac—. Que me hubiera dado algo que poder usar en contra de Clive en los tribunales. Cualquier prueba fiable. Aunque teniendo en cuenta lo cerca que estaba de la muerte, es un milagro que pudiera escribir tanto. Estas líneas son un testimonio de su amor por ti, querida, demuestran que eras su principal preocupación en ese momento. Fuiste lo último en lo que pensó.

Mac la miró.

—¿Le ha contado Leah lo que pasó aquella noche...?

Abigail asintió seriamente.

—Solo hasta la parte en que el tío Pembrooke se marchó y me llevaste a casa de la abuela —explicó Leah.

El señor Chapman se quedó pensativo unos segundos y procedió a ahondar en algunos detalles:

—Al final oímos un portazo y, durante un rato, la casa se sumió en un silencio sepulcral. Supuse que Clive había abandonado el escenario del crimen, así que salí sigilosamente del dormitorio de Ellie y fui a ver al pobre Walter. Como me temía, estaba muerto. Aproveché que no había nadie en la casa, recogí unas pocas pertenencias de Ellie, la saqué de la mansión y la llevé a casa de mi suegra, pensando que allí estaría más segura que en la mía en caso de que a Clive se le ocurriera buscarla.

»Después esperé y vigilé Pembrooke Park desde cierta distancia. Enseguida vi llegar una calesa conducida por el señor Brown y a Clive cabalgando a su lado en su enorme semental negro. Reconozco que me sorprendió.

»Entré en la casa minutos más tarde, con la excusa de que había visto un carruaje y quería comprobar que no había ningún problema. Me encontré al señor Brown y a Clive Pembrooke delante del cadáver de Walter Kelly. Clive era todo cortesía, preocupado y manifestando su pesar por el fatal destino de Walter. Dijo que seguramente el ayuda de cámara se había caído por las escaleras al bajar corriendo para abrir la puerta. Evidentemente, el señor Brown no pudo hacer nada por él. Estaba muerto. Había sacrificado su vida con honor, protegiendo a su joven señora.

»El médico se marchó para llamar a la funeraria. Mientras Clive y yo esperábamos a que vinieran para retirar el cadáver del pobre sirviente, Clive me contó que había venido a Pembrooke Park porque se había enterado en Londres de que su hermano había muerto a manos de unos ladrones que irrumpieron en su casa.

Mac miró a Abigail.

—¡Una sarta de mentiras! —exclamó ofuscado.

Entonces prosiguió con su relato.

—Clive dijo que había visto al caballo del ayuda de cámara en la entrada, exhausto y con espuma en el hocico, y que supuso que había venido por la misma razón que él. Me preguntó por qué había cabalgado tan deprisa, que a quién venía a contarle la noticia si se suponía que la casa estaba vacía.

»Le respondí que seguramente querría comunicárnoslo al ama de llaves y a mí. Que, al estar fuera, no se habría enterado de que la señora Walsh se había ido a cuidar a su hermana y que por supuesto el rector y toda la parroquia también querrían enterarse de la noticia, la más triste que nos llegaba tras la muerte de la señora Pembrooke.

»Clive me dijo: "Tengo entendido que no solo murió su esposa, sino también su hija". Le respondí que era cierto, que habían fallecido tras la epidemia de tifus que se llevó a tantas almas. Entonces él comentó con tono informal: "El pobre ayuda de cámara murmuró algo antes de que fuera a buscar al médico. Quizá no tenga más sentido para usted del que tuvo para mí. Dijo algo así como que su señor lo había enviado para esconder un tesoro".

Mac volvió a clavar la vista en ella.

—Le juro que esa parte de la historia es cierta. Clive me miró con esos ojos de serpiente que tenía, astutos y llenos de veneno, y me preguntó: «¿A qué cree que se refería? ¿Poseía mi hermano algún tesoro del que no tenga conocimiento?». Me encogí de hombros y le respondí de la manera más informal que pude: «Supongo que se trata de alguna joya de la familia o algo parecido, aunque no estoy muy al tanto de ese asunto. Pero no creo que este sea el momento oportuno para preocuparnos por esos detalles. No cuando acaban de morir dos hombres».

»Supongo que corrí un riesgo innecesario hablándole de esa forma. Pero así es como le habría hablado en otras circunstancias. Y tuve miedo de que, si actuaba de forma más servil o tímida, se hubiera dado cuenta de que sabía lo que había hecho.

»Debí de engañarle, porque continuó haciéndose el inocente convencido de que el único testigo en su contra —o eso creía él— estaba muerto.

Mac se volvió hacia Leah.

—De no haber sido por ti, querida, o por la súplica de tu padre de que actuara con rapidez y te escondiera y mantuviera a salvo, me estremezco de solo pensar en lo que habría hecho. Probablemente me habría enfrentado a él en ese mismo instante, lo habría acusado de matar a ambos hombres y hubiera terminado siendo su tercera víctima. —Negó con la cabeza—. Aun así, no he dejado de sentirme culpable en ningún momento. Debería haberle plantado cara, llevarlo ante los tribunales y exigir justicia en nombre de Robert Pembrooke, con pruebas o sin ellas.

—No, papá. —Leah lo consoló poniéndole una mano en el brazo—. Como te hemos dicho siempre mamá y yo, hiciste lo que te pidió Robert Pembrooke. Me protegiste. Y con ello salvaste tu propia vida y puede que también la de tu mujer y tu hijo.

—Lo sé. Pero no puedo evitar pensar que podría haber actuado de otra forma. Haber sido más inteligente. Encontrar alguna manera de asegurarte el futuro y no solo proteger tu vida.

—¿Crees que me preocupa esta casa? ¿O el dinero? —Negó con la cabeza—. No elegí pasar por todo esto, pero no me quitaste ninguna vida. Me diste una nueva. Me has dado la mejor madre, el mejor padre y los mejores hermanos y hermana que jamás hubiera deseado. Una familia cariñosa y leal. Mucho más de lo que merecía.

—Pero eres la hija de Robert Pembrooke. Te mereces algo mejor. —Mac se detuvo y miró a Abigail como si acabara de recordar que seguía allí con ellos. Entonces continuó con su relato—: Cuando el resto de los sirvientes regresaron de Londres o de sus vacaciones, les aguardaban funestas noticias. Tanto el señor como su hija habían muerto. El nuevo señor se había marchado a recoger a su familia y en algún momento se trasladarían allí para reclamar Pembrooke Park. Ahí es cuando decidí esconder el retrato, la nota, la Biblia de la familia y algunas joyas. Gracias a Dios, la ausencia de Clive nos proporcionó el tiempo necesario a la señora Hayes y a mí para ver en qué sirvientes podíamos confiar y sustituir a aquellos que no teníamos tan claro.

»El antiguo rector se mostró reacio a mentir hasta que le enseñé la nota de Robert Pembrooke, escrita de su puño y letra. Sugirió que acudiéramos a los tribunales, pero yo sabía que, sin el testimonio de Walter, no tenía pruebas suficientes. Debía obedecer a mi señor. Dejaría que Clive tomase posesión de Pembrooke Park, pero no permitiría que supiera que Eleanor seguía viva. Al final, el rector estuvo de acuerdo y anotó su «muerte» prematura en los registros parroquiales por si a Clive Pembrooke le daba por comprobarlo. Cosa que con el tiempo hizo. Clive esperó unas respetables dos semanas antes de regresar con su familia y reclamar para sí la casa de su hermano con Robert Pembrooke prácticamente recién enterrado.

»Para entonces ya habíamos enviado a Ellie a un internado en el norte, cerca de la casa de mi hermana y lo suficientemente lejos por si Clive venía a pedir información o amenazaba a alguien para que le contara la verdad. Más tarde, cuando me preguntó, le dije que mi mujer y yo teníamos dos hijos, y que uno de ellos estaba interno en un colegio.

»Lógicamente, muchos sirvientes y vecinos sabían que la niña no era nuestra, pero estaban dispuestos a guardar el secreto frente al usurpador que había matado a Robert Pembrooke. Cuando no nos quedó más remedio, dijimos que la niña era la hija de unos parientes que acababan de morir. —Se encogió de hombros—. Somos una comunidad pequeña. Lejos de las leyes y trámites de la ciudad. Muy pocos preguntaron, excepto la persona a la que estábamos decididos a no contarle nada. Su propio tío.

»De modo que sí, mientras que los más jóvenes o los nuevos feligreses no saben nada, algunos de los que llevan viviendo aquí toda la vida lo saben, o por lo menos sospechan quién es realmente Leah. Puede que los sirvientes murmuraran entre ellos sobre el destino de la señorita Eleanor, pero que yo sepa, nunca dijeron nada al señor Pembrooke. A pesar de lo cual, y como ya le he dicho, fue a comprobar por sí mismo los registros parroquiales, así que puede que sí le llegara algún rumor sobre que la niña seguía con vida. —Volvió a negar con la cabeza—. Un rumor que incluso fomentó la falsa creencia de que Eliza Smith era esa misma niña.

Abigail se preguntó si ese rumor no sería el origen de la esperanza que tenía Harriet de encontrar con vida a algún heredero de Robert Pembrooke.

—Se preguntará por qué seguí trabajando para ese hombre —siguió Mac—. Tuve miedo de que, si me marchaba, provocaría la ira de Clive y alimentaría sus sospechas. Pero lo odiaba con todas mis fuerzas, detestaba trabajar para él. No se imagina el alivio que sentí cuando él y su familia abandonaron la casa dos años después.

Mac recorrió con la mirada la habitación una vez más.

—No creo que Clive hubiera oído hablar de una habitación secreta, aunque deambulaba por toda la casa y los jardines en busca de un escondite. Sí se quedó con algo del oro y la plata de la familia que Robert mantenía a salvo cuando encontró la llave que su hermano guardaba en el escritorio. Dio a su mujer las joyas de Elizabeth Pembrooke y empezó a llevar el sello de Robert después de su funeral. No hice ningún esfuerzo por detenerle. Pero ni siquiera eso disminuyó sus ansias de más, su certeza de que en esta casa se escondía un tesoro de valor incalculable, la joya de la corona. Y en cierto sentido tenía razón. —Miró a Leah con un inmenso cariño—. Gracias a Dios, nunca te encontró. Y nunca lo hará, si está en mi poder evitarlo.

—Pero si tenía intención de regresar a Pembrooke Park o a por Eleanor, ¿no lo habría hecho ya después de todo este tiempo? —preguntó Abigail.

Los ojos de Mac brillaron fríos y despiadados.

—Puede que lo deportaran por alguna razón o lo metieran preso y todavía no haya podido volver. O tal vez haya enviado a su hijo Miles para que continúe con su búsqueda. —Movió la cabeza—. Hasta que no encuentre una prueba fehaciente de que Clive Pembrooke está muerto y enterrado no tendré la sensación de que es seguro que Leah pueda retomar su verdadero nombre y posición.

Mac se dirigió hacia un joyero que había en otro estante.

—También escondí algunas joyas de tu madre para ti, Leah. —Agachó la cabeza—. Lo siento, ese es el nombre con el que te reconozco ahora.

—No lo sientas nunca, papá. A mí me pasa igual. Y me encanta el nombre. De verdad.

—Tenía la esperanza de que solo sería temporal. Que te daría todo esto antes. Quería que tuvieras algunos recuerdos de tu familia cuando recuperaras la casa. —Abrió el joyero y tocó con uno de sus dedos curtidos por el trabajo los collares de oro y las delicadas perlas antes de entregárselas a Leah—. Todavía hay algunas joyas más en el dormitorio de tu madre. Y una tabaquera de oro y un alfiler de pañuelo con un rubí que se quedó en la habitación de tu padre cuando Clive Pembrooke y su familia abandonaron a toda prisa Pembrooke Park. Nunca entendí por qué no se llevaron más cosas con ellos. Pero escondí estas pocas cosas para ti para cuando te convirtieras en una mujer.

—Tengo casi veintinueve años, papá —dijo Leah con sus ojos color ámbar brillantes—. Creo que ese momento pasó hace mucho tiempo.

—Pero hay algo más que también deseo que tengas. —Levantó la tapa de una caja y sacó un sombrero adornado con plumas flácidas y llenas de polvo, un pequeño pájaro de tela que había perdido el pico y unas cuantas hortensias blancas.

Abigail nunca había visto un sombrero más feo en toda su vida. Miró un poco avergonzada a Leah para observar su reacción.

Leah forzó una sonrisa.

—Es muy... algo.

—No seas tan educada, pequeña. Incluso yo me doy cuenta de que no puede ser más horroroso. Lo era hace veinte años y el tiempo y el polvo no lo han hecho más bonito. —Le dio la vuelta—. Lo elegí precisamente por eso—. Sacó una pequeña caja con bisagras, dejó a un lado el sombrero y abrió la tapa, revelando un estuche forrado de terciopelo que contenía un collar de rubíes y unos pendientes a juego. Las mismas joyas que Elizabeth Pembrooke llevaba en el retrato—. Quería que los tuvieras. Otra razón más para esconder el cuadro.

—Son preciosas —jadeó Leah, acariciando las gemas de un intenso rojo. Miró a Mac con lágrimas en los ojos—. Gracias, papá.

El hombre volvió a agachar la cabeza y miró con timidez a Abigail antes de decir:

—Me gusta oír que me llamas por ese nombre, aunque supongo que ahora deberías empezar a llamarme Mac, como todo el mundo.

Leah negó con la cabeza con tal vehemencia que se le escapó una lágrima que se deslizó por la mejilla.

—Yo no soy todo el mundo. Soy tu hija. Uno de tus cuatro hijos. Y siempre lo seré.

Cuando vio los ojos empañados de lágrimas de Mac Chapman y cómo le tembló la barbilla, a Abigail se le hizo un nudo en la garganta.

Capítulo 27

E l domingo, Abigail, Louisa y sus padres fueron juntos a la iglesia. Por el camino, mientras andaban, Abigail se dio cuenta de que su madre se agarraba del brazo de su padre con las dos manos. Él inclinó la cabeza sobre la de ella y su madre se rio por algo que le dijo. Aquello la inundó de alegría. Puede que el cambio de circunstancias de su familia y la mudanza a Pembrooke Park al final resultaran beneficiosos.

Vio a Leah entrar en la iglesia con la hija de los dueños de la verdulería de una mano y la pequeña del herrero de la otra. Se acordó de las cestas que solía regalar, de cómo enseñaba a los niños a leer y a escribir, de su sosegada y humilde labor y sintió que se le llenaban los ojos de lágrimas. Se preguntó cómo sería ahora Leah... Eleanor, si hubiera crecido en Pembrooke Park, colmada de privilegios durante toda su vida. ¿Habría hecho tanto, habría servido a tantos a pesar de su educación? Tal vez sí, aunque lo dudaba. Otro beneficio; otra bendición que surgía de una mala situación. «De todo lo malo siempre se puede sacar algo bueno», había dicho William en una ocasión. «Dios es experto en eso.»

«Sí», convino Abigail. «Es cierto.»

Como siempre, Louisa disfrutó de la atención que recibió, sobre todo sentada en la primera fila. Gilbert se quedó con los Morgan al otro lado del pasillo central, al igual que Rebekah Garwood. El rector, el señor Morris, también estaba en la iglesia esa mañana y ayudó a oficiar el servicio. Lo acompañaba su sobrino, que acababa de matricularse en el colegio de la iglesia de Cristo de la universidad de Oxford y presentó al joven con manifiesto afecto y orgullo.

Después de la misa, Louisa fue directa al señor Chapman para darle las gracias por el sermón. Al ver cómo la sonreía a modo de respuesta, se le cayó el alma a los pies. Es cierto que se mostró muy educado con Abigail y con sus padres mientras le daban las gracias y cruzaban la puerta, pero no se le pasó por alto que no la miró a los ojos. «¿Por qué?» ¿Estaba intentando guardar las distancias por la presencia de Gilbert o es que ahora prefería a otra mujer? ¿Acaso temía haberle dado una impresión errónea durante su incursión en la habitación secreta... preocupado porque pudiera pensar que tenía de nuevo un interés romántico en ella, si es que alguna vez lo había tenido?

Esperó en el cementerio mientras Louisa charlaba amablemente con dos adolescentes que contemplaban boquiabiertas su belleza y su moderno atuendo. Los Morgan salieron detrás de ellas; Andrew y su padre hablaban con seriedad con William mientras la señora Morgan lo miraba con una sonrisa crispada y se mantenía apartada. Rebekah Garwood estaba a su lado, imponente con su vestido de mañana a medida y su sofisticado sombrero negro, luciendo una figura sorprendentemente buena teniendo en cuenta que había dado a luz hacía muy poco. La hermana de Andrew miró al señor Chapman con una sonrisa y le preguntó por alguno de los versículos que había citado. Él le respondió y ella le dio las gracias y le tocó un instante el brazo con la mano enguantada. Abigail estaba convencida de que había sido la única persona de todos los presentes que se percató de ese detalle.

¿O no? La señora Peterman se acercó sigilosamente a ella y miró a la pareja con desaprobación.

—Primero usted, después su hermana y ahora una viuda reciente. —Resopló y meneó la cabeza—. No se imagina lo que voy a alegrarme cuando el sobrino del señor Morris tome posesión del cargo de su tío. Seguro que pone fin a tan infames coqueteos.

—Oh, ¿y qué le hace pensar eso?

—¡Fíjese en él! —Señaló al desgarbado joven—. Ninguna muchacha lo adulará. Y no solo eso, sino que durante uno o dos años estará demasiado ocupado escribiendo sermones como Dios manda como para dedicar tiempo a las mujeres. Y para entonces las mujeres de la parroquia ya le habrán encontrado una esposa sencilla y pragmática.

—Sí —murmuró Abigail con irónica melancolía—. Las mujeres pragmáticas también suelen ser sencillas.

Cuando el último de sus feligreses se marchó, William entró en la iglesia. Unos minutos más tarde, salió con ropa de calle. Se detuvo a ayudar a un niño que se había caído y hecho un rasguño en la rodilla y lo llevó con su madre. Luego, al ver que Abigail lo estaba mirando, levantó una mano y se encaminó hacia ella.

Abigail se armó de valor, sin saber muy bien qué esperar.

—Hola, señorita Foster.

Le respondió con una inclinación de cabeza.

—Señor Chapman —dijo acto seguido.

—Mi madre me acaba de comentar que hace tiempo que no se pasa por casa. He intentado decirle que con su familia aquí ahora y... todo lo demás ha estado muy ocupada. De todos modos, me ha encomendado la misión de invitarla a visitarnos. Tal vez su hermana y usted podrían venir a tomar el té esta tarde. Quizá podría cantar para la abuela y la señorita Louisa tocar algo. Tengo entendido que es una artista excelente.

Supuso que a quien estaba deseando ver era a su hermana.

—Sí, bueno, tal vez Louisa pueda, pero yo no sé si tendré tiempo.

Él hizo un gesto de dolor.

—¿Está enfadada conmigo, señorita Foster? —preguntó vacilante.

—No.

—¿He hecho algo que la haya ofendido o disgustado?

Abigail no quería mentir, pero tampoco deseaba decirle la verdad. Además, en realidad no había hecho nada malo. El problema era suyo, no de él.

—¿Se trata de... su hermana? —preguntó con timidez al ver que ella no respondía.

Lo miró sorprendida y luego apartó la vista. Sintió cómo el rubor empezaba a teñirle las mejillas. ¿Cómo había adivinado la respuesta? ¿Acaso sus sentimientos, sus mezquinos celos, eran tan evidentes?

—¿O es por el señor Scott?

Parpadeó confusa. Creía que a él le aliviaría ver que Gilbert estaba demostrando interés en ella. Que eso podría mitigar sus remordimientos y proporcionarle la libertad necesaria para ir tras Louisa o Rebekah Garwood, como sin duda deseaba.

Justo en ese momento, Gilbert apareció a su lado.

—Hola, Abby. —Le sonrió y le tomó la mano para deslizarla bajo su brazo—. Te acompaño a casa. —Ahí fue cuando se percató de la presencia del señor Chapman—. Buen sermón, pastor. Agradable y escueto.

—Gracias. Por cierto, he visto la nueva ala de Hunts Hall. Bien hecho. Agradable y escueta.

Gilbert se sonrojó.

—Solo querían una planta; va a ser un invernadero. Pero también vamos a añadir un anexo de dos plantas en la parte de atrás y...

—El señor Chapman solo te estaba tomando el pelo, Gilbert —le interrumpió Abigail.

—Oh —dijo Gilbert de forma monótona.

—No está acostumbrado a sus bromas como yo —replicó Abigail con tono reconfortante.

El señor Chapman hizo una mueca.

—Lo siento. Me temo que es una de mis constantes debilidades. —La miró—. Pero no la única.

Esa misma noche, Abigail se sentó en una piedra grande que formaba un escalón natural a la orilla del río y metió los pies en el agua. Se puso a quitarle la corteza a un palo. La luna dominaba el cielo proyectando su brillo sobre la corriente. No corría nada de aire, ni un solo soplo de viento. El croar de las ranas y algún que otro insecto volando eran su única compañía. Era una noche estival calurosa. Demasiado calurosa. No había conseguido conciliar el sueño en su asfixiante cuarto, con sus agobiantes pensamientos y dudas sobre Gilbert y William. ¿Es que todos los hombres a los que admiraba preferían a su hermana? Quizá debería conformarse y agradecer que algún hombre estuviera interesado en ella... en cuanto Louisa dejara claro que no correspondía a sus sentimientos. Pero la sola idea la ponía enferma. ¿Estaba condenada a pasarse el resto de su vida preguntándose en cada reunión familiar si su marido miraba a Louisa con tristeza lamentando no haberse casado con ella?

Lanzó el palo río arriba, con un agradable ruido seco. ¡Cómo le hubiera gustado deshacerse de sus dudas con la misma facilidad! Pero, por supuesto, la corriente lo arrastró de nuevo hacia ella.

—¿Hola?

Contuvo la respiración al oír el inesperado saludo. Se volvió y vio a William aproximándose.

—Vaya, señor Chapman, me ha asustado.

—¿A quién más esperaba encontrar en mi rincón?

—¿Su rincón? No sabía que fuera el rincón de nadie. Lo dejaré a solas. —Se levantó como pudo y subió a la orilla.

—Señorita Foster —le dijo, deteniéndola—. Solo bromeaba. Me alegra encontrarla aquí.

Se fijó en que vestía calzas y una camisa por fuera. Y también llevaba una toalla en la mano.

—No he venido aquí con el propósito de encontrarme con usted —dijo a la defensiva—. Tan solo tenía calor y pensé que el agua me refrescaría.

—Igual que yo.

—Al fin al cabo, solo he coincidido con usted en el río en una ocasión, y de eso hace semanas. Además, no fue aquí, sino allí, debajo de un árbol... —Señaló con la cabeza unos metros más adelante e inmediatamente después se puso a buscar en el suelo—. Vaya, ¿dónde habré dejado mis zapatos?

William le puso una mano en el brazo y la detuvo.

—Señorita Foster... ¿sigue enfadada conmigo?

—No estoy enfadada.

William metió la barbilla y enarcó las cejas, mirándola con escepticismo.

—No estoy enfadada —repitió—. Pero...

—Pero ¿qué? Soy consciente de que al volver a tener al señor Scott en su vida es posible que quiera pasar menos tiempo conmigo, aunque no creo que haya necesidad de mostrarse hostil.

—No, por supuesto que no.

—Bueno —dijo, extendiendo en la orilla la toalla, que por suerte era más grande que la última que había llevado—. Siéntese y hablemos.

—Pero su baño...

—Puede esperar.

Se sentaron en la orilla, compartiendo la toalla, pero sin rozarse.

—No puede negar que ha cambiado con respecto a mí —comenzó él—. No sé si tiene algo que ver con que su hermana esté ahora aquí. O supongo que es más probable que sea por el señor Scott...

Volvió a recordar la expresión anonadada de William Chapman cuando vio a Louisa por primera vez. Y luego cuando los vio juntos en el cementerio...

—No —susurró—. No es por Gilbert. —Negó con la cabeza, incapaz de enfrentarse a su mirada. La luz de la luna revelaría demasiado. Su inseguridad. Sus celos.

—¿Entonces…?

Tragó saliva y reconoció en voz baja:

—Vi cómo miró a Louisa cuando mi madre les presentó.

Sintió que William se le quedaba mirando. Después, suspiró.

—Lo siento —dijo—. De verdad. Intenté ser tan educado con ella como me fue posible. Desde entonces he procurado no mostrar nada más en mi expresión ni en mis palabras; no revelar lo que sabía, ni cómo me sentía.

«¿Cómo se sentía? Dios mío, apiádate de mí. ¡Ayúdame a superar esto!» Se había enamorado de Louisa. Era más que un deseo o una admiración pasajeros. Albergaba sentimientos hacia ella.

—Pues fue más que obvio —dijo Abigail—. Al menos para mí.

—Espero que no para ella. No he querido decir nada. Y eso que no he dejado de preguntarme si debía hacerlo. Por el bien de su hermana. Y por el suyo. Pero temí ofenderla. Al fin y al cabo, es usted su hermana.

—Soy perfectamente consciente.

—Seguro que se pregunta cómo empezó, cómo descubrí quién era ella…

«No, en realidad no», pensó. Era muy probable que comenzara como siempre lo hacía. Con los hombres poniéndose en ridículo por Louisa.

—Tal vez recuerde que Louisa preguntó si nos habían presentado antes y comentó que le resultaba familiar… —prosiguió. Abigail asintió, tenía un vago recuerdo de aquella conversación—. Dije que no y era cierto: nunca nos presentaron formalmente. Pero sí la había visto antes.

Vaya, aquello sí que no se lo esperaba.

—¿En serio? ¿Cuándo?

—¿Se acuerda de que pasé varios días con Andrew Morgan en Londres?

Sí. Y también se acordaba de los largos, solitarios y tediosos que le parecieron esos días.

Asintió.

William continuó:

—Andrew insistió en que necesitaba tomarme un descanso después del incendio, así que lo acompañé a la ciudad, tal y como había hecho un par de veces mientras estudiamos juntos. El señor Morris accedió a ocuparse de los servicios religiosos en mi ausencia, supongo que ansioso por mostrarle a su sobrino su futuro trabajo.

»En Londres, Andrew me llevó al acontecimiento social más multitudinario y ruidoso al que jamás he asistido, que se celebró en la mansión de uno de sus ricos conocidos. Mientras estábamos allí, uno de sus amigos aristócratas hizo un comentario muy despectivo sobre cierta joven presente. Con la música y con tanto ruido en el ambiente, no llegué a oír su nombre, pero la vi perfectamente, riendo a carcajadas y flirteando a la vez con un oficial del ejército y uno de esos caballeros tan elegantes. El amigo de Andrew la señaló y dijo: «Cuidado, caballeros, puede que esa descarada parezca un ángel, pero es la mayor coqueta de todo Londres, y está tan empeñada en atrapar a un noble que hará cualquier cosa con tal de conseguirlo». La insinuación estaba más que clara.

¿Estaba hablando de Louisa? ¡Imposible! Aun así, mientras lo oía, sintió un nudo en el estómago y se puso roja de la cabeza a los pies. ¡Oh, qué vergüenza! Qué cosa más cruel y grosera y... carente de fundamento. Aunque de ser cierto... Bueno, que Dios los ayudase a todos.

—Me marché poco después, para decepción de Andrew. Confieso que no pensé demasiado en aquello, ni en la joven y tampoco recé por ella ni por su familia, tal y como debería haber hecho. Pero cuando la vi aquí, la reconocí al instante. Y cuando me enteré de que era su hermana... Bueno, me quedé mudo de asombro. Reconozco que sigo sin saber lo que dije en ese momento. Espero que algo educado y coherente. Y también espero que me perdone por repetirle una acusación tan insidiosa. Pero si Louisa se ha comportado de una forma que la haya expuesto a dichos comentarios, bien podría dañar su reputación y la suya propia, así que quizá sea mejor que lo sepa.

»Su hermana vino a mi encuentro una vez, en el cementerio, y procuré ofrecerle consejo, pero no creo que me escuchara. Supongo que debería haber acudido directamente a su padre con el relato u ofrecerle una amable advertencia. Pero no quisiera por nada del mundo provocar su ira contra Louisa o contra los hombres en cuestión. Sobre todo si esto pudiera resolverse de otra manera que causara menos perjuicio a... todo el mundo.

Abigail se quedó callada unos minutos, intentando asimilar esa nueva información y relacionarla con lo que creía que había visto. Se sentía aliviada y disgustada al mismo tiempo. Inquieta y emocionada a la vez. «¡Oh, Louisa! ¡Qué tonta has sido!» No le costaba imaginarse a su hermana comportándose como una coqueta descarada, convencida de que su encanto y belleza la hacían inmune a las reglas habituales del decoro.

William la miró preocupado e hizo una mueca.

—Vaya, no he hecho bien en contárselo. Por favor, aunque la decisión no haya sido acertada, créame que lo he hecho con buena intención.

Abigail se volvió hacia él.

—No. Claro que ha hecho bien en contármelo. Esto explica muchas cosas..., cosas que Louisa dijo sobre Andrew Morgan y su renuencia a visitar Hunts Hall; por lo visto debieron de cruzarse algunas palabras desagradables. Hablaré con ella. Tal vez no sea consciente de la magnitud de su falta de decoro. Esperemos que su reputación no haya sufrido un daño irreparable.

—Es muy probable que no se haya percatado —convino William suavemente—. A fin de cuentas, es muy joven.

—Sí. En una de sus cartas escribió que toda la atención que recibía de los caballeros se le había subido un poco a la cabeza.

—Es comprensible. Y usted no estaba allí para aconsejarla. Además de su madre, por supuesto.

—No sé si, aunque hubiera estado allí, hubiese sido una consejera eficaz. No tengo mucha experiencia a la hora de desalentar a múltiples admiradores.

Él enarcó una de sus cejas color caoba.

—¿Ah, no? Porque en este momento al menos puedo contarle tres admiradores. Y eso solo aquí, en el minúsculo Easton.

Abigail agachó la cabeza. El rubor que ahora teñía sus mejillas respondía a una razón muy diferente.

—Cuidado, pastor, no querrá que toda esta adulación se me suba a la cabeza.

—Eso jamás sucederá, Abigail Foster. Es usted una joven demasiado modesta, sensata y encantadora.

Sintió una oleada de placer y de alivio.

Pese a que la preocupación por su hermana le oprimía el pecho, sus pensamientos se centraban en un asunto mucho más dichoso. William Chapman no estaba interesado en Louisa. Y aunque pensara que su hermana era guapa, lo cual era innegable, no estaba enamorado de ella. De hecho, la consideraba una joven descarriada a la que guiar por el buen camino, no una mujer a la que cortejar, amar, o con la que casarse. «¡Gracias a Dios!», pensó Abigail, sin molestarse en reprimir la sonrisa que esbozaron sus labios.

—¿Qué le hace sonreír, señorita Foster? Me alivia saber que no está enfadada conmigo, pero ¿qué he dicho que tanto le divierte?

¿Se atrevería a contarle la verdad? ¿La respetaría menos si le revelaba lo poco que había confiado en él? Además, aquello no cambiaba el hecho de que seguía sin dote y no quería que un culto, devoto y apuesto pastor se conformase con menos de lo que se merecía.

William se enderezó y la miró desconcertado.

—Espere un momento... ¿No me diga que tenía miedo a que me hubiera quedado prendado de ella?

Abigail se encogió de hombros.

—Se me había pasado por la cabeza, sí. ¡Debería haber visto la cara que puso cuando la vio! Boqueando como un pez recién pescado, con los ojos como platos y mudo de asombro.

Él hizo un gesto de negación.

—Y yo que pensaba que había adivinado la verdad de mi consternación o que, erróneamente, había oído que yo era uno de los caballeros que hablaban mal de ella.

Abigail se sintió avergonzada al recordar sus palabras sobre lo evidente que había sido su reacción cuando su madre le presentó a Louisa. ¡Se había equivocado por completo! Había visto lo que más temía. No, lo que había esperado ver.

—Entonces eso explica por qué ha estado... digamos que más fría conmigo en los últimos días —dijo—. Temía que tuviera algo que ver con el señor Scott. Lo vi abrazarla en la biblioteca y asumí que... bueno... —Su voz se fue apagando mientras se encogía de hombros.

«El señor Scott.» Qué extraño que apenas hubiera pensando en él durante toda la conversación. No le extrañaba que Gilbert estuviera molesto con su hermana y se mostrara distante con ella si Louisa había coqueteado descaradamente con varios caballeros en cada evento de la temporada.

—Y usted ha estado creyendo todo este tiempo que yo sentía algo por su hermana. —Chasqueó la lengua y la tomó de la mano—. Mi querida Abigail, pensé que me conocía mejor.

Ella logró esbozar una sonrisa temblorosa.

—Hubo un tiempo en que también pensé que conocía a Gilbert Scott.

William la miró y se puso serio de repente.

—Creí que al fin se le había caído la venda de los ojos, al menos en lo que respecta a Louisa y a usted. Que se había llevado una decepción con su hermana y... se había enamorado de usted.

Sí, no cabía duda de que Gilbert había cambiado con ella. Pero ¿seguiría pensando lo mismo en cuanto disminuyera la ira y la decepción que sentía hacia Louisa?

—Me ha pedido permiso para cortejarme, pero no sé cómo sentirme al...

William le apretó la mano.

—Bueno, yo sí sé lo que siento...

Abigail lo miró a los ojos con creciente esperanza, pero William hizo una mueca y apartó la mirada.

—Pero por desgracia no estoy en situación de actuar conforme a ese sentimiento. —Exhaló una bocanada de aire entrecortada—. Señorita Foster, es usted tan bella, tan hermosa como su hermana..., para mí, incluso más... Tanto, que casi pierdo la cabeza. No hay nada que me apetezca más en este momento que dejarnos llevar por esta vorágine romántica. Por este encuentro casual. Por esta noche con esta esplendorosa luna. Por sus pies descalzos tan tentadores... —Logró esbozar una sonrisa, que desapareció casi tan pronto como apareció. Después, negó con la cabeza—. Pero eso sería injusto para usted. Incluso deshonroso. En este momento, apenas consigo mantenerme con mis ingresos actuales. Y con el sobrino del señor Morris al acecho, no creo que mi situación económica mejore pronto. Si es que llega a mejorar algún día. Estaría muy mal por mi parte pedirle que esperase sin que exista una clara perspectiva de tener un futuro. Sobre todo ahora que el señor Scott ha regresado a su vida... aguardando también el momento oportuno.

Las esperanzas de Abigail se vinieron abajo. Cuánto mejor para él casarse con una viuda rica como Rebekah Garwood. Y ella podría casarse con Gilbert. Así todo el mundo estaría feliz. Entonces, ¿por qué tenía tantas ganas de llorar?

William la observó detenidamente.

—Se le ve muy triste.

—¿De veras? Es... una tontería. Estoy bien. —Forzó una sonrisa, pero con eso solo consiguió que se le derramara una lágrima de cada ojo.

—Yo también estoy bien —susurró. Se acercó más a ella y le acarició la mejilla con un dedo, siguiendo el sendero de la lágrima. Luego se inclinó hacia ella y le rozó el pómulo con los labios.

Se le aceleró el corazón y se le formó tal nudo en el pecho que casi le resultó doloroso respirar. Cada partícula de su ser anhelaba extender sus brazos hacia él. Alzar el rostro. Presionar su boca contra la suya. ¿Se atrevería a hacerlo? ¿Sería esa su última oportunidad? ¿Lamentaría no hacerlo durante el resto de su vida?

Se volvió hacia él. William se quedó inmóvil a escasos centímetros de ella. Entonces levantó la mirada muy despacio y clavó la vista en sus ojos, deseando con toda su alma que él viera todo lo que sentía y no podría expresar en voz alta.

—Abigail... —susurró mientras sus ojos descendían hasta su boca.

Ella levantó una mano temblorosa y posó la palma en su rostro, rozándole el lóbulo de la oreja con el dedo. La piel por encima de su pómulo era suave y una barba incipiente nacía cerca de su mandíbula. Alzó el pulgar para acariciar el hueco sobre su boca y luego dibujó el contorno de su labio superior.

Él exhaló lo que le pareció una mezcla de suspiro y gruñido.

—William —susurró, disfrutando de la sensación de aquel nombre en su lengua.

Él clavó los ojos en ella.

—Dilo otra vez —respondió en un murmullo, con voz tensa.

—Wi...

Pero apenas acababa de pronunciar la primera sílaba cuando su boca se apretó contra la de ella. De manera firme, cálida, deliciosa. Abigail le devolvió la presión vacilante y él ladeó la cabeza para besarla con más pasión.

Se le disparó el pulso, cada nervio de su ser cobró vida. Su primer beso. No con Gilbert Scott, como siempre había soñado y esperado. Sino con William Chapman, un hombre que acababa de decirle que no podía casarse con ella.

Como si acabara de leerle el pensamiento, William interrumpió el beso y apoyó la frente sobre la de ella, recobrando el aliento.

—Señorita Foster, perdóneme. Yo...

—Shh... Lo sé.

De pronto, oyó unos pasos a lo lejos, sobre la grava. Ahogó un grito de sorpresa, temerosa de que la descubrieran a solas con un hombre y por la noche. Miró por encima del hombro de William y lo que vio la aterrorizó aún más.

Una figura con una capa larga con capucha cruzaba el camino de entrada portando un farol que llevaba la llama baja.

William se volvió para ver qué la había asustado tanto y se puso rígido al instante. A continuación, intentó incorporarse para seguir a la figura, pero ella lo agarró del brazo. No quería que se metiera en la boca del lobo, que se enfrentara a quienquiera que fuera sin un arma, por no mencionar sin zapatos ni abrigo.

La miró con curiosidad, con aire indeciso, pero al final permitió que ella lo detuviera.

—Tiene razón. No quiero exponerla a un escándalo.

Pero no era eso lo que más le preocupaba. Aunque como estaba contenta porque no hubiera corrido ningún riesgo, decidió no corregirle.

Contemplaron juntos cómo la figura desaparecía por un lateral de la mansión. ¿Adónde se dirigía? Al final, William ya no pudo contenerse más, se puso de pie y la levantó con facilidad.

—Entre a hurtadillas por la puerta principal. Yo la seguiré por la parte trasera... Quiero asegurarme de que no va a casa de mis padres.

—William, tenga cuidado.

Él le lanzó una última mirada de pesar.

—Quizá debería seguir llamándome señor Chapman —dijo con voz suave.

Sabía que no lo había dicho para herirla. Pero le dolía igualmente.

Después de detenerse el tiempo suficiente para cerciorarse de que la señorita Foster entraba en la mansión sana y salva, salió disparado en dirección a la casa de sus padres. Oyó a *Brutus* ladrar a lo lejos, lo que lo alarmó aún más. Corrió hasta la casa y encontró a su padre ya en la puerta delantera, farol en mano, regañando al perro.

—¿Qué sucede, Will? —preguntó su progenitor al verlo.

—El hombre encapuchado... —resolló él hasta recobrar el aliento—. Lo he visto venir para acá.

Su padre apretó la mandíbula.

—Toma. Sujeta el farol. Voy a por un arma.

Armados, los dos hombres registraron la zona, la casa y las dependencias anexas. Encontraron entreabierta la puerta de la cabaña del antiguo guardabosques, pero no hallaron signo alguno de que alguien estuviera merodeando cerca. Al cabo de un rato, dieron por finalizada la búsqueda y volvieron a la casa; Mac se llevó consigo munición extra y echó doble cerrojo a la leñera, donde guardaba su rifle y escopetas. Le ofreció un arma también a William, pero este la rechazó. Sin embargo, ahí y en ese momento, decidió que la próxima vez que la señorita Foster estuviera fuera haría una visita discreta a Pembrooke Park. Solo para estar seguro.

Por último, padre e hijo se separaron, aunque dudaba mucho de que alguno durmiera demasiado esa noche.

Todo aquel alboroto tuvo algo bueno: hizo que William olvidara su pesar por Abigail Foster. Al menos durante unos momentos. Antes de esa noche, prácticamente había decidido apartarse de la vida de la señorita Foster. Pero después de aquel beso... Que Dios lo ayudara, pues necesitaría de todas sus fuerzas para hacerlo. «Hágase tu voluntad. Pero por favor, Señor, ten piedad de tu enamorado siervo...»

Capítulo 28

Al día siguiente, Eliza Smith vino de visita con el semblante pálido y los ojos húmedos y rojos. Sin más preámbulos, comenzó a desabrocharse el broche con forma de «E» de su pañuelo.

—Jamás tendría que haber aceptado esto.

—¿Se lo regaló Duncan? —preguntó Abigail.

Eliza asintió.

—No lo vio como un robo. Pensó que yo tenía derecho a algún recuerdo... alguna... recompensa. —El cierre se enganchó en la muselina y ella puso todo su esfuerzo en soltarlo—. Verá, él me creyó cuando le conté quién era mi padre. Dijo que había dos broches y que nadie echaría en falta uno. Robert Pembrooke debió de encargar el juego de broches para su esposa y su hija. Pensaba que por eso mi madre me puso un nombre que empezaba por «E». Porque tal vez se lo sugirió el señor Pembrooke, como Eleanor y la pequeña Emma. Que era su tácito modo de reconocerme en privado aunque no en público. Pero no. Qué equivocada estaba.

—Al final, se quitó el broche de un tirón, llevándose consigo varias hebras de la tela. Se fijó en lo mucho que le temblaba la barbilla. —Mac me ha contado la verdad. No quería creerlo, pero sé que es un hombre honrado. Lo que pasa es que... la tía me dijo varias veces que mi padre vivió en Pembrooke Park. Que fue ahí donde mi madre lo conoció. Y es cierto. Pero no era Robert Pembrooke, sino el mayordomo. Ahora vivimos en la casa de su madre. Se la cedió a mi progenitora antes de dejar el pueblo. Antes de abandonarnos. —Tenía los ojos llenos de lágrimas.

—Siento que creciera sin un padre, Eliza. Pero ahora solo usted es dueña de su vida y puede hacer con ella lo que le plazca.

Eliza hizo un gesto de negación.

—He luchado tanto para conseguir ser alguien, para tener una cierta posición que demostrara mi supuesta herencia... ¿Y para qué? —Le entregó el broche—. Tenga.

Abigail lo aceptó.

—Pero fíjese en los frutos que ha dado su empeño. Se ha esforzado por triunfar. Se ha ocupado de las necesidades de su tía y de las suyas propias sin la ayuda de nadie. Es un auténtico logro. Un logro del que puede sentirse bien orgullosa. Algo de lo que pocas mujeres pueden presumir.

—Orgullo es lo último que siento.

—Bueno, pues yo sí me siento orgullosa de usted. Orgullosa de conocerla. Y, si me permite decirlo, es una escritora muy buena, señorita E. P. Brooks. —Eliza la miró con sorpresa y recelo—. Es alguien, Eliza. Una persona valiosa. El Señor la ha bendecido con dones, talentos y habilidades. —Abigail le dio un suave apretón en la mano—. Saque el máximo provecho de ellos.

Esa misma tarde, William Chapman se detuvo frente a su casa. Al verlo en su puerta, a Abigail se le alegró el corazón, pero su felicidad se disipó en cuanto contempló la expresión de su rostro.

—Buenas tardes, señorita Foster. —Sus ojos apagados no acompañaron a su fugaz sonrisa.

—¿Qué sucedió anoche? —susurró—. ¿Encontró a ese hombre?

Él negó con la cabeza.

—No. Ni rastro de él. Pero no he venido por eso. No habrás visto a mi padre, ¿verdad?

—No. No desde ayer. ¿Por qué?

Él se frotó la nuca.

—Salió a buscar al sabueso del señor Morgan... otra vez. Mi madre esperaba que a estas horas ya hubiera vuelto. —Soltó un suspiro—. Sin duda estará revisando algunas cercas y lindes para aprovechar al máximo su tiempo mientras está fuera.

—Parece un comportamiento típico de su padre. No es la clase de persona que se quede ociosa.

—Exacto —se rio, pero a ella le pareció que no puso mucho entusiasmo.

—Estoy segura de que no tardará en volver —le aseguró Abigail.

—Por supuesto, y yo me sentiré un estúpido por haberme preocupado.

Ella esbozó una sonrisa amable.

—A nuestro pastor le gusta mucho citar el versículo: «No temas, porque yo estoy contigo...».

—Vuestro pastor parece un hombre sabio. —Se las apañó para esbozar una sonrisa, aunque inmediatamente después se llevó la mano al abdomen—. Solo que no puedo librarme de esta sensación de que algo va mal. —Pero enseguida volvió a bromear para restarle importancia—. Esto me pasa por comer lo que yo mismo he cocinado.

Una hora más tarde, después de cenar con su familia, Abigail se acercó a la casa de los Chapman para comprobar si Mac había regresado y se encontró a William ensillando el caballo de la calesa. La caseta del perro estaba vacía y en silencio.

—¿Todavía no ha aparecido?

El pastor negó con la cabeza; todo rastro de risa o broma había desaparecido de sus ojos.

—No. Y se acerca una tormenta por el oeste. No es propio de él ausentarse tanto tiempo, no sin avisar a mi madre. Sabe que se preocupará. Al igual que los demás.

—¿Qué puedo hacer? Dígame algún lugar en el que pueda buscar.

Él la miró con escepticismo.

—¿A pie?

—Se me da bien caminar. O también puedo pedirle a Miles que lo acompañe a caballo.

William apartó el cuero del estribo y apretó la cincha.

—No hace falta que involucre al señor Pembrooke, señorita Foster. No se ofenda. Aunque tal vez podría pasarse por el pueblo y preguntar en la posada y las tiendas si alguien lo ha visto o sabe adónde se dirigía.

—Claro. ¿Y qué me dice de Hunts Hall? ¿Podría alguien de allí decirle qué dirección tomó?

—Eso espero. Tengo pensado ir allí primero. Y si allí no lo saben, que Dios me ayude.

Una ráfaga de viento le levantó el bonete. Se agarró las cintas y miró hacia el agitado cielo gris con el ceño fruncido.

—¿Cree que es prudente salir solo a caballo?

—Si Andrew está dispuesto, lo llevaré conmigo. Pero yo saldré de todos modos. Creo que la última vez que se perdió el perro mi padre lo encontró en algún lugar del Bosque Negro. Pero es una zona demasiado grande para rastrear y yo...

—¡Espere! —Abigail lo agarró del brazo en cuanto se acordó—. Esa noche yo estaba sentada a su lado mientras Mac se marchó a buscarlo. Creo que dijo algo sobre un barranco...

William se quedó inmóvil.

—¿El barranco de la Serpiente?

—¡Sí! Eso es.

William la agarró de los hombros y le dio un sonoro beso en la mejilla.

—Qué Dios la bendiga, Abigail.

«Acaba de hacerlo...» Se llevó la mano a la mejilla, como si quisiera capturar una mariposa, y lo vio alejarse a caballo.

Por si no tuviera suficiente con la pérdida de su padre, encima empezó a llover. William procuró no quejarse, pero la fría lluvia no solo no ayudaba a mejorar su estado de ánimo, sino que lo empeoró aún más. Aquello no ayudaría en su búsqueda. ¿Se encontraría bien su padre? Estaba muy inquieto. ¿Sería su propia conciencia remordiéndole por alguna razón? ¿O el Espíritu Santo lo instaba a darse prisa?

Espoleó el caballo para que galopara campo a través, pero muy pronto tuvo que detenerse delante de dos verjas para que el animal pudiera cruzarlas. Su vieja montura no estaba acostumbrada a saltar. Ni él tampoco.

Llegó al extremo sur del Bosque Negro y siguió el camino cubierto de maleza que atravesaba la foresta y que limitaba en un lado con un serpenteante riachuelo. A medida que avanzaba, el riachuelo se estrechaba y se adentraba en un barranco; la corriente ahora no era más que un mero hilillo al fondo de una pendiente escarpada y pedregosa; las sedientas raíces de pinos y robles negros se hundían en la tierra de la orilla en busca de agua.

Avanzó con cuidado a lo largo de la orilla, mirando a uno y otro lado, pero no vio ni rastro de su padre ni su habitual gorra de cuadros.

—¡Papá! —gritó—. ¡Mac!

Guardó silencio para aguzar el oído, pero no oyó nada salvo el silbido del viento y los pinos meciéndose. Un halcón chilló y voló en círculos en lo alto. Al menos no era un buitre.

En las entrañas del bosque, el cielo, de por sí plomizo por la lluviosa tarde, se oscureció todavía más; las copas del aire bloquearon la escasa luz del sol. A medida que el bosque se hacía más denso, le resultó más difícil seguir a caballo.

Estaba a punto de desmontar y continuar a pie cuando vio el caballo de su padre enfrente, con las riendas atadas a una rama. Con el corazón latiéndole a toda velocidad, apremió a su montura para que acelerara el paso.

De repente, un perro ladró y su caballo dio un paso a un lado de forma violenta. Sorprendido, William resbaló de la silla y perdió el apoyo en los estribos y la sujeción de las riendas, resbaladizas a causa de la lluvia. Cayó, se golpeó contra el suelo en pendiente y rodó hasta el barranco.

Las ramas le arañaron la cara; las rodillas y los hombros chocaron contras las piedras antes de detenerse contra un montículo de hojas y tierra, que por fortuna frenó su caída antes de que llegara al fangoso riachuelo. Durante unos segundos se quedó allí tumbado, intentando recuperar el aliento. Cuando consiguió volver a respirar hizo un inventario mental de sus miembros. No parecía haberse roto nada. Extendió el brazo y apoyó la mano sobre el montículo para incorporarse. Tocó algo duro, una piedra o una rama gruesa. Bajó la mirada y retrocedió de inmediato, apartando la mano al instante. Se trataba de un hueso humano.

Le sobresaltó otro ladrido. Antes de darse cuenta, *Brutus* se acercó dando saltos y meneando la cola y le lamió la mejilla. Mientras tanto, *Toby*, el sabueso de los Morgan, olisqueó el montículo, se tumbó y comenzó a roer algo. ¿El hueso de una pierna? Se estremeció de solo pensarlo, aunque también le alivió comprobar que lo que tenía toda la apariencia de ser un esqueleto estaba prácticamente cubierto de hojas y cieno.

—Deja eso, hombre —ordenó y se levantó con cuidado. Le dolían la rodilla y el hombro, pero dio gracias a Dios por no haber sufrido más daños.

—¿William...? —Lo llamó alguien con un hilo de voz. Era su padre.

—¡Papá! —gritó, dando media vuelta.

Entre la maleza, al otro lado del agua, se alzaba una mano embarrada. William cruzó de un salto el angosto riachuelo y se acercó a toda prisa con el corazón desbocado.

«Por favor, que esté bien...»

Su padre estaba tendido en el suelo, sin gorra, con el abrigo torcido y lleno de barro. Su cabello, normalmente peinado hacia atrás de forma impecable, caía en desorden alrededor de su lívido rostro.

—Me alegro de verte, muchacho.

—¿Qué ha pasado? —William se agachó junto a su padre—. ¿Estás herido?

Mac se apoyó en un codo al tiempo que hacía una mueca de dolor.

—Me caí por el maldito barranco mientras perseguía a ese perro. Me temo que me he torcido el tobillo. Si solo fuera eso, podría haber vuelto cojeando a casa con un palo a modo de bastón, pero creo que también me he roto una o dos costillas.

—Gracias a Dios que te he encontrado.

—Sí, yo también le doy las gracias a nuestro Señor. —Miró a los perros, que olisqueaban y tocaban con las patas el montículo al otro lado del barranco—. Quería bajar e investigar qué tenía tan ocupado a ese perro. Lo llamé sin parar, pero se negó a abandonar su hallazgo, fuera lo que fuese. Ahora *Brutus* también tiene el rastro. Supongo que se trata de algún animal, ¿verdad?

William torció el gesto.

—Me temo que no. Es un esqueleto humano.

Su padre lo miró boquiabierto.

—¿Humano?

—Sí. Me... mmm... me lo encontré al caer.

—Lo siento, muchacho. No ha tenido que ser nada agradable. Ayúdame a llegar para que pueda echar un vistazo.

—Pero, papá, tenemos que llevarte a casa. Se está haciendo de noche. A lo mejor debería ir directamente a buscar al señor Brown.

Su padre lo miró con un extraño brillo en sus ojos verdes.

—Primero deja que lo vea.

—Me da miedo que te hagas más daño si intento moverte.

—Vamos. Llevo demasiado tiempo aquí tendido. Estoy calado hasta los huesos por estar tumbado sobre la tierra.

—Oh, de acuerdo.

William lo levantó y pasó su brazo por encima de los hombros. Su padre se mordió el labio para reprimir un grito y palideció aún más.

—Apóyate en mí, papá.

Su padre logró asentir con mucho esfuerzo. A William no le pasó desapercibido el sudor que perlaba su frente y la tensión de su semblante. Era evidente que estaba sufriendo un intenso dolor. Procuró ser delicado mientras lo ayudaba a cruzar el riachuelo, soportando tanto peso como podía y disculpándose cuando tropezaba con una piedra.

—Ahí.

William señaló con la cabeza el montículo de tierra. Por un extremo sobresalía el hueso de una mano y un fémur por el otro.

—Déjame aquí. Descansaré un momento —jadeó su padre.

William obedeció. Su progenitor se sentó sobre un tronco caído.

—No me extraña que el perro volviera —comentó William—. Pobre alma, sea quien sea. Tendremos que ocuparnos de que tenga un entierro decente.

Mac asintió con solemnidad, pero entonces entrecerró los ojos y se inclinó, centrándose en algo. De pronto, hizo caso omiso del dolor o las heridas, se agachó y se arrastró como pudo a través de la escasa distancia que lo separaba del esqueleto.

—Mira eso... —Mac apartó las hojas y las agujas de pino de la zona que rodeaba la mano—. ¿Qué ves? —preguntó en un murmullo, como si no diera crédito a lo que estaban viendo sus ojos.

William se acuclilló al lado de su padre, tratando de ver lo que había captado su atención.

—Santo cielo —susurró.

La mano del esqueleto sujetaba una pistola oxidada.

—Y eso... —Mac enganchó un palo y levantó los huesos de un dedo.

—Papá, no creo que debas tocarlo.

—Mira. ¿Es que no ves lo que es esto? Dime que no me lo estoy imaginando, que no estoy loco.

William miró con atención.

—Es un anillo.

—Sí. Por Dios que lo es. Y no un anillo cualquiera. Es el sello de Robert Pembrooke. ¿Sabes lo que significa? —Antes de que William pudiera articular una respuesta, su padre lo miró con los ojos brillantes—. Significa que por fin hemos encontrado a Clive Pembrooke.

Al caer la noche, William consiguió subir a su padre a su caballo para realizar el lento y doloroso trayecto de regreso a casa. *Brutus* avanzaba de buena gana, mientras que *Toby* iba atado detrás, menos dispuesto a abandonar el barranco.

Horas más tarde, después de que el señor Brown hubiera examinado y vendado las heridas de su padre y tranquilizado a la familia, William se sentó a solas en un lado de la cama de su progenitor.

—Lo has logrado, muchacho. Has encontrado a Clive Pembrooke, lo que no ha conseguido nadie. ¿Te lo puedes creer? —Mac negó lentamente con la cabeza—. Todos estos años ha estado ahí mismo, en el barranco de la Serpiente. Y nosotros preocupados porque regresara algún día.

William contuvo las ganas de decir: «¿No te lo había dicho? Que durante todo este tiempo era una estupidez vivir con miedo y mantener a Leah en la sombra». Pero al final pidió a Dios que le ayudara a controlar su lengua. No era el momento de jactarse por tener razón.

—Pide a tu hermana que venga con nosotros. No, espera. —Su padre se mordió el labio, con expresión preocupada—. Puede que me guarde rencor. La he obligado a mantener su identidad en secreto todo este tiempo mientras su casa, su herencia, sus perspectivas de futuro se deterioraban día a día. Pero lo hice por su bien. Por su seguridad.

William soltó un suspiro.

—Sé que es así, papá. Y Leah también lo sabe.

—Y pensar que... ha estado allí todo este tiempo. Todos estos años desperdiciados...

—¿Se lo contarás a Miles Pembrooke?

Mac alzó la mirada con aire pensativo.

—Quizá sea mejor que se lo comunique un clérigo. Tú podrías proporcionarle consuelo, aunque dudo de que el muchacho tenga razones para llorar la muerte de su padre.

—De todas formas era su padre, con independencia de la clase de persona que fuera. O de lo que hiciera.

—Puede que tengas razón. Estoy seguro de que el señor Brown se lo contará. O el alguacil...

—Lo haré yo, papá. —William se levantó—. ¿Y Leah?

Mac se incorporó en la cama e hizo una mueca de dolor por las costillas que tenía vendadas.

—No eludiré mi responsabilidad. Dile que entre.

A William le vino una idea a la cabeza.

—Papá...

—¿Sí?

Dudaba incluso mencionarlo, no cuando su padre por fin estaba listo para renunciar a su férreo control sobre la vida de Leah, para dejarla que por fin viviera su vida, para que fuera quien estaba destinada a ser. Pero la idea le estaba corroyendo por dentro.

—Si Clive Pembrooke lleva muerto todos estos años, ¿a quién vi vestido con una capa verde con capucha? —preguntó con una mueca.

Después de hacer entrar a Leah para que hablase con su padre, William se pasó por Pembrooke Park sabiendo que la señorita Foster estaría despierta y preocupada. También estaba decidido a cumplir con su deber con Miles Pembrooke con tanta amabilidad como le fuera posible.

Duncan lo acompañó con aire hosco al salón, donde estaban sentados Miles y la señorita Foster.

—Traigo noticias —anunció William, sombrero en mano.

—Todos los miembros de mi familia se han retirado a dormir —señaló ella—. Miles ha esperado aquí conmigo.

Miles se puso de pie.

—Pero ahora los dejaré...

—No, quédese, señor Pembrooke —dijo William—. La noticia le afecta más a usted que a la señorita Foster.

Miles se detuvo y esperó donde estaba, aunque no volvió a tomar asiento.

—Su padre... ¿se encuentra bien? —inquirió la señorita Foster, con rostro cansado.

—Sí. Lo estará. Sufrió una caída cuando inspeccionaba el barranco. Se ha torcido el tobillo y magullado algunas costillas. Está muy dolorido, pero podría haber sido peor.

Abigail exhaló un suspiro entrecortado.

—Gracias a Dios. He estado muy preocupada.

—Por suerte, la señorita Foster recordó que mi padre mencionó el barranco de la Serpiente, así que supe dónde mirar y lo encontré antes de que pasara demasiado tiempo a la intemperie —explicó a Miles—.

El señor Brown nos ha asegurado que la recuperación será completa siempre que evitemos que se enfríe. Como puede imaginar, mi madre lo tiene bajo una montaña de colchas y mantas. Cuando salía de casa, dejé a mi padre farfullando por todo el revuelo que se ha organizado, así que sé que se pondrá bien. —Miró de nuevo a Abigail. Intentó que su expresión reflejara la profunda gratitud que sentía y que, con Miles allí presente, no podía demostrar de la forma que le hubiera gustado. Luego se volvió hacia él con seriedad—. Señor Pembrooke, me temo que mientras buscaba a mi padre he encontrado también al suyo... Sus restos, quiero decir.

—¿Qué? —bramó Miles.

William hizo una mueca. ¿Por qué no se lo había comunicado de una manera más delicada?

—En el fondo del barranco. Detesto mi falta de tacto, pero es evidente que lleva muchos años allí. Le aseguro que el señor Brown y el alguacil han retirado los... huesos con el mayor cuidado.

—Entonces, ¿cómo lo ha identificado? —preguntó Miles, con el rostro demudado—. Debe de estar equivocado. No puede saber que era él.

William se enfrentó a su mirada desafiante.

—Llevaba puesto el sello Pembrooke en un dedo.

Miles se dejó caer en la silla, lívido. Tragó saliva y luego preguntó entre balbuceos:

—¿Puede decirme cómo... cómo... murió?

—El alguacil cree que se cayó del caballo, igual que me ha pasado hoy cuando buscaba a mi padre por el escarpado barranco.

—Oh, señor Chapman —exclamó la señorita Foster—. ¿Se encuentra bien?

—Sí. Con el cuerpo y el orgullo un poco magullados, pero, por lo demás, me encuentro perfectamente.

—¿Y cómo es que usted salió ileso pero mi padre encontró la muerte supuestamente por dicha caída? —protestó Miles.

—El señor Brown cree que, o bien se rompió el cuello, o se golpeó la cabeza contra una piedra al caer del caballo.

—Pero si mi padre era un excelente jinete.

—Quizá estuviera persiguiendo a alguien a galope y no fue consciente del peligro —adujo William—. Sobre todo si cabalgaba de noche o durante una tormenta, como he hecho yo hoy.

—¿Cómo puede saber eso? No es más que una suposición. Puede que alguien le robara el sello y sufriera una caída fatal mientras huía después de cometer el delito.

—Sí, también podría ser. Pero hemos encontrado algo más además del sello.

—¿Ah, sí? —Miles pareció contener la respiración.

William asintió.

—Una pistola de chispa de doble cañón. Mi padre recuerda que Clive Pembrooke tenía un arma como esa. Por lo visto, le gustaba que pudiera disparar dos veces antes de recargarla, aunque también es cierto que dichas pistolas son muy comunes.

Miles hizo un gesto de negación.

—Quiero verlo con mis propios ojos. O jamás lo creeré.

—Mi padre y usted tienen eso en común.

Miles volvió a ponerse de pie.

—¿Dónde lo han llevado?

—La funeraria está en Caldwell.

—Iré allí directamente.

—¿Quiere que le acompañe, señor Pembrooke? —se ofreció William.

Miles se volvió, vaciló, e hizo algo que los sorprendió.

—Sí. Por favor. Si es tan amable, pastor.

—Yo me quedaré aquí —dijo la señorita Foster un poco avergonzada—. E informaré a mi familia.

—No, por supuesto que no debe ir —dijo Miles—. Una dama como usted. Ver algo tan espantoso. —Se estremeció.

—¿Se lo contará a su hermana usted mismo? —preguntó Abigail—. Puede que también quiera verlo.

—No lo sé. Lo dudo. Aunque también dudo de que si no lo ve con sus propios ojos crea que ha muerto.

—Esta semana está en Hunts Halls —dijo la señorita Foster—. Si lo desea, puedo...

—¿En serio? —la interrumpió Miles, con los ojos entrecerrados—. No sabía que se conocieran. —Se volvió hacia William—. ¿Podríamos pasar de camino? Me gustaría comunicárselo en persona.

—Por supuesto —convino William.

—Si me concede unos minutos iré a por mi sombrero y mis guantes.

William asintió.

Miles hizo una reverencia a la señorita Foster, dio media vuelta y abandonó la estancia.

—Lamento haber traído semejante noticia —dijo William cuando se quedaron a solas.

—Ha hecho bien. Ha sido muy amable al contárselo usted mismo y ofrecerse a acompañarlo en un asunto tan desagradable.

Él bajó la mirada un instante.

—Reconozco que mis motivos para venir a contárselo no han sido del todo desinteresados. Quería ver su reacción con mis propios ojos. Saber si estaba apenado o aliviado. Y si la noticia lo tomaba por sorpresa.

Abigail ladeó la cabeza.

—Pues yo lo he visto muy sorprendido. Además, ¿cómo iba a saberlo?

William se encogió de hombros.

—Si hubiera matado a su padre él mismo o hubiera sido testigo de ello. O si se encontraba entre aquellos a los que Clive Pembrooke estaba persiguiendo con esa pistola de doble cañón.

La señorita hizo un gesto de negación con la cabeza.

—Es imposible que lo matara. En aquel momento no era más que un niño. Además, por lo que le he oído decir, tanto el alguacil como el señor Brown creen que lo que le causó la muerte fue la caída.

—Solo es una suposición. Pero algo me dice que Miles sabe más sobre este asunto de lo que quiere hacernos ver.

Capítulo 29

l día siguiente, Molly encontró a Abigail en la biblioteca y le dijo que la señora Webb la estaba esperando en el vestíbulo, pero que se negaba a que la llevaran a la sala de recepción.

—Gracias, Molly.

Devolvió la pluma a su soporte y salió a toda prisa. Encontró a Harriet Webb de pie en el vestíbulo, con las manos entrelazadas, mirando a su alrededor y moviendo lentamente la cabeza.

—Me dije que jamás volvería a poner un pie en este lugar. —Abrió los brazos con cara de incredulidad y de desprecio hacia sí misma—. Pero aquí estoy...

—Venga a sentarse a la sala de recepción —ofreció Abigail con afecto.

—Si no le importa, prefiero la sala de estar.

—Por supuesto que no. —Abigail la condujo hasta la sala y le abrió la puerta—. ¿Cómo se encuentra? ¿Fue Miles a verla?

—Sí. Todavía no he dormido.

—¿Lo acompañó a... Caldwell?

—Así es. No quería, pero sabía que tenía que... pasar página. Pensé en volver a escribirle. Al final, sin embargo, he decidido venir a verla en persona.

—Me alegro. Vamos. Siéntese. ¿Le apetece una taza de té?

—No. No quiero nada. —Esbozó una sonrisa triste—. Salvo alguien que me escuche.

Abigail se sentó frente a ella.

—Con mucho gusto.

Harriet tragó saliva y alzó la vista, como si rebuscase en su memoria.

—Más o menos una semana antes de que nos marcháramos de aquí, mi madre nos dijo que empezáramos a recoger nuestras pertenencias sin armar mucho escándalo... Solo aquellas cosas que tuvieran un gran valor sentimental y tres o cuatro mudas. Nada evidente que nuestro padre pudiera notar hasta que nos hubiéramos ido. Después de que mi padre y el guardabosques se fueran a una partida de caza de varios días, mi madre se reunió con el ama de llaves. No sé exactamente qué le dijo, pero tengo entendido que le pidió que despidiera a todos los sirvientes. Seguramente tenía miedo de lo que mi padre pudiera hacerle a cualquiera lo bastante tonto como para estar cerca cuando regresara y descubriera que nos habíamos marchado.

»También le dijo a la señora Hayes que cerrara con llave el lugar después de nuestra partida. Que lo cerrara tal y como se lo encontrara; que no se demorase ni se arriesgara a estar aquí cuando mi padre volviera.

Ahí fue cuando comprendió por qué, cuando llegó por primera vez a Pembrooke Park, se encontró las estancias como si los anteriores ocupantes hubieran tenido que salir a toda prisa de la casa.

Pudo ver el profundo dolor que reflejaban los ojos de Harriet mientras continuaba:

—Planeábamos irnos al día siguiente. Mac y los criados ya se habían marchado. Solo quedaba la señora Hayes para cerrar con llave en cuanto partiéramos. Se suponía que mi padre no volvía hasta dentro de dos días. Creíamos que disponíamos de tiempo de sobra. Pero nos equivocamos. Regresó a casa antes de lo previsto... —Harriet se estremeció y negó con la cabeza muy despacio—. Mis hermanos y yo ya estábamos acostados, aunque yo sabía que no podría conciliar el sueño. Mi madre seguía abajo, recogiendo algunas cosas y tomándose un té para que le calmara los nervios. Lo que sucedió después es como un borrón... Algo parecido a una pesadilla. La puerta cerrándose de golpe. Mi padre gritando. Mi madre llorando...

Se mordió el labio.

—Oí un golpe, oí a mi madre gritar y caerse y supe que él le había pegado. Mi hermano Harold metió a Miles en mi cuarto y me dijo que cerrara la puerta con llave. Pensé en escondernos en la habitación secreta, pero en vez de eso me quedé pegada a la puerta, escuchando. Harold corrió escaleras abajo para intentar proteger a mi madre. Me sentía una cobarde ahí, sin hacer nada para ayudar. Recuerdo que pensé que mi padre mataría a mamá y a Harold y que luego subiría a por Miles y a por mí. Intenté rezar, pero me sentía tan impotente que no pude. Al final salí de mi cuarto de puntillas y le dije a Miles que esperara dentro. Tenía que ver qué estaba pasando, aunque estaba completamente aterrorizada. Miré abajo desde la barandilla de la escalera y vi a Harold y a mi padre forcejeando en el vestíbulo. Mi padre estaba estrangulando a Harold y la cara de mi hermano estaba cada vez más roja, se estaba asfixiando... Mi madre estaba tirada en el suelo, suplicando y sollozando. Harold empezó a ponerse morado. Quería hacer algo... gritar a mi padre y decirle que se detuviera..., pero estaba paralizada por el miedo.

»De pronto, oí un disparo y mi padre y Harold cayeron al suelo a la vez. Me di la vuelta y me quedé estupefacta. No podía creerme lo que veían mis ojos. Mi hermano pequeño sujetaba una pistola humeante con ambas manos: un arma que mi padre guardaba debajo de su cama por si algún intruso se colaba en la casa. Aunque la pistola no era grande, en las manos de Miles se veía enorme. Por aquel entonces solo tenía doce años. Se quedó ahí, todavía apuntando con la pistola, hasta que empezaron a temblarle los brazos primero y después el cuerpo entero.

»Mi madre se arrastró hasta mi padre y apartó el cuerpo de su marido para llegar hasta su hijo. Solo entonces descubrimos la espantosa realidad. Aunque Miles quería disparar a mi padre, la bala lo había atravesado y había alcanzado a Harold.

—¡Oh, no! —exclamó Abigail—. ¡Pobre Miles!

—Pobre Miles, sí. Quería salvar a su hermano. Pero sobre todo pobre Harold. La bala terminó en su abdomen después de atravesar el costado de mi padre. Ambos estaban vivos, pero se estaban desangrando con rapidez. Harold parecía estar muy mal. Mi padre estuvo inconsciente un rato y mi madre tomó las riendas de la situación. Fue corriendo al establo a buscar al guardabosques que había ido de caza con mi padre. Lo encontró desensillando a los caballos y le pidió que preparase el carruaje. Luego regresó a la casa y nos ordenó a Miles y a mí que bajáramos nuestras pertenencias y la maleta de Harold. A pesar de lo aterrorizados que estábamos, obedecimos al instante.

»El guardabosques entró en casa. Miró a Harold y el rostro maltrecho de mi madre y se ofreció a ayudarnos a escapar. No sabía si debíamos confiar en él. Después de todo, era un empleado de mi padre. Pero mi madre debió de pensar que no teníamos alternativa y aceptó agradecida. El hombre la ayudó a llevar a Harold al carruaje y hasta se ofreció a conducirlo.

Habíamos planeado alquilar caballos y un postillón, pero no había tiempo para realizar dichas diligencias. Dejamos a mi padre allí, en el suelo, sin saber si viviría o moriría. Pero mi madre estaba decidida a llevar a Harold a un médico en cuanto estuviéramos lejos y a salvo.»

Harriet volvió a mover la cabeza despacio, con la mirada perdida en el recuerdo.

—Los primeros kilómetros fueron una auténtica tortura, pues el pobre Harold gritaba en cada bache y con cada curva. —Se le quebró la voz—. Pero luego se quedó callado y eso fue aún peor.

El dolor que transmitía la voz de Harriet hizo que se le llenaran los ojos de lágrimas, aunque se fijó en que los de ella permanecieron estoicamente secos.

—Entonces, el guardabosques nos gritó desde el pescante: «¡Un jinete! ¡Galopando a toda prisa!»

»Mi madre gritó y sujetó a Harold mientras el conductor azuzaba a los caballos para ir más rápido, restallando el látigo y vociferando. Me recordé a mí misma que el caballo de mi padre estaría cansado porque acababa de regresar de la partida de caza. Al menos, eso esperaba. Recuerdo que, a diferencia de cuando estaba sobre la barandilla, me puse a rezar. «Por favor, permite que escapemos. No dejes que nos atrape.»

»Pero el guardabosques gritó que nos estaba dando alcance. Pensé que era demasiado esperar para una oración. Agucé el oído y capté el sonido de los cascos. Sin embargo, un minuto después, dejé de oírlos. Puede que, presa del miedo, me imaginara que estaba así de cerca. O tal vez solo se tratara de un trueno.

—O quizá Dios al final respondió a su plegaria —sugirió Abigail.

Harriet se encogió de hombros.

—De ser así, ¿por qué no respondió a mi plegaria para que salvara a Harold?

—No lo sé. ¿Él... murió en el carruaje?

Harriet asintió.

—Exhaló su último aliento cuando cruzábamos el puente hacia Bristol. Paramos para enterrarlo allí. Tuve miedo de que aquello proporcionara el tiempo necesario a mi padre para cambiar de caballo y alcanzarnos. Para matarnos a todos. Pero el guardabosques escoltó a mi madre a una cantina de dudosa reputación y salió un cuarto de hora más tarde... Sin la alianza de casada en el dedo, pero con una pistola en la mano.

»"Que venga", dijo con seriedad. Y supe que no vacilaría en usar el arma si fuera necesario. —Harriet hizo una pausa para ordenar sus pensamientos—. Miles se mantuvo callado e impávido durante todo el viaje. Mi madre, sumida en su dolor, prácticamente no le hizo caso. Puede que con su silencio, con su olvido de absolver a Miles de la culpa, él sintiera que lo hacía responsable de la muerte de nuestro hermano. Intenté decirle que no era culpa suya, pero no creo que me escuchara. Más tarde, cuando el extraño comportamiento de Miles continuó, mi madre intentó hablar con él, pero para entonces la huella era muy profunda y no pareció servir de nada. —Harriet frunció el ceño antes de sacudir la cabeza para dejar de pensar en aquello—. El guardabosques tenía esposa y un hijo en Ham Green, no lejos de Caldwell, por lo que no podía ausentarse demasiado. Así que lo dejamos en una parada de postas con dinero suficiente para que regresara a su casa, rezando para que mi padre no se enterara de su ausencia antes de que pudiera reunirse con su familia sano y salvo. Además, si le preguntaban, podía decir sin mentir que habíamos continuado sin él y que no sabía adónde nos dirigíamos. Estoy convencida de que mi madre tampoco lo sabía. Antes de marcharse, el hombre enseñó a Miles a manejar las riendas y mi hermano fue el que condujo hasta que llegamos al siguiente pueblo y encontramos un postillón al que contratar.

»Continuamos moviéndonos durante días. Quedándonos una sola noche en cada lugar, hasta que el dinero que mi madre había estado guardando empezó a escasear. Cada día leía los periódicos que lograba encontrar en los cafés o cubos de basura o los compraba si no podía conseguirlos de otro modo. Pero jamás leímos nada que mencionara a mi padre. Sabíamos que si moría informarían de la noticia. Así que asumimos que seguía con vida, seguramente en Pembrooke Park.

»Transcurrido un tiempo, mi madre escribió por fin una carta al guardabosques, usando el apellido de Thomas, en la que le pedía noticias de «su patrón» y le indicaba que remitiera su respuesta a una dirección de una posada en Gales.

»Todavía tengo su respuesta —dijo Harriet, abriendo su retículo—. Pensé en enviársela antes a usted, pero no creí que le sirviera de mucho. —Extrajo una carta del bolso—. Tome.

La amarillenta misiva iba dirigida a H. J. Thomas, en Bell, Newport, Gales.

A quien pueda interesar:

He recibido su solicitud y solo puedo decirle que, hoy por hoy, mi empleo se encuentra en una situación bastante precaria.

La propiedad donde he estado trabajando está cerrada a cal y canto. Abandonada a todas luces. No he tenido noticias de mi patrón. Y nadie que conozca ha visto o sabido de ningún miembro de su familia. Se da por hecho que se han marchado juntos por algún motivo. El carruaje ha desaparecido, así como el caballo de mi patrón. No obstante, el caballo regresó sin jinete unos días más tarde y me he tomado la libertad de venderlo como pago por los salarios que se me adeudaban. Confío en que la señora estaría de acuerdo.

En cualquier caso, actualmente estimo prematuro prever un retorno a la situación anterior. Tal vez sea conveniente que, por ahora, todas las partes permanezcan donde se encuentren.

Espero que esto satisfaga su consulta.

Atentamente,
JD, Ham Green, Caldwell

Abigail levantó la mirada.

—Está escrita en una especie de código, ¿verdad? Por si acaso interceptaban la carta.

—Sí. El guardabosques era más inteligente de lo que pensaba. Al fin y al cabo, sabía de lo que era capaz mi padre y tenía que pensar en su esposa y en su hijo. Y como el destino de mi padre era incierto, nos escribió básicamente para decirnos que nos quedáramos donde estábamos. —Soltó un suspiro—. Confieso que pensé, incluso tuve la esperanza de que mi padre estuviera muerto. Mi madre, sin embargo... —Negó con la cabeza—. No estaba dispuesta a correr el riesgo. Temía que estuviera en alguna parte tramando su venganza y esperando el momento oportuno para llevarla a cabo. Así que nos quedamos en Gales, usando el apellido Thomas y rezando para que no nos encontrara. Miles fue el único que conservó el apellido Pembrooke. Pero nos dejó para irse a la Marina cuando aún era muy joven. Estuvimos años sin verlo.

—¿Y qué piensa ahora? —preguntó Abigail con suavidad—. ¿Cree que es su padre a quien encontró el señor Chapman en el barranco?

Harriet asintió.

—Creo que es él. El sello. La pistola. El lugar donde ha sido hallado... Aunque tiene que recordar que llevo mucho tiempo deseando que estuviera muerto.

—¿Y Miles?

Harriet vaciló.

—No ha reaccionado con el alivio que esperaba. Se mostró... raro. Tenía lágrimas en los ojos mientras farfullaba algo muy irrespetuoso al cadáver... No es que lo culpe, pero reconozco que me ha preocupado bastante su reacción.

—¿Tan sorprendente es que se sienta dividido por dentro? —preguntó—. Era un niño cuando disparó a su padre y es muy probable que todavía desee que él lo perdone, quiera y valore... —Se dio cuenta que estaba parloteando y tragó saliva—. Después de todo no puede saber si fue su disparo el que terminó con la vida de su progenitor, o el caballo exhausto, o el barranco... o todo a la vez.

—Le dije una y mil veces que no tenía que sentirse culpable.

—Oír las palabras y sentirse perdonado son dos cosas bien distintas. —Abigail lo sabía por experiencia propia.

—Sí, tiene razón. Por eso sentí la necesidad de hacer algo, de enmendar.

—Y lo ha hecho, pero recuerde que Dios es misericordioso y que usted no es responsable de los pecados de su padre.

Harriet logró esbozar una sonrisa carente de humor alguno.

—El Antiguo Testamento dice lo contrario, señorita Foster. Debería leer el libro de los Números...

—¿Números, 14, quizá? —dijo Abigail, nombrando uno de los versículos a los que hacía referencia la Biblia en miniatura.

—¡Ah! ¡Encontró una de mis pistas! No se imagina lo mucho que me satisface. ¿Encontró también el de Caín y Abel?

Abigail asintió.

—Los escribí mientras estábamos haciendo el equipaje para marcharnos. Mi pequeña aportación para que se supiera la verdad... y cómo me sentía al respecto. —Esbozó una sonrisa, pero acto seguido se puso seria—. He pensado en lo que me dijo, señorita Foster. Y continuaré pensando en sus palabras.

Abigail se quedó pensativa un instante. ¿No había dicho Duncan algo sobre el guardabosques? ¿Que había muerto?

—¿Volvió a saber algo del guardabosques?

Harriet negó con la cabeza.

—No. Pero hace poco pregunté al abogado del señor Morgan si tenía alguna noticia sobre el antiguo guardabosques de Pembrooke Park. Me dijo que el hombre murió el año pasado, pero que su esposa e hijo aún vivían.

Un presentimiento le puso los pelos de punta.

—¿Cómo se llamaba? —preguntó Abigail.

Harriet se la quedó mirando un momento.

—James Duncan —respondió al cabo de unos segundos.

Después de que Harriet se marchara, Abigail fue a buscar a Duncan y miró en los lugares que este solía frecuentar. No estaba en su cuarto ni en la sala del servicio. Entró en el pañol de lámparas y tampoco lo encontró.

Vio algo por el rabillo del ojo y se dio la vuelta. En un rincón, sobre un taburete, había una pila de tela verde descolorida. Se acercó con el ceño fruncido y agarró con dos dedos una esquina del apolillado y mohoso material. Se quedó de piedra, con los nervios a flor de piel. ¿No era esa la capa con capucha que llevaba puesta la figura a la que había visto merodeando por allí? Había algo duro dentro de la tela. Extendió la capa y la palpó hasta que encontró un bolsillo interior. Dentro halló una vieja lámpara de bronce.

Oyó unos pasos acercarse por el pasillo. Dejó inmediatamente su hallazgo y se dio la vuelta, sintiéndose absurdamente culpable.

La señora Walsh se detuvo en el umbral al verla.

—Oh, hola, señorita. ¿Dónde está Duncan?

—Eso es lo que quiero saber.

Abigail preguntó también a Polly y a Molly, pero ninguna lo había visto en todo el día.

Fue a buscar a Miles, pero tampoco estaba en su dormitorio, ni en la biblioteca o el salón. Por último fue a los establos y allí vio a Miles, sentado en la paja de uno de los compartimentos vacíos. Llevaba la camisa remangada, tenía los antebrazos apoyados en las rodillas, iba despeinado y con el pelo lleno de trozos de paja. Parecía tener doce años de nuevo.

—Miles... —dijo, aliviada al encontrarlo, aunque preocupada por su estado.

La miró. Sus ojos torturados le recordaron a la descripción de Harriet de la pequeña niña que miraba hacia su ventana con los ojos atormentados. Una niña cuyo padre también había muerto de forma violenta.

—¿Qué hace aquí solo? —preguntó con amabilidad—. Me tenía preocupada.

—¿En serio? Querida prima Abigail... —Dio unas palmaditas al heno que tenía al lado.

Abigail se sentó, sin importarle el estado en que pudiera quedar su falda.

—Harriet acaba de irse.

—¿Se lo ha contado? —inquirió en voz queda, sin mirarla a los ojos—. ¿Todo... todo?

—Sí, eso creo.

Él asintió. Parecía aliviado. Lo vio clavar la mirada en la pared del compartimento.

—Harold era una buena persona —dijo—. Aunque a primera vista nadie se lo habría imaginado. Casi siempre estaba de mal humor y era taciturno. Pero se enfrentó a mi padre, se interponía entre él y mi madre, o entre él y yo, una y otra vez. A cambio, siempre terminaba lleno de moratones. Y yo... lo maté. —Le temblaba la barbilla—. Era un buen hombre. Apenas recién salido de la infancia. Y lo maté. Es imperdonable.

—No fue culpa suya, Miles. Estaba intentando salvarle. Usted solo era un muchacho inocente.

Él negó con la cabeza.

—No me haga parecer tan inocente, señorita Foster. Me conozco demasiado bien. No soy ningún inocente. Pretendía matar a mi padre. —Le temblaba la voz—. Y vine aquí con la intención de llevarme todo lo que pudiera... hasta que los conocí a usted y a su bondadoso padre. —Volvió a negar con la cabeza—. No. No intente convertirme en un inocente.

A Abigail se le encogió el corazón.

—No podría, Miles. Solo el Señor puede convertir en inocente a un hombre culpable. Eso fue lo que hizo cuando murió como un criminal en la cruz. —Tomó su mano—. Dios le ama, Miles. Pídale que le perdone y Él lo hará de una vez por todas.

Miles continuó mirando al frente con la vista perdida y asintió con aire ausente. Se quedaron en silencio durante varios minutos, agarrados de la mano.

Después Miles se sacó un pañuelo del bolsillo y se secó los ojos y la nariz.

—Bueno, ahora que hemos encontrado su cadáver, por lo menos resolveremos el asunto de la herencia.

Abigail vaciló.

—En realidad...

Miles la miró.

—¿Qué?

Se mordió el labio. No era quién para revelar ese secreto. Además, tampoco sabía lo mucho que podría afectarle si se enteraba de que al final ni él ni su hermana eran los legítimos herederos de Pembrooke Park y sus tesoros.

En lugar de eso volvió a apretarle la mano.

—Nada, simplemente me alegro de que esté bien —repuso.

Abigail y Leah atravesaron la arboleda que separaba la casa de los Chapman de Pembrooke Park. Abigail le había contado lo que Harriet le había confesado y cómo habían reaccionado Miles y ella ante la noticia de que habían hallado los restos de su padre. Leah se había tomado la noticia con calma; aliviada, pero sin prisas por revelar su identidad al mundo. De hecho, por el momento había decidido dejar el collar de rubíes y la mayoría de recuerdos dentro de la habitación secreta y no tocar nada.

—Demos tiempo a Harriet y a Miles para que asimilen el destino de su padre antes de confesarles lo mío —dijo.

De pronto, vio a alguien a lo lejos, entre los árboles, y se detuvo en seco. Duncan estaba sentado en el umbral de la vieja cabaña del guardabosques.

—Ahí está Duncan. Quiero preguntarle por su padre.

Leah se quedó rezagada.

—Ahora mismo no me apetece hablar con él —susurró—. Sé que le he hecho daño, pero sigue intentando hacerme sentir culpable por rechazarlo.

Abigail le lanzó una mirada llena de comprensión.

—Entonces espera aquí.

Leah asintió aliviada.

Se dirigió hacia la puerta abierta de la cabaña. Duncan estaba sentado en una silla de madera que tenía apoyada sobre las patas traseras, fumándose con tranquilidad un puro y bebiendo de una botella de coñac... El coñac de su padre, supuso.

—No sabía que hubiera alguien que todavía siguiera viniendo por aquí —comenzó ella con tono informal para intentar conseguir que bajara la guardia—. Es la antigua cabaña del guardabosques, ¿verdad?

Él asintió.

—Vengo aquí de vez en cuando para pensar.

—Ah —afirmó—. Tengo entendido que su padre era el guardabosques de Clive Pembrooke.

—Así es, y también el de su hermano Robert. —El hombre echó un vistazo a la polvorienta estancia con su bajo techo de vigas—. Mi padre vivió en este tugurio cuando era joven, antes de que se casara con mi madre y me tuvieran a mí.

—¿Creció usted en Ham Green?

—Así es —dijo con orgullo—. En una casa mucho mejor que esta. Mi padre se ganaba bien la vida como guardabosques y se suponía que yo heredaría su casa algún día, pero he aprendido que la vida puede ser muy injusta.

—Y yo me he enterado hace poco del buen servicio que su padre prestó a la señora Pembrooke y a sus hijos.

—¿Se refiere a que los ayudó a escapar de su esposo? No creo que el señor Pembrooke opinara lo mismo.

—¿Qué le contó su padre sobre Clive Pembrooke?

Duncan dejó la botella y cruzó los brazos sobre el pecho.

—No mucho.

—¿Le habló de su empeño por encontrar un tesoro que creía que estaba escondido en la casa?

Él se encogió de hombros.

—Todo el mundo conoce esa historia.

—¿Por eso está aquí? ¿Hacer pequeñas reparaciones, echar una mano llevando cosas de un lado a otro y limpiar un poco es el pequeño precio que tiene que pagar por acceder a Pembrooke Park?

—Se equivoca, es a mí a quien pagan —replicó él, esbozando una sonrisa descarada.

—Recibir un salario por buscar un tesoro. No está mal... si es que lo encuentra.

—Existen varias formas de dar con un tesoro —replicó filosóficamente, antes de darle una calada al puro y observar cómo se elevaba el humo—. Si una puerta se te cierra en las narices, prueba con otra.

«Ah», pensó Abigail. Le gustaba hablar con acertijos, como a su padre el guardabosques.

—¿Como la puerta que Mac Chapman le cerró en las narices?

La miró enfurecido.

—Es posible.

—¿Llegó a sentir algo por Leah Chapman? ¿O ha estado cortejando a Eliza todo el tiempo?

Él alzó la barbilla.

—Sí, la admiraba. Pero ella no me aceptó. No me importa confesarle que me sentí hundido durante semanas. Por eso mi padre decidió contarme por fin... quién era ella en realidad. Creyó que eso me aliviaría. No me había rechazado Leah Chapman, la humilde hija de un administrador. Me había rechazado Eleanor Pembrooke, la heredera de Pembrooke Park —dijo con sorna—. Aunque aquello tampoco me hizo sentir mejor. Todo lo contrario. La admiraba antes de saberlo, pero no me avergüenza reconocer que aquello le añadió más atractivo. De hecho, la deseé más que nunca. Por no hablar de la vida que podría haber tenido si los prejuicios no la hubieran cegado. Sé que Mac la influenció. De no ser por él, puede que me hubiera aceptado. Mac Chapman, siempre tan orgulloso de su relación con los Pembrooke. —Hizo un gesto de negación con una mueca amarga—. Así que me envió a paseo. Y el joven pastor apoyó a su padre en mi contra.

—Y por eso se le ocurrió buscar otra «conexión» con los Pembrooke a través de Eliza... ¿verdad?

Él volvió a hacer una mueca.

—Lo de Eliza no tiene nada que ver. Aunque Robert Pembrooke fuera su padre, una hija ilegítima no tiene derecho a nada a menos que él la reconociera en su testamento. Lo que, por supuesto, no hizo.

—Entonces decidió trabajar aquí.

Duncan se encogió de hombros.

—¿Por qué no? Quise trabajar aquí desde que era un muchacho, aunque como guardabosques independiente, con mi propio alojamiento, no como un esclavo confinado en una casucha como esta. Pero todo se fue al traste cuando cerraron Pembrooke Park a cal y canto, así que he tenido que sacarle el mejor provecho a mis circunstancias. Ahora que mi padre ya no está, tengo que mantener a mi madre. Como ya sabe, mi progenitor trabajó para Clive Pembrooke y tuvo una relación más o menos estrecha con él. Me contó que el hombre estaba convencido de que había un tesoro de considerable valor escondido por aquí. Mi padre se lo creyó a medias. Igual que yo.

—¿Y qué es lo que ha encontrado hasta ahora en sus incursiones nocturnas? Aparte del broche que le regaló a Eliza.

—Bueno, no me crucifique con la mirada —dijo Duncan—. Eso no fue más que una fruslería. Como si usted no estuviera buscando por su cuenta, ¿verdad, señorita? ¿Sabe? No estoy ciego. —Al no recibir respuesta, esbozó una sonrisa engreída y le dio otra calada al puro—. De modo que sí. Creo que los Chapman no me han tratado precisamente bien —prosiguió—. Me vi despojado por segunda vez del que podría haber sido mi destino. Si supiera lo irritante que es cargar con sus cosas y llevarlos de un lado a otro, cuando podría haber sido el señor de la propiedad, con Eleanor como mi esposa...

Durante un instante, su mirada se suavizó, pero enseguida volvió a endurecerse.

—Así que supuse que si encontraba el tesoro mientras realizaba mi trabajo... bueno... al fin y al cabo me lo merecía, ¿no cree? Sería como una pequeña recompensa por mi corazón roto.

Leah apareció de repente y se puso a su lado. Al verla, Duncan apoyó la silla de golpe sobre las cuatro patas.

—Mi padre le recomendó para este puesto porque siempre tuvo la sensación de que le debía algo, aunque le preocupaba su carácter y contratarle iba en contra de su buen juicio —intervino Leah—. Se sentía mal por desilusionarlo en lo que a mí respectaba, pero también lo hizo por respeto a su padre, al que tenía en muy alta estima. Tenía la esperanza de que esta vez usted seguiría sus pasos. Se convertiría en el hombre honrado y trabajador que fue Jim Duncan. —Las fosas nasales del sirviente se dilataron por la indignación que debía de estar experimentando—: No lo rechacé porque estuviera por debajo de mi posición social. Lo rechacé porque es un holgazán, un ser miserable y codicioso.

Él hizo otra mueca feroz.

—¿Y se supone que eso me tiene que hacer sentir mejor?

Leah hizo un gesto de negación.

—No. Es la verdad. Se supone que tiene que animarlo a convertirse en mejor persona.

Después de aquello, Abigail acompañó a Leah a casa y dejó a un molesto Duncan en la cabaña. Luego regresó a Pembrooke Park y volvió al semisótano, pues deseaba tener la capa a mano la próxima vez que se enfrentara a Duncan. Incluso contempló la idea de entregársela a Mac y dejar que él le hiciera las preguntas pertinentes en cuanto se recuperara de sus heridas.

Pero cuando llegó al pañol de lámparas, la capa había desaparecido.

A la semana siguiente, Abigail estaba sentada con su familia en la sala de recepción. Louisa y ella jugaban una partida de damas sin demasiado entusiasmo mientras su madre bordaba un cojín y su padre leía el correo.

De pronto, su padre farfulló una maldición y dejó de mala manera la carta que había recibido del tío Vincent.

—¡De ninguna manera!

—¿Qué sucede ahora, querido? —preguntó su madre con su bello rostro preocupado.

—Tu hermano me pide que vaya a Londres de nuevo, lo antes posible. Según parece, por algo relacionado con otra inversión. Que Dios me ayude, pero si intenta...

—Tranquilo, querido. Estoy segura de que ha aprendido la lección.

—¿Tú crees? Pues eres la única. Espero que esto no tenga que ver con más repercusiones de la última debacle...

A Abigail se le hizo un nudo en el estómago.

Agitado, su padre se frotó el rostro con la mano.

—Supongo que debo ir. Dice que es importante.

—¿Por qué no vamos todos? —sugirió su madre—. Solo serán unos días, ¿verdad?

—¡Sí, hagámoslo! —intervino Louisa—. Echo mucho de menos Londres y me gustaría ver a todos mis amigos.

—Si no os importa, prefiero quedarme —señaló ella—. Hay muchas cosas que hacer por aquí y no quiero irme.

—¿Muchas cosas que hacer por aquí? —repitió Louisa—. ¿En este lugar perdido de la mano de Dios? Llevas demasiado tiempo en el campo, Abigail.

Pero sus padres enseguida accedieron a sus deseos. Además, también se dieron cuenta de que sería una grosería dejar solo a su invitado y puede que hasta imprudente abandonar la casa.

Esa noche, Louisa se la llevó a un lado.

—¿Seguro que quieres quedarte aquí sola? Con Miles, quiero decir.

—Gracias por preocuparte por mí, pero estaré bien —repuso ella.

O eso esperaba. Al fin y al cabo, no tenía nada que él quisiera. Ningún tesoro.

Dos días más tarde, volvió a despedirse de sus padres y de Louisa.

No mucho después de que se hubieran marchado, vio a Mac cruzando el puente a lomos de su caballo con *Brutus* corriendo a su lado. Supuso que regresaba a su casa desde Hunts Hall; le sorprendió que hubiera retomado sus tareas tan rápido tras sus recientes heridas. Lo saludó con la mano y atravesó el camino de entrada a toda prisa para encontrarse con él.

—¿Puedo hablar un momento con usted? —preguntó.

Él se detuvo y, haciendo caso omiso de sus protestas, desmontó.

—Sí. ¿Le importa que paseemos mientras lo hacemos? Necesito estirar mis agarrotadas piernas.

—En absoluto —contestó—. ¿Seguro que es aconsejable que ande con ese tobillo?

—Solo es una torcedura —insistió—. Lo llevo bien vendado. —Se hizo con la gruesa rama que iba atada a la silla y la usó para apoyarse en ella mientras caminaba hacia su casa y guiaba al caballo sujeto de las riendas.

Abigail caminó a su lado. Quería hablar con él sobre Duncan, pero antes lo puso al corriente de la marcha de su familia y de su decisión de quedarse mientras ellos visitaban Londres durante unos días.

Mac la miró con un extraño brillo en los ojos.

—Quizá sea hora de que aprenda a disparar una pistola, señorita Foster. Si le parece bien, puedo enseñarle yo mismo.

A Abigail le sorprendió el ofrecimiento y lo que eso implicaba.

Cuando llegaron al claro miró hacia la casa. Mac contuvo el aliento y se puso tenso. Miles estaba sentado en el banco del pequeño jardín delantero limpiando una pistola con un trapo. Supuso que era una de las pistolas de Mac, ya que lo había visto engrasar su colección en la leñera de al lado con anterioridad.

—No tengo por costumbre encontrarme con desconocidos en la puerta... y menos aún usando mis armas —dijo Mac en voz alta.

—Entonces no debería dejarlas donde cualquiera pueda encontrarlas —repuso Miles como si tal cosa.

¿De verdad se estaba mostrando tan amable como pretendía? ¿O acababa de lanzar una sutil amenaza? No lo tuvo muy claro.

Mac dejó el caballo y entró por la puerta.

—Me llamaron mientras la estaba limpiando y la dejé desmontada de forma segura —explicó a la defensiva.

—Eso imaginaba. Aunque no se tarda nada en volver a montarla. Tal vez no un novato. Pero al final, la Marina me enseñó algo útil. —Ladeó la cabeza y observó con interés la gruesa rama en la que se apoyaba Mac—. Por lo visto he instaurado una nueva moda por la zona. —Esbozó una sonrisa engreída—. Buen bastón.

Mac irguió los hombros.

—¿A qué debo el honor de esta visita a mi humilde morada, señor Pembrooke?

—Cierto. —Miles miró a su alrededor—. Es mi primera visita. Vaya un descuido por mi parte... Oh, no, espere; nunca he sido invitado.

—¿Entonces se trata de una visita social?

—Si lo prefiere.

El rostro de Mac reflejaba lo irritado que estaba.

—¿Qué quiere, Miles?

Miles lo miró con atención.

—Mac, sé que Robert Pembrooke confiaba en usted.

—Así es —repuso el señor Chapman, mirándolo con recelo—. Lo hacía. Y bien orgulloso que estoy de ello. Robert Pembrooke fue el mejor de los hombres.

—Tendré que aceptar su palabra —adujo Miles con una fría sonrisa—. Aunque mi padre lo derrotó al final.

Mac frunció el ceño.

—¿Dónde quiere ir a parar? Si osa restarle importancia a lo que su padre le hizo a Robert, lo que nos hizo a todos nosotros, le...

Miles levantó la palma de la mano para calmarlo.

—Vamos, tranquilo. No hay necesidad de exasperarse. ¿Está seguro de que es escocés y no irlandés, pelirrojo?

Sonrió de oreja a oreja, como si acabara de hacer la mejor de las bromas, pero Abigail no pudo evitar fijarse en cómo Mac cerró los puños.

—Si Robert Pembrooke confiaba en usted, su leal administrador, entonces tiene que saber dónde está —añadió alegremente—. Ahora que sabemos que mi padre está muerto, puede contármelo. Él ya no puede quitarle nada más a su venerado Robert Pembrooke. Ya no puede poner sus manos esqueléticas en esta casa ni en sus riquezas.

Mac miró a Miles como si estuviera evaluando a un perro con el que se encontraba por primera vez. ¿Sería amistoso... o peligroso?

—Cierto —reconoció.

—¿Y bien? ¿Dónde está? —lo urgió Miles—. ¿Dónde está el tesoro de Robert Pembrooke?

—Estoy aquí —dijo Leah, saliendo.

Miles se volvió hacia ella con sorpresa.

—¿Señorita Chapman...?

—No.

Él enarcó las cejas.

—¿No?

Leah negó con la cabeza.

—Mi nombre es Eleanor Pembrooke, hija de Robert y Elizabeth Pembrooke. Su prima carnal.

Miles frunció el ceño.

—No la creo. Usted está muerta. Es decir..., ella está muerta.

—No. Estoy muy viva. Mac me escondió de su padre. Me ha protegido todos estos años.

Miles entrecerró los ojos.

—Demuéstrelo.

—De acuerdo.

—Leah... —la advirtió Mac—. No tienes por qué hacerlo.

—No pasa nada, papá. Quiero hacerlo. Ha llegado la hora. —Miró a Miles—. Deme un momento. —Entró en la casa y salió de nuevo al cabo de un minuto.

—Aquí está la carta que mi padre envió a casa con su ayuda de cámara después de que su padre lo apuñalara. La escribió con su último aliento, con sus últimas fuerzas.

Miles se la arrebató.

Sus ojos se fueron abriendo como platos a medida que leía.

—¡Sí! Verá... ¡Está justo aquí! «Déjale que se quede con la casa, con todo lo que quiera, pero oculta mi tesoro.» ¡Aquí tiene la prueba de su existencia! Mi padre tenía razón: hay un tesoro. Enséñeme dónde está. —Al ver que nadie se movía, Miles fulminó a Mac con la mirada—. Sé que usted tenía idealizado a ese hombre, así que estoy seguro de que obedeció su orden, como hizo con todo lo demás.

—Efectivamente. Lo hice.

—Bueno, ¿dónde está? ¿Dónde está el tesoro de Robert Pembrooke?

Leah movió la cabeza de un lado a otro muy despacio.

—No existe ningún tesoro. No como usted cree. Ese era el apelativo cariñoso que usaba mi padre conmigo. Me llamaba «mi tesoro».

—No la creo. —Entrecerró los ojos—. Si es Eleanor Pembrooke, ¿quién está enterrada en su tumba en el cementerio?

—Mi hermana pequeña, una recién nacida que falleció de la misma fiebre que se llevó a mi madre.

—Pero mi padre revisó los registros parroquiales cuando se enteró del rumor de que uno de los hijos de Robert seguía con vida.

Mac asintió.

—El antiguo rector accedió a cambiar los registros. Para proteger a Eleanor.

Miles miró a Leah.

—Sentimos cierta curiosidad cuando regresó a casa del internado. Harriet dijo que no se parecía en nada ni a Mac ni a William, aunque tal vez sí un poco a Kate Chapman. Pero nunca imaginamos... —Dirigió de nuevo la mirada al padre adoptivo, Miles dejó la pistola sobre su rodilla y aplaudió con insolencia—. Bravo, Mac. Qué gran proeza. Y ¿qué saca usted de esto? ¿El cincuenta por ciento del tesoro?

—Nada de eso.

—Se equivoca, Miles —dijo Leah—. Las cosas no son así.

—¿Sabe Harri algo de esto?

—Todavía no —dijo Leah—. Aunque tengo la intención de contárselo.

Miles se puso de pie y agarró su bastón de ébano.

—No se moleste. Me acercaré a Hunts Hall ahora mismo y se lo contaré. Quiero ver la cara que pone cuando se entere. Me dijo que tenía la sensación de que encontraríamos otro heredero... Incluso deseaba que el rumor fuera cierto y que uno de los hijos de Robert Pembrooke siguiera con vida. —Miró a Abigail con un brillo irónico en los ojos—. Parece que todo este tiempo he estado cortejando a la prima equivocada...

Miles dirigió su sonrisa hacia Leah como si estuviera apuntándola con un arma.

—Y usted, Le... Eleanor, ¿sabe dónde está la habitación secreta?

—Leah... —dijo Mac en un susurro.

—Sí —reconoció ella, alzando la barbilla.

Miles abrió los ojos pasmado.

—¿Dónde está?

—Me encantaría enseñársela... mañana. Ha dicho que primero quiere ir a hablar con su hermana. Yo, mientras tanto..., recogeré algunos recuerdos personales.

—Confío en que nada demasiado valioso. —La miró con desconfianza.

—Como podrá comprobar por sí mismo, en la habitación secreta no hay nada de mucho valor. Se trata sobre todo de documentos familiares. Algunos retratos. Cosas que tienen más valor sentimental para mí que para usted.

—Si usted lo dice.

Abigail creyó que terminaría exigiendo ir a verla de inmediato o que le sonsacaría a Leah la promesa de que no se llevara nada hasta que pudiera registrar la habitación. Pero no lo hizo.

En lugar de eso, Miles se irguió y por fin le devolvió la pistola a Mac.

—Bueno. —Consultó su reloj de bolsillo—. Será mejor que me dé prisa en ir a Hunts Hall si quiero que me inviten a cenar. —Movió las cejas de forma cómica, pero después de la tensa situación vivida, nadie sonrió.

Leah y Abigail esperaron hasta que lo vieron desaparecer dentro del establo y marcharse a caballo. Inmediatamente después, corrieron hacia Pembrooke Park.

Capítulo 30

Leah quería tener tiempo para recoger cartas personales, el retrato de su madre y el collar de rubíes antes de entregar el resto a la frenética búsqueda de Miles. Abigail se ofreció a ayudarla. Durante un instante se preguntó si, ahora que las joyas estaban en manos de su legítimo heredero, todavía había esperanza de reclamar la recompensa. Harriet le había dado a entender que sí en la charla que mantuvieron al respecto, pero dadas las últimas circunstancias, lo dudaba.

Se colocaron unos delantales con pechera y se pusieron a trabajar dentro de la habitación secreta, cerrando la puerta por si los sirvientes entraban en la alcoba. Leah recogió la Biblia de la familia, el collar y algunas otras cosas y lo apiló todo en un estante. Luego descolgaron con cuidado el retrato de Elizabeth Pembrooke de la parte posterior de la puerta y lo dejaron cerca. Con el movimiento, el clavo del que había colgado el retrato cayó al suelo.

Abigail miró y se sorprendió al ver la minúscula luz.

—¡Mira! Ha dejado un agujero. —Se puso de puntillas y acercó el ojo—. Puede verse el dormitorio... un poco.

Pero Leah seguía concentrada en el contenido de los estantes de la habitación secreta.

—¿En qué necesitas que te ayude? —preguntó Abigail, acercándose a ella.

—No quiero dejarme nada personal. Cartas entre mis padres o dirigidas a mí.

—Entiendo.

Cada una tomó un fajo y comenzaron a revisar la correspondencia. Leah extendió una manta sobre los cojines y se reclinó contra ellos con un puñado de cartas. A Abigail no le costó imaginarse a la pequeña Ellie acomodada en su escondite privado, leyendo su libro preferido.

Abigail se sentó de manera menos cómoda en la silla de tamaño infantil.

—¿Quieres que cambiemos de asiento? —ofreció Leah.

—No, estoy bien.

—De acuerdo. —La hermana de William esbozó una amplia sonrisa—. Dudo de que mis posaderas entraran hoy en día en esa silla.

Continuaron leyendo, sumidas en un tranquilo silencio que solo se vio interrumpido de vez en cuando por el murmullo del papel o algún trino fuera de la ventana.

Entonces, Abigail oyó un sonido procedente del otro lado de la puerta y se quedó muy quieta. Leah debió de percatarse de que algo sucedía, porque la miró.

—¿Qué ocurre?

—Shh... Hay alguien ahí fuera. En mi... nuestro... dormitorio.

—¿Quién? —preguntó Leah.

Abigail se levantó y se dispuso a abrir la puerta solo una rendija, pero entonces se acordó del agujero del clavo. Se puso de puntillas y miró a través de él. Al principio no vio a nadie. No alcanzaba a atisbar más que una estrecha franja de la estancia, su mesita de noche y el borde de la cama. Pero entonces pasó una figura y abrió el cajón de la mesita.

—Es Miles —susurró perpleja. Era imposible que le hubiera dado tiempo a cabalgar hasta Hunts Hall y volver; mucho menos a hablar con Harriet. ¿Acaso había regresado con la esperanza de atraparlas entrando en la habitación secreta..., de sorprenderlas *in fraganti* mientras sacaban todo el «tesoro»?

Miles se sentó en el borde de la cama y colocó un fajo de cartas sobre su regazo: las cartas que Harriet le había enviado de forma anónima. Cartas sobre el pasado, que hablaban de la llegada a Pembrooke Park, de la niña de ojos atormentados, de la creciente violencia de su padre, de su afligido hermano, de la habitación secreta...

«Oh, no.» ¿Cómo reaccionaría Miles? ¿Debería salir de la habitación a toda prisa y arrebatárselas? Si se negaba a entregárselas, estaba claro que no podía vencerle en un forcejeo. Además, si salía, también revelaría su escondrijo. Y los tesoros de Eleanor. Y todavía no estaban preparadas para mostrárselo. Por otro lado, las cartas estaban escritas por su propia hermana. En algunos aspectos, le atañían a él más que a ellas.

¿Desearía Harriet que Miles las leyera? Seguramente no. Pero en ese momento no se le ocurría ningún modo de impedírselo sin descubrir la habitación secreta.

—¿Qué está haciendo? —susurró Leah con inquietud.

—Leer las cartas de Harriet.

Asombrada, Leah abrió la boca en silencio. También debía de estar pensando en las consecuencias.

En realidad, en esas cartas no había mucho que Miles no supiera ya o que no hubiera vivido él mismo. Y si las leía todas y encontraba aquella en la que Harriet mencionaba haber descubierto por fin la habitación secreta, bueno... tampoco especificaba en qué parte de la casa estaba, así que ahora mismo no corrían demasiado peligro. Si acaso, leerlas todas lo animaría a buscar a su hermana, tal y como había afirmado que haría antes. A Abigail no le agradaba la idea de sembrar la discordia entre hermano y hermana. De causarle problemas a Harriet. Pero mejor a Harriet que a la vulnerable Leah...

Mientras lo observaba, Miles desenganchó el cristal de la lámpara de la mesita, lo dejó a un lado y luego acercó la esquina de una de las cartas a la llama. Abigail ahogó un grito.

—Está quemando una... —Se preguntó cuál. Quizá aquella en la que Harriet lo había acusado de prender fuego a la casa de muñecas y culpar a su hermano.

Miles llevó la carta a la chimenea y volvió con las manos vacías para leer otra.

Abigail observó unos instantes más, luego se alejó del agujero y regresó de puntillas a la silla.

—Veamos cuánto tiempo se queda —susurró. Esperarían a que se marchara y guardarían su secreto un tiempo más.

Se sentó y se hizo con otra caja para revisar. A continuación, se colocó la Biblia de la familia en el regazo y miró con atención los nombres escritos en las primeras páginas, siguiendo con los dedos la larga lista de nacimientos y defunciones hasta que llegó a la fecha de nacimiento de Eleanor. Ocho años después llegó el nacimiento de la pequeña Emma. El lapso entre la fecha de su nacimiento y de su defunción era conmovedoramente breve, seguido del fallecimiento de su madre, Elizabeth. Abigail continuó con las entradas, pero no encontró anotación de la muerte ficticia de Eleanor. Ni de la muerte de Robert Pembrooke, que sí había sido muy real.

Leah echó un vistazo por encima del hombro de Abigail.

—No es de extrañar que Mac escondiera la Biblia aquí —dijo, y tomó otra carta del fajo y se puso de nuevo a leer.

Abigail leyó también durante un rato y luego apoyó la cabeza contra la pared. Sus pensamientos se desviaron hacia William mientras contemplaba la habitación de forma distraída. Qué extraño le resultaba encontrarse allí, con Eleanor, el auténtico «tesoro» de Robert Pembrooke. Su mirada recayó en las tuberías de la pared del fondo. ¿Cuál era el versículo que había citado William? «No acumuléis tesoros en la tierra donde la polilla y la carcoma los roen...»

Al cabo de un rato, levantó la cabeza y se preguntó qué hora era. Por la pequeña ventana vio que el día se diluía en los anaranjados tonos crepusculares. Había perdido la noción del tiempo mientras leía una serie de cartas de amor entre los bisabuelos de Leah, también parientes lejanos suyos. Pero no se había imaginado que se les haría tan tarde como para ver ponerse el sol desde aquella ventana.

Echó una ojeada a los cojines que tenía a su lado y se dio cuenta de que Leah se había quedado dormida con una carta sobre el pecho. Abigail cerró los ojos y trató de escuchar algún movimiento en la habitación contigua. ¿Seguiría Miles allí? Oyó un rugido sordo, pero no pudo identificar el sonido. Inspiró hondo... y se quedó inmóvil de repente. ¿Qué era ese olor? Olisqueó de nuevo el aire. Humo.

Frunció el ceño. ¿Todavía seguía Miles quemando cartas? ¿O había ido Polly a encender la chimenea para caldear la habitación y prepararla para el frío de la noche? Le dolía el cuello de haber tenido la cabeza inclinada tanto tiempo mientras leía. Se levantó con las piernas agarrotadas y fue de puntillas hasta el agujero. No veía a Miles. Pero tampoco podía ver toda la habitación desde donde estaba.

Puso la palma de la mano en la puerta y abrió una rendija con mucha cautela. De pronto, el calor le atravesó la piel y se echó bruscamente hacia atrás. ¿Qué diantres...? Entonces, por la rendija vio... El corazón estuvo a punto de salírsele del pecho. Las llamas envolvían la casa de muñecas. Mientras miraba, presa de la incredulidad, el fuego pareció saltar de la alfombra de delante de la chimenea a la cortina de la ventana más próxima. Acto seguido, las anaranjadas llamas ascendieron con rapidez por los cortinajes de su cama.

El pánico la inundó.

«Miles.» ¿Se habrían caído al suelo de forma accidental las cartas que había quemado? ¿O de algún modo se había enterado de que Leah estaba allí y había iniciado deliberadamente un incendio para seguir los pasos de su padre y acabar con la vida de la legítima propietaria de Pembrooke Park? «Por favor, Dios, no...»

Completamente aterrorizada, se volvió hacia la hermana de William.

—¿Leah? ¡Leah, despierta! —Leah movió la cabeza adormilada. ¿Le estaría afectando ya el humo? Se agachó a su lado y le sacudió el hombro—. ¡Leah! Levanta. La habitación está ardiendo.

Leah abrió los ojos y por fin debió de entender lo que le decía, porque abandonó de inmediato su cara de aturdimiento.

—¿Fuego? ¿Dónde? —Presa del pánico, Leah se puso de pie. Abigail la agarró del brazo para evitar que perdiera el equilibrio.

—En el dormitorio. Tenemos que salir. Ahora.

Agarró la manta del cojín y le dijo a Leah que se tapara la nariz y la boca con ella. A continuación, levantó el pie para abrir la puerta, caliente, con el zapato. La habitación ya estaba envuelta en las llamas. Se dio cuenta de que el camino hasta la entrada estaba bloqueado: la alfombra que había entre ellas y la puerta ardían como un sendero de carbones al rojo vivo y el fuego se abría paso de manera voraz por el marco de la puerta.

Con el corazón desbocado, Abigail se dio la vuelta para mirar con atención la ventana más próxima. Aunque estaba a una altura elevada del suelo, era probable que sobrevivieran a la caída, lo cual era mucho mejor que seguir atrapadas.

Volvió la vista atrás, hacia la ventana del cuarto secreto, pero era demasiado pequeña y solo conducía a un empinado tejado no muy seguro. Una ruta de escape nada tentadora, si es que conseguían salir por ella. ¿Se estaba incendiando toda la casa? ¿O solo su dormitorio?

«¡Oh, Dios mío, ayúdanos!», rezó en silencio.

Las llamas ascendieron hacia la ventana de la alcoba, consumiendo las cortinas de flecos y cortándoles esa última vía de escape. El fuego rugía con fuerza. Abigail se apartó de un salto, pues los ardientes vapores golpearon la puerta oculta sin alcanzarle la cara por poco. Se dio la vuelta y miró los ojos desorbitados de Leah.

—¿Y ahora qué? —susurró Leah.

Se detuvo a pensar un instante, luego abrió la pequeña ventana y una grata brisa entró para enfriar el sofocante ambiente del interior. Si gritaban desde ahí, ¿las oiría alguien? Y aunque oyeran sus gritos, ¿qué harían al respecto? Estaba dándole mil vueltas a la cabeza, buscando con desesperación una forma de salir. De idear un plan de escape.

«Una trampilla...» La idea acudió de pronto a su mente y se acordó de los antiguos planos para la torre de agua. Leah y ella estaban ahora en una planta de dicha torre, que posteriormente terminó convertida en una especie de trastero, después de que desecharan su función de tanque. Recordó el sencillo bosquejo de las escaleras, que en su momento supuso representaba un posible tramo de escaleras para el servicio que nunca llegó a terminarse. Pero ¿y si se trataba de unas escaleras que sí se construyeron pero que no estaban destinadas a ser permanentes? Unas escaleras que usaran los obreros temporalmente mientras hacían la torre para subir y bajar de un nivel a otro. ¿Era posible que siguieran todavía ahí?

Aferrándose a ese último resquicio de esperanza, retiró un extremo de la alfombra que cubría el suelo.

—¿Qué estás haciendo? —preguntó Leah.

Estudió con atención la madera. No se apreciaba ninguna apertura clara, ni una trampilla, pero... un momento... Sí. Ahí había una hendidura. Se arrodilló y trató de tirar de ella, pero incluso sus pequeños dedos eran demasiado grandes.

—Busca algo con lo que podamos tirar de esto.

Leah inspeccionó la habitación y tomó el clavo del que había estado colgado el retrato.

—Prueba con esto.

Abigail lo introdujo en la ranura para tratar de extraer la trampilla, en caso de que realmente lo fuera. Nada. Lo intentó por el otro lado, pero no cedió.

—Necesitamos algo más largo que podamos usar como palanca.

Desde la alcoba les llegó el ruido de un cristal al romperse: ventanas haciéndose añicos por el calor. ¿Alertaría ese sonido a alguien que viniera en su ayuda a tiempo? ¿O permitiría la entrada de un viento que avivaría la furia del fuego?

Cuando William vio a Miles Pembrooke abandonando la mansión y dirigiéndose a casa de sus padres, se vio invadido por una profunda inquietud.

—¡Señor Pembrooke! —Se aproximó al hombre a grandes zancadas.

—Ah, señor Chapman. Quizá me pueda ayudar. He estado buscando en vano a la señorita Foster y a su hermana. Los sirvientes me han dicho que las vieron entrar en la mansión hará como una hora, pero no las han vuelto a ver desde entonces. No consigo encontrarlas por ninguna parte. ¿Sabe dónde pueden estar?

—No —respondió William con cierta sorpresa, pues él también las había visto entrar en la casa desde su propia ventana.

De pronto, la puerta principal de Pembrooke Park se abrió de golpe y Polly salió corriendo, agitando los brazos.

—¡Fuego! ¡La casa está ardiendo!

—¿Dónde? —gritó William, esperando que solo se tratara de un simple incendio en la cocina.

—¡Arriba! ¡Lo he visto desde el rellano!

A William le dio un vuelco el corazón. Dominado por el pánico, agarró a Miles del brazo.

—¿Ha mirado en el dormitorio de la señorita Foster?

—Sí, sí. Pero allí no había nadie.

—¿Y en... en la habitación secreta?

Miles se le quedó mirando.

—¿Cómo voy a mirar si no sé dónde está?

A William se le encogió el estómago. ¿Sabrían Abigail y su hermana lo del incendio?

—Seguro que están ahí.

Miles se puso lívido.

—¿La habitación secreta está cerca de la alcoba de la señorita Foster?

—Sí; se accede desde ella.

—Dios mío, no... La habitación estaba vacía. Me aseguré de que lo estuviera antes de ...

—Antes de... ¿qué? Dios mío, Miles. ¿Qué es lo que ha hecho?

Abigail introdujo una y otra vez el clavo por la ranura, después una tapa de latón, luego cualquier otro objeto que encontraron, hasta que se le rompieron las uñas y las manos le sangraron. Desesperada, aporreó los tablones con los puños y profirió un grito de frustración.

Leah le agarró una mano ensangrentada para evitar que continuara con aquellos golpes inútiles. Entonces, Abigail se fijó en su amiga y vio su mirada serena, sus ojos empañados de lágrimas y la valerosa resignación que mostró mientras negaba con la cabeza muy despacio.

—No sirve de nada, Abigail.

—No podemos rendirnos.

—Tenemos que estar preparadas para encontrarnos con nuestro Creador. No tengo miedo a morir... si ha llegado nuestra hora de partir.

—No, no ha llegado nuestra hora. —Abigail volvió a aporrear los tablones con la mano libre.

Leah le agarró también esa mano.

—Ruego a Dios que no sea así. Pero si lo es, tenemos que estar preparadas.

Durante un momento, detuvo sus frenéticos intentos y sostuvo la mirada clara y resuelta de Leah. Después, cerró los ojos y rezó.

—Señor, te ruego que nos salves. Te ruego que nos saques de este incendio o nos protejas de este infernal horno. Sé que todo lo puedes. Pero si otra es tu voluntad, te suplico que nos permitas despertar en el cielo. Sé que no lo merezco. Pero en el nombre de tu hijo te pido que nos salves a las dos. Aquí en la Tierra, si es posible. Y si no, en la eternidad. Nosotras...

El ruido de unos golpes repetidos interrumpió su plegaria retumbando en el aire y sacudiendo el suelo bajo ellas. ¿Acaso la torre estaba a punto de derrumbarse? ¿Acabarían enterradas vivas antes de que el humo o el fuego terminaran con ellas? Se armó de valor y apretó la mano de Leah. Cualquier destino parecía mejor que aquel perverso y devastador fuego.

Por encima del rugido de las llamas oyó una voz amortiguada. ¿Sería real o se la estaba imaginando?

—Shh. Escucha —dijo Leah.

Abigail, que ya estaba sobre sus manos y rodillas, se inclinó hacia delante y apoyó la oreja en el suelo.

—¡Abigail! ¡Leah! —Oyó a duras penas.

—¡Estamos aquí! —gritó, acercando la boca a la madera—. ¡Estamos aquí!

—¡Apártate de la trampilla! —gritó la voz. ¡Era la voz de William! Tensa, dura... pero música celestial para sus oídos.

Oyeron un primer golpe. Después otro. ¿Qué estarían usando? ¿Un mazo? ¿Un hacha?

Crac. Un plateado destello metálico atravesó una de las tablas. Luego otra vez. Dos clavos doblados salieron rebotando por el suelo y aterrizaron cerca de sus pies.

La puerta de la habitación secreta se sacudió tras ellas antes de estallar en llamas. Una oleada de calor atravesó el pequeño cuarto.

—¡William, date prisa! —chilló Leah—. ¡El fuego se acerca!

Oyeron más gruñidos y golpes, más madera astillada. La velocidad y el ritmo cambiaron. Supuso que ahora eran dos hombres los que estaban intentando acceder a ellas con todas sus fuerzas y usando dos herramientas al mismo tiempo.

No se atrevió a volver a mirar por encima del hombro. El fuego había entrado en la habitación secreta como un malvado intruso. Ascendía por los estantes y las paredes, aproximándose al retrato de Elizabeth Pembrooke que se encontraba entre las cosas de Leah.

Leah lo contempló, con los ojos llenos de lágrimas, pero no protestó.

Abigail sentía tanto calor en la espalda que temía que las llamas le prendieran el vestido. El retrato era demasiado grande como para llevárselo, pero alcanzó el collar de rubíes y se lo guardó en el bolsillo del delantal. A continuación, agarró a Leah de la mano y tiró de ella hacia la pared más alejada, al otro lado de la trampilla. Se apartaron tanto como les era posible.

Oyeron un último crujido, así como el chirrido de unos goznes, y la puerta de la trampilla por fin cayó. Alguien gruñó desde abajo y profirió una advertencia, seguida del ruido de unas tablas que se derrumbaban. Vio los rostros sudorosos, tensos y llenos de hollín de William y Mac Chapman.

—¡Leah! —gritó Mac—. ¿Estás bien?

Leah miró con temor a las llamas que se acercaban a ellas.

—¡El fuego casi nos ha alcanzado!

—Baja. —William sujetó la desvencijada escalera del nivel inferior—. Date prisa.

—Pero, Abigail...

—Iré justo detrás de ti —insistió—. ¡Ve!

Leah se sentó en el suelo y metió las piernas por el agujero. William alzó los brazos y guio sus pies hasta los peldaños superiores mientras Mac estabilizaba la escalera.

Abigail echó una ojeada a su espalda. El fuego devoraba una caja de sombreros con documentos familiares y empezaba a ascender por el marco del retrato de la señora Pembrooke.

De pronto, apreció una figura entre las llamas; una figura cubierta con una capa con capucha. ¿Era la Parca viniendo a por ella? «¡Santo Dios, no!» La capa desprendía humo y crepitaba, mientras su portador atravesaba el incendio y se lanzaba a cruzar la puerta como si fuera un anillo de fuego de un circo. La figura aterrizó bocabajo en el suelo de la habitación secreta de un golpe seco. La capa estaba chorreando, empapada para contener las llamas.

Cuando la figura levantó la cabeza, la capucha cayó hacia atrás y reveló un rostro manchado de hollín, aunque familiar.

—¿Miles?

—¡Abigail! —gritó—. No era mi intención... No sabía que estabais aquí. ¡Te lo juro!

—¡Miles, tenemos que irnos ya!

Él clavó la vista en el collar de rubíes que se le había caído del bolsillo del delantal y ahora yacía sobre el suelo como una serpiente roja.

—He venido a rescataros... —dijo, pero no apartaba la mirada de los refulgentes rubíes.

Las llamas se aproximaban cada vez más; el calor le embotaba los sentidos. Pero lo primero que la alcanzó, antes incluso que las llamas, fue el humo. Tosió con violencia y se colocó el pañuelo sobre la nariz y la boca.

—¡Abigail, date prisa! —le gritó William desde abajo—. Tápate la boca. ¡Mantente agazapada!

Dentro de la habitación secreta, Miles comenzó a rebuscar en las cajas.

—¡Miles, vamos! Salgamos de aquí. No merece la pena que pierdas la vida por lo que hay aquí. —Le tendió la mano, llamándolo—. Ven conmigo, Miles. Ahora.

Él le asió la mano durante un breve instante, pero luego trató de hacerse con los rubíes.

El fuego rugía, prendió la capa de Miles y le quemó a ella el tobillo. Miró hacia abajo y se dio cuenta de que tenía el dobladillo de las enaguas en llamas.

—¡William! —gritó, volviendo a la trampilla.

El pastor estaba en la base de la escalera, con una expresión seria y feroz.

—Salta, Abigail. Deprisa.

Se acuclilló en el borde de la trampilla, sacudiéndose las enaguas con la mano con la esperanza de sofocar el fuego antes de que el vestido entero ardiera y ella con él.

Luego apoyó la mano en el suelo y medio cayó, medio aterrizó en la escalera. Al notar que los peldaños podridos cedían, agitó los brazos para intentar agarrarse a algo y terminó de bruces encima de William. La fuerza del impacto le hizo retroceder hasta casi el mismo borde de otra trampilla que había en ese nivel inferior, pero se detuvo antes de que el impulso los hiciera caer a ambos.

Abigail miró hacia arriba, a través de la trampilla superior, a tiempo de ver a Elizabeth Pembrooke quemarse, contraerse y derretirse.

—¡Iré a por el retrato! —dijo Mac, dispuesto a subir de nuevo por la escalera.

Leah lo agarró del brazo.

—¡Papá, no! Prefiero tenerte a ti con vida que a un retrato de alguien a quien apenas recuerdo.

Abigail contuvo el aliento y gritó.

—¡Miles está ahí arriba!

William abrió la boca aturdido.

—No...

Abigail agarró el hacha, la levantó y asestó un golpe a la vieja tubería de agua. Al comprender sus intenciones, William le arrebató el hacha y arrancó la válvula de un golpe. El agua manó a borbotones, como un chorro a presión; turbia, pestilente y maravillosa. El agua fétida inundó el suelo y cayó en cascada a través de la trampilla inferior. No salvaría la habitación secreta, pero tal vez les proporcionara tiempo para escapar.

El suelo superior temblaba y las anaranjadas llamas se filtraban por la madera.

—Tenemos que salir de aquí antes de que se derrumbe todo —gritó Mac por encima del clamor.

Abigail miró frenética la abertura de la trampilla superior una vez más, deseando con toda su alma que Miles apareciera por allí.

—¡Miles! —gritó.

Nada.

William agarró la escalera.

—Iré yo.

El piso superior comenzó a derrumbarse, descascarillándose como una corteza.

Mac lo agarró del brazo con firmeza.

—No, hijo. Es demasiado tarde.

El pastor hizo una mueca y suspiró.

—Qué Dios se apiade de su alma...

Escaparon por la siguiente trampilla, justo cuando el suelo quemado se derrumbó.

Bajaron peldaño a peldaño la inclinada escalera de la torre hasta que llegaron al final. En el espacio en penumbra, semejante a un sótano, había una puerta y una entrada baja con forma de arco. A lo lejos se oía el tañido de la campana de la iglesia.

Mac acercó la mano a la puerta.

—Vamos.

—No. —Su hijo lo detuvo con brusquedad—. Esa puerta lleva a la vieja bodega. Queremos salir de la casa, no volver a entrar. Por aquí. —Señaló hacia el arco que parecía la entrada abovedada a una cueva.

—¿Qué es? —preguntó Leah.

—Un túnel de drenaje. Tened cuidado con la cabeza.

Encorvados y tratando de no rozar con la cabeza las telarañas, los excrementos de murciélago y a saber qué más, avanzaron despacio por el enlodado túnel. Tras lo que le parecieron cientos de metros, aunque sin duda fueron menos, Abigail levantó la mirada y vio una luz al frente que se hacía cada vez mayor. William explicó entre resuellos que allí era donde iba a parar el exceso de agua pluvial procedente del tanque que desembocaba en el jardín y en el estanque.

Salieron del túnel a un área de drenaje con el suelo de baldosas que estaba situada al fondo del jardín detrás de la casa.

Mac abrazó a Leah.

—No pasa nada, muchacha —murmuró una y otra vez mientras le acariciaba el cabello—. Ya estás a salvo.

Leah jadeaba.

—Ni siquiera sabía que había una trampilla. Supongo que mi padre la tapó para impedir que me cayera cuando era pequeña.

—No me cabe la menor duda —señaló Mac—. Él solo quería protegerte. Igual que yo...

Abigail miró a William y vio que él no estaba pendiente de su hermana, sino de ella, y que sus ojos reflejaban preocupación... y algo más.

—Gracias a Dios que estás a salvo. —William la abrazó y la apretó contra sí. Abigail cerró los ojos y se apoyó contra su fuerte pecho. Entonces él murmuró contra su pelo—: No sé qué habría hecho si os hubiera sucedido algo a Leah y a ti. Os adoro.

Las voces de los vecinos y el ruido de cubos y latas con agua llegaron hasta ellos desde el otro lado de la mansión. El murmullo de la gente que se aproximaba hizo que Abigail fuera consciente de que William ya no la trataba de usted y que la estaba estrechando entre sus brazos. Él también pareció darse cuenta y se apartó.

Le examinó el rostro.

—¿Seguro que estás bien?

—Sí. Estoy bien, gracias a ti.

El pastor logró esbozar una sonrisa triste y cansada.

—¿No te dije, cuando sospechaste que iba detrás del tesoro, que si de verdad hubiera querido entrar en Pembrooke Park lo hubiera hecho en cualquier momento?

Ella asintió y señaló hacia el túnel.

—¿Cómo lo supiste?

—Crecí a menos de cien metros de este lugar. Conozco cada palmo de esta propiedad y del bosque que hay de aquí a nuestra casa.

—No sabes cuánto me alegro. —Dejó de sonreír—. ¿Por eso desapareciste tan rápido de la habitación secreta cuando Miles nos interrumpió? —Al verlo asentir, preguntó—: Pero ¿quién clavó la puerta de la trampilla para que no se pudiera abrir?

—Fui yo —confesó con pesar—. No quería que ningún hombre encapuchado se colara en tu dormitorio con la misma facilidad como yo me escabullí de él. Perdóname. Nunca pensé que...

—Por supuesto. No es culpa tuya, William. Tú no prendiste el fuego... —Abigail miró de nuevo a la casa y se estremeció al ver el humo negro y las furiosas llamas que salían por la ventana de su alcoba—. Pobre Miles.

—Sí. —William hizo una mueca y negó con la cabeza despacio.

A medida que la conmoción desaparecía, empezó a notar como si le palpitara la mano. La levantó para echarle un vistazo.

—Me he quemado la mano —murmuró.

William la tomó entre las suyas con delicadeza y examinó la piel arrugada y roja salpicada de blanco. La preocupación inundó sus ojos.

—Será mejor que te llevemos directamente a ver al señor Brown.

Mientras se dirigían hacia la parte delantera de la casa, un carruaje atravesó la verja haciendo un gran estruendo. Con una mezcla de emociones contradictorias, William comprobó que dentro iban su amigo Andrew Morgan, su hermana Rebekah y el señor Scott. En un primer momento no reconoció el carruaje, pero luego se acordó de que había oído que el señor Scott había estado usando el elegante vehículo del arquitecto para el que trabajaba para cubrir sus frecuentes viajes entre Londres y Hunts Hall.

—Acabamos de enterarnos de lo del incendio —informó Andrew—. Hemos venido a ayudar.

—Y a cerciorarnos de que estaban todos bien —agregó Rebekah, con cara de preocupación. Se acercó a él y le tocó el brazo.

El señor Scott fue corriendo hacia Abigail, le dio un fuerte abrazo e inspeccionó su mano.

William dio un paso al frente.

—Estaba a punto de llevarla al médico.

El señor Scott negó con la cabeza y torció la boca con gesto molesto.

—No, lo haré yo. Y luego la llevaré a ver al médico de nuestra familia en Londres.

Dicho esto, el arquitecto la condujo al carruaje. Una vez allí, Abigail se detuvo en la puerta y se volvió para mirarlo con una combinación de cansancio, pesar y resignación. William no la culpaba. Al fin y al cabo, nada había cambiado. Él no estaba en posición de protestar por su marcha. Ni de cortejarla y pedir su mano, su pobre mano quemada...

A pesar de que la idea le desgarraba el alma, sabía que ella estaría mucho mejor con el señor Scott. Por el rabillo del ojo vio las caras preocupadas de su padre y hermana, pero no se atrevió a mirarlos directamente.

Por la verja entró una calesa y carros repletos de sirvientes y arrendatarios de Hunts Halls que acudían a prestar ayuda.

William le dio las gracias a Andrew y se unió a ellos, pero dejó un pedazo de su corazón en el elegante carruaje que se llevó a la mujer de la que se había enamorado.

De pronto, retumbó un trueno. A los pocos segundos comenzó a llover y todos sus amigos y vecinos dieron las gracias a Dios. La lluvia ayudaría a combatir el incendio. La lluvia refrescaría a los acalorados y exhaustos trabajadores de la brigada contra incendios, llevándose consigo el sudor e incluso también las lágrimas.

Capítulo 31

Un mes más tarde, Abigail se encontraba frente a la ventana de la casa de su tía Bess contemplando los húmedos adoquines de la calle concurrida de carruajes y elegantes transeúntes. Qué raro le resultaba estar de nuevo en Londres cuando creyó que se quedaría en Pembrooke al menos doce meses. Hubo un tiempo en el que había albergado la secreta esperanza de renovar el alquiler de forma indefinida, asumiendo que el señor Arbeau y Harriet Pembrooke estarían de acuerdo, pues se había encariñado con la casa y el campo, el pueblo y los vecinos. Sobre todo con cierto vecino y con su familia. Por supuesto, eso fue antes de que se enterara de la verdadera identidad de Leah y antes del incendio.

Los miembros de la brigada habían hallado el cuerpo de Miles Pembrooke entre los escombros de la torre derrumbada con los rubíes aún en la mano, lo que recordaba mucho a la forma en que encontraron a su padre, con una pistola en la suya. Harriet enterró a Miles en el cementerio de Bristol, junto a sus amados madre y hermano, ya que, a pesar del trauma sufrido por las experiencias de su infancia, era su hermano y lo quería. Igual que Abigail.

El fuego destruyó la mayor parte del ala oeste de la mansión y dejó Pembrooke Park aún menos habitable que cuando su padre y ella llegaron por primera vez. Así que no tuvo más remedio que quedarse en Londres con su familia, compartiendo las atestadas dependencias y la incómoda hospitalidad de la casa de la tía Bess.

Pero el inesperado cambio en las circunstancias de su familia no terminó ahí. Para sorpresa de todos, la última inversión de su tío Vincent había sido todo un éxito y había generado mucho dinero, de modo que devolvió a su cuñado gran parte de lo que había perdido en su fallida incursión bancaria. Como era de esperar, su antigua vivienda no estaba a la venta, pues la habían comprado hacía poco. Abigail, con su naturaleza pragmática más fuerte que nunca, logró convencer a su padre para que no cayera en el mismo error del pasado y no comprara ni alquilara una casa en uno de los barrios más elitistas y caros de Londres, sino una elegante, aunque más modesta, en Cavendish Square. Tenían pensado mudarse allí la semana siguiente.

Desde su regreso, apenas había visto a Gilbert, pues le habían asignado un nuevo proyecto en Greenwich. Sin embargo, su hermana, Susan Lloyd, la había invitado a tomar el té, ya que deseaba conocer todos los detalles del incendio y de sus experiencias en Easton. Las preguntas sagaces y bien informadas de su vieja amiga demostraron una sorprendente familiaridad con la zona y los principales implicados. Abigail empezó a sospechar y preguntó a Susan cómo era que sabía tanto. Esta terminó confesando que el escritor de Caldwell, E. P. Brooks, había enviado una historia basada en lo que afirmaba eran hechos reales. ¿Podría Abigail corroborar la historia antes de que la imprimieran? Por desgracia, sí que podría.

La madre y la hermana de Abigail decidieron que Miles era un pariente demasiado lejano como para hacer público su duelo. Pero su padre y ella se vistieron de luto durante varias semanas. Se alegró de vestir de negro cuando Harriet le hizo una visita poco después de que regresara a Londres, vestida también de riguroso luto por su hermano. Le entregó en persona la recompensa prometida hacía tanto tiempo e insistió en que la aceptara cuando Abigail la rechazó. Después le pidió que le contara todo lo que había sucedido el día del incendio... y que le hiciera el favor de no omitir nada por temor a herir sus sentimientos.

Abigail tragó saliva y le contó que Miles leyó las cartas, que le vio llevar la que había quemado a la chimenea y que estaba convencida de que el incendio había sido accidental, haciendo hincapié en que había regresado de forma heroica cuando William le dijo que era muy posible que Leah y ella estuvieran atrapadas en la casa; que enseguida se le ocurrió ponerse la capa con capucha empapada en agua para llegar hasta ellas. Que sus palabras fueron: «No sabía que estabais aquí. ¡Te lo juro! He venido a rescataros.»

—Intentó rescatarnos, Harriet —repitió Abigail totalmente seria—. Arriesgó su propia vida para llegar hasta nosotras. Cometió errores, pero con toda sinceridad, creo que no pretendía hacernos daño. Trató de salvarnos, pero al final no pudo. Lamento muchísimo que no pudiéramos sacarlo de allí.

Harriet asintió despacio y con labios temblorosos dijo:

—No cabe duda de que ha retratado a mi hermano de un modo más heroico del que se merecía. —Los ojos se le llenaron de lágrimas—. Pero gracias de todos modos.

En cuanto los Foster se mudaron a su nueva casa, sus antiguos vecinos, los Scott, decidieron dar una fiesta para celebrar su regreso a Londres... y el regreso de su fortuna. Emocionada ante la perspectiva, Louisa analizó con detenimiento diseños de moda en busca de un vestido y un peinado nuevos y salió con su madre a visitar a su modista preferida. Todo el mundo esperaba que Gilbert regresara de Greenwich a tiempo para la fiesta.

Abigail no tardó en verse relegada a la tarea de organizar su nueva vivienda, entrevistar y contratar al personal y reunirse con la nueva ama de llaves y la nueva cocinera para revisar los menús y aprobar los pedidos para la despensa, la ropa del hogar y todo lo demás. Había ofrecido a la señora Walsh, a Polly y a Molly un empleo con ellos en Londres, pero todas decidieron permanecer en Easton, cerca de sus familias, con la esperanza de un futuro empleo cuando Pembrooke Park fuera reconstruido. No tenía ni idea de los planes de Duncan, ni tampoco le interesaban lo más mínimo.

Louisa y su madre se encontraron por casualidad con la madre y la hermana de Gilbert mientras estaban de compras y llegaron a casa con la noticia de que Andrew Morgan estaba en la ciudad e iba a ir a su fiesta.

—También han invitado al rector; imagino que el señor Morgan lo conoce de Caldwell —dijo su madre—. Lo vimos un domingo, ¿verdad?

—Sí, brevemente. —Abigail se preguntó si el señor Morris había ido a la ciudad con su sobrino o solo. Le aliviaba saber que su salud había mejorado lo suficiente como para permitirle viajar. O quizá había ido a la ciudad en busca de una segunda opinión de un médico londinense.

Llegó el día de la fiesta y Louisa se pasó casi toda la tarde bañándose y acicalándose. Abigail también se había hecho un vestido nuevo para la

461

ocasión. Tenía que hacer justicia a su madre y reconocer que había insistido mucho para que ambas tuvieran vestidos nuevos.

Pero poco después, esa misma tarde, llamaron a Abigail al salón del ama de llaves para que presenciara la reprimenda que la mujer mayor iba a hacer a una joven doncella a la que habían pillado coqueteando con un lacayo de la casa de al lado.

—¿Debo despedirla, señorita? —preguntó el ama de llaves.

Después de todo lo que Abigail había vivido en Pembrooke Park, con Miles e incluso con el irreverente Duncan, aquello le parecía una insignificante infracción, pero no tenía claro si era prudente desautorizar a la nueva ama de llaves, sobre todo delante de sus subordinados.

—Yo... no creo que sea necesario, señora Wilkins —dijo con delicadeza y respeto—. No en su primera infracción. Todos cometemos errores, ¿verdad? Sobre todo cuando nos encontramos en una situación nueva.

—Así es, señorita —dijo la muchacha con un entusiasmo que le recordó a Molly—. No sabía que lo que hacía fuera tan malo. De veras que no.

Lo que llevó a que el ama de llaves solicitara con frialdad que la señorita Foster escribiera todas las reglas de la casa y las compartiera en el pasillo del servicio tan pronto como fuera posible para evitar la excusa del desconocimiento en un futuro.

Abigail esbozó una sonrisa forzada y dijo que lo haría de inmediato.

Cuando consiguió librarse de los tejemanejes del piso inferior, eran las seis pasadas. Su madre y su padre ya estaban vestidos y hablaban de forma cordial en el vestíbulo mientras esperaban a sus hijas y el carruaje de alquiler.

Abigail entró en el vestíbulo a tiempo de ver a Louisa bajar las escaleras, tan deslumbrante como siempre, con un vestido de satén de color melocotón. Su madre dejó de hablar mientras contemplaba con maternal orgullo a su hermosa hija menor.

—Lamento que el joyero no pudiera reparar el collar a tiempo, querida. Louisa irguió la cabeza.

—También yo.

—Pero el coral te sienta muy bien —la tranquilizó su madre.

Abigail había pensado que el collar de esmeraldas iría perfecto con su vestido nuevo, pero había renunciado a llevarlo puesto cuando su hermana le suplicó que se lo dejara. Cuando Louisa se probó la joya con su nuevo vestido quedó entusiasmada con lo elegante que estaba, pero al quitárselo, sin saber muy bien cómo, rompió el cierre.

—Las esmeraldas también le habrían quedado bien a Abigail —intervino su padre. A Abigail le conmovió su lealtad.

Ahí fue cuando su madre se percató de su presencia.

—¡Abigail! Pero si ni siquiera estás vestida.

—Lo siento. La señora Wilkins me necesitaba. Había una crisis abajo.

—Espero que todo esté bien —dijo su padre.

—Oh, sí. Nada de qué preocuparse. Aunque siento retrasaros.

—Nos iremos nosotros y enviaremos el carruaje a recogerte —sugirió su padre—. Puedes ir cuando estés preparada, ¿de acuerdo?

—Abigail no tardará mucho en ponerse un vestido y recogerse el cabello —adujo Louisa—. Pero... supongo que sería una descortesía que llegáramos tarde. No te importa, ¿verdad, Abigail?

Abigail dudó, pues sentía que volvía a la misma dinámica de siempre.

—No, claro que no. Adelantaos vosotros.

—Gracias, Abigail. —La sonrisa de su madre rebosaba gratitud.

«¿Ves? Te aprecian», se dijo a sí misma. «Eres útil... a tu modo.» Al menos era algo.

Cuando la familia se marchó, Abigail fue escaleras arriba y pasó junto a Mary, la doncella de la primera planta que solía ayudarla a vestirse y peinarse.

—Me dirigía abajo para cenar, señorita —dijo—. Pero si quiere que la peine, puedo esperar.

Abigail vaciló, dividida. Luego esbozó una sonrisa forzada.

—No pasa nada. Ve. No te pierdas la cena por mí. Puedo peinarme sola. No es necesario nada especial.

—Gracias, señorita. —La joven sonrió, hizo una pequeña reverencia y bajó las escaleras con celeridad.

Abigail logró recogerse el pelo, pero no ponerse el vestido sola. No con tantos ganchos y botones de perla en la espalda del corpiño. Soltó un suspiro. Quizá debería conformarse con su viejo vestido de color marfil. Hasta podría devolver el vestido nuevo, ya que nunca lo usaría. Madame LeClair no tendría dificultades para vender algo tan bonito y podrían dejar el crédito en la larga cuenta de Louisa.

Fue al armario y contempló el vestido de color marfil. No era nada especial... aunque tampoco tenía nada de malo.

Dejó el vestido donde estaba, fue al taburete del tocador y se dejó caer en él. Tal vez podía alegar que estaba cansada y quedarse en casa. En realidad se sentía exhausta por todas las tareas y la supervisión de las últimas semanas. Nadie la culparía por ello y su familia presentaría sus excusas...

Las palabras que William Chapman le dijo resonaron con suavidad en el fondo de su mente. «Es usted tan bella, tan hermosa como su hermana..., para mí, incluso más....»

«Oh, William...», pensó con cariño. Cuánto lo echaba de menos. Aunque hubiera exagerado sus encantos. Pensaba que le escribiría, pero debía de haber tomado su traslado a Londres como una oportunidad para cortar por lo sano. Leah sí que le había escrito algunas cartas; al menos su amistad continuaría, aunque no lo hiciera la relación con su hermano. Después de todo, nada había cambiado entre ellos.

En ese momento, Marcel, la doncella de su madre, llamó a la puerta y entró; su rostro, normalmente serio, resplandecía y llevaba un paquete en las manos.

—¡*Mademoiselle*! ¡El joyero acaba de traer su collar! ¡Tiene que ponérselo esta noche!

Abigail meneó la cabeza.

—Louisa quería llevarlo, pero... En cualquier caso, estoy pensando quedarme en casa.

—No, *mademoiselle*. Debe ir.

—Oh, no sé yo.

Abrió el estuche y contempló las rutilantes esmeraldas en su interior que parecían llamarla a gritos.

«Es usted tan bella...»

De repente, se puso de pie.

—¿Sabe qué, Marcel? Voy a ir. Pero he de pedirle que me ayude. Sé que ya he dicho que no, pero Mary ha ido a cenar y se lo compensaré.

—No, no, *mademoiselle*. No es necesario. Será un placer para mí. Se lo prometo. ¡Hace mucho que deseo poner las manos en ese hermoso cabello! ¡Siéntese, siéntese!

Vestido con un incómodo traje de etiqueta del color que menos le gustaba, el negro, William Chapman contemplaba a la gente mezclarse en el salón con una profunda decepción. La señorita Foster no estaba allí. Quizá no debería haber acompañado a Andrew. Tal vez estaba a tiempo de excusarse.

Charles Foster lo vio desde el otro lado de la estancia y se acercó a él con una sincera sonrisa en su rostro bien parecido.

—¡Señor Chapman! Es un placer verle de nuevo. No sabía que estaba en la ciudad.

—Sí. Estoy pasando unos días en casa del señor Morgan y los Scott han tenido la amabilidad de incluirme en la invitación.

—Habíamos oído que asistiría el señor Morris, pero no teníamos ni idea de que usted también vendría.

—¿El señor Morris? No, señor, él no...

El señor Foster lo interrumpió con el ceño fruncido.

—Vaya, estaba convencido de que la señora Scott me había mencionado que el rector de nuestra antigua parroquia acudiría a la fiesta...

—Ah, sí. Verá, hace poco que me han nombrado rector de Pembrooke Park. Tal vez no se hayan enterado de que el señor Morris falleció hace quince días.

—Oh, no. No lo sabíamos. Lo sentimos. Pensé que su sobrino se postulaba para el puesto.

—Así era. Pero la propietaria de Pembrooke Park, que al fin y al cabo es donde radica la parroquia, tiene la prerrogativa de elegir al clérigo de su elección. Y Eleanor Pembrooke me eligió a mí. —Esbozó una sonrisa de disculpa—. Supongo que lo considerará tremendamente injusto.

—En absoluto; me ha malinterpretado. Creo que su hermana es una mujer extraordinaria y sabe juzgar perfectamente el carácter de las personas. Ha hecho una buena y sabia elección. Permítame que le dé mi más sincera enhorabuena.

Charles Foster le tendió la mano y William se la estrechó.

—Gracias, señor. Tengo pensado contratar al joven señor Morris como vicario coadjutor para que me ayude a oficiar los servicios en las iglesias periféricas de la parroquia y a visitar a los enfermos.

—Una vez más, enhorabuena. El resto de mi familia se alegrará enormemente en cuanto se entere de las noticias. Aunque me temo que es posible que Abigail no venga.

—¿En serio? —William esperaba que su decepción no fuera demasiado evidente, sobre todo con la presencia de Gilbert Scott. ¿Habría

Abigail llegado a un entendimiento con el señor Scott durante las semanas transcurridas? No había tenido permiso para escribirle, pero creyó que, de ser así, se lo habría mencionado a su hermana en una de las cartas que intercambió con ella. Rezó en silencio porque no fuera demasiado tarde.

—Sí, me temo que la hemos tenido muy ocupada organizando la casa y los asuntos internos de nuestro nuevo hogar. Louisa cree que se encuentra demasiado cansada para venir.

—Lamento oírlo. Tenía la esperanza de verla antes de abandonar la ciudad. —Había algo que deseaba decirle con toda su alma.

El señor Foster se excusó para ir a buscar a su esposa.

Momentos más tarde se aproximaron Louisa Foster y Gilbert Scott.

—¡Señor Chapman! —Louisa esbozó una amplia sonrisa—. Qué agradable sorpresa verlo aquí.

William hizo una reverencia.

—Señorita Louisa. Señor Scott.

—He estado hablando con Andrew Morgan y me he enterado de que debemos felicitarle —dijo Gilbert.

—Sí, gracias. Agradezco mucho la oportunidad.

—Qué pena que Abigail no esté aquí; sentirá mucho no haberlo visto —dijo Louisa.

—Sí, yo también lamento no haberla visto. —«Más de lo que se imagina.»

De pronto, la puerta se abrió detrás de ellos y el mayordomo anunció con voz afectada:

—La señorita Foster.

Le dio un vuelco el corazón y se dio la vuelta. La sonrisa que se dibujaba en sus labios se esfumó de inmediato. Parpadeó y fijó de nuevo la mirada, con el corazón latiéndole de manera errática. Ahí estaba ella, la señorita Abigail Foster. La muchacha de sus recuerdos más preciados y de sus sueños más queridos, pero en cierto modo distinta. La vio entrar en la estancia con la cabeza bien alta y postura erguida, recorriendo con la mirada a los allí reunidos. Recibió las distintas miradas complacidas y sorprendidas con una sonrisa amable y se detuvo a saludar a los anfitriones.

Llevaba un luminoso vestido verde y blanco con un seductor escote y un fajín bajo el pecho que acentuaba la plenitud de la parte superior de su cuerpo y la delgadez de la parte inferior. Le habían recogido el cabello en un conjunto de suaves rizos que favorecían sus delicados rasgos y hacían que sus ojos parecieran más grandes. Dos tirabuzones iguales danzaban a lo largo de cada mejilla, enfatizando sus delicados pómulos y su rostro en forma de corazón. Sus oscuros ojos brillaban como si fueran de chocolate y sus delgados labios tenían un atractivo tono rosado. Tomó aire con dificultad. ¿De verdad había besado aquellos labios? Se le encogió el pecho al recordarlo.

En su cuello brillaba un collar de esmeraldas que atrajo su atención hacia la pálida garganta, hacia la delicada clavícula que con tantas ansias deseaba besar...

«Basta», se reprendió a sí mismo. Pero su cabeza se negó a pensar en otra cosa. Aquella era la mujer que amaba. La mujer con la que deseaba casarse. Con la que deseaba estar el resto de su vida. Semejantes pensamientos no eran malos; eran un regalo. Pero ¿sentía ella lo mismo? Miró a Gilbert Scott, situado a su derecha. Él también se había detenido a mirarla fascinado, a pesar de que su hermana no dejaba de tirarle del brazo.

¿Seguiría Abigail albergando sentimientos por aquel hombre? La mera idea tiró por tierra su felicidad.

Abigail, que no estaba acostumbrada a que tanta gente la mirase, inspiró hondo y se recordó que estaba entre amigos. Vio que Louisa se apartaba de Gilbert para hablar con Andrew Morgan. Y ahí estaban sus padres, y Susan y Edward Lloyd. No veía al señor Morris, aunque tampoco estaba impaciente por verlo.

Sus padres se acercaron para recibirla.

Su padre le tomó las manos.

—Querida, estás preciosa.

Abigail sonrió, cohibida, pero contenta con su halago.

—Gracias, papá.

—Me alegra que hayas decidido venir —dijo su madre—. Empezaba a temer que estuvieras agotada y te quedaras en casa. Lamento habértelo dejado todo a ti. Ojalá yo fuera tan capaz. En el futuro, procuraré no confiarte todas mis responsabilidades. No es justo para ti.

—Gracias, mamá.

Su madre clavó la mirada en las piedras preciosas.

—Veo que el joyero por fin ha arreglado el collar.

—Sí, Marcel me lo trajo poco después de que os marcharais.

—Louisa se va a sentir muy decepcionada.

Abigail respondió al comentario de su madre con una mirada amable, pero no se ofreció a quitarse el collar. Y tampoco se disculpó.

Sabía que su hermana tendría otras ocasiones para lucirlo. Esa noche le tocaba a ella.

Louisa se acercó, con la vista clavada en el collar.

—¿Te lo has puesto?

—Sí. El joyero lo entregó después de que os fuerais. Marcel me lo trajo.

—Y veo que también te peinó.

—Sí —reconoció Abigail, sosteniendo la mirada de su hermana con serenidad y haciendo caso omiso de la leve irritación que brillaba en sus claros ojos.

—Bueno... —Louisa parecía debatirse entre el enojo y una renuente admiración—. Reconozco que queda muy bien con tu vestido.

—Gracias, Louisa.

—De hecho, no me importa decir que esta noche estás preciosa, Abigail.

—Gracias. Significa mucho para mí viniendo de la joven más bella del lugar.

Las dos hermanas compartieron una sonrisa dubitativa y luego Louisa le apretó la mano.

—Será mejor que no tenga esperando al señor Morgan. Dice que tiene noticias que compartir.

«Sí», pensó Abigail. Pero no las noticias que sin duda esperaba su hermana.

Cuando Louisa se alejó, William tomó una profunda bocanada de aire y se aproximó a Abigail. ¡Qué elegante estaba! Hacía que echara de menos a la desaliñada muchacha con la capa cubierta de manchas de barro y el cabello húmedo escapándose de las horquillas. Pero no podía negar que estaba muy hermosa.

—Señorita Foster. Me alegra mucho verla. Empezaba a temer que había suplicado que me invitaran en vano.

Los ojos de Abigail se abrieron como platos por la sorpresa.

—Señor Chapman. William. Yo también me alegro de verlo. Había oído que asistiría alguien de Easton, pero no me atreví a albergar la esperanza de que fuera usted. —Le brindó una suave sonrisa—. De haberlo sabido, habría venido antes.

Su corazón dio un salto de alegría.

—Entonces me alegra mucho haber suplicado esa invitación.

La sonrisa de Abigail se ensanchó.

—Veo que Andrew Morgan también ha venido.

—Sí. Estoy en la ciudad como invitado suyo. Ha venido para comprar el traje para la boda.

—¿El traje para la boda?

—Sí. Leah y él..., discúlpeme, jamás me acostumbraré a llamarla Eleanor..., se han prometido hace poco. Pensé que lo sabía.

—Tenía la esperanza, pero aún no había recibido la noticia.

—No cabe duda de que mi hermana le ha escrito y que yo le acabo de fastidiar la sorpresa. Me va a dar un coscorrón cuando llegue a casa.

—Creo que le perdonaremos cualquier cosa —añadió—. ¿Han cambiado de opinión los señores Morgan ahora que saben quién es en realidad su hermana?

—Sí. Aunque después del lance con la muerte de Leah, creo que nada hubiera impedido a Andrew declarar sus sentimientos... y compensar el tiempo perdido.

—Me alegra saberlo.

—Señorita Foster, hablando de compensar el tiempo perdido, me pregunto si podría hablar a solas con usted...

Abigail enarcó sus oscuras cejas.

—Por... supuesto.

Gilbert Scott apareció de repente entre ellos.

—Abby, qué hermosa estás. Casi ni te he reconocido cuando has entrado.

—Gracias, Gilbert.

—Y, señor Chapman, cuando la señorita Pembrooke esté preparada para restaurar Pembrooke Park, dígale que me sentiré honrado de ofrecerle mis servicios.

—Gracias, señor Scott. Pero creo que mi hermana tiene la esperanza de recopilar primero las ideas de la señorita Foster antes de proceder y contratar a un constructor. También tenemos pensado poner en práctica sus ideas para la casa parroquial.

William reparó en la rápida expresión de sorpresa y satisfacción en el rostro de Abigail.

—Ah. Bueno. Por supuesto —concedió Scott—. Abby ha tenido siempre un ojo excelente.

—No siempre —reconoció Abigail—. Pero creo que ahora reconozco la excelencia cuando la veo. —Miró a William con los ojos brillantes.

El señor Scott miró a uno y a otro.

—Abby, Louisa insiste en que bailemos antes de la cena. Di que bailarás conmigo. Por los viejos tiempos.

Ella sonrió a su viejo amigo, pero después lo miró a él y sus oscuros ojos se encontraron y fundieron con los suyos.

—En realidad me temo que ya estoy comprometida —dijo—. ¿No es así, señor Chapman?

William sintió que su pecho se henchía de esperanza y de placer.

—Está comprometida para toda la velada —dijo con seriedad—. Y para todas las veladas después de esta, si consigo lo que deseo.

Al escuchar sus palabras, el cuerpo de Abigail se estremeció de impaciencia. Colocó la mano bajo el brazo de William.

—Por supuesto que lo conseguirá.

—Tenga la bondad de disculparnos, señor Scott —dijo él, sin dejar de mirarla.

Sin esperar la respuesta de Gilbert, William la sacó del salón y la llevó hacia el tranquilo vestíbulo. Cada paso que dieron aumentó el latido de su corazón. Recordó de manera fugaz que el año anterior se había topado en ese mismo vestíbulo con Louisa y con Gilbert. Y ahora le tocaba a ella estar ahí, en un encuentro privado.

William se volvió y la miró con aire solemne.

—Señorita Foster. Abigail. Sé que dije que no estaba en posición de casarme. Que estaría mal que te pidiera que esperases hasta que mi situación mejorara...

—He pensado en eso —lo interrumpió Abigail—. Pero me dan igual tus ingresos. Eres tú el que me importa.

Él se acercó aún más.

—No sabes lo feliz que eso me hace. —Sus ojos azules brillaban—. Aunque supongo que no te has enterado de...

—¿De qué?

—El señor Morris ha fallecido.

Abigail sintió que su sonrisa se esfumaba.

—Vaya, lo siento. ¿Y su sobrino?

—Leah... Eleanor... me ha concedido el puesto.

—Oooh... —susurró Abigail confundida. Quizá debería haber previsto esa posibilidad, pero no lo había hecho.

William le tomó la mano.

—¿Te casarás conmigo, mi queridísima y muy hermosa Abigail?

La pregunta envió una oleada de placer por todo su cuerpo. Lo miró maravillada.

—Por supuesto que sí. Nada me haría más feliz. Te amo con todo mi corazón.

Abrumada por la felicidad que sentía, deseó tener alguna prueba de amor que darle. Una miniatura, un mechón de pelo dentro de un anillo. No tenía ninguna de esas cosas, de modo que tomó su rostro entre las manos y lo atrajo hacía sí para atrapar su boca en un beso apasionado.

A juzgar por su reacción, apreció muchísimo su regalo.

Poco tiempo después, recobraron el aliento y se reunieron con los demás para cenar. Abigail apenas probó bocado, pero disfrutó de la compañía y de las afectuosas felicitaciones que les llovieron. Esa noche Abigail bailó todas las piezas y, si tenía que creer a su futuro esposo, brilló más que todas las demás mujeres allí presentes.

Le había dicho que sí a William Chapman antes incluso de que supiera que tenía un trabajo importante. Había dicho que sí a una vida trabajando al lado del hombre al que amaba. Una vida diferente de la que en otro tiempo había imaginado... pero tan perfecta. Juntos servirían a la parroquia, a Dios y el uno al otro. Juntos construirían una vida útil y feliz.

Volvió a darse cuenta de que jamás había necesitado un tesoro que la hiciera digna. Estaba inmensamente agradecida porque Dios la amara y porque le hubiera dado a aquel hombre que la adoraba.

Epílogo

William y yo estamos agarrados de la mano viendo cómo se colocan los cimientos para la gran ampliación de la casa parroquial. Las obras de reconstrucción de Pembrooke Park ya han comenzado. Fiel a su palabra, Leah me pidió opinión sobre lo que debería hacerse en la mansión durante la remodelación. En un primer momento, pensó en tirar abajo el lugar y pasar página. Desentenderse para siempre del hogar de su infancia. Pero al final decidió que, para reconciliarse de verdad con su pasado, primero tenía que aceptarlo, aceptar su papel de heredera de Pembrooke Park y señora de la mansión. Creo que estará a la altura del papel y que será una magnífica mecenas del pueblo y de la iglesia.

Andrew y ella hablaron largo y tendido de qué era lo mejor que podían hacer. Al fin y al cabo, Hunts Hall será suyo algún día y los dos podrán residir allí. Pero como es más que seguro que sus padres permanecerán allí mientras vivan, Andrew y Leah han decidido que reconstruirán Pembrooke Park y vivirán juntos en ella como marido y mujer por ahora.

Aunque la señora Morgan parece aprobar a la «querida Eleanor» ahora que sus verdaderos orígenes se saben, Leah prefiere vivir cerca de su familia. Dice que los Chapman siempre serán la familia de su corazón: Mac, Kate, Kitty y Jacob. Y William, por supuesto. Me alegra decir que sus sentimientos y su afecto familiar se extienden ahora también a mí. Valoro mucho nuestra amistad. Es una gran dicha verla bien y verdaderamente feliz. Los temores del pasado han desaparecido. Y con ellos terminaron los secretos y el esconderse.

Es libre de ser quien es en realidad y de que la amen por quién es de verdad. En realidad, ¿no es eso lo que todos deseamos?

Gilbert sigue siendo un querido amigo, aunque nuestra relación no es la de antaño. ¿Cómo podría serlo cuando el trozo de mi corazón que le entregué hace mucho ahora pertenece por completo a William? Aun así, nos mostramos cordiales y le deseo mucho éxito en su futuro. Todavía no se ha casado. Por su bien, deseo que lo haga.

Creo que Louisa ha aprendido del error de su conducta coqueta... gracias a Dios. Le decepcionó que Andrew Morgan se casara con Leah y que Gilbert no retomara su cortejo. No ha recibido ninguna proposición... Bueno, ninguna proposición de matrimonio de caballeros honorables, claro, aunque sí todo tipo de ofertas en abundancia. Al darse cuenta de ese hecho, se ha vuelto más circunspecta en su comportamiento: más callada y más modesta. Y creo que le sienta bien. Sigue siendo la mujer más hermosa que conozco y ahora, día a día, su corazón comienza a estar a la par con su aspecto. Bendito será el hombre que conquiste por fin su corazón.

En cuanto a Harriet Pembrooke Webb, todavía siento un nudo en la garganta cuando pienso en ella y en todo lo que ha perdido. Sus padres. Su hermano mayor. Y más recientemente, a su hermano menor: su último pariente vivo... O eso era lo que pensaba.

Poco antes de mudarme de nuevo a Easton como esposa de William, recibí una última carta de ella.

Querida Abigail:

Gracias por su última carta y sus continuas condolencias con respecto a Miles. Que le recuerde con afecto significa para mí más de lo que imagina. Sigo llorando la muerte de mi hermano, de toda mi familia en realidad, aunque me alegra que mi amiga secreta haya vuelto a mi vida. Y lo más maravilloso es que ella es en realidad más que una amiga: es mi propia prima. ¿Se acuerda cuando deseaba que Pembrooke Park tuviera un heredero digno? No puedo imaginar una heredera más digna que Eleanor.

Me produjo una gran satisfacción ceder mi papel de albacea y entregar las riendas de la administración a la hija de Robert Pembrooke. Me consuela saber que he enmendado en parte los pecados de mi padre. A pesar de que usted y el reverendo William Chapman me han asegurado que no es necesario que lo haga.

«Cristo nos redimió más allá de lo que tú, yo o cualquier otra persona puede llegar a redimirse», me recuerda a menudo.

Coincido con él y doy gracias a Dios por ello cada día. Pero ahora que Pembrooke Park está en manos de Eleanor, duermo mejor por las noches.

He vendido mi casa de Londres y me he comprado una en Caldwell. Mi prima y yo nos encontramos muchas tardes en el soleado rincón entre el cobertizo y el jardín. Nos hemos deshecho de la basura, hemos cortado la hierba y colocado una pequeña mesa de hierro forjado y sillas, adornándola con el mismo y vistoso tarro de cristal que llenamos con flores recién cortadas cada semana.

De vez en cuando, si alguna no puede acudir, nos dejamos notas en el viejo escondrijo tras el ladrillo suelto para cambiar la hora o simplemente hacerle saber a la otra que nos acordamos de ella.

Ya lo ve, nuestra privada e incompatible amistad continúa. Nos vemos casi todas las semanas cuando hace buen tiempo. Tomamos el té, hablamos de nuestros hogares y familias, de los libros que estamos leyendo. Ya no necesitamos evadirnos a nuestro mundo de fantasía, aunque siempre es agradable evadirse un par de horas en compañía de una apreciada amiga.

Cuando estamos en ese lugar secreto, a veces nos equivocamos y nos llamamos por nuestros antiguos apodos: Lizzie y Jane.

En cuanto se instale aquí debe unirse a nosotras de vez en cuando, Abigail. No invitaríamos a nadie más a nuestro lugar especial. Pero usted, querida joven, será siempre bienvenida, pues gracias a usted nos hemos vuelto a encontrar. Por eso tiene mi gratitud eterna, mi afecto y mi amistad sincera. Y sé que también hablo por... mmm... por Lizzie.

Estoy deseando pasar un rato con ellas.

Esos son los milagros de la vida. De la fe. Y la familia. Y los amigos. Los verdaderos tesoros que nunca llegamos a conocer o a poseer.

Nota de la autora

Pembrooke Park es una propiedad imaginaria inspirada en la mansión Great Chalfield en Wiltshire, Inglaterra, una casa señorial del siglo XV rodeada de extensos jardines y de un foso. Durante muchos meses tuve fotos de la mansión y la iglesia adyacente en mi tablón de corcho y llegué a tenerle mucho cariño al lugar. Mi amiga Sara y yo tuvimos el placer de visitar Great Chalfield en persona mientras se estaba editando este libro y es una maravilla, con su magnífico vestíbulo, sus ventanas mirador y sus jardines con podas artísticas. Nos encontramos con gente muy amable y servicial y disfrutamos de una visita repleta de historia a la mansión, que a menudo utilizan para rodar películas. El exterior y los jardines eran tal y como los había imaginado, aunque difieren un poco de mi descripción de Pembrooke Park.

Sara y yo también asistimos a una misa de vísperas en la iglesia de All Saints, donde el reverendo Andrew Evans dio un precioso sermón que nos conmovió a ambas. (Aunque tal vez fuera un poquito más largo que los que da William Chapman.) Si tenéis ocasión de viajar a Inglaterra, espero que visitéis la mansión Great Chalfied. Entretanto, pasaos por mi página web o por la de National Trust para ver fotos de esta histórica mansión y de la iglesia.

El secreto de Pembrooke Park es mi libro más extenso hasta la fecha, escrito en menos tiempo del habitual. No habría sido capaz de lograrlo sin la ayuda de diversas personas:

Las autoras Susan May Warren y Michelle Lim, que me ayudaron a urdir la trama del libro durante un retiro de fin de semana con nuestra delegación local de Escritores de Ficción Cristiana de América.

Mi marido y mis hijos, que tuvieron que apañárselas solos, a base de *pizza* y tacos congelados, mientras yo trataba de cumplir con las fechas de entrega.

Mi hermana/amiga y primera lectora, Cari Weber, que me hizo valiosas críticas y me escuchó.

A la autora Michelle Griep, que también me hizo certeras y alentadoras críticas.

Amy Boucher Pye —esposa de un vicario londinense, editora, autora y oradora—, que se leyó el libro para ayudarme a evitar errores al describir las misas de la iglesia anglicana así como otras meteduras de pata sobre Inglaterra. Y su marido, el reverendo Nicholas Pye, que respondió a sus preguntas cuando fue necesario. Cualquier error que haya es mío.

El pastor Ken Lewis, por ayudarme a depurar los sermones del señor Chapman.

Sara Ring, por hacer las veces de valiente chófer, fotógrafa y divertida compañera de viaje.

Mi agente, Wendy Lawton, cuyo amor por las casas de muñecas antiguas supera el mío. Gracias por animarme a seguir.

Mi equipo editorial en Bethany House Publishers, sobre todo Charlene Patterson, Karen Schurrer y Raela Schoenherr. Agradezco vuestro apoyo editorial y vuestra amistad.

Y vosotros, mis lectores. Gracias por vuestro entusiasmo hacia mis novelas y por compartirlas con vuestros amigos y clubes de lectura.

Esta carrera como escritora ha sido una gran bendición. ¡Doy las gracias por teneros a todos y a cada uno de vosotros!